文学百读

读书·阅人·释文化

殷国明 著

图书在版编目（CIP）数据

文学百读：读书·阅人·释文化/殷国明著. —福州：福建教育出版社，2025.2
ISBN 978-7-5334-9827-6

Ⅰ.①文… Ⅱ.①殷… Ⅲ.①随笔－作品集－中国－当代 Ⅳ.①I267.1

中国国家版本馆CIP数据核字（2024）第003446号

Wenxue Bai Du
文学百读
——读书·阅人·释文化
殷国明 著

出 版 发 行	福建教育出版社
	（福州市梦山路27号 邮编：350025 网址：www.fep.com.cn）
	编辑部电话：0591-83779615 83726908
	发行部电话：0591-83721876 87115073 010-62024258）
出 版 人	江金辉
印 刷	福建新华联合印务集团有限公司
	（福州市晋安区福兴大道42号 邮编：350014）
开 本	710毫米×1000毫米 1/16
印 张	27.25
字 数	391千字
插 页	3
版 次	2025年2月第1版 2025年2月第1次印刷
书 号	ISBN 978-7-5334-9827-6
定 价	79.00元

如发现本书印装质量问题，请向本社出版科（电话：0591-83726019）调换。

序

谈读书之乐

殷国明

读书是一件快乐的事,尤其对我来说,几乎一辈子呆在校园,读完书教书,读书自然就成了自己的一种生活方式。当然,这也使我失去了许多,比如生活面狭窄,生活知识缺乏,对人对事过于书生气,等等,但是到了花甲之年,回想起来,还是快乐多多。特别是人生遇到挫折,不顺心的时候,读书往往给予了我不可思议的快乐。书本里的世界很大,很丰富,也很宽阔,我不仅不会感到孤单和寂寞,而且完全犯不着去和现实中的一些恶人、坏人和无聊之人计较和打交道,反而有时还会产生某种怜悯和可怜之心,因为这种人确实是有的,在书本里就有很多,但是他们一般并不快乐,也并没有什么好下场。

当然,书本并不见得都讲真话,骗人的也不少,但是,作为一个生性敏感且软弱的人,我大多时候愿意相信那是真的,愿意活在书本中。况且书本中并非都是软弱,都是"善意的谎言",还有像鲁迅那样敢讲真话、敢于直面现实的人,他的书会给我另外一种快意,甚至霎时间我也会感到热血沸腾,勇敢起来,面对黑暗,在自己的小房间里,痛痛快快地大喊一声"不!"

这是何其快乐啊!不过,大多数时间不是这样,书本不仅是我的避难所,还是我的休养院和游乐场,我可以在里面看风景、观人生和游心世外。就此,我很喜欢我的导师钱谷融先生的心仪:"我喜欢读书,喜欢随意地、自由自在地、漫无目的地读书。"因为"这样的读书,能使我游心事外,跳出现实的拘囿;天南地北,海阔天空,纵意所如,了无挂碍,真是其乐无穷"①。

说其乐无穷，对我来说或许还有所不达，不过其中有"三乐"倒是深有所感的，不妨说来和朋友们聊聊。

一是"读人"之乐。

在这世界上，人不仅最为复杂丰富，问题也最多。《尚书》曰"惟人万物之灵"，莎士比亚说人是"宇宙的精华，万物的灵长"，都是拣人爱听的说的，因为他们写书、写戏剧，也是给人看的。所以，钱谷融先生说"文学是人学"，不管怎么说，文学都逃不过人，为人写，给人看，写的最终还是人。

可惜，人非常有限，不仅生命是有限的，能够看到的世界和人都是有限的，人之一生所见过和认识的人更是有限，就更谈不上能够理解、真正知道多少的人了；当然，人又似乎是无限的，因为不满足于有限，所以不断挑战有限，超越有限，不仅创造了万千种人生，还创造了神、上帝、天堂、终极价值等各种永恒的意象和概念。而这一切都记在万千种书籍里，你可以尽情学习、了解和欣赏。古人云，人一生最好要读万卷书，行万里路，我还要加一句，还要"阅人无数"。这一点，除了在现实生活中经历之外，最简便的方法就是读书，通过读书知人、识人和理解人。

其实，读书贵在"读人"，重在"读人"，也是一种做学问的途径。人类的一切学问，一切研究，其目的都是为了促进人自身的幸福和发展。而就书籍来说，无论是关于人的研究，还是关于自然的研究，或者是关于人和自然关系的研究，都离不开这一根本目的。所以，人是一切研究、一切学问的出发点和归宿。所以，古希腊的一句著名谚语"了解你自己"，世世代代受人尊崇。

二是游心之乐。

一本书在手，天下所有烦恼皆在脑后，痴人发笑者有之，手舞足蹈者有之，不思茶饭者有之，沉醉神迷者有之，都因为书中有大千世界，无限

---

① 钱谷融：《我的自白》，上海，文汇读书周报，1995年5月13日。

广阔，可以供你尽情游玩，这又何乐而不为呢？

有人说，书海无边，回头是岸，那是因为不得不回到现实世界，为各种各样的事情奔忙，养家糊口，柴米油盐，还要精心打造和提高自己，时刻准备与同行者、外行者竞争，担心稍不留心，就会被淘汰出局，失去了身家甚至性命。但是，长此以往，人又怎么可以有游心之乐呢？

读书不仅能够给你游心之乐，让你乐在其中，而且能够使你保持游心的能力，能够在合适环境中，心真的能够飞起来，游起来，乐起来，来一回真正的逍遥游和潇洒游，否则，你处心积虑，兢兢业业，一丝不苟，有钱了，身位也有了，但是心却游不起来了，也乐不起来了，那又何苦呢？

不过，要想得到这种游心之乐，就得读自己喜欢的书，或者说拣自己喜欢的书读，所以我所说的读书，不包括必读书，不包括为写论文而找的书，甚至不包括自己不喜欢、但是不能不读的专业书。那是另一回事。我的先生钱谷融就是这样，他在读书中追求随意、随性和随便，即使在与学生谈读书的时候，他也认为鲁迅"随便翻翻"的读书习惯值得借鉴，陶渊明"好读书，不求甚解"的态度也不失为其明智的一面。

我很欣赏这种读书。

读书是好事情，况且我们正处在一个倡导读书的时代，但是，正如世界上所有好事情一样，它不能"逼"，不能用大道理来强迫，也不能如同任务一样来指定，这样好事情也最容易变成坏事，让人反感；相反，乐在其中的读书，是不用大张旗鼓做广告的。现在大家都在提倡读书，但是效果并不明显，问题恐怕就在于后面蕴藏着一种逼迫力，逼着你读，不读就是格调低，而且读书一定要如此如此读，一定要读这样那样的书，真是让人感到不舒服，结果想读书、爱读书的人也烦了，不想去读了。

三是通达之乐。

我一直喜读《易经》，不是相信卦象，而是欣赏其中"通"的意识，相信不仅"通则久"，而且"通"则乐，身体上不通就会"痛"，而心理上不通就会痛苦，世界上所有的事情，都在于"想通"还是"想不通"。

而读书能够使人通达。其实，任何一种书籍，一种知识，都有一种

"桥梁"的意味，因为不仅人是相通的，各种知识也是相通的，读书就应该能够通达，不断沟通、综合和扩展知识的范围。钱谷融先生就说过："任何知识，都从来不只是一种简单的知识，它同时也为我们提供一种启示，对我们能够起到举一反三、触类旁通的作用。每一种新的、从未接触过的知识，对我们来说，都展示着世界、社会、人生的一个新的领域、新的方面，能使我们对周围的事物产生一种新的理解、新的认识。当这些知识真正同我们的心灵结合、与我们凝为一体以后，就能使我们产生出新的智慧和新的力量来。"

"通"不仅是一个思考的过程，更是一个游览、寻找、探秘、比较的过程，所以不能不"乱"读书。所谓"乱"，就是什么都读，如同旅游，到处去看，去搜寻，这样就会发现这个世界有很多相同之处，实际上，这个"通"是不论新旧、古今、中西和有用无用，这些不过是人们在不同时空、不同环境和条件下的主观划分和认定。这样你的世界就大多了，而且处处有桥、有路，你可以在知识和精神花园里自由穿行，领略人类智慧的大千世界。这又何乐而不为呢？

读书之乐又何止这三种呢？所以，如果在讲"开卷有益"的同时，也讲"开卷有乐"，或者把"乐"放在前面，那么，这世界读书的人就更多了，生活的趣味也就更多了。

以此与读书者交流和共享。

目 录

1. 阅读《道德经》 1
   一、"万物得一而生" 1
   二、从"谷神"到"大美不言" 3
2. 《易经》：走向二元论的秘密 7
3. 阅读《论语》 9
   一、从"学而时习之"开始 9
   二、"人"是文明的基石 10
   三、"仁者爱人"也 14
4. 《逍遥游》：关于人类的自由之境 17
5. 《齐物论》："道通为一"的追寻与实现 24
   一、"道通为一"的追寻 24
   二、"梦思维"的呈现与穿越 26
6. 《孟子》："情感政治学"的滥觞 29
7. 《文心雕龙》：关于体系的设置与魅力 32
8. 《破阵子——为陈同甫赋壮词以寄之》：豪放在梦中 36

9. 《呐喊》：关于"人的主题" ……………………………… 41
10. 《孤独者》：冲出孤独的嗥叫 …………………………… 45
11. 《背影》：与父亲面对面 …………………………………… 50
12. 《荷塘月色》：美是一种家园的慰藉 …………………… 54
13. 《在寒风里》：漂泊者的心路 …………………………… 58
14. 《子夜》：理性是一把双刃剑 …………………………… 61
15. 《家》：一个丰富而又沉重的话题 ……………………… 65
16. 《琉璃瓦》：人性"冷"的来源 …………………………… 71
17. 《倾城之恋》：走出爱情神话的幻境 …………………… 75
18. 《莎菲女士的日记》：她为什么一脚踢开凌吉士 …… 78
19. 《围城》："围城"是如何建立起来的？ ………………… 82
20. 《论"文学是人学"》：挑战"工具论"的先声 ………… 86
21. 《骆驼祥子》：有了自己的车又会怎样？ ……………… 90
22. 《白夜》：贾平凹的新景旧梦 …………………………… 94
23. 《活动变人形》："人"是永远的诱惑 …………………… 98
24. 《岛和大陆》：香港的文学传奇 ………………………… 102
25. 《文学身体学》：关于"肉体狂喜"背后的思索 ……… 106
26. 《陈寅恪的最后二十年》：震撼人心的力量来自何处？
…………………………………………………………… 110
27. 《本朝流水》：重构和解构的双重可能性 ……………… 116
28. 《旁观者》：钟鸣与狼的对话 …………………………… 120
29. 《人兽》：解析人性中的野性 …………………………… 123
30. 《狼哨》：种族歧视悲剧的镜像 ………………………… 129
31. 《撒旦起舞》：人性绝望的隐喻 ………………………… 133
32. 《圣颅》：妥协也是一种进取 …………………………… 138
33. 《铁皮鼓》：关于人类的罪孽与审判 …………………… 142

34. 《威尼斯商人》:"闪光的不全是金子" ……………………… 149
35. 《修道院纪事》:人类想飞的梦想…………………………… 152
36. 《城堡》:人生困境的隐喻…………………………………… 156
37. 《海狼》:追寻人性的原始活力……………………………… 161
38. 《情人》:那与生俱来的悲哀………………………………… 164
39. 《安娜·卡列尼娜》:真诚不可回避………………………… 168
40. 《高老头》:被金钱出卖的父爱……………………………… 170
41. 《红与黑》:"野心"有时是人性的陷阱…………………… 173
42. 《红字》:无法抹去的原始印记……………………………… 176
43. 《金枝》:追寻人与自然的缘分……………………………… 181
44. 《荒原狼》:关于内心深处的自我…………………………… 189
45. 阅读《红楼梦》………………………………………………… 194
　　一、"做人"的奥秘…………………………………………… 194
　　二、薛宝钗的"藏欲"……………………………………… 197
　　三、凤姐的"伺候好老太太"……………………………… 200
　　四、刘姥姥的"投其所好"………………………………… 202
　　五、俏平儿的"抽头退步"………………………………… 205
　　六、鸳鸯直面近忧远虑……………………………………… 208
　　七、薛姨妈的老谋深算……………………………………… 211
　　八、贾母的悲剧……………………………………………… 214
　　九、晴雯的性情绝唱………………………………………… 216
　　十、林黛玉的孤标至情……………………………………… 219
46. 鲁迅:人类忧患的一面镜子…………………………………… 223
47. 胡适:务实中庸的文化创新者………………………………… 226
48. 朱自清:散文中的性情中人…………………………………… 229
49. 沈从文:呈现人性中的"善之花"…………………………… 232

3

50. 白先勇："边缘人"的追寻 ……………………………… 236
51. 老舍：人生到底如何活？ ……………………………… 240
52. 贾植芳：端端正正写个"人" …………………………… 244
53. 钱锺书："痴气"与"才胜于情" ……………………… 248
54. 许杰：仁厚的楷模 ……………………………………… 251
55. 徐中玉："天行健，君子以自强不息" ………………… 255
56. 戴望舒：朦胧是一种人生，一种诗情 ………………… 258
57. 徐志摩：创作是一种"灵魂的冒险" ………………… 263
58. 穆时英：都市的感觉 …………………………………… 267
59. 徐訏：人生像个监狱 …………………………………… 271
60. 李晴：关于人的生命权和隐私权 ……………………… 276
61. 吴定宇：永远的怀念 …………………………………… 280
62. 屈原：中国文坛的"异类" …………………………… 286
63. 王羲之："放浪形骸之外"的艺术境界 ………………… 292
64. 《中山狼传》：伦理与生态的对峙 …………………… 296
65. 王国维：理论的生命意味 ……………………………… 301
66. 《尝试集》：所有创新始于"尝试" ………………… 305
67. 《人的文学》：新文学的关键词 ……………………… 308
68. 施蛰存：标新路与继绝学 ……………………………… 311
69. 萧红："力透纸背"的笔致 …………………………… 316
70. 无名氏：浪漫风情与沉思玄想 ………………………… 320
71. 陈若曦：穿越在中西文化之间的小说家 ……………… 324
72. 巴金：我们从哪里来？我们到哪里去？ ……………… 328
73. 吴亮：从"批评"到"逍遥" ………………………… 332
74. 韩寒：从《三重门》到《他的国》 …………………… 334
75. 残雪："无脸"的写作 ………………………………… 337

76. 张洁：从长相说起 …………………………………………… 341
77. 顾彬：关于《二十世纪中国文学史》的对话 ………………… 344
78. 林贤治：关于"流亡者译丛" …………………………………… 349
79. 马旷源：关于《雁峰书话》 ……………………………………… 352
80. 赵圆："随意书写"的感觉 ……………………………………… 354
81. 朴明爱：关于疯癫与理性的博弈 ……………………………… 356
82. 荣格：从历史文化中发现人 …………………………………… 361
83. 叔本华：关于"美的预期" ……………………………………… 364
84. 尼采：生气灌注的理论追求 …………………………………… 367
85. 波德莱尔：敞开的墓地 ………………………………………… 371
86. 德里达：不断破解与不断建构 ………………………………… 374
87. 波伏娃："第二性"的价值 ……………………………………… 378
88. 茨威格：爱情在永恒的瞬间走过 ……………………………… 382
89. 海德格尔：人归何处？ ………………………………………… 385
90. 昆德拉：关于作家的良知与人格 ……………………………… 389
91. 弗洛伊德：关于"身体"的文化战争 ………………………… 393
92. 渡边淳一：文学是人性的纽带 ………………………………… 399
93. 福克纳：对人性纯朴情怀的怀念 ……………………………… 401
94. 柏格森：用艺术直觉与科学功利对抗 ………………………… 403
95. 萨特：一种行动着的美学 ……………………………………… 406
96. 卡夫卡：人与狗的亲密关系 …………………………………… 410
97. 福柯：知识话语批判 …………………………………………… 417
98. 博尔赫斯：写作的秘密 ………………………………………… 422

后记：阅读的危机与新生 …………………………………………… 424

1. 阅读《道德经》

一、"万物得一而生"

　　《道德经》是老子留下的唯一一本书，其书名估计也是后人编撰的，有时候叫《老子》，有时候叫《道德经》等，再加上时间久远，抄写、刊刻和注译之误，难免衍文误字，异见丛生，恐怕只有专家才搞得清楚。但是，对我来说，一点也不奇怪，想想自己写的文章，里面也常常出现错别字，甚至错句，就不能错怪古人了，况且过了那么多年，在上古时代刻写抄录的艰难和辛苦，还有有意或无意加上的刻录者的理解和揣摩，不同版本的出现是自然的事。作为一个"门外汉"，我的阅读往往是一种"照单全收"，也就是说拿到什么版本就阅读什么，根据其文去理解文意，思考它们的来龙去脉。

　　无疑，老子的核心观念是"道"："道可道，非常道。名可名，非常名。无名，天地之始；有名，万物之母。故常无欲以观其妙，常有欲以观其徼。此两者，同出而异名，同谓之玄。玄之又玄，众妙之门。"但是，这"道"又是什么呢？老子除了用"非常道""非常名"来形容之外，还提出一个重要概念，这就是引人注目的"万物之母"。人们尽管一下子搞不清楚什么是"玄之又玄"，但是起码对于"母"还是有感觉的，谁不是从母亲肚子里爬出来的呢？我不能不信服老子的界说。

注：本文所引《老子》皆出自《傅佩荣解读老子》，线装书局，2006年版。

但是，问题并没有完全解决，因为关于这"万物之母"的起源和存在形态，还需要进一步探讨，于是老子给出了"道法自然"的观念，而且创建了一个万古留存的终极理念，这就是"一"：

> 昔之得一者，天得一以清，地得一以宁，神得一以灵，谷得一以盈，万物得一以生，侯王得一以为天下贞。（第三十九章）

"一"是一个能产型的文化元祖，能够一生二，二生三，以至于无穷，造就整个世界："道生一，一生二，二生三，三生万物。万物负阴而抱阳，冲气以为和。"

由此说来，按照西方哲学观念来划分，老子思想是以"一元论"为基础的，宇宙自然都发祥于一种终极形态，可以称之为"道"，也可以称之为"万物之母"，由此还派生出了"大象""大音""天下母""谷神不死"等概念。显然，在老子看来，就宇宙和人类一切活动而言，唯有这个"一"是永存的，是万物之根，是这个世界的渊源。

在人类文化思想上，"一元论"是一种普遍意识，存在于不同的历史文化之中，其共同点就是认定宇宙和人类起源于某种基本元素，或者说宇宙和人类之存在取决于一种终极原因或原动力，有一种终极力量决定和推动着一切，安排着一切。或许正因为如此，人类不仅拥有诸神狂欢的神话传说，而且创造了各种宗教和信念，相信万物终究有个万能的主宰，世界总归存在某种终极理念、理式甚至公式。然而，老子所遵循的"一元论"却有所不同。首先其没有最终走出神话传说的混沌世界，依然在"道可道非常道"状态中徘徊：

> 有物混成，先天地生。寂兮寥兮，独立而不改，周行而不殆，可以为天下母。吾不知其名，强字之曰道，强为之名曰大。大曰逝，逝曰远，远曰反。故道大，天大，地大，人亦大。域中有四大，而人居其一焉。人法地，地法天，天法道，道法自然。（第二十五章）

> 道，冲而用之或不盈。渊兮似万物之宗。挫其锐，解其纷；和其光，同其尘。湛兮似或存，吾不知谁之子，象帝之先。（第四章）

其次，他的"一"，不是通向了某种特定的大神、宙斯、上帝等，而是空、无和虚，是不可闻见的一种存在；而且，老子也没有形成某种绝对理念和纯粹精神，而是中意于"不言之教，无为之益，天下希及之"。老子说：

> 视之不见，名曰夷；听之不闻，名曰希；搏之不得，名曰微。此三者不可致诘，故混而为一。其上不皦，其下不昧。绳绳兮不可名，复归于无物。是谓无状之状，无物之象，是谓惚恍。迎之不见其首，随之不见其后。执古之道，以御今之有。能知古始，是谓道纪。（第十四章）

> 致虚极，守静笃。万物并作，吾以观复。夫物芸芸，各复归其根。归根曰静，静曰复命。复命曰常，知常曰明。（第十六章）

可见，老子的"一"具有独特的神秘色彩，说不清，道不明，或许是一种自然的空间存在方式，取之不尽，用之不竭，是一种无边无际的宇宙空间。但这并不意味着这个"一"全无内容，毫无定见，相反，它的价值就是提供了一种终极范式，为人类的信仰和信念奠定了基础。例如孔子虽然不言无为虚静之事，但是却坚守着"一以贯之"的人生理念，终其一生为实现自己的理想而奋斗。实际上，至今为止的人类文明史——尽管形态万千，各具特色——在很大程度上依然遵循着"一元论"的精神框架，以某种独特的信仰和信念为自己的文化旗帜。我想，这将在很长一段时间内依然如此。

阅读老子，理解这个"一"或许是个前提。

二、从"谷神"到"大美不言"

从"谷神"到"天下母"或"万物之母"，还可以感受到中国艺术精神的特质。

何为"谷神"呢？"谷"乃"溪"也，有水之山谷也，水草丰茂之地也，亦是原始人类女性生殖能力之象征也。可以想见，在古代，这种地方也是人类定居生活的首选之地，称之为"神"也好不为奇。

在这里，我们也就不难发现"万物之母""众妙之门"与"天下谿""天下谷""百谷王"之间一脉相承的关联——这就是老子对于女性的崇拜，坚信自然之道就是"雌胜雄""柔克强""阴生阳"：

> 有物混成，先天地生。寂兮寥兮，独立而不改，周行而不殆，可以为天下母。吾不知其名，强字之曰道，强为之名曰大。大曰逝，逝曰远，远曰反。（第二十五章）

"反"就是返璞归真，返回原始，反馈自然。这里，"谷神不死"已经和老子的"道"的内涵连在一起了，所谓"譬道之在天下，犹川谷之于江海"就说得很明白。这或许是一种原生态的文化资源给予老子的灵感和启迪，使他能够从这一原始思维的角度去理解和诠释人文之道。

这种原始的母性崇拜不仅决定了老子对"大象无形""大音希声""美言不信"等状态的推崇，而且导致他对于"水"及其特性的迷恋，因为"天下柔弱莫过于水"，而柔弱胜刚强，"天下之至柔，驰骋天下之至坚"。

对于水的推崇同样与原始女性崇拜意识有关：

> 上善若水。水善利万物而不争，处众人之所恶，故几于道。居善地，心善渊，与善仁，言善信，政善治，事善能，动善时。夫唯不争，故无尤。（第八章）

> 古之善为道者，微妙玄通，深不可识。夫唯不可识，故强为之容：豫兮若冬涉川；犹兮若畏四邻；俨兮其若客；涣兮其若凌释；敦兮其若朴；旷兮其若谷；混兮其若浊。孰能浊以静之徐清？孰能安以动之徐生？保此道者不欲盈。夫唯不盈，故能蔽而新成。（第十五章）

> 众人熙熙，如享太牢，如春登台。我独泊兮，其未兆，如婴儿之未孩，儽儽兮，若无所归。众人皆有余，而我独若遗。我愚人之心也哉，沌沌兮！俗人昭昭，我独昏昏。俗人察察，我独闷闷，澹兮其若海，飂兮若无止，众人皆有以，而我独顽且鄙。我欲独异于人，而贵食母。（第二十章）

> 天下莫柔弱于水，而攻坚强者莫之能胜，以其无以易之。弱之胜强，柔之胜刚，天下莫不知，莫能行。是以圣人云："受国之垢，是

谓社稷主；受国不祥，是为天下王。"正言若反。（第七十八章）

这些都把人们的视线引向了原始的母系社会状态——也就是人类文化的原初状态，人类还没有形成充分的理性思维习惯，并不受制于既定的概念和逻辑判断，呈现出了朦胧、混沌，但是又极其灵动、敏感的生命意识状态。例如，神话中女娲的意象就呈现出了这种状态，她在无意识中创造了人类，在游戏中开启了文明的大门。

老子的功绩就是把人类原始崇拜，从自然延展和提升到了人类文化层面，把人与自然的亲近关系引申到人与社会、人与人的层面，一反包括西方希腊哲学和中国孔孟之道的背反思路，不以对于原始思维和宗教进行否定为出发点，而是通过顺应历史和自然的方式另开新境，为人类文化的发展提供了难得的回旋空间和余地。

因此而言，老子的学说更倾向于艺术思维，因其根源于人类远古的母性崇拜，这也构成了中国最早的女性主义思想渊源。由此，老子不仅赋予了中国传统文化及其思维方式阴柔的、女性化的特点和气质，更确定了中国传统艺术独特的本体论特点与美学境界。

这就涉及中国文化中"阴"的观念及其来源。其实，"谷"与"阴"有息息相关的联系。所谓"山之北，水之南"的地理态势，就与"谷"有密切的关系。"谷神"的"谷"是土地肥沃之处，不仅有山有水，而且阳光充沛，由此才能生生不息，物产丰富。

于是，在《老子》中，出现了一个与"谷"有共生意义的观念"负阴抱阳"：

道生一，一生二，二生三，三生万物。万物负阴而抱阳，冲气以为和。（第四十二章）

这里所言的是一种滋生万物的最佳环境，最初是从自然母体中生成的，而"负阴抱阳"则是对于整个宇宙和生命世界生生不息的动态结构的一种理解和概括。这种阴阳结构在《易经》中表达为"一阴一阳之谓道"，并在此基础上演绎为神秘的八卦和太极图式。在《易经》中，"坤"字表示土地，是厚德载物、万物以致养的卦象。而"坤"又是一个奇特的字，其从土，另一半"申"，按《说文》解释，原意就是"神"，而且属阴，在卦象中有"三阴成否卦"之说。这样说来，"坤"字可以会意成大地之神，就与西方希腊神话中宙斯妻子盖亚的角色差不多。

这是一次神奇的文化探险之旅，由此可以想象一连串中国古代神话失落的环节。而老子的"负阴抱阳"则成了完整地理解中国文化发生与起源的关键一环。

不难看出，老子的"负阴抱阳"不同于《易经》中"天尊地卑"的观念，并没有男尊女卑的等级划分，而更接近于表达了一种男女同体的想象。由此也可以推测，《易经》中阴阳观念明显受到当时儒家思想的浸染，体现出正统的男性文化和话语的特征。

也许正因为如此，尽管老子学说根植于古代女性崇拜意识一说，人们早就有所认识，许多学者对此都有所发现或感悟；但是，老子的这种文化属性，甚至老子思想本身，一直被排斥在正统典籍之外；而且，在中国整体文化格局中，也一直处于民间的"亚文化"状态，其真实的意义和价值始终未得到充分的认同和认可。

2.《易经》：走向二元论的秘密

非常有趣的是，当我读到老子笔下的"道生一，一生二，二生三，三生万物。万物负阴而抱阳，冲气以为和"的时候，自然就会想到《易经》，因为这里出现了"负阴而抱阳"的论述。

读《易经》，首先就是读阴阳，因为其中所有的卦象都离不开阴阳观念。我们不妨先读一下专家的识见：

> 十分明显，无论是后来的八卦或六十四卦，都是由阴阳两爻（－－、—）组合成的，所以叙及《周易》的创作，我们不得不从这两种基本符号谈起。"阴""阳"概念的形成，是古代人们通过对宇宙万物矛盾现象的直接观察得出的。"盈乎天地之间无非一阴一阳之理"（《朱子大全·易纲领》），在古人心目中，天地、男女、昼夜、炎凉、上下、胜负……几乎生活环境中的一切现象都体现着普遍的、相互对立的矛盾。根据这种直感的、朴素的观察，前人把宇宙间变化多端、纷纭复杂的事物分为阴、阳两大类，用两种符号表示：阴物为"－－"，阳物为"—"。①

我赞同黄寿祺和张善文先生的见解。正如他们所说的，《易经》不是一般的卦书，而应该被视为一部哲学著作。这不仅表现在阴阳之间的相互对立和融通，更表现在思维方式上，其与《道德经》的最大不同就在于其走出了"一元论"，用一种"二元论"视点来观察和阐释宇宙万物和人类社会。从"一"到"二"，看起来是简单的一步，但是就人类思维和思想发展来说，却

---

① 黄寿祺、张善文：《周易译注·前言》，上海古籍出版社，2001年版，第2页。

是破天荒的一大步，显示了一种极其宽广的视野，造就了丰富多彩的文化景观和景象，好像一下子打开了一个新天地，整个宇宙自然和人类社会现象都有了规律和规则，似乎人类有可能就此"读懂"整个世界。

古书没有分类，不像今日分门别类为政治、哲学、经济、伦理、历史等等，如果需要分类的话，我想可以分为天书、地书和人书，而《易经》恐怕是一本将三种书合并融通于一体的书。不过，从疑古学派角度来说，《易经》恐怕又是一部经过后人不断抄写、增删、演绎、转述、借题发挥的著作，很多东西都是后人增加的，有很多别出心裁的阐释和引申。

而这也使《易经》成了一部最难读懂的百科全书式的人文经典。其实，我曾多次阅读过《周易》或者《易经》，版本也不尽相同，但是从来就没有真正读完过，半途而废是经常的事情。其中一个重要原因，就是难以确定这本书的主旨。有时候我感觉到这是一本最早的历史书，所记载的不过是已经发生过的重要的宫廷政事，卦象不过是一种叙述的工具；有时候我也会觉得这是一本卦书，是前人依据卦象与现实之间的应合关系而总结出来的一些普遍规则；有时候我会把它设想为一部"未来辞典"，似乎在通过符号和卦辞向人们暗示着什么，但是只有高人才能揭示其中的奥秘，于是吸引了历代文人来揭秘……至今人类世界一些主流思想观念，还继续遵循和延续着"二元对立"的模式，非此即彼，非对即错，毫无回旋的余地。显然，在这里，我绝对没有资格来解读《易经》，但是这无穷的猜想和朦胧的感觉，却带给我很多启迪，其中包括某种批判性的逆行思维的发生，让我走出某种既定的一元论的封闭怪圈，用更宽广的视野看待和理解世界。

由此我也相信，从"一元"走向"二元"固然是人类思维和思想发展的一次飞跃，但是不可能就此永远停留在这里，还有"二生三，三生万物"，肯定还有"三元论"乃至"多元共生"的精神现象出现——这些年来出现的"主体间性""知觉""统觉"等话题的讨论，说不准就是一种新的人类文化崛起的前兆。

还是有必要不断读读《易经》，尽管确实有许多读不懂。

《易经》的魅力也许就在于你读不懂、但是还一直吸引你去读。

3. 阅读《论语》

一、从"学而时习之"开始

《论语》的首句就是:"子曰:学而时习之,不亦说乎?"

这是一个快乐的开头。

接着,孔子又说:"有朋自远方来,不亦乐乎?人不知而不愠,不亦君子乎?"

每当读到这里,我就一定会停下来,设想孔子作为一个老师,似乎会经常对学生说这句话,或许这位学生刚刚从远方来,孔子站在门前欢迎他。

学习是件快乐的事情啊。但凡读过《论语》的人,都会首先感受到孔子是一个爱读书,爱学习,爱和亲朋好友、自己的学生谈学论道的人,而且能够从学习中不断得到启发和乐趣,不断得获知音和知己,不断扩大自己的胸怀,不断增强自己的文化自信,不断理解和包容他人的感受。

看到学生在学习和思考,看到有人来求学问道,孔子总是笑呵呵的;遇到不是很理解自己的学生,遇到不同意见,孔子也从来不恼怒,还是笑呵呵的。

正如我的朋友罗云峰在《论语广辞》中所说:"此兼教、学、自处三者而言。"[①]

[①] 罗云峰:《论语广辞》,上海三联书店,2021年版,第1—2页。

罗云峰的下列解说也使我开窍不少：

  自教者言，必先学习而后教，所谓学而不厌也；师者道德广闻，而慕道向善之信从弟子众，所谓得天下英才而教育之也；弟子一时不能知悟而不愠，所谓诲人不倦也。

  自学者言，学、习而实得其道其善，求师访友（敬贤）、朋友切磋有得其道其善，同学朋友一时不我知而不愠也。

  自人之自处言，学、习以求道自立，朋友切磋以悟道相长。世人不我知而我求道不止、道乐嚚嚚、乐天知命也。古之学者为己（自我修养进德，非专为律人也），深造自得，欲罢不能，他人之不我知，而我不愠怒也。此皆不亦说乎、乐乎、君子乎！

  盖"学者始于时习，中于讲肆，终于教授者也"。

  总论之，或曰："明夫学者始于时习，中于讲肆，终于教授者也。"又或曰："'人不知'者，世之天子诸侯皆不知孔子，而道不行也。不愠者，不患无位也。学在孔子，位在天命。天命即无位，则世人比不知矣，此何愠之有乎？孔子曰：'五十而知天命'者，此也。此章三节皆孔子一生之事实，故弟子论撰之时，以此冠二十篇之首也。二十篇之终曰'不知命，无以为君子'，与此始终相应也。"此文有可对照"不患人之不己知，患己不知人也"一句。[①]

此为读懂《论语》之谓也，拨云见日，受益匪浅。

二、"人"是文明的基石

  早就有人说过"半部《论语》治天下"，如今听起来好像有点悬，因为思想学术的发展早就越过了一种思想、一本书统治人类的时代；但是，细细品味和思量之后就会发现，这话又不无道理，尤其对中国来说，自孔子诞生以来的几千年文明史，都离不开孔子的学说，所以说，这句话切中

---

① 罗云峰：《论语广辞》，上海三联书店，2021年版，第1—2页。

了中国历史和文化的脉搏和根本。

孔子及《论语》何以具有如此巨大的历史魅力呢？

因为孔子及《论语》抓住了历史和文化的核心——人。

读孔子首先是读《论语》，而《论语》反反复复所讲的就是一个"人"字——如何做人、如何识人和如何用人——这三者构成了儒家学说的中流砥柱，也几乎囊括了中国文化精神和学问的全部内容。由此也形成了中国文化和学问"道不远人"的传统，所有的思考、探索和发现，所有的理论、思想和社会理想最终都必须回到和归结于"人"本身，以"人"为基础，围绕着"人"做文章。只有理解了人，抓到了人，才能理解社会，才能找到解释世界的钥匙，才能谈得上把握社会和赢得人心，最后平天下，治天下；所以，"人"是所有学问的根柢，不可以须臾离开，"人之为道而远人，不可以为道"。

从一定意义上说，人不是原来就有的，也不是猿猴变来的，人是文化的产物，是经过一定文化的熏陶才成为"人"的。

不仅如此，从单个的"人"到群体的"仁"，孔子完成了人之存在状态和意识的历史化、社会化和精神化的过程，把人的存在及其意义，推到了一个广阔的、人与人关系的世界之中。

在《论语》中，"人"是作为文明和文化的基石来进行论述的，一切发自于人，取决于人和归结于人，所以如何"做人"是非常重要的。作为一个教育家和思想家，孔子最后所做的一切就是如何立人和育人，也就是通过教育使"人"达于"仁"，成为有信念、有教养、有知识的君子。这种从"人"到"仁"的过程，是一种文化建构和培养的过程，由此人不再是一个"原人"，而成为一个有自觉意识的、拥有与社会文化相通的文化教养和价值观念的"人"，也就是孔子所说的"仁者"，"夫仁者，己欲立而立人，己欲达而达人"。

如果说《论语》的核心就是"人"，那么孔子最关注的还是如何"做人"。在这方面，孔子经历了"为政"的长期奔波之后，不仅关注外在的"礼"——一系列文明规则和观念——的重要性，而且意识到内在的修养和修炼的必要性。也就是说,"人"的关键在于一种文化建构,一种内在的心理化过程,其最后归结为一种内省和反思的自我监管和要求——这就把心思放在了文化教育方面,以"立人"来持续自己的追求。而要达到这一点,关键在于一个"诚"字。

这是非常难的。因为一个人从小就开始学着"做人",就不能不割舍自己的天性,有所压抑自己的个性,不能不循规蹈矩,按照既定的文化模子来说话和做事,这是何其痛苦的过程。而后来的《大学》和《中庸》之所以强调"诚",也在于感受到了这种"做人"的难度,怕内外不一致,所以试图用"诚"来克服内心的矛盾。所以,才有了《大学》的"诚其意者,毋自欺也","诚于中,形于外,故君子必慎其独也","君子必诚其意","如保赤子,心诚求之,虽不中,不远矣","君子有大道,必忠信以得之",等等,皆突出了求学明道以诚为本的道理。而《中庸》更是开宗明义提出"率性之为道",一再强调"诚者,天之道也;诚之者,人之道也;诚者不勉而中,不思而得,从容中道,圣人也"。这当然是对于孔子思想的延展和发挥。孔子在回应子贡"有一言而可以终身行之者乎"的疑问时说:"其恕乎?己所不欲,勿施于人。"而曾子在领悟孔子"一以贯之"之内核时也说:"夫子之道,忠恕而已矣。"

无疑,无论是"忠"还是"恕",其基础都是那个"心"字,也就是内心的真实,对内心绝不自欺,对外绝不苟求强求,将心比心,内外一致,方才称为君子。古汉字中的"应""慎""德"等,都有个"心"字,都强调应该从内心出发,以真诚作为基础。所以,后来子思强调"诚",不仅是对儒家学说的伟大贡献,而且也承接了中国文化"以诚为本"的传统。对此,王国维给予高度关注和评价,他认为"诚"与叔本华之"意志"相似,是"后世儒教哲学之根本"所在,"《中庸》实儒教哲学之渊源,通孟子而至宋代,遂成伟大之哲学者也"。王国维还指出:"……子思以有伦理的意义之诚,为宇宙之根本主义,因之为各物之本性。故自子思目中观之,伦理的法则与物理的法则、生理的法则,皆同一也。自其发现之方面言之,虽千差万别,然求其根本,则无出于诚之外者。故曰:'天地之道可一言而尽也，其为物不贰，则其生物不测。'而人之能返于诚者与自然无异，即与天地合体者也。故曰：'唯天下至诚为能尽其性，能尽其性则能尽人之性，能尽人之性则能尽物之性，能尽物之性则可以赞天地之化育，可以赞天地之化育则可以与天地参矣。'"

在王国维看来，"诚"不仅代表了人之本性，更为中国"天人合一"思想提供了有力的支撑。所谓"中庸"之"中"，不仅有"不偏不倚"之意，更有"忠实于内心真实感受"之意，所谓"外得于人，内得于己"，正是中国传统修身正心养性的根本。而"庸"，常也，也就是"一以贯之"的意思，并不是一种暂时、临时的选择。所以孔子才如此看重颜回，曰："回之为人也，择乎中庸，得一善，则拳拳服膺，而弗失之矣。"毛泽东曾说"一个人做点好事并不难，难的是一辈子做好事"，而一辈子真诚做人、"一以贯之"又是何其难矣！因此，"中庸"所表达的就是一种以真诚之心孜孜求道，最后达到内外契合、天人感通的境界。这也就是孟子所说的"恒心"，由此首先能够"尽其心知其性"，"反身而诚"，然后才能体验到知天、事天、得道的快乐。用今天的话来说，无论做人、求学问，都首先要真诚，从自己的生命意识出发，重视自己内在的真实感受，真诚地面对社会，面对自己，不虚假，不虚伪，不做作。有了这种真诚的自我，才能够取信于人，取信于自然，才能获得外在同样真诚的回报。

当然，对于"诚"历来有不同的演绎和解释。尤其对于"中庸"之说，自古就有舍诚取智一派，强调"中庸"在待人处世方面的实用价值，更看重其人生智谋、心术、策略方面的意义，而把其内心本真的一面忽略了。这或许也是造成中国传统文化精神式微、现代人文家园荒芜的重要原因之一，因为我们当前实在不缺乏各种各样新知旧说，以及大块大篇的文章演说，但是缺乏的就是真诚。近代以来人们之所以强调"真"与"诚"，也在于随着文化的疯狂发展，符号化程度的高度提高，真诚越来越难得了，孔子所强调的"做人"似乎距离人的本性和真情也愈来愈远，人的压抑、困惑和痛苦也越来越多；在这种情况下，不仅如何"做人"，就连孔子学说，也到了该重新认识和评价的时候了。

三、"仁者爱人"也

很多研究孔子的专家都认为,《论语》最重要的核心观念就是"仁",我很认同。当然,也有专家认为是"礼",我也认同,因为没有"礼","仁"从何处表现出来呢?我倾向于"礼为仁之表,仁为礼之本"之说,它们在孔子学说中是互为表里的,谁也离不开谁,"仁"要付诸实践,就得有形式,这就是"礼","礼"存在的依据就是"仁",所以"仁"就有了各种各样的解说和要求,能够落实到现实生活中,"礼"也就有了充实的内涵,所以孔子说:"人而不仁,如礼何?人而不仁,如乐何?"。

"仁者爱人"之说出自樊迟问仁,孔子用了"爱人"这句很简单的话回答,后来这句话得到了孟子的倡扬,以"仁者爱人"为题加以了强调:"君子所以异于人者,以其存心也。君子以仁存心,以礼存心。仁者爱人,有礼者敬人。爱人者,人恒爱之;敬人者,人恒敬之。有人于此,其待我以横逆,则君子必自反也:我必不仁也,必无礼也,此物奚宜至哉?其自反而仁矣,自反而有礼矣,其横逆由是也,君子必自反也:我必不忠。自反而忠矣,其横逆由是也,君子曰:'此亦妄人也已矣!如此,则与禽兽奚择哉!于禽兽又何难焉!'"

在《论语》中,"仁"或许是出现次数最多的词语之一,我也好多次读到"仁者爱人"之类的解释,大意至少是清楚的,但总还是觉得不满足,似乎还有更玄妙的意思在里面,其中吸引我的不仅在"仁",而更在于"爱";也就是说,我更想知道的是,"何以为爱",这"爱"又是从何而来?其渊源又是什么?

显然,按照"道不远人"之古训,"仁"离不开"人",是从人出发的,只是不再是一个人,而变成了两个人。为此,我又开始留意"爱"的文字渊源,没想到不久就有了收获:在金文或古形态文字中,"爱"竟然是一个奇特的符号,形同两性交媾时候的图像,或者是一种两性同体的意象。这一发现不仅使我对于爱之起源有了更实在的认识,而且也启发了我对于《易经》中阴阳符号的理解，正如黄寿祺所言："为什么用这两种符号（而不是别的符号）来象征阴阳呢？人们曾作过各种猜测，或以为是男女生殖器的象征……"① 如若如此，那也就不难理解，古人为何把男女交合称之为"周公之礼"，视婚姻为人伦之大事。这一看法在《史记·外戚世家序》中有更明确的指认："夫妇之际，人道之大伦也。礼之用，唯婚姻为兢兢。夫乐调而四时和，阴阳之变，万物之统也。"

如果就此来理解《论语》，那么"仁"之渊源来自人性本原的情感；孔子用"爱人"来回答何以为仁问题，也是从最基本的原始语义出发的。这也是孔子学说根植于血缘关系的原因，由此打通从家庭到社会、从个人到群体的人、从伦理到政治的关系，形成了一整套以人为本的思想体系。

在这里，正如鲁迅说过的"创作总根于爱"，孔子的学说也根植于爱，只是由于某种社会语境和政治诉求的需要，孔子不能不淡化男女之间的情爱色彩，把"仁"的出发点挪移到了孝敬父母，而后扩展到兄弟姐妹、邻里乡间、亲朋好友乃至君臣之间，成为一种普遍的道德价值标准。而没有想到的，从"以爱为本"到"以人为本"，虽然摆脱了当时社会历史文化条件的限制，为"爱"开拓了更宽阔的话语空间，但是也在某种程度上遮蔽和消解了"爱"与"仁"之间的血缘关系，使人的本能和天性也受到了某种压抑和限制。

但是，正如很多优秀艺术作品所显示的，爱是不会完全被泯灭和遗忘的，即使是谨小慎微、循规蹈矩的孔子，也会时常为爱发出感叹，例如，他对于民间情歌《关雎》就给予很高评价："乐而不淫，哀而不伤。"其实，这何尝不是一首表现性爱的诗歌啊！

这或许也正是孔孟之道中的"仁"在20世纪70年代初受到激烈批判的原因。我手头正好有一本《向伟大的革命家鲁迅学习》的小册子，由上海人民出版社在1971年12月出版，收集了12篇文章，首篇就是罗思鼎的《学习鲁迅批判孔家店的彻底革命精神——纪念伟大的革命家、思想家、

---

① 黄寿祺、张善文：《周易译注·前言》，上海古籍出版社，2001年版，第2页。

文学家诞生九十周年》，其中用很大篇幅批判孔子的"仁"，这里不妨录下一段：

  在阶级社会中，所谓"德性"、"美德"，都有具体的阶级内容。什么叫"仁"？孔子说，"仁"就是"爱人"。是爱一切人吗？没有那回事。毛主席教导说："自从人类分化成为阶级以后，就没有过这种统一的爱。过去的一切统治阶级喜欢提倡这个东西，许多所谓圣人贤人也喜欢提倡这个东西，但是无论谁也都没有真正实行过，因为它在阶级社会中是不可能实行的。"生活在春秋末年的孔子，是没落奴隶主阶级的代表，他爱的只能是没落的奴隶主阶级。孔子鼓吹的"仁"，哪里是人类共同的"美德"，分明是奴隶主阶级的"德性"。鲁迅深刻地揭露了这种掩盖奴隶主贵族野蛮统治的虚伪说教，指出："孔子曾经计划过出色的治国的方法，但那都是为了治民众者，即为权势者设想的方法，为民众本身的，却一点也没有。所以，孔子决不是什么超阶级的'宇宙间之伟人'，而不过"是那些权势者或想做权势者们的圣人，和一般的民众并无什么关系"。[①]

  [①] 罗思鼎：《学习鲁迅批判孔家店的彻底革命精神——纪念伟大的革命家、思想家、文学家诞生九十周年》，原载 1971 年 9 月 25 日《人民日报》，《向伟大的革命家鲁迅学习》，上海人民出版社 1971 年版，第 2 页。

4.《逍遥游》：关于人类的自由之境

《逍遥游》是庄子的首篇，也是整本书的中心意旨所在。尽管前人对此有不同的理解和解释，但是其中所显示的对于自由境界的追寻和探索，是世世代代读者心身所向往的。也许正是由于有了鲲鹏这样巨大的意象，中国文化才有了宏大的语境和发展空间，中国人才有了最初的自由之境的概念和想象。这一点，在文中一开始就出现了，鲲鹏以一种超凡的意象横空出世：

> 北冥有鱼，其名为鲲。鲲之大，不知其几千里也。化而为鸟，其名为鹏。鹏之背，不知其几千里也；怒而飞，其翼若垂天之云。是鸟也，海运则将徙于南冥。南冥者，天池也。[①]

其实，"逍遥游"虽然为篇题，但是庄子自始至终并未给予确切的定义和解释，而是不断列举自然界中的生命意象及其寓言进行展演与比较，使人们不断接近逍遥游的内涵与境界。

（一）何谓"逍遥"？

首先，就是对"逍遥"的呈现。这或许是阅读和理解这篇奇文的第一件乐事，因为一千个读者可能有超过一千种的感受和理解，不必去求统一的答案。有一点很有意思，"逍遥"是古代汉语中最早出现的双音词或复合词之一，从古文字研究来说，双音词或复合词的出现，在人类文化史上具有重要意义，不仅意味着思想和思维的扩容，而且意味着一种语言和想

[①] 本文《庄子》引文，皆采用郭象注本，以下不再注明。

象的跨界和粘连，具有更丰富的意味。

为何逍遥？从庄子的叙述方式来说，这又是一个见仁见智的问题，庄子本人并没有给予确切的答案和解释，这似乎有意给读者留了广阔的想象和阐释空间。就这一点来说，庄子似乎最明白文学意义的归属了，其在某种程度上来说几乎完全取决于读者的选择和认定，作者不论如何推销自己的"价值"和"意义"都是徒劳的，与其千般论辩，以理屈人，不如大大方方地把意象交给读者，让读者去想去悟得了。

看来，要理解"逍遥"，不能仅仅依靠词语的考古和推理，更要去想象和理解鲲鹏展翅的寓意。

既然逍遥意味着翱翔，那自然与鲲鹏的意象紧密相联。显然，鲲鹏是一个神话传说中的意象，其远古来源至今并不清楚，因为中国古代文献经过多次删减之后，能找到相关资料并不多。还好，对于这一点，古人就有一些精彩的感悟和描述，可以供我们参考。例如，曹子建在其《玄畅赋》中就有"希鹏举以抟天，躐青云而奋羽；舍余驷而改驾，任中才之展御"的诗句，明显是以大鹏来喻其志的；左太冲在《吴都赋》中的"大鹏缤翻，翼若垂天，振荡汪流，雷抃重渊"之诗句，似乎同样显现出一种张扬的气质。在唐欧阳询等人编的《艺文类聚》中，还可以看到收晋阮修的《大鹏赞》，其曰：

  跄跄大鹏，诞自北溟。假精灵鳞，神化以生。如云之翼，如山之形。海运水击，扶摇上征。

当然，最令人们称道的乃是李白的《大鹏赋》，其洋洋洒洒，在叙述了大鹏"激三千以崛起，向九万而迅征"之景象后，在结尾处云：

  伟哉鹏乎，此之乐也。吾右翼掩乎西极，左翼蔽乎东荒。跨蹑地络，周旋天纲。以恍惚为巢，以虚无为场。我呼尔游，尔同我翔。于是乎大鹏许之，欣然相随。此二禽已登于寥廓，而斥鷃之辈，空见笑于藩篱。[1]

---

[1] 四库全书《李太白集注》。

据说这是李白在湖北鄂州拜见当时的道教大师司马承祯之后所作。促使李白诗兴大发的是，司马承桢一见到李白便大加赞赏，称李白不仅有"仙风道骨，可与神游八极之表"，眉宇之间英气勃勃，而且不忘苍生社稷，志不在小，自是鹏程万里之势。这使得原本就自持"天生我材必有用"的李白，一时心志飞扬，情不自禁，写下这首寄寓自己鸿鹄之志的《大鹏赋》。

这首《大鹏赋》开始构思时叫《大鹏遇希有鸟赋》，明显透露出遇知音时的感慨，但是从行文中可以看出，诗人的自我随着大鹏奋飞，愈发张扬起来，不再顾及和感念他人的知遇，完完全全沉浸在自我的翱翔之中，把自己变成了大鹏，所谓"簸鸿蒙，扇雷霆。斗转而天动，山摇而海倾。怒无所搏，雄无所争"，所谓"块视三山，杯观五湖。其动也神应，其行也道俱"，所谓"上摩苍苍，下覆漫漫。盘古开天而直视，羲和倚日以旁叹"，等等，无不表现了李白雄姿壮观的胸臆和气势，堪称诗人自我的写照，充满自我狂放、无所顾忌和自由浪漫之情。

怪不得日后唐诗人任华在《寄李白》一诗中用大鹏来赞李白：

古来文章有奔逸气，耸高格，清人心神，惊人魂魄。

我闻当今有李白，大鹏赋，鸿猷文，嗤长卿，笑子云。

班张所作琐细不入耳，未知卿云得在嗤笑限。

登庐山，观瀑布，海风吹不断，江月照还空。余爱此两句；

登天台，望渤海，云垂大鹏飞，山压巨鳌背，斯言亦好在。

至于他作多不拘常律，振摆超腾，既俊且逸。

或醉中操纸，或兴来走笔。

手下忽然片云飞，眼前划见孤峰出。[1]

由此可见，逍遥和大鹏之间，有一种相互印证的艺术关联：所谓逍遥，既是一种神奇的生命力量，也是一种极致的自我状态，能够在生活中得到肯定和知遇，在大自然中获得象征和共鸣，精神和人格在

---

[1] 《李太白全集》，中华书局，2015年版，第735－736页。

海阔天空、无拘无束的自由空间得以宣泄和实现。

(二) 为何要"大"？

其实，庄子对于"逍遥"并非没有解释，而是继续采取了寓言的方式进行了展示。

回到现场就会发现，庄子引领读者走向了另外一个方向"大小之辩"。庄子讲了鲲鹏的寓言后，立即以蜩与鸠的对话，说明逍遥与大小之境的关系：

> 蜩与学鸠笑之曰："我决起而飞，抢榆枋，时则不至而控于地而已矣，奚以之九万里而南为？"适莽苍者，三飡而反，腹犹果然；适百里者，宿舂粮；适千里者，三月聚粮。之二虫又何知？

> 小知不及大知，小年不及大年。奚以知其然也？朝菌不知晦朔，蟪蛄不知春秋，此小年也。楚之南有冥灵者，以五百岁为春，五百岁为秋；上古有大椿者，以八千岁为春，八千岁为秋。而彭祖乃今以久特闻，众人匹之，不亦悲乎！

显然，庄子在这里从时空和智慧层面所肯定和追寻的是"大"，"大"不仅是逍遥游的条件和标准，而且是其终极价值所在。

为什么要如此推崇"大"呢？"大"在这里又意味着什么呢？

原来，"大"在中国文化中是最古老的高端话语之一。从字源考古就能看出，"人"出头后才为"大"，不仅意味着人之出类拔萃，而且表达了人之超越现实和物质社会的理想和愿望；如果再升一步，加一横，那就是"天"，就到达了中国古代最高、也是不可违抗的终极概念了。也许正因为如此，老子在对"道"的解释中，为了超越自我设置的"不可道，不可言"的界限，最终借用了"大"这个概念：

> 有物混成，先天地生。寂兮寥兮，独立而不改，周行而不殆，可以为天下母。吾不知其名，强字之曰道，强为之名曰大。大曰逝，逝曰远，远曰反。故道大、天大、地大、人亦大。域中有四大，而人居

其一焉。人法地，地法天，天法道，道法自然。

所谓"强之为名"，就是在无可奈何的情况下的一种解释了，虽不能说准确，却最接近"道""自然"和"天下母"之状态了。由此也可以看出，庄子所言之"逍遥"，不是一种概念，而是一种追求跨越空间，实现人之生命自由自在，不受任何外在事物的束缚，能够最大限度实现自己的愿望。

于是，紧接着，庄子话锋一转，从自然界转向了人类，开始用"大"与"小"来阐述人之逍遥游的尺度与途径。

显然，逍遥首先需要空间，"逍遥游"就是一种空间的叙述，与开首的"北冥有鱼"的寓言相互呼应，产生了一种珠联璧合的展演效应。在这里，我们不能不赞叹庄子思维的精妙，确实达到了一切尽在展翅奋飞中的效果。

这种效果也体现了一种不拘于概念推理的自由想象的境界，所以鲁迅在《汉文学史纲要》中如此评述庄子的文体："其文则汪洋辟阖，仪态万方，晚周诸子之作，莫能先也。"

同时，这也符合老子论学的方式，即"道可道，非常道"，关键在于读者从什么角度来理解，有目的的可以"观其徼"，纯粹欣赏的可以"观其妙"，各有所得，并没有绝对的正确答案。这也是庄子为什么喜欢用寓言说事的魅力所在。

可以说，这种写法就是一种逍遥的呈现，或许一切意蕴就包容在这鲲鹏展翅的飞翔之中。寓言不同于观念和概念，不仅在于其呈现方式和内容不同，还在于其意义和意味的不确定性和广延性，能够延展和演绎出不同的意思和意义。因此，如果说，概念和观念必须以论辩的逻辑及其自身观念的因果关系为基础的话，那么，寓言则可以超越这种关系，甚至不依赖于观念的设置和论辩，而以自身的方式来显示自己。换句话说，寓言不排斥概念和观念，但是不提供定义，只提供语境和思维空间，其余的就交给读者了。

（三）何以为"游"？

于是，尽管有点牵强附会，我还是愿意把"逍遥"理解为一种对于人类自由之境的表达。说"牵强附会"，这是因为逍遥就是逍遥，再用任何话语进行解释都有或误解、或过度、或转借、或走样的嫌疑。这或许就是阐释学的弊端，"你不解释我还有点明白，你越解释我越糊涂"。为什么还要解释呢？还要动用其他的词语呢？这是因为时间和空间变换的缘故，过去的记忆和话语都会被扭曲和变形，甚至会出现淡漠和遗忘，不得不进行打磨和磋锐，使其意义更加彰显。事实上，这种互为镜像的对照，就是一种时空和语境的整合，因为自由作为一个来自西方文化的概念，如今在中国语境中的使用率甚至超过逍遥，尤其在高端学术和意识形态领域，处于话语链的顶端位置；而逍遥作为中国文化的原话语之一，却一直处于话语链的低端位置，流行于民间日常生活层面。

中国古代没有自由的概念与话语，并不意味着没有对于自由之境的追求，而是生发出了另一种表达。在这里，用"自由"来认识或解释"逍遥"，并不是取代逍遥，而只是提供一种镜像和"磨刀石"，在中西古今之间进行对照和比较，使"逍遥"之意更加活灵活现，并融入当下的文化语境之中——这似乎又是阐释学的存在并不断发展的意义所在了。

其实，即便在西方文化中，自由（freedom or liberty）也是一个说不清的概念，所以我们也完全不必为其定义所束缚。例如，就连当过美国总统的亚布拉罕·林肯（Abraham Lincoln）都说："世界上从不曾有过对自由一词的精当定义，而美国人民现下正需要一个精确的自由定义。尽管我们都宣称为自由而奋斗，但是在使用同一词语时，我们却并不意指同一物事。……当下有两种不仅不同而且互不相容的物事，都以一名冠之，即自由。"哈耶克在《自由秩序原理》中引用了林肯的话后也指出："透过上文对'自由'的含义所做的粗略界定，业已表明它所意指的乃是一种生活于社会中的人可能希望尽力趋近但却很难期望完全实现的状态。"——而就在这一点上，"逍遥"与自由似乎又靠近了一步。

当然,"逍遥"作为"自由"的一种中国化的表达,其关键在于"游"。

"游"在中国文化中意味深长,而在这里,还有一层相互解释的互文意义。也就是说,"游"是对"逍遥"的另一种诉说,犹如"道"与"自然"的关系一样,没有"逍遥"之状态,就没有"游";而"游"自然就是一种自由自在的逍遥的体现。

这也开启了中国玄学的言说方式,形成中国古代美学中独特的演绎逻辑,以词语粘连的方法形成上下文之间的互文互释,由点到块,逐渐扩展,蔚成大观。

于是,"游"是一种中国式的自由状态,自由自在、无拘无束、赏心悦目、游山玩水、想停就停、想走就走、乘兴而去、兴尽而返,这就是中国古人所追寻和向往的人的生命状态。

庄子完全知道自由存在着种种障碍,它们来自社会生活的种种方面,而人并不是神话传说中的鲲鹏,没有那么大的翅膀,更不可能一怒冲天,展翅万里。那么,如何实现逍遥游呢?

于是,庄子发明了"心游"和"神游"。而又如何实现"心游"和"神游"呢?

那就要去读下一篇《齐物论》了,庄子将告诉人们如何超越现实和物质的障碍,去实现人类梦寐以求的自由境界。

5.《齐物论》:"道通为一"的追寻与实现

一、"道通为一"的追寻

如果说《逍遥游》是庄子的一个梦想，那么，《齐物论》就是告诉你如何才能去实现或者说体现这个梦想。毕竟这是个充满种种限制、间隔和危险的世界，逍遥固然美妙无比，但是落实到现实生活中，那就难了。

于是，庄子写了《齐物论》。"齐物"就是超越和突破种种不同事物之间的限制和间隔，在想象的艺术空间中实现逍遥自在的体验。这种情景一开始就通过南郭子綦的修行之道予以了呈现。南郭子綦是楚国人，属于那种修炼修为特别深厚的人，他经常在床上打坐冥想，"仰天而嘘"，好像精神脱离了身体，进入了另一个境界。他的学生颜成子游看到自己老师骨瘦如柴，形同槁木，实在有点不理解，于是问老师这是一种什么感觉，子綦就告诉他自己正在感受人籁、地籁和天籁这三种境界，人籁是人通过乐器发出的声音，地籁是宇宙自然发出的声音，而天籁则是人已经达到"今者吾丧我"，完全与自然混通一体的状态，"咸其自取"的自由境界，平和至静，大音希声，根本不需要发出声音了——"怒者其谁邪？"

这里可以看出，"齐物"首先是进入一种虚静冥想的心理状态，通过一种内在方式与宇宙自然进行交流融通，最后达到主体自我世界的自然自在，任意选择和享受生命的美好和超越。由此，庄子最不喜欢的就是把生命卷入世俗生活的争斗之中，结果人被物所驱使，所奴役，根本无法体验到真宰和真情的意味。下面这段话，惟妙惟肖地对比和描画了两种不同的心理状态：

> 大知闲闲，小知间间；大言炎炎，小言詹詹。其寐也魂交，其觉也形开；与接为搆，日以心斗。缦者，窖者，密者。小恐惴惴，大恐缦缦。……日夜相代乎前而莫知其所萌。已乎，已乎！旦暮得此，其所由以生乎！

但是，如何才能摆脱这种凡俗自耗的状态，进入一种生生不息的生命境界呢？当然离不开求"道"。但是，"道"又如何才能得获呢？

庄子找到了"通"，"通"即是"道"：

> 故为是举莛与楹，厉与西施，恢恑憰怪，道通为一。其分也，成也；其成也，毁也。凡物无成与毁，复通为一。唯达者知通为一，为是不用而寓诸庸。庸也者，用也；用也者，通也；通也者，得也；适得而几矣。因是已，已而不知其然，谓之道。[①]

在这里，短短百字就有五个"通"，可见庄子对于"道通为一"的重视，他不仅继承老子"道生一"的主张，而且有所倡扬和发挥，把一元论引入不同事物的交流、转化和融通之中，形成一种超越万物之间限制和隔阂的理论。从某种程度来说，这种"道通为一"的追寻，为中国文化走向综合和一统奠定了理念基础，大大扩展了中国文化文明的包容性。

上面的这一段话，张耿光先生的白话译文也是很有意味的，不妨录下细品：

> 所以可以列举细小的草茎和高大的庭柱，丑陋的癞头和美丽的西施，宽大、奇变、诡诈、怪异等千奇百怪的各种事态来说明这一点，从"道"的观点看它们都是相通而浑一的。旧事物的分解，亦即新事物的形成；新事物的形成，亦即旧事物的毁灭。所有事物并无形成与毁灭的区别，还是相通而浑一的特点。只有通达的人方才知晓事物相通而浑一的道理，因此不用固执地对事物作出这样那样的解释，而应

[①] 本文《庄子》引文均出自《庄子全译》，张耿光译注，贵州人民出版社，1990年版。

把自己的观点寄托于平常的事理之中。所谓平庸的就是无用而有用；认识事物无用就是有用，这就算是通达；通达的人才是真正了解事物常理的人；恰如其分地理解事物常理也就接近于大道。顺应事物相通而浑一的本来状态吧，这样还不能了解它的究竟，这就叫作道。

你觉得这样翻译是否符合庄子的本意呢？

二、"梦思维"的呈现与穿越

显然，既然庄子钟情于"道通为一"，追寻一种人与世界、人与人、人与各种事物之间的无差别状态，那么就得超越它们之间确实存在的各种间隔、差异和不同。

拿庄子的话来说，他首先要面对的就是"类"与"不类"的问题：

> 今且有言于此，不知其与是类乎？其与是不类乎？类与不类，相与为类，则与彼无以异矣。虽然，请尝言之：有始也者，有未始有始也者，有未始有夫未始有始也者；有有也者，有无也者，有未始有无也者，有未始有夫未始有无也者。俄而有无矣，而未知有无之果孰有孰无也。今我则已有谓矣，而未知吾所谓之其果有谓乎？其果无谓乎？

在这一系列类与不类、有始和未始、有和无的盘诘中，庄子如何才能化解矛盾，冲出重围，实现自己"道通为一"的境界呢？

此时庄子亮出了自己的底牌，搬出了自己主体性的存在与选择：

> 天地与我并生，而万物与我为一。既已为一矣，且得有言乎？既已谓之一矣，且得无言乎？

因为有"我"，而且是与宇宙自然同在的"我"，能够与万物混同为一的"我"，当然能够超越宇宙万物之间的间隔与不同，感受和体验"道通为一"的境界了。但是，这种境界是否能够用语言表达出来，是否能够在是与不是、对与不对、辨与不辨之中，也就是在人的道德评判之中得到答案呢？宇宙和人生的终极答案是否可以在现实生活中获得呢？——当庄子否定了一切真假、善恶、对错、有无、生死、物我之间的区别和界限时，最后不能不求助于人类一种最原始的思维形式和状态，这就是梦：

> 梦饮酒者，旦而哭泣；梦哭泣者，旦而田猎。方其梦也，不知其梦也。梦之中又占其梦焉，觉而后知其梦也。且有大觉而后知此其大梦也，而愚者自以为觉，窃窃然知之。"君乎！牧乎！"固哉！丘也与女皆梦也，予谓女梦，亦梦也。是其言也，其名为吊诡。万世之后而一遇大圣知其解者，是旦暮遇之也。

很难说这是庄子在写作中的顿悟所得，还是他一直都在思考这个问题，但是，不管从什么角度来理解，梦境确实为庄子提供了超越古今、物我界限的可能性，使庄子有可能在时空转换中获得"道通为一"的体验。而且，在这里，正如"觉"与"梦"是可以互通和转化的一样，物我之间的界限也开始模糊，甚至消失，人的生命可以通过梦的形式与宇宙万物进行交流和互动。

于是，一个千古流传的隐喻出现了：

> 昔者庄周梦为胡蝶，栩栩然胡蝶也。自喻适志与！不知周也。俄然觉，则蘧蘧然周也。不知周之梦为胡蝶与，胡蝶之梦为周与？周与胡蝶则必有分矣。此之谓物化。

这是《齐物论》的结尾，也是《庄子》的又一个开始。尽管庄子最后承认"周与胡蝶则必有分矣"，但是他找到了一个让他们混同为一的方式——物化。这就意味着人的生命可以转换和变体，像古罗马奥维德的《变形记》中所呈现的一样，可以穿越时空的限制，突破万事万物的界限，在世界的万事万物之中找到自己，同时又在自我的梦境和想象之中感受万事万物。

研究庄子的成果很多，但是把庄子梦思维和"物化"结合起来进行研究的并不是很多，这是值得深入进行探讨的。南怀瑾在《庄子讲记》中曾把"物化"作为"中国文化中道家的一个大标题"来探讨，对我们有所启发，这里不妨引录一段：

> 宇宙中所有的生命，所有的一切外物，都是物理的物象变化，物

与物之间互相在变化,所以叫"物化"。譬如我们人也是"物化"变出来的,一个男的,一个女的,彼此有变化,就变了那么多人;人生命活动中所需要的牛奶、面包、米饭、青菜、香肠等,经过变化又变成了人;人所排泄的汗、口水,大小便,又变成了肥料;肥料再变成万物;一切万物又互相变化,而且非变不可,没有一个东西是不变的,这个就是"物化"。在道家的观念里,整个宇宙天地就是一个大化学的锅炉,我们只不过是里面的"化"物,受"化"的一个小分子而已。要如何把握那个能"化",能"化"的是谁呢?把那个东西抓到了就得道了,就可以逍遥了,不然我们终是被"化"的,受变化而变化,做不了变化之主,造化之主。要把握住造化之主,才能够超然于物外,超出了万物的范围以外,所以庄子告诉我们"物化"的自在。那么,庄子同时在这个观念里头也告诉我们,人也是万物之一,人可以"自化"。如果明白了"具见",见到了"道"的道理,我们人可以"自化",我们这个有限的生命可以变化成无限的生命,有限的功能可以变化成无限的功能。[1]

---

[1] 南怀瑾:《庄子讲记》,香港天马图书有限公司,2005年版。

6.《孟子》:"情感政治学"的滥觞

东汉赵岐《孟子题辞》中曾言,《孟子》"包罗天地,揆叙万类,仁义道德,性命祸福,粲然靡所不载";又说"儒家惟有《孟子》,宏远微妙,缊奥难见,宜在条理之科",可见其博大精深,而我不可能读懂其全部奥义,只能根据自己的浅识陋见得若干启发而已。在阅读中,除了对于"仁者爱人"思想印象深刻外,还有"君子远庖厨"之说吸引了我:

齐宣王问曰:"齐桓、晋文之事,可得闻乎?"

孟子对曰:"仲尼之徒,无道桓、文之事者,是以后世无传焉。臣未之闻也。无以,则王乎?"

曰:"德何如则可以王矣?"

曰:"保民而王,莫之能御也。"

曰:"若寡人者,可以保民乎哉?"

曰:"可。"

曰:"何由知吾可也?"

曰:"臣闻之胡龁曰,王坐于堂上,有牵牛而过堂下者,王见之,曰:'牛何之?'对曰:'将以衅钟。'王曰:'舍之!吾不忍其觳觫,若无罪而就死地。'对曰:'然则废衅钟与?'曰:'何可废也?以羊易之!'不识有诸?"

曰:"有之。"

曰:"是心足以王矣。百姓皆以王为爱也,臣固知王之不忍也。"

王曰:"然。诚有百姓者。齐国虽褊小,吾何爱一牛?即不忍其觳觫,若无罪而就死地,故以羊易之也。"

曰："王无异于百姓之以王为爱也。以小易大，彼恶知之？王若隐其无罪而就死地，则牛羊何择焉？"王笑曰："是诚何心哉？我非爱其财。而易之以羊也，宜乎百姓之谓我爱也。"

曰："无伤也，是乃仁术也，见牛未见羊也。君子之于禽兽也，见其生，不忍见其死；闻其声，不忍食其肉。是以君子远庖厨也。"

——《孟子·梁惠王上》

在这里，齐宣王所问的是政事，但是孟子却不首先谈政事，而是从情感方面入手，把话题引到了仁爱之心方面，所强调的是人的同情心。这也就是说，一个君王要管理好国家，就得施仁政，要有仁心仁术；而要能够做到这一点，君王就应该是一个有同情心的人，是一个有情之国君。所以，所谓"君子远庖厨"，只是表现一种姿态，"君子之于禽兽也，见其生，不忍见其死；闻其声，不忍食其肉"，目的是使"百姓皆以王为爱也，臣固知王之不忍也。"

于是，一场讨论政治和政事的问答，最后以一种抒情诗的方式结束，展示了孟子治国理政思想的感染力和说服力：

王说曰："诗云：'他人有心，予忖度之。'夫子之谓也，夫我乃行之，反而求之，不得吾心，夫子言之，于我心有戚戚焉。此心之所以合于王者，何也？"

——《孟子·梁惠王上》

"仁"是贯穿孔孟之道的核心观念，但是在《论语》中，"仁"渗透在各种不同的话题之中，具有多向、多维度的呈现，既表现为忠恕之道，也是孝悌的根本；既涉及治国理政的各个方面，也是做人的准则和尺度，当然也包含着人伦之大理。但是，在孟子这里，"仁"的意义不仅更加凝练和突出，而且渗透到了人的情感之中，强调了其中的人类同情心，以感人至深的方式加以阐释和呈现，这正如孟子所表达的：

君子所以异于人者，以其存心也。君子以仁存心，以礼存心。仁者爱人，有礼者敬人。爱人者，人恒爱之；敬人者，人恒敬之。有人于此，其待我以横逆则君子必自反也：我必不仁也，必无礼也；此物奚宜至哉！其自反而仁矣，自反而有礼矣，其横逆由是也；君子必自反也：我必不忠。自反而忠矣，其横逆由是也；君子曰："此亦妄人也已矣！如此则与禽兽奚择哉！于禽兽又何难焉！"

——《孟子·离娄下》

由此再来读孟子关于"情"与"善"之间关系的理解，就更能体会孟子"仁者爱人"的价值和意味了：

> 孟子曰："乃若其情，则可以为善矣，乃所谓善也。若夫为不善，非才之罪也。恻隐之心，人皆有之；羞恶之心，人皆有之；恭敬之心，人皆有之；是非之心，人皆有之。恻隐之心，仁也；羞恶之心，义也；恭敬之心，礼也；是非之心，智也。仁义礼智，非由外铄我也，我固有之也，弗思耳矣。"

——《孟子·告子上》

也就是说，人之一切仁心仁术，仁义道德，皆来自人类本原的心理感受，源自于人类共通的同情心，这不仅是"君子远庖厨"的自然反应，也是政通人和最根本的基础。

孟子的"君子远庖厨"，涉及中国传统政治思想的建构及其特点，尤其是情感与政治的关系。这或许会使人想到西方的叔本华、尼采等人对于动物的怜悯之心，但是，孟子与众不同的是，他把这种同情和怜悯之心，视为以"仁"为中心的治国理政思想的基础，"君子远庖厨"，已经不仅仅是人的一种自然的感情流露，而是被纳入了政通人和的学说之中，以一种亲民、爱民和重民的姿态出现，成为孟子"王道"，而不是"霸道"的重要支撑。

由此出发，从整体上来看中国的政治文化，就会发现其中一个重要特色就是"有情"，并且形成了一整套"有情"的政治诉求、礼仪道德和体制安排，堪称一种"情感政治学"。

7.《文心雕龙》：关于体系的设置与魅力

王元化先生曾就如何建立现代中国文论体系问题，专门谈到刘勰和黑格尔，他认为在中西文艺美学历史上，这两位理论家都有自己的体系，各有特点，颇具代表性，值得我们认真研究和总结。显然，这两位理论家都为王先生所心仪，并作过长期深入研究，此言背后自有厚实的思想积累。

确实，在中国文论史上，刘勰（约465—约532）是一个集大成者。他的成功也正是那个文化时代的精神结晶。在中国古代文论发展史上，先秦的百家争鸣时代和魏晋南北朝时代最为引人注目，因为它们都是文化大交流、个性得以充分发挥的时代，文学及其理论创造都打破了南北文化的界限，实现了多样化的贯通。刘勰生活的南北朝时期，由于外来文化的冲击，汉朝形成的"独尊儒术"的大一统文化格局受到挑战，出现了一次各种文化大碰撞、大交融的开放与调整时期。自此之后中国文化儒、道、释三足鼎立的局面才基本确定。所以，早就有学者指出，魏晋南北朝是中国"文学自觉"的时代，广州暨南大学李文初教授就此曾连续发表过数篇论文，专门谈这个问题。

显然，所谓自觉，就不仅仅表现在创作上，文学理论和观念的成熟也是一个不可或缺的理性标志。刘勰《文心雕龙》的价值首先就在这里，它是一个文化时代的标志性理论创作，代表了这一时代文化思想的交流和整合。从文学历史角度而言，它确实表现了一种理性的自觉，使文艺学及其理论从以往比较纷繁、混沌的思想状态中解脱出来，成为一种独特的、有体系和系统的学问。刘勰和同时代的一些文人相比，也有突出之处。那个时代出了很多优秀文人，比如在文学理论方面，曹丕（187—226）的《典论论文》、阮籍（210—263）的《乐论》、陆机（261—303）的《文赋》、刘义庆（403—444）的《世说新语》等，都很有见地，但是都还没有像刘勰的《文心雕龙》一样建立一套文艺理论体系和思想模式。而这个体系和模式的主要方面至今还没有被完全超越。

说到体系，曾有人认为中国古代文论的特点就是零散的，缺乏完整的体系，看来这不能一概而论。《文心雕龙》的特点就是有体系，而且很完整。

第一，刘勰并不是孤立地讨论文学问题，而是把它们放在主流的思想和意识形态大背景中，在一个共通的思想基础上进行层层推论——这种思维模式至今还在沿用。比如，首篇《原道》就是总纲，是整个思想体系的根基；第二篇《征圣》、第三篇《宗经》就是从传统的角度论述政治、伦理等基本原理，然后才逐渐涉及具体的文学问题。我们现在的文艺理论教科书的体例仍然如此，大道理后面接着小道理，先有总的思想体系，然后才是在总的思想指导下的文艺理论。我们可以把它称之为"中国的体系性"，或者"东方思维的完整性"，但不管怎么说，当时西方似乎还没有形成如此完备的理论体系。

第二是它的综合性，刘勰表现出自己独特的思路。他试图把文学创作的发生、发展、欣赏、评论和实现过程统一起来，并作为一个完整的整体来定位和讨论，完成了一种建构的系统工程。这在当时西方也是少见的。在这方面，他实现了一种对文学进行理解和阐释的综合研究，从时代、生活、个性、自然等多种角度去探讨文学的奥秘。其中，文学创作论方面影响最大。刘勰对创作的整个过程进行了综合分析，建立了不同的子系统来进行研讨。其一，从"创作是如何开始的"到"作家是如何创作的"，这是一个主体创作的过程。其二，作为文学创作的社会化过程，作家是如何受到社会文化和意识形态影响的。其三，作品在社会生活中是如何实现自己价值的传播和接受机制，这又是一个系统。这三个系统不是孤立的，而是互相联系的。刘勰受中国传统思维观念影响很深。《易经》讲天地相对，万物循环，大数五十，所以他就写了五十篇，以"引而伸之，触类而长之"的方法来解说文学创作过程。我们在研究《文心雕龙》的时候，也要注意这种篇目之间的相互联系，看他是如何处理时代与自然、自然与创作、宗旨与技巧的关系的；比如在《神思》篇中，人和自然的交流和交通始终都很重要，关键是一个"通"，是内在的心志如何转化为一种艺术存在。所谓"神用象通，情变所孕；物以貌求，心以理应；刻镂声律，萌芽比兴；结虑司契，垂帷制胜"，就是这个意思。

刘勰是尊崇儒学的，这从《序志》篇中不难看出，但这并不影响他对其他各家学说的借鉴。这种整合性，表现在对当时儒、道、释三家思想的取舍融合上。经过魏晋南北朝文化的大碰撞和大交融，儒、道、释三家学说互为表里、趋为一体的文化形态基本形成。儒家政治上的专制主义、佛教信仰的民间文化形态以及道家出世的个性本位，共同构筑了中国人的精神生态环境。它们互相冲突又互相补充，相克相容，支撑了中国社会与文化的稳定发展。在《文心雕龙》中，我们已可以看到这种稳定的思维结构和"大一统"理论模式的基本形成和逐渐成熟。

就此来说，刘勰在文学理论上的贡献不亚于黑格尔，他的思路和黑格尔也有相通之处。黑格尔试图创造一个终极的理论模式，其最后的归宿是"理念"；而刘勰则企图把所有的理论意识一统化，从一个最初的"原道"派生出所有的理论。这在当时不失为一种伟大的构思和尝试。当然，"理念"和"原道"之间到底有一种什么关系，是否有共同之处，还值得深入研究。不过他们的体系，都表现了一种"大树型"的理论方式，从一个主干的理论或规律中生发出各种各样理论的分枝，这样的理论虽然有一定的体系的稳定性，但是也缺少创造性。因此我们提倡一种"森林型"的理论形态，即充分尊重具体学科的独立性，每一个学科都是一棵大树，共同组成科学和知识的森林，而并不存在某一学科、某一理论能够概括和统帅一切的局面和禁忌。这也是现代社会及科学研究的共同趋向。

其实，无论从刘勰或黑格尔的体系中，我们都能感受到一种理论的搏斗，即作者的理论个性和自己所设定的理论体系之间的冲突；一种力量是把各种文学和非文学因素纳入一种大一统理论体系和模式中的努力；另一种则是在具体的文学问题探讨中的个性发挥，这有时必然会和设定的理论体系发生冲突。所以在《文心雕龙》中，有些篇目写得很精彩，有的则平平；黑格尔也如此。这对我们今天的理论创造仍有启迪作用。如何走出过去设定的理论的误区，如何充分发挥理论个性的创造性，如何建立更具有包容性的体系，是建立一片学术文化的森林还是栽种一棵孤零零的理论之树，仍然是我们目前应该面对和解决的问题。

8.《破阵子——为陈同甫赋壮词以寄之》：豪放在梦中

荣格曾在自己的心理学研究中，探讨了人类早期的英雄梦情结，认为这是人类集体潜意识中最古老的基因之一。辛弃疾的《破阵子——为陈同甫赋壮词以寄之》是一首小令，却是一首著名的豪放词，其中所展演的英雄豪气至今令人唏嘘不已。《破阵子》是唐教坊曲名，出自《破阵乐》，曲调雄壮，后用为词调。而其题记"为陈同甫赋壮词以寄之"，说明这首词是为其挚友、也是当时在主张抗金复国方面志同道合的陈亮所写。全词如下：

醉里挑灯看剑，梦回吹角连营。八百里分麾下炙，五十弦翻塞外声。沙场秋点兵。

马作的卢飞快，弓如霹雳弦惊。了却君王天下事，赢得生前身后名。可怜白发生。

即便是对作者的身世一无所知，也会感觉到这首词为一将士所写，因为词中一连串的意象都与战事和武器相关。而所谓"壮"也表现在这里，它意味着军威、杀气和铁马金戈。至于这首词的抒情主人公在第一句中就出现了："醉里挑灯看剑"，一下子就点出了全词的意境。读者虽然能够感觉到这是一位非常渴望打仗、渴望建功立业的人，但还是不禁要问：他为什么要喝醉了酒看剑？为什么在晚上还要挑灯看剑？很显然，作者处于一种特殊的心境之中。也许在清醒的状态中他不便流露出自己的感情，也许是酒醉更加勾起了词人的心事，也许他已经酒醉被扶到了床上，甚至已经躺了一阵，灯花已经暗了下来，但是心里有事，夜不能眠，浮想联翩，于是又翻身下床，拔出自己的宝剑抚摩一番，抚摩不足，则又把灯挑亮一些，细看这剑是否有生锈？是否还有机会帮助自己建功立业？是否意味着永远失去了机会？

这里也许还可能引起读者无数联想，但是最终都会感受到一个心境独特、心情复杂、内在感情丰富的词人形象。如果读者进一步了解到，词人辛弃疾是声名远扬的抗金名将，他一生的追求就是征战疆场，打败金军，收复失地，但是当时却受到南宋朝廷的排挤和怀疑，外派到江西乡村留任闲职，难酬壮志，那么肯定对于其后一句"梦回吹角联营"有更切身的体会。有人把"梦回"二字理解为从梦里回来，但我以为解释为"回到梦里"更顺理成章。如同上面所说的，也许词人酒醉入睡梦有所思，所以惊醒后才有"挑灯看剑"一幕，而"梦回"则是又回到了梦中。也有可能是"挑灯看剑"引起了词人夜有所梦，才有了以下的幻象："八百里分麾下炙，五十弦翻塞外声。沙场秋点兵。"

这是进军前线、安营扎寨的场面，显然出自于一个领军将领的想象，"点兵"者就是词人自己，他正在指挥将士，准备开仗。当然，因为这是写给陈亮将军的，所以并不排除这是两人共同分享的英武场景。下片的头两句"马作的卢飞快，弓如霹雳弦惊"，无疑接上两句写了战斗的场面，以夸张手法描述了我军的英勇和所向无敌，把英武豪放之气推向了极致。

可以说，这也是梦的极致。由此自然实现了词人的梦想："了却君王天下事，赢得生前身后名。"——这是为自己朋友写的，更是为自己写的，其中包含着双重意义：一是为朋友壮行，希望他能够实现如此的雄心壮志；同时又是为自己说的，抒发了自己的内在被压抑的愿望。而关键在于最后一句："可怜白发生"，又一次把自己推向了抒情的前台，最后决定了这首词所寄之"壮"的中心是词人自己。

从这首词抒情线索来说，交汇点是一个"梦"字，所以如何理解和感受其"梦"的意味，就成了欣赏这首词的基础。20世纪以来，由于弗洛伊德的推崇和研究成果，重新唤起了人们对于梦之意义和意味的探索。实际上，在人类文明史上，梦不仅是原始思维中的重要现象，而且也一直是构建人类心灵史不可或缺的文化资源，是人类感悟和理解自己与整个宇宙自然联系的历史桥梁。甚至可以说，没有梦及其对于梦的感悟和解析，就不可能有人类想象和思维的延展与延伸，也不可能有从想象、联想到象征、隐喻、阐释、抽象和符号化等一系列文化路径的设置与创新，更不可能有科学的假设和逻辑。尤其在一种历史悠远的文化传统和体系中，梦之系列具有更幽深的人文和艺术意味。

这首词就凸显了梦在艺术表现中的起承转合作用。

简单来说，词人通过对于自己梦前、梦中、梦后情景和心境的描述，抒发了报国心切但又报国无门的痛苦心情。"梦"在词中不仅是抒情线索，更是一种特殊的情感形式和内涵，它决定了这首词的艺术氛围和情感的深度。从情感形式来说，"梦"决定了这首词的悲剧氛围和色彩。这是一首豪放词，原本就是写给同为抗金志士陈亮的"壮词"，但是正因为这是一种非真实的"梦"，使这种"壮"具有了一种难言的苦衷，尽管有"八百里分麾下炙，五十弦翻塞外声"，也最终掩抑不住词人自己的失落心情。从情感内涵方面来说，这里的"梦"其实反映了词人内心深处被长期压抑的意识内容，词人通过这种"赋壮词"的形式获得一种"幻想中的满足"，使自己的情感得到宣泄。在词中，词人只能把"壮"托立于醉、梦，借醉与梦抒发自己的爱国之心、建功之念和豪放之志，并将此推向极致，而后又回到了现实，在强烈的对比中表现出内心的凄凉和英雄老去、功业无成的悲愤。作者以梦与现实之间的尖锐矛盾，展示了自己的巨大痛苦，并含蓄暗示对于南宋朝廷奉行妥协政策的不满。

在中国古代文学中，梦是一种常见的主题意象，很多文人都通过梦来表现自己的遭遇和情怀。自然，不同的人有不同的梦，不同的梦又表现了不同的遭遇和情怀，展现出不同的艺术风采和韵味。这首词不仅梦境不同，而且还加入了另一种文化元素，这就是酒。

说起酒文化，当然是另一个说不完的话题，其在中国古代文学中更扮演了一种独特的角色，尤其中国浪漫和豪放艺术之源处，似乎处处飘散着美酒的香味。而梦与酒的结合和相互激发，自然会给艺术创作增添一种新的动力源，扩展艺术想象和表现的空间和张力。

就此来说，这是一首借酒之力，用梦之境，来抒发自己心志和心情的豪放词，若酒醒梦尽则重新回到痛苦疲惫的人生状态。所以，缘情造境，用梦境来抒发报国之情，是这首词的一个主要特点。正是由于词人的欲望长期受到压抑，加上渴望建立功业的"超意识"的驱动，他自然会"醉里挑灯看剑，梦回吹角连营"，因情生梦，借梦抒情，来表现梦想中的征战生活之"壮"，如军营相连、号角回荡、部众分炙、军乐齐奏、沙场点兵、战马奔腾、弓如霹雳等等，这种种在现实中被压抑、被限制，不可能实现的情景，只能以情造境，托之以梦的方式显示自己了。

解析这首词的另一个关键点是内容结构的层次性，主要表现在抒情主人公状态和视角的转换。全词虽然以梦境为主线，但是抒情主人公的状态却不都是在做梦，而是处在从清醒到梦境的不同状态之中。也许是酒的作用吧，作者的意识一直穿越在不同的画面和空间之中。例如，第一、二句"醉里挑灯看剑"，可以说是在半醒半梦半醉之中；而"梦回吹角连营。八百里分麾下炙，五十弦翻塞外声。沙场秋点兵"，则无疑已经进入梦乡；"马作的卢飞快，弓如霹雳弦惊"，不能不说已经酣梦神游，进一步袒露了内在朝思暮想的意识。但是仗打胜了之后，马上一个转折："了却君王天下事，赢得生前身后名"，词人从梦中逐渐醒来，开始对自己的所作所为有清醒理性的认识和总结。最后一句则是现实的感叹："可怜白发生。"可见，全词共十句，却有丰富的画面和意识层次，不同画面和层次承载着不同的意象和意绪情感内容。

其次，是视角的转换也很有特色，尤其是前九句和最后一句之间形成的对比特别引人注目。全词主旨是表现报国无门、壮志难伸的忧愤，但是作者采用了以壮衬悲、以虚衬实、以梦境对照现实的写法，先极力写其"壮"，前九句以"看剑"起始，通过军营、犒劳、军乐、阅兵、战马、弓弦的多角度铺写，表现了征战沙场的雄壮之景之气，抒发杀敌报国的壮志，继而点明了"了却君王天下事，赢得生前身后名"的抱负，这九句的格调都可概括为"壮"之一字，其间意脉相通，一气贯之，犹如高台蓄水，其势已定。直到尾句，却是猛然跌落，回到现实，悲情陡生。可见，作者之所以将梦境推向雄壮之致极，是为了让"梦"与"真"强烈碰撞，以形成鲜明的比照。作者就是通过前九句与末一句的对比，以壮衬悲，表现了壮志难酬的深重痛苦，有着强烈的艺术感染力。

当然，这种猛然跌落形成的对比，并没有减弱词人的豪放之气。跌落的只是现实的处境，不是词人的气质和胸怀，其"慷慨纵横，有不可一世之慨"（《四库全书总目提要》）在悲剧气氛中依然得到了强烈的彰显。

9.《呐喊》：关于"人的主题"

艺术与生活一样，永远围绕着人在旋转，而且在表现人方面是常新的万花筒。

作为一个伟大的艺术家，鲁迅之所以能够像但丁、莎士比亚、托尔斯泰等大师一样，在历史上留下自己不朽的名字，就在于他能够突破以往的文化框架，对于人及其生存和心理状态有独特的感受和理解，并通过自己的作品活灵活现地展演了出来。而这种独特的展现，不仅需要对于人的新的观察和理解，而且需要在艺术形式方面的创新。所以，鲁迅生前也曾经说过："没有冲破一切传统思想和手法的闯将，中国是不会有真的新文艺的。"

鲁迅的小说实践正是这种"真的新文艺"的典范。作为新的艺术时代的产物，想要对它做比较精当的分析和评价，就必须站在新的现代艺术台基上，冲破一切旧的陈腐的文艺理论观念、方法和思维方式的羁绊，用一种新的艺术胸怀加以感受、欣赏和理解。

对于《呐喊》的阅读，也是如此。《呐喊》是鲁迅为后人留下的一份极其宝贵的艺术遗产。作为一个小说家，鲁迅作品的数量不多，不能和19世纪以来很多杰出的小说家相提并论，但是，鲁迅小说创作体现出来的独特的创新意识，表现出的独特的艺术特色，在世界文学中获得了自己独特和光辉的地位。

文学是"人学"。鲁迅写《呐喊》的根本动机就是为了"人"，"人"是《呐喊》所有作品的中心，也是它们的出发点。对于这一点，鲁迅在《自序》中讲得很清楚。他先从自己的生活状态谈起，然后谈到中国人的生活状态，字里行间透露出的就是对于人,首先是中国人的忧患和关切,由此也就说明了自己写小说的真实动机,这就是要唤醒熟睡在铁屋子里的人,期望有一天能够毁坏这铁屋子,解救人,解放人。所以,鲁迅这样写道:

> 在我自己,本以为现在是已经并非一个切迫而不能已于言的人了,但或者也还未能忘怀于当日自己的寂寞的悲哀罢,所以有时候仍不免呐喊几声,聊以慰藉那在寂寞里奔驰的猛士,使他不惮于前驱。至于我的喊声是勇猛或是悲哀,是可憎或是可笑,那倒是不暇顾及的;但既然是呐喊,则当然须听将令的了,所以我往往不恤用了曲笔,在《药》的瑜儿的坟上平空添上一个花环,在《明天》里也不叙单四嫂子竟没有做到看见儿子的梦,因为那时的主将是不主张消极的。至于自己,却也并不愿将自以为苦的寂寞,再来传染给也如我那年青时候似的正做着好梦的青年。

可以说,"呐喊"就是"人"的呐喊,是为了喊出人的"真的声音";也是为了人的呐喊,是为了唤起人的觉醒。用鲁迅的话来说,这一切都是为了"立人",为了改造国民性。就这一点来说,"呐喊"首先是"喊"出来的,不是讲出来的,也不是像说书人一样"说"出来的;而且这个"喊",不是独自挣扎的叫喊,而是要想众人喊,让人们都听到,并感到震撼和危机——或许这会使我们想起蒙克的名画《呐喊》。由此这个"喊"构成了这部小说集的艺术基调,它是激越的,主观干预性很强,有一种叙述和话语的急迫感。这里有一种不能不写、不能不"喊"的内在冲动,而如何把这种冲动通过小说真切、淋漓尽致地传达给读者,则是小说创作的艺术创新之处。

所以,读《呐喊》,首先要读懂鲁迅小说与中国传统小说不同的艺术风貌,用一种新的艺术眼光来理解。鲁迅多次说过,他并不是为了进艺术殿堂而写小说的,他写小说是想利用小说的力量改良社会和人生。因为小说就其传统的意义来说,就是"讲故事"和"说书"。对此,鲁迅这样说过:"中国久已称小说之类为'闲书',这在五十年前为止,是大概真实的,整日价辛苦做活的人,就没有工夫看小说。"(《南腔北调集·〈总退却〉序》）还说："在中国，小说是向来不算文学的。在轻视的眼光下，自从十八世纪末的《红楼梦》以后，实在也没有产生什么较伟大的作品。小说家的侵入文坛，仅是开始'文学革命'运动，即一九一七年以来的事。自然，一方面是由于社会的要求的，一方面则是受了西洋文学的影响。但这新的小说的生存，却总在不断的战斗中。"（《且介亭杂文·〈草鞋脚〉（英译中国短篇小说集）小引》）

鲁迅是以一种新的姿态进入小说的，其基本出发点就是对中国人生存和心理状态的关注，"人的主题"是阅读鲁迅小说的关键点，读懂鲁迅是如何从人出发，去表现和反映人生的；如何从具体的人和环境中去发现人和刻画人的；又如何通过对于具体的人的表现和刻画，来表达自己对于人之未来和理想的渴望和追寻的。"人"不但是鲁迅创作小说的出发点，也是他进行艺术创新的出发点。

在这个基本点上，鲁迅体现了他在新文化运动中一贯的启蒙主义的价值取向，这就是"立人"和"改造国民性"。这两点是互相支撑的。"立人"是正面的，是目的，而"改造国民性"是从一种批判的眼光出发，从反面去引起人们的注意，用鲁迅自己的话来说，就是"揭出病苦，引起疗救的注意"。对此，1933年，鲁迅还在《我怎么做起小说来》一文中说："我仍抱着十多年前的'启蒙主义'。"

所以，鲁迅要"睁了眼看"，他认为中国国民性的怯懦、愚昧、懒惰而又巧猾，而且日渐堕落下去，是与长期存在的"瞒"与"骗"的文艺有关，所以"我们的作家取下假面，真诚地、深入地、大胆地看取人生并且写出他的血和肉来的时候早到了；早就应该有一片崭新的文场，早就应该有几个凶猛的闯将！"（《坟·论睁了眼看》）

鲁迅自己就是这样的"凶猛的闯将"，他的《呐喊》就是其"真诚地、深入地、大胆地看取人生并且写出他的血和肉来"的实践和成果。

可见，鲁迅一开始就不曾想当一个传统意义上的小说家，从来不曾想到要充当一个讲故事，哪怕是一个能精彩地编故事的作家。鲁迅是把自己小说的命运，同他对于人及其生存状态的新的观察、感受和理解连接在一起的，其中浸透着他对中国社会的独特认识和理解，浸透着他对人之为人的理想与期待。所以，在小说创作中，鲁迅不能不突破传统小说的艺术模式，寻求一种新的叙述和结构方式，开创新的小说艺术表现领域与范式。

就此来说，读《呐喊》不能简单地去读故事，因为鲁迅在他用小说来表现生活和自我的时候，其所意识到的深刻的生活内容和情感意蕴，往往无法用一种"讲故事"方式表达出来，不能不采用某种主观介入的方式，例如象征、隐喻、寓言，甚至超现实的艺术手法加以展演。例如，《狂人日记》就不能当一个描述精神病人的故事来读，所叙述的更不是一个狂人的胡言乱语，其内在意蕴恰恰相反，形成了表层的故事结构与内在的思想感情意味的巨大反差和张力，构成了对于社会及其文化现实的彻底批判和否定。这种批判和否定，不仅突破了意识和潜意识的界限，而且超越了所谓文化和语言逻辑的制约，揭示了人之生存和心理状态的荒谬性。其实，在当时的文化语境中，鲁迅为了表达出自己对于人，首先是对于中国人生存和心理状态的担忧，对于既定的小说艺术规则和模式并不十分在意，他所在意的是小说是否表达了自我，是否能够引起人们的注意，继而介入社会，参与社会的变革。

在鲁迅的小说创作中，这种艺术创新的情景是常见的，不仅与传统的小说艺术模式拉开了距离，也对人们长期形成的小说阅读习惯构成了挑战。例如，有的小说故事情节是明显淡化的，人物的行动并不一定会贯穿全篇，与此同时，人物外在的生活条件和面貌，也失去了传统小说中的确定性，这种写法为作者表达自我创造了空间，却减少了小说讲故事、读故事的娱乐效果。例如，说《故乡》是一篇优美的散文也不为过。《头发的故事》通篇是由对话构成的，至于这场对话发生在什么场合，并没有明确的交代。就拿用传统的结构方式写的《阿Q正传》来说，主人公的命名显然是有意进行不确定性处理的。相对于传统小说来说，鲁迅小说最大限度地避免了一个小说家难以同时成为一个思想家的局限性，这即使在杰出的现实主义小说家那里，也是无与伦比的。鲁迅不仅是一个伟大的文学家，而且是一个深刻的思想家。

10.《孤独者》：冲出孤独的嗥叫

现代社会，孤独已成为一种普遍的人生状态，也早已引起艺术家、作家的关注，从逃离世俗社会的"当代英雄""多余的人"，到时代的"零余者""陌生人"，涌现出众多的人物形象。这些人物形象似乎都在印证卡夫卡的一句话："人太可怜了，因为他在不断增加的人群中一分钟一分钟地越来越孤独。"这种孤独不仅来自个人与集体人群的分离，更来自一种文化与精神家园的丧失，正如一位西方学者对于巴塔耶（Georges Bataille）的评述："是的，像他的前辈尼采一样，乔志·巴塔耶处于在一种极不适宜的状态，总是生活在边缘，他在那个时代从来没有过家的感觉，他的人生和作品至今对我们还是一种稀缺。"①

鲁迅生前或许也经常面临这种精神困境，其小说《孤独者》就是这种困境的写照。

魏连殳是鲁迅1925年写就的短篇小说《孤独者》中的主人公，也是我最喜欢的文学形象之一。在我看来，这是中国20世纪文学创作中最具有艺术价值的形象之一，其中所表现出来的对人心、人性及其人的精神状态的深刻体验和透视，会长久地震撼一代又一代中国读者的心灵。我曾经多次在夜深人静之时听到这位1920年代的孤独者绝望的长嗥，一如鲁迅在作品最后处写到的："我快步走着，仿佛要从一种沉重的东西中冲出，但是不能够。耳朵中有什么挣扎着，久之，久之，终于挣扎出来了，隐约象是长嗥，象一匹受伤的狼，当深夜在旷野中嗥叫，惨伤里夹杂着愤怒和悲哀。"

---

① Stuart Kendall，*Georges Bataille*，Reaktion Books Ltd，London，2007，p9.

这种孤独者的像一匹受伤的狼般的嗥叫,鲁迅一开始就已写到,不过那是在魏连殳给祖母送殓之时,作为一个受到现代思想熏陶的知识者,他在家族众人的胁迫下被迫按照旧规矩办了丧事,最后独坐一处,发出了如此在惨伤里夹杂着愤怒和悲哀的嗥叫。

通过这种嗥叫,读者能够感受到在当时的中国社会环境中,一代知识文人内心深处的纠结、困惑和挣扎,体验到一种在新旧交替和东西文化碰撞中困兽犹斗、无家可归的悲情状况。

这就是孤独。

孤独者的心态是很难言说的,因为他们无处言说,无法言说,所以这长嚎就是其内心的言说,它不仅渴望着认同和理解,而且是一种冲出孤独的绝望的挣扎。魏连殳的孤独不是一种单纯的心理现象,而是一代知识文人在特定的文化环境中共同体验到的人生悲剧。作为一个接受了新的思想价值观念的"新党",魏连殳生活在传统与现代、理想与现实的夹缝之中,所面对的是身心被撕裂的生存处境,要么放弃自己精神理想的追求,换取传统社会和人情世故的认同,去获得肉体上、物质上的满足;要么坚持自己的生活理想和人格追求,孤独地面对现实社会的排挤和压迫,忍受人际关系中的隔绝、物质上的穷困和肉体上的煎熬。当时的社会并没有给像他这种人预备一种两全其美的处境,他一方面得应付来自现实的挑战,另一方面,不得不在一种自我矛盾和自我消耗的磨难中生存和挣扎。

这种孤独,首先是一种被周围的同胞视为"异类",打入另册的痛苦处境,即使你在行动上处处妥协,时时谨慎小心,但是仍然不能被现实所接受,仍然得不到人们的理解,仍然会遭到莫名其妙的攻击和暗算。但是,这也许并不是最重要的。精神上的冷眼和歧视或许还可以忍受,最严重的则是在物质上、在肉体上的磨难。就因为你是一个精神上的异类,传统的社会体制和氛围就会像一张大网,最大程度地剥夺你的生存权利和物质享受,使你陷入贫困,陷入社会的最底层,并且使你处于孤立无援的境地。于是,像魏连殳这样的受到现代教育的人,竟然连自己都养活不了,成为了这个社会最让人瞧不起的人,就因为他穷,因为他找不到工作,因为他最后连信封都买不起 。而在这种情况下，就别妄谈什么个人的尊严和权利了。作品中有一个细节非常令人感动，这就是房东家孩子对魏连殳态度的变化。尽管魏连殳是很爱孩子的人，尽管在鲁迅眼里孩子总是希望所在，但是当魏连殳穷途潦倒之时，连孩子也瞧不起他，不再理睬他了，使得魏连殳愈加感到了现实的残酷和人生的孤寂。

　　精神欲望不可能完全压倒和替代肉身的基本需要。贫穷不能维护个人的权利和尊严，它也是一堵高高的围墙，把自己和外界隔绝起来。道理很简单，交际在一定条件下就是一种交换，最低限度也必须满足在物质上的互通有无。但是魏连殳没有这个基本条件，而他在精神上的欲望和资源，包括他的新思想和文化个性，不仅不可能使他获得交际和沟通的天地，而且成为了他与世俗社会对立和隔绝的根源。

　　这正是中国社会处于一种变革转型期中精神与肉体、理想与现实相互纠结与矛盾的人格写照。在现实生活中，个人的尊严、权利和个人价值的实现，绝不仅仅取决于精神欲望和思想因素，而是取决于精神与物质的一致和统一，取决于两者之间公平、公正和合理的互换关系。而这种关系的内涵则是随历史变迁不断变化的。在一种正常的社会环境中，一个有知识、有文化教养的人理应在物质上得到较高的回报，而不学无术之流理应屈于比较低的物质生活状态。但是，魏连殳恰巧生活在一个社会文化和知识价值判断发生急剧变化的时代。他所信仰和拥有的科学思想和知识价值，虽然时髦，却得不到认可和承认，反而遭到各种各样的歧视和攻击；而适用于在这个社会中生存和发展，能够换取丰厚的物质回报和社会权利的文化知识和技能，又恰恰是他鄙视的、反对的，所以他不能不陷入一种精神和肉体双重压抑的悲剧状态，他的悲情也是不言而喻的，这正如一位诗人写到过的："卑鄙是卑鄙者的通行证，高尚是高尚者的墓志铭。"

　　所以，魏连殳的孤独是一种绝望的、无法解脱的状态。如果魏连殳想打破这种孤独，就必须越过这座贫穷的高墙——但不幸的是，这对于魏连殳来说，意味着他必须用自己的人格去交换，进入另一种更为难以忍受的孤独状态。

所以，鲁迅在小说中如此披露了魏连殳的心路历程：

  人生的变化多么迅速呵！这半年来，我几乎求乞了，实际，也可以算得已经求乞。然而我还有所为，我愿意为此求乞，为此冻馁，为此寂寞，为此辛苦。但灭亡是不愿意的。你看，有一个愿意我活几天的，那力量就这么大。然而现在是没有了，连这一个也没有了。同时，我自己也觉得不配活下去；别人呢？也不配的。同时，我自己又觉得偏要为不愿意我活下去的人们而活下去；好在愿意我好好活下去的已经没有了，再没有谁痛心。使这样的人痛心，我是不愿意的。然而现在是没有了，连这一个也没有了。快活极了，舒服极了；我已经躬行我先前所憎恶，所反对的一切，拒斥我先前所崇仰，所主张的一切。我已经真的失败，——然而我胜利了。

  这是魏连殳在临死前给自己朋友的信中写到的。这时候他已经改变了自己的生活状态，客厅里经常高朋满座，热闹非凡，孩子们也又喜欢和他玩了；从物质上和肉体上来说，他是不再孤独了，已经和他所处的那个社会融为一体了……但是，这绝不是他起先所追求的，是他向这个社会妥协和投降的结果；他也因此完全失去了自己的精神存在，完全失去自己真正的人生快乐了，他陷入了一种彻底的自我戕害之中，自己作践自己，否定自己，最后把自己送上了死路。也许，这才是一种更深刻的孤独，因为他的灵魂再也没有了自己的家园，只能在自己的旷野上嗥叫，愤怒而悲伤地嗥叫。

  内心的纠结会把人逼入死境。是的，灵与肉或许是人类生存状态永恒的矛盾和话题，人们在不同的历史阶段和文化环境中有不同的体验和磨难，因为人们总是在寻求更完美和完善的境界，总是处于不断追求和不断破灭之中；也许这就是人生，就是生命的真谛。而肉体的盛宴却是精神的酷刑，恐怕只有在一种文化碰撞、交流和转换的时代中，像鲁迅那样的精神战士才能体验得如此深刻，所以他能够把中国知识文人一个世纪的命运浓缩于一篇很短的小说中——我甚至愿意说凝练在一声受伤的狼在深夜的旷野中的嗥叫之中。

但是，谁又能够永远摆脱和拒斥自己肉体的存在和需求呢？假定精神的价值就是通过肉体的苦难才能证明，那么谁又能走出孤独者的命运呢？换句话说，当魏连殳说自己"不配活下去"的时候，什么样的人才真正"配"活下去呢？

11.《背影》：与父亲面对面

在写父亲的作品中，朱自清先生的《背影》给我留下了深刻的印象。这不仅在于作品中流露的对父亲深厚情意感人至深，而且在于这种深情所投射的对象——背影——上面。随着阅历和年龄的增长，"背影"这两个字越来越引起我对于父亲这一角色的思考和回味。我总是想，朱自清为什么不能面对面表达出自己对父亲的深情和理解呢？为什么要在眼望父亲背影的那一时刻热泪夺眶而出呢？而更重要的，为什么这个背影能够比许许多多父亲的正面描写更能打动人心呢？

我不止一次地想起自己的父亲。我们曾有过朝夕相处、艰难度日和相依为命的时光。父亲对我是慈祥的，更是严厉的，我能感受到他的爱，但总是不能和像母亲一样亲密。直到有一天我站在父亲墓前的时候，我才意识到我对父亲的疏离和亏欠，我对父亲实在了解和理解得太少了。我很少与父亲面对面地交谈和交流，难得有深入了解的机会，以至于如今我只能面对父亲远去的背影来思念和怀念，在回忆和回想中弥补往日的缺失。在这里，背影不仅是父亲的影像，更是一种失去的久远的历史情感的象征，能够唤起我对人生情感永远的追悔。

在现代中国，"父亲"是一个并不轻松的话题。人们都怀念自己的父亲，但是情形或许大不相同，罗中立的油画《父亲》就曾感动过一代人。但是，确有一代又一代的人，只能面对父亲的背影进行追思，把内心真正的理解和认同，留给远去的风、海浪和时间，或者只能用一种特殊方式写给下一代。

在数不清的家庭里，父亲几乎都处于相同的境地。父亲似乎永远是孤独的，因为他们的内心流露得很少，他们经常与家人有某种距离，或许为了保持某种威严，或许为了掩盖内心的焦虑，而家人，甚至包括他心爱的儿子也总是不敢抬起头来和他谈话。所以，在中国，在那个时代，很多中国家庭中的父子关系都有惊人的一致，父亲总是对儿子充满期待，严于律子；而儿子总是先是惧父，再是恨父，然后用各种方式逃避甚至反抗父亲，在一段相当长的时间里，和父亲分庭抗礼。也许直到很多年之后，由于挫折，由于悔悟，或者由于自己也当了父亲，体验到了做父亲的艰辛，儿子才意识到父亲对自己是多么重要，自己其实与父亲又是多么相像，甚至不如父亲，最后重新去探寻和认识父亲，甚至重归父亲的老路。——无疑，这时候，也许他们所能回忆和思念的只能是父亲的背影了。

由此，我想起了白先勇的《孽子》。这是一部令人心灵震撼的小说，写的就是一种令人伤心、感悟和回味的"父亲情结"。故事发生在纽约：在一个漆黑的夜晚，儿子摆脱了家庭，似乎永远摆脱父亲的督促、身影和声音，但是他无法想象的是，父亲是永远摆脱不了的，不管你用什么方法，到什么地方……这时候，儿子内心中的渴望就是和父亲面对面，面对面地交流和交谈，不但是父亲与儿子，而且是男人与男人，人与人。

父亲是一个男人生命中永远不能摆脱的影像，尽管他不像母亲的影像那么温馨和清晰，但是却有着一种根深蒂固的影响。在人类神话中，不仅有说不清楚的"弑父情结"，而且有各种各样智慧老人的形象，来弥补由于父亲缺失（也许被儿子杀掉了）而形成的心理纠结。他们面貌不同，但是都表现了一种内在的缺失和纠结，一种永远的期待和认同。例如，一个男人的成长、成熟和成功的过程，总是离不开神人的指点；而这些神人多半是老人。在遇到困难和挫折的时候，总有一位老人出现，帮助年轻人解开谜团，指点迷津；而与一般的慈母原型不同的是，智慧老人所给予的帮助并不是物质方面的，而是精神和智慧方面的。他们总是显示一种生活的预见性，总是拥有超人的智慧和丰富的知识，尽管他们在生活中有可能是聋子、瞎子和哑巴。

例如在希腊神话中的盲人特任司阿斯（Teiresias）就是如此，他的瞎眼正是他能洞察一切、预见未来能力的象征，就像猫头鹰能在黑夜看清一切一样，他能够清楚地看见人的内在的灵魂，并预见将来要发生的事。

但是，为什么只有在落难和困难时刻，父亲及其替代的意象才会出现在我们身边呢？这也许是父亲存在的另一重文化困境。尽管父亲和母亲一样总是环绕在孩子身旁，但是，父亲的意味总是被淡化或被强化的。淡化，是指在日常生活中贴身和贴心的关怀；强化，是指在文化和权力意志方面的呈现，使人们在儿童和少年时期往往感觉不到父亲的关爱和温馨，继而也无法接受和理解其存在和意义。

当然，这也许是一种预示，一个人只有到了成年之后，只有经历了许多之后，才能真正理解父亲及其存在的意义。

再有，这些智慧老人的原型为什么不直接由父亲来担当呢？尤其让我们感到困惑的是，这些智慧老人形象为什么总是有各种各样的缺陷呢？这和"背影"的意象是否又有什么内在的关系呢？也许某种感官的缺陷（例如眼瞎、耳聋和口哑，或者面目奇丑之类）正是潜在地表达了父子难以"面对面"的历史状况，它们和"背影"具有相同的文化情结。从母系社会的历史渊源来说，父亲原本就是一种"缺席"的存在，他们不但面目模糊，而且在精神族谱上也只能是一种潜在的延续，留给子孙的只能是一种深远的期待和猜测。于是，寻找父亲的路途注定就是一种精神和文化求索的过程，它距离我们很近，近在咫尺，但是又相当遥远，远在天边。

父亲是一种力量，是一种智慧，是一种传统，更是一种未来，但是，父亲在哪里？我们是否可以真正面对面，心对心？这不仅是作为儿子的内心呼唤，也是今天作为父亲的精神寻求。我们能够泪水当面流吗？我们能够看到对方的面目并理解对方的心灵吗？

事实上，虚幻的父亲在精神上导引着我们，而真实的父亲却一直在一旁孤独和沉默——或许这正是人类在很长一段历史时期内所忍痛终身的文化记忆。很多年前，鲁迅就写了《我们现在怎样做父亲》一文，所抱怨的正是中国父子关系的隔绝和真正"父亲"角色的缺失，一方面是对现实中父亲的批判，另一方面则是对理想中父亲的呼唤。而在当时（1919年），鲁迅自己还没有开始做父亲，他对于父亲的记忆和判断全然来自一种文化省思和批判。

但是，有一点是肯定的，鲁迅当时和千千万万中国人一样，有过自己的父亲，却没有和自己的父亲真正面对面地沟通过。也许从精神文化意义上来说，他没有过父亲，而他的父亲也"失去"了自己的儿子。所以，对他来说，面对父亲，就是面对现实，面对历史文化。

尽管做父亲的困惑和焦虑已经存在几千年了，但是如今才越来越多地引起人们的注意。我最近看到一篇文章，把中国的父亲分为君王型、苛求型、消极型和缺席型，呼吁如今社会要"培训合格父亲"，读后虽然感到不舒服，但毕竟内心有所触动，似乎鲁迅的背影仍然没有消失，他还在那里，作为一个长者，作为一种父亲的文化原型。

几十年过去了，我们也许如今才明白和理解鲁迅当年的困惑和焦虑，知道这"父亲"不是在不在的问题，而是"怎样去做"的问题。父亲不是一生下来就有的，而是一代一代做出来的。因为鲁迅对我们许多人来说，就是一种父亲的精神替代，我们对于鲁迅的理解也伴随着我们自己的长大和成熟。也许对很多人来说，我们已经失去了和自己父亲面对面的机会和可能性，我们所拥有的只有父亲的"背影"；但是，如果我们把脸转过来，就还有机会和可能同我们的子女面对面，让他们拥有一种与父亲面对面的感觉。

这或许才是真正的父亲的节日。

12.《荷塘月色》：美是一种家园的慰藉

也许正是因为有了艺术创作，一切苦难、灾难与丑恶都不可能最终阻碍和妨害人们去感受美、发现美，并为我们留下美文。阅读朱自清的散文，就会增强人们的这种信心。

不妨设想一下，一个心灵敏感、容易受伤的人，如何在精神上获得支撑、获得滋养，由此来坚持自己的人生与信念？这确实是一个问题。而这对朱自清来说，不仅是个理论问题，更是一个实际生活问题。作为一个性情中人，内心非常敏感的人，总会比一般人更能感受到生活的变迁，感受到自我与现实之间的矛盾、冲突与摩擦，内心也愈容易受到刺激与伤害，因此也愈是需要用某种精神的方式来疗救、慰藉与表现自己。

这或许就是艺术家诞生的秘密。对此，朱自清自己并没有给我们留下直接的回答，却通过自己的散文记录了他的心灵选择，他用诗的语言和意境营造了一个心灵得以安歇和慰藉的家园。这就是《荷塘月色》。在作品中，作者是在"心里颇不宁静"的时候，突然想起了往日走过的荷塘，并走进荷塘的，他想在这里找到自己的宁静，找到宁静的自我：

路上只我一个人，背着手踱着。这一片天地好像是我的；我也像超出了平常的自己，到了另一世界里。我爱热闹，也爱冷静；爱群居，也爱独处。像今晚上，一个人在这苍茫的月下，什么都可以想，什么都可以不想，便觉是个自由的人。白天里一定要做的事，一定要说的话，现在都可不理。这是独处的妙处，我且受用这无边的荷香月色好了。

怎么理解这"另一世界"？这或许是理解这全文的关键；而朱自清的

这种感觉，则是我们进入和理解朱自清艺术世界的路径。一个如此敏感的性情中人，在现实社会中经常受到伤害，是不可避免的，但是如何得到一种心灵的歇息与滋养，来减轻与消除内心的困惑和焦虑，则是一种机缘和选择。正是在这种情况下，这小小的荷塘成了作者的心灵家园，在月光下给予作者温情的慰藉。可以说，这"另一世界"，就是朱自清心向往之的美与艺术的世界，是其可以暂时逃避现实世界、心灵可以得到栖居的诗意世界。

也许这只是一个幻觉或幻影，是暂时的，很快就会消失的，但是，这确实是作者内心所追寻和所需要的，它所给予作者的是某种无私的安慰与快乐。也许这就是美的品质，它永远是那么难得，那么虚幻，那么容易消失；但是，正因为如此，它又是永远那么珍贵，那么韵味深长，那么难以让人忘怀与忘记。

所以，不仅这"另一世界"不同于日常的现实世界，而且进入这"另一世界"的"我"也会完全两样，回到了率性、自然与自由的状态，陶醉于荷塘月色的美丽世界中，领略和分享自然与艺术世界的快乐。

在此，我们不妨扪心自问：世界上的美景之多，不可胜数，但是我们为何不能像朱自清先生一样进入其中，并领略其中的美呢？那一潭荷塘并不是天下奇物，为什么到了朱自清笔下就会显示出如此沁人心扉的美，如此令人感怀呢？

我们只能说，这是一种自然造化与文化心灵交融的结果。这里的荷塘月色是经过朱自清心灵浸透过的风景，而朱自清的心灵则是被自然山水洗礼净化过的性情，它们两者之间原本就有一种文化的默契。在这种情况下，作品只是一种美的心灵与美的风景交流、交通与融合的结果。对于一种粗糙、粗鲁与麻木的心态来说，任何自然美景都是沉默无言的，不可能敞开自己的心扉，说出自己的秘密；而作为一种知音的回报，自然美景也不会使美的追寻者失望的，它会恰如其分地敞开自己，给予真诚的回报。

自然是无私的。在《荷塘月色》中，读者可以感受到这种心灵与山水的交流。与在现实世界中的遭遇不同，在这里，艺术家的心灵显示出了感受美、发现美与体验美的全部魅力。从作品的字里行间，我们会发现，美与艺术是如何以一种精致与神奇的心态与能力被感受的，细腻、敏感、入微地善解自然，体谅与化解各种人与自然之间的界限，把人与自然之美融合一体。

这种心态与能力，也许是有史以来人类文明的结晶，只是在现代社会遭受到空前的考验与挑战——人心变得激进与好斗，粗糙与好胜，难得用全身心去感受自己与自然，由此也导致了美与艺术感的丧失。正如朱自清在《匆匆》中写到的，作者对于这种情景感到万般的遗憾与无奈。这也难怪《荷塘月色》这样的作品如此显得珍贵了，因为它不仅对于作者，而且对于当今人类存在状态来说，也表达了一种难得的美的体验与回忆。

朱自清的一些优美散文，都表现了相同的追寻，他似乎总是尽力追寻一种美景，一个"另一世界"，以此来安置与慰藉自己的心灵世界。在这方面，对于自然的倾心，依然是朱自清散文中最美的亮点，自然美景带给作者的总是意外的惊喜和快感，例如：

> 暖和的晴日，鲜艳的花色，嗡嗡的蜜蜂，酝酿着一庭的春意。我自己如浮在茫茫的春之海里，不知怎么是好！那花真好看：苍老虬劲的枝干，这么粗这么粗的枝干，宛转腾挪而上；谁知她的纤指会那么嫩，那样艳丽呢？那花真好看：一缕缕垂垂的细丝，将她们悬在那皴裂的臂上，临风婀娜，真像嘻嘻哈哈的小姑娘，真像凝妆的少妇，像两颊又像双臂，像胭脂又像粉……我在下课的时候，又曾几度在楼头眺望：那丰姿更是撩人：云哟，霞哟，仙女哟！我离开台州以后，永远没见过那样好的紫藤花，我真惦记她，我真妒美你们！

这是在《一封信》中的文字。这样的情景在朱自清散文中并不少见。作为一个寻求美感的人，朱自清对于自然美景情有独钟，当然不会轻易放过任何享受的机会。在这样的世界里，他一点都不匆匆，而是尽量、尽情地多呆一些时候，与自然一起分享美的世界。

例如在《白马湖》中，自然风景再一次显示出无穷的魅力，那湖上"笼着一层青色的薄雾"的山，那"映着参差的模糊影子"的水，"山是青得要滴下来，水是满满的、软软的"；还有那小桃、杨柳、菜花，"像是蜃楼海市，浮在水上，迷离惝恍的"村庄，真能带给人"世外之感"，这怎能不使作者留恋呢？而在《看花》之中，梅花虽然没开，但灵峰寺里的景象竟然把作者迷住了：

> 那时已是黄昏，寺里只我们三个游人；梅花并没有开，但那珍珠似的繁星似的骨朵儿，已经够可爱了；我们都觉得比孤山上盛开时有味。大殿上正做晚课，送来梵呗的声音，和着梅林中的暗香，真叫我们舍不得回去。在园里徘徊了一会，又在屋里坐了一会，天是黑定了，又没有月色，我们向庙里要了一个旧灯笼，照着下山。

毕竟不是出家人，作者不可能永远留住这"世外之感"，但是确实透露出了他对于一个不受人世烦扰的纯粹的美的世界的倾心向往。为了获得和进入这个世界，哪怕是片刻的体验，朱自清也愿意付出不懈的努力。这在《潭柘寺·戒潭寺》一文中，得到了很好的体现。为了追寻心目中的美，作者不辞劳苦寻访不说，单说作者对于两地景色如此详尽的观察与记叙，比如潭柘寺门前的那条深沟，那座石桥，过桥的那四棵马尾松，等等，都体现了作者爱美、寻美之切、之细。

也许正是这种用心，朱自清对于美，尤其是自然的诗情画意的感悟与表现，才会达到如此精妙的境界。

13.《在寒风里》：漂泊者的心路

《在寒风里》原载于 1928 年 12 月 20 日《大众文艺》第四期，应该是这一年写的。（但是奇怪的是，作品结尾处有"一九二九年作"的字样——可参见《郁达夫名作欣赏》，中国和平出版社，1998 年 8 月。）时年作者 33 岁，已经经历了多年漂泊游离的生活。

郁达夫的小说多半是以第一人称"我"为主人公的，《在寒风里》也不例外。"我"是一个长期漂泊在外的知识文人，由于接到家里的来信，所以决定回阔别已久的故乡看一看。

这就注定了这是一个寻找精神家园的故事。如果你读过鲁迅的《故乡》《从百草园到三味书屋》的话，就会更容易进入这篇小说的艺术世界。作为一代接受新思想的作家，他们在某种程度上拥有相同的生活和情感体验，都有身心漂泊的历程。在新时代感召下，他们冲破传统观念的禁锢和束缚，从传统的社会中解脱而出，也就意味着一种被放逐命运的开始；他们注定要在传统和现代的夹缝中生存，在精神上承受一种现代与传统矛盾冲突的痛楚，注定要经历长期的流浪和寻觅，找寻自己新的精神家园。

在这个过程中，他们的遭遇和命运不一：有的永远迷失了，有的一直流落在异国他乡，有的回到了老路和老家，有的则有了新的寄托。例如鲁迅，经过长期的漂泊之后，不仅重新认识了自己的故乡，而且重新找到了自己感情世界与故乡的新的沟通点，那就是像长妈妈这样的人，其对孩子淳朴的爱心令作者一生难忘；而郁达夫则在一个故乡的老仆长生身上，找到了自己的精神安慰。

所以《在寒风里》虽然是一篇自传体小说，但是其意义并不局限于作者一人的经历，而是熔铸了一代知识文人在从传统向现代的长途跋涉中精神求索的心路历程。

漂泊、与故乡的隔绝、无家的感觉，是这篇小说艺术氛围的基调。其标题"在寒风里"本身就带着强烈的感情色彩，意味着主人公生活在一个特定的状态与氛围中，暗示着他在长期漂泊"辗转流离，老是居无定所"生活中所感受到的一切悲欢离合和心理上所承受的痛苦。

这痛苦首先是一种失掉了文化之根和精神家园的感觉。他不再属于那个生他养他的传统社会和家园，他在走出来的过程中义无反顾，自觉地和它分离；但是他所向往的那个新世界还远远没有建设好，甚至他还不知道它到底是什么，在哪里，自己如何才能到达那里，所以只能在寒风里漂泊和寻觅，在没有路的地方找路走。由此，作品中的"我"不得不面临如此处境："因为社会的及个人的种种关系，失去了职业，失去了朋友亲戚或还不算希奇，简直连自己的名姓，自己的生命都有失去的危险，所以今年上半年中迁徙流寓的地方比往常更其不定，因而和老家的一段藕丝似的关系也几乎断绝了。"

在20世纪文学中，孤独者、零余者、漂泊者和"多余的人"，是众多文学大师笔下的人物形象，他们神态各异，却具有相通的精神特质——脱离了旧的文化家园，却找不到新的心灵归宿。在这方面，俄国作家屠格涅夫就曾对中国现代文学创作产生过深远影响。

所以，对"我"来说，"回家"成了一次漂泊者寻求精神认同和文化慰藉的特殊历程，这也是一次特殊的寻找精神家园的心路过程。通过这次回家，"我"再次回味和体验到了自己对故乡的眷恋之情，其中还有自己的内疚、感伤、期待、厌倦和自我矛盾的心态。本来，一个"在寒风里"奔波的漂泊者，最期望的就是回家，就是在家的温暖中获得温情和安全感；但是这对于作品中的"我"来说，只能是一种奢侈的梦幻了，因为"家"无论从生活上和感情距离上来说，都显得很遥远，很陌生了。一方面，过去的家已经再也不能容纳"我"了，因为从传统的家族观念来说，"我"已经是一个"不能治产的没有户主资格的人"，已没有"再和乡人见面"的脸面；与此同时，这个"我"因为长久浪迹现代都市，早已经告别了故乡的传统生活方式，所熟悉和渴念的是"大都会之夜的快乐"。于是，这个"我"就不能不生活在一种双重渴念和双重冷酷之中。一方面是对家的渴念，这是出自于一个漂泊者内心深处的需求，特别是在浪迹天涯、孤苦伶仃之时，更有这种强烈的感受；但是，另一方面，他又不能不体会到故乡的家的冷酷，这是来自于时代造就的一种不能两全的文化隔阂，尤其当他愈来愈走近这个"家"，就越会感受到那种格外逼人的陈腐气息。在作品中，这种感得到了层层表述。从进门的那"一种莫名其妙的冷气突然间侵袭上了我的全身"，一直到遭受到母亲那"一番突如其来的毒骂"，"我"一次又一次感到自己与家之间的那种鸿沟。故乡的"家"对我来说，已成为一种可想而不可近、可近而不可留的地方，他从精神上来说已经永远失去了这个家，也无法再找回这个家了。

也正是在这种情况下，一位老长工的信对"我"显得如此珍贵和亲切，因为它从一开始就唤起了他内心中的一种渴望和回想，使他感到一种精神上依托的存在。可以说，长生这个形象的意义就是在主人公寻找精神家园的渴望中显现出来的，他成了漂泊的主人公与故乡联系的中介和纽带。正因为有了长生，"我"和老家的"一段藕丝似的关系"才得以保留，其孤独的心才由此获得了一丝慰藉，也才有可能再次回家再望故乡一眼。而到了最后，当"家"实际上处于支离破碎之中，"我"在心理上再次感到与"家"的距离越来越远、精神联系越来越稀薄时，长生又一次给了他温暖和希望，使他在凛冽的寒风里还能感受到一丝来自故乡的温情。

这犹如高空放飞的风筝。当风筝在高空的寒风中飘飞的时候，和地面的联系或许就只凭借那一根细细的线。

当然，这只是一种比喻而已。

14.《子夜》：理性是一把双刃剑

《子夜》是茅盾最重要的作品，也是最能体现其才华、理念和知识储备的创作。茅盾天资聪慧，加上父母的支持和鼓励，阅读了大量的文学作品，培养了自己的远大志向。在高等小学读书时，茅盾就在《试论富国强兵之道》的作文里，以"大丈夫当以天下为己任"作结，得到过老师的叹赏，预言茅盾日后必有一番作为。

可惜的是，日后的遭遇并不一帆风顺。1911年辛亥革命爆发，茅盾热情地迎接了这次革命，做起了革命的义务宣传员，但是不久被学校除名，所以在很长一段时间他过着平凡、灰色和令人窒息的生活，唯一的好处就是他把时间更多消磨在看小说上，促使自己逐渐走上文学道路。对始终着力于"揭示时代重大命题"的茅盾而言，内心深处一直隐藏着一种"英雄梦"，他也只有通过文学创作来消化和表现自己的这种梦想。

可以说，这就是《子夜》酝酿和诞生的内在情缘，其来自于中外文化的滋养和激发，也不断受到现实的压抑、磨砺和颠覆。

20世纪30年代的上海，是中国资本主义崛起的摇篮和象征，更是现代商业英雄叱咤风云的舞台，同时，这里又是中国内外矛盾和危机即将爆发的一个火山口，正酝酿着一次中国社会的大变革。茅盾意识到、并抓住了这种时代变迁的契机和把手。

在《子夜》中，茅盾描写了一代民族资本家驰骋十里洋场上海的冒险生涯，着力表现了主人公吴荪甫的雄心和魄力，但是最终不能不让它们毁灭。所以，《子夜》是一曲英雄末路的哀歌，既是英雄梦幻的展演，也是从梦幻中解脱出来的心路体验。

这种展演就茅盾的创作历程来说，也是一次辉煌的谢幕。在这之前，茅盾1927年9月发表了《幻灭》，至1928年6月，又先后完成《动摇》《追求》等"《蚀》三部曲"的创作（就在写作这些作品时，他使用了笔名"矛盾"，后来叶圣陶将之改为"茅盾"）；1929年，茅盾在客居日本期间又写出长篇小说《虹》等，无不反映了"英雄梦"从激发到幻灭的心灵历程。在这些作品中，茅盾一方面揭示了社会的黑暗、时代风云的变幻，革命的起落消长；另一方面也在反思这些怀抱"英雄梦"青年的命运和心态，为他们感叹和叫屈，也为他们惋惜和伤感。

在这个过程中，茅盾也把自己的"英雄梦"转移到了文学批评方面，所关注的是大问题，所表现的也自然是宏大主题。他在《自然主义与中国现代小说》中就认为"我们应该学自然派作家，把科学上发现的原理应用到小说里，并该研究社会问题，男女问题，进化论种种学说"，坚持"文学是表现时代，解释时代，而且是推动时代的武器"。这就使茅盾的创作一直体现一种宏大主题，去叩问着时代和历史的命运，充分显示出以文学把握社会、俯瞰人生的企图。也正因为如此，他不能不寻求一种理性精神和思想模式来观照生活和表现人生，牢牢地掌握叙述的主动权和话语权，为人物最终的命运提供既定的归宿和无懈可击的解释。

这也不能不为《子夜》设置一个理性的圈套。关于这个圈套，茅盾在1977年新版《子夜》的后记《再来补充几句》里说：

> 这部小说的写作意图同当时颇为热闹的中国社会性质论战有关。当时参加论战者，大致提出了这样三个论点：一、中国社会依然是半封建半殖民地的性质；打倒国民党法西斯政权（它是代表了帝国主义、大地主、官僚买办资产阶级的利益的），是当前革命的任务；工人、农民是革命的主力；革命领导权必须掌握在共产党手中。这是革命派。二、认为中国已经走上资本主义道路，反帝、反封建的任务应由中国资产阶级来担任。这是托派。三、认为中国的民族资产阶级可以在既反对共产党所领导的民族、民主革命运动，也反对官僚买办资产阶级的夹缝中取得生存与发展，从而建立欧美式的资产阶级政权。

这是当时一些自称为进步的资产阶级学者的论点。《子夜》通过吴荪甫一伙终于买办化,强烈地驳斥了后二派的谬论。在这一点上,《子夜》的写作意图和实践,算是比较接近的。

这也是《子夜》日后为何受到高度评价而又受制于时代观念的原因之一。茅盾在后来的回忆文章中说:"我写这部小说,就是想用形象的表现来回答托派和资产阶级学者:中国没有走向资本主义发展的道路,中国在帝国主义、封建势力和官僚买办阶级的压迫下,是更加半封建半殖民地化了。"

据说,在创作过程中,茅盾曾多次向瞿秋白请教,得到指点和帮助。当茅盾把《子夜》原稿交给瞿秋白看时,瞿秋白指出,写农民暴动的一章没有提出土地革命;没有写工人运动,把工人阶级的觉悟也降低了,等等,还建议茅盾把吴荪甫、赵伯韬两大集团最后握手言和改为一胜一败,突出工业资本家无力迎战买办资本家、中国民族资本家没有出路的"历史规律"。

可见,《子夜》的写作,不能不受到当时"左派"思想模式和意识形态因素的左右。

而作品出版后,"左联"党组织及时对《子夜》进行了讨论,瞿秋白、朱自清、吴组缃、赵家璧等都写了评论文章。3月,瞿秋白化名"乐雯"在《申报·自由谈》发表《〈子夜〉和国货年》,预言《子夜》的出版是"中国文艺界的大事件",将使1933年载入中国现代文学史册,而国民党玩弄的骗人的"国货年"只能"做《子夜》的滑稽陪衬"。瞿秋白认为,《子夜》"是中国第一部写实主义的成功的长篇小说","应用真正的社会科学,在文艺上表现中国的社会关系和阶级关系,在《子夜》不能够不说是很大的成绩"。

可见,茅盾笔下的"英雄梦"一直在意识形态话语缠绕中沉浮,为此高歌猛进,也为此折戟沉沙。这主要表现在吴荪甫这一"失败了的英雄"形象上面。作为全书事件和人物的联结点和矛盾焦点,吴荪甫是1930年代中国"商业英雄"命运的化身,具有吴荪甫多层次、多侧面、多重性的性格特征。作为中国最早的新型企业家，吴荪甫不受传统伦理的束缚，亲近西方自由思想，信奉"弱肉强食"的竞争规律，怀抱着"独立自主，实业兴国"的激情，希望在一个大变革的时代建功立业。但是，这种雄心壮志，包括突出的个人能力，都不能不成为泡影。因为一切都已经由"社会规律"所决定了，不论主人公如何挣扎，"英雄"都不能不变为"狗熊"，从昔日的万丈雄心和自信变为动摇、悲观、颓废，乃至企图自杀等，最后自我毁灭。

　　理性是一把双刃剑，意识形态因素给《子夜》创作带来了多重影响。从某种意义上说，茅盾从进入文学领域开始，就一直保持着对于思想理论的热情，以满足自己驾驭和把握生活的需要。在这种情况下，他一直在关注和吸取新的理论和思想，而新的理论思想也不断为他提供着新的视野、思路和启示，使他能够更全面和深刻地观照和表现生活。而另一方面，一旦某种理论和思想成为一种固定的模式和结论时，他又会为其所束缚，使自己的创作陷入某种概念化和模式化的圈套之中，成为某种观念的传达。

　　《子夜》就面临着这种深渊。固定的理论和思想不仅断送了吴荪甫的"英雄梦"，也为茅盾自己的"英雄情结"画上了句号。从此，茅盾似乎已经洞悉了社会的发展规律，洞明世事，人情练达，并且接受了这种规律安排的命运；而更重要的，由于一种既定思想理论的强大力量，作为一个"文化英雄"的梦想已经破碎，已经不需要这样的英雄及其梦想，茅盾也只有接受一个常人甚至"庸人"的命运。

　　这是《子夜》之后的话。

15.《家》：一个丰富而又沉重的话题

  一部作品的文学价值和艺术魅力，不仅来自其真实的情感体验，同时也取决于它的思想深度。换句话说，一部优秀的文学作品，其情感意味和思想内涵是紧密联系在一起的。因为没有思想深度的感情往往是浅薄的，虽然一时能够打动人，但是事过境迁就会被人忘却；而没有感情基础的思想，往往容易流于说教和概念化，不可能具有以情动人的艺术魅力。而《家》的艺术感染力不仅来自巴金对旧家庭生活的深刻体验和独到描述，来自作品中所洋溢的对人性和青春的歌颂和追求；而且来自"家"本身所具有的独特的历史和文化意蕴，来自其中所包含的新鲜的思想内涵。

  因为"家"，本身就是一个丰富而又沉重的话题。

  "家"作为一种独特的文学题材，本身就具有特殊的意义。中国人心目中的"家"，具有丰富和重要的思想和文化意味。它不仅是人生的依托和港湾，而且是整个社会制度和伦理观念的基础；它不仅是人们情感生发的一个关节点，也是人与社会关系的一个聚焦点。就中国传统的社会形态和伦理观念来说，"家"和"国"是连为一体的。古人云："人有恒言，皆曰'天下国家'。天下之本在国，国之本在家，家之本在身。"所谓"治国必先齐其家者"，"一家仁，一国兴仁；一家让，一国兴让"，都无不体现了"家"与"国"统一和同构的文化关系。正是这种"家""国"一致的状态，造成了中国传统社会的超稳定状态。"家"的状态构成了整个中国传统社会的基础，而中国社会的变化，也必然首先是从家庭这个社会细胞开始。"家"是中国社会及其文化状态实实在在的一面镜子。

  但是，到了20世纪，"家"却成了充满矛盾和纠结的文化场域，出现了新与旧、传统与现代的分野和冲突。在新文化和新思想风起云涌的年代，旧家庭成了逃离甚至被捣毁的对象，成为罪恶、悲剧和囚牢的象征。很多新式文人和现代作家都有逃离和背叛旧家庭的经历，并由此成为那个时代的"文化英雄"。

巴金就是其中的一位，他笔下的"家"就凸显了其特殊的文化内涵。它不仅是一个典型的中国的旧家庭，充分表现了中国传统的家庭理念和人际关系，与中国传统的社会理念与制度有惊人的一致性；而且是一个处于社会变革中的家庭，国家的变化与家庭的裂变互相作用和影响，显示出了深刻的思想文化意义。所以，从《红楼梦》到《家》，我们不仅能够看到中国家庭状况和关系的变化，更能感受到中国社会和文化内部的历史性变迁。如果说《红楼梦》预示了中国传统的封建社会走向没落的话，那么《家》就具体描述了旧的社会理念和家族制度分崩离析的历史过程，是一幅生动的中国社会变迁的家庭生活画卷。

家，既是每个人生存的栖息地，更是精神和心灵最初的家园。"家"对巴金来说，同样具有特别重要的生命意义。这种意义是一种情感和思想的交融，是他生命意识中不可回避和忽视的，包括他的爱和恨，他对于生命和生活的全部希望与全部失望，他对自我存在意义的最初认定和最后选择。

不过，在巴金的记忆里，家是一个血腥的地域，是摧残生命与青春的屠场，是灵魂的伤心地。不仅美丽善良的瑞珏、梅、鸣凤的生命遭到了吞噬，而且作为长房长孙的大哥，高家的"希望之星"觉新，他的灵魂也被撕为了两半，在痛苦中扭曲、流血。在这家中刚刚长大成人，尚为一个学生的觉慧，也认为"我们这个家庭，这个社会都是凶手"，而萌生了"这个家，我不能够再住下去"的念头，最终他凭借年轻人的血性与勇气，冲出了这旧家庭的牢笼，完成了他的胜利大逃亡，成为了这个家庭中的一名"幼稚而大胆的叛徒"（巴金语）。

觉慧形象的出现，可以说是给了这昏暗的旧家庭一抹亮色。因为人活着，不单是为了穿衣吃饭，生儿育女，他的心还必须看到希望之光，或幸福的前景，他才会感到还有活头。小说中，觉慧反复朗诵着戏曲《前夜》中的一段台词："我们是青年，不是畸人，不是愚人。应当给自己把幸福争过来。"这一细节就暗示着，巴金笔下的觉慧已经把他的幸福寄托在"家"之外。

巴金为什么要把觉慧的"幸福"寄托在"家"之外？而这个"家"之外又有什么能够为一代年轻人提供"幸福"的条件呢？提供的"幸福"又是什么呢？走出生自己养自己的"家"，觉慧何时能找到、能建立起真正属于自己的家呢？尤其是在心灵文化上的精神家园呢？

这也是 20 世纪数代中国人所面临的困境和挑战。在新的社会裂变中，传统的"家"，对于现代中国人来说，是一个正在失去的精神家园，而新的"家"及其精神依托并没有找到和建立，甚至还是一个未知数，充满着诱惑也充满着痛苦。旧的"家"把他们抚养成人，给了他们所有物质和精神的一切，同时又把历史的重负与遗产传给了他们，让他们承担和忍受，使他们处于进退两难的境地。他们中的很多人在时代转型期背叛了家，失去了家，成了两个时代之间的桥梁、中介和牺牲品，他们虽然在精神上已经感到和看到了新生活的曙光，在心理上预感到了旧世界的末日，但是他们已经没有机会、勇气和能力摆脱历史的重负，去开始一种全新的追求和全新的生活。

不仅觉新是这样，觉慧也要承受这种苦痛。觉慧之所以要冲出这个"家"，因为这个"家"非但不能为他青春的生命提供所需要和所渴望的，而且压抑着他青春的生命，正如他在日记中写到的："寂寞啊！我们底家庭好象是一个沙漠，又象是一个'狭的笼'。我需要的是活动，我需要的是生命。在我们家里连一个可以谈话的人都找不到。"

就此而言，《家》的主题似乎是明确的，作品一方面以祖孙的矛盾冲突为线索，通过梅、鸣凤、瑞珏三个女子的血泪悲剧，沉痛地控诉了封建制度对年轻生命的摧残，深刻地揭露了封建大家庭的罪恶，暴露了封建大家庭的腐朽，揭示出它走向崩溃的必然性；另一方面，通过描述家庭的裂变，特别是不同人物的不同人生选择，表现了中国社会的变革和进步，体现了中国从传统走向现代过程中的矛盾和冲突，表现了深刻的思想意义。

可以说，巴金笔下的这个"家"，就是当时旧制度和旧社会的代表和象征，它是一种家庭状态，更是一种文化意识的存在。因为封建礼教文化正是通过如此的家庭制度而继续留存的，并持续着自己"吃人"的罪恶。

在作品中，这种旧家庭的显著特点之一就是"家长制"，拥有一个掌握全家生死大权的家长。而高老太爷的形象就集中体现了这个家庭的性质、状态和命运。高老太爷十分专制，是高家一系列悲剧的制造者。他要抱重孙，觉新就得按封建婚姻制度违心地成婚，造成梅的悲剧。他把鸣凤当作玩物送给孔教会长冯乐山，造成鸣凤投湖自尽的悲剧。瑞珏的死也和他有关。"在这个家里，祖父就是一切。""他说要怎么办，就得怎么办。"例如，对于觉民的抗婚，高老太爷的回应就是："我说是对的，哪个敢说不对？我说要怎样做，就要怎样做。"狂怒之下，他要把觉民赶出家门，还登报声明不承认觉民是高家子弟。

当然，专制并不等于没有温情。高老太爷对儿孙也有慈祥、温和的时候，如吃团年饭时和临终前。临终他对觉慧、觉民表现了从未有过的慈祥，他赞扬了觉慧，取消了觉民和冯家的婚事，甚至还向孙子忏悔："我的脾气——也大了些，现在我不发脾气了。"——也许在这里，读者可以体悟到中国传统文化最后登峰造极的表现和表达：温情脉脉的专制，其具有任何强制和暴力型专制所没有的功效和作用，用一种软性的、人伦人情的方式来实现最后和最终的控制和压制。

在作品中，这种温情脉脉的专制在人物身上演化为一种复杂、矛盾的感情纠结。由此，读者也可以感受到作者巴金在感情和理智上的矛盾和冲突。从理智上说，作者无疑是憎恨这个旧家庭的，尤其是这个家庭的统治者高老太爷；但是从感情上讲，他也不能完全否认这个家对于他有养育之恩，不可能完全割断自己与家庭亲情之间的感情联系。

从《家》的出版情况来看，尽管这一点前后有过比较大的改动，但是始终没有完全否定这种感情联系。这是值得我们认真注意的。

其实，中国的家庭文化建构和留存的几千年，是中国文化传统的摇篮和根据地，自然有其历史的人性存在和发展的合理性与文化价值。问题在于，巴金是出于何种动机、在何种语境中来写《家》的。事实上，巴金对高老太爷的描写和评价，不仅仅出自亲情，而且还来自对社会的新的认识，来自一种时代赋予的超越家族感情的人道主义情怀。他不仅意识到了旧家庭的罪恶，而且不无庆幸地看到了这个旧家庭必然走向破溃的命运。尽管高老太爷仍然维持着自己在家庭中至高无上的地位，但是他所处的社会环境和所统治的"家"，都已经不同于以往了，他已经不可能全部实现自己的意志了。就此来说，高老太爷也有自己"生不逢时"的一面。这个"时"就是当时中国的社会状态和时代风云。

这是一个酝酿和进行着一场深刻社会变革的时代，叛逆和新生正从社会的上层建筑、意识形态的各个层面一直延伸到家庭层面。巴金在《家》中所表现出的思想、感情和价值取向，都表现了作者本身的主观精神和心理状态。其一方面与人性和本能所遭遇的具体情境相关，同时又有社会和时代精神的因素。在这里，我们会感受到，人们对于幸福的感受和理解多么不同，会受到思想观念及其时代风潮多么大的影响。换句话说，像巴金笔下的家，在当时有千千万万，尽管有无数人饱受封建家长制压抑的痛苦，很多人对它的合理性怀疑过、反抗过，但是并没有从根本上动摇它的合法性和权威性，同时也很少人像巴金那样对"家"表现出如此深恶痛绝的叛逆和批判。这是因为巴金已经不同于一般旧家庭、旧时代和旧文化培养出来的一代人，他已经接受了新思想、新文化的熏陶，在主体精神方面已经具有了一种新的意识和价值观念，已经无法从感情和思想上认同自己的家庭，及其所体现的那一套思想和伦理观念。

巴金与家的决裂及其日后持续的对于旧家庭制度的批判，实际上也是一种同旧的家庭制度及其理念的告别和决裂，表现了一种对于人及其存在状态的新的期待。《家》的不同凡响之处，就在于它写出了一个旧的封建官僚大家庭的衰亡史。而这种"家"的衰亡，也是中国整个旧的社会制度及其文化意识形态开始崩溃和解体的先声和象征。

家庭的危机和解体，是人类20世纪开始面临的挑战，其结果和意味至今还很难做出较为合情合理的评判，但是，作为一种艺术心灵的见证，《家》或许拥有久长的价值和意味。

而最后的问题在于，人类逃离和摧毁了旧的家庭及其结构、观念和文化，是否意味着人类不再需要家了呢？如果是，那么用什么弥补和取代家的失落和丧失呢？如果不是，那么新的家又在哪里呢？

16.《琉璃瓦》：人性"冷"的来源

《红楼梦》里有一句名言差不多已人人皆知："机关算尽太聪明，反误了卿卿性命"，而张爱玲笔下的姚源甫先生最后虽然没有把命丢掉，但自己几经折腾，也自知"活不长了"。当然，张爱玲的小说《琉璃瓦》并不是巨著《红楼梦》大观园红楼绿墙上的几片"瓦"，所以，拥有美丽的"琉璃瓦"的姚先生并不至于落到"白茫茫大地真干净"的境地。在小说结尾之处，拥有七个女儿的姚先生已经嫁了三个女儿，还有四个待嫁，说是"他太太肚子又大了起来，想必又是一个女孩子"，日后说不准真能嫁个十全十美。

但是，这种可能对于处心积虑的姚先生已意义不大了，相反，它只能是一种潜在的讽刺。因为作者张爱玲早已对他绝望了，所以不等他把七个女儿都嫁出去，就已经判处了姚先生的"死刑"。不过，对张爱玲来说，倒不在乎于姚先生是死是活，后来还能活多久，而在于他作为一个艺术形象已经"活"够了，已经完全表达了她所想要表达的人生感触，再"活"下去也没有什么艺术存在的价值了。

问题是，张爱玲想要表达什么？一种对人生命运的感叹和无可奈何？一种对人生困境的冷酷揭示？还是对都市生活中某一种人诸如姚源甫之类，及其可怜可悲可笑生活的讽刺和冷嘲呢？

小说一开场似乎是美奂绝伦的，姚家七个女儿都是"模范美人"，按其说法，个个都"适合时代的需要，真是秀气所钟，天人感应"，而更重要的是其主人公姚先生非常精明并勇于负责，对于自己女儿的前途，"他有极周到的计划"——在这里，不能不说张爱玲也精心编织了一番，尽量说得完美无瑕，连姚先生内心动机，也尽拣好听的说。

于是，读者可以感受到这样的奇遇：精明的主人公恰巧遇到了精明的艺术家。姚先生当然精明。他的精明表现在对女儿婚事的筹划算计方面，懂得如何精心挑选，设计见面，营造氛围，包括刊登结婚广告，千方百计都为了实现自己的目的。而张爱玲更为精明，她的静默不仅在于对姚先生夫妇之类的精明深谙其道，早已洞破天机，而且在于她更深藏不露，反而设计一个更花团锦簇的情景让姚先生"机关算尽"，让读者大开眼界。

这是典型的上海滩的爱情，父母是绝妙的经纪人。

所以，姚先生从嫁大女儿琤琤开始，一次次算计，一次次精心策划，使尽了各种聪明，时而拍着胸脯担保，时而冷言冷语甚至破口大骂，时而又好言相劝，因势利导，但是最后的结果都正好相反，美丽女儿不仅没有"赚钱"，反而个个成了"赔钱货"。

这也许是对都市人存在状态的一种揶揄，更是对上海人情世态的一种绝妙写照。

人生可怜之处就在于自以为聪明，斤斤计较，处心积虑，结果总是事与愿违，搬起石头砸自己的脚，聪明反被聪明误。如果是这样，姚先生也许不显得太悲哀了，因为如果这是一种普遍的人生困境的话，那么人人都有份，张爱玲也就不必要对一个姚先生太苛刻了，至少他还有四个女儿待嫁呢。

显然，这里并不只是一种对命运的揶揄，也不是一种精明对精明的较量。世俗的精明和艺术的精明在这里本来就是不可比较的，即使姚先生更精明一层，张爱玲也会撕碎其价值和意义，露出其空虚、苍白甚至丑恶的底细来。

事实上，张爱玲是一个"看破红尘"的作家，更是一个洞察了人性深藏着的丑恶并由此对人生感到绝望的艺术家。正因为如此，在《琉璃瓦》中，她无情撕碎了精明的世俗和价值，冷酷地揭示出隐藏在背后的悲剧的美学价值。

现代都市的生活并不那么美好，在现代都市生活中，利益和利害早已经撕破了人与人之间温情脉脉的关系，使人们无时无处不感受到人情和人性的"冷"与"恶"，不能不在斤斤计较和精打细算中过日子。

张爱玲对此洞察深刻，并在自己的小说中翻了个里里外外。从表面上看，姚先生的精明和算计只是为了女儿们的前途，他是这样设想的，也是这样做给人们看的。如果真是这样，《琉璃瓦》就会是一个善良但命运不济的父亲的故事了。妙就妙在张爱玲一下子就看穿了他，挑起了在所谓"亲情""父爱"下面隐蔽的冷酷与算计。他精心为女儿张罗设计一切，都不过是为了自己的地位、财富和荣誉，用女儿的痛苦来满足自己。对这种忘乎所以的满足感，张爱玲通过描叙主人公对自己所做的骈文结婚启事的那股得意劲，就表现得非常精彩，他不仅点头拨脑地背诵起来，而且站起身来，"一只手抱着温暖的茶壶，一只手按在口面，悠悠地抚摸着，像农人抱着鸡似的"。

他摇摇晃晃地在屋里转圈子，此时他还不知道大女儿琤琤在大股东家中忍辱受气的情景，其实，他除了埋怨自己因琤琤之故不能谋一个好位置，有"赔了女儿又降级"的苦恼之外，根本没有也不想知道女儿的处境，也没有去考虑琤琤的真正前途，只顾像个吝啬的小地主式的自我陶醉。

照理说，这个细节对揭示姚先生内心的丑恶已经足够了，但是张爱玲觉得远不过瘾，非要把它抖落在光天化日之下不可。于是引出了二女儿曲曲的一段话：

> 我若是发达了，你们做皇亲国戚；我若是把事情弄糟了，那是我自趋下流，败坏你的清白家风。你骂我，比谁都骂在头里！你道我摸不清楚你弯弯扭扭的心肠！

这腔调也许会使人想起《红楼梦》中的晴雯，但它出自姚家亲生女儿之口，就显得更冷峻，也更淋漓尽致了。不过，张爱玲在此并不感到知足，她一定要用自己那支冷静到了残酷的笔，刺到人性的最深处，彻底揭开被亲情关系掩盖着的惨不忍睹的真实。这次是姚先生亲口对太太说的："以后你再给我添女儿，养一个我淹死一个！还是乡下人的办法顶彻底！"

毫无疑问，还是这最后的自我表露顶彻底，管不得"柔驯得出奇"的三小姐，平日少言少语但最后也要大叫一声"我——我也受不住了哇!"

　　由此可见，《琉璃瓦》不仅表现了人生的困境，更深刻地揭示了现代都市生活中人性内在的自私和冷酷无情。而张爱玲小说的"冷"也正是来源于此。

　　既然如此，那最后的问题是，假如姚先生不再管或者不再能干涉女儿们的婚事了，那么其余的四个女儿是否就能得到美满的婚姻了呢?

17.《倾城之恋》：走出爱情神话的幻境

在人类文化史上，爱情是人类历史建构的超级神话之一，似乎这是人类终极理想所在。

人总是要恋爱结婚的，这就离不开谈爱情，但是人们并不是生来就懂得爱的；爱是人类文明的结晶，而人们对于爱情的理解多半是从文学艺术中得来的。也许是人们自身感情需要的缘故，爱情一向被蒙上了浪漫色彩，往往与高贵、纯洁和幸福美满联结在一起。这种情况一直延续到了现代，很多作家乐此不疲地制造爱情神话，从"才子佳人""英雄救美"一直到"革命加恋爱""志同加道合"；而更有许多少男少女愿意沉浸在这种虚幻的神话之中，不能面对真实的人生和感情。

只有张爱玲能够把你带出幻境，给你一个爱情的真实——如果你仔细读过她的《倾城之恋》的话。

因为就传统的爱情小说及其爱情观念来说，《倾城之恋》其实是一个"反语"，它通过一对俗男俗女——范柳源和白流苏的恋爱经历，写出了现代人恋爱结婚的真实状态，他们的可怜、可爱、可悲和可鄙：与其说是恋爱，不如说是算计；与其说是结合，不如说是交换。由此轻而易举地颠覆了千古流传的爱情神话，还了现代都市人生存和谋求发展的某种本原状态。

刺破这种爱情神话的第一根利刺，是自私。也许有人会说，人原本就是自私的，爱情也是自私的，但是殊不知两性结合的这种"自私"，必须是两个人合为一体的"自私"；如果连合都合不来，就根本谈不上爱情的"自私"。也就是说，爱情的"自私"必须有两个人的付出，并且在各自的奉献以后得到快乐和满足。而范柳源和白流苏的可爱可亲之处就在于,他们在"合"起来的过程中就非常自私,合起来之后的自私就更加可想而知了。令人不得不信的是,这种"自私"不仅是男女主人公恋爱心理的基本,而且是他们成功恋爱的必要条件。也就是说,他们的恋爱由自私而沟通,由自私而成功,相互心知肚明,不但没有成为恋爱的障碍,反而成为爱情成功的语境和条件。

只有当恋爱成了一场谋求对方的战争之时,"自私"才是显示对方弱点的敏感之处,所以双方都在利用对方的弱点乘虚而入,而双方同时又由于自己的弱点而被利用和征服。这个弱点当然也就是各自的欲望。最后,白流苏终于达到了自己的目的,通过家人"长期抓住一个男人";而范柳源也终于满足了自己的欲望,有了一个可以共患难同享乐的女人。

刺破这种爱情神话的第二根利刺,是精明。范柳源和白流苏的最大过人之处就是精明至极,不仅懂得如何衡量和计较双方的地位和得失,更知道如何千方百计、九曲回肠地算计对方——如何进一步退半步,寸土必争;如何卖关子,耍计谋,迫使对方就范。按传统的爱情观念来说,这根本不是谈恋爱,而是一次讨价还价的"商务交易"。当然,太精明了就谈不上什么太欢喜,太欢喜了就会害怕自己太过激动,失了分寸,一步失算千古恨;这爱情得打折扣,步步为营,这恋爱自然也谈得辛苦,因为太"精刮"了,算盘打得太累了。

刺破这爱情神话的第三根利刺,是清醒。俗话说,清醒就是一种痛苦。尤其对于感情来说,太清醒也就意味着无法投入。因为在清醒面前,不可能有完全纯洁和专一的爱情和爱人。好在《倾城之恋》中的这一对男女从一开始就不相信天下有如此的爱情,而且更不相信对方会对自己爱到如此地步。既然如此,在爱情的天平上,天下的男人和女人都差不多,都有自己的小算盘。也许正因为如此,作为一个离过婚的美女,白流苏明知道范柳源的甜言蜜语并非真话,但是依然不放过任何战机,将计就计,紧紧抓着范柳源这个男人不放。因为在她眼里,婚姻就是现实的,这关系到她一生的衣食住行,关系到她的生存状态,这与爱情神话中的纯洁、坚贞无关。在当时的生存环境中，只有看破了这种爱情的神话，才能保持清醒的头脑，采取精明的步骤，达到自己预定的目的。

这是现代爱情的极致，也是爱情如何走出传统、走出虚无缥缈的神话的心路历程。尽管这里有许多无奈和失落，有人性的许多难以言说的困境，但这毕竟是活生生的人生，这里有可以抓得住的男人和可以触摸得到的爱情。这也证明，尽管要经过艰难和痛苦，尽管有陷阱、有圈套，有冒险和赌博，但是男人和女人总是要费尽心思，想尽办法凑到一处，这或许才是爱情的真正不可阻挡的魅力。

不能不说张爱玲重写了"爱情"。在传统神话中，"倾城之恋"原本指的是由于爱情而导致了倾国倾城，而在张爱玲的笔下则是由于有了倾国倾城的"战争"，主人公最后才真正意识到爱情的意味。因为在无情的战火之中，当生命在顷刻之间便会灰飞烟灭之时，难道还要处心积虑的自私，斤斤计较的精明和看破一切的清醒吗？在这种情况下，除了男女二人紧紧抱在一起，让生命彼此温暖和承担，享受最后的仅有的快乐，难道还有别的更好的选择吗？

没有，也许真正的爱情，只能显现在绝望的瞬间。

18.《莎菲女士的日记》：
她为什么一脚踢开凌吉士

在新文学创作中，丁玲是一位独具特色的作家，她的作品不仅展现了对于情感执着甚至偏执的追求和坚持，而且还拥有一种女性难得的英武之气亟待宣泄，似乎不在痛苦中爆发就在痛苦中灭亡——这或许已经昭示着文学走向革命的时代趋势。

《莎菲女士的日记》是丁玲早期的代表作，也是其一生最重要的作品。在这篇小说中，青春美丽的少女莎菲独自蜷曲在一间小房间里养病，但是她那渴望爱情的心绪使人们感觉到，她的病态并不仅仅来自身体，而且是和她的感情状态有关，她实际上是一个心理病症患者。

莎菲并非没有真正爱她的人，苇弟——一个整天围绕着她，对她呵护备至的男子就在眼前。苇弟爱慕她甚至崇拜她，对她唯唯诺诺，百依百顺，费尽心思照顾她，几乎全身心地投入，以获取她的好感，使莎菲能赐予他爱情。可惜，莎菲就是不爱他，或者说爱不起来他，尽管她知道自己需要他，甚至离不开他。

这是一种软弱、矛盾和痛苦的精神状态，莎菲像现代社会的女性一样陷入了一种生存和感情困境：眼前就有爱自己的人，但是自己却感受不到真正的爱，而为了满足自己的生存需要，又不能不承担一种爱的负担，以换取一种情感的宣泄。为此，她对苇弟的态度就显得非常古怪，喜怒无常，时而尖刻，时而温存，时而又很懊悔自己的行为。这也就使得她的心情变得更加变幻莫测。所以，莎菲的心理病态，又是一种在特殊身体状况和生活环境中的正常表现。

于是，莎菲一直处于一种压抑与宣泄的临界点上，酝酿和期待着一种变异和爆发。就在这时，凌吉士——一个完全不同于苇弟的男性出现了，他英俊潇洒，风流倜傥，浑身散发着成熟男子的魅力，一下子就激发了莎菲的爱欲之情，把莎菲的心整个地吸引住了，使她为之神魂颠倒，夜不成寐。为了得到他，莎菲绞尽脑汁，费尽心思，终于使凌吉士拜倒在她的石榴裙下。当她完全获取了凌吉士的感情，使对方倾心于她时，莎菲内心在呼喊"我胜利了，我胜利了！"——然而，就在同时，莎菲也在实施一个截然相反的决定：狠心一脚，把凌吉士踢开！

问题是，莎菲为什么要这样做呢？是她不爱凌吉士吗？是凌吉士真的不值得她去爱吗？到底是什么原因促使她前后做出截然相反的决定呢？

对这个问题，一般的解答是，凌吉士不值得莎菲去爱。因为莎菲从一开始就感觉到凌吉士虽然外表有一副"高贵的模型"，但是内心庸俗不堪，并不能满足自己对于美好爱情的渴望。另一种自然的理由是，莎菲实际上并不是真爱凌吉士，她只是暂时被凌吉士的外表迷惑了，当她一旦觉悟到，或者不能容忍这一点时，就必然会痛下决心，与凌吉士分道扬镳。

问题果真如此简单吗？是否还另有隐情呢？看来把原因完全归结于凌吉士外表漂亮、内心污浊并不能给这个问题以完美的解答。实际上，莎菲在日记中清清楚楚地写道，尽管她明白凌吉士的所有不是，但是自己还是不由自主地爱上了他；而到底为什么自己也说不清其中的道理，莎菲在日记中写道：

  我到底又为了什么呢，这真难说！自然我未曾有过一刻私自承认我是爱恋上了那高个儿了的，但他在我的心心念念中又蕴蓄着一种分析不清的意义。虽说他那颀长的身躯，嫩玫瑰般的脸庞，柔弱的嘴唇，惹人的眼角，可以诱惑许多爱美的女子，并以他那娇贵的态度倾倒那些还有情爱的。但我岂肯为了这些无意识的引诱而迷恋一个十足的南洋人！真的，在他最近的谈话中，我懂得了他的可怜的思想；他需要的是什么？是金钱，是在客厅里能应酬买卖中朋友们的年轻太太，是几个穿得很标致的白胖儿子。他的爱情是什么？是拿金钱在妓院中，去挥霍而得来的一时肉感的享受，是坐在软软的沙发上，拥着香喷喷的肉体，抽着烟卷，同朋友们任意谈笑，还把左腿跌压在右膝上；不高兴时，便拉倒，回到家里老婆那里去。热心于演讲辩论会，网球比赛，留学哈佛，做外交官，公使大臣，或继承父亲的职业，做橡胶生意，成为资本家……这便是他的志趣！

这里，读者甚至能感受到一种唯美的气息，一种渴望感官享受的欲望弥漫在作品的字里行间，正在试图引诱继而征服正在迷茫中的主人公。

当然，还有一种解释是，莎菲是为了向男人报复，因为她自私，因为她希望自己能得到所有男人的爱，而不能容忍像凌吉士那样的男子不为她倾倒；因为莎菲所迷醉的就是美貌和爱情，在她看来，一个女性的最大价值就是能吸引和征服男人，并由此来展示自己和肯定自己。

这一点在她的日记中似乎不难找到引证，莎菲在一则日记中写道：

> 我要那东西，我还不愿我自己去取得，我务必想方设计让他自己送来。是的，我了解我自己，不过是一个女性十足的女人，女人只把心思放在她要征服的男人们身上。我要占有他，我要他无条件的献上他的心，跪着求我赐给他的吻呢。我简直颠了，反反复复的只想着我所要施行的手段的步骤，我简直颠了！

其实，在同时代的新文学作品中，如此带有复仇心理的青年女性形象并不少见。例如，茅盾的小说《追求》中的章秋柳，或许更能称得上是一位真正的复仇女神，她复仇的武器就是美貌和情色，而手段就是恋爱，她赤裸裸地认为：一个女人最大的快乐莫过于引诱一个男人匍匐在自己的脚下，然后一脚把他踢开去！

莎菲似乎在步章秋柳的后尘，但是却在复仇的同时，首先把自己拖入了这爱恋的痛苦深渊。可见，渴望真正的爱情，难道不是莎菲的真实心态吗？她不是也把自己投入这场爱恋中去了吗？若说就是为了达到这种女性的复仇，莎菲恐怕就不会如此痛苦和矛盾了。这里面肯定还蕴含着更多的纠结和秘密。

或许这也显示了男性作家和女性作家的不同。比起茅盾，丁玲似乎更能贴近女性主人公的内心，并展示了莎菲生活的困境。莎菲是可怜的。从表面上讲，莎菲引诱凌吉士和踢开凌吉士，都有自己能说得清的理由，但是从更深一层意义上讲，这些理由都是站不住脚的，它们只是体现了其内心的煎熬和挣扎。尤其是莎菲对凌吉士志趣的指责，只是在为自己的抗争与逃离寻找口实；而这种口实在很大程度上出自某种特定的思想观念和话语。例如，用直线性的思维来否定诸如"热心于演讲辩论会""做橡胶生意"等生活方式，使自己陷入了自我戕害的状态。

实际上，这一切都与她作为一个女性的欲望相抵触。换句话说，莎菲是矛盾的。一方面，作为一个生活中的女性，她理所当然地喜欢像凌吉士这样风度翩翩、会讨好女人并且有钱有事业的男人，尽管她对他的生活态度及其对爱情的忠诚还有怀疑，还不能完全信任他和接受他；而另一方面，她又是一个接受了某种思想观念的人，她不能不时常用这种观念来衡量凌吉士，并且要求自己，从而为自己心灵中的某种病态和软弱寻找支撑，所以，她就不得不和自己作斗争，不断否定和克服自己内心的生活欲念，不断把自己推向自己内心冲突的极致，并且为自己在爱情不可把握和预测的结局预设逃路。

由此来看，莎菲对凌吉士的这一脚非踢不可，不踢不足以把自己从内心的矛盾中暂时地解脱出来。因为她还处于一种矛盾的人生状态，还不能区分情欲和感情，还无法弄清楚自己到底需要什么，更不清楚自己爱什么，应该给予自己的爱人什么；所以她的所谓高贵，所谓骄傲，带有虚假的成分，而她的所谓自我鄙夷和痛恨也显得非常幼稚和软弱。莎菲实际上体现了一种自我消耗性的人生，她用自己生命中的青春活力建造了自己的风采和情欲，但是她所接受的思想观念、价值取向又塑造了另一半自我，不断地和前一半自我作斗争，否定和消灭作为女性本能的自我；而悲剧就在于，莎菲期望爱和迷恋情爱的自我本性根本就难以泯灭。

这也在一定程度上反映了作者的心理状态，其创作受到两种力量的牵制：个性解放话语与情爱欲望。

所以，正如她在最后一篇日记中所写的："总之，我是给我自己糟蹋了，凡一个人的仇敌就是自己，我的天，还有什么法子去报复而偿还一切的损失？"

19.《围城》:"围城"是如何建立起来的?

文学是人学。按照钱锺书的说法,《围城》的主旨也是表现人的,他在最初的《〈围城〉序》中就说:"在这本书中,我想写现代中国某一部分社会,某一类人物。写这类人,我没忘记他们是人类,具有无毛两足动物的基本根性。"

但是,无论从书中所写的人物形象特点,还是从作者所表现出的人生态度来说,《围城》都脱离了当时创作的主旋律,它不仅没有表现大时代的历史风云,也没有显示出任何英雄主义色彩和理想追求,甚至也没有表现出一种介入生活、改造社会的热情。在小说中,"围城"是其中心意象,表现了一种人类难以摆脱的生存和心理状态,知识,理论,观念和欲望似乎都无法超越,而且都在其围困之中,甚至成为围城中物。事实上,每一个人读此书后都会联想到自身的处境,自问是否也在某种未知名的围城之中,或者也在自己的生活中建造着围城。无疑,这是一种必要的自我反思,否则我们极有可能生活在围城中而不自知,只感到左右为难,进退维谷,而不知其故。

但是,围城到底是如何建造而成的?为何人要建造如此的围城呢?这确实是一个问题,而且也是我们理解《围城》主题意蕴的关键。

这个问题对现代人来说,并不亚于当年哈姆雷特所面对的"生存还是死亡"的问题。在小说中,钱锺书用了两个比喻来说明围城的含义,一个是金丝鸟的鸟笼,一个是西方的城堡,都是非常形象化的。但是,这两个比喻的意义并不相同,至少能引起人们不同的联想。鸟笼是对鸟儿而言的,这是主人为鸟儿建造的,鸟儿自己是否情愿和满意就很难说了。至于城堡，那绝对是人们为自己建造的，首先是为了安全，不受到别人的攻击和侵害，其次可能会考虑到舒适。但是对现代人来说，也许光有鸟笼或者光有城堡的比喻都显得不足够，必须是二者的相加才有必要：他（她）是金丝鸟，需要别人或利用别人来为自己建造一个"鸟笼"，用自己的某种资源来换取别人给予自己衣食和照看；同时又要为自己建造一个城堡，抵抗别人的入侵，护卫自己的尊严。

小说中的孙柔嘉就是如此，她希望方鸿渐为她建造一个舒心的鸟笼，同时又希望自己有自己的城堡。由此方鸿渐可就惨了，因为他也同样希望自己能够如此。他更不想自己整天伺候一只金丝鸟，但是又没有了自己的城堡。

不过，这还不能说是理解了钱锺书的用意。因为这里的鸟笼和围城都不是用竹子编的或者用石头砌的，它们是一种心态的和文化的象征。也许一谈到文化，人们就会想到社会，想到意识形态，想到形形色色的思想理论潮流，但是往往忽视了自己。其实，文化就是我们每个人的存在，其最根本的意义也就在于我们每个人如何生存和发展自己，个人的存在就是文化象征的意味所在，也是其构成的先决条件。

所以，个体如何建造自己的生存和发展基地就是文化的核心问题。当然，我们还可以从另一个层面去理解这个问题，即个人是如何在复杂纷繁的社会中立足和与人交际、交换的。从某种意义上说，鸟笼和围城都不是人类存在的理想建构，但是又确实是人们得以生存和发展的必要选择。鸟笼意味着衣食来源，虽然要依附主人，屈服于主人，甚至要牺牲自己的人身自由，但是它到底能给人以生存的保障；城堡固然会使人感到孤独和封闭，但是在充满危险和荆棘的人世间，毕竟能给人保留一点私人空间，使人有几分可能的安全感。也许鸟笼带有某种物质的功利性，城堡带有更多的精神的自我安慰，但是它们几乎是同等重要的，否则人们在现实生活中就没有自己的生存之地，自然也谈不上什么精神家园了。

换句话说，鸟笼和围城是现代人，至少是钱锺书笔下的现代文人所不能不具备、不能不建造的。一个没有找到自己鸟笼，或不愿进鸟笼的现代文人，除了奔赴山野，参加革命，就只能衣食无助，饿死街头了；而一个没有自己城堡的文人或许更惨，他没有精神歇息的场所，没有任何隐私的权利，他还可能毫无提防能力地死于别人的陷害和围攻之中。

这当然是一种极惨的状况，但是已足够说明钱锺书笔下的人物为何明知鸟笼和围城的悲剧，但是又不能不去建造的缘故。因为鸟笼也好，围城也罢，都是一种自我生存的文化象征，至少能给人提供一种"活着"的可能性。人们可以由此获得最基本的生存条件和安全感。在1940年代的兵荒马乱的中国，知识文人所能期望的也就是如此了，有了自己的围城和鸟笼，才算有了自我的安生之地，否则一切都无从谈起，所以他们就不能不为获得自己的鸟笼和围城而绞尽脑汁，挖空心思。他们的生存状况和追求其实和张爱玲笔下的都市精明小女人并无二致，只不过更带有文化色彩罢了。孙柔嘉和方鸿渐的生存悲剧，从严格意义上说，并非是生活在鸟笼和围城之中（如果如此，那当然也是一种悲剧），而是想拥有自己的鸟笼和围城而不可得的悲剧。

这是现代中国文人的真正悲剧。

我们可以进一步设想围城更具有心理和文化意味，它的建造更突出了人在生活中的某种隔绝感和不安全感。在小说中，围城凸显了一个"围"字，人物存活在层层的自我保护机制之中，一方面希望得到别人的理解和接受，想获得他人的信任和关爱，但是又不可能不层层设防，把自己一层层包裹起来，自己围住自己，稍有危险，就尽快逃脱。而更令人感到悲哀的是，这些文化人，或者正在为自己建造围城的人，都是非常聪明和有知识有教养的人，他们用各种精巧的方式和计谋把自己围起来，非但不感到自己很可笑很悲哀，反而自以为高明，不时露出自我欣赏的神色。这就不能不使作者对他们充满怜悯又给予讥笑了。怜悯的是人物卑微的生存状态，讥笑的是人物自以为是的聪明和努力。

这里也许表现了钱锺书某种逼人的人生智慧，所谓"看穿"就是在这个意义上表现出来的。人们费尽心机建造了自己的围城，自以为自我有了安全的港湾，甚至有了自我发展的根据地，殊不知除了为自己建造了一种监禁场所之外，一切都是枉然，都是"空"。因为他们都不可能完全消除内心中固有的另一座围城——那是一座充满猜疑，永远不能放松警惕和不让侵入的城堡，他们所做的一切都不过是层层加筑围墙，把自己围得更严实，使自己感到更安全罢了。在这一点上，钱锺书确实深受佛家思想的影响，表现出某种超脱世俗的眼光和品位。

但是，走出了围城又怎样？这确实是摆在方鸿渐面前的现实问题，也是每一个读者应该思索的问题。因为原本方鸿渐和孙柔嘉都是迫不得已走出或放弃自己辛辛苦苦建造的围城的，失去它不但不情愿，而且不自在不舒服，陷入更彷徨和无路可走的境地。要不他们回到过去的围城中去，要不就去重新建造一个围城。而换句话说，他们能走出或放弃物质的围城，又如何能走出和放弃心中的围城？而又有什么力量能够真正拆除这历史和现实合力建造的层层相叠的文化心理围墙呢？

当然，"围城"到底是怎么建立起来的，相信不同的人读过《围城》之后，都会有自己不同的看法和理解。

20.《论"文学是人学"》：
挑战"工具论"的先声

古人云："道不远人。"正如1957年钱谷融先生在《论"文学是人学"》一文中所指出的："人道主义精神，人道主义理想，却是从古以来一直活在人们的心里，一直流行、传播在人们口头、笔下的。我们无论从东方的孔子、墨子，还是从西方的苏格拉底、柏拉图等人的言论著作中，都可以发现这种精神，这种理想。虽然随着时代、社会等等条件的不同，人道主义的内容也时时有所变动，有所损益，但我们还是可以从其中找出一点共同东西来的，那就是：把人当作人。把人当作人，对自己来说，就意味着要维护自己的独立自主的权利；对别人来说，又意味着人与人之间要互相承认、互相尊重。所以，所谓人道主义精神，在积极方面说，就是要争取自由，争取平等，争取民主；在消极方面说，就是要反对一切人压迫人，人剥削人的不合理现象，就是要反对不把劳动人民当作人的专制与奴役制度。[①]"人道主义是人类精神意识的共同基因，同样存在于中国传统文化源远流长的历史发展之中。

这也是现代中国文学与人道主义结缘的主要原因。例如，胡适之所以把五四新文学运动称为"文艺复兴"也是基于这样一个事实：新文学不同于旧文学，因为它是以活生生的人为中心的，是为了解放人和表现人的。

---

① 见《艺术·人·真诚》，钱谷融著，华东师范大学出版社，1995年版，第81页。

中国的文艺理论和批评也由此有了新的价值尺度。

但是，在风风雨雨的20世纪，这种理论价值尺度却一直处于飘摇之中，它不仅经历了一个难以想象的被批判和误解的过程，而且一直面临着各种各样的现代思潮的夹击和质疑。"人"曾经几次被抬举到理论思潮的浪尖，被倍加崇尚或严加批判。正是在这种历史过程中，人道主义成了另外一种文艺理论和批评状态的尺度：从它的遭遇和处境中，可以看到现代中国文学及其理论批评的命运和走向世界的意义。

钱谷融先生的《论"文学是人学"》就是在"人"的尊严、价值及其文学面临严峻考验的历史语境中发表的。由此，生于1919年的钱谷融先生遭受到全国性批判，并经历了20余年的磨难。当然，漫长的岁月并没有改变钱先生的初衷，也没有磨灭这篇论文的魅力。随着历史的进步，人道主义理念正在突破旧有的种种思想框架的限制，向着更广泛的生活和思想领域渗透。人们在经历磨难之后，以更宽广的历史胸怀去认知接受人道主义。据统计，这篇文章在文学类中的引用率至今依旧居全国之首位。这不仅说明钱谷融先生文学思想的生命力，而且使我们再一次关注这篇论文中所隐含的重要的历史信息和当代意味。也就是说，在这篇论文所表达的思想中，不仅具有"过去完成式"的历史信息，"现在进行式"的思想意义，而且还有"将来未完成式"的生命活力。

作者当时在阐述自己的观点的时候，并没有表现出任何激进或极端的态度，甚至没有对当时流行的任何一种观念（包括阶级性、社会主义现实主义等等）采取完全否定的态度；但是为什么这篇文章在还未发表之前就引起了关注，并在发表之后引起如此兴师动众、时旷日久的批判呢？它到底针对并触动了当代中国哪条敏感而又根深蒂固的神经了呢？我们不妨从文中摘录几段：

> 文学的对象，文学的题材，应该是人，应该是时时在行动中的人，应该是处在各种各样复杂的社会关系中的人，这已经成了常识，无须再加说明了。但<u>一般人往往把描写人仅仅看作是文学的一种手段，一种工具</u>。如季摩菲耶夫在《文学原理》中这样说："人的描写

是艺术家反映整体现实所使用的工具。"

　　正因为这种理论是一种支配性的理论，在我们的文坛上也就多的是这样的作品：就其对现实的反映来说，那是既"正确"而又全面的，但那被当作反映现实的工具的人，却真正成了一把毫无灵性的工具，丝毫也引不起人们的兴趣了。

　　文学当然是能够，而且也是必须反映现实的。但我反对把反映现实当作文学的直接的、首要的任务；尤其反对把描写人仅仅当作是反映现实的一种工具，一种手段。

　　……而把人仅仅当作是借以反映这种东西的一种工具的话，那末，他就再也写不出这样激动人心的作品来，再也收不到这样巨大的效果了。

　　……而把描写人仅仅当作为完成这一任务所使用的工具，却至今还是习焉不察。（底下画线均由引者所为）

以上几段中都有一个共同词"工具"，而且都出现在这篇不长的论文中的第一部分（约5000字），其在文中的意味、在文中出现的频率，都足以显露作者当时关注的中心和重点。换句话说，钱先生当时之所以要对这样一个"常识"进行如此认真、严肃与深入的探讨，无疑已经充分意识到了某种特定的"工具论"观念不但已成气候，正在对文学创作乃至整个人文科学造成致命伤害，于是非常有针对性地提出了自己的见解。

尤其值得提及的是，在20世纪50年代的中国文学理论界，基本遵循的是苏联的思想模式，以"阶级性"为标尺评价和衡量艺术作品，开始远离人性和人道主义。而钱谷融这里提到的季摩菲耶夫《文学原理》就是当时最富有权威性和影响力的著作，其与当时苏联理论家毕达可夫的《文艺学引论》一道，构筑了中国文艺理论与批评的基本框架和路向。

回顾历史，不能不说这是一次"飞蛾扑火"的举动，除了招致了无情批判及出版界专门策划的《〈论"文学是人学"〉批判》（第一集）之外，再就是作者长达20余年的磨难。因为当时正是一个"政治决定论"的时代，"教育为无产阶级政治服务"已经成为金科玉律。这不仅意味着教育，包括意识形态的各个部门，都要以政治为核心，为中心，为标准，而且要求包括大学在内的一切文科教学内容、方法，甚至教师，都要服务于政治并成为合乎阶级性要求的"工具"；既然如此，那么作为文学描写中心的人，包括其心灵、情感、面貌、性格也必然必须要服务于政治，并成为合乎标准的工具。这是不容辨别、讨论和置疑的。因此，到了"文化大革命"期间，教育是"战线"，学校是"阵地"，课堂是"战场"，文字是"刀枪"，学术是"靶子"，知识是"反动"，自然也是应有之义。事实上，极端的政治"工具论"是日后禁锢中国教育乃至整个人文创作与科学发展的最顽固的思维定式，它就像一条毒蛇，在日后发生的大大小小的悲剧后面，都能看到其吐露的长长的猩红的舌炎。

因此，挑战"工具论"不仅构成了"文学是人学"这一思想的历史意味，而且反映了中国思想文化界思想解放运动长久的中心话题。"工具化"和"反工具化"实际上成了一切意识形态领域内斗争的焦点。从历史上看，当"工具论"横行之时，必然是社会趋向畸形、文化思想建设与发展遭受挫折、"万马齐喑"之时；而对"工具论"提出质疑并加以破除之时，社会发展和科学进步也必然会出现转机，获得生机。正因为如此，进入新时期之后，一系列学术与思想理论的创新，都表现出了从"工具论"束缚中解脱、解放而出的欲望，从不同方面质疑、批判和冲击了"工具论"，一些知名学者，例如王元化、李泽厚、刘再复、高尔泰等，还从更深广的角度探讨了其产生的思想根源，构成了学术界反思中国现代历史文化变迁与思想创新的一条重要线索。

最后还应该指出，钱谷融先生把文学归结于"人学"的观念，不仅体现了一种博大的美学情怀，而且表现了20世纪以来人类思想社会科学的历史转向。西方的人类学、哲学、历史学、社会学等不同学科，也都不约而同地开始怀疑过去的宗教本体论和知识本体论，跳出工具理性的范畴和方法论，走向了人学。

21.《骆驼祥子》：有了自己的车又会怎样？

1936年9月开始，《骆驼祥子》开始在《宇宙风》上连续刊载，到1937年10月第48期，小说全部续完。1939年3月，《骆驼祥子》的第一个单行本由上海的中国科学公司印刷，人间书屋发行。此后，《骆驼祥子》一度成为很多出版社争相出版的小说，出现过很多版本。

这是自1929年回国后老舍最满意的一部作品。当时，老舍在青岛专心写作，想通过"一炮放响"，成为文坛响当当的作家。

但是，老舍的心愿并没有完全达成。尽管小说出版后也引起了广泛好评，但是也遭到了一些非议，尤其是来自左翼阵营里的批评之声不绝，认为这部小说有自然主义、个人主义倾向，并没有给读者提供光明的未来。为此，老舍后来对《骆驼祥子》进行了数次修改。

不过，这部作品首先显示出老舍阅历方面的优势。老舍属满人后裔，打小在北京贫苦市民底层成长，广泛接触了各种下层人的生活，比如糊棚的、卖艺的、当小伙计的、做小买卖的、当巡警的、拉洋车的、卖苦力的、当仆人的、当兵的，三教九流，无所不有，而且他们中的一些人曾是家里的座上客，相互之间无所不谈。《骆驼祥子》的主人公祥子是个人力车夫，就是他熟悉的人物。在《三年写作自述》中，老舍毫不自夸地说："积了十几年对洋车夫的生活的观察，我才写出《骆驼祥子》啊。"1944年，老舍又在《我是怎样写〈骆驼祥子〉》一文中，从四个方面总结它的特点。一、故事酝酿的时间相当长，材料收集多，故事的情节不蔓不枝。而且，对北京城市平民生活状态的熟悉，使他只要把笔头一触到北京，就马上得心应手，写作的源泉不断。二、由于是专业写作，便能将全副精力都放在小说中,"思索的时间长,笔尖上便能滴出血与泪来"。三、《骆驼祥子》避免了油滑与可厌的毛病。作品中引人会心一笑之处,也是"出自事实本身的可笑,不是由文字里硬挤出来的"。四、语言平易而活泼,从容调动口语,给平易的文字添上些亲切、新鲜、活泼的味儿。

但是,如今看来,《骆驼祥子》魅力还是在人物,在老舍写祥子过程中所感悟到的人性状态及其意味。作为人物的名字,"骆驼祥子"原本就很有意味。骆驼是北方常见的一种动物,以耐力见长,能够承受在沙漠中长途跋涉的艰难。而"祥子"中含有"羊"具有善良和温顺的品性——这两种动物特征的结合,或许就是老舍对于一般中国人国民性的看法。在作品中,祥子确实就是这样一个人,他不怕吃苦,他的身体就是他的本钱,是好劳力之中的佼佼者。"他的身量与筋骨都发展到年岁前边去,二十来岁,他已经很大很高";有着"铁扇面似的胸""直硬的背"和宽而威严的肩,甚至连本该柔软的脸,都"那么结实硬棒"。

祥子不仅有这样好的身体,还有纯朴、诚实和善良的性格。老舍写道:"他不怕吃苦,也没有一般洋车夫的可以原谅但不可效法的恶习,他的聪明和努力都足以使他的志愿成为事实……无论是干什么,他总不会辜负了他的机会。"

祥子的人生理想也很平常,就是"老想着远远的一辆车"——一辆他自己打的,顶漂亮的车。"有了自己的车,他可以不再受拴车的人们的气,也无须敷衍别人;有自己的力气与洋车,睁开眼就可以有饭吃"。有了自己的车,"可以使他自由、独立"。

值得注意的是,老舍在这里竟然用了"自由""独立"这样的词语,这原本是当时一些知识文人才追求的理念,比如在老舍早年的小说《老张的哲学》,主人公就喜欢把它们挂在嘴上。而在这里,老舍是在与早先的"老张的哲学"作对呢?还是故意嘲讽这些理念的空洞无物呢?因为祥子与老张不同,他连基本的生存都没有保障,又如何去追求精神上形而上的人生意义呢?也许正是在这种情况下,老舍无法过多地责备祥子,用更高的精神尺度去要求祥子,或者用嬉笑怒骂的口吻去讽刺祥子。

但是，《骆驼祥子》所表现的是否真是一个个人奋斗者的悲剧呢？祥子真的是一个从"体面的，要强的，好梦想的，利己的，个人的，健壮的，伟大的祥子"，历经几起几落的风波后，最后成为"堕落的，自私的，不幸的，……个人主义的末路鬼"吗？

显然不是。

从人的角度来说，祥子只是一个梦想活得好一点的底层人，其要求在很大程度上还停留在生存层面，犹如动物而性格似乎还缺乏动物的血性，用老舍的比喻来说，就很像一棵树，"坚壮、沉默而又有生气"。所以，祥子虽然亲眼见过很多车夫的悲惨生活，他们勉强维持温饱，年纪大了，可能就会"象条狗似的死在街头"，但他只是简单地将这一切归咎于这些车夫们的懒惰，他坚信自己"年轻力壮，受得起辛苦"，"他现在的优越可以保障将来的胜利"。于是，渐渐地，为了到了老年不至于拉着辆破车去挨饿受冻，他开始和别人抢生意，讨价还价，"不管买卖的甜苦，不管是和谁抢生意，他只管拉上买卖，不管别的，象一只饿疯了的野兽"。

所以，祥子的悲剧不仅是社会的悲剧，也是人的精神状态的悲剧——而后者正是老舍一直所看重和关注的。在这个过程中，金钱和性的力量再一次显露无遗。在与虎妞新婚的晚上，祥子感受到的是一种动物性的恐惧："这个走兽，穿着红袄，已经捉到他，还预备着细细地收拾他，向他瞪眼，向他发笑，而且能紧紧的抱住他，把他所有的力量都吸尽，他没法逃脱。"

这是一种钱与性交织的人性的枷锁，与张爱玲的《金锁记》有某种异曲同工之妙，这也是在现代社会中人性面临的最切实、最大的考验。陷入如此人性枷锁中的祥子，不能不变得日趋消沉和痛苦，不能不日益沉沦。

虎妞死后，就剩下钱了。祥子成为了最普通的、自私的穷人，成了巡警眼中头等的"刺儿头"车夫。

祥子的悲剧在于，他从来没有自己的信仰和精神家园，他的人生无非就是为了"活着"；若想活得更好一点，就不能不付出更大的首先是心灵的代价——这是一个没有精神信仰、信念和信心的社会的人性的困局。

这里没有上帝、真主甚至佛祖，所以祥子最终无法在精神上有所皈依。

在这种情况下，祥子即使有了自己的车，甚至有了自己的车行，又会怎样？

其实，老舍自己也是如此，当他几次修改小说，试图为祥子找到一条人生的出路时，自己也陷入了人生无法解脱的困境，最后，只能用自杀来得以解脱。

22.《白夜》：贾平凹的新景旧梦

评论《白夜》，恐怕得用一点中国传统的乾嘉学派的方法。虽然这部小说远不如詹姆斯·乔伊斯的《尤利西斯》难懂，但是要吃透其中的艺术意蕴，就不能不来一番寻根追底的细细解析。

《白夜》1995年由华夏出版社出版，据陈月浩在《贾平凹和他的〈白夜〉》一文中说：

> 数年前，《废都》上市不久，贾平凹"逃"到了四川绵阳师专所在地的那座山上，伴随着巨大的欢乐和痛苦，他先后推翻了四次《白夜》的设计过程，甚至一次动笔写到四万多字的时候，又彻底否定了。直到1994年，才基本固定了《白夜》的框架。就在贾平凹觉得要写的人事差不多已经全浮现在眼前，决定正式动笔时，有朋友劝他到乡下找个清净的去处写作。他当时不以为然，写作对于他是一种身心的享受，只要面对了稿纸，即能心静如水，安详若佛。在西北大学那套距当年他在此求学的宿舍仅一箭之地的居室里，他没有离窝，断断续续地，在疾病的纠缠和官司的接二连三中，一年过后，就有了30余万字的《白夜》。和往常一样，他并没有急于将书稿交出版社，而是打印了几份，给自己敬重的评论家费秉勋、李星、王仲生、韩鲁华人手一册，先请他们品评。四位评论家给他提了许多中肯的意见，使他很快的又进行了第三次修改……
>
> 贾平凹告诉记者，《白夜》和《废都》虽然都是写城市题材的，但和《废都》不同的是，前者感性的东西较多，《白夜》则是较为冷静的，是聊天式的、艺术性的作品。这次文中用的"□□□"，多是

些人名、地名之类，和《废都》相比，没有多少热闹可看。再一点就是，《废都》有传统小说的印记，而《白夜》则采取直接插入式的技法，一开篇就是"宽哥认识夜郎的那一个秋天，再生人来到了西京"，聊天似的，犹如一条河里的小船，很自然地流淌，很自然地靠岸，很自然地登陆……①

可见，对贾平凹来说，《白夜》也是一部与以往有所不同的作品。

作为一部出版社隆重推出的小说，很多人认为《白夜》是《废都》的"姊妹篇"，但前者带来的轰动却远远不如后者。而读者对贾平凹，也许对所有成名作家，总是心怀一种苛刻的期待，总希望一部小说比前一部更轰动，这会儿倒也显得冷静多了。且不说轰动效应在中国文坛并不意味着作品能流传百世，就作家在创作中所花费的心血而言，读者的静默神会也不是瞬间就能完成的。

其实，《白夜》更细腻，更透彻地显示了贾平凹。

白夜，本身就是一个隐语。早就有人把《废都》比作古代《金瓶梅》，但是至今还没有人把《白夜》和《红楼梦》联系起来。光从字面上看，"白夜"和小说中的一对男女主人公虞白和夜郎有关，各取一字而得"白夜"，显示了一种命定的缘分，但是再深入一步就会发现"白夜"的谜底是一个"梦"字，讲叙的是前生前世的故事，而主人公则是现代新环境中的男男女女。

这梦是旧梦，因为它的美，它的意蕴来自对古典意境的迷恋和追求。就拿虞白来说，说她是林黛玉的"再生"也并不是讽刺。她的美不来自青春美貌，而是气韵。她虽然不是在潇湘园发梦，但是古色古香，到处是假山和奇木异草的半园，绝对是吟诗弹琴、发古典之幽情的好地方。至于对比贾宝玉的那块玉，虞白有了那再生人留下的钥匙也绝不逊色。你看作品中是如何写的：

虞白说："夜郎，我戴这钥匙好看不？"夜郎说："好看。"虞白

---

① 陈月浩的BLOG，http://blog.sina.com.cn/cyh369，2007-05-01 13:02:11。

说:"这么说你是舍得了?"夜郎说:"可以吧。"虞白说:"还是舍不得的。"夜郎就说:"舍得。这是我日夜保存在身上好长时间了。"虞白说:"你是保存好长的时间,我可是等待了三十一年!这钥匙一定也是在等待着我,要么怎么就有了再生人?又怎么你突然来到我家?这就是缘分!世上的东西,所得所失都是有缘分的。"

这也算是命定的前世姻缘,而虞白身为现代人,毕竟比林黛玉敢于表白,一见面就把心里话一下子道出来了。而夜郎虽不是贾宝玉,但是入梦夜游,必定会走到虞白的住处,也是一种情缘所致。

夜郎当然不同于贾宝玉,但是我们想到他生活在20世纪末的中国,也就不会在方方面面进行苛求了。他有他的人生,但是他的梦想却追逐着古代,追逐着早已消逝或正在消失的红楼遗梦,他所迷的都是古典的余韵,吹埙、古琴、旧戏、考古、假山奇石、古道热肠、见义勇为、刚正不阿等等,在现代社会中,这一切都成了小说中的梦幻,一旦碰到真正的现实,就会顷间破碎。

这就形成了《白夜》的另一番风景线,人物都在黑白之间。所谓黑白,也就是似梦非梦,亦幻亦真,人物都在梦幻与现实之中挣扎和沉浮。夜郎倾心于虞白,与她有情有缘是梦幻,而他与颜铭同床合欢、结婚生子是现实;而更深一层,颜铭清纯美丽是梦幻,而其生来奇丑,几经美容包装是现实。而梦幻是永远抓不住的,现实倒是时时处处都在稳操胜算。所以,不仅夜郎心爱的东西,包括旧日的街景、古老的琴韵、传统的戏曲都在一天天消失,而且他所喜欢的人也是处处碰壁,结局悲哀,包括刚正不阿的警察宽哥,献身考古的吴清朴,不是活得不明不白,就是死得不明不白。

最难能可贵的是,这部作品持续了贾平凹一贯的唯美倾向。尽管这种倾向在《废都》中已经有点趋于颓废,但是在这里依然楚楚动人。况且唯美和颓废原本就有同源关系,而且最极致的境界不是革命就是死亡,可谓是不在唯美中爆发,就在唯美中死亡。无疑,贾平凹不是王尔德,他的唯美,还应该加上中国二字,具有一种中国陕西的独特风味和情调,这从他爱石玩石、钟情书画的痴迷状态就可以略懂一二。

可惜，这正是贾平凹所追寻和表现的美，这种美正像小说中的虞白夸赞夜郎送她的珊瑚时所说的"美是美，可珊瑚是因为死亡了而美的"，不可能在新的历史环境中再度辉煌。这一点也就决定了《白夜》不可能是《红楼梦》，因为在《红楼梦》中，人生即梦幻，二者水乳交融，内外相嵌，是一个整体，而在《白夜》中，二者不仅是分离的，而且是对立的，彼此不能调和，最后只能在类似自焚的场景中同归于尽。

所以，"自焚"成了解析《白夜》的最后一个密码。在小说刚刚开始时，这只是一个提示，代表着前世姻缘的再生人临世，结果根本无法得到现实的接受和容忍，最后只好自焚而死。而到了小说结局，夜郎追寻古代梦幻的路已山穷水尽，只好再一次充当再生人的角色。在这里，真正自焚的当然不是夜郎，而是创造夜郎的作家贾平凹，他注视着当今世界，眼看着自己所迷恋的一切传统和古典的美在熊熊大火中灰飞烟灭，用自己身心谱写了一曲挽歌，唱着它走向了自己的结局。

23.《活动变人形》:"人"是永远的诱惑

在王蒙的创作生涯中,《活动变人形》是一部力作,不仅突破了王蒙以往小说创作的惯性模式,而且超出了中国当时文学理论和批评界的预期和思想框架,所以在当年的茅盾文学奖评选中也名落孙山。

这似乎也预示着中国文学和批评界进入了一个漫长的沉闷与变形期,在表面多样和风光之下,固定、僵化和平庸在悄悄扳回自己的决定权。

自新时期以来,王蒙就是一个标志性和风向标式的艺术家。但是,在历史不可避免的回调中,文坛变局早已开始,尽管王蒙用尽智慧力挽狂澜,但是也无济于事。从1919年到1979年,20世纪的中国文化已经出现了两次突破和创新高点,下一次的高歌猛进只能等待很多年之后了。

《活动变人形》就是在这种背景下进入评奖委员会和批评家视野的。这部长篇小说25万余字,写了将近一个世纪的生活,写了农村又写了城市,写了男人又写了女人,写了中国又写了外国,洋洋洒洒,无所不包,自始至终贯穿着王蒙对历史、对人生的追问。对他来说,各种各样、变化无穷的生活表象,只不过是水流,是水面上的浪花,他所想的则是人性的真相——也就是水下的岩石,它们可能铭刻着人生和历史的真谛。尽管按照后现代主义的理念,真相本身的存在只是一种假设,尽管假设是捉摸不定的,无法言说的,但王蒙还是不甘心,还是执着地一次又一次地扎入水中,不断追寻"石头"的存在。在这里,"石头"是一种存在,它无处不在但又把握不住,存在于现实而又超越于现实,在这个时空中是真实的,在另一时空恰恰是虚假的,作者不得不采取各种方法进行捕捉,东奔西忙,乐此不疲,捕捉到的东西总是片段的、暂时的,此是彼非的,而充满的、永恒的、放之四海而皆是的存在与真相，则是永远不可捕捉到的。

这就构成《活动变人形》扑朔迷离的游戏，作者在水中游戏，而水流则在戏弄作者。与后起的余华等人的创作不同，王蒙不是在马尔克斯、博尔赫斯、卡夫卡、米兰·昆德拉等人的翻译文体中沉浮游荡，而是在自己的历史记忆中反复钩沉，试图在传统与现代、东方与西方、行为与言语的断裂与撞击中追求一致和平衡。在这个过程中，时代的变迁和断裂所形成的水底涡旋会使他经常发生晕眩，使他无法给自己笔下的人物定位，就像倪藻在欧洲作客时回忆起小时候看到死人的情景一样，突然觉得那死去的人似乎就是自己；而撞出的浪涛又使他时而浮出水面时而又潜入水底，正像作品中所描写的坐旋转秋千一样："……原有的位置，又加速，又抛起，又竖直和飞快地旋转。又平息，又下垂，又恢复了位置。一次又一次地飞起，一次又一次地落下。"① 就此看来，王蒙所创造的，同时又是他所想征服的，是一条由不同时间和空间交织的河流，它们相互背离、交错、分歧，但同时又不可避免地相互靠拢、交叉、增长，形成错综复杂的流向。

在这样的水中追寻"石头"确实不易。因为这是一种在社会、历史和文化发生大转换时代的困惑和晕眩，是一种试图继续抓住时代和未来的欲望和挣扎。在同时代，很多作家已经放弃了这种意义的固守和追寻。

然而，《活动变人形》的意味就是在追问：水下面到底是什么？这一点，或许后来的先锋作家会嘲笑："追问永远是徒劳的，何不心安理得地坐在小径分岔的花园呢？"

但是，对王蒙来说，追问不仅是不可避免的，而且是一种"点金术"。因为他早就进入了波涛汹涌的水中，而且一直就没有真正脱离水流，否则，那如江如河如海，如风暴如险滩如巨浪如涟漪的生活表象又有何意义呢？卡夫卡在《城堡》中写了那么多无聊的东西，还不是因为有座想要进去的城堡吗？而王蒙写如此形形色色的人生，试图摸着其下潜藏的"石头"，难道不正是他一直在水中挣扎吗？

---

① 《活动变人形》，人民文学出版社，1987年版，第23、364页。

在这里,"水下面"不仅是一种现实,一种深层的生活记忆,而且是一种隐喻,或许是生活的真相,是人的真实存在,是人的潜意识,是社会文化的最深层。

但是,生活是什么呢?人又是什么呢?

不管怎么说,这种追问如果持续,就不会是徒劳的,它不仅使每一个生活表象之后拥有了神秘,好像隐藏着什么作者想要得到的东西,而且意味着走遍世界,走进生活和人的深层,更深层。于是,我们就像进入了一个大剧场,去寻找一个不知道姓名的人,我们只知道这个人确实在这里,但不知道确切是谁,只好一个又一个地掀开假面具①,面对一个又一个似是而非的人。在这个过程中,一切偶然都充满着希望,同时又代表了失望,而表象在这里变成了象征和隐喻。在《活动变人形》中,静珍专心致志的化妆,甚至宝贝的梳头匣子,静宜和姐姐母亲的亲近与疏远,姜赵氏所说的"败祸",倪吾诚的罗圈腿,等等,都似乎大有深意。这种深意不是表现了什么深刻的道理,而是为作者要追寻而追寻不到的某种东西而存在。

王蒙想在水下面摸"石头"。

王蒙摸到"石头"了吗?读了作品后面这段话,每个读者都会感到惊诧:

> 这究竟是什么呢?在父亲辞世几年以后,倪藻想起父亲的时候仍能感到那莫名的震颤。一个堂堂的人,一个知识分子,一个既留过洋又去过解放区的人,怎么能是这个样子的?他感到了语言和概念的贫乏。倪藻无法判定父亲的类别归属。知识分子?骗子?疯子?傻子?好人?汉奸?老革命?堂吉诃德?极左派?极右派?民主派?寄生虫?被埋没者?窝囊废?老天真?孔乙己?阿Q?假洋鬼子?罗亭?奥勃洛摩夫?低智商?超高智商?可怜虫?毒蛇?落伍者?超先锋派?享乐主义者?流氓?市侩?书呆子?理想主义者?这样想下去,

---

① 这里借用阿根廷作家豪尔赫·博尔赫斯的小说之名。

倪藻急得一身又一身冷汗。

想一想吧，王蒙14岁就参加了革命，不久就成为了光荣的"少共"，立志把自己献给人类最高尚的事业，不可能不知道自己是谁，自己到哪里去的。但是，是什么东西使他到了晚年还为此感到困惑呢？

直到结尾，王蒙也没有摸到"石头"，至多不过摸到了泥土。是的，是泥土，由于岁月流逝积淀下来的生活泥土，它柔软美妙，可以捏塑成各种各样生动变幻的人形——而这就是诗意，就是艺术之无穷魅力所在。

但是，这难道不是人类所有最伟大的艺术家最终的命运吗？他们永远不会穷尽人性的秘密，他们永远在追逐着秘密。

这就是《活动变人形》。

24.《岛和大陆》：香港的文学传奇

也斯，原名梁秉钧，长期活跃在香港文坛，其为人为文都有一种深浓的"香港味"，不仅是一位学养深厚的批评家和研究家，而且是一度引领潮流的小说家。《岛和大陆》是也斯的一本小说集，不仅凝结着一个生活在一种特殊生活场域中的学者型作家的品质与追求，而且提供了一种新的独特的艺术体验。这种体验恰恰来自通常极容易被对立起来的两种境界，一种是令人玩味的来自现代生活的趣味和兴致，另一种则是发人深省的现代生活意义的开掘和探索。就前者来说，作者是现代都市生活中一个兴致勃勃的欣赏者、浏览者，繁华的街市，流动的人生，飘忽的梦幻，在他眼中都有一种特殊的情趣在里面；而就后者来说，作者又是一个寻求人生意义的人，他并不满足于对生活浮光掠影的欣赏和表现，还想把深藏于生活现象背后和人心深处的一种"存在"表达出来。

这或许就是也斯投入小说创作的原因。

但是，这也是有难度的。

一个从小在都市成长起来的作家，有其幸运的一面，也有其不幸的一面。现代都市信息密集，交通发达，能够使作家的视野更为开阔，看到多种层面的生活；同时又能疲劳和麻木作家的思想感情，使作家蜷缩于物质的围困之中，失去对生活敏锐、新鲜的感应能力。

然而《岛和大陆》的作者似乎要使人们相信，一个都市作家能够充分发挥前者的优势而避免后者的悲剧。

也斯是一位对香港情有独钟的作家。我曾经和他一起在香港的街头、广州的街头、上海的街头散过步，为他那种对于现代都市的爱恋和温情所深深感染。谈起香港，他更是一个充满激情、兴致勃勃的人，他会完全沉浸到一种对于都市文化景观的欣赏和感动之中。

所以，在他的作品中，我们确实是在和一个对生活满怀新鲜感和新奇感的作家交流，他面对喧闹和千篇一律，面对荒诞和苍白，却能够处处发现生活中"新"的感觉，发现人生的传奇。例如《第一天》就表现出一种生活的敏感和情趣。第一天当侍者的阿发，总是显得不自在和与其他侍者不同，在他的眼中，从老板骂人到同伴们的偷闲，偷食和吸毒，也都显得很新鲜且具有刺激性。显然，就小说的构思来说，这里的"第一天"对主人公阿发，或者对作者，都是至关重要的，它包含着一种发现，一种新奇变化；主人公阿发和作者在这里共享着一种新的人生体验。

从某种程度可以说，也斯在捕捉和表现生活的时候，经常是处于"第一天"的状态之中，即便是最普通的日常生活，如果流注于他的笔端之下，也会体现出一种新感觉或新体验。这就使得他的小说充满着情致。这种情致往往又不拘于一种情形，而是联结着不同的生活层面，是在一种广阔、复杂、多样的生活背景中表现出来的。

情致往往是从错落中得到的，这也许是也斯小说艺术的一大特色。不同的生活情调和交错，不同人物画面的重叠，不同思想观念的碰撞，使他的小说表现出一种特殊的意蕴。从这部小说集中就能看出，作者对于多样化文化生活的存在，表现出一种特殊的兴趣；这种兴趣又使其小说所表现的内容远远超越了某一类型生活的疆界。在创作中，也斯十分注意在变化中、在不同生活格调的对比中采集人生，有时，他的小说仿佛就像一个用不同文化色调拼集起来的万花筒，不同光泽的交相辉映正是其引人注目之处。例如《革命大道路旁的牙医》《和茜撒莉一道吃中饭》《使头发变黑的汤》等小说，就突出地显示出这种特点。

由此说来，在《岛和大陆》中，错落的情致来自对多样化生活的体验和表现。作者是在多样中发现情致的，他喜欢穿越在不同的文化生活之间，从对比和交流中寻求意蕴。也许正因为如此，也斯小说的故事，很多都发生在一个"交叉"的地点和时间，例如，在《革命大道路旁的牙医》

中,故事一开始就是美国和墨西哥的交界处,人物出现在一个多色人种、多种文化的交汇处;在《和茜撒莉一道吃中饭》中,人物一开始就"站在密逊大道和嘉纳路的交界处,四方的汽车往来不绝";而在《李大婶的袋表》中,故事的关键就在于"上班"和"下班"时间的交接处;等等。这种"交叉"本身或许仅仅是一种暗示,更重要的内容表现在精神意识方面,借助时空的交叉,思想意识,文化价值,感情和感觉,也在互相交叉,交相辉映,构成一个独特的艺术世界。

这种错落的生活画面,错落的艺术情致,不仅拓宽了也斯小说的空间,而且大大增强了其艺术创作的自由度。也斯是一个从流动和变幻中获得创作灵感的作家,生活世界就像由各种各色橱窗排列的一条繁华大街,他随着流动的人群,随着飞驰的电车或者火车,观赏着它们,然后停下来互相对比,细细品味,思索,最后取其精华,把它们重新安排在某种意义的艺术秩序之中。

这种自由不仅来自也斯对中外文化的广泛体验和吸取,而且来自他所生活的都市——香港。这里不仅造就了五光十色的生活世界,也造就了丰富多样的精神。作为小说精选集,《岛和大陆》展现了一个多样的艺术世界,其中有早年的佳构,也有最近的力作,其艺术表现手法也并无一定之规,有写实的、魔幻的、抒情的、象征的等等,作者似乎在追逐人生的过程中开拓着一种多元的艺术时空,并在玩味和思索中乐此不疲。

我很喜欢《修理匠》这篇小说,它用一个短小的虚拟的故事,揭示了被日常生活所隐瞒的一种真实,一种人的秘密。一个普通的修理匠来到一幢豪华大厦的主人家修理厕所,疏通被堵塞的管道,先是掏出头发、烟蒂、香烟盒、毛衣、泳衣、眼镜等杂物;又吸出从飞机和大洋船上偷回来的罗盘、救生圈、电话等,接着又吸出了赌博的筹码、雪柜、洗衣机、成套上季流行的服装,甚至还有一辆汽车、各种家具、各种文件,最后是各种各样的人:有主人们的父母,他们未诞生的儿子,他们的外室和情人……作品通过荒诞的意象揭示了被表面的平静所掩盖的都市生活的"隐私"。密封的厕所下水道,成了藏匿都市生活隐秘的一个密室,也斯用一种现代艺术技巧打制的钥匙打开了它，并且用自己心灵的艺术之光使它们昭然于世。

《岛和大陆》不仅为我们提供了一个幻化的小说世界，而且也是一种艺术的隐喻。作品所表现的人生，是一种飘忽的、难以确定的、在现实与回忆之间游荡的人生，主人公之于他的历史，之于他的存在，之于他追求的理想，始终就如同岛和大陆一样既似牵连，又似时刻变化飘游，其间隐含着眷恋、回盼、失望、痛悔等种种复杂的感情——或许这里隐藏着一个独特的都市——香港的特殊历史与一代知识文人的文化形态。

也斯也是香港文学创作中的一个传奇。

25.《文学身体学》：
关于"肉体狂喜"背后的思索

经过禁欲时代的压抑之后，人类总会迎来一个"肉体狂喜"的时期，不知道是为了报复、补偿还是为了达到新的平衡，或许各种情景都有。

也许正是在这种循环往复中，"身体"一次次被唤醒，一次次成为文学创作和批评中引人注目的话题。

记得十几年前，杜拉斯的《情人》曾经风靡一时，尤其是其中那激动人心的性爱镜头，唤醒了人们对于肉体的欲望和迷醉。因为伴随着这些撩人的细节和情节，人们听到了杜拉斯如此的陈述："人们听到肉体的声音，我会说欲望的声音，总之是内心的狂潮，听到肉体能叫得这么响，或者能使周围的一切鸦雀无声，过着完整的生活，夜里，白天，都是这样，进行任何活动，如果人们没有体验过这种形式的激情，即肉体的激情，他们就什么也没有体验。"

这种体验已经不仅仅体现在性爱的细节与情节上面，而且已经形成了一种理论，一种说法。就在2001年年末，青年批评家谢有顺推出了自己的《文学身体学》，其中引用了当下很多人对于"身体写作""下半身写作"的理解，其中一位诗人写道："所谓下半身写作，追求的是一种肉体的在场感。注意，甚至是肉体而不是身体，是下半身而不是整个身体，因为我们的身体在很大程度上已经被传统、文化、知识等外在之物异化了，污染了，已经不纯粹了。太多的人，他们没有肉体，只是一具绵软的文化躯体，他们没有作为动物性存在的下半身，只有一具可怜的叫做'人'的东西的上半身。而回到肉体，追求肉体的在场感，意味着让我们的体验回到本质的、原初的、动物性的肉体体验中去。我们是一具具在场的肉体，肉体在进行，所以诗歌在进行，肉体在场，所以诗歌在场。"（沈浩波）

如此坦率的言说，至少表明这个时代的特征。尽管如今诗歌是否在"进行"都很难说（因为很少人读诗了），但是，"肉体在场"确实到处可以得到证明。"市场上的斯宾诺莎"正在享受"狂喜"，而"阁楼上的女人"也早就跑到大街上去了，薄伽丘的《十日谈》已经不足为奇，《金瓶梅》也早已不是纸上谈兵，其位置也早已经被各种各样的"性爱宝典"代替了。

其实，性爱并不能代表身体的全部，而性爱描写往往只是表现了身体某种极度的欲望，以显示自己的存在。就此来说，性爱的细节与情节，往往也是一种文化现象和社会镜像，用狂野的方式暴露了历史的积累，照出了人类身体存在的现实景况。所以，身体不仅仅是身体，而是一种文化的载体，其本身是人类自然史和文明史的最终成果和结晶，是人类自我认识的最初出发点和最后归宿点。人类的一切，包括人类的全部文明史，都是从身体开始的，但是人类未必真正了解自己的身体——这就往往造就了身体与心灵的冲突，人与人性之间的对立。所以，人类的一切依赖身体，永远不可能完全了解身体；身体也会每隔一段时间就发泄一次，自己起来"造反"一会儿，继而重新被认定一次。西方的文艺复兴、浪漫主义、现代主义等等，都伴随着这种"肉体的狂喜"，而中国的五四时期、新时期，也意味着一次又一次欲望和身体的解放。

但是，"肉体狂喜"的背后是什么？而"身体"又真正意味着什么？

记得海涅曾如此描述浪漫主义文学的起源："唯灵主义一旦在古老的教会建筑上打开一个缺口，感觉主义就燃起它那长期被抑压的烈焰从中迸发了出来，于是德国变成了自由狂热和肉欲的最粗野的角逐场。被压迫的农民在这新出现的教义中找到了精神的武器，他们已经可以用这个武器来进行一场反对贵族的战争了；一百五十年以来一直存在着要求这样一场战争的愿望。在闵斯特，感觉主义借着杨·凡·来顿（Jan van Leiden，1509—1536）的形体表现出来。他赤裸裸地穿过大街小巷，并和他的十二个婆娘睡在一张大床上,此床现今在当地市政厅里还可以看到。修道院的大门到处都打开了,尼姑和小修士互相投入对方的怀抱,接起吻来。不错,那个时代的外部历史差不多完全是由肉欲的暴动构成。"①

难道如今的文学和诗人正在体验"赤裸裸穿过大街小巷"的激情和快乐?显然,尽管历经多次"肉体暴动"的洗礼,人类并没有真正达到自己所梦想的幸福境界。而一个男人如果真正和"十二个婆娘"睡在一起,他所获得的也未必就是"肉体的快乐"(也许相反,是一种痛苦和毁灭),而是一种心灵上的肆意的快意而已。因为肉体的压抑才造就了如此畸形的补偿行为和心理。

因此,一切所谓"肉体的狂欢、暴动、高扬",实际上都是一种心灵需求和心理行为,其意味取决于其肉体的"饥饿"程度;而所有一切对于肉体的忽略、压抑和摧残,所导致的结果往往就是"肉体"更强烈的心灵反抗。这就叫"哪里有压迫,哪里就有反抗","压迫越厉害,反抗就越强烈"。

性爱中的细节与情节往往就是这种人类生存和心理状态的表现和宣泄,有时候它只是身体的"眼睛";透过这种"眼睛",读者可以感受到生命的激情和悲情,领略人之为人的魅力。因此,从某种角度来说,不是弗洛伊德发现了人类本能的力量,而是对社会对人类本能的压抑成全了弗洛伊德。于是整个世界开始蠢蠢欲动,身体的压抑造就了身体的奇缺,变成了最吸引眼球的关注点。文学创作自然也不例外。但是,即便在这种情况下,性爱依然不是单纯的肉体,更不是单纯的"下半身",尤其在一些激动人心的性爱描写中,灵魂、激情和对于美的极致的想象,依然是其中最重要的因素。相反,正像昆德拉在作品中所描述的,当肉体堆积如山,肉体游戏变得非常廉价的时候,人的性爱甚至生命也变得越来越不堪忍受了。而同样是描写性爱,茨威格笔下的《一个陌生女人的来信》才显得如

---

① [德]海涅:《论德国宗教和哲学的历史》,海安译,商务印书馆,1972年版,第35页。

此动人,因为其中的性爱细节承担了整个灵魂的重量。

因此,性爱对于任何人来说,任何情况来说,都可能是天堂之门和地狱之门,它可能轻如鸿毛,也可以重于泰山,关键取决于其中灵魂的分量。人们可以把一次发疯的性爱看成是一种不可理喻的、伤风败俗的举动;同样可以把一种精心策划的结婚理解为正常、理智的选择。这一切,都不仅取决于人类社会的文化状态,更取决于人们对于自己生命意义的尊重、理解和包容的程度。

对于这一点,也许非常擅长描写性爱的作家劳伦斯有自己独到的体验。在《儿子与情人》中,保罗所追求的就是这种境界,他说:"我认为一个人所必须体会到的,就是从另一个人身上感受到真真切切的感情烈焰。这只要有一次,一次就够了……"

其实,当我们浏览了无数性爱的情节和细节之后,都得面对这样一个问题:在肉体狂喜的背后又是什么?

26.《陈寅恪的最后二十年》：
震撼人心的力量来自何处？

20世纪90年代，中国出了不少文化人的传记，但是还没有一本像《陈寅恪的最后二十年》那样深深震撼人们的心。这本书自北京三联书店1995年12月出版以来，一度引领了文化反省和反思的思想潮流。

首先是文化人，这些年一直不断谈论着传统文化、民族精神、现代思想，只是都未能真正地深入下去，一阵空泛的口号和提法过后，留下的只是虚假的、浮夸的泡沫。但是，《陈寅恪的最后二十年》却没能放过他们，它像一根利针刺穿了现实表层的文化泡沫，刺痛了所有中国文化人的神经。

何为文化？何为中华文化的精魂和命脉？何为文化人的真正价值和使命？……这一系列严肃的思想命题，曾经以哗众取宠或者轻描淡写的口号引人瞩目，而这本书却用一个活生生的生命过程及其悲剧，打动了人心，唤起了人们重新思考。这时候，文化的命运已不再是一个过于空泛抽象的命题，而是有了血肉，有了悲欢离合，有了数十年的付出和代价，有了真正的人的内核和生命意蕴——而这一切，都是陈寅恪——一个对于当代大部分中国人来说并非耳熟能详的学者——用自己生命写下的话语。

毫无疑问，文化与人是这本书的中心话题之一。本来，仅仅从理论上讲，这个命题不深奥也不复杂。文化本身是人创造的，同时反过来培育和创造人，它们在历史的场合中互相依存，共同演进。但是，这种关系一旦落实在具体的文化语境之中，落实到实实在在的现实生活之中，情形就变得复杂了，而且谈论起来也就不那么轻松了。因为中国是一个历史文化悠久的国度，且有几乎独一无二的文化治国、"官学合一"的传统，所以，几乎每一次历史大的变故，都少不了文化的名义。这种情形到了近代中国社会，尤其变得更为突出。从新文化运动开始，文化斗争、文化建设、文化批判、文化革命、文化创新等各种名义的运动、工程和潮流就没有间断过，其留下的历史记忆也是斑驳的，喜忧参半的。

更让人痛定思痛的是，当历史的发展已经把自由和独立思想赋予大多数文化人时，中国的社会却一直还笼罩在专制和愚昧的统治之下。人们懂得了自由，却没有自由的空间；人们学会了思考，却不拥有思考的权力；人们理解了自由，但自由一直是一种空幻的承诺。正是由于这种情况，文化与人，这原本是人类文化生存中密不可分的存在，被分解和分裂成了相互难以相容的两个方面。在最严重、最荒唐的日子里，"文化大革命"，实际上成了"革"文化的"命"，成了一场真正的反文化的战争。在一大堆充满"革命"意义的口号和标语之中，人实际上也成了文化的仇敌，成为被愚弄、被利用的对象。

没有人认为经过1966年到1976年这样一场文化灾难，在中国人精神心理上造成的伤口，会那么容易愈合；人们对于文化与人之间可能出现的种种可怕的对立现象，以及文化本身对人的干涉与侵犯，似乎至今还记忆犹新。重要经验之一就是，人很可能制造出一种"非人"文化，来和人自己作对，来消灭人的自由思想和独立精神。而在这种情况下，又如何鉴别文化存在的确切意义呢？又如何在人与文化之间寻求一个相通点，寻求一种生命的息息相关？

这也许正是《陈寅恪的最后二十年》的作者所追寻的。而他的答案不是从某种理论的论辩或者终极真理的设定中得到的，而是从一个学人的活生生的生命中感知和体验到的。从这种生命中人们可以意识到，中国文化的命运即是中国学人的命运，当中国一代学人的思想自由被剥夺，独立人格受压制，甚至个人生存状态极度恶化之时，中国文化自然也处于被毁灭、被摧残、被肢解的危机时刻。

所以本书在最后部分有如此的感叹：陈寅恪的经历与心态，称其在20世纪大半叶感受着中国文化跳动的脉搏丝毫也不为过。陈寅恪的文化人生，为后世的中国知识分子提供了文化价值取向的参照系。

作为一个学人，陈寅恪最后20年的人生，留给人很多思索。他不幸生于一个剧烈动荡的时代。承前，他无法不承受近代中国屡遭外侮，有清中兴一代已成残迹的哀感；继后，他更亲身感受社会纷乱变易下传统文化与社会风习的分崩离析。故此，他眼中的历史，充斥着兴亡盛衰的痛感；他视觉中的文化，紧紧扣着关系民族盛衰学术兴废这一主旨。陈寅恪的哀感与痛感，也是中国传统文化在近、现代所经过的哀感与痛感。这是历史之声。陈寅恪不幸代为历史发言，所感受的切心之痛，一如他立于"高处不胜寒"的支点，终有"四海无人对夕阳"之叹。

也许正是出于这种感叹，作者对陈寅恪生命历程的理解和描叙，同时也是对一个特殊时期中国文化运动的理解和描叙。在作者的笔下，陈寅恪最后的生活命运已成为中国近代以来文化命运的一个缩影和写照。在这里，文化命运已不再是一个抽象的理论命题，而是成为一种具体的生命存在，它和具体人的内容紧紧联系在一起。

其实，中国文化的精魂就在于一个"人"字。它不仅起源于人，以人为本，而且是以人为依托，以活生生的生命为归宿的。这不仅表现在孔子以仁为核心的思想中，而且浸透到了做人的理想之中，人格和气节是中国文化在最困难条件能够保存和继续发扬光大的火种和精魂。而中国文化的状态，往往就取决于中国文化人的状态，其奋起、其承担、其精进、其颓唐和腐败，都关系中国社会和文化的兴衰成败。

陈寅恪的文化情怀及其意义就在于此。他作为一个学人，在极其困难的条件下，固然对学术做出了杰出贡献，完成了《柳如是别传》等有价值的学术论著，令后人钦佩；但更重要的则是他用自己的生命展现了一种人格和气节的魅力。在他那里，自由思想和独立精神不单是"发扬真理""研究学术"的宗旨，而且他个人人格和气节的表现，是在任何时候都不能放弃的。而所谓文化，所谓学术，一旦失去了人格和气节的风骨，就必然失去了生命色彩，很容易成为一种非人的"工具"文化或者学术。

可惜，在某个历史时期，像陈寅恪这样的文化人太稀缺了，像陈寅恪这样的学人，反而成了不识时务的异类，成了众人评判的对象。

这正是中国文化百年来所面临的最大挑战。由于特殊的历史国情和时代变革，中国传统精神文化中"人"之精魂被遗忘和冷落了，具体的"人"的倡扬遭遇到了从未有过的困难处境。这首先就表现文化人自身的独立性和自由身份的被摧毁，被抽掉了具体的人格追求和个性气节。这是一种"釜底抽薪"的悲惨过程，使人与学术都趋于权力化、话语化和工具化。

当然，这个过程并非和近百年来整个人类文化状态趋于物化和功利化的取向毫无关系。大工业时代的来临，人口膨胀和资源短缺，人类处境进入了恶性的物质竞争和争夺时代。这种情况一旦扩及学术领域，就不能不在一定程度上冲击文化和文化人的存在价值与命运。这已经在世界范围内引起了人文知识分子的愤怒和抗争。从这个意义上来说，陈寅恪的文化抗争具有更深刻的、世界性的文化意义。

不过，中国社会有更复杂的文化情势。作为一代学人，陈寅恪处于物化的资本主义文明和专制的封建主义权力统治的夹击之中。也就是说，他必须承受双重精神压迫，他的文化抗争也就具有了双重意味。他既不可能用资本主义文化来对抗中国封建专制体制对个人独立性及思想自由的摧残，也不可能依托中国专制文化体系，抗击和阻止西方文化思想的涌入。于是，他只能采取一种固守自我、独善其身的方式来坚持自己的文化信念。

陈寅恪当然也付出了自己的代价。他没有选择去写专论性的关于中国文化乃至世界文化的皇皇巨著，而是把自己研治的范围局限在历史文献内。这恐怕不仅仅是学术兴趣和方法使然。因为他生前仍很希望见到自己著作的出版，所以他就不可能不顾及书的内容和出版的可能性。既然不能自由地表达自己的文化见解，那么就只有尽可能回避现实政治，避免受到伤害。这种做法恐怕和钱锺书的"述而不论"有相同意义。当然，这种结果不仅是他个人的遗憾，而且是中国学术文化的遗憾了。

可以说，陈寅恪的文化意义是在一种特殊的文化语境中凸显出来的。在这种语境中，说了些什么固然重要，但是能不能说或敢不敢说是首要问题。而一个学者在这种语境中的生存价值就不在于代表什么，而在于是否能坚持个人，幸免于被淹没于集体一律的汪洋大海之中。

本书的作者深刻体验到了这一点。这种对中国文化的"哀感与痛感"同样浸透到对一个具体文化人生命的理解和描叙之中。

在这里，文化不是在和抽象的、集体的人对话，而是在和具体的、个性的人相对。中国的文化人甚至每一个中国人，一旦进入这种对话之中，就不能不感到一种心灵上的震撼。在这种对话中，文化不仅是由一个个具体人创造的，由一个个具体人的文化情怀和素质构成的，而且文化命运也是由一个个具体人决定的。

具体的人应该是文化命运的承担者和责任者。

这不仅是陈寅恪文化生命价值的意义所在，同时也是中国当代文化神经中最敏感的地方。当一场大的文化浩劫过后，人人都在痛心疾首，但是却找不到具体的责任者；也很少有勇气出来承担具体的责任，哪怕是心灵上精神上的忏悔和认错，这就使得巴金在年迈之时最后讲点真话也会受到一些人的攻击。这也就使得当代所写的一些文化史只是空洞的、"无人"的描叙，所有的好事可能归结于某些具体的人物，但所有的坏事却不能涉及具体的人。这虽然在某种意义上顾全了中国人的"面子"，但是也为所有的中国人准备了一条精神上的"逃路"，使他们能够用各种理由减轻良心的自我责备并逃避文化责任感。

《陈寅恪的最后二十年》的作者没有回避这些。作者并不是"文化英雄主义者"，但他是一个文化责任主义者，而且他在一个具体文化人的追求中揭示出"个人"在整个文化发展中的巨大意义和终极价值。同时，他对其他一些与陈寅恪有关联人物的描叙与评价，同样表现了这种文化责任感，使读者深深感受到文化与人不可摆脱的精神承诺关系。

从历史文化到人，再到具体的活生生的人，这不仅是一条理解文化的思路，也涉及对文化理想的追求。如果说创造一种人的文化是人类的共同追求，那么在中国就得从理解、尊重具体的文化人开始。文化中国的命运从来是和中国文化人的具体命运血肉相连。

"陈寅恪留给后世一个绝响"，这是书结尾处的话语。但绝响之后则是又一个开始。

27.《本朝流水》：重构和解构的双重可能性

韩东是一个诗人。而《本朝流水》是用诗人的敏感臆选出来的一篇小说（载《作品》1993年6月号）。你可以把它当作历史来读，也可以把它当作现实来读，还可以把它看成一个朴实的故事，当伟大和卑贱在想象中碰撞的时候，生发出来的是历史表面的荒谬绝伦和作者穿越表面历史后的一丝悟性的光亮。

在艺术家眼中，历史可能是一个寓言，所承载的不仅仅是一种虚构的记忆，还可能是一种无穷无尽的探索，一种欲言又止的诉求。

两个老二就是在这历史的真实和虚构之间出现的，或者说，他们本来就是历史的正反两面。他们共同创造了这个世界历史的荒唐和正经、真实和虚拟、光荣和耻辱、伟大和卑微。但是，他们竟然能够那样各自独立地活着——不是谁也离不开谁，而是谁也不理会谁。

但是，这里总有一个历史的契机，这就是真实的老二之"死"。其实也是小说的开始。一个普通农民家庭的老大和老二，一次毫无意义的兄弟打斗，结果导致了老二毫无意义的"死亡"，连其父亲和老大都不感到任何悲哀：

> 父亲不说任何话，更不说到哪里去，只是在前面使劲走（也不知哪来的劲）。就这样不吃不喝，在大忙季节父子三人离开了村子两天（两天的路程）。直到门板上的那人不再哆嗦，父亲才开口说话："把他扔下河去。"他们尽了力（因疲倦交叉倒到空下来的门板上，立刻睡着），然而老二不再活转过来。

一个富有意义的象征，就在这种毫无意义的死亡中诞生了。

很多年之前，人们曾反复传递着尼采的一句名言"上帝已经死了"，但是现在我们不得不面对一个新的预言："历史已经死了！"

老二之死，就是历史之死，历史的真实性与确切性之死，而留下来的则是历史的歧义和误会。这时候，光荣和伟大得重新界定，卑鄙和卑微得再次评说。

真实的老二"死了"，但是这种"死亡"却创造了两个虚假的老二的诞生。两个老二全部失去了历史真实。一个是乞丐冒充的老二，他在荒唐之中成了原来老二的替代，扮演着原来老二的角色，而真实的老二顺水漂流，死里逃生，却失去了原来的历史，充当了另外一个角色。

但是，这也许并非只是一种偶然的历史错位或者交叉，历史也并非只是扮演着一种魔术师的角色。因为这里隐含着一种历史的辩证法，这就是历史的重构和解构，其实是一条河流，他们在一个过程中同时存在。

也许，这就是韩东《本朝流水》产生的可能性，也是其艺术意义实现的可能性。虚假的小说和真实的历史在这里有一个奇妙的相视而笑。

没有人会怀疑这种相视而笑是由小说的魅力所构成的。小说中所发生的一切都已不再是铁板一块的历史，也并不受制于历史的常规和冰冷的判断，它们只是一种可能性而已。真实的老二绝处逢生，阴差阳错，有无数的可能性继续活着，也有无数的可能性已经死了，而作者仅仅选择了一种可能性，并借此去重构历史，去设想新的历史过程。

但无论我们怎么漫不经心，我们在读小说的时候，分明又是在读历史。当然，说"读"，可能过于简单，因为这个历史不是从表面"读"出来的，而是从心灵中感唤出来的，这个历史不是存在于资料和编年史之中，而是存在于想象和虚构的最边缘处，存在于荒诞和写实最遥远的交汇之处，在这里，历史成了戏剧——这也许是作者理解历史的一种极限，在想象的边缘，理性在无所依托的状态之中，最后找到了一个"假借"的依托：人生本是一场戏。

这场戏老二演得很精彩，但是又十分拙劣。而精彩和拙劣，都来自小说和历史的冲突。因为最精彩的小说不一定是最精彩的历史，而最拙劣的历史并非不能构成好小说。《红楼梦》的"满纸荒唐言,一把辛酸泪。都云作者痴,谁解其中味",就是最好的艺术见证。

不过,有时候,我们仍然会感到困惑。这种困惑来自小说和历史。当我们刚刚进入故事的时候,似乎是小说掩盖着历史,作品的历史意识是模糊的,作者似乎是想创造一种历史的迷境,借助小说的"本事"穿越迷途。这是一种十分精彩的设想,小说不受理性的胁迫,而历史就隐藏在黑白相间之中。但是这种过程并不长久,就宣告中断。老二的崛起显示了一种历史的崛起,似乎历史开始操纵小说。作品试图用小说来阐释历史。小说的第二部分"河上"正好表现了这种小说和历史的冲突和转换。

然而,小说和历史是否能够在殿堂上平起平坐,双双称帝,这毕竟是一个艺术之谜,读过托尔斯泰和巴尔扎克的人都会对这一迷幻之境心向神往,可惜,智者见智,仁者见仁的事例比比皆是。历史学家和小说家从来是很难互相替代的,而读小说的方式也不适合于读历史,反之亦然。显然,韩东的写法却有意在制造混淆,使读者不得不以读小说的方法读历史,用读历史的方式读小说,不管你愿意不愿意。

我并不反感这种尝试。但是,我却愿意在小说和历史之间寻找间隙,从一种可能性推延到其他无数种可能性——也许这正是我和作者分道扬镳的地方,一个小说家交出了他的作品就算万事大吉,但是却面临着一个评论家的碎尸万段。

也许就作者来说,历史和小说在第三部分"戏剧"中找到了归宿。戏剧包括了历史,又体现了小说。戏剧扮演了双重角色,达到了"戏中有戏"的双重效果。然而,这个戏剧的框架毕竟太古老了,在作者急速膨胀(这种膨胀只要我们对小说前后两部分进行比较,就很容易看出来)的历史意识的压力下,很难容纳下历史和小说的双重重负。因此,表现历史和再造小说在这里无法调和,只能在一个狭小的空间里自相残杀。

于是,一个小小的不幸的场面在小说中出现了。老二,这个一直处于历史无意识之中,被历史盲目性造就的人物,到了第三部一跃变成了有明确历史意义的人,开始自作聪明地探讨和解释历史——很明显,这种自作聪明在很多情况下表现了作者自我的历史意识,所以,在我们最后发现老二的时候,竟然能够轻而易举地发现了作者。这时候,我不能不产生以下几种猜测:第一,小说写得太匆忙,本来构思比较大,后来因为赶稿匆匆结尾,结果难免虎头蛇尾;第二,作者历史意识过于强烈,极想通过人物表现自己的历史观,结果把小说最后一部分处理成了一种近似寓言的形态;第三,作者把握小说和历史的功力都明显不够,不足以构置如此深刻历史内容的鸿篇巨制,结果不得不在创作中舍此求彼,仅仅突出表现某一方面的艺术效果。

我想,第三种可能性最大。

28.《旁观者》：钟鸣与狼的对话

钟鸣是当代一个颇带传奇色彩的作家，他的《旁观者》也可以称得上是一部奇书。因为它不仅以一种独特的洋洋洒洒的方式，显示了一位"旁门左道"出身的作家的学识，而且表现了作者一种迷宫式的艺术想象和思考能力，其中翻滚着这个时代和人心中的一些奇特的情感和命题。它们种类很多，杂七杂八，而我最感兴趣的是其中狼的话题。

当然，钟鸣不是狼；狼只是作品中的一种意象和情愫，表现出作者对狼的一种特殊爱好和兴趣。这不仅表现在他对苏联诗人曼德尔斯塔姆的特别推崇和理解之中，也体现在他对西方文化及文学的独特理解和演绎之中。正是这种理解和演绎，凸显出了他本人性格中的主要倾向和特点。

例如，钟鸣对于曼德尔斯塔姆的情有独钟是不言而喻的，但是他把这种兴趣与狼相联系起来却令人刮目相待。因为他不仅为这个诗人及其作品写下了许多洋洋洒洒的文字，而且还专门写了一首奇怪的诗《曼德尔斯塔姆写给狼的信》[①]，开首是这样的诗句：

　　灰狼们——所有还没有死的，顽固的动物，
　　你们是不是偏食了？星星在天空嘲笑着。

这是一首独特的诗，也许深刻，我不可能完全理解和把握全诗的含义，但是其中若干诗句却仍然给我留下了深刻的印象（虽然其中还有些诗句使我感到不适和费解，比如什么是"皮毛和裘衣的了望台"呢？）：

　　那么，我便知道，那些岁月，他们只活过一回。

[①] 钟鸣：《旁观者》(3)，海南出版社，1998年版，第1179页。

尾巴慢得吓死人。像空心葵花，要靠着墙壁。

已不像他们的祖先，将快脱光的毛囊仔细数过，
也会咽着口水，到那皮毛和裘衣的了望台上去——

像一团黑色的火焰，冲过花团锦簇的城市。
狼啊，换了装束，但我还是很快将你认得。

而最能引起我联想和思考的是最后两句：

草原的嗜血仪式早就收场了。这些惹祸的皮毛，
究竟穿在谁身上？该怎样将自己描述，将北风预测？

我想这里隐含着一种普遍的追问，不仅仅是对狼及其一切有关意象的，而且也是对人类本身的。或许在这里还隐藏着什么，也许就是钟鸣自己的身影，当然，他早已经脱掉了狼皮，穿着名牌的体面的T恤衫，但是又怎能完全遮盖住那怦怦作响的心跳呢？

那是野性的狼的心跳。

也许这就是他从苏联诗人曼德尔斯塔姆那里获得的灵感，钟鸣写道：

俄罗斯文学从《伊戈尔远征记》开始，就一直监视野狼演化的嚎叫。要消灭是不可能的。[1]

这是真的，因为我专门研究过俄罗斯文学与狼的关系。

尽管他对此并没有更深入的论述，但我还是非常惊奇于他的这种敏锐的感觉。《伊戈尔远征记》中那只大灰狼的来源至今还是个谜。它是否来自西欧，与罗马建城者母狼的传说是否有关，还没有确切的说法，但是俄罗斯文学与西欧文化的复杂关系，一直以各种方式表现在创作中。比如，从19世纪现实主义文学，到白银时代的象征主义，就充满着狼迹魔影。狼，作为一种叛逆者和变革者的想象和象征，不断在生活中和文学中引起骚动。屠格涅夫在《父与子》中把巴扎洛夫变成为"一只狼"，这个变革

---

[1] 钟鸣：《旁观者》(3)，海南出版社，1998年版，第1270页。

者想象在俄罗斯引起的反响并不仅仅是激动,还有恐惧和不安,因为巴扎洛夫代表了欧洲的新思想,但是欧洲并不见得喜欢俄罗斯。这种情景曾经对契诃夫造成了心灵上的很大伤害,因为他内心向往西欧的文化,但是又清楚感受到了西欧对于俄罗斯的蔑视。由此我们也可以理解,为什么在陀思妥耶夫斯基作品中一直回响着"狼来了"的呼救声。

在中国,也有相似的情景。"五四"新文化运动不仅意味着新思想的传播,而且也传达了一种"狼来了"的恐惧。这种情景我们首先在鲁迅小说中就能真切感受到。"狂人"的故事就发生在"狼子村",而在《孤独者》中,主人公魏连殳接连发出的那声嗥叫——"象一匹受伤的狼,当深夜在旷野中嗥叫,惨伤中夹杂着愤怒和悲哀",至今还回响在文学的天空。所以,不仅有外国评论者把鲁迅说成"喝狼奶长大"的叛逆者,还有人视当代作家残雪是"有狼的风景"。至于钟鸣,他也是一只狼,因为他就像伊索寓言中那条瘦骨嶙峋的狼一样,不愿意脖子上被系上皮带,像条肥狗一样被豢养;而这仅仅是为了一句话:"There is nothing worth so much as liberty"(没有什么比自由更珍贵的了)。可惜的是,这只狼在西方颇有知音,但在中国或许一时还难得有自己的天地。

不过,关于曼德尔斯塔姆这个诗人,我是从钟鸣这里才有所了解的,在这之前,在林贤治那里读到过,他似乎也喜欢这个倒霉、但是充满激情的诗人。

当然,钟鸣还是钟鸣。如果是一只狼的话,该嗥叫还是应该嗥叫。而就《旁观者》一书来看,这种嗥叫似乎具有了相当的书卷气,比起鲁迅笔下的"嗥叫"并不显得更加孤独、惨伤和悲哀——这也许说明"狼群"已经涌入中国文坛,也许说明单个的狼已经失去了自己的森林。至于我,还是愿意再次听到这样的诗句并重新理解它们:"狼啊,换了装束,但我还是很快将你认得。"

29.《人兽》：解析人性中的野性

左拉（1840—1902）被公认为是继巴尔扎克之后，法国最让人难以忘怀的小说家。巴尔扎克以批判现实主义著称，重点在揭示社会黑暗，而左拉则走向了自然主义，关注这种黑暗的人性根源。

这是一个很重要的转折。从对人及人性恶方面的刻画来说，巴尔扎克无疑达到了一个相当深刻的程度，但这种程度无疑又侧重于社会性方面，即把人心和人性的堕落归结于资本主义的兴起，把社会拖入了一个以金钱为本位、尔虞我诈的状态。这也正是引起马克思与恩格斯予以高度评价和肯定的地方。后起的左拉，如果要想在这方面有所突破的话，就必须有新的思考和挖掘。

左拉对人性进行了深刻的探索，尤其对人性中残酷和残忍的自然和生理根源，一直不肯放弃最终的揭露。

《人兽》[①] 就是其中一部力作。《人兽》（1890）是左拉多卷本小说《卢贡·马卡尔家族》中的一部，所重点探索和表现的是隐藏于人性深处的野性，体现作者对于人的自然本性的纵深挖掘。

小说从一次蓄意的谋杀开始，并围绕着这次谋杀描述了准备进行、正在进行和将要实行的一系列谋杀和自杀的生活情景，展示了人心深处可以预见、控制和不可预见与控制的杀人动机，并生动表现了这种动机的酝酿、发生和爆发过程。漂亮的少妇塞微莉娜（可以看作是性的诱因）幼年

---

① 《人兽》，[法]左拉 著，许光华译，花城出版社，1997年版。文中引文均出自此版本。

就遭到其有钱养父的强占，这件事激起了其丈夫鲁博的不可遏止的杀机，尽管这已经是往事，而且他也得到过很多物质上的好处。但鲁博对塞微莉娜有一种疯狂的占有欲，"他会在她身上体味到从未有过的肉感和热烈的激情"。（第17页）于是，他为此而暴怒疯狂，殴打塞微莉娜，而且失去了理智，在塞微莉娜面前显示出完全不同的一面：

> 她注视着她的丈夫，就好像注视一只狼，或者另一种生物似的。看着他那样地走过来，走过去，狂怒地转动着他的身体。那么，他的身体有些什么呢？世界上有这么多的人，他们对这类事并不生气的呀！令她感到害怕的是，三年来，从他粗野嚎叫声中，她已经感觉到并怀疑，他可能是一只野兽，而现在，这只野兽放纵了，发狂了，准备咬人。（第27页）

"他的身体有些什么呢？"——这或许正好表现了左拉的兴趣所在，也是这部作品的主题所在。基于此，左拉在作品中不断向人们展示人性和人心中阴暗和野性的一面，并企图从人的自然本能方面，揭开其奥秘。

作品中的雅克·郎第耶就成了左拉揭示奥秘的一个艺术标本。当雅克出现在小说中的时候，他是马卡尔家族的第四代成员，一个26岁的机车司机，"高个子，深棕色头发，圆而端正的脸"；但是，也许谁都难以想象，就在这样一副漂亮外表下，其性格和心理中却存在着一种无法遏止的本能意念，这就是在接触到女人，尤其看到女人白色肌肤时，就会产生一种想杀死她的欲念："要杀死一个女人，要杀死一个女人！这发自他年轻身体深处的声音，带着一种不断增加的狂热和可怕的情欲，在他的耳边回响着。"（第55页）这令他痛苦、烦躁和恐怖。对于这种可怕的心理状态，作品中有如此描述：

> ……在他的身体里，时常会有突然失去平衡的感觉，就好像突然张开一个裂口和洞穴，他的自我，也就通过这个裂口和洞穴离开了他，在一种巨大的烟雾中完全变了形。他不再属于自己的了，只听从他的肌肉和疯狂的兽性摆布。可是，他并不酗酒，甚至滴酒不沾，他发现，一小滴的酒精就会令他发疯，而他刚才也想到这一点，他是为

其他人还债,为他的父辈,他的祖辈,他们是酗酒的,他们的上几辈是醉汉,他们的血受到了侵蚀,一种慢性的中毒,一种野蛮的遗传,将他带到森林的深处,跟那些吞食女人的狼在一起。

在这里,左拉已经从人的心理层面进入了人的生理层面,甚至可以说,进入了人类史前的洞穴时代,同时遭遇人的原始野性留下的噩梦。雅克的生活,或者说作为一个人的生活,就是不断抵抗和逃避这种噩梦的纠缠。这实在是太困难了,因为照作者的猜测,"这毛病是从遥远的穴居时期起,女人们第一次欺骗了他的种族,男人们受到损害,一代一代堆积起来的怨恨中来的?"(第57页)尽管我们无法真正理解这种猜测的来源,但是却能够真实感受到一个具体的生命的困境。为此,从表面上看来,"他是一名出色的司机,他不喝酒,不追逐女人",甚至在其他人花天酒地的时候,他像一个"修士"一样远远避开,把自己幽闭在房间里睡觉。而在更严峻的时刻(杀死一个女人的念头已经开始控制他),他只能在旷野中奔跑,游荡,就像他从芙洛尔那里逃开一样,"他穿过黑黑的旷野,好像有一群可怕的猎犬狂吠着来追逐他,把他逼入绝境。……他唯一的想法,就是一直向前走,走得更远更远,为了自我逃避,也是为了逃避另一个,就是他感觉到他身体上的那头发狂的野兽"。(第59—60页)就在这不久之后,他与芙洛尔一道看见了火车上一幕模糊的杀人场面,成了曾是塞微莉娜养父并借机霸占了她的格朗穆郎院长被杀的目击者。

在小说中,这也许只是整个"人杀人"链条中的一环。人与兽的区别也许永远是一种压抑,或者是由此造成的一种假象。所以,人们往往不能理解,一些残酷的杀人犯往往是一些行为特别循规蹈矩甚至沉默寡言的"老实人",而他们往往正是由于一些自以为聪明的侦探或法官的存在而永远逍遥法外。在小说的结尾,也正是外表粗野的采石工成了杀人者雅克的替罪羊。无论他如何声辩自己看见杀人者逃跑了,但愚蠢的法官已经断定这只是编造的"神话故事中的狼人"故事。

这里不但表现了作者对于人性的深刻观察,也隐含着对于资本主义社会及其现代法律制度的忧虑和嘲讽。在这种体制中,真正的"杀人者"往往是一些外表循规蹈矩，甚至冠冕堂皇的人，他们用所谓"老实""模范"甚至精细的分析和推理，掩盖了内心的罪恶和已经实施的罪恶，使真正的"犯罪"与"杀人"者得到庇护。这是一个并不理解也无须理解人性内部景况的社会。

但是，作为一种家族的遗传心理和精神病症，它到底来自何处？而为什么让人类在脱离野蛮时代之后还要持续这种噩梦呢？在作品中，雅克似乎和作者一起在探索："因为，每一次，这种盲目的狂怒，好像都是一下子发作的，一种经常不断发生的渴望，是在为他已失去确切记忆的很久以前雄性受到冒犯的事进行报复。那么说，这毛病是从遥远的穴居时期起，女人们第一次欺骗了她的种族，男人们受到损害，一代一代堆积起来的怨恨中来的？在发作的时候，他同样感到有一种战胜女人，征服女人，非要置女人于死地和非要从别人手中永远夺得猎物不可的一种变态的需求。一个男人被人催促着去行动，他在这种忧郁之中思考着，但他太无知了，他的头脑太迟钝，他绞尽脑汁，百思不得其解……"。（第57页）

这是不是一种为此不仅一直折磨着他，而且最终使他成为一名杀人犯的最原始的动力与诱惑？

显然，在这部小说中，患有如此"家族精神疾病"的绝不仅仅是雅克，雅克也不是唯一的杀人者，还有许多人都处于与雅克相同的状态。例如，雅克姑父米萨尔为了得到1000法郎，就不惜在食物中放毒，期望卧病在床的妻子早死。还有一直暗恋着雅克的芙洛尔也是如此。她在一个畸形家庭中存活，拥有一种畸形的心态。在她坚强和柔软的身体里，经常会升起一种粗野的力量的意志。"尤其是，她一有空总要在旷野里游荡，寻找那些人没有去过的角落，躺在洞穴里面，一声不响，一动不动，呆呆地望着天空。"（第51页）因为她渴望爱情又得不到，甚至惧怕爱情，使她最后成为一位谋杀者。当看到雅克和塞微莉娜在一起时，不由妒火中烧，野性迸发，完全像一只"母狼"。至于塞微莉娜，虽然曾经不断遭到像野兽一样的男人的折磨，但是为了能够和雅克在一起，一直希望雅克能够杀死自己的丈夫。甚至连被冤枉的杀人者卡比什的出场也是可怕的："他头发倒

竖，目瞪口呆，好像一头被人追逐的野兽。"（第120页）

小说中最精彩的是对于雅克杀人心态的描述和分析。从某种意义上来说，雅克是不愿杀人的，一直拼命克制着自己杀人的欲望，但是他最终还是没有找到把自己解救出来的途径。当塞微莉娜带着温柔、妩媚的神态扑向他，并喃喃细语"你爱我，就紧紧地拥抱我"时，他已经处于内心的狂野与挣扎之中：

> ……另一畜生已经奔了过来，侵入他的身体，他的耳朵后面，有一股火样的东西在啃咬着他，穿过他的头颅，来到双臂，直到双脚，把他从自己的身体中赶出去。女人这样赤裸裸的样子，已经使他陷入了太深的醉意，他的手已经不属于他自己的了。一对赤裸的乳房压在他的衣服上，她的头颅向前伸出，是那样的白嫩、细腻，有一种无法抵御的诱惑力，那种强烈而咄咄逼人的热气，终于使他陷入了迷狂，他头晕目眩，没完没了的摇晃着，他的意志模糊了，被剥夺着，化为了乌有。
>
> ……
>
> 雅克并没有转过身来，他的右手在背后摸索着，拿起了那把小刀。就这样捏在手里停了一会儿。难道他重新产生了复仇的欲望了吗？这欲望是一种憎恨的心理，从远古时代雄性受到冒犯起就有了，记不清确切的日期，可能是从洞穴时期雄性第一次被欺骗时就有了，后来一代一代相积起来。他以疯狂的眼睛盯着塞微莉娜，除了想从她的背后给他致命的一刀外，没有其他的需求，就像人们要从别人手里抢夺猎物。在这性的黑暗洞穴之上，一扇可怕的大门已被打开：爱她便是要它死，为了更好地占有它便毁了他。（第353页）

至于雅克杀死情人之后的情景，也是小说中值得回放的：

> ……雅克感到惊讶，他听到了一声野兽鼻子里的吸气声，野猪的嚎叫声和狮子的怒吼声，而当他平静下来的时候，发现原来是自己在喘气。终于，他得到了满足，他已杀了人！是的，他已经做完了这件事。他的永恒的愿望已经得到完全满足，一种过度的快活，一种巨大

的享受，使他感到飘飘然起来。他既惊讶又骄傲，体验到一种雄性的权威在不断地扩大。（第355页）

也许这是最能表达左拉自然主义思想的地方，他把主人公的杀人动机归结于人的兽性，而且是人类文明和人道教育最后无法克服的本性，它来自那个遥远的原始丛林，来源于远古野兽与野兽的争斗。由此我们也可以感到，左拉对人性的现状及人类未来的绝望。

我们至今无法完全消除这种绝望，因为他在小说中所表现的那种"杀人"的现实及其"快乐"，仍然在世界的各个角落上演，人类文明至今无法制止相互残杀的悲剧发生。事实上，这也是左拉最为深刻的所在。对于笔下的雅克，他不仅写了他杀人的冲动与残酷，还写了他杀人后的心态："自从谋杀案，他的肉体感到了舒服和轻松，全然没有什么懊悔的迹象，但有时塞微莉娜的形象会从他眼前掠过，引起他的怜悯，以至流泪。其实，他这个人，内心是温柔的。"（第356页）于是，我们在作品的结尾处看到了如此人类的场面：

　　……一列巨大的火车，十八节车厢，装载着、塞满了当成牲畜的人，在不断的隆隆声中，穿过了漆黑的旷野。而这些用大车送去做厮杀的士兵，则在唱着歌，声嘶力竭地唱着，如此大声地叫喊着，以至盖住了车轮的隆隆滚动声。（第391页）

雅克驾驶着这列列车，它如同野兽一样奔驰。——这也许就是左拉所描述的人类本身，不可理喻但是必须面对。

30.《狼哨》：种族歧视悲剧的镜像

《狼哨》是美国南方作家路易斯·诺登（Lewis Nordan）的一部写实性小说，是根据20世纪50年代发生在美国南方某小镇的一场悲剧所写的，反映了传统的文化意识在现实生活中的曲折表现，涉及了人性与文化的种种关系。

当时，在一家小酒店里，一位14岁的黑人少年因为向一位白人女性吹了口哨，就遭到了两位白人男子的谋杀，为此引起了一场官司。但是，令舆论哗然的是，这两位白人最后竟然被判无罪。且不说这场判决所反映的美国社会文化发人深省的种种问题，单就从这次谋杀的起因来说，也是值得思考的。一次明目张胆、惨无人道的谋杀，竟然因为一声口哨，这实在令人难以理解。在小说中，只有一位小学女教师阿丽丝（Alice）用自己的心灵承受了这次悲剧，最后带着绝望的、受伤的情绪离开了这个令人心碎的小镇。

这是一部蘸着心血写成的小说，因为作者本人就生活在美国密西西比的特尔塔（Mississippi Delta），在他15岁，也就是1955年那年，镇上两位白人谋杀了一位名叫爱蒙特·提尔（Emmett Till）的黑人少年，但是两位白人最后被判无罪。38年来，作者一直无法忘记这件事，悲剧萦绕在他的脑海，刺激着他的想象，演绎成了各种不同的可能性，最后，在对历史和文化的新的反思中，《狼哨》诞生了，其中表达了作者对落后、保守的白人文化意识的深刻反思和批判。作者所关注的就是这场悲剧产生的过程及其根源，它是在怎样一种文化环境中酝酿的，在一种什么样的思想逻辑中实施的，人们又是在什么样的心理氛围中承受和面对它的。

而这一切显然都与一声口哨有关。为什么几个白人竟然不能容忍一个黑人向一个白人女性吹口哨,难道吹口哨也是一种白人的特权?确实,在小说中,作者一再提醒读者,如果那天这位黑人少年宝普(Bobo)不和杀人者厦龙(Solon)相遇;如果他们不是同时遇到沙梨·安尼太太——另一位谋杀者的妻子;如果知道厦龙心存欲望和安尼调情;更重要的,如果宝普意识到了这一点知趣地离开,不吹那声显露风骚的狼哨,一切都不会发生。

当然,问题并不那么简单。因为宝普被谋杀并不仅仅因为他是一个黑人,更因为他是一个来自大城市芝加哥的引人注目的黑人。在这封闭落后的小镇上,他显得与众不同,完全超出了周围白人对黑人的预期。在这些白人看来,黑人就是黑人,就应该是老老实实的,恭恭敬敬的,说话的声音应该比白人小,衣着穿的比白人低级,根本没有权利向白种女人吹口哨。而宝普竟然穿着漂亮的白衬衫,打着领带,手指上还戴着一个闪亮的金戒指,并且到处向人们炫耀"这是意大利金货"。所以,他的举止根本不是一个黑人,他显得比当地白人更自由,更无拘无束,大声和人开玩笑,不分黑白,不讲身份高下;而且还经常向别人显示一个白人姑娘的照片,说这是他在芝加哥的女友——尽管事实并非如此,这只是一张普通的电影女明星的照片。他根本不曾想到这个社会还有如此多的禁忌,他已经在无意中触犯了它们,他必死无疑——一声狼哨只是一个口实。

这是一种杀人的氛围。如果你读过海明威的《杀人者》、鲁迅的《孤独者》,甚至柔石的《二月》,都会体验到这种类似的气氛。一切都好像什么都没有发生,但是一切都在暗暗地进行;你只是心灵比周围的人自由一些,笑声比别人高了一点,行为显得自在了一些,尽管你什么都没有做,但是你已经闯了大祸,你已经成了一些人的眼中钉。如果你不远走高飞的话,等待你的就是密谋、暗算,就是整你的黑材料,就是各种各样的难看的脸色。在这个过程中,谋杀和收拾你的理由绝对是充足的,违背规则、背叛族类、行为不检、目空一切等等,而你也绝对不可能躲过暗算,获得胜利,因为你是一个人,而对方是迷离扑朔的一群。

所以，宝普遭到谋杀的原因有其表层的原因，也有其深层的原因。在小说中，两位谋杀者的身份有很大差别，厦龙是白人中间的"垃圾"，而安尼的丈夫则是受人尊重的有钱人，但是他们都很清楚自己的动机。当厦龙在小店拦住宝普，强迫后者向安尼太太道歉时，直接的理由就是："你难道不知道怎样和白人说话吗？"而另一位谋杀者之所以雇佣厦龙去杀死一个无辜的黑人，理由无非是："他带着那白人姑娘的照片到处炫耀，好像那姑娘不但是他的女友，而且就是他的，像他的妻子一样，简直不能容忍。"但是，读者也许难以理解的是，一声口哨会触犯人类最古老的禁忌。

显然，同《基督的最后诱惑》相比，这位吹口哨的黑人无论如何居心不良，无非体现了一种肉体的欲望和冲动，和基督当年的心理状态并无太大的区别，只不过这位黑人并没有想成为上帝的愿望而已。而问题的关键在于，这几位白人杀人者正是借用了上帝的名义来进行道德审判，并获得杀戮的理由的。而法官的无罪判决同样是在这种氛围中进行的。其实，在这种情况下，黑人也不可能想象自己可以成为上帝，因为他们这种想象的权利由于种族和肤色歧视而被剥夺了。

正如《基督的最后诱惑》1950年代出版后就受到很大的质疑一样，就在前几年，一幅黑人基督的画像也使很多人感到不快。所以，在人性和道德面罩下的并不一定是基督的真身，而在动物和诱惑的身体里也并不一定都是罪恶。

在很多情况下，狼代表了一种生命的欲望和诱惑，这在人类最早的原始神话传说中就是如此。只不过随着文化的演进，人类逐渐远离了纯粹动物性的方式。一方面人类选择一种有利于自己健康繁衍的方式，拒绝继续按照动物的原则行事；另一方面，人的本性又无法完全清除这种欲望的存在，所以人们很难拒绝这种诱惑。这种诱惑和拒绝的斗争一直贯串于人类的文明进程之中，而狼恰巧充当了这种原始的心理情结。俄罗斯民间传说《伊凡王子与灰色狼》就表现了这一点。在这个故事中，伊凡王子与灰色狼内在的相通之处就是对欲望的追求；伊凡的幸运是有理解他并能帮助他实现欲望的灰狼出现——这可以理解为人类潜意识梦想中的"替代"，而灰狼的幸运在于它由此可以证明自己存在的合理性——这种合理性已经被忘恩负义的人们在理性层面上颠覆。但是，尽管如此，人们仍然不可能完全消除自己内心深处动物性的涌动。我们或许不能否认，人类的这种至高无上的优越感本身是虚弱的，并不十分理直气壮，因为人类自身的历史和经验会提醒自己，自己所创造的一切优美高贵的理念都难以掩盖自己欲望的膨胀，人类，无论是集体还是个人，随时都有可能作出比一切动物更残忍、更可怕的事情来。从这个意义上讲，人类从来就没有摆脱过动物性。

于是，人类为了克服这种恐惧感，就不能不用一种强大的理性力量来抗衡，极力使自己远离动物世界，尤其是与自己最接近的动物。为此人类不得不为自己设置很多禁忌，用文化、宗教甚至法律手段来约束自己，保证自己不重蹈覆辙，以维持自己在自然界至高无上的尊严。狼也许就是如此被列入文化禁忌行列的。因为它们所表现出的生命征象实在太令人惊奇了，其生命活动与早期人类的成长也太紧密了。

马丁·路德·金（Martin Luther King，1929—1968），是著名的美国民权运动领袖，1963年8月27日，在林肯纪念堂前，发表了演说《我有一个梦想》，呼唤建设一个没有种族歧视、人人分享自由平等权利的社会。显然，这一梦想至今还没有完全变成现实。

31.《撒旦起舞》：人性绝望的隐喻

《撒旦起舞》（又译《大师和玛格丽特》，寒青译，作家出版社，1998年3月初版）是俄国作家米·布尔加科夫（1891—1940）的绝笔，也是他最有影响的作品。令人震撼之处还在于，这位作家生前一直是"拉普"激烈批判的对象，承受了极大的生活和精神压力，但是获得人们的尊敬却是在其逝世之后，也就是26年之后，《撒旦起舞》删节本首次面世。这足以说明艺术家在俄国的劫运和艺术所具有的真正魅力。这种魅力不仅来自这部作品开创性的魔幻手法和色彩，还来自一种艺术家对于时代和人类处境特有的敏感与关怀。

在作品中，把我深深卷入其中的是一种夹杂着戏谑、报复和困惑情绪的混沌的力量，仿佛作者同时把邪恶、善良、无辜和无奈扭集到了一起，让撒旦同时扮演了上帝、大师和情人的角色，在一个既定的时空中掏空读者的感受和理解能力，然后带着疑惑去寻求生活新的答案和境界。在这里，简单的善恶界限是没有的，因为生活本身早已经粉碎了这个界限；因此撒旦——这个传统的宗教意识中的上帝的对抗者、恶魔之首和地狱之王，可以自由自在地游戏人间，借此不仅嘲笑了现实中一切人为的矫情和虚伪，而且透露了作者对社会极度的绝望情绪——宁愿追随撒旦的地狱之行，也不愿继续承受现实的罪恶。

这是一个人、神和鬼不分的世界，但是又似乎在揭示它们之间的不同和区别。

为此，作者设计了一个宗教与历史的"夹层"，即历史上耶稣被杀和现实中撒旦下凡之间的对比，正如大师对改变面貌的诗人伊凡所说的，他们之所以被关进精神病医院，都是"因为本丢·彼拉多"——魔王撒旦下凡。由此作品中所有的人物都处在一种"最后的审判"的氛围之中，忏悔与赎罪成了人们良心唯一获救的途径。本丢·彼拉多是公元26—36年罗马帝国驻犹太总督，但是据《新约》的传统说法，是他判处耶稣死罪，并将其钉上了十字架。由于这个说法，本丢·彼拉多就成了西方撒旦的化身，在很多传说中被想象和描绘为"人狼"的本原。在这部小说中，发生在罗马的本丢·彼拉多的故事和发生在20世纪俄罗斯《彼拉多》作者的故事是交叉叙述的，耶稣和魔王的对话发生在一个艺术时空之中。也许作者想表现这样一种宗教情怀：一个真正的艺术家所不得不承受的就是人类的罪孽，用自己生命为人类赎罪，因为人类无论生活在何时何地，都无法摆脱恶魔的诱惑；而这种诱惑之所以每每得逞，则因为人心和人性自身难以克服的贪婪之欲。

这个"夹层"还有效地表达了难以在现实中讲述的故事，例如彼拉多对耶稣的审讯，就表现了一个艺术家对于现实的态度：

"听着，伽诺茨里，"总督说，古怪地盯着耶稣，脸色严峻，但是神色慌乱，"你对伟大的恺撒是否说过什么？回答！说过什么？……或是……没……说过？"彼拉多把那个"没"拖得很长，超出审讯时理应的规矩，并在自己的眼神上向耶稣暗示，他好像想对囚犯劝说什么。

"说真话才轻松愉快。"囚犯说。

"我不必知道，"彼拉多嗓音喑哑恶狠狠说，"你说真话愉快不愉快，但你必须说真话。不过说话时你要掂量每句话的分量，倘若你不想受酷刑而死的话。对你来说死是不可避免的。"

谁也不清楚，犹太总督怎么的了，但是他让自己抬了抬手，好像是遮挡阳光，而在这只如挡箭牌的手后，他给囚犯递了一个暗示的眼神。

"那么，"他说，"你回答，你是否认识一个叫犹大的加略人，你对他说过些什么，如果你说过的话，关于恺撒？"

"事情是这样的，"囚犯欣然道，"前天傍晚，我在神庙附近认识了一个年轻人，自称是加略人犹大。他邀请我到他下城的家中，并请吃了饭……"

"一个善良的人?"彼拉多问，他的眸中闪烁着魔鬼般凶狠的火花。

"一个善良而又好学的人，"囚犯说，"他对我的思想表现出了极大的兴趣，接待我十分殷勤好客……"

"他点上了灯盏……"彼拉多透过牙缝用和囚犯相同的语调说，眼睛闪光。

"对。"耶稣对总督的消息灵通稍稍有些吃惊，继续说，"他问我对国家政权的看法。这个问题他异乎寻常地感兴趣。"

"那你说了些什么?"彼拉多问。"或者你说过的全忘了?"彼拉多语调里流露出的已经是无望。

"我说过，"囚犯叙述道，"任何政权都是对民众的暴力。一个既无恺撒政权也无别的什么政权的时代终将到来。人将进入一个真理和正义的王国，那里将无需任何政权。"

"接着说!"

"没有了，"囚犯说，"这时跑来许多人，把我五花大绑，送进了监狱。"

书记官尽力一字不落，在羊皮纸上飞速记着。

"对天下百姓来说，世上过去、现在、将来的政权，唯有提比留皇帝的政权是最伟大、最完美的政权!"彼拉多沙哑、病恹恹的声音越来越高。（第34—36页）

关于耶稣被钉上十字架的过程，是西方文学中不断演绎的题材，而每一种演绎都包含着不同作家的心灵触动。我们注意到，在布尔加科夫的笔下，在现实故事中几乎毫无踪影的政治话题在这里突现了出来，而耶稣的天真无辜、彼拉多的专制嘴脸和犹大的文化特务行径，能够直接把历史与现实联系起来，充分表达了作家在20世纪的生存和心理状态。

但是，我更喜欢的还是作者笔下撒旦举行的"月下盛会"的情景。这个盛大舞会在一片美丽的月光下举行，而马格丽特荣任舞会皇后。她被带到热带森林的一个大厅中，见到了世界上很多名人——这种情景使我们不由自主想起但丁游历地狱时的情景，但是此时此刻他们都是魔鬼撒旦请来的贵宾。尽管他们中间有历史上有名的伪币制造者、谋杀丈夫者、教唆犯、独裁者、屠杀狂、密探、告密者、刽子手、下毒者、骗子手、变态者，等等，他们出现在撒旦举行的盛大舞会上的时候，都打扮得人模狗样，甚至表现得相当道貌岸然，文质彬彬。而正是在穿行于群魔乱舞之中、并目睹他们的狂欢和接受他们亲吻膜拜之时，马格丽特才明白了人性在诱惑面前是如何软弱。而面对如此充满诱惑的人性的考验，作者赋予马格丽特战胜诱惑的唯一特质就是"无所企求"：

……"我们考验了您，"沃兰德继续说，"任何时候您都从不请求什么！任何时候从不请求，尤其是对那些比您强的人。他们将亲自提议和亲自提供！请坐，高傲的女士！"沃兰德从马格丽特身上扯下沉重的长袍，她又重新同他一起坐在床边。"那么，为了今天您在我这里当女主人，您想要什么？为了您赤裸身子度过这个舞会，您希望什么？对您的膝盖您如何估价？我的那些您现在称之为受绞刑者的客人给您造成了什么样的损失？说吧！现在您说，已经不必拘束：因为是我提议的。"（第335—336页）

但是，魔鬼沃兰德并没有得逞，面对最后的诱惑，马格丽特依然选择了仁慈和良心，并且用一种魔鬼不可思议的坦诚，最后选择了自己的情人，回到了令人痛哭窒息的现实之中。当大师奉劝马格丽特离开自己时，马格丽特坚决地说："不，我不能丢下你不管。"为此她坚决要求与大师一道"重新回到阿尔巴特街上那条小胡同里的地下室去"。（第343页）而对于撒旦来说，最不可理解的莫过于如此："我无法想象，总之，一个创作本丢·彼拉多传的人，会回到地下室去，有意打算在那里的油灯旁过凄苦的日子？"（第349页）

在这里，我们所读到的不仅是作者神奇的虚构，更是心灵的传奇，作者把自己的生活与心灵体验融入了其中，让我们感受到了在一个特殊历史时期俄罗斯作家的良心——无论是专制的压迫还是魔鬼的诱惑，它一直没有丧失。

这也许是一个中国读者特殊的感悟和理解，但是作为一种艺术想象，这里还有很多场面和情节令我感到困惑，例如，一个参加了撒旦的舞会并接受吸血鬼亲吻的人，灵魂是否还能够得到拯救？作者为什么让撒旦来解救大师？人性的证明是否一定需要魔鬼的考验？作者是否在现实中感受到了群魔乱舞的痛苦？又是否从魔鬼的惩罚中获得了某种快感？人类接近魔鬼比接近上帝更容易甚至更愿意？等等。也许读完小说最后一页之时，月光之夜才刚刚开始。

我们在"一条宽广的月光之路"上能望见什么呢？

32.《圣颅》：妥协也是一种进取

赛珍珠（Pearl S. Buck）是人们熟知的美国女作家，她1892年出生于美国，四岁被当传教士的父亲带到中国，直到17岁才返回美国读大学，毕业后又到中国工作多年。因为生活经历，她对传统与现代、东方与西方之间的文化冲突有深刻的体验，并在自己的文学作品中进行了深刻而生动的描绘，特别是对亚洲国家人们在现代化过程中文化心理蜕变的独到透视，为人们留下了许多值得深思咀嚼的人物形象。

短篇小说《圣颅》（The Sacred Skull）中的拉西尔（Rashil）就是一个令人难以忘怀的形象，他虽然是一个印度人，但是他所面临的处境和所进行的艰难选择却会使每一个中国读者感叹不已，我们不仅会想起鲁迅作品中所描写的一些情景，而且能够勾起许多对自身文化传统精神状态的审视。故事是这样的，正在美国哈佛大学读书的印度大家族后裔拉西尔突然接到父亲去世的消息，匆匆赶回印度主持父亲的葬礼，但是他一回到家，就被家族的传统势力所包围，于是他不得不面临一种艰难的选择：作为这个家族唯一的长子，如果不按照印度传统的方式举行葬礼，就要失去家族首领的机会；而作为一个受到现代教育意识熏陶的人，拉西尔极不情愿用传统的印度方式给父亲下葬，因为这种方式不仅不符合科学理念，而且很野蛮和残酷：必须把死者的灵柩放到恒河边的火葬堆上，然后由长子登上火葬堆，用一把银质的锤子猛击死者的头颅，他必须正好打碎头骨，但是不能伤害皮肉，这样使得脑液在焚烧中流出来，和骨灰混在一起，然后把它们全部葬入恒河，这样死者才算得到永恒的安息。根据教规，不能履行此项仪式的人，不仅不能继承父亲的地位，而且说明他反对宗教。

拉西尔当然不愿意自己去做这样野蛮的事情，而且是对心爱的父亲！同时，他也明白自己父亲不仅是当地备受尊敬的人，而且学问渊博，具有现代思想，也不见得喜欢这种传统的方式。因此他一开始就试图拒绝家族其他人的要求，拒绝用传统的方式埋葬父亲，而想采取英国式的文明葬礼，让父亲的躯体完整地归于土地。但是，他没想到自己会遭到几乎所有人的激烈反对，包括自己的母亲。他们说："你把他从印度抢走了——从我们身上——我们亲爱的父亲。你把他送到了异国他乡遭受孤独！如果他躺在英国的坟墓中，他的灵魂如何才能回来呢？而恒河里的圣水正等着他的骨灰呢！哪本书上说当儿子的可以不尊重自己的父亲呢？"由此他感到了从未有过的迷乱和绝望，他无法把自己所面对的现实世界和他刚刚离开的哈佛大学的气氛连在一起，这是两个截然不同的世界。在这种情况下，他妹妹帕米亚（Padmaya）也前来劝说他，她非常理解自己的哥哥，但是希望他能够妥协，按照传统的方式行事，因为只有这样才能得到家族人的信任，巩固自己在家族中的领导地位。她甚至对他说："……或许我们这一代中没有一个人是快乐的。因为我们是过去和将来之间的一代人，只是一座桥梁，只有责任，而没有快乐。"

　　而更使他感到吃惊的是，父亲先前在给哈佛学院院长的信中，似乎就预先想到了这一点，以至于他现在读来就好像是为他写的。他父亲曾写道："亲爱的院长先生，我希望我的孩子能受到科学新思想的教育和熏陶，最好再学习一些法律和政府管理之类的知识。我们的国家需要很大的改变。但是这是一个耐心的过程，因为我们的人民只有慢慢引导而不能强迫。例如，我要介绍发电机，首先要介绍这方面的知识。最困难的是，我必须为这种改变铺路，慢慢开导他们，我希望我儿子也能学会如何慢慢看到自己的人民。"他还写道："请教导我的孩子，让他继承我在家庭和国家中的地位。"这一切都以一种预想不到的力量冲击着他的心灵，使他渐渐意识到了自己的地位和责任，明白了父亲对自己的重托。尽管他绝对不会再容许同样的事情发生在自己的儿子身上，但是他自己却忍受着内心的巨大冲突，放弃了自己原来的想法。当他最后一眼望着父亲安详的面容，右手举起那银锤时,他喃喃道:"爸爸,你是会理解的——所以这次我就照着做了。"

拉西尔终于妥协了,尽管他受到过美国式的现代教育,尽管他内心并没有改变自己对科学的信仰,尽管他不认同传统的生活方式和价值标准。妥协对拉西尔来说,意味着一种痛苦的选择,他必须放弃自我的某种姿态,忍辱负重,克制自己,以求得别人的认同;意味着他在承担家族责任的同时,必须牺牲自己的某种爱好和生活理想。但是,他不能不这样做,因为他处在一种传统和现代的挑战之中,没有比在这种情景中的选择更艰难的了。他所面对的不是他的敌人,而是他的族人和亲人,他所跨越的不是他个人的意愿,而是历史形成的传统与现代的鸿沟。当然,他可以选择激烈的方式,甚至可以不当一个印度人,但如果是这样的话,他并没有,甚至将来也不可能改变任何事物。

所以这也是一种进取。在社会由传统向现代转型过程中,一个接受了现代价值标准的东方人,都会面临如此的挑战和磨难。他们不仅需要处处进击,时时拼搏,努力改变所面对的现实,为此甚至有可能付出自己的一切,同时他也得时时退让,处处妥协,以获得别人的理解和认同,不断得到自己的生存和发展空间。就此来说,妥协不仅是一种短期的生存策略,而且是一种长期的生活方式。应该说,这也是一种现代的、可以了解甚至值得倡导的态度,对抗的结果只能是两败俱伤,我们只能选择妥协和对话的方式来推进社会的发展;任何优美的生活方式和思想理想,也只有人们自愿接受和采纳才是有意义的,符合人性和人道的,而任何强求和强迫的方式只能给人们带来痛苦,把事情搞坏搞复杂。当然,这必然是一个缓慢的,长久的过程,人们将生活在传统和现代的相互冲突和转换之中。

赛珍珠是一个一直关注东方国家,特别是中国现代化进程的作家,她一方面深知东方国家与现代化国家之间存在文化上的差异;另一方面,也不赞成用激烈的方式进行社会改革,希望在东方和西方之间找到一条妥协和中和之途,其跨文化写作和思考在 20 世纪具有标志性意义。而在中国,对于赛珍珠的认识和研究并不充分。最近读到董晨鹏的大作《走向世界的中国与世界主义的赛珍珠》,有大开眼界之感,若有心者,可以去读看看。

在这里,我们也许会想起鲁迅笔下的魏连殳——那位在《孤独者》中出现的人物,他在1920年代的中国差不多面临着和拉西尔一样的艰难处境——尤其是在自己祖母的葬礼上,几乎是拉西尔故事的中国版本。

关于这段心灵体验,鲁迅在小说中如此写道:

> 组长,近房,他的祖母的母家的家丁,闲人,聚集了一屋子,预计连殳的到来,应该也是入殓的时候了。寿材寿衣早已做成,都无需筹划;他们的第一大问题是在怎样对付这"承重孙",因为逆料他关于一切丧葬仪式,是一定要改变新花样的。聚议之后,大概商定了三大条件,要他必行。一是穿白,二是跪拜,三是请和尚道士做法事,总而言之:是全部照旧。
>
> 他们既经议妥,便约定在连殳到家的那一天,一同聚在厅前,排成阵势,互相策应,并力作一回极严厉的谈判。村里人们都咽着唾沫,新奇地听候消息;他们知道连殳是吃洋教的"新党",向来就不讲什么道理,两面的争斗,大约总要开始的,或者还会酿成一种出人意料的奇观。
>
> 传说连殳的到家是下午,一进门,向他祖母的灵前只是弯了一弯腰。族长们便立刻照预定计划进行,将他叫到大厅上,先说过一大篇冒头,然后引入本题,而且大家此唱彼和,七嘴八舌,使他得不到辩驳的机会。但终于话都说完了,沉默充满了全厅,人们全数悚然地紧看着他的嘴。只见连殳神色也不动,简单地回答道——
>
> "都可以的。"

终于,中国的魏连殳也采取了痛苦的妥协的方式,而所不同的只是结局,魏连殳最后痛苦地死去了,因为他没有进一步的选择,因为他无法忍受由人格分裂而造成的内心的极度痛苦。

所幸的是,在赛珍珠的笔下,印度1960年代的拉西尔还没有走上绝路,因为他还有选择。

33.《铁皮鼓》：关于人类的罪孽与审判

《铁皮鼓》①是德国作家君特·格拉斯（Günter Grass，1927—2016）的代表作，1959年出版，引起争议；1980年被搬上银幕，走红文坛，之后因此获得诺贝尔文学奖。

格拉斯是一个德国与波兰人的混血儿，在军队和战俘营经历了第二次世界大战，后来从一个无家可归的难民成为一位有影响力的作家，其《铁皮鼓》的主要内容也来自对这场战争的独特体验和感受，时间跨度从1899年到1954年，主要通过一个畸形儿奥斯卡·马策拉特的身世和感受来叙述的。

应该说，这是一种绝妙的构思，主人公的畸形与其生活的那个时代及其生存状态形成了一种潜在的暗示和关联：畸形的时代创造出来的畸形的人生。奥斯卡的畸形可以说是一种逃避（他厌恶战争而自我伤残，使自己摔成一个侏儒），也可以说是一种神谕，他不仅预感到了战争的来临，而且由于身高94厘米的身材，以后多次幸免于难。由此读者能够感受到一种无法完全用理性和言语理解和描述的人类的悲剧处境，体验到战争对于人生内在的伤害。

由此，我们不能不赞叹作者所创造的一种独特的审美视角——一个智商很高、感情丰富、具有非凡能力，但是又被人们排斥在正常人群之外的侏儒的眼光和感受。小说由此也获得了几个不同世界之间的对抗、冲突和对比，它们互相并不理解，但是却存着一种奇怪的交流，存在于一个共同

---

① 《铁皮鼓》，君特·格拉斯著，胡其鼎译，漓江出版社，1998年版。

的世界，甚至构成了一个共同的世界。人们对于奥斯卡的世界是陌生的，不理解甚至也从来没有想去了解；而奥斯卡同样面对着一个陌生的世界，不能接受人们习以为常的行为和想法。也许正是由于人与人之间的这种巨大隔阂，尤其表现在奥斯卡与整个世界之间的这种深刻的隔阂和陌生感，才导致了灭绝人性的战争。人类拥有一个共同的世界，但是我们并不在一个世界中生活，如果我们不是隔着铁幕，那么就隔着无法穿透的玻璃，人类彼此之间由此会看见无法证实、但是活生生的可怕的幻象，于是就有了战争，有了可怕的自相残杀。

战争，首先是两次世界大战，是人类20世纪最沉痛的悲剧，其为人类的未来抹上了至今尚未完全释怀和退去的阴云，也使人们对于这个日新月异的科技时代，以及日益无所不能的人类自身状态，产生了怀疑和担忧。而如何避免类似的、可能更加悲惨的悲剧，如何减轻人们的怀疑和担忧，则成为很多艺术家难以回避的现实。

战争和悲剧激发了20世纪的文学和艺术。《铁皮鼓》确实是一部生动而深刻的作品，因为作者的想象力经常会穿越读者的神经，从感官一直刺激到灵魂深处。对西方读者来说，这种力量显然与一种传统的宗教意识联系着。在小说中，畸形的94厘米高的奥斯卡实际上连接着三个世界，上帝、人和恶魔撒旦的世界，读者可以同时感受到这三种存在的感染。奥斯卡的存在一方面承担了人类的罪孽，目睹着某种情况下体现着的撒旦的意志，同时又接受着上帝的恩惠，传达着上帝的旨意——尽管人们并不能真正理解。后者也许更加深了作品的悲剧性，说明人们已经普遍地失去了与上帝沟通的能力，失去了灵魂对于真善美的基本感应。

不过，不能说作者完全失去了对世界的信心。战争过后，奥斯卡竟然奇迹般地长到了121厘米，这多少会令读者感到不可思议。而奥斯卡和玛丽亚苟且生出的孩子又是如此聪明，既不是侏儒也不是白痴，也使读者想到作者此刻对于未来世界难以承受的忧患意识。所以他不能不经常求助于上帝。在作品中，奥斯卡的铁皮鼓就不断传达出一种宗教意味，当愚蠢的施波伦豪威尔小姐用刻板声音教授"宗教"一词的时候，奥斯卡用自己的鼓点回应了她，可惜她丝毫不能领会，因为"施波伦豪威尔缺乏敏锐的辨别力。她厌恶鼓声，不论你怎么敲都不行。她同前一次一样，伸出十只剪秃了指甲的手指，十指齐下，要来抓鼓"。而奥斯卡从这种愚蠢的举动中感受到的不仅是屈辱，还有兽性："瞧她眼里是怎样的凶光？准备打人的是什么野兽？它是从哪个动物园里逃出来的？它要寻找什么食物？接下来又要攫食什么？——兽性也钻进了奥斯卡的身体内，我不知道它是从哪个深渊里爬上来的，钻进鞋后跟、脚后跟，越爬越高，控制了他的声带，使他发出野兽春情发动时的叫喊声，足以震碎一座哥特式教堂全部折光的彩色玻璃"。（第80—81页）

如果说战争就是这种兽性的发作，小说的作者似乎一直都在追逐、追问它的来源，从现实到神话，从政治到宗教。所以，像20世纪很多有影响的小说一样，历史和神话构成了小说特殊的文本特色，我们可以把它称之为魔幻色彩，也可以理解为某种神秘氛围。在小说中，魔鬼与上帝正如奥斯卡选择的拉斯普庭与歌德一样，"……不久我就明白，在这个世界上，每一个拉斯普庭都有一个歌德作为对立面，每个拉斯普庭后面拽着一个歌德，或者不如说，每一个歌德后面拽着一个拉斯普庭，如果必要的话，甚至还要创造出一个拉斯普庭，以便接着可以对他进行谴责。"（第94页）而奥斯卡最为感动的舞台剧《大拇指的故事》也成为了一种追问人性历史的隐喻：

> 演的是大拇指的童话，从第一幕开始就把我吸引住了，并且显然特别迎合我的口味，这出戏编得很巧妙，但是大拇指在舞台上只能闻其声，不能见其人，戏里的成年人都跟在这个虽然看不见、但却相当活跃的主角后面转。他一会儿坐在马的耳朵里，一会儿被他父亲用高价卖给了两个流氓，一会儿在流氓的草帽檐上散步，从那上面向下讲话，后来又爬进一个老鼠洞，钻进一个蜗牛窝，同小偷们一起行窃，掉进干草堆里，连同干草一起被母牛吞进胃里。母牛被人宰了，因为它会说话，其实是大拇指的声音。母牛的胃连同困在里面的小家伙被扔在垃圾堆里，给一只狼吃了，大拇指花言巧语说服了那只狼，把它

引到他父亲家里的储藏室里，狼正要开始攫取食物，他便大声喊叫。结尾和童话一样，父亲打死了恶狼，母亲用剪刀绞开那个饭桶的腹腔和胃，大拇指从里面出来了，这就是说，观众听到了他的叫声："爸爸啊，我在老鼠洞呆过，在母牛肚皮里、在狼的胃里待过，现在我回到你们身边来了。"（第112页）

对这个欧洲家喻户晓的童话，奥斯卡所显示出的特殊偏爱却非同平常，除了由于身世而引起的特殊共鸣之外，还表现了作者对于人性的独特体认：人是从动物世界走来的，所以野性一直潜伏在身心之中，必须不断借上帝的名义来压抑和驱逐它。这就是为什么在作品中不断出现教堂的意象。其中关于奥斯卡在圣心教堂的一段叙述就充满了冲突：

关于圣心教堂，自我受洗礼那一天起的事情，我都还记得起来。由于他们给我起了一个非基督教的名字，因此遇到了麻烦。在教堂大门口，我的父母坚持用奥斯卡这个名字，我的教父杨也唱同一个调子。于是，维恩克圣下便朝我的脸上吹了三口气，据说这样可以赶走我心中的撒旦，随后画了十字，用手抚顶，撒了盐，又采取了若干对付撒旦的措施。进了教堂，我们又站定在真正的洗礼唱诗班前，在向我念信经和主祷文时，我一直很安静。之后，维恩克圣下又念了一遍"撒旦离去"。他摸了摸奥斯卡的鼻子和耳朵，以为这样就使我开窍了，其实我一生下来就懂事的。接着，他想听我清楚而大声地说话，于是问道："你抛弃撒旦吗？你抛弃它的一切行为吗？你抛弃它所炫耀的一切吗？"

我还来不及摇头——因为我并不想抛弃——杨就代表我说了三声"我抛弃"。我并没有讲任何同撒旦断绝关系的话，维恩克圣下便在我的胸口和两肩之间涂了圣油。到了施洗池前，他们念了信经，终于将我在水里浸了三次，在我的头皮上涂了圣油，给我穿上一件白袍，准备将来在那上面沾上污点，又给了一支准备在黑暗的日子里点的蜡烛，最后遣散。马策拉特付了钱，杨抱着我走出圣心教堂大门时，一辆出租汽车在晴转多云的天气下等候着。我问附在体内的撒旦说：

"全都顶住了吗？"

撒旦蹦几下，低声说道："你看见教堂的窗户了吗，奥斯卡？全是玻璃的，全是玻璃的！"（第145页）

这也许是小说中最容易引起争议的地方，仿佛教堂并不是上帝安身立命的地方，倒是撒旦找到了自己恶作剧的舞台。尤其是作品中对于基督、天主教教义、圣心教堂风格的描写，熔铸了作者对人性与宗教问题的深入思考，其中不乏怀疑、质疑、追寻和执着的情绪和信念，例如：

我承认，天主教堂里的方砖地，天主教堂里的气味，以及整个天主教教义，直到今天还莫名其妙地吸引着我，好似一个红发姑娘使我迷恋，虽然我很想将她的红头发染成别种颜色；我也承认，天主教教义一直向我灌输亵渎神明的灵感，这些渎神的灵感一再表明，我无可变更地已经受了天主教的洗礼，尽管毫无用处。往往在一些毫无意义的过程中，比如在刷牙的时候，甚至在大便的时候，我突然发现自己在编弥撒的解说词：在大弥撒时，基督重新流血，于是血就流出来洗涤你，这是盛他的血的圣杯，基督的血一流出，葡萄酒就变成真正的血，基督的真正的血就在眼前，见到这神圣的血，灵魂也就撒上了基督的血，珍贵的血，用血清洗，在化体时血流出来，血迹斑斑的圣巾，基督的血的声音渗透到诸天，在上帝面前，基督的血散发出芳香。（第146—147页）

这是一段内部充满冲突、争议和张力的叙述，读者可以用多种解读，去认定作者的用意。况且小说中的奥斯卡一直心存取代基督的想法，总是怀疑教堂里的基督是不是真耶稣，因为在他的心目中，圣心教堂的这位救世主"酷肖我的教父、表舅与假想之父杨·布朗斯基"；而布朗斯基则是一直和奥斯卡母亲保持私通关系的男人。但是，奥斯卡则从他们三者之间发现了惊人的共同之处："瞧这双流露出天真的自信和想入非非神情的蓝眼睛！这张随时准备号啕痛哭、似盛开玫瑰的接吻的嘴！这种似双眉紧蹙的男性的痛苦！等着挨揍的丰满而通红的面颊！简直一模一样！"

也许作者一直相信上帝与自己同在，与人类一起承受苦难，同时他在这里始终还在追问一个至今仍让人困惑的问题：上帝如果存在，为什么要让无数无辜的人受难？为什么没有使很多罪恶之人受到惩罚？确实，奥斯卡可以说是一个受难者，在某种意义上直接承受和显示着人类的灾难，但是这种"受难"却连接着人类另一种困境，这就是与魔鬼同在和同行的罪孽。

这是20世纪文学中一个主要思想主题的延续。如果说20世纪发生的两次世界大战就是一次集体谋杀的话，那么追究这"谋杀"的文化心理动机，则成了许多作家心中挥之不去的压力。这也是陀思妥耶夫斯基的作品在20世纪广泛流传和重视的原因之一。尤其是他的《卡拉马佐夫兄弟》，就是一次对于谋杀事件发生的心理追究和道德反省，小说同时提出了一个尖锐的宗教也是人性必须面对的问题——"上帝和撒旦谁战胜谁"。如果说两次世界大战的爆发就是一再说明"上帝无法战胜撒旦"，那么畸形的奥斯卡自己想取代基督的言行就不难理解。可惜，大战前的可爱的阿廖沙——《卡拉马佐夫兄弟》中主人公之一——在《铁皮鼓》中已经找不到踪影，取而代之的是一个人类战争的畸形儿。

事实上，一个人犯罪主要是社会原因还是心理原因，这是当年陀思妥耶夫斯基与车尔尼雪夫斯基等俄国民主主义者争论的一个主要问题，前者把这个问题带入了小说的写作之中。面对种种世俗的欲望、社会不公平的现状和教会的无能甚至腐败，阿廖沙要坚持对上帝的信仰就不能不是一种持续的内在冲突和挣扎。所以，"接替基督"表达了格拉斯一种对于人们信念的深入思考。作者通过一个生动的细节表达了它，这就是经历了战事的奥斯卡，在教堂祈祷的时候，"并非傻里傻气地希望会出现奇迹，反倒是想具体生动地目睹耶稣的无能"。（第394页）但是他却意外地得到了耶稣的召唤和承诺："你是奥斯卡，是岩石，在这块岩石上，我要建起我的教堂。继承我吧！"

这是奥斯卡的夙愿，也是作者为自己选择的精神出路。在上帝无能的情况下，如果不放弃上帝，那么就只有替代上帝，完成上帝的意愿。这就是奥斯卡加入"撒灰者"行列的理由，用自己的声音来摧毁纳粹。反过来，这也是真正的耶稣诞生的意义所在。不过，奥斯卡战后并没有得到人们的真正理解，他不得不装扮成一只喵呜喵呜叫个不停的"雄猫"。处于"醉酒"状态，听任别人把一切宣布为历史，用遗忘来获得生命的快乐。

诱惑在格拉斯的笔下，也扮演着极其重要的角色。在作品中，奥斯卡利用自己声音的特殊功能，多次站在街角引诱别人偷窃，由此创造了一个观察和考验人性的机会。正如作品中所写的，尽管不是百分之百成功，但是大多数人都经不起诱惑，包括奥斯卡的教父杨、在判决时最讲人情的司法人员等等，作者把那被声音割开的橱窗称为"天堂"或"地狱"，奥斯卡由此不仅看到了人性的脆弱，"而且还使站立在橱窗前的人们认识了自己"（第138页）。因为撒旦几乎无处不在。所以，在战场上，士兵在修筑地堡的时候，会消灭附近所有的小狗，因为他们在每一座地堡地基里都埋着一只小狗；而十几岁的卢齐·伦万德则喜欢坐在撒旦的怀里，吞食撒旦给她的香肠面包；连正经的道罗泰娅姆姆也经不住撒旦笑声的诱惑，竟然用"来吧，撒旦"来回应奥斯卡的侵犯。况且，撒旦也一直住在奥斯卡的体内，没有理由和可能把它一下子消除。

作品最后似乎又回归到了不可知的神秘，而审判作为一个贯穿作品的意念和背景，似乎又开始了一次新的轮回。

34.《威尼斯商人》:"闪光的不全是金子"

　　巴萨尼奥是莎士比亚戏剧《威尼斯商人》中一个主要角色。他原本是一个商人,而且负债累累,但是在追求富家嗣女鲍西娅为妻的角逐中,却战胜了众多的亲王贵族,赢得了美女芳心,并最后借助鲍西娅的德行和智慧,挫败了犹太富翁夏洛克的算计。

　　问题是,巴萨尼奥是如何赢得鲍西娅芳心的?在剧中,莎士比亚特别设计了一场选择匣子的戏:有三只分别由金、银和铅打成的匣子供求婚者选择,其中有一只里面藏着鲍西娅的小像,谁选中了谁就能娶鲍西娅为妻,并理所当然地拥有鲍西娅的一切财产。

　　结果,自以为拥有家世、财产、人品和教养等各方面优势的摩洛哥亲王选择了金匣子,里面是一个死人的骷髅,其空空的眼眶里藏着一张有字的纸卷;而尊荣显贵、自以为聪明的阿拉贡亲王则选择了银匣子,里面有一个眯着眼睛的傻瓜的画像,上面写着讽刺的字句;只有巴萨尼奥选择难看、下贱和寒伧的铅匣子,结果他如愿以偿,里面是一张美丽的鲍西娅的画像。

　　这结果实实在在回应了一句话:"发光的不全是黄金。"这句话就写在那只金匣子里面的那个纸卷上,那位摩洛哥亲王打开纸卷后读到了它。其实,如果说《威尼斯商人》这部戏要向世人展示一种什么忠告的话,那么这句话语无疑是贯穿始终的主题。因为戏剧一开场,就凸显了安东尼奥、巴萨尼奥及其朋友之间的真诚关系,表现了强调内在品质的价值取向。其中葛莱西安诺告诉我们,他最不喜欢的一种人,就是"他们的脸上装出一副心如止水的神气,故意表示他们冷静,好让人家称赞他们一声智慧深沉，思想渊博"，而巴萨尼奥所仰慕的鲍西娅正是一位具有非常卓越德性的小姐。除此之外，安东尼奥在向夏洛克借钱过程中，最为感慨的也正是人心和外表的不同，他对自己的朋友说："你听，巴萨尼奥，魔鬼也会引证《圣经》来替自己辩护哩。一个指着神圣的名字作证的恶人，又像一只外观美好、中心腐烂的苹果，唉，奸伪的表面是多么动人。"

可以说，看穿虚伪的外表，这是整个戏剧的精神主线。这一点，巴萨尼奥在关键的选择中表现得更为明确。他的一段心理独白给千千万万处世不深的男女提供了最好的鉴戒：

> 外观往往和事物的本身完全不符，世人却容易为表面的装饰所欺骗。在法律上，哪一件卑鄙邪恶的陈诉不可以用娓娓动听的言词掩饰它的罪状？在宗教上，哪一桩罪大恶极的过失不可以引经据典，文过饰非，证明它的确上合天心？……再看那些世间所谓美貌吧，那是完全靠着脂粉装点出来的，愈是轻浮的女人，所涂的脂粉也愈重；至于那些随风飘扬像蛇一样的金丝卷发，看上去果然漂亮，不知道却是从坟墓中死人的骷髅上借来的。所以装饰不过是一道把船只诱进凶涛险浪的怒海中去的陷人的海岸，又像是遮掩着一个黑丑蛮女的一道美丽的面幕。总而言之，它是狡诈的世人用来欺诱智士的似是而非的真理。所以，你炫目的黄金，米达斯王的坚硬的食物，我不要你。你惨白的银子，在人们手里来来去去的下贱的奴才，我也不要你。可是你，寒酸的铅，你的形状只能使人退却，一点没有吸引人的力量，然而你的质朴却比巧妙的言辞更能打动我的心，我就选你吧，但愿结果美满！[1]

正因为巴萨尼奥的选择不凭外表，或者说，他看穿了外表，战胜了装饰的诱惑，最后直中鹄心，取得了成功。这不是偶然的成功，而是爱情和理智结合的完美表现。因为聪明美貌的鲍西娅择婿时最为看重的就是一个人的言行一致，生怕碰上一个徒有其表、内外不一致的人。但是她也明白

---

[1] 莎士比亚：《威尼斯商人》，朱生豪编译，知识出版社，2016年版，第167页。

这是很不容易做到的。所以，即使她芳心已属巴萨尼奥之后，还设计了一件事来提醒和考验自己的夫君，这就是乔装律师向巴萨尼奥讨那只定情戒指。这是鲍西娅亲手给他，而鲍西娅曾当面对天发誓不取下它的。但是巴萨尼奥竟然违背了自己的誓言，为此鲍西娅再一次提醒他："要是您知道这指环的价值，或是识得了把这指环给您的那人的一半好处，或是懂得了您自己保存着这指环的光荣，您就不会把这指环抛弃。"自感惭愧的巴萨尼奥只好请求原谅，凭着自己的灵魂起誓，以后再不违背自己向鲍西娅发出的誓言。

当然，莎士比亚在这里所揭示的不仅仅是一个做人和人际交往的命题，而且涉及了对文化时尚的质疑。人类创造了文化，原本是为了人性更完善和完美，使人们之间的交际更真诚更真挚，但有些人却可能利用文化，特别是文化的装饰作用来掩盖丑陋，达到其不可告人的目的。正因为如此，所谓公正的法律、动听的言词和优美的装饰都可能是人性的陷阱和专制的工具。而人们要冲破这些到达人性本真的境界，获得人与人之间真诚的交流，就显得更加困难。

如今，人类文化已经进入包装时代，信息传播的范围和能力，大大超越了人类自身感受和体验的范畴。这在为人们提供超越时空的信息来源的同时，也为"造假"创造了无所不至、无所不能的空间和余地，"闪光"的外表越来越多，真实可靠的"金子"越来越稀少，不能不说是对人类文化创造力的一个讽刺啊。

35.《修道院纪事》：人类想飞的梦想

《修道院纪事》是杨杨教授送给我的。一天，我们一起逛书店，看到这本书，我很想买，但是没带钱，杨杨马上掏钱买下，并送给了我。我很感谢，就让他在上面留下了签名。

当时对这部小说感兴趣，完全是因为刚刚知道葡萄牙作家若泽·萨拉马戈（1922—2010）的小说《修道院纪事》（Memorial Do Convento）以"那为想象、同情和反讽所维系的寓言"为特征，荣获1998年诺贝尔文学奖。

正是这项奖项把这部小说推到了我的面前。我不是一个迷信诺贝尔奖项的人，但是我很想知道如今的小说如何能够征服人心，让人们熟视无睹的历史生活重新复活，吸引住人们的好奇心，尤其是那些饱读史书的评委们。当然，比我更有眼光和鉴赏力的是这部小说的中文译者范维信先生，其中文译本早在1996年就由澳门文化司署与华山文艺出版社推出，而我现在读到的则已经是澳门文化司署、东方葡萄牙学会与海南出版社、三环出版社1999年3月联合出版的版本。我不懂出版，但是会觉得后一个读本出版肯定借了"诺贝尔"的东风。

《修道院纪事》1982年出版，以18世纪葡萄牙王室建造著名的马芙拉修道院一事为主要线索，重点描写了参与这一过程的几个人物的生活、命运和愿望。建造这座修道院用了几十年时间，耗费了大量人力物力，它至今还辉煌地展示在世人面前，并且不断出现在各种宗教、艺术和文化经典描述中，不仅是葡萄牙文化的骄傲，而且是世界文化名胜，每年吸引着无数的参拜和景仰者。我无法完全了解这一名胜古迹对这一小说出版后的命运产生怎样的影响，但是可以肯定的是，它一定会增加作品的文化吸引力，并成为读者关注它的标志之一。也许我们现在讲的文化含量，就不能不涉及作品主题、题材本身所拥有的知名度，它在读者心中会产生一种自然的亲和力，表达一种广泛的亲缘联系。选择具有历史意义和人类文化遗产性质的主题或题材，无疑是聪明的。马芙拉修道院的意义，就像中国的长城和故宫一样，其本身所拥有的文化广度和历史深度，能够把不同文化纬度的读者（包括诺贝尔奖评委）调动起来，唤起他们的艺术共鸣。

修道院是西方历史文化中的重要场所，在很长一段时间内它集宗教圣地、历史资料中心和学术研究机构于一身，在思想和精神生活中举足轻重，以独特的方式影响着历史的变迁。

当然，对于一部小说来说，唤起读者共鸣的主要因素并不是主题和题材，而是人物，他们的生活情态和历史命运，以及作者赋予他们的特殊的人物价值。在作品中，最主要也是最引人注目的人物是"七个太阳"巴尔塔萨尔、"七个月亮"布里蒙达和神父巴尔托洛梅乌·洛伦索，他们都不是当时的显要人物，但是都与建造马芙拉修道院，特别是与建造它所表达的人类心灵的向往，有着密切的关系。一部好的小说，会为人们提供多种"进入"的路径，使各种文化背景的读者都能找到自己的关注点。就此来说，我感触最深并希望继续进行探索的焦点，就是人物与这一历史事件的交接点。具体来说，就是人们为何、以什么方式参与到了历史之中，并直接或间接地表达了人类的共同期望。

建造马芙拉修道院当然是王室的主张，甚至为了实现某种"私利"，但是如果没有教会的设计、怂恿和支持，没有民众的奉献，是不可能实现的。实际上，从某种程度上说，支撑如此艰苦的工程，如此长的工期，不仅需要大量人力财力，更需要人心的支撑，背后必定有一种根深蒂固的心灵力量维系着它，推动着它。就一般民众来说，就是对于永恒天国的追求，就是听从上帝的指引，向上帝奉献。这就决定了教会存在的价值和意义，王室的意图得以实现。尽管这种"永恒"的形式是一种虚幻，甚至是一种欺骗，但是人类却不能不有这种对于永恒的期待和愿望，这又决定人类各种各样宗教和神性的存在。如果说，宗教只是表达了人类向往永恒的群体意识；那么，当人类用群体的力量来表达这种追求和期待时，就造就了各种各样辉煌优美的宗教殿堂。

马芙拉修道院就是这样的建筑，它是用劳工的血肉筑成的，但是同时表达了人类"想飞"的精神愿望，独臂的"七个太阳"和具有特异功能的"七个月亮"都参与了这种血肉的奉献。但是，就在读者用各种心态来阅读人类这种"想飞"的故事时，小说又描述了另一种完全不同的尝试，这就是洛伦索神父毕生所迷醉和进行的"飞行器"实验和建造，他期望用科学的力量实现"想飞"的欲望，进入无垠的天空。也许正是在这里，我们似乎能够在当时复杂的人类生活中，在各种各样交叉的社会矛盾中，发现一种共同的心灵追求和不同的路向。一种路向是依靠上帝，一种路向是靠人类自己。所以巴尔托梅乌神父说，这事由我们三人来，所以就是这世上的圣父、圣母和圣灵三位一体；（第214页）上帝在本质上和人一样都是一体，上帝在本质上是一体，在人上是三位一体。（第217页）他甚至这样布道："在耶稣创造人之前上帝在人之外，不可能在人之中，后来通过圣事到了人之中，这样说来人几乎就是上帝了，或者最终将成为上帝本身，对，是这样，我之中有上帝，我就是上帝，我不是三体合一或者四体合一的上帝，而是一体，一体与上帝相合，上帝即我们，上帝就是我，我就是上帝。"（第219页）

这种前后颠倒、充满矛盾的布道，不仅显得艰深，而且显示了人世的变迁和矛盾。也许人心中一直存在着一种"取代"上帝的欲望，并且不断实施着自己的主张，所以才有了尼采几百年后"上帝死了"的呼声。其实，上帝永远不会死，正如其从来没有以"生"的方式存在一样；上帝是永恒，至少是永恒的幻象。所以，任何想取代上帝的做法只是接近永恒，而永远不可能是永恒本身。但是，也许正是由于人们常常产生错觉，以为自己可以达到永恒，因此制造了各种各样的战争、教堂和飞行器。由此，当飞行器飞越马芙拉上空之时，有如此多的人吓得魂不附体，当即跪下，视为圣灵，就不难理解了。因为这是新的永恒"幻象"，在某种程度上显示了新时代的来临，所以，尽管有宗教裁判所的高压，也不能阻止人们日后对于它日益增进的顶礼膜拜。

但是，更令人在荒唐不经的想象中思索的是，这两种"想飞"的方式在那个时代（也许今天也不例外）互不相容。当巴尔托梅乌神父梦寐以求的飞行成功之后，他自己却充满恐惧，竟然想点火烧掉飞行器，因为他意识到"既然我必须在火堆里烧死，还不如在这火堆里送命"（第261页）。即便是困惑不解中的"七个太阳"和"七个月亮"也在潜意识中预感到了不幸。他们在梦中都梦见了驾御着神话中的飞车飞行，但是神马却突然失去翅膀，他们在噩梦中惊醒。而当神父走后，巴尔塔萨尔在找他的时候非常恐惧，"他想到了狼人，想到了大小不同形状各异的幽灵；如果那里有鬼魂游荡，他深信神父已经被魔鬼带走了。趁魔鬼还没有把他捉住带走，他念了一遍天主经给圣徒埃吉迪约听，在恐惧、癫痫、疯狂和夜间害怕的情况下这位圣徒会提供帮助和调解"（第262页）。——而正是在这时候，建造修道院的人们正在准备举行盛大游行，感谢上帝显灵，让圣灵在工地上空飞过。

在这里，我们是否可以读到作者对人类本身的讽刺呢？人类想飞，但是他们并不知道会飞向何处，所以任何"想飞"的成功又会使他们感到恐惧——这正像崇拜上帝却又惧怕又想取而代之，但是某种程度实现的"取而代之"又只能带来更大的恐惧一样。

人类为什么会这样？这也许是千古之谜，但是这种心理却从远古以来一直伴随着人类，使人类在希望和畏惧中创造了哲学、神学和各种各样的神和神殿。这也许也是具有透视能力的"七个太阳"每天早早就进食，不愿意如此清楚地看到人和世界真实状态的原因。因为看不到反而是一种慰藉，看到了会使人感到更加失望和无奈。在这种情况下，痴情的布里蒙达所依靠的只能是大地，当"七个太阳"在飞行中消失之后，"七个月亮"却在大地上找寻了9年，并最终在燃烧着的火刑场上找到了自己的太阳，并永远拥有了他的灵魂。

36.《城堡》：人生困境的隐喻

在读《城堡》之前，我读过钱锺书的《围城》，曾陷入深深的思索之中。

也许读书有多种读法，更有不同的欣赏与评论的角度和方法，所以一方面是作家和作品会影响和造就读者，另一方面读者也会用自己的方式去解读甚至"创造"作家和作品。

那么，在两部不同作家的作品之间穿梭，又会是一种什么感觉呢？

钱锺书是一位博古通今、学贯中西的学者和作家，其卓越精湛的学养和眼界为他的文学创作提供了丰富、深厚的文化底蕴。《围城》不但在题材、故事、人物和主题意蕴上体现了这种文化底蕴，而且在美学风格和艺术思维方法上也充分显示了一种世界文学的意识和胸怀。因此，要想在阅读中得到更多的艺术享受和启迪，真正理解和把握《围城》的美学意蕴和生命情怀，就应该拥有一种博大的艺术胸怀，不但要了解当时中国具体的社会状况和文化情景，而且需要以一种世界性的、人类性的艺术经验来感受它和理解它，从而在一个更广阔的文化语境中探索和理解其独特的艺术价值。

读完《围城》再来读卡夫卡的《城堡》，能够帮助我们更好地欣赏和理解不同国度作家作品的艺术意蕴和美学特色。

其实，只要注意一下20世纪以来文学创作发生的巨大变化，就不难发现卡夫卡文学创作的独特意味。在传统的"英雄主义"观念遭到怀疑的情况下，文学也走向了一个"非英雄"的时代。原因是在20世纪的很多悲剧都是英雄或者是英雄崇拜意识制造的。希特勒是一个"英雄"，墨索里尼也是一个"英雄",还有很多了不起的英雄,他们不怕死,一心想创造人类历史上从未有过的奇迹和丰功伟绩,但是,带来的结果是什么呢?

于是,很多艺术家抛弃了对生活简单的道德评价,在创作中开始选择和怀抱一种对现实有距离的批判和嘲讽态度。于是,我们看到,在很多现代作家的笔下,作品表现出一种虚无荒谬的气氛,人物失去了"英雄"或者"恶棍"明确的标志,他们大多是一些被命运摆布和作弄的对象,如同被侮辱和被损害的人、被放逐者、流浪者、边缘人或者局外人,生活单调无味,孤独无助,常常在生活中陷入哭笑不得、无所作为的境地。与此相关的是,在这些文学作品中,生活不再是可以把握的现实,而是显示出了其神秘、不可捉摸和理解的力量,仿佛是一堵灰色的墙(例如在萨特的笔下),一个地洞或者地下室(例如在卡夫卡、贝克特笔下),或者一座地狱和一个围城(例如在卡缪、钱锺书笔下),等等;总而言之,客观现实的力量是强大的、异己的、压迫人的;人生的一些努力都是可悲甚至可笑的,要么随波逐流,百无聊赖地活着,要么无可奈何地与命运对抗,就像但丁笔下在地狱里顶着从山坡上滚下的巨石一样。

也许正因为如此,有人把"嘲讽"(ironic)模式理解为20世纪文学的主要特征,以此来区别18世纪以前的史诗、神话和悲剧等文学样式,以及18—19世纪写实主义和理想主义的文学方式。就对人的表现来说,18世纪以前文学所表现的人物往往拥有超乎常人的意志和力量,能够战胜一切困难到达理想境界;而18—19世纪文学所表现的人物虽然与常人无异,但是仍然坚信能够驾驭生活,确定自己的航向和目标,能够战胜困难,实现自己的人生理想。相比较而言,20世纪以来文学作品中的人物形象要显得软弱和渺小得多。也许这种概括并不能用来说明20世纪所有的文学现象,但是在一定程度上抓住了20世纪文学的一个重要特征。应该说,"嘲讽"是20世纪以来很多作家面对生活的一种态度,也成为文学创作的一个主题。

弗朗茨·卡夫卡(Franz Kafka,1883—1924),奥地利现代作家,一生平淡无奇,但是他不像钱锺书那样一直生活在书斋里。他学过文学、医学和法律，除写作之外，还曾一度在一家保险公司和半官方的工人保险所工作过。根据目前所得的资料，他曾写过一部名为《中国长城》的作品，证明他对中国很感兴趣，而且并非一无所知，但是也许仅此而已。而《城堡》则是卡夫卡一部著名的长篇小说，写的是一个土地测量员 K 的奇特人生。

卡夫卡在《城堡》中并没有对"城堡"的意味加以交代和说明。但是就人生的某种共通感受来说，卡夫卡在其他作品中曾流露出相同的意思。例如，他在《他：一九二〇年札记》中就有这样一段话："他可以把自己弄进监狱做一名囚犯至于老耄——那可以算是一种终身职业。但事实上，他所住的乃是一个槛笼。尘世的喧哗，好比住在家里时一样，依然默默而傲慢地不断穿过槛栏而进。囚犯根本是自由的，他可以随时参加外面的一切活动，栅栏的间隔是极宽的，只要他一移步便可跨出槛笼，然而他连一个囚犯也不如。"虽然不能说钱锺书和卡夫卡完全想到一块去了，但是从某种意义上说，卡夫卡这里所说的"槛笼"，也是一座人生的"围城"，人呆在里面不舒服，出来也未必舒服。"槛笼"对人的生存来说，是一种囚禁，也是一种恩惠和财富，人为其痛苦但是又不能摆脱它。

《城堡》实际上是写人生的感觉，犹豫，彷徨，无所追求，无所依傍，永远没有安身之地，一直无法获得精神家园。

如果人类失去了"英雄"梦想，那会是什么呢？猿猴？毛毛虫？大甲虫？

卡夫卡的痛苦大约就来自这种不能摆脱的悲剧境况。如果读一下卡夫卡的另一篇小说《地洞》，显然会加深这种印象。您瞧，一个动物为了保存得到的食物，也是为了自己的生存，千方百计地营造地洞，精心设计，患得患失，小心翼翼，它的幸福取决于这个地洞，它的悲剧也表现在这个地洞上。这个动物的"地洞"也正像人所建造的城堡一样，显示着人生的一种困境。卡夫卡在自己的格言和寓言中也多次呈现过这种意象，有时它是以"窟穴"形式出现，人们蜷缩在这个洞穴中互相靠近，以获得一种安全感；有时它是以"城邑"形式出现，人们为了生存修筑了城邑，而城邑的出现则引起了新的嫉恨和冲突；有时它像是"庄园"，只因为人们叩响了它的门就会陷入牢房，等等。这些都表现了卡夫卡对人生存在状态的一种困惑。

由此来说，卡夫卡的"城堡"，不仅是人生的一种困境，而且体现着一种对人的诱惑；由于这种诱惑和人不由自主地接受了这种诱惑，才造就了囚禁人自己的生存和心理状况。也许正因为这一点，《城堡》不同于传统的讽喻小说，它超越了一般的现实生活题材的制约，显示出了新的艺术风貌。在这部作品中，读者能够发现类似的悲剧意识，这就是作品的主人公都在拼命地想摆脱自己的悲剧处境和命运，但是他们的思想和行为本身恰恰是在制造着悲剧。这种自相矛盾的情景创造了作品的嘲讽语境和艺术效果。《城堡》中的K千方百计地想进"城堡"，"城堡"对他行使着一种莫名其妙、莫可名状的支配力量。K一进村子，就以"伯爵大人正在等待着那位土地测量员"而自誉，并且深信自己能够走入城堡，所以才一次次受骗上当，被纠缠在城堡的阴影里不能自拔。在这个过程中，传统的讽喻小说中的那种劝人为善、教诲人生的意味没有了，留下的只有作者面对现实人生的那种超然、冷静的批判姿态。

《城堡》和《围城》显然都带有某种寓言意味，它们都有自己独特的"借喻基点"，并在此基点上建立起各自的嘲讽意向。"围城"和"城堡"就分别是钱锺书和卡夫卡所依据的"借喻基点"，它们分别构成了《围城》和《城堡》艺术构思和意象虚拟的基础。从这个借喻基点出发，钱锺书和卡夫卡各自获得了一个表现和解释人生的独特角度，并由此把从生活中得来的各种经验、体验和资料集合起来，创造出一种新的形象体系和审美存在。对这两部作品来说，借喻基点的异同是小说嘲讽模式中最引人注目的因素，它决定着整个作品的主题意蕴。

《围城》所对应的是中国文化人的处境和精神状态。当然，对《围城》来说，这个借喻基点所体现的重要美学意义在于，它使作家有可能通过具体描写获得超越一人一事具体描述的意味，表达一种对整个社会和人生的观察和看法。这种观察和看法可能包含着更多的人类性、世界性的意义。

这样，作品所产生的嘲讽效果，就不再仅仅局限于某一时一地、某一社会或某一人群，而有可能扩大到整个人类生存空间中去，形成对人生某种相通的生存状态和心灵状态的表现和隐喻。

在这方面，显然，《围城》和《城堡》具有相通的艺术意义。它们所表现的是具体的人生，是像方鸿渐、K那样的生活悲剧，同时也是人们在某种情景中所共同面对的人生困局；它们一方面是虚构的，虚幻的，但是又真实地摆在人们面前，也许过去、现在和将来一直会缠绕着我们。

读完《城堡》，再来看卡夫卡的绘画就更有意思了，因为他画笔下的人物，包括他自己，会使我们更直观地"看到"活在小说中的人物，他们都很羸弱，有点变形，毫无力量感。

我们会不会也是如此呢？

37.《海狼》：追寻人性的原始活力

同卡夫卡不同，美国作家杰克·伦敦的小说，充满了英雄主义的力量。

《海狼》是杰克·伦敦（1876—1916）的代表作，体现了他对个人价值的独特看法。在作品中，作者对海狼的欣赏是从与"我"的对比中显示出来的。作品中的"我"虽然受到良好教育，是一个彬彬有礼的绅士，却是一个不劳而获，缺乏生存拼搏能力的寄生虫。所以海狼鄙视他，认为他"一无所有"（You have never had any of your own.），觉得他除了洗盘子之外一无是处，而且申明"洗盘子是为了拯救你的灵魂，为了让你能够自食其力"：

It is for the save of your soul. You might learn to stand on your own legs.

正因为如此，海狼对"我"一点也不怜悯。当"我"送餐时碰伤了腿走路困难时，海狼反而幸灾乐祸，再一次告诫：

It may make it difficult for you to walk—but you will learn to walk on your own feet.

（这也许使你感到走路困难，但是这样才能使你学会用自己的腿走路。）

这对任何一个养尊处优的人来说，都是一种残酷的教育方式。这时候，"我"尽管痛苦万分，也得不到任何怜悯、同情和帮助，只能靠自己的力量挺住，鼓起勇气面对一切磨难。

无疑，尽管残酷，作者认为这种对"我"的教育是完全必要的——这种教育正是一种生命的教育。因为"我"与海狼之间最强烈的反差就是生命活力,尤其在残酷艰难环境中的对比,凸显了不同的生命状态和品质。"我"是所谓文明生活条件下的产物,由于生活条件优裕而缺乏劳作和锻炼,体力退化,免疫力下降,矫揉造作;而海狼则一直保持着旺盛的生命活力,敢于冒险,勇于拼搏,充满力量。这一点,在"我"与海狼第一次见面时就显示了出来。下面是"我"对海狼的第一印象:

> 他不高不矮但看起来非常强壮。他的力量如同野兽,是一种从身体内部生发出来的本能的力量。虽然他并不高大也不迟钝,但是肌肉的每一个动作都很结实,似乎都在显示身体内部的那种巨大力量。

而"我"呢,作品中有如此描述:

> 我生来从来没有干过体力活,一直过着轻松的日子,坐在书桌前,研究和写作。我对于运动和冒险从来不感兴趣,我总是在读书。
>
> 所以我不强壮,我的肌肉细小而又柔软,就像女人一样。医生曾告诉我需要锻炼,但是我宁愿用脑而不愿用体力,所以我并不适应自己未来的艰苦生活。

可惜的是,没有人能保证"我"能永远过那种优裕的生活。不过,作者也并非能够完全接受海狼,他所欣赏的只是海狼身上所显现出的那种自然的原始生命活力,而这种活力似乎正在人类所追求的所谓文明生活中失去。

这无疑引起读者对人类文明历史的反思。人类在造就优裕的生活环境的同时,也在弱化人类的某些原始基因,不仅在精神上变得越来越安于现状、无所事事、胆小怯懦,而且在体力上也越发显得弱不禁风,百病缠身。就此来说,"我"不仅是当时社会病态人生的一个缩影,更是隐含着对现代文明社会的一种怀疑和担忧。

于是,杰克·伦敦向往自然的原始生命活力,期望由此来弥补人性的不足,使人性更加充满活力。

这一切都来自杰克·伦敦的人生体验。他出生于社会底层,在自由但是残酷、广阔但是粗野、充满机会但是竞争激烈的美国西部长大,在那里，人性的欲望得到最大程度的张扬和释放，同时人与自然、人与人之间的强食弱肉，也得到最生动、深刻的展演。他从小为了生存就得接受这种环境，并在与这种环境的抗争中活下来，为此他到处流浪，寻找生机，种过地，放过羊，打过临工，坐过牢，后来走上了文学创作道路。一路走来，他从来没有放弃过这种抗争的精神。要抗争就得有力量，无论面对残酷的自然，还是残忍的人类。其实，我最早读到的杰克·伦敦的小说是《热爱生命》，写的是一位垂死的淘金者与一头饥饿的狼，在荒原上对峙的故事，最后是人战胜了狼，回到社会。

杰克·伦敦写了很多作品，后来也因此发了财，但是他最后的日子并不快乐，他和妻子离婚，但是新欢并不令他满意，而自己心爱的女儿对此耿耿于怀，不原谅他；至于他花很多钱所修的别墅"狼舍"被一把火烧成灰烬，也对他打击不小。据说，他最后死于自杀。1916年11月21日，年仅40岁的杰克·伦敦由于服用过量的吗啡死在寓所——在这之前，他已经长时间饱受尿毒症折磨。对此，学术界有不同意见，但是，我是理解的。因为一个一生都崇拜力量、依赖力量来活着的人，一旦意识到自己已经失去了这种力量，很可能会选择自杀。

杰克·伦敦是这样，后来的美国作家海明威也是这样。

38.《情人》：那与生俱来的悲哀

勃兰兑斯在写到雪莱时，说他有一颗"就象能被水滴穿的砂石一样，有颗能被陌生人眼泪滴穿的心"。拥有这种气质的人，也应是携带着与生俱来的悲哀。像充满汁水的果实，禁不起人事的针尖轻轻一刺。我甚至认为举凡富于艺术天分的人内心多少都潜伏着这种忧郁。

从这个角度看，杜拉斯作品里此起彼伏的哭泣场面，恰好勾勒出了一系列艺术气质浓郁的人内心中占据重要地位的这一侧面。是否具备这一素质，是一个艺术家能否在别人止步的地方继续挺进的标志之一。以《情人》为例，我们如果将它仅仅从单纯的情欲角度去理解，就难免是看轻了杜拉斯心灵的深度。她依凭自己的才华探索到了人性中的绝望和挣扎缠糅的局面，这一局面具有丰富的层次，只能说爱情、情欲脱离世俗正轨比其他事物远，距离人的非理性最近，与艺术对人的释放功能类似。爱情在作品中的出现常常夺取了读者大部分的注意力，尤其是在杜拉斯这样很少直接在作品里辩解的作家的作品里。但是，如果因此把杜拉斯言说的爱情仅仅看作爱情，把肉体仅仅当成肉体，就是将这些层次过分整合乃至以局部替代整体了。杜拉斯是在写一个艺术家的爱与死，在她作品里，叙述者的作用是至关重要的，她不是个讲究零度写作的人。这种逼真的口吻的一个效果是导致人们更乐于追究她讲述的具体事件，比如中国情人到底以谁为原型，家庭关系对她生活的影响等，而对一些类似闲笔的地方不加注意。然而这些闲笔里的意味反倒是先那些具体事件而在的。

王道乾先生引用的热罗姆·兰东那段话的意思颇费人踌躇："有些人曾劝她删去某些段落，我曾鼓励她保留不动，特别是关于贝蒂·费尔南代斯的一节，这是这本书最有意趣的一段，因为这一部分表明这本书的主题绝非一个法国少女与一个中国人的故事而已。在我看来，这是玛格丽特·杜拉斯和作为她全部作品的源泉的那种东西的爱的历史。情人代表着许许多多事物……"如果能够把杜拉斯作品中看似信马由缰的絮语，把那些类似对贝蒂·费尔南代斯、对玛丽·克洛德·卡彭特的回忆的段落重视起来，把爱情、性当作她串连絮语的有形道具，就可以看到她作品中一个艺术家的形象——头顶佩戴着悲哀的荆棘，怀着被眼泪滴穿的心，辗转在海洋与陆地。我把《情人》看作和乔伊斯的《一个青年艺术家的画像》、残雪眼光里的卡夫卡、博尔赫斯作品等类似的那种文字，换一种角度就会觉得它扑朔迷离，这样阅读其实意味着把简单的问题复杂化，但这也是阅读的乐趣所在。

《情人》里的故事不是超凡脱俗的，爱情也不是。

爱恋的双方被情势所迫，不得不走到某一步，相遇的一刻迟早会降临，主人公也是可以变换的，就像玛丽·克洛德·卡彭特的衣服，仿佛那衣衫同样又可以穿在他人身上……这些衣衫无所属，没有特征。弥漫其中的悲伤则不可更易，像贝蒂·费尔南代斯的身体，"自头顶至身躯，她生成就是这样，无论是什么只要和她接触，就永远成为这种美的组成部分"。爱情里的聚散，都是衣服，在杜拉斯的悲哀里，从面目模糊变得光彩照人。这是一种化腐朽为神奇的能力，能够赋予一般的现实以艺术的美感。杜拉斯着重透露的是这一能力。爱情、情人、母亲、哥哥，都是具体的花朵，那种能力是花里花外的香味儿，是花的神韵。

这段爱情只是印证了悲伤的永恒，强化了人心的绝望。小说重要的不是讲述两个爱人如何相识如何分离，它们被穿插进作者绵绵不绝的絮语，犹豫而又不可抗拒地走向命运，也就是此在的忧伤。关键在于杜拉斯的女人在遇见情人之前就已经沉溺在悲哀里面了，"我说这种悲戚忧伤本来是我所期待的，我原本就在悲苦之中，它原本就由我而出，……我认出它是与生俱来，我几乎可以把我的名字转给它，因为它和我那么相像，那么难解难分"，直到它成为一种愉悦。与这种悲哀紧密相关的，是背后的个人历史和此刻的暂时倾诉，以及未来一如既往的悲哀。我们无法将故事单独拎出来，它如果脱离了威胁着主人公的河水、市声喧嚣、蓝的夜、热得可怕的空气，就难以产生那样蛊惑人心的魅影。杜拉斯把混合着各种气味的意象令人窒息地弥漫开来，然而它们都是错位的，并不造成尖锐的冲突。"我"的母亲和哥哥都因其真实而可爱，有谁能说是他们酿成了"我"眼里的悲伤？不如说他们在世俗层面之外帮助我尽早接近真相，对生存的荒诞能够直视，也敦促她在情人的肉体里更淋漓地飞翔。

我直觉到杜拉斯心里有一个永恒存在，尽管生活本身是破碎不堪的。人影如鬼影，人语如沙漠上说的语言，"噪声持续不断"。这个永恒就是她身为艺术家的天分、才华以及对这些的自觉。她的人物好像是用无穷无尽的痛苦折磨自己，他们生存的欲望太强大，因此就对压制生命力的各种事物反应格外敏锐，死感也特别强烈，这种死感有时是凭借类似堕落和无耻的方式表现出来的，但我们仍然能看到她的堕落总有一种幻想和飞升的姿势，能使她达到永恒的阶梯则是欲望。欲望不是情感，针对性不至于很强。重要的是被欲望烧灼的痛楚，而不是具体的哪一个人的灵魂，哪一个身体。就像中国男人所说的十七岁少女所爱的"只是爱情"，他觉得自己被骗了。在灵逸面前，单纯的懦弱、对肉体的执着是远远不够的，他因此难以捕捉到女主人公袅袅的心神，只能被她纳入走向永恒路上的一场回忆，沉默要么哭泣。

用欲望来弥合生活与永恒之间巨大的裂缝，伤口一样触目的裂缝。这欲望的对象也可能是女人。在她这里，欲望有时候就是永恒。你拿道德、文明、理智来约束劝诫都反倒可能把人拽离永恒更远。

值得注意的是女主人公对海伦·拉戈奈尔的情感。她希望把后者带到中国男人面前，"让他对我之所为也施之于她身……让她按我的欲望行事，我怎样委身她也怎样委身。这样，极乐境界迂回通过海伦·拉戈奈尔的身体，穿过她的身体，从她那里再达到我身上，这才是决定性的"。"我看她所依存的肉身和堤岸那个男人的肉体是同一的"，而"那个男人使我获得的欢乐是那么抽象，那么艰难痛苦"。

海伦的无知可以任人涂抹，她的肉感与童稚如鲜花怒放，这种状态与中国男人的闭敛、瘦弱、固执的懦弱形成对照，但是我两者都要。海伦也是我的情人。

我们一方面可以这样理解：在单独承受这种欢乐的时候，我因身陷其中而难以完全接收到它的所有侧面。海伦作为另一个我去领会欢乐，我获得了精神的旁观身份，旁观有时比身在其中更真切地获知。在情境当中，人的感知极可能被汹涌的快感投入迷眩之中，毫无自主能力，反而显得抽象。分身之后，人可以有余裕去领略未被裹挟的冷静，感受也因此具体起来。在笼罩一切的迷狂中，人只会颤抖；在旁观状态，人才有精力去观察。海伦的中介作用，使得"我"与"永恒"之间的联系不再那么飘渺难寻，"我"可以看着自己接近永恒。

"中国"这一词汇在文中出现了多次，但它更接近无名，是个难以命名、无法理解，永远处在想象能力之外的环境，中国人的语言则是沙漠里的话。也因为他的沉默，"我"可以任意发挥，即使完全无法沟通，这一情味，与永恒相似，它是微茫的。从这样一个地方来的男人，总归要回去，与他的邂逅，在适当的情势下推动"我"在悲伤里沉沦渐深。以文化研究手法去解读这一"中国人"角色，估计反倒把事情具体化了。爱情也是道具，情人又怎么可能是实体呢？

爱情既然只是通向其他事物比如永恒的一个途径，也就难怪杜拉斯常常念叨起情人之外的那些人与事。好比一幅画，悲哀是笼罩一切的背景，爱情是背景前的一朵山花怒放，这背景前还活动着不少事物，和爱情几乎平等，有时会令人因关注它们而忘记了爱情。比如对贝蒂·费尔南代斯的回忆。这些类似的文字，让我仿佛看到出神的女人杜拉斯，难以自抑地要旁逸斜出，除了压倒所有事物的悲哀，想到哪里就念叨到哪里。

39.《安娜·卡列尼娜》：真诚不可回避

凡是读过列夫·托尔斯泰的《安娜·卡列尼娜》的人，都不会忘记安娜最后走向死亡的那段情景。这位多情善感的女人，经过一场激动人心的爱情洗礼之后，终于无法再忍受俗世虚伪矫情但冠冕堂皇的生活，最终将自己的生命抛入转动的火车车轮之下。

其实，安娜大可不必去自杀的——也许很多人会这样惋惜，如果她能够继续忍受那种虚伪的家庭生活，如果她不在乎自己的感情和追求，如果她无所谓灵魂的真诚与否，她大可以继续苟活下去，甚至会自得自乐，完全不必自己走向生命的终结。

很多人也会把她的自杀归罪于渥伦斯基，那个打破了她平静生活，但是最终并没有给予她另一种平静，唤起了她的爱情但是并没有给予她婚姻结局的人。但是，情况并非如此，安娜是为爱情而活着的人，并不是仅仅为渥伦斯基而活着，甚至没有爱情她也可以活着，像一朵枯萎的花朵，没有生气的树木。因为这时她的灵魂还没有觉醒，还没有意识到什么是不可或缺的东西。而当她一旦改变了这种情景，一旦意识到自己灵魂中某种珍贵的东西必须失去，必须被压抑，她就觉得不可忍受了。她是在最后的灵魂搏斗中走向自杀的。因为她能够不顾一切、逃避一切，但是不能不回避和消灭自己的真诚，尽管真诚有时候夹带着一种罪恶感；这种罪恶感会使一个人成为规范和虚伪生活信条的奴隶。而这时最后能够摆脱这种罪恶感的就是自杀。

真诚确实是不可回避的，因为它常常来自人的自然本性，是你无法消灭的，它就和你的生命在一起，任何人都不可能超越它；而你一旦有了罪恶感，就意味着你的灵魂发生了分裂，从一个完整的人中生出两个对立的生命，互相矛盾和控制。人都是自己被自己统治的，因此在一定意义上都是自己"灵魂的奴隶"。但是，也有不愿做奴隶的人，他们既不能获得一个平静和谐的灵魂，又不堪忍受另一个分裂的灵魂互相厮打，既不能屈从于世俗道德的约束，又不能消灭和克服其带来的罪恶感，那么，最终只有就连同自己的生命一起毁掉。

这就是真诚，是活生生的人的真诚，是一连串灵魂的挣扎、生命的突围和义无反顾地走向死亡。所以，安娜是真诚的，托尔斯泰更是真诚的。很多年之后，当老托尔斯泰最终离家出走，客死在一个乡村小火车站上的时候，他是否也想起了他笔下的安娜？是否也想起和安娜一样，等待一列疾驰而过的火车，自己投入轮下？也许是的。可惜他太老了，而且病痛加深，已不可能等到那一刻，或许根本无力再走到铁轨旁边。

我想托尔斯泰临终前会想到安娜的，而且他和安娜一样因不愿回避自己内心的真诚而出走，但是他却少有安娜那种内心的罪恶感，因为他出走就是一种内心与虚伪的诀别，他不能再忍受与自己内心追求背道而驰的生活。不愿意内在生活和外在生活相背离，自我的真诚不能流于言辞或者隐藏在虚伪之中。这意味着一种不能原谅的人生。

真诚不可回避，这就是托尔斯泰作品中一贯表达的事实，这种坚持不仅是一种内心的煎熬，而且最终意味着一种决绝——因为人们不能不活在一种相互包容和将就的关系中。所以，人完全可以没有真诚或违背真诚地活着，但是这毕竟是一种妥协和遗憾，意味着自己否定自己，忍辱负重，一种苟且偷生的人生。

或许只有在艺术中，才能展现和留驻这种人类痴心向往的真诚。

40.《高老头》：被金钱出卖的父爱

很多读过巴尔扎克的人，都会为其名著《高老头》中主人公最后悲惨结局洒下泪水。这位具有人们"从来没有见过的那种慈父的热情"的高里奥老头，爱自己女儿"胜过上帝爱人类"，把自己为之奋斗的一生都给了她们，但是当他穷途潦倒贫病交加之时，却被自己心爱的女儿所抛弃，以至于临死前想见自己女儿一面都不可得。

巴尔扎克一生穷途潦倒，一段时间还负债累累，他对于一个正在来临的全面商业化、金钱化的社会，有着深刻的体验，对于金钱的罪恶更有切身之痛，所以，把巴尔扎克看作是资本主义制度和金钱社会的诅咒者是合情合理的。在巴尔扎克笔下，所谓传统人际关系的"温情脉脉"，所谓人类道德"永恒的父爱"，都被万能的金钱，被耀眼的金银珠宝解构了，出卖了，最后所能赢得的，也只有外省青年拉斯蒂涅的最后一滴眼泪——而这又是一滴再也不相信真情，再也不相信巴黎还有真正的"人类天性"和"美好感情"的眼泪，也是任何一个现代青年步入社会——如同一座监狱、一个斗兽场、一种彼此厮杀和吞噬的原始丛林——的必修课。

确实，高老头是值得同情的，因为他毕竟是一个如痴如狂爱着自己女儿的父亲，不管他的女儿如何使他伤心，使他难堪，对他如何不公平，他都从不计较。尽管高老头一生纠缠在金钱之中，把金钱看得重之又重，为了金钱不择手段，唯利是图，但他毕竟心中还有自己的女儿，还有比金钱更高尚的父爱。但可悲的是，尽管高老头生活在一个金钱万能的社会，尽管他把自己的金钱全部都花在了自己的女儿身上，但是他还是没有得到理解，他的父爱仍然被两个女儿嗤之以鼻，被抛弃被玷污了。

难道金钱不能体现真情？难道金钱与感情的关系就是这么残酷，这么水火不相容吗？金钱和真情的关系是多么微妙，多么复杂啊！有时候它们是那么近，甚至难解难分。能够舍得出金钱至少可以证明对感情珍惜，而在困难的情况下，一分一厘的捐助不也是才看到一片真情吗？然而，金钱和真情有时又是离得多么远啊，甚至有可能是冤家对头，绝无相通之处。因此才有金山银山换不来一丝真情，金钱珠宝抵不住一颗真心。真情确实是无法用金钱来衡量，来支取和维护的。

　　也许高老头的悲剧就在于此。他无法逃出那个金钱社会的法则，无法超越金钱万能的意识，因此也无法找到表达和实现自己父爱的更多的方式和途径。或许在他看来，金钱是最好的，唯有金钱才能表达自己对女儿全部和无私的爱；他的女儿也最配得上金钱，因为她们最需要的，唯一需要的就是金钱，她们有了钱就会拥有和享受一切，就会永远感激自己这个父亲——因为是他这个拼命挣钱的高里奥老头给了她们一切。

　　显然，他的女儿并没有背叛他，因为她们对父亲金钱万能、金钱就是一切的观念心领神会，从小就有了深刻的理解。也许她们从小就不知道，也没有感受到什么真正的父爱，她们所知道和所得到的仅仅是金钱，所以她们所感觉到的是得到金钱的快乐，而不是父爱的幸福和温暖。因此，当她们能够源源不断从父亲那里得到金钱的时候，她们也许会感到这种父爱是存在的，有意义的，而一旦不再能够得到金钱的时候，高老头那里也就没有什么父爱了。因为当金钱成为体现父爱的唯一形式的时候，她们再也无法想象还有以其他方式存在的父爱了。

　　确实，高老头的父爱是被她们所深信的金钱出卖的。金钱自信自己能换取一切，所以就能出卖一切，高老头把自己一生，把自己的全部感情都托付给了它，并指望它能换取一切，结果等到所有的金钱都失去的时候，自己也就失去了一切，就像一个被挤干的柠檬空壳一样被"扔在街上完事"。其实，在现代社会中，很多人继续上演着高老头的悲剧。他们太相信金钱，以为大把大把地花钱和用钱就能买住别人的心，获得别人的情，结果被欺骗，被耍弄，被出卖。他们也像高老头一样感到冤枉，想到不公平甚至感到愤怒,但是他们还是不明白自己在哪里犯了错,发了傻。

千万不要把一切都托付给金钱,特别是自己的真情,尽管金钱确实能够表达真情,生活不能不在乎金钱,但是金钱一旦掌管和代表了一切,它就能轻易地出卖一切东西,包括你的真情。

41.《红与黑》:"野心"有时是人性的陷阱

《红与黑》是法国著名作家司汤达（1783—1842）的代表作，它的成功就在于为人们塑造了一个独特的人物形象于连。

于连虽然生活在 100 多年前，而且在作品中已经命归黄泉，但是他的身影和灵魂却似乎一直活跃在人类生活的各个角落，人们稍不留神就会在变化着的街市上，在川流不息的人群中发现他，特别是在变幻中的中国，于连的影子不仅没有因为国度的遥远和时间的流逝而淡化和远去，反而显得愈来愈清晰和亲近了——也许这正表现了文学艺术的魅力。

为什么会这样呢？回答肯定是多种多样的。但是，无论从哪个角度入手，人们也许都不会否认于连的悲剧命运打动了我们，而这种命运在某种程度上就环绕在我们周围，与我们中很多人的性格、选择、期待和惧怕密切相关——因为于连和我们中的很多人一样出身贫寒，没有什么资历和背景，但是他有自尊，有野心，希望改变自己的地位和身份，他不但激发了人们的欲望，而且给这种欲望的实现提供了种种现实的可能性和榜样的力量。

人是欲望的动物，人类永远无法回避野心，就像无法不同情于连一样。难道有野心有什么不对吗？难道希望改变自己既定命运和处境的志气和勇气有什么不对吗？世界"广告大王"奥格威曾说，他对自己属下品质的第一要求就是"要有野心"，拿破仑说不想当将军的士兵就不是一个好士兵，在如今的世界上谁不想成为比尔·盖茨？说穿了，野心就是志气，就是勇气，就是推动这个世界前进、改变人类状况的最大动力，正因为千千万万有野心和有勇气实现这野心的人的不屈不挠，顽强拼搏，才使人类世界如此有活力，如此变幻无穷，如此有魅力。而于连的令人感叹、令人难以忘怀之处，就是他的野心，他是一个有欲望的、活生生的人；即便自己出身低贱贫寒，但是仍不向命运低头，不向既定的社会等级制度屈服，他要搏一搏。

但是，人类又为什么经常害怕自己的野心，并通过各种方式谴责、遏制和打击这种野心呢？

问题是野心来自何方？你的野心会不会与你的本性相一致？因为很多人的野心是一种在畸形生活中滋生的报复心理，只是因为他在生活中受到压抑太多，所以期望自己能迅速改变自己的处境和地位，把同样的痛苦还给社会。这样，他在实现自己目标过程中，尽管可以不屈不挠，但是却丝毫品尝不到拼搏的快感和胜利的喜悦。

如何实现自己的野心（这里最好把它理解为志气），更是一个需要认真思考的问题。这在于连的时代——充满各种不同价值观念和阶级利益的冲突，权力和财富都在重新进行分配——是一种充满变数的选择。这对于一个出身低贱和贫寒的人来说，尤其是一个挑战。因为实现野心的过程，不仅是一种拼搏，更是一种交换。如果你身无分文，又没有可供你依赖的其他资源，包括家庭提供于你的地位、金钱、权势和背景，你就得依靠自己的知识、才华、能力等能够满足别人需要的东西来赢得自己的地位，获得自己渴望的资源。这当然是一条漫长和艰苦的道路，必然要付出比一般人更多的艰辛和代价。对于当时的于连来说，这条道路并非不存在，但是他出于自己的野心及受压抑的心理而不愿接受。于是，他不得不付出超出自己能力范围的东西来实现自己的野心，而这，就是自己的灵魂和人性；他甘愿充当别人的工具，处心积虑地以自己的人格来换取自己所不拥有的资源，而这，又正是当时拥有权力和财富者们所能收买的最大价值——人及人性。

然而，很多人却没有看到这"野心"后面人性的悲剧。他们只是把于连看作是一个极端的个人主义者，他为实现自己的野心而孤军奋斗，与社会环境产生了冲突；却没有注意到他因此而付出的"自我"。例如，他原本极其厌恶官场的腐败，但是为了自己往上爬，他效仿和追随他们；他曾经痛恨以强欺弱，为富不仁，但是为了出人头地，他不惜把别人踩在脚下；他所追求的爱情更是出于一种"征服"心理，或者就是为了实用，不择手段……这一切，正是我们在社会财富和权力面临新的转换时期所经常看到的人生万象。不幸的是，于连失败了，但是这并不意味着所有类似于连的人物都会失败，他们中的很多人确实成功了，他们不但改变了自己的命运和地位，成了大款、显贵和暴发户，还继而改变了社会及其权力财富资源的分配，但是唯一不能改变的就是他们走过的道路和付出的灵魂；他们最终还是于连，还是那一群永远不能享受，甚至不再具有人性和人生满足感的人。

所以，野心有时就是人性的陷阱。关键在于你用什么滋养你的人性，实现你的人生理想。尤其当所有的资源都掌握在权势者手中的时候，尤其是在一个人连基本生存和发展权力都不能保证，必须付出人性来交换的情况下，他们会用一切手段和机会来诱惑你，一点一滴地获取你的良心和灵魂，一步一步把你全部"买"去。这也许就是你飞黄腾达之时，丧尽人性之日。

42.《红字》：无法抹去的原始印记

《红字》①（The Scarlet Letter）是美国作家纳撒尼尔·霍桑（1804—1864）的著名小说，在中国流传甚广。据说，霍桑对"灵性"特别感兴趣，所以在他的作品中出现了许多神秘、隐秘的意象，其中蕴藏着作者对人、自然及其命运的特殊暗示和触及。在《红字》中同样存在着这种特色。作者把"红字"作为书名，不仅表现了某种特殊的社会习俗和想象，而且体现了作者对这一特殊现象的深刻的心理透视；在其耻辱的征象背后深藏着人性、人类文化的原始奥秘。也许正因为如此，作品中女主人公海丝特·白兰面对众人气势汹汹的责难才能守口如瓶，当人们要求她说出孩子父亲才能去掉胸上的红字时，她大声回答："那烙印太深了。你们除不掉它的。"（第20页）

为什么"除不掉它"？这个"太深"又意味着什么？这是解读这部小说的关键。作为一部主观性、抒情性很强的小说，《红字》中很多对话和谈话背后具有强烈的双重意味，既一方面发自人物的内心，表达着人物具体的思想感情，同时又隐含着作者的寓意，企图传达出作者对某种"灵性"的思考和接触。海丝特的这段话当然包含着自己独特的情感体验，其中的"太深"表达了她对自己情人丁梅丝代尔牧师的爱意；但是从更深的层次来说，这个"红字"来自人性的深处，原本就是人性、大自然灵性的一部分，是谁也无法从人类生活中抹去的。

真正的艺术就是帮助人们了解自我，而这个自我往往被各种文化的表

---

① 《红字》，[美]霍桑著，侍桁译，上海译文出版社，1981年版。

象，包括意识形态、道德观念的话语、说辞甚至逻辑所遮蔽，尤其在今天，各种"知识爆炸""信息爆炸"扑面而来，人类被包围了，掩埋了，弄糊涂了，根本无暇去认知自己，不知道自己本身是什么，内心深处是什么。由此，阅读《红字》，在某种程度上也是不断触及、领会和理解这个"烙印"的过程。就海丝特·白兰来说，她能够在极其屈辱的情况下坚持活下去，还在于她意识到这个"烙印"不仅"太深"，而且在每一个人心头都有——无人可以逃避。她表面上生活极其孤独，但是内心却有一种自信的倔强。正如作品所揭示的那样，她感到痛苦，但是内心并不服从；她感到有罪，但是并不以为她独自一个人在犯罪。因为"那个字母使她对于旁人心胸中隐藏的罪恶有了亲切的认识"，因为"如果到处都揭穿实情的话，在海丝特·白兰之外，许多人的胸上都要闪耀出那个红字来的"。（第38页）所以，作为一种世俗罪恶的标记，却赋予了这个女人更透彻的人性的眼光，使她能够在各种各样道貌岸然的面具之下，看到人们内心深处隐藏着的同一种火焰——"她闪耀得非常明亮"。

这是红字给予海丝特的"新感觉"，更是作者在生活中发现和感悟到的新奥秘。但是，要真正揭示出这个"烙印"的底蕴，真正回答"它从何处来"，并不是一件容易的事。对海丝特来说，独自承担的不仅是红字的耻辱，还有对于下一代命运的责任。她不止一次地从自己女儿珠儿身上感受到这个"烙印"的无可回避。海丝特之所以坚持活下去，就是为了自己的孩子；而之所以要坚持这种"爱"的责任和信念，则完全出自一种自我生存、认定和发展的本能，因为她在珠儿身上感受到了自己，更加绝望地体验到这个"烙印"的存在。这种感受和体验是如此细腻和敏感，以至于作者在描述它们的时候时常流露出怀疑、恐惧甚至惊骇的口吻。作者似乎相信，"这个小动物，她的纯洁的生命，秉承着不可测知的神意，从一种茂盛的罪恶的热情中，开放出一朵可爱的不朽的花"，但是同时又不能不面对一种罪恶感的延续，海丝特不能不"一天又一天，她恐惧地看守着这个孩子成长起来的秉性，总在担心会发现一种阴暗狂野的特质，而和那产生她的罪恶相应和"。（第40—42页）

实际上，海丝特不仅从周围的人身上，更从自己的女儿身上一次又一次印证着这个"红字"的存在，而它的中心词可能就是"狂野"——也许在作者的心目中，这就是"生命的原质"，它美丽而光辉，但是又使人感到危险和恐惧。所以，海丝特才如此敏感和恐惧地注视着自己孩子天性的发展和流露，"她从珠儿身上可以看出她自己那种狂野、绝望、反抗的气氛，那种轻浮的性质，甚至可以看出那隐伏在她心里的忧郁绝望的阴云。这些性质现在由小孩子气质中的晨光闪耀着，将在将来的人生中，时时会产生出暴雨和旋风"。（第42页）而更为绝望的印证在于，即使对珠儿这样的孩子，无论用什么方法，都不能抹杀、除掉，甚至从表面上完全控制这种"烙印"，为此海丝特采用过了严格的管束、哄骗斥责、命令、劝诱或乞求，但都毫无用处。不管海丝特把珠儿怎样称呼和想象，妖精、魔鬼、鬼怪、恶魔的精灵，都无法否认珠儿是一个健康的孩子，她是爱的结晶，她懂得爱也需要爱。

不仅如此，珠儿还是一种象征，作者从她身上直接触及"红字"最深的根源，进入了原始的旷野、荒原和异端的森林，体验到了人性与自然最深层的联系。下面一段就是珠儿的特殊经历：

> 当母亲同牧师坐着谈话的时候，珠儿并没有觉得时间过得厌倦。那座阴暗的大森林，虽然对于那些把人世罪恶与烦恼带到它胸怀里来的人们显得严峻，但对于这个孤独的婴儿，却尽其可能变成了她的游伴。它虽然是十分阴沉，却露出了最亲切的心情来欢迎她。它送鹧鸪莓子给她吃，那是一个秋天长出来到今春才成熟的，眼前在枯叶上正红得象血珠一样。珠儿收集了一些，闻着野生果子的香味，很是喜欢，旷野间的小生物，差不多都不肯费事从她的行径上避开她。一只鹧鸪鸟，率领着十只小雏，确曾凶猛地向前冲，但是不久就后悔它的凶猛了，同时招呼着她的几只小雏不要害怕。独自停在低低树枝上的一只鸽子，听凭珠儿来到它的下面，发出一声又似欢迎又似惊骇的呼声。一只松鼠，从它居住的高耸的树顶上，不晓得是发脾气还是欢喜地叽叽咕咕，因为松鼠原是一种脾气不定而滑稽的小动物，所以很难

摸清它的心情，它就这样对孩子叽叽咕咕着，并投下一颗栗果在孩子头上。那是一颗去年的栗果，已被它锐利的牙齿咬过了。一只狐狸，因为她踏着落叶的轻轻的脚步声，从睡眠中惊醒过来，它疑虑地端详着珠儿，仿佛正拿不定主意，是偷跑掉好呢，还是在原来的地方重新睡觉。据说——故事说到这里，真是愈来愈无稽了——还有一只狼走上前来，嗅着珠儿的衣服，要她用手拍抚着它那野蛮的头呢。不过，实际上仿佛是，森林母亲与它养育着的那些牲畜，全都在这个人类的孩子身上，看出和它们一脉相承的野性来。（第153页）

在许多交织着痛苦和欢喜的描述中，这完全是一种诗意的童话境界，犹如梦境，这里洋溢着伊甸园的和谐，人与自然，与自然中所有的生物亲密无间、和睦相处，尤其是那只狼的出现，能够把人们带回悠远的原始岁月，带回到罗马森林中母狼的身旁。而也许只有在这里，才隐藏着使海丝特感到心醉神迷的"喜悦的神秘"，才是亚瑟·丁梅丝代尔眼中最后闪耀着的光明，才是读者能真切感受到的这个烙印"太深"的含义。

这个"烙印"还会唤起人们对欧洲古代神话传说的记忆。据说，一个人如果被人狼或吸血鬼所蛊惑，或者本身就是具有这种遗传，身上就会出现某种印记或者烙印。这在民间至今还可以找到很多证据。例如，司汤达在《意大利遗事》就记述过，意大利人就曾把一种皮肤癌称之为"母狼"。据说生活在16世纪的著名的帕奥洛·吉奥尔达诺·奥尔西尼公爵，就得了这种病，所以教皇特意免除他觐见时下跪。而他的肥胖、贪婪和荒淫无耻当时也是有名的。甚至在中国，也有类似的说法，人们把一些恶性皮肤病称为"狼疮"。所不幸的是，这种历史的记忆已经被扭曲了，由于文明的进展，人们对野性的来源不仅感到陌生，而且分外恐惧了。

所以，也许只有珠儿才能真正领略这个童话境界，因为她还是个孩子，身心还没有完全被社会法律和道德网络所束缚和禁锢，所以能够自由、自然地接受和接触自然；而对珠儿父母来说，他们已经远离了自然、纯洁的时代，所以在回归自然、人性过程中，他们的身心不能不时常与魔鬼打交道，内心承受一种罪恶感。"与魔鬼打交道"，不仅成了人们生活的一种常态，而且也是理解人性，接近灵性最直接的方式，因为当人心中存在着各种"魔障"，人性已经被烙上罪恶印记的时候，解放人性就不得不接近恶魔，与恶魔遭遇，接受魔鬼的窥视、挑战与审判。在作品中，作者就是通过一对特殊的人物来体现这种方式的——亚瑟·丁梅丝代尔和罗格·齐灵窝斯，前者是海丝特的秘密情人，后者则是她的合法丈夫。就作者的意念来说，他们的相遇不仅代表一种人性与魔障的搏斗，而且是撒旦与上帝的一次新的较量："那就是说，亚瑟·丁梅丝代尔牧师也象基督教世界中各时代的其他许多特别圣洁的人们一样，不是遇到撒旦本人就是遇到撒旦使者扮装成老罗格·齐灵窝斯的模样，来磨难他了。"（第76页）

因此，永远无法抹去的印记，其实意味着永远无法消解和消失的内在搏斗。

43.《金枝》：追寻人与自然的缘分

人类从哪里来？这是人类自我认识的深层欲望之一，其中隐藏着人类精神意识的秘密。

"金枝"作为一个具有神秘意味的词语，据说最早出于罗马诗人维吉尔（前70—前19）的史诗《埃涅阿斯记》。埃涅阿斯是希腊传说中的英雄，他在特洛伊城陷落后，身背父亲，手牵儿子，逃离家乡。父亲死后，他根据一位女神的指点，折取一截树枝，借助它到冥界请教自己父亲的灵魂。而《金枝》的作者更关注的是罗马森林女神狄安娜神庙的传说及其习俗。按照习惯，神庙的祭司要全力守护最近的一棵繁茂的圣树，不容许任何人折取它的枝叶，因为任何人折取了树枝，就意味着有权利通过决斗杀死祭司，并取而代之成为新的"森林之王"。所以，圣树上的树枝，即所谓"金枝"。作者就此提出了三个问题进行探讨：1. 为什么祭司在就任这一职位之前，要杀掉他的前任？2. 为什么在杀掉前任之前，要折取一节"金枝"呢？3. 为什么狄安娜神庙的祭司还有一个"森林之王"的徽号呢？

首先是关于人与自然关系的确认。

这部巨著（中译本正文1001页，外加203页注释）就是由此展开的，作者詹姆斯·乔治·弗雷泽（1854—1941）研究了大量世界各地的神话传说和生活习俗，带领读者进行了一次罕见的神秘文化之旅，最后又安然地回到现代文明的生活中。至于结论和答案，相信每一个读者都会获得自己的那一份。

我喜欢作者的提问。正如所有人类学者都难以回避的一样，弗雷泽的探讨也建立在如此一种假设之上,即,在原始人的心目中,世界在很大程度上都是受某种超自然力量支配的。这种超自然力量就来自各种神灵,并且通过各种形式和形态表现出来,例如,植物、动物,甚至化身为肉体凡胎的普通人,于是就有了人们各种各样的巫术和神灵,有了与神灵各种各样的感应、交流和对话的形式,有了各种各样的神话传说。显然,无论作者如何努力,弗雷泽所选取的这个狄安娜森林女神仍然是"中间环节",也就是说,她是从更远古的神话传说中走来的,还要继续向不知名的未来走去,而且很难预测将来的变化。从各种各样的神话传说的演变来看,从宇宙天象之神(如日神、月神、风神等),到植物之神(如森林之神、花神、药神等)、动物之神(如狼神、狮神、鸟神),从单一之神(如日神、狼神),到综合之神(如龙神),最后到各种"人神",似乎经历了一个相当纷繁复杂的文化变迁过程。即便到了如今的"无神论"时代,这种变迁仍然没有结束,各种神灵的阴影和幻影依然无处不在,深刻影响着现代人的生活。

按照弗雷泽的理解,"在那些年代里,笼罩在国王身上的神性决非是空洞的言词,而是一种坚定的信仰。在很多情况下,国王不只是作为祭奠,即作为人与神之间的联系人而受到尊崇,且是被当作神灵。他能降福给他的臣民和崇拜者,这种赐福通常被认为是凡人力所不及的,只有向超人或神灵祈求并供祭品才能获得"。[①] 这种情景不仅表现在"人神"方面,也同样出现在动物神祠之中。至于"森林之王必须杀死前任"的现象和习俗,不仅表现在人与动物世界阔别的文化觉醒之中,而且一直贯穿于人类历史的演进之中,可以用弗洛伊德的"弑父杀母"的情结进行演绎。现代的统治者同样是用"先进推翻落后""一个阶级推翻另一个阶级"的暴烈行动实现改朝换代的。

因此,把宗教首先看作是一种对于神灵、对于超自然力量的信仰是有

[①] [英]詹·乔·弗雷泽:《金枝》,徐育新、汪培基、张泽石译,北京大众文艺出版社,1998年版,第18页。本文所引原著皆为此版本。

一定理由的。就此来说，巫术是一种无意识的宗教，而宗教则是一种自觉的巫术；前者是无体系的，原始的呓语，而后者则是一种有体系的、理性的信念。宗教与巫术之间的冲突和争斗，尽管同样势不两立，但是往往只是一种"天子与诸侯""朝廷与土匪"的关系。但是在这方面，弗雷泽无疑与我有不同看法，他强调了宗教对于有意识的、具有人格的神的力量的崇拜，在某种程度上夸大了巫术与宗教的冲突，以及巫术与科学之间的一致性。

其次，关于植物神与人神之间的关系引起了我的注意。遗憾的是，弗雷泽在对神灵的浏览和研究中，在很大程度上忽略了对动物神祇的关注，他几乎是从植物神祇跳跃到了"人神"，而把动物神祇仅仅作为一种点缀或者陪衬。所以，当神灵中的森林女神与人间的"森林之王"达成默契时，并没有森林中的动物前来祝贺。我一时还很难断定其中的原因。也许弗雷泽是一个虔诚的基督教徒，所以在有意无意之间为宗教的神圣意义辩护，因此忽略了对动物神话及其英雄崇拜的探讨。

不过，书中还是有许多论述和资料引起了我的兴趣。例如，在新几内亚的印第安文化中，"据一位土著解释说，美拉尼西亚的酋长们享有权力，完全是来自人们相信他们与魔鬼来往，并能够凭着魔鬼产生的影响去支配超自然的力量"（第129页）。关于这一点，我们完全可以从有关狼和龙的崇拜中得到证明。比如北美印第安人经常通过"狼舞"来和自己的祖先沟通，他们的酋长也往往是巫师，可以通过某种特殊的方法与神灵对话，并得到神灵的指点；而中国的皇帝以天子自居，把自己当作神龙下凡，使"天人合一"的理念成为现实。而在印度，至今还有众多的"人神"，供虔诚的教徒顶礼膜拜。所以，在"化身为人的神"之前，或者同时，还有一种重要的"化动物为神"的现象。对于原始人来说，某种动物或者可以与之沟通的人，不过是一种超自然力量的显现或象征而已。由于这种动物可以通神，并且可以与人相通，所以酋长或巫师可以取得神的化身的声誉和权力，并逐渐形成一种习俗或传统，集中体现人们对于自然力量及其规则的认识。

这就是"神灵附身"现象的产生。这在各个民族的文化生活中至今流存不息。所谓巫师、术士、通灵者往往充当与神灵沟通的角色，其状态也极其相似，例如通灵时身体剧烈颤抖，几近疯狂，甚至四体抽搐，身躯变形，口歪鼻斜，面目狰狞，两眼圆睁，满地乱滚，口吐呓语，喊出神灵的旨意。这种情景至今还缺乏令人信服的科学解释，有人把这种现象归结为一种催眠的效果，有的干脆指责为"骗人的把戏"。

但是，原始人并不这么看。他们相信信念，相信自己与大自然之间形成的某种特殊的联系，并且把这种联系的紧密程度归结于自我内心的坚持。所以，至今在中国民间还流传着所谓"信则有，而不信则无"的观念。而《金枝》使我们看到的另一重意义在于，无论是植物、动物或是人神，从巫术到宗教信念，都代表着一种权力或权威意识，所以神祇的变迁在某种程度上也反映了人类权力意识和机制的变化。例如，罗马总共有8位国王，但是除了第一位国王还自称是母狼的后裔外，之后的罗马逐渐丧失了母狼的信仰。罗马的平民和奴隶在仲夏节（Midsummer Day）狂欢酣醉，纪念幸运女神福琼娜，而不再去膜拜母狼的雕像。至少在历史记载上是如此。同时，根据古代传说，罗马第一任国王罗慕路斯不得善终，最后是神秘失踪的。这似乎和狼崇拜习俗的消失有着某种神秘的联系。

另外，关于对灵魂问题的探讨确实令人着迷，因为这也是一个人类如何进行自我确认的问题。尽管人类生活已经发生了重大的变化，但是关于灵魂的观念依旧是人类精神的核心，依然是构筑如今这个所谓"人的世界"的主要因素。灵魂把人们联系起来，把每个人带到人间，送到阴间，永不停息。在《金枝》中有如此一段叙述很有意思："一位欧洲传教士对一些澳大利亚的黑人说：'我不是像你们想象的那样是一个人，而是两个人。'那几位黑人听完大笑了。这位传教士继续说：'你们爱怎么笑就怎么笑，不过我告诉你们：我是两个人合成为一个人的；你们看到我的这个身躯是一个我，在这个身体里面还有一个小我，那是看不见的。这个大的身躯死亡时，小的身体就飞走了。'对于这一点，一些黑人回答说：'是的，是的，我们也都是两个，我们胸中也有一个小我。'在问到人死后小我到哪里去了的时候，有人说它到树丛后面去了，也有人说他到海里去了。还有些人说不知道。"——可见，在灵魂问题上，生活在原始状态的人与现代生活中的人没有大的区别。

问题是灵魂以及与之密切相关的身心分离观念的产生，对人类到底意味着什么？

从种种有关灵魂的原始习俗和观念来看，至少有一点是确定无疑的：人们对灵魂的确定，实际上是对自己生命价值和意义的确定，由此人们有了认定自己另一种脱离肉体的生命存在的见证和想象；而由于这种想象及其对灵魂的看重，人们产生了永恒和不死的观念，它们高于肉体，比肉体更重要。这就是文化的起源。文化起源于人类的灵魂观念，起源于一种人类想象中的能够占据肉体、给肉体以生命活力和意义的存在。所以，人们可以把肉体设想为"躯壳"甚至"臭皮囊"，能够设想被不同的灵魂占据，能够在各种不同的文化条件下舍弃肉体的生命，以换取精神的永恒存在。

这种观念也使我们重新考察神话传说的意味。例如，灵魂漫游是很多民族神话传说中的共同主题，今天仍然是各种虚构性艺术创作的基础。在古老的传说中，一个特定的漫游的灵魂可能会误入各种不同的躯体之中，可能是树木、花朵、公羊和国王；而现代作家可能有意识地深入到各种不同的灵魂之中，体验不同的生命存在。在人类想象的本质上，这两者之间并没有多大的区别。所以，最好的有深度的现代作家决不会忽视神话传说的秘密，最好的艺术作品也往往具有神话传说的魅力。

这里或许还包含着人类的忏悔意识，因为在人类神话传说和习俗中，存在着各种各样惩罚"替罪羊"或"替罪人"的仪式。例如在古罗马，每年3月14日，就有一个人披着兽皮被人牵到街上游行，人们用白色长棍打他，把他赶到城外。这个人被称为"玛尔斯"（Mars），即罗马神话中的战神和农业之神。如果我们想象玛尔斯就是狼的化身的话，那么人们是企图通过这种仪式来洗清战争的血腥，把人类的罪过转移到被抛弃的神灵身上。这样做，人类的野性仿佛就被替罪人承担并带走了。

在原始人类生活中，存在着一个野蛮和血腥的阶段，这早已被大量的考古发现所证实。问题是人类是如何摆脱那个时代的，又是如何面对自己过去的。而更残酷的事实在于，人类尽管早已摈弃了过去的野蛮习俗和意念，但是并没有消灭战争及血腥的世界，野性的"玛尔斯"仍然不断显身，并点燃人们心中暂时被熄灭的战火。所不同的只是，现代的战歌和集体的誓师仪式，已经代替了原始的祭祀方式，已经不再用人或动物的血来祈求神灵的帮助了。

在阅读中，我仍然没有放弃对"狼神"的追寻，可惜我所得到的是并不明朗的感觉。在《金枝》中，尽管弗雷泽涉及了众多的希腊罗马神话传说，但竟然对至今还屹立在罗马城郊的母狼雕像只字未提。很难断定这只是一种疏忽。尤其是在叙述罗马敬奉阿蒂斯和诸神伟大母亲的野蛮习俗时，完全回避了其中狼崇拜的内容。

在这方面，西方对于"酒神"狄俄尼索斯（Dionysus）的崇拜也值得注意。据传，酒神狄俄尼索斯起源于色雷斯的野蛮民族，因为他们酷爱饮酒，造就了葡萄酒或葡萄树人格化的神灵。但是在其他一些神话传说中，这位酒神不仅成了谷神，而且变成了公牛，最后死在了敌人的刀下，甚至被砍断了四肢，碎尸万段，心脏也被掏了出来。而后人祭奠的方式也相当残酷，需要把一头牛或一只羊活活撕裂杀死，然后人们吃它的肉，喝它的血。

还有一点让我感兴趣：尽管弗雷泽把许多神祇都归结为谷神，在很大程度上忽略了动物神祇的意义，但是披露了欧洲一种独特的文化现象，这就是"人们想象谷精变化为狼或狗"："这种观念在法国、德国和斯拉夫民族的国家中都很普遍。例如，风使谷物像浪涛一样起伏，这时农民常常说'狼在谷上走（或在谷中走）'，'黑麦狼在田里跑'、'狼在谷子里'、'疯狗在谷子里'、'大狗在那儿呐'。孩子想到谷田里去摘谷穗或是采摘蓝色的矢车菊，人们叫他们不要去，因为'大狗走在谷里'或是说'狼坐在谷里要把你撕成几块'、'狼要吃你'。叫孩子不要去惹的狼不是一只普通的狼，因为人们常说它是玉米狼、黑麦狼等等；例如，他们说'小孩，黑麦狼要来把你吃掉'、'黑麦狼要把你抓走'，等等。不过谷精还具有狼的全部外形。"(第642页)所以,至今在欧洲还有许多关于狼的习俗,例如在波兰,有人会在圣诞节头顶狼皮让别人或牵着、或抬着走,这个人就叫做狼,牵他或抬他的人可以向人家讨赏钱。可惜的是,弗雷泽并没有详细分析这种现象的历史来源。

还有对于欧洲普遍存在着的"篝火仪式"的描述,弗雷泽似乎有意识地回避了有关狼的内容,尽管他还是为我们提供了一条珍贵资料。这就是在欧洲诺曼底的于米吉村,直到19世纪上半叶,还保留着"绿狼兄弟会"(Brotherhood of the Green Wolf)履行举办仲夏篝火仪式的传统职责:"每年6月23日,圣约翰节的头一天,'绿狼兄弟会'都要选一位新首领或长老,总是从科尼豪村选出来。选出后,兄弟会的新首领就叫'绿狼',穿上一种特别的衣服,一种绿长袍,一顶很高的锥形的绿帽子,没有帽边。穿戴好了,他庄严地走在众兄弟的前面,唱着圣约翰赞美歌,十字架和圣旗走在前面,到一个叫作考奎的地方去。在这里,他们这一行人受到神甫、教堂唱诗班的领队和歌唱队的迎接,把他们领到教区的教堂里。听完弥撒后,大家又来到绿狼的家里,简单地吃一顿饭。到了晚上,一位青年男子和一位青年妇女,佩着花,摇着手铃。手铃声响起,篝火就点燃起来。然后绿狼和他的兄弟们,头巾披在肩上,彼此拉着手,跟在当选来年绿狼的人后面围着篝火跑。这一队人虽然只有第一个和最后一个有只手是空着的,他们都要三次围上,抓住未来的绿狼,绿狼尽力逃脱,他带一根长棍子打那些兄弟。最后,他们把绿狼捉住的时候,他们把他抬到火堆上面,做出要把他扔到火堆上去的样子。这个仪式完了以后,他们就回到绿狼的家里,在那里为他们摆着一顿最简单的晚饭。一直到午夜之前都有一种庄严的宗教气氛笼罩着。但是十二点钟刚一敲响,这一切马上就改变了。拘束变成放纵;虔诚的赞美变成了酒神的小曲;乡村提琴的尖利颤动的音响比起快乐的绿狼兄弟的喊声高不了多少。第二天,6月24日或仲夏节,还是原班人马,同样欢乐地热烈庆贺。其中有一项仪式是在一片火枪声中展示一块特大圣饼(用麦粉特制的千层饼),饼上面放着一个彩带装饰的绿色角锥形塔。然后又将一个手摇圣铃放在祭坛的踏板上,作为'绿

狼'职位的徽志交给来年的继任者。"（第883页）

  显然，这个民间仪式包含着太多的信息令人着迷，例如，它起源何时何地，人们为什么要把绿狼请到教堂，为什么要表现捉绿狼的情景，等等。看来，神话传说也有一种自然的性质，人类精神依赖它，不断向它索取，但是也会像破坏自然一样"改造"它甚至破坏它，使其中一些"物种"濒临灭绝甚至绝灭。我们也应该像保护自然一样保护人类的精神资源。

44.《荒原狼》：关于内心深处的自我

赫尔曼·黑塞（Hermann Hesse, 1877—1962）原籍德国，后加入瑞士籍，1946年获得诺贝尔文学奖。1927年，他出版了《荒原狼》，用一种独特的方式揭示了主人公哈立·哈勒———一位知识分子——在狼心和良心之间的挣扎，似乎也预示了人类一场巨大灾难的发生——第二次世界大战。

《荒原狼》的读法很多，但是，我以为最亲近的读法是把它看作是一次内心的对话，也就是作者黑塞与自己内心中的狼的一次交谈。这似乎把作者置于了一种无法自我申辩的地步，但是这也使每一个读者也成了不可逃脱的分析对象，在阅读作品的时候也在阅读自己。不过，这个"自己"以往一向都是每个人所忽略、所极力回避的，尽管"他"一直居住在心灵深处，但是却一直被视为陌生人。

这也正是作品从一开始就提示给我们的：

  荒原狼是个年近五十的人。几年前的一天，他来到我姑妈家商谈租一个带家具的房间。他租下了上面的阁楼和旁边的一间小卧室。几天之后，他带了两个箱子和一大柜子的书住了进来。在我们这里一共住了九、十个月。他沉默寡言，独善其身。要不是由于卧室相互毗连，偶然在楼梯和走廊上相遇的话，也许我们根本就不会认识，因为此人不善交往，而且我从来未见过象他那样不善交往的人。他确实象他有时所自称的那样，是一只狼，一个陌生的、野性的而又胆怯的、可以说是十分胆怯的、来自另外一个世界的生物。（第3页）

显然，如果说荒原狼也是一种"人狼"的话，那么他至少在外表上已经完全"人化",文明化了。所以,作者一开始就突出了主人公外表和内心的巨大差异,似乎在有意识地掩盖人物的内心,以引起读者内心更强烈的追逐心理,去探知这个似乎"从一个陌生的世界,从海外国度来到我们这里"的人。事实上,"荒原狼"绝对不像狼,他非常和善、客气、有礼貌,经常面带微笑;而更使人无法解释的是,尽管他给"我"的印象不算好,但是他不仅赢得了姑妈的好感,而且"我"也被吸引住了,"我"得承认"我"喜欢那张并不漂亮的脸,感到"那是一张清醒的、很有思想的、爱钻研学问的、充满智慧的脸",他介入"我"的心灵如此之深,使"我"在梦里经常见到他。作品中还如此写道:

> 你一眼见到他就会马上得出一个印象,他是一个重要的、罕见的、才智不凡的人物,他的脸充满智慧,表情显得特别温柔而灵活,从而反映了他那有趣的动荡的、非常细腻而敏感的内心世界。要是和他交谈,而他又越过常规的界限(并不总是如此),并且摆脱了他的生疏感而说出富有个人特色的语言,那我们这样的人都会马上对他心悦诚服。他想得比别人多。在智力上他具有那种近乎冷静的客观性。他深思熟虑,有可靠的知识,这些只有真正的智者才具备,这样的人没有虚荣心,他们从不希望闪光,从不希望说服别人,从不固执己见。(第7页)

从这些描写可以看出,黑塞似乎有意识地把读者和荒原狼拉近,企图消融读者与他的界限;有时候荒原狼似乎成了那个时代的超人,他的眼光能够洞穿整个人类文化的虚伪。作者借一次所谓著名的历史哲学家兼文艺评论家的报告会之际,如此写道:

> ——不,荒原狼的目光刺穿了我们整个时代,一切忙忙碌碌、装腔作势,一切追名逐利之举,一切虚荣,一切自负而浅薄的智力的表面游戏——啊,遗憾的是,这目光比仅仅针对我们时代的,我们智力

本文引文见赫尔曼·海塞《荒原狼》,李世隆、刘译珪译,漓江出版社,1986年版。此书"黑塞"译为"海塞"。

上的，我们文化上的弊病和不可救药还要更深刻、更广泛得多。它直指一切人类的内心世界，它在那仅仅一秒钟的时间里就意味深长地说出了一个思想家、一个可能是智者的人对人生的尊严和意义的全部怀疑。这一目光是说："看吧，我们这些猴子！看吧，人就是这样的！"所有学者名流，所有智者能人，所有人类庄严、伟大和悠久的渊源都崩溃了，这是一场猴戏！（第8页）

人类文明到底是什么？是荒原狼眼中的"猴戏"还是哥雅笔下的漠然听众？这当然是一个深刻的话题。这里，只是作者借荒原狼的目光来表达这种时代的怀疑和质疑罢了。如果说这部小说的意图，在于用一种心理分析的方法来揭示现代人的一种特殊状态；那么，其潜在的另一种快感则来自对于人类整体文化状态的一种批判。作者所选择和迷恋的"陌生"，"那种异常的和可怕的孤独的原因和含义"，那种他极力抵御的"某种精神病或者忧郁症，性格病"，其实就是一种文化病。其一方面显示了"一种天才的、无限的、可怕的承受痛苦的能力"；另一方面则显示了一种潜在的巨大的矛盾和冲突的力量，它们时时刻刻都有可能爆发，或者毁灭世界或者毁灭自己。

这里演示着一种复杂的文明与人性的冲突，它们二者由于处于一种不和谐的状态而创造了这种特殊的人的状态。在作品中，作者似乎无不在强调这种人与文化的矛盾，认为教育从一开始就试图用一种"意志折服"的方式来毁灭个性，让人们自己与自己的本性为敌，用自己的思维能力和智力来反对自己"这个无辜的、高贵的自我"，促使他成为一个"地地道道的基督教徒和纯粹的殉教者"。

但是，这一切并不能消灭人们内心中的一切欲望和心性，只是规训人们不断地厌恶和批判自己，用各种方式防范、规范和诅咒自己。所以，荒原狼的生活是很奇怪的：他喜欢整齐干净、一尘不染的居室，赞美那种井井有条、安分守己的市民生活，但是他自己的房间却杂乱无章，乱七八糟，最高雅的诗集、绘画与各种饮料、水酒瓶子杂乱在一起；他待人彬彬有礼、温文尔雅，但是生活却毫无规律和节制。他是一个"年老而又有点粗野的荒原狼",同时又是非常有教养的绅士。

而在这两者之间,作者不是在取舍,而是在探索着人性与人类自己所创造的文明之间的矛盾与冲突。

《荒原狼》是典型的心理分析小说,作者最关注的是人的心理状态,但是就在这种艺术探求中,自然而然生发出了新的艺术观念。例如,黑塞认为,一个人的肉体是统一的,而灵魂从来不是统一的。而就对于灵魂的探究来说,黑塞的作品虽然不像哥雅的绘画那样惊心动魄,但是却更加意味深长,黑塞不仅在追问着这荒原狼的来历和去处,而且试图揭开其文化历史之谜。于是,"一只因迷路而跑到我们这里,跑到城市里来的、跑到群居生活世界的荒原狼——除此之外没有其他形象更能恰当地表现他,表现他怕见世面的孤独,表现他的野性、他的不安、他的思乡情绪和他那无家可归的命运了"(第16页)——这是作者对他生存和内心状态的一种理解和象征,也是对于现代艺术状态的一种隐喻。人生和艺术在这里似乎面临着同一种困境和同一种冲动。

由此是不是可以说,所谓荒原狼,就是一种不被现存社会和文化所认同、接受和包容的人性状态?因为自人类启蒙时代以来所建构的文化,实在是太理性、太绝对,甚至太高尚了,它完全挤压了人的日常生活状态,使人感到太格式化了,太压抑了;人是不是被人类自己所精心制造的文化所绑架了,稍不留神露出本相,就是失误,就会面临危险?

但是,《荒原狼》读者依然不禁要问,作为荒原狼,难道他愿意持续这种绝望、孤独和放任自流的生活吗?难道他愿意接受这种自杀式的生活方式吗?也许我们很难追索到太久远的母狼英雄的时代,但是在荒原狼内心中确实燃烧着历史的火焰,使他无法安宁地享受平庸的市民生活,正如在他手记中写到的:"于是我心里燃起了对强烈感情的野蛮渴望,对轰动世界事件的渴望;燃烧起对平庸、单调、常规、空洞的生活的愤怒;燃起要打碎什么东西的疯狂欲望,砸烂一个百货商店也好,一个大教堂也好,或者毁掉我自己也行。我就是想鲁莽冒险,想扯下可敬的神像头上的假发,想给那些敢于造反的学生买好他们渴望去汉堡的车票,想诱骗年轻的姑娘，或者扭断维护中产阶级世界秩序的某些代表人物的脖子。我深深地憎恨、厌恶、诅咒这一切：与世无争、健康舒适、中产阶级所推崇的乐观，中庸之道的繁文缛节，一切普通、中等、平常东西的滋生滥殖。"（第24页）

这似乎就是对20世纪现代主义文艺状况的绝妙写照，现代主义的根本特性就是躁动不安，就是标新立异，就是憎恨、厌恶和诅咒平庸的一切——可以说，就是一种"野性的呼唤"。

45. 阅读《红楼梦》

一、"做人"的奥秘

中国文化历来讲"做人"。孔子《论语》的核心就是探讨如何做一个有教养、有知识的君子。就此来说,做人也成了中国立国济世的根本,无论盛世还是衰世都少不了做人的故事和传奇。曹雪芹(1715—1763)出身于一个"百年望族"的家庭,在享受各种荣华富贵的同时,也深切感受到大家庭内部的相互倾轧,以及传统礼教制度的虚伪和无情。家庭败落后,他选择写作,历经十年创作了《红楼梦》,吐露了自己人生的"一把辛酸泪"。

《红楼梦》就是这样一部表现社会走向败落过程中形形色色"做人"的传奇。可以说,无论是看大观园的衰败还是看中国整个传统社会的落寞,最清楚不过的要看书中各色人物是如何做人的,这不同的做人又是如何结局的。

问题是做人不易。而令人惊叹不已的是,也许曹雪芹对此深有感触,所以《红楼梦》里把"做人"写绝了,不仅写出了人和人之间的种种复杂关系,写出了各种人不同的个性风采,更写出了中国文化在做人方面山高水深、无微不至的修炼。别看大观园里都是些十几岁二十几岁的小丫头小妇人,里面却尽藏了做人的心机,在处世为人方面,几乎达到了炉火纯青、滴水不漏的地步,把中国传统的做人之道发挥到了极致。所以,虽是小小大观园中的鸡毛蒜皮之争,却能看到中国社会政治的玄妙所在。欲知中国政治，先读《红楼梦》，此话极是。书中云："机关算尽太聪明，反误了卿卿性命。"短言之是说一人之命运，长言之则说明了整个社会和文化处境的禅机。正因为人人在为人处世方面都太聪明太精到太无懈可击了，结果容不得半点朴直的真性情真灵魂真言真话，必然导致"忽喇喇似大厦倾，昏惨惨似灯将尽"的结果。作者曹雪芹是亲历了这一切，并看破了这一切，才写就这部《红楼梦》的。

若论做人，《红楼梦》中最精当者有三，王熙凤、薛宝钗和花袭人；最不会做人的也有三，即贾宝玉、林黛玉和晴雯。前三者身位虽不同，但是做人算是做到了家，个个周旋有术、笼络有方，所以在大观园里能多面逢源，尤其是宝钗和袭人，差不多做到了上上下下交口称赞的地步。可惜当年并不评选"五好""三好"之类，否则她们两个必定是模范和典型。而贾宝玉、林黛玉和晴雯之类，必定是落后分子的刺儿头。

凤姐、宝钗暂且不提，单说花大姐能够在大观园复杂的人际关系中立得住脚跟，并博得大小主子的一致好评，就特别值得研究。论身份，也不过是一个出身贫贱的丫头；论长相更是平平凡凡；论技艺才华，她更是不值一提，琴棋书画一窍不通，而且恰巧伺候那位不谙世事的宝二爷，身夹于薛宝钗和林黛玉之间，但是她却能够化解种种利害关系，急中求缓，争中求和。除了她极会揣摩主子心情，一副死心塌地的样子之外，还在于处处摆出一副"低姿态"，讨人欢心。所谓低姿态，就是对任何人都保持一种非常谦逊的态度，总是表现出自己是下人，低人一等，干什么都绝无怨言，而且永远是在为别人（主要是主子）打圆场做牺牲，绝不争强好胜，更不去谈什么自己的性情和尊严。在等级森严，人人都感到压抑的大观园里，这种把自己放在很低很低位置上的做法，无疑能够博得大多数人的好感，因为他人在她面前会产生一点心理上的优越感，获得某种满足感。

这一点就连宝玉都难以抵御。那一夜贾宝玉与花袭人初试云雨之后，袭人不仅不因为宝玉"遂强"与她做爱为越礼，而且为尽奴才无我与无私献身之意再"偷试一番"，使宝玉对她总抱有一种感激甚至歉疚之心，从此总是关怀袭人。而袭人每当要向宝玉进言，或者要想达到什么目的之时，她总是要首先发挥一下自己"低姿态"的优势，博得同情和支持。例如十九回"情切切良宵花解语，意绵绵静日玉生香"中，花袭人家人有心赎她回家，而袭人本意不愿，但是为了借机更讨欢心，巩固自己在宝玉心中的地位，反而做出一种"奴才也做不起"的样子，对宝玉说："……其实我却也不过是个最平常的人，比我强的多而且多。自我从小儿来了，跟着老太太，先伏侍了史大姑娘几年，如今又伏侍了你几年，如今我的家来赎，正是该叫去的，只怕连身价也不要，就开恩叫我去呢。若说为伏侍的你好，不叫我去，断然没有的事。即伏侍的好，是分内应当的，不是什么奇功。我去了，仍旧有好的来了，不是没了我就不成事。"——这一番表面上字字贬低自己，实际上句句说自己的委屈，叫毫无城府的宝玉如何消受得了？此时此刻，谋事老道的袭人早已摸透了宝玉，成功利用了宝玉平等待人、富有同情心的心理，故做低姿态，使宝玉听从她的劝告。

当然，袭人的"低姿态"也有忍不住的时候，因为这种低姿态再低，做得再好，毕竟是做出来的，不是袭人的本意本心，也不符合正常人的本性。话说白了，这不过是一种生存谋略，是人生有所图谋的某种手段和策略，必然要付出身心的代价。而一旦长期的低姿态如果无法换回高回报，心境也会越轨和爆发，以求一时宣泄之快。例如在第七十七回"俏丫鬟抱屈夭风流，美优伶斩情归水月"之中，晴雯被赶出怡红院，宝玉心急如焚，显出对晴雯超出平时的怜爱之心，这就使得袭人特别不自在，终于由宝玉提到一株海棠花而妒心大发，一时再也保持不住那份低姿态的谦卑了，竟有话说："……那晴雯是个什么东西，就费这样心思，比出这些正经人来！还有一说，他纵好，也灭不过我的次序去。便是这海棠，也该先来比我，也还轮不到他，想是我要死了。"这一下子把这位所谓"出了名的贤人"的不贤之处尽显了出来，宝玉从此也终于明白袭人与自己无缘同道。

在《红楼梦》里，低姿态做人当然不是袭人的专利，其他有心机的人都会使用这一招，不过都难有袭人如此一贯执着。在当时专制的生存氛围中，中国文化在人人委曲求全的情况下畸形伸展，在个人谋略和心机方面极尽其致，对日后中国的精神产生了深远影响。

二、薛宝钗的"藏欲"

"藏欲"是我自造的一种说语，意思是说一个人要想得到什么，那么首先就得把自己的欲望隐藏起来，最后谋而得之。当然，这也是在中国社会做人的诀窍之一。从某种程度上来说，藏欲意味着城府深，意味着含而不露，越是想要的东西就越表现出不想要，最后得到了还要说这是"父母之言不敢违抗"或者"实在推脱不掉"之类，心里再想要也要推三阻四，做做样子。

薛宝钗很会做人的重要一点就是藏欲。在和宝玉、林黛玉的三角关系中，薛宝钗从一开始就明白自己的位置，对未来也早有所打算，但是却故作天真，从不流露自己的想法和打算。这与林黛玉形成了鲜明的对比。对于情爱之事，林黛玉表现得率真和无所掩饰，即使在众人面前有时也无所顾忌，这也就种下了后来悲剧发生的根苗。当然，就论对宝玉的感情，宝黛也极有分别，黛玉与宝玉是心有灵犀，情投意合，而宝钗未必对宝玉真正满意，是顾念到自己家庭状态，知道嫁宝玉不仅得了上等，还会给家道带来转机，重振基业。所以宝钗的婚恋立足长远，功利性很强。如果说黛玉是为爱情而爱情的话，那么宝钗绝对不是。

藏欲当然不是为了消灭自己的欲望，而是为了更好实现自己的欲望，这不仅需要隐忍力，更需要聪明才智和做人的谋略。

其实，人若无欲，何能繁华？而人若有求，藏又何易？况且宝钗只是个青春少女，能深谙此道也算是一绝了。首先，宝钗深知礼教之厉害，做人处事极有分寸，在任何情况下都不露出内心所藏，每每表现出自己非常知礼，绝不越雷池一步。例如她分明知道自己母亲已向王夫人提到过"金玉姻缘"，但是在行动上故意疏远宝玉，即使宝玉偶尔对自己感兴趣的时候，不仅故作不知，有时反而还做正色之态。再如宝玉被打，宝钗去看宝玉，说话总是顺着宝玉心思，而宝玉心里感动想表达点什么时，宝钗却见好就收，起身就走。而且嘱咐袭人说："你只劝他好生静养，别胡思乱想的就好了。"连花袭人对她都敬佩有加。

宝钗不仅在众人面前藏得住自己欲望，就是在家人面前也不露相。这正是她的高深莫测和最后成功之处。在第三十四回《情中情因情感妹妹，错里错以错劝哥哥》中，薛宝钗和母亲因宝玉挨打而错怪薛蟠，而薛蟠身为宝钗哥哥，早知妹妹心思，心直口快而又不知轻重地点出："好妹妹，你不用和我闹，我早知道你的心了。从先妈和我说，你这金锁要拣有玉的才可正配，你留了心，见宝玉有那劳什骨子，你自然如今行动护着他。"结果宝钗又哭又赌气，好像自己受了天大的委屈。

如果说这还不算最绝的话，那么宝钗极力与黛玉讨亲近，最后连黛玉都感觉到自己有错怪对方之处，那就藏欲藏到极致了。本来，黛玉是她的情敌，而且很有灵性，早就对宝钗存有戒心，也少不了有时用话刻薄她。这一点宝钗何不心知肚明？但是她却能一直表现出宽容之色，从不斤斤计较，而且当黛玉心情痛苦之时好言相劝，表示同情，竟然使黛玉最后也相信了她，而且在宝玉跟前说她的好话："谁知道他竟是个好人，我素日只当他藏奸。"（见第四十九回）连宝玉都为此感到吃惊。显然，黛玉此处说的"藏奸"就是藏欲，没想到被宝钗轻易化解。这不仅使宝玉、黛玉完全没有警觉，而且更加证明了她自己清白无所求，否则怎么能和自己的情敌如此亲密呢？

更精彩绝伦的还在最后。大事已定，宝钗已胜券在握，但是当她母亲最后有意征求她意见时，你瞧宝钗如何正色回答："妈妈这话说错了。女孩儿家的事情是父母做主。如今我父亲没了，妈妈应该做主，再不然问哥哥。怎么问起我来？"（见第九十五回）——好绝妙的反问！

不过，藏欲毕竟不是无欲，藏得再深也有显露的时候。况且藏欲本来就是为了最后满足欲望，那么就不能不处处暗里使劲了。其实，宝钗不仅早就有意图于宝玉，而且为此费尽了心思。首先，宝钗很懂得大观园内的人情世故，尤其知道贾母择媳的心态，"藏欲"也是藏给大家看的。在这方面，她成了大赢家，贾母不止一次地比较过黛玉、宝钗，不能不认为

"都像宝丫头那样心胸儿脾气儿，真是百里挑一的"。而林黛玉情感外露又恰犯了贾母大忌："孩子们从小儿一处儿顽，好些是有的。如今大了懂的人事，就该要分别些才是做女孩儿的本分，我才心里疼他。若是他心里有别的想头，成了什么人了呢！我可是白疼了他了！"（见第九十七回）

其次，宝钗非常注重和周围的人，特别和宝玉身边的人搞好关系，使人人都说她是个大好人。例如袭人内心就特别感激宝钗，不断说宝姑娘"叫人敬重""真真有涵养"，原来宝钗不但不忘送东西给她，而且处处替她打圆场。说到绝处，就连多舌多嘴讨人嫌的赵姨娘也觉得："怨不得别人都说那宝丫头好，会做人，很大方。如今看起来果然不错。她哥哥能带了多少东西来，他挨门儿送到，并不遗漏一处；也不露出谁薄谁厚，连我们这样没时运的他都想到了。若是那林丫头，他把我们娘儿们正眼也不瞧，那里还肯送我们的东西。"（见第六十七回）

第三，对于宝玉，宝钗虽然藏得严实，但是总不放弃表现自己获得好感的机会，只是无奈宝玉对黛玉一往情深，不能进深一步罢了。例如她知道宝玉喜欢作诗词，所以每逢机会就格外用心，而且暗中特别表现给宝玉看。先说元春省亲出题作诗词，薛、林之作都与众不同，但宝钗偏偏对宝玉多一份心思，做了宝玉的"一字师"。（见第十八回）再有贾母特意为她过生日点戏，她先点一出贾母喜欢的《西游记》，又特意点一出《鲁智深醉闹五台山》，在宝玉面前借机卖弄了一下自己的诗词功底，让宝玉"称赏不已，又赞宝钗无书不知"。（见第二十二回）至于宝玉被打卧床，宝钗独自去看望时的表现，更是欲盖弥彰，让宝玉都觉得"如此亲切稠密，大有深意"，其说了半句又忙咽住的红脸娇羞模样，与往日在众人面前的正经相完全相反。（见第三十四回）可见藏欲只是做人的一种策略，是在特殊的社会环境中的产物。不论藏得再深，最后还是要露出来的，问题是什么时候什么场合露，要露多少和如何去露。

对薛宝钗来说，最后露出来的时候是与宝玉成亲之后长期深藏心中的欲望，这时终于化成了她对宝玉的严格要求。而且使她敢于第一个告诉情迷成病的宝玉，而不怕再添病难治："实告诉你说罢，那两日你不知人事

的时候，林妹妹已经亡故了。"（见第九十八回）

三、凤姐的"伺候好老太太"

凤姐是《红楼梦》里一个特殊的悲剧人物，更是把"做人"的技巧发挥到极致，所谓"机关算尽太聪明"就是最好写照。然而，人人都知道她是"凤辣子"，最能口直心快，先声夺人，却很容易忽视她做人最为聪明的另一面，这就是"伺候好老太太"。

其实，在中国社会的传统生活礼仪中，最基本、最核心的本领，就是伺候人，当然在家首先要伺候好长辈，到了外面就要伺候好上级和长官。这里面学问很大，虽然人人皆知其重要性，但是做起来并不容易。

话说回来，在大观园里，做人没点阴柔之术不行，而偏偏王熙凤敢于放胆直言，锋芒毕露。若没个老太太贾母作为靠山，是万万做不得的，因为老太太是大观园的"第一把手"，只有伺候好老太太，才能在大观园站住脚，才能有机会显露自己的才能，实现自己的抱负——这也是在中国做人的诀窍。

而凤姐在这方面绝对是个审时度势之人，确实表现出了胜过心理学家的聪明，不仅知道伺候好老太太的重要性，而且时时处处让贾母高兴顺意，使贾母凡事就觉得少不了"凤辣子"。

首先她对于贾母的心态了如指掌，知道老人家爱听什么话，想做什么事，所以开口行事总能逗老人家乐，让老人家开心，让贾母感到顺耳顺心。这一点小说一开首就表现得淋漓尽致。贾母初见林黛玉当然怜爱有加，只想一下子让黛玉了解自己的慈爱之心。而凤姐初次开口，不仅赞美了林黛玉"天下真有这样标致人儿"，更是忘不了恭维奉承贾母："况且这通身的气派，竟不像老祖宗的外孙女儿，竟是个嫡亲的孙女。怨不得老祖宗天天口头心头，一时不忘。"（见第三回）

显然，凤姐的奉承之所以可以如此到位，在于她最明白贾母的心思。这"外孙女儿"和"孙女"在贾母心里当然有很大区别，但偏偏又要表现出自己毫无偏心,这心理只有王熙凤能领会个正着。而凤姐能如此善解人意,并非没有花费工夫。除了她自己时时处处察言观色,用心揣摸之外,还特意收买了贾母的身边人,不断获取准确的信息,对贾母的喜怒哀乐都非常清楚。所以她能拍马屁拍到点子上,做到别人做不到的事。

最精彩的表演莫过于跟贾母打牌了。凤姐打牌定要拉上贾母身边的鸳鸯,自有其中的奥妙,请看小说中如何写的:

> 一时鸳鸯来了,便坐在贾母下手,鸳鸯之下便是凤姐儿。铺下红毡,洗牌告幺,五人起牌。斗了一回,鸳鸯见贾母的牌已十严,只等一张二饼,便递了暗号与凤姐儿。凤姐儿正该发牌,便故意踌躇了半晌,笑道:"我这一张牌定在姨妈手里扣着呢。我若不发这一张,再顶不下来了。"薛姨妈道:"我手里并没有你的牌。"凤姐儿道:"我回来是要查的。"薛姨妈道:"你只管查,你且发下来,我瞧瞧是张什么。"凤姐便送在薛姨妈跟前。薛姨妈已看是个二饼,便笑道:"我倒不稀罕他,只怕老太太满了。"凤姐儿听了,忙笑道:"我发错了。"贾母笑的已掷下牌来,说:"你敢拿回去。谁叫你错的不成!"凤姐儿道:"可是我要算一算命呢。这是自己发的,也怨埋伏!"贾母笑道:"可是你自己该打你那嘴,问着你自己才是。"又向薛姨妈笑道:"我不是小器爱赢钱,原是个彩头儿。"薛姨妈笑道:"可不是这样。那里有那样糊涂人,说老太太爱钱呢。"
>
> ——第四十七回《呆霸王调情遭苦打,冷郎君惧祸走他乡》

这分明是凤姐和鸳鸯内外结合,专门讨贾母喜欢,却也要故弄玄虚,做出一副眼色给众人看。可偏偏又碰上处事老道的薛姨妈,把一切看在眼里记在心上,王熙凤知道利害,只好暗中求援,合成一气。大家自然都知道贾母爱打牌,自然更喜欢赢牌,凤姐为了投其所好,不知道赔进去了多少时间和金钱。这次在薛姨妈面前索性也不加掩饰了(见第四十七回):

> 凤姐听说,便站起来,拉着薛姨妈,回头指着贾母素日放钱的一个木匣子笑道:"姨妈瞧瞧,那个里头不知顽了我多少钱去了。这一吊钱顽不了半个时辰,那里头的钱就招手儿叫他了。只等把这一吊也

叫进去了，牌也不用斗了，老祖宗的气也平了，又有正经事差我办去了。"话未说完，引的贾母众人笑个不住。偏有平儿怕钱不够，又送了一吊来。凤姐儿道："不用放在我眼前，也放在老太太的那一处罢。一齐叫进去倒省事，不用做两次，叫箱子里的钱费事。"贾母笑的手里的牌撒了一桌子，推着鸳鸯，叫："快撕她的嘴！"

怪不得贾母如此喜欢凤姐儿，原来这钱分明是明输暗送，而且送得如此巧妙开心。而凤姐儿如此费心思讨好老太太，是她完全明白其事关重大。只要贾母对她好，她就不怕得罪大观园里其他人；即便出了事，也会大事化小，小事化了。别人谨小慎微，"凤辣子"就敢兴风作浪，就能置他人于死地。

正因为如此，凤姐儿为了"伺候好老太太"，不但费尽心机，自己处处卖乖卖巧，而且不惜牺牲别人的幸福，甚至性命。就连黛玉、宝玉都没有放过。尽管她比谁都更清楚黛玉和宝玉是真正情投意合的一对，也比谁都清楚宝钗、宝玉之间没有爱情，但是为了讨贾母欢心，竟然恶毒地使出了"掉包之计"，并且亲自组织实施，最后扼杀了一对年轻人的爱情和前程，充当了黛玉之死最直接的杀手。但是，她万万没有想到的是，她的所作所为导致的不仅是宝黛悲剧，而且也是大观园人性的深渊。

很快，贾母终于不耐悲愁撒手人间，接下来就是《史太君寿终归地府，王凤姐力诎失人心》。实际上，凤姐早就失去了人心，只不过仗着老太太能有些权势而弄权。如今老太太一登天，她的先声夺人、锋芒毕露自然成了空敲的鼓、哑打的锣，光有响声没了回应，最后竟然连小丫头都会来闲话几句，害得她"一口气撞上来，往下一咽，眼泪直流，只觉得眼前一黑，嗓子里一甜，便喷出鲜红的血来，身子站不住就蹲倒在地"，从此命归黄泉路。

四、刘姥姥的"投其所好"

《红楼梦》中有句名言，贾宝玉曾经避之不及，很多人也不太在意，却道出了中国当时人心世态和文化心理的真谛，这就是："世事洞明皆学问，人情练达即文章。"

在《红楼梦》里，刘姥姥是个逗乐的角色，而读者也最容易小看了她，只把她当作一个被愚弄的乡村老太婆。实际上，很多读者，甚至包括大观园中的贾母、王熙凤，都在不知不觉被这土里土气的刘姥姥所摆弄了，因为刘姥姥的土气、愚蠢和可笑，不过是她有意为之，是用来"公关"的手段而已。而她的满载而归正好证明了刘姥姥的聪明和智慧。

换句话说，作为一个下等人，如何获得攀附权贵的机会，有了机会又如何实现自己的意图，都凝结着中国寻常百姓的见识和智慧。

刘姥姥进大观园，对园内的人来说是一件稀罕事，但是对她来说却是一次事关生计的交际活动。就这事的起始谋划来说，刘姥姥就不是一个等闲之辈。在家境贫困潦倒之时，她能够审时度势，把握机会，利用关系，知道谋事在人成事在天，知道如何选择最佳的，也就是"风险最小，获利最大"的方式致富。对她来说，所谓获利最大，就是说只要阔亲戚发一点好心，"拔一根寒毛比咱们的腰还粗呢"；所谓风险最小，就是说"便是没有银子来，我也到那公府侯门见一次世面，也不枉我一生"。

当然，刘姥姥的智慧不仅表现在她如何把握"商机"上，更表现在她如何实施自己策略的过程中。因为这毕竟是一次艰难的公关活动。虽说，"这长安城中，遍地都是钱，只可惜没人会去拿罢了"，但是真正要在这将死的骆驼身上拔根毛，也绝不是件易事。别说这"侯门深似海"，大观园里等级森严，就讲刘姥姥如今所想利用的连宗之亲，也是八竿子打不到边的瓜葛，荣国府不仅根本记不得有这门子亲戚，而且也难免对如此"连影儿也不知道"的上门亲戚抱有戒心。因此，对刘姥姥来说，如何进得门去，拿得出钱来，确实面临很多难关和挑战。

且不说刘姥姥如何托关系走门路进了大观园，这书中已有仔细描叙，就说她进了大观园后如何察言观色，投其所好，很快就找到了自己的"卖点"，就特别令人叫绝。刚开始时，她还不知道自己的乡村俚语和土里土气能够"卖钱"，而当她一旦发现它们具有了逗大观园中人开心发笑的功效之后，就连续大加发挥，倚土卖土，倚粗卖粗，倚愚卖愚，获得了极大的成功。如果说刘姥姥首次进大观园，是利用大户人家爱面子，"发一点好心"来得到二十两银子的话，那么她二次进大观园，就完全是依靠自己的喜剧演技来得到丰实回报的。当然，这次的契机是贾母等在大观园活得无趣，想找个逗乐打趣的对象。于是，刘姥姥发现自己的机会来了，就把自己的喜剧才能发挥得淋漓尽致，尽说些贾母高兴的，哥儿姐儿们爱听的，不惜连编带造，信口胡诌。在这个过程中，表面上好像是贾母和大观园的哥儿姐儿们拿刘姥姥开心取乐，不断愚弄着这位村野老妇，实际上这位刘姥姥一直在掌握着对方的心理，心知肚明，故意挑拨，弄得众人忘乎所以，神魂颠倒，最后甘心情愿地拿出银子财物送自己。

所以，鸳鸯因为怕玩笑过度来赔不是，刘姥姥却笑道："姑娘说那里话，咱们哄着老太太开个心儿，可有什么恼的！你先嘱咐我，我就明白了，不过大家取个笑儿。我要心里恼，也就不说了。"就此说来，刘姥姥在众人面前的露丑弄拙，到底有多少是装出来的就很难说了，反正她的目的达到了，带着银两和大包小包的东西走出大观园，是何等的开心！

看来刘姥姥确实是个有心眼的人。本来，她的粗鄙土野是弱点，而她恰恰把这劣项变成了优势，使乡村野语变成了"卖点"，就像在都市里酒店装饰成山村野店，专给吃腻了鸡鸭鱼肉的人弄些野菜一样。与此同时，她也善于利用别人的优势，并把这种优势变成自己的舞台。这大观园里荣华富贵，给其中每个人都增饰一种心理上的优越感，只可惜这种优越感并不见得有显示的机会。刘姥姥的到场，无意中提供了这种机会，大观园中每个人都希望借此机会来显示一番，以满足自己的虚荣心。刘姥姥是个有心机的人，知道在这种情况下如何来营造氛围，满足众人，所以处处时时不忘自己的土气野气，把一个乡下人的蠢和土演绎至极，让每个人都忘乎所以，大得其乐。这一点就拿行酒令来说，最为精彩。别人都是梅花翠带，美景良辰，只有刘姥姥才能有"大火烧了毛毛虫"，"花儿落了结个大倭瓜"的妙句。

其实，刘姥姥并非是个没有见识的人，正如作品中写到的，她很有见识,也时常去乡村大户人家赴宴入席,虽然不比大观园里气派繁华,但什么样的金杯银杯也没少见,不至于如此土毛之极。她之所以显得那么蠢那么土,无非是为了满足大观园里老老少少的心理罢了,多少有些故意表演的性质。如果她在这种情况下还要掩饰自己的土气,或者千方百计装出一点斯文来,不仅不那么可爱,而且也绝达不到娱乐众人的效果。就是凤姐后来也不能不感到这种情景难得:"从来没像昨儿高兴。往常也进园儿逛去,不过到一二处坐坐就回来了。昨儿因为你在这里,要叫你逛逛,一个园子倒走了多半个。"

刘姥姥理应得到如此丰厚回报,因为她给大观园带来了真正的快乐。这和前面贾元春回家省亲形成了强烈对比。那时虽是一片喜庆豪华气象,但终掩不住人人内心的悲哀凄凉,虽有悲哀,又都在勉强堆笑,哪里有刘姥姥进大观园那种开心呢?

五、俏平儿的"抽头退步"

从某种意义上来说,社会人际关系越复杂,做人也就愈难;而做人愈难,人之压抑感就越大越强。中国封建社会愈近晚期,这种情形就表现得愈明显。其实,所谓复杂,并不同于丰富,而是在专制状态中人际关系相互纠缠、互相消耗、勾心斗角的一种表现。人们为了获得一点基本的生存权和安全感,不得不如履薄冰、左右逢源、疑心重重、顾虑多端,把毕生大多数精力投放于人际关系之中。从这个角度来说,人际关系愈简单愈单纯的社会,科学和艺术就愈有可能大发展,因为这样人们才有更多的精力和智慧投入其中。

大观园就是这样一个做人难的地方。别看它一时富丽堂皇、景色优美,但生活在其中的人却个个心有委屈,惶惶度日,充满危机意识,不得不为可能到来的祸患担惊受怕。而在这种情况下要能活出个人样来,就得有一些特别的心计。就拿平儿来说,虽然是一个极聪明极清俊的上等女孩儿,但是却落到了贾琏、王熙凤手里,一个俗得要命,一个心狠手辣,夹在两人中间，不仅左右为难不好做人，而且稍有不慎就会无故受到伤害。这一点就连宝玉都时常感念，叹她家无父母兄弟姊妹，独自一人在外讨生活，还要应付贾琏之俗与凤姐之威，做到周全妥帖，真是薄命比黛玉更甚。

活着让人感念，这在大观园里本身就是一种成功。况且平儿活在权力争斗的中心，命中注定要与心毒手辣的凤姐为伍，不为虎作伥也得装腔作势几声；若稍有不自知之明之处，狐假虎威，仗势欺人，也能在大观园里做个盛气凌人的"二奶"，一时半下拿拿架势，抖抖威风。但是，如果这样，平儿也就不是让人们时常感念的那个平儿了，而她的最后下场也必定比王熙凤更糟更惨，一旦失势，遭人群指骂还算运气，说不定会落得一个当不成人也死不成鬼的结局。

说明白点，平儿有点像"暴君"手下"二把手"的角色，在王熙凤掌管大观园生死大权的日子里，平儿的地位既优越又尴尬。说优越，她是贾琏的爱妾，凤姐儿的心腹，里里外外，谁敢不对她敬怕三分？要说尴尬，自然是够尴尬的了，除了两位主子的不得人心之外，她自个儿并无威势，身不由己，又不能不做很多违心的事，说违心的话。

在这种情况下，关键就看平儿如何在委曲求全中把握自己，在忍辱负重中照顾周围了，不仅不能在人生的一时一地争强好胜，而且还要在审时度势过程中保全自己。

这点她做到了。说平儿是个"极聪明极清俊的上等女孩儿"，除了做事不流于俗蠢之外，就在于她能有自知之明和知人之明。就后者来说，她明白贾琏夫妇的为人，更明白众人对他们，尤其对王熙凤的憎恶之情。对于王熙凤，她也许比任何人都了解得透彻。除了看到她的口蜜腹剑、心黑手辣的一面之外，还深知其内心痛苦不已，对前途惶惶不可终日的一面。凤姐虽然外表逞强，但内心毕竟虚弱，知道自己已经"骑上老虎了"，"一家子大约也没个不背地里恨我的"，所以忍不住也会向平儿这个心腹有所交代："若按私心藏奸上论，我也太行毒了，也该抽头退步回头看了看了，再要穷追苦克，人恨极了，暗地里笑里藏刀，咱们两个才四个眼睛两个心，一时不防，倒弄坏了。"这是在第五十五回《辱亲女愚妾争闲气，欺幼主刁奴蓄险心》中凤姐对平儿所说的一段话，此时凤姐因病将息，只能将大观园的管理权交给探春掌管。可惜，凤姐虽然对自己处境险恶心知肚明，并碰巧有了机会能抽头退步，但是毕竟已骑上虎背，想下来已为时过晚，这里所说的"抽头退步"也只能是纸上谈兵，根本不可能实现。倒是平儿对此早已明白，早早察觉到前途险恶，不愿步凤姐后尘而骑虎难下，所以此时不等凤姐说完便笑道："你太把人看糊涂了。我才已经行在先，这会子又反嘱咐我。"

确实，平儿是凤姐的心腹和左右手，但在处世为人方面却一直在抽头退步，为自己留余地留后路，没有犯凤姐所说的"心里眼里只有了我，一概没有别人"的错误。更不像凤姐那样把事做绝，使自己处于如此险恶尴尬的境地，如果说平儿能让人感念有什么诀窍的话，那么此处便是。她对凤姐得顺着脾气摸，让凤姐信任她，但是对于众人绝不依权仗势，趁火打劫，而是时常私下进行安抚，加以保护，一方面缓和和化解众人与凤姐的矛盾，另一方面做了好人，为自己留了余地和退路。例如在第三十九回中，正值众姐妹坐着吃酒，平儿喝了一口就要走，原本是怕凤姐不开心，但是在李纨出口就是"偏不许你去。显见得只有凤丫头，就不听我的话了"的情况下，又正碰上婆子来传凤姐的话，劝平儿少喝酒，平儿就显得毫不含糊，即口应对："多喝了又把我怎么样？"坐下来只管喝只管吃，顺应了众姐妹的意思，显得自己眼里心里并非只有"楚霸王"式的凤丫头（李纨语）。再例如，平儿在处理一些事情时，就比凤姐宽容得多，能放一马就放一马，结果在下下上上赢得了人心。李纨曾对平儿说道："有个凤丫头，就有个你。你就是你奶奶的一把总钥匙。"殊不知平儿待人接物倒有一把自己特殊的钥匙，是为他人、也为自己的人生留一道后门的。

话说回来，这"抽头退步"原本是王熙凤的话语，道理谁都懂，但是王熙凤一生拼死拼活，至死也没有真正做到"抽头退步"，关键在于，对王熙凤来说，"抽头退步"始终是一种人生策略和权宜之计；而对平儿来说，她虽然无法彻底摆脱利害之地，但是内心还存有一份善良，对大观园中的人生悲剧有更深的体验，知道人如果利欲迷心，图财害命，最终必不会有人生的好滋味和好结果的。

平儿终得回报。凤姐死后，大观园一片败落，平儿却多次获得众人帮助渡过难关。

六、鸳鸯直面近忧远虑

在《红楼梦》中，曹雪芹似乎对有性情、有个性的人物情有独钟，对她们的遭遇和命运总有不平之叹，总会赋予自己深深的同情之心。但是，面对一个编制精密的礼教网，如何才能摆脱被摧残的命运，是曹雪芹最感到绝望的地方。

其实，说到"做人"，也并不是自己就能决定的。既然是"做"出来的，就得让别人看，由别人来评判你做得好不好，是否到位；所以所谓"做人"于里于外都是不由自主的，都有可能成为别人的网中鱼和锅中肉，最终还得靠自己的抗争。

说到平儿，自然会想到鸳鸯，这位聪明能干又刚烈的女子，最后以身殉己，摆脱了自己未来的苦海生涯。论说是迫不得已，因为贾母既死，鸳鸯自然是虎狼口中的肉，谁也解救不得；但是鸳鸯在贾母生前且能够抗拒贾赦邢夫人之命，自保清白，已经显示了这位姑娘的不同凡响之处。她作为贾母的贴身丫头，尽心尽力伺候好老太太，做事勤勤恳恳，原本是分内之事；而做人还要见机行事，充分利用贾母、王夫人、凤姐的心理及力量保护自己，则不能不思前虑后，谋事在人了。

话说回来，鸳鸯身份低微，虽是贾母手下，终属于釜底游鱼，别人让你死就不得不死。尤其遇到贾赦这种恶毒的色狼，邢夫人如此刁钻小气的女人，更是朝不保夕。贾赦就自以为讨一个丫头当小妾不但天经地义，而且是赏了鸳鸯的脸，又怎能容对方还有不愿意的余地呢？人人都很清楚，正如王熙凤所言："别说一个丫头，就是那么大的活宝贝，不给老爷给谁？"——在这种情况下，鸳鸯实际上处于九死一生的境地。若说抗争，这大观园里不是没有过，但不是被逼死就是早被赶走，没有一个丫头份上的人能够取胜过！鸳鸯对此又怎能不知？

但是，鸳鸯竟然取胜了！这不能不说是大观园内一件惊天动地的事，也是难得的一次让读者在悲剧氛围中透一口气的机会。显然，鸳鸯抗争成功在很大程度上取决于大观园上上下下的情势，特别是贾母的利益取舍。但是如果没有鸳鸯长期以来对人际关系的经营，不能获得像凤姐儿那样有能耐的人的支援，纵有十头八臂又如何能逃过贾赦的手心？

鸳鸯虽是贾母手下，但从来没有高枕无忧，她对自己卑微的地位非常清楚，对主子们也从不抱幻想，随时准备直面自己的悲剧。也许正因为如此，她对于贾赦的贪婪早有提防。那天邢夫人话未出口，她对其来意"心中已猜着三分"，如何面对已早有主见。正如俗话所说"冰冻三尺非一日之寒"，鸳鸯为能在危险来临之时保全自己一直都在竭尽全力。首先，她和平儿一样，一直在人际关系上下功夫。在第三十九回《村姥姥是信口开河，情哥哥偏寻根究底》中，李纨当着平儿的面评价鸳鸯：

> 大小都有个天理。譬如老太太屋里，要没那个鸳鸯，如何使得。从太太起，那一个敢驳老太太的回，她现敢驳回。偏老太太只听她一个人的话。老太太那些穿带的，别人不记得，她都记得，要不是她经管着，不知让人诓骗了多少去了呢。那孩子心也公道，虽然这样，倒常替人说好话儿，还倒不依势欺人的。

虽然这话是冲着平儿说的，给平儿做人提个醒儿，但也说明了鸳鸯自有做人之道。一方面极尽本分，让贾母离不开自己，另一方面很注意团结别人，在关键时候能有个援手和帮助。

就后者来说，鸳鸯与凤姐的关系就非同寻常。鸳鸯是凤姐讨好贾母的"内线"，凤姐在很多方面得靠鸳鸯穿针引线；而凤姐则是鸳鸯保护自己的"外线"，关键时刻得靠凤姐的协助。凤姐固然不是一个讲仁义的人，但是她明白贾母不能没有鸳鸯的照应，而贾母也不能不受鸳鸯影响，所以，从自己利益出发也断不愿意贾赦、邢夫人意愿得逞，使自己失去一个"内线"。正因为如此，当邢夫人先找她商量此事时，一向媚上欺下的凤姐居然破天荒为一个丫头尖口大开，充当了"保护人"的角色。你瞧书中（第四十六回）是怎么写的：

> 凤姐儿听了，忙（请注意这个"忙"字，可见凤姐儿当时的心神状态——笔者注）道："依我说，竟别碰这个钉子去。老太太离了鸳鸯，饭也吃不下去的，那里就舍得了。况且平日说起闲话来，老太太常说，老爷如今上了年纪，作什么左一个小老婆右一个小老婆放在屋里，没的耽误了人家；放着身子不保养，官儿也不好生作去，成日家和小老婆喝酒。太太听这话，很喜欢老爷呢？这会子回避还恐回避不及，倒拿草棍儿戳老虎的鼻子眼儿去了。太太别恼，我是不敢去的。明放着不中用，而且反招出没意思来。老爷如今上了年纪，行事不妥，太太该劝才是。比不得年轻，作这些事无碍。如今兄弟、侄儿、儿子、孙子一大群，还这么闹起来，怎样见人呢。

这真是淋漓尽致的一次"驳回"，可见凤姐身手不凡，一下子就煞了一把邢夫人的威风。邢夫人出师不利，虽然嘴硬，但是已没有先前的斗志。至于凤姐也立即见风使舵，碰硬之后立即使用缓兵之计，一方面连忙赔笑，说自己"先过去先哄着老太太发笑"，然后伺机帮忙，让老太太答应，而且不让众人知道这件事；另一方面借故拖延，不向贾母言明此事，反而暗地里通知平儿，由她去把这事捅出来。于是后来才有了鸳鸯、平儿、袭人三人在园中互通消息，商讨对策的一幕。仗着平儿和凤姐的关系，鸳鸯跟贾母的关系，袭人跟宝玉、王夫人的关系，大观园在短时期里就形成了一股合力，假借贾母之意共同对抗邢夫人、贾赦。

正是在这种情况下，虽然邢夫人、贾赦背后不明深浅地演足了戏，但是鸳鸯则收集足了"炮弹"，时机一旦成熟就当众面见贾母，如何如何一一道出，并且以寻死来表明心迹，最后气得贾母"……浑身乱颤，口内只说'我通共剩了这么一个可靠的人，他们还要来算计！'"由此邢夫人、贾赦正好犯了贾母"外头孝敬，暗地里盘算我"的大忌，一时败在了一个小丫头的手里。

当然，鸳鸯这次胜利来之不易，而且只能是一时的，因为她毕竟是个丫头，她能不能保全自己，取决于她对贾母和凤姐的用处大小。为此，她不能不日后更加小心做人，在人前人后付出更多。令人感叹的是，鸳鸯是一个如此内心清洁的女子，在大观园如此龌龊的环境中，竟能千方百计拼死抗争，不让污泥玷污了自己。作为一个热爱生命的青春少女，鸳鸯在争取自己最基本的生存权利和意义方面已经竭尽全力。直至贾母去世，未来不可接受的屈辱命运已不可抗拒也无力摆脱之时，鸳鸯还是直面相对，把最后的选择留给了自己。

鸳鸯的自杀又再次证明了宝玉的一贯思想："实在天地间的灵气独钟在这些女子身上。"

七、薛姨妈的老谋深算

说到贾宝玉、林黛玉的爱情悲剧，自然少不了薛宝钗、薛姨妈的处心积虑。在《红楼梦》中，"木石前盟"和"金玉良姻"之间的最大区别就在于，前者重情，后者重欲；而在大观园内，重感情者天性自然，反不被人欣赏，爱情终遭摧残，而重欲者老奸巨猾，使婚姻在一场计谋和手段的演绎中最终成为现实。

俗话说"有其母必有其女"，这话照应薛宝钗、薛姨妈也许是最为合适。若说宝钗在这场婚姻密谋中一直不得不站在前台，那么薛姨妈就一直藏在后台。虽然说不上是运筹帷幄，暗度陈仓，密谋设局，但是其暗藏心机，察言观色，在每一个关键点上也算尽显了老谋深算的本色。

从决定投奔京城姐姐王夫人家开始，薛姨妈就已经显露出远谋深虑的特点，样样事情都已经权衡考虑过了，完全不同于林黛玉孤身一人不得已投奔亲戚，随风飘零，什么事情都随着自己的性情来。对于宝钗与宝玉的婚事，薛姨妈更是一开始就有所算计，只是不露声色而已。当对大观园内的人情世态稍稍有所了解之后，她就不失时机地向王夫人提及，宝钗的"金锁是个和尚给的，等日后有玉的方可结为婚姻"等语，一方面暗示宝钗与宝玉将来关系的可能性，另一方面也是制造舆论氛围，为今后"金玉良姻"的发展铺平道路。而宝钗对其母亲的做法也是心领神会,进退有方,只是互相不点破而已。

薛姨妈的高明之处就是不点破。她对事态的发展虽然极为关切,为"金玉良姻"的成功处心积虑,但是一直把自己藏得很后很深,只在背后下功夫花力气。为此,她巧妙处理自己与大观园的关系,一直采取不即不离、不介入是非的态度,一方面尽力和贾母、王夫人等人搞好关系,另一方面尽量化解自己家人与大观园众人的利害关系,尽量使矛盾焦点集中在林黛玉和宝玉关系上,以图能坐收渔利。因为她最清楚,宝玉的婚姻大事绝对不取决于当事人的你情我愿,而是取决于大观园主人们的选择,所以她对林黛玉、贾宝玉之间情爱关系的发展最能沉得住气。在这方面,宝钗如若没有这样一位母亲在身后,难说几经宝玉、黛玉冷落和奚落之后还能支撑得住。

薛姨妈谋事极有城府,不到十分火候绝不露相。就以她看中邢岫烟,意欲说与薛蝌为妻,就是一例。她素知邢夫人不是好说话之人,而且并做不得主,于是就谋事于凤姐儿,由凤姐儿在贾母高兴的时候提及此事,结果借他人之力轻易达到目的。当然,这事对薛姨妈来说,可有可无并不算大事,她真正关心的还是宝钗的归宿。眼见得宝玉和林黛玉之间的感情愈来愈为人所知,她自己也有心急的地方。到了"该出手时就出手"的时候,薛姨妈自然会出手不凡。

最显示其城府老道的片段发生在小说第五十七回《慧紫鹃情辞试忙玉,慈姨妈爱语慰痴颦》,正是贾宝玉听信黛玉要返回苏州而气迷心窍,闹出一场风波,而薛姨妈为薛蝌提亲又马到成功之时,薛姨妈难得到潇湘馆里来亲自探视黛玉。说是探视,不如直接说是探试,她和薛宝钗言来语去,专拣最敏感的话题来说,竟然演出了一场真正的口蜜腹剑的戏。她和女儿对林黛玉先是心疼,又是夸赞,并用求她"作媳妇"来打趣,到后来竟由这个薛姨妈说出这番话来:"我想着你宝兄弟,老太太那样疼他,他又生的那样,若要外头说去,断不中意,不如竟把你林妹妹定与他,岂不四角俱全。"小说接下去写道:

……林黛玉先还怔怔的听,后来见说到自己身上,便啐了宝钗一口,红了脸,拉着宝钗笑道:"我只打你。你为什么招出姨妈这些老没正经的话来!"宝钗道:"这可奇了!妈说你,为什么打我?"紫鹃忙也跑过来笑道:"姨太太既有这主意,为什么不和太太说去?"薛姨妈呵呵笑道:"你这孩子急什么?想必催着你姑娘出了阁,你也要早些寻一个小女婿去了。"紫鹃听了,也红了脸,笑道:"姨太太真个倚老卖老的起来。"说着,便转身去了。黛玉先骂:"又与你这蹄子有什么相干。"后来见了这样,也笑起来,说:"阿弥陀佛!该,该,该!也臊了一鼻子灰去了。"薛姨妈母女及屋内婆子丫鬟都笑起来。

婆子们因也笑道:"姨太太虽是顽话,却倒也不差呢。到闲了时和老太太一商议,姨太太竟做媒,保成这门亲事是千妥万妥的。"薛姨妈道:"我一出这主意,老太太必喜欢的。"

真是老道绝伦!难道薛姨妈此时真忘记自己所惦念的"金玉良姻"了吗?真的愿意成全林黛玉、贾宝玉两人的婚事吗?可怜情真的林黛玉,全被这番假意假情蒙住了,不再提防这母女二人的心中藏奸,可叹率真单纯的紫鹃更是异想天开,真以为这薛姨妈会去为自家姑娘提亲!蠢且多嘴多舌的婆子、丫鬟更是无意中被薛姨妈所利用,出去闲言碎语自然会引起贾母、王夫人的警觉。老奸巨猾的薛姨妈"黄鼠狼给鸡拜年",真是一箭数雕!

其实,此时的薛姨妈早已参透了贾母的心思,已从宝琴姑娘处得知贾母无心迎娶林黛玉为孙媳妇,并且已感到贾母、王夫人等上上下下喜欢薛宝钗,"金玉良姻"已有几分把握,但是只缘贾宝玉、林黛玉二人情深意笃,已不能再移情他人,这种情况时间愈久就愈难办,薛姨妈由此也希望能尽快落实金玉良姻,让生米做成熟饭。

薛姨妈的动作果然有效,不久贾母就开始操心宝玉的终身大事了。林黛玉本不中意,自然认为"像宝丫头那样心胸儿脾气儿,真是百里挑一的",不等别人开心,就已经向薛姨妈暗示自己的心思了。(第八十四回)此时的薛姨妈尽管被薛蟠家事闹得身心不宁,但是在保持婚事方面已胜券

213

在握了，只等着对方主动开口了。

八、贾母的悲剧

在《红楼梦》中，贾母是大观园中的"第一把手"。是人际关系的核心，也是一座桥梁。说核心，是指众人都簇拥着她，使一个勾心斗角的场面成为一个集体和整体；说桥梁，是讲大观园中的善与恶，爱与恨，灵秀之气与世俗之气皆通过这位老太太相遇，相持，最后定个胜负。就这个意义上来说，贾母又是中国读者最熟悉的人物，因为人人会在生活中的各个角落遇到"贾母"，经常会尝到这位"老太太"存在的甜头和苦头。所以，如何和贾母式的老太太打交道，也是中国的人际关系学中的重要一章。

其实，像所有中国传统社会的统治者一样，贾母并不坏，而且是一个善眉慈眼，既具有菩萨心肠又极明事理的女人。不论从传统道德观念还是从个人品质来讲，贾母都是值得信赖和交往的，如果我们在生活中能够遇到这样一位"老太太"并不悲哀，因为现实中扮演贾母如此角色的人不少，但是素质要低下得多。这也许是如今读者会感到贾母自有可爱之处的缘故。

贾母的可爱之处首先在于她是一个不愿违背自己性情的人，这在大观园中非常难得。在这里，上上下下都唯唯诺诺、心怀鬼胎，人前人后都尽量压抑自己的感情和欲望，唯恐越雷池一步引来杀身之祸，唯独贾母很见个性，从不掩饰自己的爱好和感情。尤其和贾政的性情相比，老太太要有生气，有魅力多了。大观园亏了有了这样一位"领导"，才有了一些快乐日子，众男女也才有可能吃螃蟹，猜灯谜，惹相思，试云雨，若依了贾政的意，这大观园还不知道成了什么冷宫地狱呢！至少贾宝玉活不到出家当和尚那一天。而贾宝玉之所以能够在大观园中如此存活，也多亏老太太的庇护。就这一点来说，贾宝玉和贾母多少有一些相互依存的关系。老太太一命呜呼，贾宝玉也断不可继续留在大观园。

当然，贾母能够有性情、见性情，皆与她的身位相关，一是主子，二是倚老卖老。在中国，个人性情的自由度时时处处都与你的身份地位有关，奴隶和下人，无权无势，是谈不上性情和自由的。

贾母具有相当人性的一面，不仅表现在她对贾宝玉天性的爱怜上，还表现在她对大观园内外众人命运的体恤上，包括对刘姥姥这样的乡下村妇也无例外。其实，她喜欢和重用王熙凤也没有什么大错，王熙凤是个贪婪之人，但也确实能干，贾母早就看出了她的"辣"，而且直言不讳，但是她也明白，比起邢夫人和王夫人来说，凤辣子不仅对她更善解人意，而且更明事理。在这小小的大观园内，这位老太太还能依靠谁呢？更值得提及的是，贾母至死也丝毫不糊涂，对大观园命运的悲剧心知肚明，对大观园内人与人关系的肠肠肚肚了如指掌，谁也逃不出这位老太太的心目之外，她所做的一切都是在维持和支撑这摇摇欲坠的大厦而已。

但是，贾母最终还是一个悲剧。而且这个悲剧的深刻程度绝不亚于宝玉和黛玉的情爱结局。因为林黛玉是她亲自接来的，谁也不会忘记黛玉初进荣国府，这位鬓发如银的外祖母一把把她搂入怀中的情景，那心肝儿肉叫的哭声感动了所有在场的人。贾母也绝没有想到，自己原来是想给可怜的林黛玉更多的快乐和幸福的，但最后自己竟然成为一个真正的戕杀者，不仅戕杀了宝黛的爱情，而且也戕杀了自己内心原有的善良愿望。这一点和她在大观园所做的一切是一致的，她为了避免悲剧的行为恰好加剧和导致了悲剧的发生，她所看到的正是她所最害怕看到的；她最不愿看到的，恰恰就是给自己最爱的人带来最悲惨的结局。

这难道是命运吗？也许贾母到死也难解开这个结，就像一百零八回《强欢笑蘅芜庆生辰，死缠绵潇湘闻鬼哭》中，贾母让鸳鸯掷骰子凑乐，鸳鸯依命便掷了两个二一个五，还有一个骰子在盆中打转，鸳鸯大叫"不要五！"但是那骰子偏偏转出个五来。

看来贾母最终也没有从自身的"地狱"中跳出来。她认为自己一生"福也享尽了"，就是对宝玉还不放心，道出了其内心深处的忧虑。她素不知自己对宝玉一世的疼爱，恰恰注定了宝玉终身的痛苦和悔恨。就此来说，贾母一直挣扎在儿子和孙子之间，也就是在传统的道德规范和个人的性情爱好之间，对生活实行着双重标准。一方面她渴望幸福，这与她几十年来忍受的痛苦和经历的危机有关，正如她自己所说的"我是极爱寻快乐的"，所以她并不十分喜欢不死不活的道学气；另一方面，她又明白家族赋予自己的责任，最终无法摆脱判断人事的传统的价值标准，所以她后来认为薛宝钗是理想的孙媳妇，能够受得富贵耐得贫贱，能够逆来顺受，是有福气的；而林黛玉"是个最小性儿又多心的，所以到底活不长"，因此在人生婚姻大事上，她又特别低估了性情相投的重要性。

这也暴露了当时社会性情相残的文化气氛。因为在专制的文化气氛中，讲性情和不讲性情并非是个人意愿，而是与权力相关。一个人有多大的权力，就有多大的表现自己性情的空间，而处于生活底层，根本没有任何权力的人，自然只有唯唯诺诺，用牺牲自己本性的方式来获取基本的生存空间。当然，也有不顾权力压制而坚持和表现自己性情之人，但是这不可避免地要付出人生甚至生命的代价。这也就造成了人与人之间、性情之间相互残杀的悲剧，有权力的人不仅能够活得潇洒，随心所欲，而且能够把自己的意志强加于人，压抑和剥夺他人的个性与性情，由此来展现自己的性情，获取自己生命的快乐。

贾母的悲剧就是如此产生的。因为她的权力在大观园里是至高无上的，所以没有人能违背她的意思，一些清规戒律自然也障碍不了她；而正因为如此，她施于宝玉的爱也成为一种权力，带有强制性，最终伤害了贾宝玉的性情与情爱，酿成了大观园里一连串的人生悲剧。

九、晴雯的性情绝唱

《红楼梦》是一部人性与文化相互关系的百科全书。

在中国历史上，既有严密的做人的礼教，也有敢于与礼教对抗、不受礼法规矩约束的人，例如魏晋时代出现的"竹林七贤"就是如此，他们把人生与自然、与艺术紧密结合在一起，体现了人性在自然和艺术自由存在和展演的境界。

在这种人生状态中,性情则是自然和艺术的结晶,既是人的天性的艺术化展现,也是艺术在人性中的自然升华。在《红楼梦》的种种人生中,最有魅力的也就是人的性情。在这里,做人最重要的就是顺乎天性,尊重真情,虽经历磨难,被迫致死,也不失人性的尊严和美丽。不用说,曹雪芹笔下的晴雯,就是这样一首性情的绝唱。作者通过宝玉的一首《芙蓉女儿诔》给予其最高的奖赏,其中云:"其为质则金玉不足喻其贵,其为性则冰雪不足喻其洁,其为神则星日不足喻其精,其为貌则花月不足喻其色。"

确实,在大观园中,晴雯是最不会"做人"的,但正是这一点显示了她的性情之美。同袭人相比,晴雯是脱俗的,绝不会向俗人低三下四,讨个四面逢源八方玲珑;她更不能完全接受大观园里的道德说教,放弃自我性情去做一个所谓"出了名的至善至贤之人"。对此宝玉堪称晴雯的知己,因为他很清楚,晴雯的受迫害是一次"集体的谋杀"行为,所以当袭人解释平常晴雯"未免轻佻"之事被太太知道时,他马上反问:"怎么人人的不是太太都知道,单不挑出你和麝月秋纹来?"

接下来宝玉还说道:"就是她的性情爽利,口角锋芒些,究竟也不曾得罪你们。想是她过于生得好了,反被这好所误。"

显然,宝玉这里所说的"你们"不是信口开河,自然包括袭人。对此,袭人自己心知肚明,尽管晴雯和袭人一齐伺候宝玉,但是晴雯心里纯洁,袭人却心怀鬼胎,她虽然经常自称"粗粗笨笨"的,但心里的小算盘很精很细,特别在赢得主子王夫人信任之后,越发做作自尊起来,"凡背人之处,或夜晚之间,总不与宝玉狎昵,较先幼时反倒疏远了"。可见她内心的阴暗、算计和小气,绝不同于晴雯的光明磊落,宝玉由此也深知晴雯是有灵性之人,而花袭人是俗人一个。

晴雯吸引贾宝玉的地方还在于她的真诚外露,绝不藏匿自己的真情实感。这一点和薛宝钗形成了明显对比,相比之下,薛宝钗自然就显得虚伪得多,聪明得多。同样面对丑陋的人生现象,晴雯从不掩饰自己的厌恶之情,也决不顾忌得罪了什么人,敢言敢斥,因此被小人俗辈们所嫉恨;而薛宝钗却从来不直面相对，凡是与己无关的事，能躲就躲，决不得罪人。再比如，同样是做针线活，晴雯病补雀金裘是一片真情真心，令人感动；而薛宝钗也经常帮助袭人做一些针线活，却分明是为了显露自己，讨好别人，赢得自己在大观园中的好名声好地位，顺便还可以探听个虚实，获取一些信息。就此来说，晴雯虽然短命，但比薛宝钗活得潇洒和真诚，最后作者安排她心安理得地上天当花神去了。

如果同晴雯相比，那位高高在上、在大观园操生杀大权的凤姐儿就显得生命黯然无光和无味了。因为凤姐儿确实是个有个性的人，但是并非是个性情中人。如果说王熙凤在整治大观园过程中经常有力不从心感觉的话，那么她一生做人的最大痛苦就在于情不合性，经常要做出一副与自己本性本意相反的姿态来达到目的，所以活得很累很痛苦。这种长期扮演与自己天性天理相违背的角色，实际也正是王熙凤身体病症的根源。虚张声势和利欲熏心相互交织，不可能具有正常怀孕育子的心理基础，所以小产和落红也是其心理不健康产生的必然结果。而王熙凤的悲剧，就在于她在算计和戕害别人的同时，也在算计和戕害自己。这一点在她设计害死尤二姐过程中最为明显。在她达到目的之前，首先要违背自己做女人的天性，做出一副委曲求全、宽宏大量的样子，在自己情敌面前虚情假意一番，甚至称对方为"我的大恩人"，哭哭啼啼说"奴愿作妹子，每日服侍姐姐梳头洗面"。这种作态所付出的心理代价是很难估量的。王熙凤最终虽然达到了目的，显示了自己的"强人"颜色，但在心理上已无安宁之时，直到临死还活在尤二姐前来索命的恐惧之中。

人之魅力首先以有无性情为分，其次才是聪明才智和身份高低，所以，晴雯的魅力在于她的性情，她的纯、真和露，完全不同于俗、假和瞒的人生。她虽然身为奴隶丫头，但是全然没有奴隶之心，决不被迫做违背自己性情的事。这在大观园的人情世态中是一道闪光的亮点，照亮了读者所面对的生命世界，更使得这个世界中苟且偷生的千姿百态显得毫无光彩和趣味可言。就说凤姐带人抄检大观园那一幕，晴雯面对王夫人的责问是如何情直理壮，完全不同于凤辣子在王夫人跟前那份奴才相。凤姐先是着了慌，再就是"又急又愧，登时紫涨了面皮，便依炕沿双膝跪下"，接着"又因王善保家的是邢夫人的耳目，常调唆着邢夫人生事，纵有千百样言辞，此刻也不敢说，只低头答应着"，哪里还有一点"凤辣子"的风采？恐怕连个正常人的尊严也谈不上了！如此思前想后，如履薄冰，在仗势欺人的背后，还是一副做奴隶的生态和心态。至于晴雯面对主人和奴仆的搜检，竟然能"豁一声，将箱子掀开，两手提着底子朝天，往地下尽情一倒，将所有之物尽都倒出"，则是有名的"凤辣子"一生永远不能企及的境界。

晴雯虽死犹生，因为她完成了一个大写的"人"字，她之所以是一个性情之人，是因为她摆脱了大观园里不做主子就做奴隶的人生悲剧性的循环。任何一个人一旦卷入这种情势之中——无论他如何聪明，如何精明能干——都必然在主人和奴隶二者内挣扎，忽而做主子，忽而做奴隶，或者在做主子的时候也在当奴隶，根本谈不到个人的性情，也谈不到做人的真正快乐。这也是在专制社会条件下做人的最大的悲剧，而晴雯的性情绝唱，无疑是面对这种专制社会制度以及文化意识形态的致命一搏。

十、林黛玉的孤标至情

在中国古典文学中，"情"是一个人性的焦点和亮点，也是艺术与道德经常交战和交锋的话题，而曹雪芹在《红楼梦》中最钟情的人物，就是林黛玉。曹雪芹为何如此钟情这位性情有点古怪刻薄，且身体又病病恹恹的女子呢？

这确实是一个问题。如若在这里能够给与一个简洁的答案的话，那么，就为一个字——"情"。

林黛玉得的就是"情病"。

因为林黛玉一生无名利之心、无家国兴旺之望，更无飞黄腾达之欲，就只为一件事活着，那就是爱情。

林黛玉在大观园菊花诗赛中独占魁首，写下了"醒时幽怨同谁诉，衰草寒烟无限情"的诗句，意象之间已透露出她人生一世的信息，这就是知情、至情和唯情。无论是"满纸自怜"也好,"孤标傲世"也好,这"无限情"是林黛玉人生一世的核心,构筑了她永恒的生命风采。尽管林黛玉在大观园内是最不会做人的人,事事处处不合世俗的标准,显得怪异和尖刻,她不及袭人懂事和温柔,不如薛宝钗亲切和大度,更没有凤姐儿的能耐和会来事,但她是一个真正的、独一无二的至情之人。在同传统道德和世俗之理的对抗中,唯有这位较弱的潇湘妃子能够孤标傲世,惊天地动鬼神。也唯有她,才真正用自己的生命完成了"将儿女真情发泄一二"的美学理想。

当然,这也就决定了林黛玉必然在大观园会步晴雯的后尘,直面风刀霜剑,最后被世俗和专制体制"集体谋杀"。这或许是命中注定,更是事出必然。在第八十七回中,贾宝玉洒泪泣血,一句一啼做《芙蓉女儿诔》,刚刚祭奠完了晴雯,方才回身,突然听到花影中传出人声,走出一个人影,定睛一看原来就是黛玉——此时莫不就是黛玉对自己的命运早有预感,只是不肯轻易外露呢?

其实,林黛玉的一生从未考虑如何做人,她是为情而生,为情而死的,她把自己的全部身心都扑在了感情上,其感情状态就是她的生命状态和身体状态,并无丝毫的保留和造作。从她进入荣国府就能看出,在场的所有人中,只有她是依照自己情感的指引而生活着,她和宝玉一见钟情,就再也无法逃脱爱情的罗网,至死不弃,至死不悔。

也许正由于如此,黛玉才有那份对于感情特别的敏感性,以至于世俗之人感到她是否心眼太小了。她在俗事俗人方面确实是不怎么知情理的,很多利害关系都可以马马虎虎,唯独在感情方面不能马虎和将就。

宝玉和林黛玉一样,觉得自己的真心真情无以复加,已无须言表,又唯恐对方不能全部领受和承待这份感情,结果就不能不相互试探,陷入情深反被深情误之中。况且中间又有"金玉良姻"的介入,诸多因素都在有形和无形之中阻隔着这对恋人开门见山,倾心相许。

其实,不用宝玉千声万声地叫"好妹妹",林黛玉何尝不明白贾宝玉对自己的爱意?只是无奈于自己的身份处境,自知根本无力承受这种爱情的赐予而已,只能寄希望于宝玉的自明自强。这在第三十回中就已十分明确。宝玉在怡红院对月长吁,黛玉在潇湘馆临风洒泪,两人早已情发一心,坠入爱海,而林黛玉已经开始感受到了悲剧的阴影,于是就有了抽身退步的念头,无奈自己是个至情之人,如何能摆脱这命中注定的情网?

小说中如此写道:

> 林黛玉心里原是再不理宝玉的,这会子见宝玉说叫别人知道他们拌了嘴就生分了似的这一句话,又可见得比别人原亲近,因又掌不住哭道:"你也不用哄我。从今以后,我也不敢亲近二爷,二爷也全当我去了。"贾宝玉听了笑道:"你往那去呢?"林黛玉道:"我回家去。"贾宝玉笑道:"我跟了你去。"林黛玉道:"我死了?"贾宝玉道:"你死了,我做和尚。"林黛玉一闻此言,登时将脸放下来,问道:"想是你要死了,胡说的是什么!你家倒有几个亲姐姐亲妹妹呢,明儿都死了,你几个身子去作和尚?明儿我倒把这话告诉别人去评评。"
>
> 宝玉自知话说的造次了,后悔不来,登时脸上红胀起来,低着头不敢则一声。幸而屋里没人。林黛玉直瞪瞪的瞅了他半天,气的一声儿也说不出来。见宝玉憋的脸上紫胀,便咬着牙用指头狠命的在他额颅上戳了一下,哼了一声,咬牙说道:"你这——"刚说了两个字,便又叹了一口气,仍拿起手帕子来擦眼泪。

这里绝对没有虚情假意,林黛玉之所以有意"再不理宝玉",并非不爱宝玉,而是预感到这最终将是悲剧,想要逃避。她说宝玉"不用哄我",并非不相信宝玉爱她,而是清楚宝玉的这种承诺,只是一种爱的幻象而已,宝玉并非有能力承担和实现这种承诺。而她说"我回家去",更是她内心长期所锁定的一种归宿,希望最后能够摆脱这种悲剧的命运,最后魂归故地。她之所以"掌不住",也并非因为宝玉把"好妹妹"叫了几万声,而是无法回避和逃避自己内心对爱情的执着,所以才如此为自己、也为这份爱情伤心落泪。

可惜贾宝玉痴迷于情,并不全然明白林黛玉的全部用心,所以尽管他的痴爱真情赢得了林黛玉的全部身心,但是最终不能使黛玉摆脱悲剧的命运。所以，林黛玉直到生命的最后关口还直口高叫："宝玉，宝玉，你好——"

这一声最后归去的叫声终于唤醒了宝玉的迷梦。

可以设想，这一声最后的呼唤，对于作者曹雪芹也是性命攸关、终生难忘的，很可能决定了他最后对于命运的选择。其实，对曹雪芹来说，林黛玉不仅是自己情感人格的寄托，同时也是自己生命的镜像之一。与林黛玉一样，曹雪芹同样对功名利禄无意，且出之于对于当时的社会和人情世态之腐化堕落、虚伪奸诈的真切体验和感受，已经完全不能与之同流合污，在这种情况下，他和同时代的很多文人一样，把情作为了自己唯一的寄托和家园，并通过自己笔下的人物表达了自己的绝望和希望。所谓绝望，是源之于像林黛玉这样的至情之人，竟然在生活中无立身之地；而所谓希望，则是世界上居然还有像林黛玉那样的至情之人！

46．鲁迅：人类忧患的一面镜子

王富仁是我的师长，也是朋友，是我喜欢的学者之一。他研究鲁迅的书，我总是要看的，因为他是用心感受和理解鲁迅的。年长日久，我甚至觉得他的长相也越来越像鲁迅了。

无论就一个民族，或者一个群体和个人而言，都有自己的长处和短处，都有顺境和逆境，但是，无论在什么情况下，一个民族，或者群体和个人，如果失去了自我反省的意识和能力，不管其具有什么优点或优势，如何强大，处于何种成功的境地，都可能处于悲剧或危机的边缘，都可能遭遇灾难；反之，无论其存在什么弱点，处于何种弱小的地位，都有可能战胜自我和重塑自我，改变自己的处境和命运，在不幸状态中杀出一条血路，走向成功和强大。

这两种情况，在中华民族漫长的历史上，都可以得到证明。而正是在如此丰厚的历史资源基础上，出现了鲁迅。可以说，鲁迅本身就是一面镜子，而且是人类内在精神的一面镜子，从中可以看到人类忧患和灾难的文化心理根源；鲁迅所表现出的深刻的民族历史与文化的反省精神，不仅属于中国，而且属于人类——尤其是人类在某些方面取得重大成就之时，人们陶醉于所谓盛世气象和巨人时代之时，其意味就显得格外明显。

就是在这种情况下，中国文联出版社推出了"我看鲁迅"丛书，其中收有王富仁、赵卓的《突破盲点：世纪末社会思潮与鲁迅》，高旭东的《走向二十一世纪的鲁迅》和王乾坤的《回到你自己：关于鲁迅的对聊》。从规模上来说，这套丛书不见得分量很重；从学术研究角度来说，也未必都称得上巨著名典，但是对我来说，读后仍然感到获益良多，有很多感触。也许是"当其时"的缘故，这三本书的作者都以不同方式对前一段时期的"贬鲁风"有所触及。王富仁自然是久经沙场的老将，他很早就通过鲁迅这面镜子看到了鲁迅可能在1990年代的遭遇，所以并不惊奇有人对鲁迅说三道四。说实在的，对一个去世的文人指指点点，这历来是阿Q式的"英雄主义"，用不着担心赵四老爷打板子，所以，王富仁无意就"贬鲁风"浪费气力，而是以一篇《空间·时间·人》的长篇论文回应了历史的挑战。这篇论文非同小可，他随着鲁迅从"过去"走到"现在"，又从"未来"中看穿并打破了对于"时间"的迷信，从而展示了一个贯穿历史的精神生命空间——鲁迅的灵魂。

实际上，一个把握空间的生命如何能够用一种时间尺度来衡量呢？一种拘泥于时间，甚至以"今天"为生、为标准的话语或判断，又何尝不随着"今天"转瞬即逝？至于赵卓、高旭东、王乾坤三位作者，也许由于正是年盛气足之时，对于"贬鲁风"都给予了直接回应，且笔力沉峻有力，各有千秋。其中赵卓明显承继王富仁学风，只是锋芒直露，不仅分析了"贬鲁风"之种种表现，而且提枪直指背后的文化保守主义、保守自由主义与世俗主义思潮。而高旭东一向欣赏"恶魔诗人"的风骨，这次还表现了"中年学者"式的狡猾，先"摘掉鲁迅头上的神圣光环"，然后像鲁迅一样不断"举起投枪"，不管是王朔、张闳、葛红兵、朱大可、冯骥才、林毓生、"解构主义"、"后殖民话语"等等，一概不在话下，虽然"乱枪"之下难免冤枉，却也见得一种"得理不饶人"的劲头。说到王乾坤的文字，倒有一点"绵里藏针"，左一口"不辩"，又一句"尊重"，最后点出的还是对方"任性的冲动""盲目性"，除了我一向不喜欢的"为人师表"的"好人相"之外，读来颇有味道且获益很多。

作为一个读者，我当然并不能完全领会这几本书的精义，所言只是浮光掠影，但是却能明显感觉到其中一个共同的心灵信息，这就是鲁迅还在我们中间。这是可贺可喜的。至于鲁迅现在的处境，我觉得并不十分悲惨。也许比他生前不差。至于鲁迅现在可能遭到一些冷遇，或许是必然的。因为鲁迅是一个忧患诗人，尤其是一个反省、反思和挑自己民族毛病的作家。如果处于乱世危难之时，人们迫于现实不能不反躬自问，不能不补短扬长，人们自然也就比较能够理解和接受批判现实、找自己"病根"的作家；但是，到了歌舞升平年代，唱赞歌还来不及，谁还喜欢鲁迅那样找"病根""说坏话"的作家呢？在盛世时代讨论忧患意识，本来就是一件吃力不讨好的事，不仅中国是这样，外国也同样如此。我曾在上海大学召开的"全球化与现代文学研究的转变"研讨会上说，今天的美国就格外需要鲁迅，需要反省自己，否则就不会意识到自己的弱点和盲点，就会面临更大的危机。

正是由于如此，我把鲁迅看作是一面人类忧患的镜子，其意义、其难得，不仅表现在一个国家、民族和个人的危难时期，更表现在盛世和成功之时。盛世更要讲忧患意识，成功之时更需要反省自己，这就是鲁迅的世界性意义，也是这套"我看鲁迅"丛书能够促使我们思考的。

47. 胡适：务实中庸的文化创新者

回顾中国新文学的发展历程，我们不能不步入一条湍急的历史河流之中，映入眼帘的不是平静的田园风光，而是历史造就的高山瀑布。如果说，新文学激发了中国文学的生命激情，那么这种激情曾经被各种社会文化和意识形态堆积物遮蔽和压抑着，一直在寻找着自己的突破口。这是一种文化的机缘，历史转折的必然要求和文学意识的具体创新结合在了一起。1919年1月由陈独秀主持的《新青年》刊出了胡适的《文学改良刍议》，开始突破旧文学的观念防线，把文学革命引向了纵深。

胡适堪称中国五四新文化运动的旗手，记住"五四"，就不可能忘掉胡适。

胡适由此成了治20世纪文学史的必读人物。胡适，安徽绩溪人。在夏志清《新文学的传统》中，引述了其好友唐德刚的评价："适之先生是为发乎情、止乎礼的胆小君子。搞政治，他不敢造反；谈恋爱，他也搞不出什么'大胆作风'。"胡适一直崇尚理性的不愠不怒"中庸"处世态度，是一个虽受西方文化熏陶、但是仍保持中国传统文人气度的知识分子。这种气度不仅可以从他鼓吹"文学革命"中表现出来，也决定了其一生的政治文化选择。胡适曾讲过，发起"文学革命"是"逼上梁山"的结果，最早他所思考的只是文字与文学的关系——而这最初也是受到清华学生监督处的一个怪人钟文鳌的影响。后者是一个虔诚的基督教徒，每次利用给学生发支票的机会，加送一些小传单，宣传"废除汉字，取用字母""多种树，种树有益"之类的思想。不过，胡适当时对此并不在意，更没有把它当作日后发动文学革命的一个契机，他甚至还写了一封信把这位监督奚落了一番。但是，不久之后，当投入诗歌创作的时候，胡适感受到文言文表达的弊端，意识到活的语言与活的文学之间的密切关联。

于是，胡适提出了白话文学的主张。当时，这一观点在留美学生之间引起不同反响。中国新文学最早的女作家之一陈衡哲是最早的支持者之一，而后来成为学衡派主将的梅光迪、吴宓等人，则是最激烈的反对者，后者绝不承认中国古文是半死或全死的文学。而正是这种激烈的辩论使胡适深入思考自己的主张，使自己的思想更加健全起来。这时他已经意识到，中国文学面临着一场革命，于是在1915年9月17日给梅光迪的一首诗中就提出了"新潮之来不可止，文学革命其时矣"的口号。但是，到了1917年，也就是差不多两年后，胡适依然用了"文学改良"的字眼，直到受到陈独秀"文学革命论"的大力鼓吹，胡适才开始放手一搏，相继写了《历史的文学观念论》《建设的文学革命论》等文章，真正扛起了"文学革命"的大旗。

胡适是新文学运动的扛鼎人物，原因不仅在于他率先找到历史转换的突破口，还在于他的务实和迂回。他看到了在具体文学创作中形式与语言的困境，提出了具体的解决方案，这就是"八事"（或称"八不主义"）："一曰，须言之有物；二曰，不模仿古人；三曰，须讲究文法；四曰，不作无病之呻吟；五曰，务去烂调套语；六曰，不用典；七曰，不讲对仗；八曰，不避俗字俗语。"1933年，胡适旧事重提，就1916年的一些想法有如此说明："今日所需，乃是一种可读、可听、可歌、可讲、可记的言语。要读书不须口译，演讲不须笔译；要施诸讲台舞台而皆可，诵之村妪妇孺皆可懂。不如此者，非活的言语也，决不能成为吾国之国语也，决不能产生第一流的文学也。"由此可见，胡适提倡白话文的目的是很实在的，一开始就着眼于文学与语言的相互依存关系。

所以胡适是务实而不是激进的。他从历史进化论观念出发，看到了白话文代替文言文的必然趋势，只是用自己的话语论证了这种必然性。由此，胡适不仅提出"一时代有一时代之文学"（这一点刘勰早已经说过），而且勾勒出一条白话文学长期存在的历史线索，并指出"用死了的文言决不能做出有生命有价值的文学",因为"一切语言文字的作用在于达意表情;达意达得妙,表情表得好,便是文学。那些用死文言的人,有了意思,却须把这意思翻成几千年前的典故,有了感情,却须把这感情译为几千年前的文言"。所以,他提出建议,要建立"国语的文学,文学的国语",用白话的"活文学"代替文言的"死文学"。

胡适的主张是务实的,这与他接受美国杜威的实用主义哲学思想不无关联,凡事都要看苗头,小心求证,大胆试验。为了印证自己主张的可行性,他还创作了《尝试集》,通过具体的文学创作来进行试验。这些都与陈独秀形成了强烈的对比,后者注重先声夺人,在气势上压倒对方。这在当时的中国社会或许具有开山破冰的作用。接到胡适从美国发来的《文学改良刍议》后,陈独秀如获至宝,不仅立即予以发表,而且以《文学革命论》一文推波助澜,大张旗鼓进行宣传,不仅用"革命"代替了"改良",而且凸显了"大书特书"的造势炒作策略。在文章中,陈独秀称自己的主张是"吾革命军三大主义",即为"推倒雕琢的阿谀的贵族文学,建设平易的抒情的国民文学;推倒陈腐的铺张的古典文学,建设新鲜的立诚的写实文学;推倒迂晦的艰涩的山林文学,建设明了的通俗的社会文学",颇有踏倒一切旧文学,且"不容反对者有讨论余地"的霸气和傲气。

现在人们所知道的五四新文化运动,已经是被历史和文化建构多次放大的时代标志性事件。其实,回到当时具体语境中,很多人和事都是很平实的。也许正是在这里,我们看到了文化传媒和传播在文学变革中的重要作用。在现代社会中,出版、编辑与传播开始凸显自己的意志和作用,不仅直接参与文化创作与创新的全过程,而且极大影响,甚至在一定程度上决定作家作品的命运。这在19世纪俄罗斯文学的繁荣中就显现无余,没有别林斯基、涅克拉索夫等一批优秀杂志人和编辑的出现,就很难设想有作家作品群星荟萃的局面。这种情景在中国20世纪初同样引人注目,没有《新青年》等一批名刊的出现,没有陈独秀这样敢作敢为的杂志人的振臂一呼,新文学革命也就无从谈起。

48. 朱自清：散文中的性情中人

　　作为一个学者型的作家，朱自清（1898—1948）散文创作方面成就最为显著，在现代文学史上独树一帜，具有典范意义，深刻影响了现代散文创作的发展与流变。朱自清曾坦言自己偏爱散文，其原因就是不拘一格，"要怎么写，便怎样写"。这说明朱自清写散文，主要是为了满足某种个人性情方面的需要，并不刻意追求结构与形式上的完美。而朱自清的作品就显示了这种性情之美。他的散文之所以能够打动人心，长期受人们所喜爱，所推崇，其重要原因之一，就是其中有一个独特的"我"：这就是性情中人的朱自清。

　　性情是什么？一个作家如何保持和表现自己的性情？这当然不能随便就下断语。就朱自清来说，在人格上保持自己的独立性，在内心坚持对于真善美的追求，在操守上坚持真诚自律，已经成为其为人为文的标志。在朱自清的散文中，这些心灵的标志不是空泛的，抽象的，而是通过与人生、与大自然、与各种各样的生活细节的对话交流体现出来的。由此，我们可以读到很多对于生命独特的感触，它们发自性情，发自朱自清内心对于真实和真诚的追叙与呼唤；我们犹如和一个有性情、有个性、有理想的人对话，领略一个丰富的心灵世界。

　　翻开《朱自清散文精选》，一开始就能感受到作者决不是一个虚伪造作的人，如其在《憎》开篇就写道：

　　　　我生平怕看见干笑，听见敷衍的话；更怕冰搁着的脸和冷淡的言词，看了，听了，心里便会发抖。至于惨酷的伴笑，强烈的揶揄，那简直要我全身都痉挛般掣动了。在一般看惯、听惯、老于世故的前辈们，这些原都是"家常便饭"，很用不着大惊小怪地去张扬；但如我这样一个阅历未深的人，神经自然容易激动些，又痴心渴望着爱与和平，所以便不免有些变态。平常人可以随随便便过去的，我不幸竟是不能；因此增加了好些苦恼，减却了好些"生力"。——这真所谓"自作孽"了！

为什么自己明明知道"自作孽"，还要又不能放弃呢？而又为什么自己渴望"爱与和平"，就觉得自己"不免有些变态"呢？难道这有什么不对吗？显然，这里显露了朱自清对于自己性情的执着，与其说是"自作孽"，不如说是性情在"作孽"。尽管作者明明知道这种执着在现实生活中并不明智，甚至还会带来许多烦恼与痛苦，但还是不能违背自己的性情，或者说不能放弃自我内在世界的感悟与追求，还企图在万难之中坚守那份"爱与和平"。

这种"自作孽"不仅表现了朱自清的性格品行，也说明一个作家执着于性情并表现性情之难。照理说，性情乃是人之天性，人皆有之，一个人只要把它表现出来就行了，这无非是一件非常自然的事情，又何必如此强调呢？但是，只要我们深入观察生活，就会发现，每个人性情的形成不仅受到社会文化的制约，而且性格的表现也会受到各种限制。这与社会的自由度与文明开放程度有很大关系。一个人有个性，有理想有追求，在某种情况下还会遭到误解、打压和敌视；尤其是当社会还没有这种个性存在与发挥、这种理想得以实现的条件与环境的时候，人的性情是很难获得自由自在存在和表达的。这时候，人们为了生存，就不能不随大流，就不能不用社会常规来自我约束，把自己的性情藏起来，把自己的个性磨灭掉。

散文是一种最随意、最自由、最不拘一格的文体，所写之物无所不包，无所不可；文笔尽可以尽情挥洒，任意点染，叙事、抒情、言志、立说、怀旧、想象、隐喻等等，全无禁忌，任凭你神思飞扬，进行独特的创造。我们之所以说散文是最讲究性情、最能表现性情的文体，也就是因为人之性情也是最不喜各种规则约束的，最接近于人之天性的。正因为如此，散文又成了最难写的一种文体，因为其形式上的"散"，很可能淹没、丢失了灵魂；又因为见其性情，所以更能见到作者人格的质素和内在的品格——这又是用形式与技巧所无法替代的。由是说来，我之所以把性情说成是散文的"灵魂"，因为它并不是我们经常所说的文章的中心思想、主题、重要观点；也不是一般意义上的主线、重要情节、完整结构等等，而是一种渗透或弥漫在作品中的最能体现作家主体人格、情态与审美情趣的精神元素——这种元素具有某种独一无二的品质，能够使读者最深切地感受到作家个性的独立存在，在文品与人品之间建立起某种一致的联系。

文学创作注重性情之美，也是中国传统艺术精神的亮点之一。中国古代看人论文历来注重"性情"，把它看作是文学的核心内容。因为性情是人之生命最重要的特征，是宇宙人生最高深道理的基础。这一点，至少在先秦，就已经成为关注的焦点。从出土的《战国楚竹书》中就能看出。其中《性情论》中就说："道始于情，情生于性"；"性自命出，命自天降。道始于情，情生于性。始者近情，终者近义。知情者能出之，知义者能入之"。说明人之性情有其天赋的一面，也有其人为修养的一面；而文学作为人之心声，自然也必须是发自性情，表现性情的，这就是所谓"凡声，其出于情也信；然后其深入人之心也厚"。这说明讲性情必然讲真诚，真性情是容不得虚伪、虚假与造作的。

朱自清珍爱自己心灵的感受，不愿放弃自己内心对于真善美的追求——尽管他有时候也会感到这种追求可能是虚妄的，并且还会给自己带来痛苦，但是还是不肯放弃。朱自清的散文见性情，就在于其中有一个真诚的自我。性情不是一潭死水，或者某种教条，对一个作家来说，性情就是其生命意识的艺术表现。因此，真诚地写出自我，敢于直面人生和解剖自我，是朱自清散文的感人之处。

荷花是中国人的挚爱，因为它象征着人"出污泥而不染"的品质。宋人周敦颐的《爱莲说》也由此流芳百世，而朱自清最脍炙人口的作品也莫过于《荷塘月色》，莫非古今之人有惺惺相惜、心灵相通之处？

当然，朱自清是散文中的性情中人，但是到了现实生活中呢？这也许还需要另当别论。

49. 沈从文：呈现人性中的"善之花"

沈从文是中国现代文学中一位有影响的小说家。他曾把自己的小说创作比作是在建造一座"希腊小庙"，供奉的是"人性"。这表明了他独特的美学追求和艺术理想。我们在沈从文小说的人性描写中，能够感触到一种社会生活的悲剧感，人生和人性的危机感。这反映了小说家同现实的关系矛盾。他在因袭的生活的重负下描写人性，不能不经受这种悲剧感的考验。沈从文的全部小说创作，在内容上可基本分为两部分，一部分是描写乡村生活的，一部分是描写城市生活的。如果说前者充满了对纯朴的人性的神往，则后者突出反映了对城市生活的憎恶。这种憎恶表现为对资本主义在中国发展的本能的反感和抗拒。

这也许是一种普遍的历史的悲剧感。资本主义畸形的社会形态造就了人性危机的镣铐。这个镣铐并不仅仅套在一切被侮辱、被损害的弱者身上，而且套在了一切人的身上。恩格斯在《反杜林论》中就曾谈到在资本主义条件下分工给人性带来的异化，他说："不仅是工人，而且直接或间接剥削工人的阶级，也都因分工而被自己活动的工具所奴役；精神空虚的资产者为他自己的资本和利润所奴役；律师为他的僵化的法律观念所奴役，这种观念作为独立的力量支配着他；一切'有教养的等级'都为各式各样的地方局限性和片面性所奴役，为他们自己的肉体上和精神上的近视所奴役，为他们的由于接受专门教育和终身束缚于这一专门技能本身而造成的畸形发展所奴役，——甚至当这种专门技能纯粹是无所事事的时候，情况也是这样。"无产阶级革命的目的首先就是为了全人类的解放。在这种社会下，任何一个优秀艺术家都不可避免地参与反对人类被异化的斗争。我们在巴尔扎克的小说中，早就看到了在人欲横流的社会中，人性畸形发展的事实。

　　但是丝毫没有必要把沈从文和巴尔扎克、梅里美、托尔斯泰等人并列起来，尽管他们对社会的认识的出发点有着一致的地方。生活在20世纪初叶的沈从文，目睹了资本主义发展给中国带来的危机，它带来了中国封建农村生活的解体和破产，却没有带来国家和民族的兴盛和发展。在当时的社会中，沈从文看到资本主义势力向穷乡僻壤的蔓延，像一条毒蛇，损害的是人们和睦的生活，留下的是破落、贩毒、娼妓和人与人之间的仇恨和吞食。在《长河》中，他描写了人们对于所谓"物质文明"的普遍的恐惧，这种"文明"来得越多，农村就越穷。值得注意的是，虽然沈从文在很多作品中，例如《水车》《丈夫》等，表现了对这种"文明"的反感，却并非是对物质文明的排斥，而是看到了实际生活中这种"文明"的具体内容，除了给人们的表面生活添了几件装饰品之外，几乎无补于世。沈从文深刻感触到在这种"物质文明"的冲击下，人性所受的巨大创伤。他在《丈夫》中写道："做了生意，慢慢的变成城市里人，慢慢的与乡村离远，慢慢的学会了一些自由城市里才需要的恶德，于是妇人就毁了。"在中国现代小说中，反映在资本主义势力冲击下城乡生活陷入破产的小说并不少见，但像沈从文这样，把人性的被压抑，人心的被腐蚀同现代生活的进程联系起来描写，是不多见的。

　　在沈从文小说的人性描写中，读者能够感触到一种社会生活的悲剧感，人生和人性的危机感。其笔下的城市生活，不仅是痛苦的，腐烂的，而且是空虚的，无聊的。在《腐蚀》中，他向人们描绘了一幅城市贫民区不堪入目的生活图画：流落街头的读书人在昏暗的路灯下为人看相；无家可归的孤儿在巡警的追捕下逃窜；娼妇只是为了两个角子在乞求生意……在这里，人的一切价值都在丧失，都在这贫困、肮脏的生活中腐烂。在沈从文小说中，并不是一般地描写城市生活的贫困和龌龊，而是着重描写人性在这种情况中怎样被扭曲成畸形的，人的心灵是怎样陷入病态的境地的。在《八骏图》中，即使是生活比较充裕的教授，也难得见正常的健康的人性。他们中有的在无聊的小康生活中庸庸度日；有的道貌岸然，但看到穿新式游泳衣的女子就不免心神不定；有的一边大讲精神恋爱，一边追求肉欲；有的则保持一种变态的恋爱观，认为爱女人却不能让对方知道……这一切都反映了人性在物质的纠缠中所发生的异变，在一种毫无趣味的、反人性的禁锢生活中所作的种种变态的挣扎和反抗。

　　沈从文常常用一种怜悯又嘲讽的眼光来看待城市生活。他看到了一些在物质文明的"现代生活"中的可怜和无聊——《烟斗》中公务员王同志被停职的恐惧心理，略有升级后，因为增加了一个新烟斗而心满意足的神态；《失业》中电话员大葱在工作中不堪忍受的苦恼；《生存》中一个青年画家为生存所作的挣扎；《中年》中"我"孤寂冷清的生活；等等——都会使人感到一种窒息人性的沉重气氛。在这种气氛中，人不得不为生活所左右，处于某种无聊、孤寂、惊恐、互相提防的状态之中；人的生活失去了原有的生气和创造力，失去了绚丽多彩的色调，成为苍白和无力的存在；真正的纯洁的感情消失了，没有了；真正和谐的生活被破坏了，肢解了；真正的热情被禁锢了，熄灭了。

　　在小说中，沈从文不止一次地描写了现代生活中一些"文明"的把戏。《有学问的人》中的天福先生和周女士的暧昧关系，互相挑逗，互相引诱，还要维持着一种绅士的礼貌。在这里，行为和心灵是分离的，根本谈不上真挚的感情。

　　这一切同沈从文对社会生活的独特感受联在一起，反映了一个纯朴的乡村青年对现代生活中人与人之间形成的一些虚伪、冷漠关系的格格不入。在生活中，他深感于社会中人心之间不相通的悲哀，常常有一种孤独和失望的情绪萦绕在心头，为自己被庸俗生活所摆弄的命运而叹息。在当时的社会中，作家的艺术劳动也不得不沦落为一种"商品来出售"，成为同作家本人对立的活动。沈从文别有深意地把《一个天才的通信》称之为"一个害热病的死前一月来近于疯狂的人心的陈列"。正是为了抵御这种"热病"的蔓延和袭击，沈从文才如此厌弃城市流行的某种生活方式，一再强调自己是同城市人不同的"乡下人"。

这个乡下人显然是不能同当时的社会和解的，他对资本主义化的城市生活具有本能的反感，他在作品中所表现的对城市对人性的扭曲和戕害的深刻感触和愤怒感情，就是一个乡下人对黑暗现实的对抗。尤其是在《七个野人与最后一个迎春节》中，现代"文明"的来临给偏乡僻壤的猎人带来了极大的灾害，迫使他们躲到山里去过类似原始群居的生活，来逃避这场灾害。"文明"的到来，官府的到来，不仅禁止了传统快活的迎春节，而且"过两三年且有靠谎话骗人的绅士出现了。又有靠狡诈杀人得名得利的候补伟人了，又有人口的买卖行市，与大规模官立鸦片烟馆"了。假如我们不去理解中国现代社会中某些畸形发展，不去理解这种畸形发展给作者和人们精神上带来的巨大创伤，就难以理解在沈从文笔下这七个猎人宁愿去过山洞式的原始生活的举动，也不能完全理解这种举动所包含的对黑暗现实抗拒的意义。

　　人性善恶是一个有争议的古老命题，有性善论，也有性恶论，关键在于从何种角度去看，去理解；但是在文学创作中有一点似乎是肯定的，一个作家绝对不会对于人、人性和人生中一切熟视无睹，漠不关心，一定会有自己的感受，有自己的爱憎，有自己的追求。

50. 白先勇:"边缘人"的追寻

从最单纯的意义上来讲,文学是生活的一面镜子,它不仅映照出了时代的变化和生活的变迁,而且记录着人心在各个历史关头所面临的考验,所感受到的犹豫、困惑及其痛苦的超越过程。在这个过程中,最使人感兴趣的是,文学的世界化趋势也造就着文学创作中的世界性主题。

自 20 世纪以来,世界各国各民族各地区的交流和交往越来越频繁,越来越广泛,种族的迁移以及人口的流动成为世界生活中的一个重要现象。无论这种迁移和流动是以什么方式进行的,几乎都显示一种共同的特征,这就是由于生产力的发展,在过去很长一段时间内所能维持的各个民族和国家的自给自足状态再也无法维持下去了,加之世界各个民族和国家经济发展极不平衡,各个民族传统的自信心也面临着考验——出现了真正的种族的危机。由于各种各样动机的驱使,很多人离开了自己的民族群体,离开自己的国家,有的是永久性的,有的是间歇性的,面对一种新的陌生的现实,接受异己的文化,真正体验到了某种"无根"的生活,感受到了某种种族的困惑。就在这不断迁移和流动的人群中,就闪动着许多文学家的身影。他们的经历和创作都说明了它们是一群特殊的文学家,他们明显地带着自己种族的印记,但同时又是离开自己种族或国家的流浪汉、飘零者或外来户,他们还背负着本民族的传统,但与本民族的生活已有相当的距离,与他国或他民族的生活有隔膜,但是又在不断适应着这种新的现实。他们内心的矛盾是深刻的,但在行动上却显得非常坚毅。

华人作家白先勇就是这群形形色色作家中的一个,而且是特殊的一个。他是国民党高级将领白崇禧之子,1937 年生于内地,但在内地只度过了童年，就随家人经香港迁居台湾。在台湾大学毕业后（1963年）到美国深造并进行创作研究，之后一直呆在美国。从时间上来说，他人生五十年，有一半以上时间是在异国度过的，而另近一半的岁月则是造就他人格基本倾向和品格的重要时期，所以对他来说，生活的流离感是很难一下子完全消除的，他既是纽约客，又是一个中国人。他带着自己的民族传统到了美国，但美国的现实又使他重新审视自己民族的历史和传统，审视过去由来已久的价值观念，从而感到了一些新的困惑和乡愁。其短篇小说集《纽约客》就是在这种情境下写成的，在整个小说中，我们都能够看到一个时隐时显的身影——他蹒跚在纽约街头，一时不知身在何处——这就是赴美留学的白先勇自己。

由香港文学书屋出版的《纽约客》，共收集了七篇短篇小说《芝加哥之死》（1964），《上摩天楼去》（1964），《安乐乡的一日》（1964），《火岛之行》（1965），《谪仙记》（1965），《谪仙怨》（1969），《冬夜》（1970）等，除了《冬夜》立足于台北外，其他几篇都是写中国人在美国的生活情景。背景大多是美国大都市的场景，摩天大楼、霓虹灯、高速公路和购物中心等等，一个或一群在国内长大的中国人在生活上、心理上接受着各种各样的考验：他们或者茫然绝望，最终无法适应高度发达的美国生活的人情世态；或者强迫自己去接受新的价值观念。但是他们无论采取一种什么样的生活态度，都无法从根本上摆脱这种心灵处境：做一个中国人是痛苦的，但不做一个中国人同样是痛苦的；背负着中国传统文化赋予种种道义责任是痛苦的，但是要真正解除这些心灵上的重负，同样是痛苦的。在这种矛盾冲突之后，他们每一个人都有一种双重被隔绝的感觉，犹如被异化的"边缘人"，在生活中孤立无援，飘忽无依。

《芝加哥之死》所描叙的就是这种矛盾冲突无法解决所酿成的一场悲剧。作品中主人公吴汉魂来到美国六年，念了两年硕士，四年博士，但是当他经过奋斗最后赢得了博士学位的第二天，却投湖自杀了，扮演了一个客死异地的悲剧角色。吴汉魂为什么学业成功之时去自杀，这似乎是一件难以理解的事，但是只要我们深究一下他六年来的精神生活，就会深有感触。他到美国六年，一直住在一个空气潮湿、光线阴暗的地下室里，紧张地打工，紧张地学习；景况稍许好点，省下几十块钱，就寄回给台北的老母亲。在他准备博士资格考试时，突然收到电报得知母亲逝世，但他"狠"心丢开电报，继续念面前艾略特的《荒原》，直到考试结束才真正感到了前所未有的悲哀，冲出地下室想到大街上寻求一下解脱……显然，这个举动本身是来自于长期被压抑的心灵世界寻找释放，在这个世界中，不仅隐藏着长期被这种"清教徒"式的、清贫的学业生活所压抑的、无法宣泄的本能的和情感的要求，而且还有他自己无法接受的、在传统的道义责任方面被剥夺的失落感。这些情绪也许在他拼命为获得博士学位攻读之时被抑制着，但一旦紧张过后，它们就不可避免地爆发出来，最后把主人公推向自杀的深渊。应该说，吴汉魂的悲剧首先并不来自紧张艰苦的客观现实生活，而是来自悲剧的心灵。吴汉魂是一个中国人，正如作者给他起的名字所显示的，他是带着一个中国人的灵魂到美国留学的，其精神世界和美国的现实生活几乎是格格不入的，无法产生认同感。因此，他的生活方式，他的价值观念都成为一种痛苦的源泉。他过着几乎与世隔绝的生活，闭门读书，没有任何交际活动，更没有异性朋友。当这种压抑达到无以复加程度之时就转变为一种下意识的寻求补偿心理，他走进酒吧间，跟一个素不相识的美国女人到她家里……而这一切更加剧了他心灵上的失落感，没有比这种情景更为悲哀的了：一方面遭到来自外部现实的剥夺和压迫，而另一方面又遭到内心世界的自我磨折和压抑。这是一种双重的丧失。

纽约是美国甚至是世界的中心，是资本市场的枢纽，但是，对于一个中国人来说，却是边缘、荒漠和无家可归之地，因为在精神上、文化上和心理上是疏离的、陌生的、缺乏认同的。

显然，像吴汉魂那样客寄他国他乡、拼命奋斗的并不限于中国人，吴汉魂只是流落在芝加哥、纽约，或者世界其他一些地方形形色色人群中的一个。尽管这个人群中的人可能来自不同的种族和民族，但是在他们中间找到一种比较类似的情感倾向是不难的。例如浪迹世界的犹太人对于自己种族或民族的迁移和命运就有着异常的敏感性，因此我们也不难发现美国的犹太文学中有着和华文文学中类似的主题。众所周知,犹太人是一个颠沛流离的民族,它在历史上所遭受到的磨难、挫折和浩劫是举世罕见的。从17世纪欧洲十字军东征对犹太人的屠杀,到1881—1924年期间犹太人的大迁移,直到在第二次世界大战中犹太人所遭受到的大屠杀,一个灾难接着一个灾难,犹太人是以一个真正的流亡者、避难者或者双重国籍者在美国生活的。正因为如此,在犹太文学中,表现一个流亡民族的困惑和失落感并克服它,成为最鲜明的主题。在很多犹太作家,例如伯纳德·马拉默德(Bernard Malamud)、索尔·贝洛(Saul Bellow)、诺曼·梅勒(Norman Mailer)等作家那里,"犹太人"成为人类普遍被隔绝的倒霉、贫困、孤独无援、飘忽无依的形象,人与环境的认同往往也成为他们作品中所关注的焦点。

显然,把白先勇的《纽约客》和犹太文学中一些作家作品进行比较,是一件饶有兴趣的事情。在这里,我们起码能够发现在生活发展中人们必然遇到共同关注的问题,通过文学作品去感受和理解各个不同的种族和氏族在相互交往、交流和交融中出现和可能出现的种种思想和感情状态,这些寄寓异国异地的人,他们在想什么?他们丧失了什么又得到了什么?我们应该怎样对待他们的选择,并且怎样由此决定我们的选择?这不仅是很多艺术家所思考的问题,也是我们每一个人所应该考虑的问题。重要的是如何理解这一世界性的现象。无论对于一个艺术家或者一般普通人来说,这种理解往往意味着要走过漫长的心灵路程。

51. 老舍：人生到底如何活？

在中国20世纪文学史上，老舍是一个大大的问号。这不仅表现在其最后投湖自杀的悲剧结局中，也体现在他一生的创作生涯中。

老舍原名舒庆春，是旗人的后裔。可以说，从一生下来就面临着怎么活的问题，因为过去的老的生活方式已经不能继续下去了，而新的活法是什么？在哪里？父母不可能告诉他，他自己也不可能知道，只有自己去思考和探索。所以，他第一部小说《老张的哲学》就是写一个人的活法的。老舍这个笔名就是这时起的，小说在《小说月报》上写到第八期，他就索性署名为"老舍"——据说源于"舒"字，有"舍我"的意思。

或许就在这一刻，就注定老舍悲剧的宿命，因为就中国的文化状态来说，活着是不讲究"哲学"的，尤其不在乎人生形而上的终极意义。几千年来，中国的主流意识形态和价值观是儒家思想，基础是家国伦理，上层和上流阶层以国为归宿，君君臣臣就是规约；下层人则以家为基础，父父子子就是传承，所以中国与西方国家不同，始终没有产生纯粹精神性的宗教信仰。何况，对于大多数人来说，"活着"就不容易；一旦过了"活着"这一关，享受生活和生命都来不及，何以去思考人生的哲学和意义呢？

但是，老舍不能不思考，因为他已经走出了传统中国的文化氛围，开始用新的眼光重新打量中国、中国文化和中国人的生活。一是老舍特殊的家世，使他不能不寻求新的人生归宿。老舍一岁半的时候，父亲就在抵抗八国联军的侵略时不幸阵亡，而母亲含辛茹苦，终年劳累，就是为了把孩子养大，老舍对于人生最初的体验几乎都来自母亲。他曾如此说过："从私塾到小学，到中学，我起码经历过二十几位教师吧，其中有给我很大影响的，也有毫无影响的，但是我的真正的教师，把性格传给我的，是我的母亲。母亲并不识字，她给我的是生命的教育。""我之能长大成人，是母亲的血汗灌养的。我之能成为一个不十分坏的人，是母亲感化的。我的性格、习惯，是母亲传给的。"显然，母亲给的是爱，而不是精神支柱。二是老舍自身的经历。才华横溢、学业成绩优异的老舍，进入社会后，也曾一度满怀信心，以教育救国为己任，改造社会，富强国家，结果反而陷入官僚机构腐败的泥沼之中，整日闲谈享乐，无所事事，根本找不到人生的支撑点，最后精神萎靡导致身体虚弱，大病了一场。三是五四新思想的影响。五四运动发生的时候，老舍是一个小学校长，虽然他"看见了五四运动，而没在这个运动里面"，但是在思想上深受影响，使他有了"一双新眼睛"，精神上进入一个新天地。四是他跨出了国门。1924年夏天，老舍漂洋过海，到英国去教授汉语，而且一去便是六年。在伦敦，老舍遇到好友许地山，一方面贪婪地阅读着许多欧洲名家的作品，包括狄更斯、康拉德、莎士比亚等等，另一方面，在教书、读书之余，细心地观察着他所接触到的一切：从大学教授到他的学生，从房东姐妹到泰晤士河，从居留伦敦的中国学生到工人……跨国界、跨文化的语境引发了他很多思考，再一次引发了他对于人生意义的追寻。

就在约半年之后，老舍拿起了笔，在3便士一本的练习本上写下自己的第一部作品《老张的哲学》，后来发表在国内《小说月报》十七卷七号上。

显然，《老张的哲学》中老张从来就不思考所谓"哲学"的，而就知道钱，也就是说，他的人生就是为了"活着"，进而能够活得更好一点。探讨哲学，寻求意义，是老舍自己找的事。这也注定了老舍不可能在诸如老张等人物身上找到自己想要的"哲学"，而找不到就只能苦笑、嘲讽和幽默一把。在此后四年多时间里，老舍连续完成了三部小说，都在继续寻找人生的哲学和意义，结果还是失望，还是没找着，这就是《赵子曰》《二马》和《离婚》中所表现的人生。无论是温婉的嘲讽，辛辣的抨击，或是毁灭性的暴露，都表达了试图冷眼看世界的老舍内在的某种莫可名状

241

的酸楚——在中国国民性中，他找不到、更看不到人生的意义。尤其在《二马》中，老舍借对马则仁、马威父子到英国经营古玩店的悲喜经历，对比了中英文化和民族品性的不同，试图在文化深处找到中国国民性的病因。

老舍依然穷追不舍：人生该怎么活？

于是，就有了《骆驼祥子》。可惜，作品中的骆驼祥子比老张好不了多少，只是他的人生更贴近"活着"。祥子不懂得什么是"哲学"，因为不识字，但是他和老张一样懂得要有钱。有文化的老张和不识字的祥子的区别只在一个名词上面，本质上都在为"活着"和"活得更好些"而奋斗——这是他们的共同"哲学"。这也是几十年之后，新锐作家余华依然以一部《活着》名噪一时的原因。可见，从老舍到余华，中间还有沈从文、张爱玲等许多作家，始终在为人生的活法和意义所困扰，中国作家也一直在寻求人生的终极价值和精神家园。

这也是中国现当代文学的困扰。好在由于民族灾难的迫近，老舍从"哲学"回到了现实，暂时摆脱了对于精神和信仰等哲学意义上的思考。在民族存亡之际，"怎么活"被压缩到"能不能活"的最底层，不能不落实到家国的现实层面。《猫城记》就体现了国民性与家国情结的结合，人生的意义与国家利益融为了一体。此后的《四世同堂》更是把这种意义的归宿落实到了具体的人生中，爱国热忱和民族气节成为了意义的焦点，也为普通人的人生提供了信仰和信念的支柱。

老舍似乎完成了自己的"哲学"，找到了"怎么活"的答案，把形而上的追寻落实到形而下的具体的社会生活中。至少在相当长的一段时间内，他不再为人生的意义而困扰，先后写下了《残雾》《大地龙蛇》《龙须沟》《茶馆》等话剧，在具体的社会生活中，通过具体的事件，用通俗的文艺方式，表达和实现人生的意义。

在实际生活中，老舍似乎也找到了自己的位置和意义。1949年10月13日，在周恩来及国内文坛作家的热情邀请下，老舍怀着无比欣喜的心情从美国回到北京，翻开了人生中新的一页。回国后不久，他就被选为北京市人民政府委员，后又被选为第一、二、三届全国人民代表大会代表，并历任政务院文教委员会委员，中国人民政治协商会议全国委员会常务委员、全国文联副主席、中国作家协会副主席、中国民间文艺研究会副主席、北京市文联主席等职务。在创作上，因为《龙须沟》的成功，北京市人民政府授予老舍"人民艺术家"的荣誉奖状。而三幕剧《茶馆》则通过王利发悲剧的一生，将他企图描绘"三个时代的葬送"的意图寄托在象征旧社会的茶馆的盛衰过程中，谱写了一曲旧社会必然灭亡的葬歌。

可惜，这一切都只是远离了"哲学"，都没有解决人生的终极价值问题——而这一问题也不可能从老舍内心中消失，只是暂时被忘却和遮蔽了而已。

总有一天他还得面对这个问题，还得对自己笔下的老张有个交代。

没想到这一天来得那么快。

"文革"开始，老舍就陷入了巨大的惑乱之中。从抱着教育救国的思想到坚定地服从党的领导，老舍似乎找到了自己人生的意义，但是这种意义却在新一轮的革命风暴中变得毫无意义，甚至对人生有毒有害，助长了文化暴政。1966年8月23日，老舍遭受到一次批斗和毒打。深夜两点多钟，夫人胡絜青把他接回家中，次日下午，老舍拄着拐杖，带着一卷他亲自抄写的毛泽东诗词走出了家门。25日晚上，在靠近德胜门的太平湖西岸，人们发现了老舍的遗体。

或许他最后想到《老张的哲学》，并且对自己笔下的主人公说："对不起，我不能给你一个完美的答案，但是我的哲学绝对与钱无关。"

52. 贾植芳：端端正正写个"人"

贾植芳先生（1915—2008）是 20 世纪中国文学史上的著名作家与学者，更是海上文坛中一位风骨高洁、性情独具的传奇性人物。

贾植芳的学识自不必说，但是最有魅力的是他这个人。他有一句人生格言，就是"人的一生就是把'人'这个字写端正"。这话听起来简单，但做起来很不容易。

回顾贾植芳先生一生，我们可以清楚地看到，他从来就不是一个身居书斋的学究，而是把自己的生命与苦难的中国的命运紧紧地联系在一起的斗士。1932 年，17 岁的贾植芳先生从山西老家到北平上高中，后因参加"一二·九"学生运动被捕关押。1936 年出狱后，留学日本，入东京日本大学社会科。抗战爆发后遂弃学回国参加抗战，1945 年又被日伪徐州警察局逮捕，直到日本投降后才出狱。在抗日救亡斗争中，贾植芳先生发奋写作，与文学结下不解之缘，在此期间结识了胡风，两人成为肝胆相照、患难与共的挚友。1946 年，贾植芳先生任上海《时事新报》副刊《青光》主编；1947 年被中统特务机关逮捕，1948 年出狱后以著译为生，继续进行自己的文学追求。1952 年，贾植芳先生调入复旦大学任中文系教授，1955 年因胡风案入狱，1966 年 3 月，被法院定罪为"胡风反革命集团骨干分子"，判处有期徒刑 12 年。1980 年，贾植芳先生获平反，恢复工作，任复旦大学教授、图书馆馆长，从事中国现代文学和比较文学研究。几十年来，贾植芳先生与妻子任敏风雨同舟，相濡以沫，共同谱写了一曲感人至深的人生之歌。贾植芳先生长期从事文艺创作和翻译工作，先后著有《近代中国经济社会》《贾植芳小说选》《外来思潮和理论对中国现代文学影响》《狱里狱外》《劫后文存》《雕虫杂技》《余年笔墨》等，不断引起文人学者的深刻反响，影响久远。

记得20世纪80年代初，我初到上海追随钱谷融先生读研究生，就有缘结识了贾植芳先生，并有一见如故之感。这种感觉不仅来自于对贾植芳先生学识与智慧的崇敬，更来自于贾植芳先生所散发出的一种人格与气度的魅力，给人一种内在的信任和信心。也许正因为如此，钱谷融先生一开始就特别强调"朋友"二字，说"他是我的朋友，是我最欣赏的朋友"。此后，虽然不是近水楼台，我还是有幸多次见到贾植芳先生，包括到复旦的住处去看望贾先生和他的夫人，有过击觞酣畅的大笑，也有过愤世嫉俗的悲叹，使我愈发感受到"朋友"二字在20世纪风风雨雨中的分量与意味。对于一代饱受磨难的文化人来说，能够担当"朋友"二字的，就得担当风险和磨难，甚至付出血的代价；"朋友"二字不仅意味着志同道合，而且包含着一种对于人的自由和尊严底线的信守和承诺，是贯穿古今的最珍贵的精神价值——而这正是我们在20世纪，尤其在十年"文革"中失落最惨重的环节，接下来可能就是信义、信念和信仰的损毁，是做人的底线的洞穿与失落⋯⋯而最使我感动的是，贾植芳先生不以我年轻无知为意，一直都以朋友相待；刚开始的时候叫我为"小殷"，不久就称"老殷"，其凝重的山西乡音直达我心灵深处，留下了永远的念想；而在我人生颇感不顺的年月，他不断通过各种方式予以支持和鼓励，可谓情深义重。

贾植芳先生是在2008年4月24日晚6点45分病逝于上海第一人民医院的。当我闻讯赶到医院时，贾植芳先生已经走了，已有很多人前来送行。贾植芳先生走得很平静，却在不少人心里掀起了持久的波澜。他说过，他的一生"出入于黑黑白白之间，周旋于人人鬼鬼之中，但心里所向往、所追求的理想之光，从未熄止。所以合则留、不合则去，虽漂泊四方，心却一念系之，问心无愧。"他还说过，"在上帝给我铺设的坑坑洼洼的生活道路上，我总算活得还像一个人⋯⋯生平最大的收获，就是把'人'这个字写得比较端正。"

这就是贾植芳先生的墓志铭，是用自己的生命写就的。如今，我们面对贾植芳先生留下的文字，不能不感慨万千。贾植芳先生一生坎坷，其最好的时光几乎都是在狱中度过的，但即便如此，他还是创作了很多作品，在文学研究方面，也有丰厚成果，在中国 20 世纪文学史上留下了独特一笔。这次编选《海上文学百家文库·贾植芳集》一方面体现了贾植芳先生在文学上的杰出贡献，另一方面也表达了我们对这位杰出作家与学者的怀念和哀思。

在上海，因为有了贾植芳教授这样有文骨的文人，你会觉得人生依旧可以无悔。差不多经过十年光景，我再次见到他的时候，他还是那副身板，那副腔调，那令人感到坦荡和开怀的笑声与风采。那天，我和他一起参加一位博士的论文答辩会，尽管没有多的时间谈天说地，但是从他的言谈举止之间，我再次感受到了那种海阔天空的快乐。回头他在电话中对我说："小殷，做学问是'长期行为'，做官是'短期行为'，咱们的工作是'长期行为'，千万别为了'短期'而失掉了'长期'。"

贾先生坐过几十年的牢，但是你在他那里从来不会感到有丝毫的心理阴影。我相信这是一种心灵奇迹。因为我一向对所谓"逆境出人才"之类的说法抱怀疑态度，特别是像坐牢入狱那样深重的灾难，经历得太多太久了，总会在心灵上留下阴影，总会影响对人生的态度。而在社会生活中，我们也确实经常遇到这样的人和事，因为逆境（多半是由于不公正造成的）而使一些人对社会和他人怀抱永久的恐惧和怀疑态度，很可能变得多疑，偏执和生硬。从此难以再坦诚地待人和对人有真正的信任，也不再可能给人灿烂的微笑。他们可能会变得更坚强，更有力量，或者更有心机，但是很难保持那种纯真的善意和坦诚，从而也不可能变得更美好更富有爱心。

我说贾植芳教授是一种奇迹，意义就在于此。他的学识自不必说，但是最有魅力的是他的做人。他自己也非常看重这一点，他有一句人生格言：人的一生就是要把"人"这个字写端正。这话听起来简单，但做起来很不容易。谁难免一生不受诱惑，无愧于天地良心呢？尤其当你处于那种人性和灵魂都受到践踏和扭曲的年代，真诚和纯洁是要付出代价的时候。

而贾植芳教授确实付出了这种代价。

我还记得，我第一次到贾先生家里去时，他给我留下的最深印象是关于抽烟喝酒。他喜欢抽烟但不吸外国烟，爱喝酒但不喝外国酒。那时候洋烟洋酒正风行于神州大地，日本电器更是有"挡不住的诱惑"，贾先生这样做不单单表现了赤子爱国之心，而且他生性就是如此。因此我大受感动，由此我也懂得了人性中最动人的东西来自本性和内心，而不是时尚和口号。其实，人生在世，本来就不需要那么多包装的，因为包装来包装去，还是改变不了里面的东西，更改变不了别人对你那里面的东西的看法。

贾先生最让人着迷的是坦荡面对人生，从不刻意去追求或表现什么。为了健康长寿，一些好心人曾劝贾先生戒烟，但是他总是笑着说："这烟现在可不用戒，戒了也未必能多活几年。"据说有家电视台专门去采访他的健康之道，他的回答是顺其自然，一不运动，二不戒烟，三不吃营养品，结果在场的人都开心一笑。

这个"人"是性情中人。

53. 钱锺书："痴气"与"才胜于情"

钱锺书杨绛夫妇是中国现代文学史上罕见的智慧型作家和学者，但是这也引发了文学创作中"才"与"情"之间关系的论争。

钱锺书本人就是一个学贯中西的学者和作家，他不仅在学术研究上提倡一种比较文学的方法，而且在艺术创作中也具备一种世界性的胸怀和眼光，善于吸收古今中外一切艺术营养来进行创作。

钱锺书的《围城》确实写得很精彩。所以，在对《围城》的评价中，人们都注意到了其中所闪耀着的聪明才智的光芒，并为作品中所表现出的机智、智慧和才气所叹服，尤其是其中所表现的冷嘲热讽和嬉笑怒骂，充满警句妙语，真可谓淋漓尽致，美不胜收；但是对于作品所表现的主题意蕴和情感内涵却一直有不同的意见，其主要表现在如何看待和评价《围城》中所表现的"才"与"情"的关系方面。例如，文学史家司马长风在其《中国新文学史》（香港昭明出版社，1978年12月初版）中就认为《围城》在"作品意境的纯粹性和独创性"和"表达的技巧"两方面都"表现了出类拔萃的才能"，但是"感情的浓度稍感不足""总括的印象是：才胜于情"。

不过，钱锺书先生本人并不觉得《围城》表现得很有才气，他在1946年底写的《〈围城〉序》中就说自己"才力不副"，所以"写出来并不符合理想"。他日后也并没有对有关"才胜于情"的评论发表意见。从钱锺书妻子杨绛所写的《写〈围城〉的钱锺书》来看，杨绛也不认为《围城》"才胜于情"，她认为作品所突出表现的并不是作者的才气，而是"痴气"。杨绛认为："要认识作者，还是得认识他本人，最好从小时候起。"而要深入理解一部作品，也最好能对作者的生平事迹和性格特点有所了解。在《写〈围城〉的钱锺书》一文中，杨绛虽然也写了钱锺书的聪明好学，但是更强调了钱锺书的"痴气"："锺书自小在大家庭长大，和堂兄弟的感情不输亲兄弟。亲的、堂的兄弟共十人，锺书居长。众兄弟间，他比较稚钝，孜孜读书的时候，对什么都没个计较，放下书本，又全没正经，好像有大量多余的兴致没处寄放，专爱胡说八道。钱家人爱说他吃了痴姆妈的奶，有'痴气'。我们无锡人所谓'痴'，包括很多意义：疯、傻、憨、稚气、骏气、淘气等等。他父母有时说他'痴癫不拉''痴舞作法''唔着唔落'（'着三不着两'的意思——我不知正确的文字，只按乡音写）。他却也不像他母亲那样沉默寡言、严肃谨慎，也不像他父亲那样一本正经，他母亲常抱怨他父亲'憨'。也许锺书的'痴气'和他父亲的憨厚正是一脉相承的。"

所以，在杨绛看来，《围城》中表现最突出的东西，不是"才"，也不是"情"，而是一种"痴气"；而反过来说，作品中的"才"也好"情"也好，也都是从这"痴气"中生发出来的，是"痴气"的某种表现。钱锺书在艺术创作中的"才"与"情"原本是不可分的。杨绛这样写道："我认为《管锥编》、《谈艺录》的作者是个好学深思的锺书，《槐聚诗存》的作者是个'忧世伤生'的锺书，《围城》的作者呢，就是个'痴气'旺盛的锺书。我们俩日常相处，他常爱说些痴话，说些傻话，然后再加上联想，加上夸张，我常能从中体味到《围城》的笔法。我觉得《围城》里的人物和情节，都凭他那股子痴气，呵成了真人实事，可是他毕竟不是个不知世事的痴人，也毕竟不是对社会现象漠不关心，所以小说里各个细节虽然令人捧腹大笑，全书的气氛，正如小说结尾所说：'包涵对人生的讽刺和伤感，深入一切语言、一切啼笑'，令人回肠荡气。"

由此说来，如果不加具体分析和说明，简单地判断《围城》是"才胜于情"，似乎也有点偏颇。也可以这么说，在《围城》中，才和情是融合在一起的，很难简单地区别开来。在具体描述中，才不但帮助作者表现了感情，也在某种程度上保护了作者的一部分感情，因为作者毕竟和自己笔下的人物太熟悉、太亲近了，感情稍微一放纵，就有可能放弃和人物应有的距离——而这种距离是作者实现自己美学目标的必要条件和前提，这样，《围城》就不会是现在这个样子了，也就不可能把那种令人忍俊不禁的戏剧效果和无可奈何的悲剧意识完美地统一起来，显示出如此独特的嘲讽风格。相反，根据钱锺书的才华，我们还有理由如此认为，在《围城》中，作者的智慧和才华在某种程度上还没有充分地发挥出来，因为在具体描述中作者常常只能因人因事而动，不能不受到具体人物性格和场景的制约和牵制。这也许就是钱锺书在创作中必然要体验的智慧的痛苦和欢乐吧。

54. 许杰：仁厚的楷模

许杰先生1901年由浙江天台出发，蹒跚颠沛，经临海、绍兴等地，进入上海，带着一腔热血踏入新文学创作园地；其后又远涉南洋，飘忽流离，辗转各地教书和从事文学活动；回到上海之后，先后担任了华东师范大学中文系主任、上海作协副主席等职，但不久就被打成"右派"，开始了长达20多年的生活磨难；直到改革开放新时期的到来，才重获解放，再次进入文坛，用自己最后的气力走完了人生之路。

不同的人、从不同角度来阅读许杰，会读出不同的字迹和意味，但是就我来说，分明读出了两个清晰的字眼：仁厚。

这要从与许杰先生第一次握手说起。

许杰先生生于20世纪初的1901年，我第一次见到他的时候，是1982年，许杰先生已经81岁了。那年我被钱谷融先生破格录取为研究生，从边陲村野的伊宁经过七天的汽车火车来到上海华东师范大学。记得钱先生第一次见到我的时候，第一件事就要我去拜见许杰先生。那时候，我对很多事情都懵里懵懂（现在也好不到哪里去），对许杰先生只是略知其名，并没有多少了解，但是第一次去看望许杰先生的情景——尤其是许杰先生那温软的手掌，至今还深深留在记忆之中。当时敲门进去，站在门口迎接的就是许杰先生。当知道来意后，立即伸出手来，并连声说"好、好、好"。

这是我第一次接触到许杰先生的手掌。在我记忆中，这是一双如此温软的手掌，是我过去从没触摸过的手掌。也许我一直生活在一种粗糙的生活环境中，接触的手——无论是现实中的还是通过文字所传达给我的——也多半是坚定的、强有力的，而如此温软的手一时间远远超越了我的想象，并且一下子就触动了我，使我感受到了人性、人心中某种最温馨、柔弱的东西。很多年之后，当钱谷融先生对我说起"美是一种极其珍贵、敏感和柔弱的情致"的时候，我心中浮现出的首先就是那次握手的感觉，如此的柔弱、温软，让人久久不能放开。

许杰先生成名很早，在浙江第六师范学校读书时候，就因才学出众而受到前校长赏识，并赐之以号"才万"，表达"才过万人"之意，后又因为参与学潮被后任校长开除，由此可见许杰先生年少之时就显露出了自己出众的才情。许杰先生在浙江第六师范学校求学期间，兴办文艺社团，筹创文学刊物，组织平民夜校，显示了他在各方面的才能。就新文学实绩方面来说，许杰于1922年，也就是"文学研究会"宣告成立一年后，就明确提出"文学是表现人生的工具"的见解，受到了茅盾等人的关注，由此许杰先生也成为日后公布的"文学研究会"的首批成员。再后来，许杰先生因发表《惨雾》《赌徒吉顺》等一系列小说而成为新文学"乡土文学"的代表作家，至今还受到文学史家的重视，至于日后他走南闯北，成为"南洋华文新文学的先驱"，更是一段具有传奇色彩的人生经历……应该说，这一切不仅凸显了许杰先生在现代文学史上的贡献，显示了他的资历与资格，也是像我这样后学之辈很想了解的。

但是，许杰从未主动谈起过自己过去的这些业绩，即使有时候别人问起，他从来没有"以我为主"来讲述这些事；即使讲述自己做过的一些事，也从来没有流露过丝毫自我炫耀甚至自得的情愫。相反，许杰先生总是把自己摆得很低很低，甚至放在一个微不足道的地位，总是会提到如何受惠于别人，受到他人的启发和帮助，当时与他人相比，自己是如何幼稚、如何困窘，甚至无能。这种情形在1983年《新文学史料》上连载的自述《坎坷道路上的足迹》可以得到明显印证。当时许杰先生已经80有余，这部自述由当时他的研究生柯平凭协助整理发表，不仅为我们提供了很多珍贵的文史资料，而且珍藏了一颗慈善仁厚的文人之心。

这就是"为人生"。可以说，自早年确定了"为人生"的文学追求之后，许杰先生一直把它视为自己人生的座右铭。"为人生"对于他来说，不仅是自己真正投身于文学的机缘，更是一种信念。而这种信念也是许杰先生欣赏和赞成"文学是人学"一说的原因。我记得很清楚，由于年事已高，当时许杰先生给我们授课时间一般很短，也比较随意，但是每次都要讲到"为人生"这个观点，并强调这个观点与"文学是人学"是一致的；当然，几乎每次许杰先生之后总会谦逊地说："我没有什么理论，也搞不出什么研究，钱谷融先生才情高明，他有理论，水平高。"——这也是使我对许杰先生愈加崇敬的地方。关于许杰先生与很多老先生之间相濡以沫的感情联系，乃至于关于"文学"与"人学"之间的某种关系，都能够从1957年《论"文学是人学"》的写作、发表、之后遭到批判的一系列事情中感悟到一些什么。钱谷融先生在自己的文章中已经多次谈到许杰先生当时对自己的关心和支持，许杰先生不仅是这篇文章的最初欣赏者、推荐者，而且在题目上进行了小小的改动——由原来的"文学是人学"改为"论'文学是人学'"。但是，在讲课中，许杰先生除了欣赏、推崇之情外，从未有过掠美之意。相反，每当谈及这件事，由于钱谷融先生由此后来遭受批判，许杰先生总是表现出一种悲哀无奈甚至有所歉疚的神情，似乎由此引起的别人的磨难与自己有关，并因为自己的无所作为而感到难过。

但是，就是这样一个宽厚仁慈的人，在当时华东师大中文系成了1957年遭受不公待遇与磨难的第一人。由此也可以想象，为何当时许杰被打成"右派"一事在周遭人群心中引起了极大的震动。为何当时就有些老先生会甘冒风险起来仗义执言为其鸣不平。这是一件颇让人思量的事情。古人云："福祸将至，善必先知之；不善必先知之。"像许杰这样仁厚的人，竟然在天下太平之日蒙冤挨整，其实就是日后中国知识文人厄运连连的预兆。1993年许杰先生去世后，徐中玉先生曾写过多篇文章来纪念他，文中特别详细写出了许杰先生一生坎坷、忍辱负重的经历，字句之间透露出了自己同甘共苦过的沉痛和忧患，读后令人非常感动。

这也许是我想起许杰先生，就独有一种莫名悲哀之情的原因。当"老实就是笨，忠厚就是傻"成为人人难以拒绝的"真理"的时候，许杰先生也自然离我们越来越远去了。1985年年底，我研究生毕业，到广州暨南大学去教书，临行前去向许杰先生道别。他得知我要离开上海，流露出惋惜、恋恋不舍的神色；但是知道我要到暨南大学教书时，似乎有些欣慰，说自己也在这所大学教过书。说话期间，许杰先生始终用一种慈爱甚至爱怜的目光看着我，并且瞳瞳不移；再加上他那语声温顿、弛缓的叮嘱，使我心里不知道为什么涌起一种酸楚的感觉。

我相信许杰先生就是那种能够触动人们心中最柔弱、最敏感部分的人，这是因为许杰先生自己就是一个仁厚的人，柔弱的人；与他接触，你会感到仁厚与柔弱是同源同在的，表达了一种纯朴的生命追求与境界。不知道为什么，我总觉得许杰先生有一种"佛性"，为此我还曾经在他的创作中寻求踪迹，但是所获甚少。尽管许杰先生的父母皆信佛，而他自己也曾一度在杭州西湖善福庵住过数月，但是很少看到信佛学佛的证据。

最后一次难得去看望许杰先生，是1992年暑期，我与戴翊师兄一道去华东医院。进到病房，许杰先生一看到我们，就要从床上坐起来，我们急忙迎上前去，不要他起来，但是他还是坐了起来，一直温软的手又一次握住了我的手："小殷，你来啦，好、好、好。"

多年未见，从面相上看，许杰先生并没有多大变化，还是那么慈爱，只是显得更清癯净白了，而在那双挚恋不移的眼睛里更多了一份渴望和欣喜，我心里不由感到某种深深的歉疚和不安。我坐在许杰先生的床前，许杰先生就一直拉着我的手，久久地，我不知道说了一些什么话，只觉得许杰先生那温软的手更加温软了，随着他那更加温顿、弛缓的话语，我还会感到一丝丝颤抖，我除了能够感受到他对我一如既往的爱怜和爱惜，还有一种感激——不仅对于我，而且对于人生、生命与文学的某种知遇之感。就在这里，我感到自己内心中某个最温暖、最脆弱的地方，再一次被打开了，平日里被现实硬壳封闭的良心开始蠕动了，我的眼睛湿润了。

我回到广州不久，就传来了许杰先生去世的消息。

55. 徐中玉："天行健，君子以自强不息"

除了我的导师钱谷融先生之外，在我的学习和工作中，曾得到过很多良师的指导，徐中玉先生就是其中特别难忘的一位。从我1982年初进入华东师大读研究生，到我日后参加工作、离开上海而后又回到上海，徐先生一直对我非常关爱，给予过我许多教诲和帮助。

记得第一次见到徐先生是听他的讲座，题目大概是顾炎武的文学观，其中所讲的"有志于天下""为文应力求有益于天下"等观念，至今还记在我的笔记本上。但是，给我印象最深的还是徐先生那独特走路的姿态，相信很多人看到后都不会忘记。徐先生身材瘦高，行步如飞，使我不禁会经常想起《周易》上的话语"天行健，君子以自强不息"；甚至可以这么说，日后在我的意识中，这句话和徐先生那矫健的身影已经融为一体了，我时常想起并且感动，使我不断反省和鼓励自己。后来随着对徐先生的经历与学识的了解，就越发感受到这种自强不息的魅力，这就是他身上所体现的那种中国传统文人的生命活力，务实、知恒，以不息为体，以日新为道，一直保持那种强者自勉、固志不倦的进取精神。

这对一个人来说，是相当不容易的，尤其是对一个亲历过世纪的磨难、遭受过种种不公平待遇的知识文人来说尤其如此。因为这意味着要能够超越自我的苦难，拥有一种坚定、坚毅和坚强的人类情怀。徐先生并没有忘记自己曾经遭遇过的苦难。在1994年出版的论文自选集中，徐先生的代序还用了这样一个题目"忧患深深八十年——我与中国二十世纪"，这不但是徐先生对自己学术生涯的感怀和总结，更体现了他在历史风雨中形成的独特的人生观和价值观，这就是"自强不息，仁爱为怀，天下为公，以身作则"，能够使人真正感受到鲁迅所说的"有一份热，发一份光"的人生境界。这不仅表现在徐先生的著述力说上面，也表现在他身体力行所做的大大小小的有关学术建设的事务中，包括带学生、办杂志、举办讲座和鼓励后学等等。而这对我来说，无疑有一种无形的鞭策在里头。因为我是一个时常被生活击倒，并且自己也不想爬起来的人，自己软弱无能，经常在小小的挫折面前就会抱怨，垂头丧气不求上进不说，还经常幻想着逃避现实，多一事不如少一事——尽管我所走过的路要比前辈平坦也平庸得多。

从学术著述来看，徐先生所关注和研究的范围很广，很杂，从古典文学到当代创作，从理论创作到作家作品研究，几乎都有涉猎，但是无论写些什么，其中都贯穿着求实、"文须有益于天下"的意念，有感而发，有用而做，有益才说。而就我的感受而言，或者说对我影响最为深刻的却主要有两点：一是徐先生在各种文章和演讲中所表达的对"左"的思想及其文艺思潮一贯的批判精神；二是对中国传统文艺精神和资源的爱护、发扬和复兴的建设性态度。我甚至认为，这两点在思想上不仅相互联系，具有内在的一致性，而且是贯穿于徐先生近年来学术活动和研究的基本精神。

就前者来说，这里或许熔铸了徐先生近一个世纪对历史的深刻体验和总结，可以说是他在学术活动中最执着之处。我和徐先生面对面交谈的次数并不多，但是每次都会听到大致如此的话语——一定要反"左"，"左"的那一套再也不能继续下去了。这种思想不但表现在他的学术、教学和其他文化工作中，也表现在他的各种各样的文章和讲话中，几乎几十年如一日。无论情况发生了什么变化，政坛和学界出现了何种风波，徐先生都一贯坚持这种观点。这种观点看起来似乎简单，但是只要回顾一下我们改革开放以来几十年的风风雨雨，就不难感受到这是多么不易和难得。而我总是在想，这几十年来，如果不是中国有一大批"铁肩担道义"的老先生、老同志，在风风雨雨中一直坚持反"左"，坚持改革开放，不断提醒人们不要重蹈历史覆辙，我们恐怕就不可能持续取得如此的成就。这一批自己亲身经历过"左"的磨难，但仍坚持理想信念的人，应该属于中国迈向新世纪的历史脊梁，他们的思想确实属于我们这个时代最宝贵的精神资源的一部分。中国要继续向前，就不能忘记过去；忘记过去不但意味着背叛，更意味着会再走弯路，断送中国的前程。况且这条路还很长，还需要人们继续"天行健，君子以自强不息"。

说到徐先生的学术观念，还有一点对我印象颇深，这就是他对文化遗产的态度，不但是尊重和爱护，而且不断开发和倡扬。这不但表现了一种宽广的学术胸怀，而且也是他人生理想的一种寄托。尤其值得一提的是，在我的印象中，徐先生是在改革开放之后对偏激的"破字当头"的思维模式最早提出质疑和批判的学人。他明确提出理论和批评都需要建设，不能一味地讲"决裂"，讲"破字当头"。他在多种场合表达过大致相同的意见："多少年来，我们这里流行过'破字当头'、'大批判开路'的观点。在遗产继承上，也照搬过这种做法。……'四人帮'搬用这一观点就造出了'彻底扫荡论'，就烧掉了无数书籍和文物珍品，残害了数以万计的知识分子。这样倒行逆施，'破字当头'实际就等于一破到底，把'批判继承'遗产的任务全部取消了。"所以他一贯认为现代意识和文化传统并不是对立的，"现代意识并不是一个有限于现代时间的观念，更重要的是一个随着历史的发展而不断有所发展、充实的观念"，"有些现代意识其实乃是文化传统中优秀部分的延伸和发展"。（《现代意识与传统文化》，原载《上海文论》1987年第2期）

一个学者最可贵的地方往往在于能够坚持自己的信念，行之一贯，而徐先生更能够把自己的人生信念贯穿到自己的日常生活之中，通过自己具体的言与行见之于社会，这就显得更不容易了，必定有一种独特的内在力量的支撑。我由此想到，也许"天行健，君子以自强不息"，原本就是一个天人合一的概念，人尽天职，天随人意，是为境界。我初识徐先生之时，徐先生67岁，按中国人的说法，已经年近古稀，如此身姿精神，实在少见；而如今，又是近20年过去了，徐先生身板直挺，行步依然快捷，真是令人高兴。所以对我而言，徐先生的为人为文，连同他经历过的苦难和超越苦难的精神，他对时代和人生的看法，确实是一部活生生的经典，一本大写的"人"的书，有一种特别亲切和深刻的意义。

56. 戴望舒：朦胧是一种人生，一种诗情

施蛰存在《关于〈现代〉的诗》一文中就曾强调"现代派"创作的生活背景，他说："所谓现代生活，这里面包括着各式各样的独特的形态：汇集着大船舶的港湾，轰响着噪音的工厂……甚至连自然景物也和前代不同了。这种生活所给予我们的诗人的感情，难道会与上代诗人从他们的生活中所得到的感情相同吗？"其实，在上海滩现代生活中，我们还要加上的是：灯红酒绿的广告，袒胸露臂的舞女和弗洛伊德关于性的学问，等等。

作为一个诗人，戴望舒为后人留驻了一种富有小资风情的生活情调，它通过上海的石库门、梧桐、雨巷和形形色色漂泊的灵魂而呈现着自己。

戴望舒的诗歌在某种程度上表现了这样一群现代青年的心曲，他们正在从传统的伦理生活——它本质上属于中国作为一个农业社会的产物——中解脱出来，带着惊喜，也带着恐惧，怀着期待，也带着哀伤的眼光和神态在迎接着新的生活的到来。他们用诗来表现自己，同时也用来弥补自我精神的空虚，用大胆的赤裸裸本能的暴露来掩遮自己的胆怯和虚弱；他们往往用自己心灵的痛苦忧郁，通过诗的艺术加工成精神上的美酒，用来自我陶醉和达到自我满足。

对于戴望舒最初的创作，他的好友杜衡在1932年所写《〈望舒草〉序》（见《望舒草》百花文艺出版社，2004年版）中曾说：

记得他开始写新诗大概是在一九二二到一九二四那两年之间。在年轻的时候谁都是诗人，那时候朋友们做这种尝试的，也不单是望舒一个，还有施蛰存，还有我自己。那时候，我们差不多把诗当做另外

一种人生，一种不敢轻易公开于俗世的人生。我们可以说是偷偷地写着，秘不示人，三个人偶尔交换一看，也不愿对方当面高声朗诵，而且往往很吝惜地立刻就收回去。一个在梦里泄露自己底潜意识，在诗作里泄露隐秘的灵魂，然而也只是像梦一般地朦胧的。从这种情境，我们体味到诗是一种吞吞吐吐的东西，术语——地来说，它底动机在于表现自己与隐藏自己之间。

在戴望舒早期的创作中，经常流露出一种哀叹的情调，像一个怯弱的女子一样自艾自怨，痛苦地呻吟。但是，这些诗并非是"现代派"自由体形式的。那时，正如杜衡告诉我们的："可是在当时我们却谁都一样，一致地追求着音律的美，努力使新诗成为跟旧诗一样地可'吟'的东西。押韵是当然的，甚至还讲究平仄声。譬如，随便举个例来说：'灿烂的樱花丛里'这几个字可以剖为三节，每节的后一字，即'烂'字，'花'字，'里'字，应该平仄相同，才能上口，'的'字是可以不算在内的，它底性质跟曲子里所谓'衬'字完全一样。这是我们底韵律之大概，谁都极少触犯……。"

戴望舒早期著名的《雨巷》，以韵律的循环往复，给人一种幽愁的音乐旋律之美，由于这首诗，戴望舒得到了"雨巷诗人"的称号，我们可以在吟诵中品味：

> 撑着油纸伞，独自
> 彷徨在悠长、悠长
> 又寂寥的雨巷，
> 我希望逢着
> 一个丁香一样的
> 结着愁怨的姑娘。
>
> 她是有
> 丁香一样的颜色，
> 丁香一样的芬芳，

> 丁香一样的忧愁,
>
> 在雨中哀怨,
>
> 哀怨又彷徨;
>
> ……

　　诗中,丁香的气息通过浑圆的韵律和雨巷的情景融合在一起,和诗人青春的哀怨结合在一起,笼罩全诗。但是,诗人后来并不喜欢这首诗,据杜衡说:"望舒自己不喜欢《雨巷》的原因比较简单,就是他在写成《雨巷》的时候,已经开始对诗歌底他所谓'音乐底成分'勇敢地反叛了。"不久,戴望舒写出了这样的诗句:

> 在烦倦的时候,
>
> 我常是暗黑的街头的踯躅者,
>
> 我走遍了嚣嚷的酒场,
>
> 我不想回去,好像在寻找什么。
>
> 飘来一丝媚眼或是塞满一耳腻语,
>
> 那是常有的事。

——《单恋者》

　　这首诗所表达的不是《雨巷》的那种朦胧的意境,而更多地透露的是心灵的信息。所谓"踯躅者"是一个灵魂探究者的意象,他所走遍的"街头"不是明朗的外在世界,而是诗人内在的灵魂世界。一个怀着青春忧悒病的自我在梦游,并且在自我世界里幻化出一幅幅情绪的意象,它们来自诗人的深层意识,所唤起的常常是记忆深处的内容。还有诗人曾在《我底记忆》一诗中所描述过的:"它是胆小的/它怕着人们的喧嚣/但在寂寥时/它便对我来作密切的拜访",都表达了诗人一种深层的抑郁,与其说诗人说记忆是忠实于他的,倒不如说诗人的创作也是忠实于记忆的,忠实于诗人自己内在的自我的。他的创作之所以从过去"方块诗"中解脱出来,也是由于他表达内在情感的一种需要。在那个暗黑的记忆王国里,一切意象都不是像在阳光下那样明了,而是隐藏在理性身后的阴影之中,模糊游移的,奇异而又富于变幻的。诗人诗风的转移,和他接受法国象征主义文学影响是连在一起的。杜衡曾写到过：

> 一九二五到一九二六年，望舒学习法文；他直接地读了 Verlaine（魏尔伦）、Fort（福特）、Gourmont（高尔摩特）、Jammes（詹姆斯）诸人底作品，而这些人底作品当然也影响他。本来，他所看到而且曾经爱好过的诗派也不单是法国的象征诗人；而象征诗人之所以会对他有特殊的吸引力，却可说是为了那种特殊的手法恰巧合乎他底既不是隐藏自己，也不是表现自己的那种写诗的动机的原故。同时，象征派底独特的音节也会使他感到莫大的兴味，使他以后不再斤斤于被中国旧诗词所笼罩住的平仄韵律的推敲。
>
> ——《〈望舒草〉序》

戴望舒和法国象征主义艺术发生共鸣是真实的，而且保持了一个较长的时期。1932 年他在翻译法国诗人果尔蒙的《西莱纳集》时，还对象征派诗人果尔蒙非常欣赏，他在译前序中说："亥迷·特·果尔蒙（Kemy de Gourmont）（1858—1915）是法国后期象征主义诗坛的领袖，他底诗情完全是呈给读者的神经，给微细到丝毫的感觉的。即使是无韵诗，但是读者会觉得每一首中都有着很个性的音乐。"他很喜欢果尔蒙"来啊，我们一朝将成为可怜的死叶；来啊，夜已降下，而风已将我们带去了"的诗句。可见他对象征派艺术沉湎的程度了。其实，1927 年之后，戴望舒的创作已开始出现一个新的转机。随着他越来越注重于诗歌中的主观情调，越来越向着内心情绪的深处、细处开掘，诗歌也越来越注重于表达自我的主观印象和感觉，并把它们浸透在一些孤独飘零的物象中，充满着自我"隐秘的灵魂"的颤音。这时，戴望舒更多地把自己主观情绪和客观生活胶合在一起了。他常常把自己细微的、内心深处的感情化作颤抖的树叶，化作单调的蝉鸣，化作一枝凄艳的残花，化作夜行者沉重的足音，游荡于主观世界和客观世界之间，去进行"幸福的云游"和"永恒的苦役"（《乐园鸟》）；作为一个寻梦者去攀"九年的冰山"，去航"九年的旱海"，去寻"无价的珍宝"（《寻梦者》），在自己心灵"深闭的院子"里去自寻安慰。

也许由于独特的环境和遭遇，戴望舒多是在愁苦中、在犹豫中寻求微妙的意境，给他裸露的心灵罩上一层轻纱，使他的诗情有水中月、雾中花的朦胧，也有别出心裁的晦涩。这时候，正如杜衡说的："像这样的写诗法，对望舒自己差不多不再是一种慰藉，而也成为苦痛了。"于是，大约是1931年之后，戴望舒在一段很长的时间内没有写诗。这是因为他在自己原来的经验世界中循环往复，已无法再使自己得到艺术上和生活上的满足了。

写诗能够写出一种情调，为人们的生活提供一种情调那就不错了。戴望舒做到了这一点，他可能是中国最有代表性的"小资产阶级文人"，而他通过诗留驻了一种富有都市意味的小资情调，这似乎已经够了。

但是，在一个变动和变革的时代，他仍需要寻求新的艺术道路。1939年，他写的《元旦》《祝福》就显示出另外一种生命活法，使我们感到戴望舒完全是另外一个诗人了，他的自信挟裹着时代的风云，把人们带到一个巨大的历史空间中去。而《狱中题壁》《我用残损的手掌》更显示出一种高昂的激情。在《我用残损的手掌》中，作者把自己的主观感情寄予在客观的描述之中，创造了独特的意境。在那无形的手掌之下，我们看到了祖国有形的山河，感受到诗人无形的思想感情。在这些诗歌中，无疑，比喻和夸张给作品增添了独特的艺术光泽。假如我们剖开这些诗的字面意义，也许还能感受到诗人在新的阶段中青春的又一次觉醒，他在重新体验着早期诗歌创作中的梦幻。

由此，我想起周良沛在《戴望舒诗集·后记》中一句话："真正的艺术，是不会随时间的消逝而消逝的，而是随着时间的消逝显出它真正的价值，发出光彩。"

57. 徐志摩：创作是一种"灵魂的冒险"

徐志摩（1896—1931）堪称中国现代爱情诗的"诗神"，但是他最早并不想成为一个诗人。

徐志摩出身于一个富商家庭，曾经抱着做一个中国实业家的理想，后在美国英国留学。他曾经说过，他在24岁以前对于诗的兴味远不如他对于相对论或民约论的兴味；他父亲送他出洋留学是想要他将来进"金融界"，他自己的最高野心是做一个中国的 Hamilton（汉密尔顿）式的人物。但是剑桥大学的生活却改变了他理想的轨道，在那里他阅读了大量的文学作品，对文学产生了浓厚的兴趣。他的文学创作明显受到了英国唯美和浪漫诗歌的影响，恬淡闲雅，并时常带着一层淡淡的感伤色彩。

如《再别康桥》是当时极为脍炙人口的一首诗：

轻轻的我走了，

正如我轻轻的来；

我轻轻的招手，

作别西天的云彩。

那河畔的金柳，

是夕阳中的新娘；

波光里的艳影，

在我的心头荡漾。

徐志摩在创作上非常推崇哈代，在作品中也留下了哈代的影子。梁实秋先生在评论徐志摩另一首诗《这年头活着不易》时曾说："这首诗末尾带着一点子悲观气味，容易令人联想起哈代（Thonas Hardy）的特有的作风，就是诗的形式和那平易的语调，也都颇似哈代。是的，志摩受哈代的影响很大，他曾经在英国访问过这位诗翁，也曾译过他的若干首短诗。哈代的小诗常常是一个小小的情节，平平淡淡，在结尾缀上一个悲观的讽刺。这是哈代的独特的作风，志摩颇能得其神韵。"

徐志摩采用西洋各种格律诗的形式作诗，也是很积极的。但是，他对形式远远没有像闻一多等人那样考究，也不曾下过很深的功夫。他自己说过："……我的笔本是最不受羁勒的一匹野马，看到一多的谨严的作品，我方才憬悟到我自己的野性；但我索性的落拓，始终不容我追随一多他们在诗的理论方面下这么细密的功夫。"这一点也许在某些方面成全了徐志摩，使他的诗较少地受到形式和格律的束缚，自由舒展，灵活有致。有的就像从心灵深处掬起的一捧清澈的泉水，晶莹透亮而又意蕴无穷，如《偶然》一首：

> 我是天空里的一片云，
>
> 偶尔投影在你的波心——
>
> 你不必惊异，
>
> 无须欢喜——
>
> 在转瞬间消灭了踪影。
>
> 你我相逢在黑夜的海上，
>
> 你有你的，我有我的方向；
>
> 你记得也好，
>
> 最好你忘掉，
>
> 在这交会时互放的光亮！

无怪乎陈梦家能够如此评价徐志摩的诗："他的诗，永远是愉快的空气，不曾有一些伤感或颓废的调子，他的眼睛也闪耀着欢喜的圆光。这自我解放与空灵的飘忽，安放在他柔丽清爽的诗句中，给人总是那舒快的感悟。好像一只聪明玲珑的鸟，是欢喜，是怨，她唱的皆是美妙的歌。"

这一切来自于徐志摩对艺术特有的情致。他注重形式，但对于单纯的信仰，对于灵性抱有更大的兴趣，把创造看作是"灵魂的冒险"，注重表达心灵深处的意趣。他曾在《波特莱的散文诗》中说："本来人生深一义的意趣与价值岂不是全得向我们深沉、幽玄的意识里去探检出来？全在我们精微的完全知觉到每一分时带给我们的特异的震动，在我们生命的纤微上留下的不可错误的微妙的印痕，追摹那一些瞬息转变如同雾里的山水的消息，是艺人们，不论用的是哪一种工具，最愉快亦最艰苦的工作。"胡适曾这样评价徐志摩："他的人生观真是一种'单纯信仰'，这里面只有三个大字，一个是爱，一个是自由，一个是美。他梦想着三个理想的条件能够会合在一个人生里，这是他的单纯信仰。他的一生的历史，只是他追求这个单纯信仰的实现的历史。"

但是，这些评价都只说对了一半。无疑，徐志摩的诗大多数是写爱情，写个人哀怨的，在当时的文坛上也曾受到批评和非议。这不仅给诗人创作带来极不安宁的心境，导致他艺术追求的危机，而且也给他心灵上带来了深深的痛苦。因此，他的诗不可能像陈梦家所说"永远是愉快的空气"。就徐志摩的诗歌作品发表的时间顺序来说，从《志摩的诗》《翡冷翠的一夜》《猛虎集》到《云游》，诗中"愉快的空气""欢喜的圆光"一天天少起来了，而哀愁悲伤、怨恨甚至颓废的色彩却一天天浓烈起来。徐志摩是一个非常爱"飞"想"飞"的人，甚至最后也是在飞行中丧生的，但是在他飞向"理想的极度，想象的止境"之前，他已经陷入了颓唐之中，感到魂魄在恐怖的压迫下，"在魔鬼的脏肺里挣扎"（《生活》），他开始向往着"死"（《爱的灵感》）。

徐志摩飞机遇难后，他的诗友方玮德写了《哭志摩》一诗，其中这样写到这位早逝的诗人：

>   就算你不懊悔你投生的冤枉，
>   你也没有一天不在祈祷死，
>   你赞美恋爱，你赞美灵魂的勇敢，
>   你赞美梦幻的真实，到后你只赞美死，
>   （你赞美意大利海滨一个风暴的奇迹）

> 死是座伟秘的洪炉，熔化你一切生命的演进，
> 反正你看透这世界早是衰老，一切灵魂都变懒，你也去
> 整天整夜找翅膀逃亡，逃亡到女人，到酒，到梦境，
> 到新加坡的小孩，到南洋的椰子，
> 浓得化不开。

这里多少表露了一种知音之叹。也许正因为如此，徐志摩死后，茅盾写了一篇很长的论文《徐志摩论》，称他是中国第一个布尔乔亚诗人，也是最后一个"末代的诗人"。

为什么是"末代"呢？其实，他只是一个开始。逐渐进入现代生活的上海，甚或整个中国，正在迎来一个文学孤独、彷徨和无家可归的时代，只是当时很多人还没有意识到。所以才有人认为，徐志摩的创作所表现的内容大多以个人哀怨为中心，远离或者逃避时代生活，不符合当时的社会潮流和革命标准。这其实是文化潮起潮落的一种表现，正如《诗刊》第2号序言中所说的："我们都还是在时代的震荡中胚胎着我们新来的意识，只有在一个波涛低落的第二次还不曾继起的一俄顷，我们或许有机会在水面上探起一个半晕眩的头，在水雾混乱里勉强辨认周围的环境。"

58. 穆时英：都市的感觉

有了都市，就有了都市的文学，都市的感觉。在中国现代文学中，这种感觉也许首先要提到刘呐鸥（1905—1940）。据说他从小生长在日本，曾在东京青山学院专攻文学，日本应庆大学文科毕业。回国后，他翻译过小说集，对日本新感觉派小说推崇备至。他从1928年起就开始用感觉主义方式写小说，并集成短篇集《都市风景线》，由水沫书店1930年出版。在小说中，他是非常注重主观感觉的，不论是在写景还是在叙事中，都把自己或者人物的主观感受融于其中，构成一种主观和客观胶合在一起的意象。作者在注重捕捉人物刹那的感觉和印象时，也显得非常敏感和细致，例如在小说《两个时间的不感症者》中写H开始受到诱惑的一段：

> 忽然一阵Cyclamen的香味使他的头转过去了。不晓得几时背后来了这一个温柔的货色，当他回头时眼睛里便映入一位Sportive的近代型女性。透亮的法国绸下，有弹力的肌肉好像跟着轻微运动一块儿颤动着。视线容易地接触了。小的樱桃儿一绽裂，微笑便从碧湖里射出来。H只觉眼睛有点不能从那被Opera bag稍为遮着的，从灰黑色的袜子透出来的两只白膝头……

这里，敏锐的感觉是人物心理的导游者，从嗅觉到视觉跳跃出一连串新的印象，把人物内心的情绪波动和发展展现在人们面前。"透亮的法国绸"，"弹力的肌肉"，"从碧湖里射出来"的微笑，等等，都不仅是"近代型女性"的外在形象描写，而且也是H心灵的窗口，是通向人物心灵世界之路。

普遍地注重于感觉的描绘，是新感觉派小说的共同特征。这是五光十色的现代都市生活对作家的刺激,也是作家对于各种各样信息刺激的一种反馈。他们面对的是灯红酒绿的现代生活,赛马场、夜总会、摩天楼、长型汽车、特快列车以及各种各样的广告,都在诱惑着他们,并且强迫他们在感觉上必须接受这些信息。它们是每个都市人所熟悉的,同时又是异常陌生的;它们每时每刻都在剥夺着作家们的感觉,也在每时每刻分离、肢解着他们的心灵,粉碎着他们的自我世界,使他们再也不可能建造一个完满的、恒久的自我世界,只好在刹那的感觉印象中肯定自己和体验自己。

因此,都市的感觉是飘忽的。在他们的小说中,城市的一切近在眼前,但距离他们心灵却十分遥远。它们完全是作者自己所无法把握的,它们自行地、毫无规则地出现,然后消失,在艺术屏幕上构成一个个飞快跳跃和变换的艺术画面;它们存在着,相互之间也没有什么必然的联系,如果把它们联结起来,就像一幅剪贴起来的现代派图像。

穆时英(1912—1940)就是最善于把握和表现都市声部的作家之一,他的《上海的狐步舞》特别经典。其中有这样的现代都市生活场景:

> 独身者坐在角隅里拿黑咖啡刺激着自家儿的神经,酒味,香水味,英腿蛋的气味,烟味……暗角上站着白衣侍音。椅子是凌乱的,可是整齐的圆桌子的队伍。翡翠坠子拖到肩上,伸着的胳膊。女子的笑脸和男子的衬衫的白领。男子的脸和蓬松的头发。精致的鞋跟,鞋跟,鞋跟,鞋跟,鞋跟。飘荡的袍角,飘荡的裙子,当中是一片光滑的地板。呜呜地冲着人家嚷,那只 saxophone 伸长了脖子,张着大嘴。蔚蓝的黄昏笼罩着全场。

这是都市疯狂奢侈的场景,而另一个场景却是:

> 电车当当地驶进布满了大减价的广告旗和招牌的危机地带去。脚踏车挤在电车的旁边瞧着也可怜。坐在黄包车上的水兵挤箍着醉眼,瞧准了拉车的屁股踹了一脚便哈哈地笑了,红的交通灯,绿的交通灯,交通灯的柱子和印度巡捕一同地垂直在地上。交通灯一闪,便涌着人的潮,车的潮。这许多人,全象没了脑袋的苍蝇似的!一个 Fashion monger 穿了她铺子里的衣服来冒充贵妇人。电梯用十五秒钟

一次的速度，把人货物似的抛到屋顶花园去。女秘书站在绸缎铺的橱窗外面瞧着全丝面的法国crepe，想起了经理的刮得刀痕苍然的嘴上的笑劲儿。主义者和党人挟了一大包传单踱过去，心里想，如果给抓住了便在这里演说一番。蓝眼珠的姑娘穿了窄裙，黑眼珠的姑娘穿了长旗袍儿，腿股间有相同的媚态。

从他的作品中，能真正感受到城市生活的危机，都市生活中人的危机。在这种潮水般的生活中，金钱物质在到处泛滥，充塞在生活的各个角落，人显得格外渺小，人的个性存在已经被庞大繁杂的城市生活所支配，处于无可奈何的境地之中。在这种情况下，每个人仿佛都成为一种"货物"，在一种莫可名状的力量的支配和驱使下行动着，他们无法把握自己甚至不想把握自己，充当着城市这巨大生活机器中的一个玩物。个性的危机、个性的忧郁、个性的挣扎，正是在这种情况下产生出来的。

其实，表现城市生活的忧郁，表现现代人的孤独感，是20世纪小说中最突出的内容。在现代都市生活中，物质和金钱充塞一切，不仅把人排斥到了十分渺小的地步，而且肢解了人们的自我世界；不仅带来了很多生活的恶习，人性被异化的种种畸形变态现象，而且打破了过去人情和人际关系的友好、同情和理解的氛围，在人与人之间筑起了隔绝的高墙，使人产生一种无法摆脱的孤寂感。穆时英在《公墓·自序》中曾说："在我们的社会里，有被生活压扁了的人，也有被生活挤出来的人，可是这些人并不一定，或是说，并不必然地要显示出反抗、悲忿、仇恨之类的脸来；他们可以在悲哀的脸上戴了快乐的面具的。每一个人，除非他是毫无感觉的人，在心的深底里都蕴藏着一种寂寞感，一种没法排除的寂寞感。每一个人，都是不分地或是全部地不能被人家所了解的，而且是精神地隔绝了的。每一个人都能感觉到这些。生活的苦味越是尝得多，感觉越是灵敏的人，那种寂寞就越加深深地钻到骨髓里。"穆时英幼年就跟随父亲到上海生活，这段话多少表达了他长期都市生活的自我体验。

这种心灵隔绝的孤寂感，同样贯穿在施蛰存的小说创作中。施蛰存（1905—2003）曾在杭州、苏州河、松江生活过，17岁到达上海，也许这正是需要人理解和沟通的时候，但是他失望了，城市以一张冷冰冰的面孔对待着他，使他很快感受到了人与人的隔膜和冷淡。这时候他开始怀念美好的少年时代的生活。《上元灯》大约就反映了这种情绪。作者描写一段纯洁的友爱之情。虽然小说中的"我"一直领受着一种彼此心领神会的温情，但最后依然透露出了一种感伤的情调。在施蛰存的小说中，孤寂几乎是到处游荡的一个阴影，追随着他笔下一个又一个现代生活中的踟蹰者。例如在《梅雨之夕》中，作者写了一个年轻小职员在雨天送陌路相逢女子回家的情景，但透露出的都是"因为上海是个坏地方，人与人都用了一种不信任的思想交际着"的感叹。在这种沉重的心理负荷压迫下，主人公只能"孤寂地只身呆立着望着永远地、永远地垂下来的梅雨"。也许正因为现代人的这种孤寂感不是流露在脸上的，而是蕴藏在心的深处的，"深深地钻到骨髓里"的，所以施蛰存时常去描写如此一种心理过程，去探索人物灵魂深处的秘密。

59. 徐訏：人生像个监狱

作为一个小说家，徐訏最为出名的是《鬼恋》，这会使人联想到蒲松龄笔下的很多鬼故事——但是，徐訏所关注的是活生生的现实生活，当然，读者或许还会联想到20世纪90年代风靡一时的美国电影《人鬼情未了》（Ghost）。也许正是由于美国电影《人鬼情未了》的超强影响，人们开始重新关注徐訏的《鬼恋》。

徐訏（1908—1980）字伯訏，笔名有徐于，迫迁，姜城北，东方既白，任子楚，浙江慈溪人。1931年毕业于北京大学哲学系，留校担任助教，并转修心理学。徐訏是林语堂的弟子和好友，追随林语堂，编辑过林系刊物《人间世》等，他也深受林语堂的赏识，林语堂认为徐訏是现当代文学中少数几个优秀的作家之一。徐訏是现代文学史上少有的多产作家，在其创作生涯中，共创作小说、诗歌、剧作、散文、评论共60余部，计两千多万字，其中以小说数量最多，成就最大，一度产生了很大的影响，有人就把其连载《风萧萧》的1943年称为"徐訏年"。其中《鬼恋》《风萧萧》《手枪》《后门》《春去也》《痴心井》等先后被改编成电影，搬上银幕。

徐訏1936年赴法留学，但因抗战爆发于1938年初辍学回国，1938年10月26日，徐訏写了这样的诗句来祭奠抗日烈士：

　　不敢用可怜的悯叹，
　　更不敢用柔弱的哀婉，
　　红铁般的悲愤捧着我心，
　　对战士们英雄的魂灵祭奠。

　　象这样的死，悲壮，伟大，激越，

在中华几千年史中只有过一页，
那是悠远的祖先们为洪水泛滥舍身
为那野兽的残暴流血。

如今是你，为整个民族的生存，
世界的和平，正义与爱，
在抵御强暴的侵略，
无畏的勇敢，视生命如草芥。

这样你慷慨地流血，
救人类无边的浩劫
又壮烈地把你的骨肉，
填平了地球的残缺。

——《奠歌》[①]

如果把30年代的徐訏看作是一个诗人的话，那么徐訏不失为一个具有现实主义色彩的作家。他的诗作很多取材于下层人民的生活，描写了各种各样现实生活的真实图景，现实主义特征是明显的。

然而，徐訏的小说创作却没有沿袭同样的道路。这除了和他的整个思想状态有关之外，也许和文学类型的不同也有关系，诗歌似乎已经表达了他关心时代的那部分心灵，而在小说创作中他融进了另外一部分对艺术追求的情愫。作为一个小说家，徐訏的成名作是《鬼恋》。这篇中篇小说最初发表于《宇宙风》1937年元月及二月号上，1939年正式出版，成为该年畅销书之一。值得注意的是，徐訏是在法国留学期间写作这部小说的，环境不同文学构思自然受到影响，否则徐訏也许不可能去创造这样一个非人非鬼的艺术世界。这是一个虚幻的、神秘的、非现实的世界，在夜色已经笼罩上海的时候，"我"与一个自称为"鬼"的美貌女子邂逅相逢，她

---

① 注：本文中徐訏的引文全部出自《徐訏全集》，台北正中书局1970年版。

"脸艳冷得像久埋在冰山中心的白玉""银白的牙齿象宝剑般透着寒人的光芒","我"完全被她迷住了。作者带领我们进入了一个神秘的境界,用奇异的想象在恐怖之中揉进一种妖艳的魅力,它会使人想起《聊斋志异》之中所能见到的那种神妙的境界,狐狸变成了美女,制造着一个美妙的乌有之乡。然而,徐讦到底是一个现代社会的人,不会满足于虚幻的鬼蜮之乡。作品中的"鬼"终于吐了人言:"我历遍了这人世,尝遍了这人生,认识了这人心。我要做鬼……但是我不想死——死会什么都没有,而我可还要冷观这人世的变化,所以我在这里扮演鬼活着。"这位美丽的"女鬼"最后不告而别,但是作者却在这虚幻的鬼蜮世界的废墟上,解释了一个真正的现实黑暗的深渊——这是一个真正的非人的世界,正如这位"鬼"说过的:"人间腐丑的死尸,是任何美人的归宿,所以人间根本没有美。"

很难说徐讦是否有和"鬼"相类似的心态,是否在扮演这一个痛苦的"鬼"的角色,冷观着这悲剧的人世,可是他在《鬼恋》中确实揭示了这样一个非人的现实。这显然是和他对于世界悲观然而深刻的看法联在一起的,他所表达的不过是对这个悲剧人世的反抗。紧接着《鬼恋》,徐讦又写了《荒谬的英法海峡》(1939)、《吉卜赛的诱惑》(1940)、《精神病患者的悲欢》(1941)等小说,它们都持续着这个思想。在一种离奇浪漫的故事情节中,一个悲剧人世的阴影在时隐时现,读者在愉快的欣赏中接受痛苦的色彩,在《荒谬的英法海峡》中,作品中的"我"几乎是《鬼恋》中"鬼"的另外一个替身,他作为一个人的生活,完全是在梦境中体验到的,是一种幻境,而痛苦却是现实的,他大声向读者说道:"所有别的世界都是龌龊的。你不知道那面多么不自由,多么不平等,穷人们每天皱着眉,阔人们卑鄙地享乐:杀人,放火,宣传,造谣,毁谤,咒骂,毒刑,惨死……没有自由,没有爱,人与人都是仇人。"这种沉重的悲剧意识一直追随着徐讦,也追随他的创作,把他和现实生活实际隔绝开来,使他不可能在现实之中得到满足。他曾在小说《江湖行》中写到过这一句话,也许可以表达他对整个人世的悲剧态度:"人生象个监狱,一般所谓的监狱不过是个较小的监狱,出了监狱以后,仍要进入另一个较大的监狱。"——

这也许是法国存在主义哲学家萨特式的语言。而这正是隐藏在徐訏作品中所谓浪漫情调之下坚硬冰冷的语言，这是一种反抗社会的语言。

但是，很多人都仅仅被徐訏作品表面的浪漫风情迷惑住了，忘记了向深层再走一步，感受其中严肃和沉重的内涵。徐訏在文学创作上，不仅鼓吹创作自由，揭写人生，而且非常强调文学与生活的关系，他在《作家的生活与潜能》一文中说："要举一个从来不依赖'生活'的作家是没有的，要举一个从来没有生活浸染的作品是不可能的。"他在《吉铮的〈拾乡〉》中指出："一个伟大的作家，他比常人有丰富的想象，这也只是说，他可以从现实生活中想象到较远较高的境界，而并不是他可以凭空去想象的……我们的生活是繁复综错的，这繁复综错的生活经验就是人生。如果我们假定有千种的想象，则有十种生活体验的人就有万种的想象。"在另一篇文章中，他还深刻地指出："所谓'江郎才尽'，照我想的，就是这，'生活枯竭'。"同时，徐訏非常反对粉饰现实的文学，他认为文学根本上是反叛的，是反映社会的痛苦和恐惧的，他在《牢骚文学与宣传文学》中指出："一切文学即是对现状的不满，一切文学，诚如厨川白村所说是苦闷的象征，所以我们可以说一切文学也就是牢骚文学……文学一定是有'感'而作，感，可以说就是不满现状，如果满意于现状，就用不着文学。"以上列举这些，都有助于我们更深刻地去认识这位作家和他的作品。

现代社会早已经打破了人与鬼的界限，人可能生活在地狱，而鬼则有可能堂而皇之穿行于人的世界。再深一步来说，人和鬼，再加上神，都不过是人之文化的建构，无非是人类对自身生存世界和状态的认定和划分。

鬼原本就有权活在这个世界的，可以成为人的镜像。

不过，对徐訏各方面的文学观点了解得太多，我们也有可能陷入新的误解之中。徐訏并不是一个现实主义作家，这一点他曾在《斜阳古道》中说得很清楚："在三十年来中国文学的写实主义主流中，我始终是一个不想遵循写实路线的人。……中国之盛行写实主义，固然是文坛上的口号和风气，但是我稍稍研究所谓中国现代文学，就无法不承认，写实主义的发言和提倡，是有它坚定的社会的根据的。在动乱与激流的社会中，写实主义正好似负有一种历史的任务的,而似乎是从农业社会走向工商业社会动荡时代的一种自然的要求。"看来,徐訏之所以甘心情愿地站在主流之外,是有自己主张的,他在另一篇文章《从写实主义说起》中谈道:"至于我个人,我对于写实主义则是不满足的。第一,我觉得写实主义一类的名词只是文学史一种类别,我觉得伟大的第一流作家都并不属于某一种风尚。以写实作家来说,如巴尔扎克如福楼拜的作品几乎都具有浪漫主义的思想。第二,我认为狭义上的写实主义的作品,往往流于报道,与文艺的范畴距离很远。报道工作,好的新闻记者比小说家更能愉快胜任。许多爱写现实主义作品的人,目的往往是要'知'其内容。但文艺的人物尚同任何艺术一样,并不是供给知识,文艺到了供给知识,就是报道。正如绘画到了供给知识,则变成照相,是一样的。"

每一个作家都有选择自己艺术道路的自由,不论徐訏对写实主义看法在多大程度上是正确的,但他在写实主义风行文坛之时,不随波逐流,追求自己独特的艺术理想,却是真切的,显示出他并不满足于对一般生活的描摹,期望实现更宏大的艺术效果。这种不满足促使徐訏走向新的艺术境界,浪漫主义的风情和想象也许就是在这个前提下加入他的创作的。但是,从整体上看,仅仅是浪漫主义并不能完全表达徐訏的思想和对人生的真实感受,有时还会在无意识之中遮蔽和阻碍它们的表达,徐訏的创造就常常在希望完整地表达自己和尚未能完全表达自己之间挣扎。在这种挣扎中,显然,徐訏作品的浪漫主义已经发生了变异,融进了一些现代主义艺术方法的因素,在现实与非现实,虚幻和真实之间表达自己对整个人生的一种深刻感受,在具体描写之中加入了一些隐喻的成分。这在我们上面提到的几篇小说中表现得很明显。不过,徐訏有时候也会退后一步。《风萧萧》是徐訏1943年发表的一部重要长篇小说,曾轰动一时,非常畅销。仅1946年10月至1947年10月便三次再版。这部小说的故事情节是明朗的,刻画了抗战时期上海三个不同性格的女性,她们出入舞场,内心中却充满正义之感,为抗日从事谍报工作。这部小说虽不乏理想色彩和哲理思考,但写实色彩是比较明显的,这,或许是它受到普遍欢迎的原因之一。

60. 李晴：关于人的生命权和隐私权

　　李晴，1930年出生，原名何鸿，安徽太湖人。他是一位为文学付出过血和泪的作家。作为一位年轻的"右派"、莫名其妙的"胡风分子"和"现行反革命"，他有过20余年的流放和坐牢经历。也许正因为如此，形成了他对于人生、人性和人道主义特有的敏感和关注。他不仅说自己是一个人道主义者，而且一直坚持如此的写作态度："坐着写，站着写，躺着写，只是不能跪着写。"

　　李晴也是我的师长和好朋友。1985到1995年间，我在广州暨南大学教书，我与他，还有才情横溢的刘丹，经常在一起谈天，其乐无穷。那时候，他出牢狱不久，年近花甲，但是还经常骑着那辆破旧自行车来暨南大学找我，真是让我感动不已。我记得我们还一起看望过耿庸夫妇，我们一起穿过没有装灯、灰暗的楼道，进到一间装修简陋的出租房，顿时一片温暖和光明，至今令我难忘。到上海后，我的状态一直不佳，他和刘丹还来看过我几次，使我感动，每当自己心情灰暗时，都会想起这位远方的师长和老朋友，勉励自己活下去，走下去。

　　李晴创作丰厚，有中长篇小说《天京之变》《明天我们去采三色堇》《天国兴亡录》《处女皇后》等，不少作品被译成英文或日文，在海内外有一定的影响。不过，照我看来，最能体现李晴情感和思想状态，也最能刻在我们头脑中并激发我们思考的是长篇小说《没有阳光的城堡》（国际文化出版公司，1988）和《我们放弃隐私权》（湖南文艺出版社，1989）。因为这两部作品的题材和内容，来自作者自己的亲身经历和人生体验，凝结着作者生命的痛苦、期待和心血，其中有作者的血泪控诉和肺腑之言，也是作者经过长期被压抑、蹂躏之后积蓄的生命能量最激烈和最集中的喷发之作。

《没有阳光的城堡》是一部奇书，它1968年构思于牢房，最初是用作者自创的"密码"写，1978年后又不断整理，直到1986年才得以完成，整个写作过程就不同凡响，其中不仅有血有泪，而且有历史的变换和人生的转折。我很难用语言说尽这漫长的写作过程对于作者，同时对于创作、对于生命意味着什么，但是我一直为作品"后记"中的这段话而深深感动：

> ……我的周围是无边的黑暗，阳光只有从门缝中射进的一线，一进入囚室便变得惨白，而且每天不多于两小时。因此十多名骷髅般的囚徒要按他移动的格数来分配；漂着几粒油星的烂菜叶汤和精致如出土古陶般的高粱面窝头总有大小、多少不匀的时候，要用伸指头碰运气的方式来分配。这些挤干了水分、细如蝇足的方块字，就是在每天不多于两小格（十分钟）阳光和只能维持一只猫的生命热量的生存条件下，冒着被加刑、处死的危险匆匆写下来的。

其实，人是很难完全进入并体会不同人在不同状态中的感受的（也许由此才有了遗忘，才有了悲剧的消亡，才有了对于人类痛苦的可以理解的忽略和忽视）；但是，一旦要我们进入作者用简略的笔触所呈现的一幕幕"我"的故事，就不能不为"人"的存在而悲鸣、担忧，甚至痛苦。这里，不仅有主人公所遭受的种种侮辱、摧残和迫害，更有各式各样留下或没有留下姓名的人的拙劣表演。正是人生的悲剧、人性的泯灭和人的良知的荡然无存，构成了人们心灵上无法抹去的创伤。在这种情况下，也许最恐惧的莫过于对人生命权的漠视和剥夺，因为一个人的生命可能在任何情况下、用任何名目被剥夺，这样，人就会一直处于惊恐之中，从根本上丧失任何人性的尊严和独立性。在作品中，主人公董昕所经历的"陪刑"场面，能够让我们回想起在沙皇时代陀思妥耶夫斯基的遭遇：

"瞄准！放！"

"砰！砰！"

董昕看见，紧挨着自己的邰思梦轻轻颤抖了一下，洁白的雪地上，突然出现了一道鲜红的、呈霰弹状的血迹。他看见她那发着高热般的眼睛凝神般地停止了眨动，然后扑倒在雪地上，儿时扑向母亲怀抱那样，扑向大地母亲那隆起的、洁白的胸膛。他还看见，杀父犯在雪地上痉挛、抽动。他闭上了眼睛。

他听见身后发出一声凄惨的嚎叫。那是"娃娃脸"。他甩掉了手中的冲锋枪，匍伏在雪地上，狼一般嗥叫起来。

温暖、鲜红的血，簌簌地响着，濡湿着冰冷的土地。

两个木然的男犯，加上一个发疯的士兵，被押上刑车。刑车向回开……①

我不仅从作品中读到这个场面，而且还在广州作者的寓所里多次听到李晴讲述自己的那段亲身经历。由此我们多次谈到陀思妥耶夫斯基，谈到俄国的专制和人性极其容易的堕落，这时候，年近花甲的李晴，还是那样敏感、敏锐和血气方刚，他眼睛里不仅时常闪出泪光，还会透出热烈的，甚至神经质的执着的光芒。

就在这种热烈的光芒中，我感到了一种对生命和人性的无限期望。而正是这种期望把关于"我"的故事推到了一个新的语境与氛围中。如果说，《没有阳光的城堡》写了作者一段非人的人生经历，主要表现了一个罪恶的时代对于人性和人道主义的摧残的话；那么，不久出版的《我们放弃隐私权》，则写了作者重见阳光后的一段私人境遇，反映了一个人在追求自己的私人空间、维护自己个人权利方面的体验与思考。在这里，我们又看到了那个不屈不挠的身影和不能放弃的生命意识，作者从争取和呼唤基本的生命权开始，进入了中国社会最敏感、最艰难的领域——个人的隐私权。

这是一部描述个人感情生活经历的小说。照理说，恢复了正常生活的

---

① 李晴：《没有阳光的城堡》，国际文化出版公司，1988年版，第148页。

"我",应该满足了,应该对于历史、社会和命运感恩戴德了,但是,他却马不停蹄地步上了另一条漫漫长路,为我们呈现了另一种人生和人性的尴尬与艰难——我们没有隐私权。

在小说中,读者不仅能够感受到作者对于人生、人性一如既往的眷恋和尊重,更有对于生命细致的打量和呵护,由此我们会十分惊奇,作者经过暴烈鞭打的灵魂,竟然并没有变得粗糙、麻木和得过且过,竟然还是如此敏锐地注视着人的生存状态。不仅如此,他还从再普通和平凡不过的日常生活中,发现了历史罪恶在社会各个方面、在人心深处刻下的印记,它们还在生活中蔓延,肆意窥探、侵害、占据和剥夺着个人生命的每一个细胞空间。

实际上,人之为人,就不仅仅是"活着";而完整的生命权就是以个人生活的隐私权为基础的;当人的隐私权得不到落实,并一日日地失去的话,人就时刻存在着被工具化、机械化和奴役化的危险,生命权就会成为一种酒囊饭袋的代名词——也许,这就是《我们放弃隐私权》不可能轻易被历史放弃的原因。

61. 吴定宇：永远的怀念

我会经常想起吴定宇，这时他那仁厚天真的面庞就会浮现在我的眼前。他有时候喜欢抱胸而立，眼中充满对于这个世界的敬畏和爱意。而对于我来说，这就是永恒。

结识吴定宇是一种缘分，甚至凝结着几代学人的深情大义。我1984年研究生毕业，未得恩师钱谷融先生应许就跑到了广东暨南大学，先生颇为担心，就把我托付给了两位老友吴宏聪先生和陈则光先生。吴宏聪先生与钱先生交谊深厚，在此之前曾到上海探望钱先生，席间当面就提出要我到广东中山大学，钱先生也当即笑而未许，没有想到我后来自己去了暨南大学。为此吴宏聪先生多次说过此事。而陈则光先生与钱先生同是南京中央大学校友，在思想方面颇有默契。我到广东后得到这两位老先生多方面的照应，使我有可能在岭南文坛有所作为。当时凡属文学和学术活动，吴宏聪先生总是不会落掉我，而且每次都为我站台打气："让小殷谈谈，他思想开放，总是新的见解。"自然，也有很多时候，两位老先生为我遮风挡雨，使我免于遭受一些无妄之灾。有一年，两位老先生去北京开会，提名我为中国现代文学会理事，结果被否定，两位老先生都很不高兴。吴宏聪先生曾多次用"莫名其妙"说到这件事，给我留下了很深印象。我发现，在那个时代几位老先生都习惯用"莫名其妙"这个词，来对应当时经常发生的莫名其妙的事。

我已记不清何时认识吴定宇的，但是有一点是肯定的，从一开始我就被吴定宇对待老先生的态度打动了。他不仅人前事后毕恭毕敬，而且非常关心老先生的生活，不时来问安和看顾。而自此之后，我到广州暨南大学任教的生活有了很大变化，我经常会骑着单车，从天河岗顶越过海珠大桥到中山大学去。通常我会先到定宇家，然后一起去拜访吴宏聪先生。因为吴先生年事较高，所以一般可能一起吃饭但也可能不，这要看情况而定。后来比较多的情况是，我们一起去看望黄修己老师，若方便还会去见见住在近旁的艾晓明，每次大家都是无话不谈，亲近畅快。黄修己先生是非常爽快之人，夫人更是大方心细，每次必定做东请饭，最后大家一定尽兴才归。

我还记得，在一个风雨即将的傍晚，定宇还带我去看望了黄天骥教授，畅言台上台下戏剧性的时代变迁；而程文超教授举家从美国回来，吴定宇则为其生活排忧解难，忙前忙后；不久，我们一起在文超家中聚会，如一家亲朋互相嘱托。后来，文超荣获"德艺双馨"称号，在广东文坛风生水起，却不幸得了喉癌，非常痛苦；又是定宇经常去看他，陪他散步，予以安慰。一次程文超实在苦痛难忍，竟高举双手朝天呼叫："上帝啊，我犯了什么大罪了啊，让我遭受如此痛苦和厄运啊？"定宇每逢语此都黯然神伤，充满人性厚谊。

这是一种别样的美丽生活。

当然，作为定宇家的常客，很多时候我都会在定宇家用饭。而自从我赞美定宇爱人戴月所烧的地道的四川麻辣豆腐之后，定宇总是让爱人为我准备这道菜，实在让我感动，因为他爱人工作也相当忙。晚饭后，我并不会急急回家，而是一起在中山大学校园散步。我们会走过中山堂，围绕前面草地转转，然而绕到绿荫深处，走到陈寅恪住过的地方。一路上，基本上都是定宇在说话，从天南海北到故情热肠；从自己经历过的种种遭遇，到学术界的种种人情世故，时而金刚怒目，时而幽默风生，时而抚掌自得，时而悲叹惋惜，完全撇开了日常谦顺、拘谨、少语甚至有点迂迂的样子，而表现出一种落拓无忌、尽善尽美的情怀。而我永远难忘的，是他那开怀爽朗的大笑，那笑声惊动了绿荫中栖息的小鸟，会在树丛之间引起一阵阵跳跃的回声，无止无息，永远回荡在中山大学夜色之中。

可以说对我来说，定宇不仅是知己，而且一直是一种心灵支撑。

由于向往 20 世纪 80 年代改革开放的气息，研究生毕业后我就去了广东。一是因为自己当时年盛气高，天性不羁，更由于修养薄浅，不知中国文化的山高水深；二是由于得到诸多广东同仁的鼓励支持，感动之余亦有得意忘形之时，所以在一些学术交流场合亦多有慷慨放言，以图一时之快。而每次如有定宇在座，总会得到他的赞许。当时饶芃子教授曾称我是一个骑着黑马来的哥萨克，而定宇曾私下对我说："听你所讲，我总是觉得我们俩心性相通，但是你有叛逆的狼性，而我更多的是羊性，胆小顺从惯了。"我听后很是感动。其实，定宇和我都是属猴，他整整大我一轮，他的阅历和见识都比我丰富、深层得多。

感动的不仅是定宇的真诚和理解，而且还有他的一以贯之的情深义重。

1989 年，北京大学与现代文学研究会召开了全国性的纪念五四运动 70 周年学术讨论会。经过论文筛选，吴定宇和我作为广东代表参会。我本来就是想去北京玩玩，见见朋友，没想到提交的论文《"五四"功绩与知识分子的独立性》受到了某种关注。当时教育部部长何东昌同志也专门来参会，和与会青年学者进行对话。这个会我参加了，而且坐在比较显眼的地方，但是说了什么现在一点也想不起来了（肯定说了一些不知深浅、幼稚无知的话）。

开完会我就急急忙忙回广东了，因为广东才会使我感到更有安全感。当然，回广东也少不了与其他朋友见面，一起喝早茶。然而，随着时间推进，情况也变得没有那么好玩了，而且文坛也时有不好消息传出，其中也有一些对我不利的流言蜚语。这时，我突然发现朋友似乎一下子少了许多，人也感到孤独了许多。而就在此时，定宇来了，请我去他家吃饭，还说戴月专门为我烧了麻辣豆腐。

这又是一次难忘的晚餐，吃完后又是一次令我感动的散步。

我们谈了很多，可是我印象最为深刻的是："没有什么了不起的，你放心好了，如果你进去了，我会第一个为你送饭的。"

我的眼眶湿了。还好，此时中大的月亮躲到云彩中去了，定宇看不到我的表情。

我相信定宇，他是一个不食言的真君子。他比我大一轮，他知道我坚强表面下的脆弱。其实，在以后的日子里，我也渐渐淡出学界，很少参加甚至接到邀请去参加学术会议。但是还时不时会听到一些不知从何而来、为何而传、莫名其妙的说法。不过有一点是肯定的，说这话的人最好不要遇到定宇：因为无论在什么场合，对方是什么人，定宇都会直言相对，对我进行维护和申言的。

人生一知己足矣，况且定宇！

我想，我们对于文学的信心，除了大自然赋予的灵秀之外，就是人本身所具有的魅力，它来自千千万万优美的人生，来自我们周围很多像吴定宇这样的人，他们使我们感到真诚和爱。

自20世纪90年代之后，定宇转向了陈寅恪研究，我们见面交谈也越来越多涉及这个话题。在这期间，定宇渐渐仿佛变了一个人，精神和气色也与以前大有不同。在一段很长的时间内，他都沉浸在对陈寅恪生平资料研读之中，在用整个身心感受、接受和理解陈寅恪的人生及其选择，也把自己深深带入对于中国整个学术史和文化史的反思之中。我每次去，他都会把近期有所发现的点点滴滴讲给我听，充满醍醐灌顶的感悟和惊喜，不仅在学术议题和见解方面有诸多夺人之见，而且有一种喜获精神救赎和栖息之地的喜悦和自信，表现出一种仁厚、博大的文化情怀。而我，作为定宇的朋友，也作为一个心灵的聆听和陪伴者，从这种心灵的历史力量的触动和感动中获取了很多教益。

我一直记得那些日子。

我想，这对于定宇的学术生涯乃至生命历程来说，也是一次巨大的触动和转变。定宇在郭沫若和巴金研究中都曾有所用心，亦有不小的成就，但是都不能与陈寅恪研究相提并论。接触和发现陈寅恪，对于定宇来说，不仅完全打开了他的视野和心窗，而且融进了自己的灵魂，为自己的心灵找到了归宿和栖息地。此研究对于他不止于一种思想和学问的探寻，而且是一种世纪性的精神对话，与其说他从众多资料中发现了陈寅恪，不如说他从陈寅恪身上发现了自己，他从此获得了一个真正的知己，一扫时代遭遇在其内心淤积的种种思想余悸和意识障碍，使自己获得了从未有过的解脱和解放，从此他的心灵也不再孤独和惆怅，一个大写的"我"开始在著述中凸显出来。这一点，从1996年出版《学人魂：陈寅恪传》（共284页），到2014年推出《守望：陈寅恪往事》（共502页），像一条不断跳动的生命红线飙升在字里行间，昭示着独立精神和自由思想虽历经风雨，但是跨越世纪的中国现代文学研究依然文气相通，血脉相传。

从某种程度上说，如果说20世纪80年代的文学之路是风雨兼程，那么，90年代则是一次再出发，是中国文心的一次再自觉；不过这次所"雕"不是"龙"，而是文人自己的灵魂、品相和精神。所以，尽管权势名位诱惑拉走了很多曾经敢为天下先的作家和学者，但是锻造了文化的精魂，留下了一批真正的、坚定不移的追寻者和守望者。

吴定宇就是其中之一。他的两本书就贯穿着这种历史追寻，而定宇也总是在出版后第一时间寄给我。不过这时我已经重返上海华东师大教书，我每每想起定宇时，也不时翻阅一二，心想写点什么，但却一直未曾开笔写下只言片语。至今每次想想都会感到非常内疚，因为我知道如果能我写点什么定宇一定会很高兴的，尽管他从来没有提出过此类的要求。

其实，自从我离开广东，一种不吉祥的影子就一直追随着我。其中一件事就是定宇的身体，他先后多次住院，最后做了换肾手术。这是一段令人心焦的日子，爱莫能助的我只能在异地默默祈祷。好在换肾手术比较成功，定宇身体也慢慢有所康复。我回上海后，实际上很少有机会回广东。那一年，我返回广州，专门去探望了定宇全家。照旧，尽管定宇身体虚弱了许多，但是晚饭后我们还是一起在中大校园溜了一圈。那天的天气不错，一路上话题很多，而且，定宇不时会在一个地方停下来说："你还记得吗？这里过去还有几棵树，现在没有了。"诸如此类。到了最后，话题又回到了陈寅恪，定宇这次又讲起"文革"期间吴宓从四川赶来探望陈寅恪的事情，他说得投入，我听得细腻。说到动情处，我们俩都站住了，在月光下定宇潸然泪下，对我说："你知道我为什么又说起这件事吗？"我也泪目了，说："知道。因为你和我。"

　　这是我最后一次到定宇家去，也是最后一次在中大一起散步。回到上海后，定宇和我偶尔也会通通电话，记得有一次他告诉我，他现在发现了新的散步去处，就是中大后面的珠江江畔，非常美，我们过去一直没有去过。他还说，你下次来，我们一定一起去散步。

　　是啊，多美啊。水波荡漾，微微江风吹拂，美丽的珠江游船彩灯辉煌，缓缓从江心驶过。我和定宇兄一起并肩而立，瞩目远望，共同面对和感受这一去不复返的岁月滔滔。

　　当然，还有戴翊，我们相互念念不忘的老友，此时他已经早走一步。

　　没想到定宇突然走了。

　　定宇千古。

62. 屈原：中国文坛的"异类"

对于屈原的评价，历代存在着不同看法。这种情况在汉代就已经出现，例如司马迁和班固就有不同的看法，司马迁在《史记》中设《列传》，从正面肯定屈原的人品文品，认为屈原"自疏濯淖污泥之中，蝉蜕于浊秽，以浮游尘埃之外，不获世之滋垢，皭然泥而不滓者也。推此志也，虽与日月争光可也"；而班固则在《离骚序》中，极力诋毁屈原的为人为文，说屈原做人不仅"露才扬己""竞乎危国群小之间""责数怀王"，为文更是"怨恶椒兰""强非其人""皆非法度之正，经义所载"，根本就谈不上王逸所说的"膺忠贞之质，体清洁之性"和"直若砥矢，言若丹青"了。如此针锋相对的评价，在中国古代文人中也算鲜见，所以把屈原及其作品归入异类一点也不为过。

从《离骚》中可以察觉到，屈原在性别认同方面与常人有异。屈原是一个男性，与《离骚》中自喻的"香草美人"并不一致；《离骚》所幽怨的对象，无疑是当时楚国国王，也是一个男性，这又作何解释呢？为此，尽管古人为屈原做过很多辩解，但是时至今日，依然留下了很多疑问和误解。例如，当下就有人如此质疑：

《离骚》本是政治诗，但屈原有时把它写得像情诗，而且是失恋的、被抛弃的情诗，这可能是他的一大发明。汉儒讲《诗经》，"窈窕思服，辗转反侧"，明明是想那小妹妹想得睡不着，硬解成心里惦着领导，生生熬出了失眠症！这种奇怪诠释纯属不说人话。现在重读《离骚》，我觉得该思路恐怕是受了屈原启发："惟草木之零落兮，恐美人之迟暮"，"众女嫉余之蛾眉兮，谣诼谓余以善淫"，话里话外，眉头心头，直把大王比成了老公，当自己是怨妇；每看到此等处，我便欲掩卷叹息：何必呢，何必呢，离婚就是了。

但屈原终究伟大，他唱出了中国人恒久的心病；在我们的男权社会，没有男人喜欢人家把自己当成女人，但有一个重要的例外，就是"美人芳草"的诗学传统，也就是说，自古以来，男人们见了女人还是男人，见了有权有势、高高在上的男人，马上就在心里变成了楚楚可怜的女人。①

初看这种评价有点苛刻，但是点出了不少人心中的疑惑，这就是如何定位屈原作为一个诗人的性别取向。以往由于理论框架的限制，更由于儒家正统观念的影响，性别取向认同始终是一个禁区，前人也总是回避在性别方面进行深究，导致对《离骚》的主题意旨也有所遮蔽。

首先，从文学理论角度来说，文学创作本身就是一种跨性别的精神现象，现实生活中作家自我有确定的性别取向，但是在具体创作中却可能超越这种固定角色，以不同性别取向的自我出现，因此呈现出变性叙述②的特色，也就是说，人类作为男女双性的共同体，拥有一种在两性之间进行沟通与平衡的本能，其在不同社会环境与文化语境中会显示出不同的性别倾向与叙述功能。

或许这正好印证了中国古代"阴阳同体"的观念，文学创作的男性叙述和女性叙述构成了其阴阳两个层面，在不同的社会环境与文化语境中有不同表现。这在屈原的作品中，就有明显表现。对比一下《国殇》与《离骚》就可以发现，诗人并不一定局限某一种固定的性别角色和纬度进行创作，也不会拘泥于一种叙述方式不变。在《国殇》中，铿锵的语调与话语，凸显了男性的力量与欲望，充满着征服性的英雄旋律："带长剑兮挟秦弓，首身离兮心不惩。诚既勇兮又以武，终刚强兮不可凌。身既死兮神

---

① 李敬泽《办公室里的屈原》，引自："家园专题学习网站"。
② 关于"变性叙述"，可参见拙作《变性叙述：对性别意识与文学创作关系的探讨》。

以灵,子魂魄兮为鬼雄!"① 而在《离骚》中,则是另外一种情调:

> 怨灵脩之浩荡兮,终不察夫民心。众女嫉余之蛾眉兮,谣诼谓余以善淫。固时俗之工巧兮,偭规矩而改错。背绳墨以追曲兮,竞周容以为度。忳郁邑余侘傺兮,吾独穷困乎此时也!宁溘死以流亡兮,余不忍为此态也!鸷鸟之不群兮,自前世而固然。何方圆之能周兮,夫孰异道而相安!屈心而抑志兮,忍尤而攘诟。伏清白以死直兮,固前圣之所厚。②

这是一种怨女叙述,不仅脱离了《国殇》宏大的英雄叙事方式,而且充满个人化的被压抑的幽怨与想象,呈现出与正统的男性身份不同的叙述特征。这不仅导致了后来正统文人的贬责,而且也引起了我对屈原性别取向的诸多猜疑,怀疑他是否具有同性恋或双性恋倾向。

事实上,我们如今所能设想和接受的文学艺术,并非是一种纯粹男性或女性的叙述,而是一种两性和谐融通的状态;而在漫长的文学史上,一直存在着"阳刚"与"阴柔"的不同艺术气韵和风格。既有辗转反侧的屈原之贞洁,又有隐忍至刚的司马迁之绝唱;既有男性为爱殉情的《孔雀东南飞》,也有女性替父从军的《花木兰》;既有曹丕《典论·论文》"盖文章经国之大业,不朽之盛事"之宏论,也有曹植《洛神赋》"抗罗袂以掩涕兮,泪流襟之浪浪"之低吟;既有大漠长风的边塞诗,又有词藻靡丽的宫廷诗;既有"大江东去"的豪放派,又不乏有"为伊消得人憔悴"的婉约词。如此种种,都表现了变性叙述在不同情景和语境中的美学契合和对称效应,表达了人们不同的审美期待和需求。

其次,从屈原的个性心理方面来识别,是否存在着性别认同不确定甚至迷离倾向。对此,史料方面是匮乏的,因为这是一个禁区。但是从《离骚》文本分析中,却能发现一些蛛丝马迹,因为《离骚》带有某种自传和

---

① 朱东润编:《中国历代文学作品选》上编第一册,上海古籍出版社,1979年版,第255页。

② 同上书,第230页。

自叙的性质，所以不难发现诗人自小就有一种女性化取向，不仅爱美，而且有洁癖，喜欢用花啊草啊来装饰自己，所谓"纷吾既有此内美兮，又重之以修能；扈江离与辟芷兮，纫秋兰以为佩"就表达了这种情景。至于在性格方面，也表现出了极度自恋的倾向，经常感叹"汨余若将不及兮，恐年岁之不吾与"，时常独自在花前水边哀叹岁月的流逝，"朝搴阰之木兰兮，夕揽洲之宿莽；日月忽其不淹兮，春与秋其代序"，并且发出长长的叹息声："惟草木之零落兮，恐美人之迟暮。"可以说，屈原在《离骚》中所表达的这种女性化的自恋与哀怨情绪，其实也反映了其性心理方面的特殊状态，其很可能是导致屈原政治悲剧的重要原因。由此，《离骚》成了日后中国文学中表达闺怨离愁的先河，且为中国的诗词叙述增添了一种幽怨的女性色彩。

第三，屈原的这种心理倾向及其在创作中的表现，在当时是否存在着一定的文化渊源和基础。《离骚》产生于楚文化沃土之中，楚文化具有深厚的母性或女性崇拜根系，孕育了中国独特的艺术观念。屈原的创作在很大程度上根植于南方文化，拥有深厚的女性文化与女神崇拜的渊源与资源，具有阴柔的艺术气质；再加上仕途不利，长期处于被压抑的状态，滋养了忧郁、哀怨和多愁善感的情绪，为其独特的叙述方式提供了心理基础。

其实，中国文化不仅一向重视"阴阳平衡"，而且对于母系或者女性文化的意义有着特别的关注，从中国文字中就能看出，"一些从女的姓氏特别古老，远古时代许多部落酋长的姓大都从'女'，如神农姓姜，黄帝姓姬，虞舜姓姚，周人的王族为姬姓，秦人的王族为嬴姓，等等。有学者以为这或许是古老的母系社会的文化孑遗"[①]，尤其在老子的思想中，就能看到浓重的女性色彩。在老子看来，"无名，天地之始；有名，万物之母；故常无欲以观其妙，常有欲以观其徼，此两者，同出而异名，同谓之玄。

---

① 段石羽：《汉字中的中国古代哲学思想》，新疆人民出版社，2006年版，第9—10页。

玄之又玄，众妙之门"，自然之道的基础就是母性的，雌性的，因此具有生生不息的生命活力。这就是老子心目中的"万物之母"。中国古文字中的"母"字，就包含着女性崇拜的意味。《说文》曰：母字从女，像怀子形。也就是说，这原本是一个模拟怀孕女性的象形字。还有一说是像乳形，如《仓颉篇》所言，其中有两点，像人乳形。由此我们可以联想到古代原始时期的大乳女性石像。这自然也影响到了美的观念。在中国文字中，很多从女的字都表达了美好的意思，比如"好""娇""娱""娴""妙""姿"等，还有像"妩媚""婵媛""嫋娜"等一些词汇，都与女性直接相关，根据《说文》的解释——"好，美也"；"娇，好也"；"娱，乐也"；"娴，雅也"等等，说明中国古人的美的观念与女性有着密切的关系。[①] 由此而言，屈原能够创作出《离骚》这样独特的作品，不是偶然的，其风格、意蕴和传播都有着中国独特的文化源流和基础。

最后，我不能不探讨一个问题，为何自古以来人们对屈原作品中的性别意识，特别是其中的情爱因素视而不见，反而仅仅强调其忠君爱国的一面呢？显然，这是更为复杂的一个问题。而我在这里想说的是，这是由于中国文学批评过于浓厚的意识形态色彩所致，一般批评家都不可能绕过。这一点，连司马迁也不能回避，他想肯定屈原，首先得用政治来为其定位，否则，屈原《离骚》不仅不可能列入经典，恐怕连在历史上是否可以留存都是个问题。而从另一个方面来说，在中国，长期处于弱势、受到压抑的文学及其文学家，其心理的形成与女性在整体文化格局中的体验与定位，有相通甚至相同的地方，不能不呈现出近似甚至同构的特点。就此来说，在长期的男权文化专制环境中，文学不能不处于弱势的亚文化地位，而文人作家不能不经常处于"女性化"，甚至"小媳妇"心理状态，更多地倾向多情、含蓄和柔美的气质，以幽怨、委婉的方式表达自己的存在。甚至可以说，在中国社会文化结构中，艺术与政治、经济、社会等话语形

---

① 段石羽：《汉字中的中国古代哲学思想》，新疆人民出版社，2006年版，第9—10页。

态不同，其始终属"阴"，具有女性化的倾向与特征，以自己特有的柔情与力量与男权文化体制抗衡，以伸张和表现人们被压抑的人性需求和情感欲望。因此，作为文学呈现的变性叙述，也更突出表现在从男性向女性话语的转变。

从历史上的屈原，或许会联想到 20 世纪红极一时的歌星张国荣，甚至舞蹈家金星，他们在历史文化天平上或许分量不同，但是他们都是活生生的人，都有自己特殊的爱好、志向和性倾向，都是应该得到人类文化认同的。

今天我们视野中的历史人物，也是人按照自己的标准和需求建构出来的，在多大程度上离开了其本来面目，这很难说。

63. 王羲之："放浪形骸之外"的艺术境界

在中国书法史上，王羲之是开境界的大师，其《兰亭集序》被公认为王羲之书法艺术的最高境界，序中不仅记述了文人相聚的情景、心境和情态，表达了对于艺术创作终极价值的感悟和理解，而且创造了独具特色的中国话语，其"放浪形骸之外"就是极有表现力和穿透力的一种理念表达。

《兰亭集序》，又名《兰亭宴集序》《临河序》《禊序》《禊贴》等，是魏晋时期著名书法家王羲之的一篇行书法帖。如今相传之本，共二十八行，三百二十四字，后人视为"雄秀之气，出于天然，故古今以为师法"，被推为中国书法艺术的极致表现——"行书第一"。

东晋穆帝永和九年三月三日，也就是公元353年的一个明媚春日，王羲之与谢安、孙绰等41人，来到今浙江绍兴的山阴蓝亭举行"修禊"聚会，人人沿山泉曲水而坐，酒杯沿曲水而行，轮流饮酒作诗，抒发各自的性情感触。时值王羲之33岁，芳华正茂，兴感无限，是这次聚会的主角之一。这次聚会显然非常尽兴，事后，王羲之醉意未醒，乘兴书写了这篇序文，记述了其发生的特殊语境：

> 永和九年，岁在癸丑，暮春之初，会于会稽山阴之兰亭，修禊事也。群贤毕至，少长咸集。此地有崇山峻岭，茂林修竹；又有清流激湍，映带左右，引以为流觞曲水，列坐其次。虽无丝竹管弦之盛，一觞一咏，亦足以畅叙幽情。
>
> 是日也，天朗气清，惠风和畅，仰观宇宙之大，俯察品类之盛，所以游目骋怀，足以极视听之娱，信可乐也。

> 夫人之相与，俯仰一世，或取诸怀抱，晤言一室之内；或因寄所托，放浪形骸之外。虽趣舍万殊，静躁不同，当其欣于所遇，暂得于己，快然自足，不知老之将至。

这是一种特殊的理念发生的语境与温床，先有"崇山峻岭，茂林修竹""清流激湍，映带左右，引以为流觞曲水""天朗气清，惠风和畅"的优美环境，再有"畅叙幽情""游目骋怀，足以极视听之娱，信可乐也"的人文情怀，才有了"或取诸怀抱，晤言一室之内；或因寄所托，放浪形骸之外"的艺术感悟与升华，不仅与当时具体的艺术氛围息息相关，而且直接托生于作者的气度、风神、襟怀、情愫的美学情怀之中，情景交汇，天人合一，淋漓酣畅。

就此来说，王羲之的书法理念，体现了一种生机盎然的思维方式，其脱胎于一种原生的具体、生动的艺术语境中，自始至终与具体的艺术环境与气息相连，自始至终与艺术家主体的感悟与理解相扣，自始至终散发着一种原生美的艺术活力。古人曾称王羲之的行草如"清风出袖，明月入怀"，有出自天然之美，其实，用此来形容这篇文论也未尝不可，其犹如出水芙蓉，有"生命之树长青"的感染力。这种表达最大限度保留了艺术创作自身的艺术魅力，能够很自然地调动起接受者对于艺术和美的向往之情，领略到艺术创作给人们心灵带来的愉悦和快感。

其实，"放浪形骸"原本就是形容一个人言行放纵，生活不受礼法约束的状态，所以又有"放荡不羁""放荡形骸""放浪不羁""放浪无拘""放诞不羁""放达不拘""放诞风流"等说法，意思基本上相通。这种情形在魏晋时期一度形成风气，很多文人在政治高压之下，自我的生命和性情受到压抑和扭曲，不可能在现实生活中直接实现，也不能直抒胸臆，故采取怪诞的方式来泄发内心不满，表达自己的心情。例如当时号称"竹林七贤"的阮籍、嵇康、刘伶等人就是如此，他们经常聚集一起，肆意酣畅，放浪人生。这在《世说新语》中就多有记述，其中"任诞"篇最为引人注目。在《世说新语》中，王羲之也属放浪形骸之列，并以此少年得名。对此，《晋书·王羲之列传》亦有相关记述：

> 羲之幼讷于言，人未之奇。年十三尝谒周颛，颛察而异之。时重牛心炙，坐客未啖，颛先割啖羲之，于是始知名。及长，辩赡，以骨鲠称，尤善隶书为古今之冠，论者称其笔势以为飘若浮云，矫若惊龙，深为从伯敦、导所器重。时陈留阮裕有重名，为敦主簿，敦尝谓羲之曰："汝是吾家佳子弟，当不减阮主簿。"

《世说新语》中记述的"东床坦腹"更是脍炙人口：

> 郗太傅在京口，遣门生与王丞相书，求女婿。丞相语郗信："君往东厢，任意选之。"门生归，白郗曰："王家诸郎亦皆可嘉，闻来觅婿，咸自矜持，唯有一郎在东床上坦腹卧，如不闻。"郗公云："正此好！"访之，乃是逸少，因嫁女与焉。

在这里，与其说这是王羲之的一次怪诞行为，不如说是一种"行为艺术"表现，它与阮籍醉酒、刘伶裸奔一样，是自我性情释放的一种艺术方式，是人生艺术化和艺术人生化的极致表达。这种情景在魏晋时期一度蔚然成风，形成时尚，最终促成了中国艺术理论自觉时代的到来。

这是一种由人生日常状态向艺术存在方式的升华和转折，由此在政治和意识形态语境中受到压抑和束缚的个人性情找到了实现和宣泄的方向和途径，开拓了中国艺术精神的独特空间。

于是，就在这个时代，性情成了中国文论观念价值体系中的关键词。

就此来说，"放浪形骸之外"是一种深度的艺术表达，其原生于具体的艺术体验，直指艺术活动的终极价值与追寻——这就是通过艺术活动获得生命的大欢喜和精神的大解放，使之超越时空的局限，感受到生态、身态和心态的高度和谐和焕发状态。这种对极致的艺术状态的生动表述，根植于中国特殊的艺术土壤之中，体现了对艺术终极价值的感悟和理解——对个人性情的崇尚与张扬。

生命本身的价值和张力，是肉体和形体在寻求某种解放、宣泄和自由过程中实现的。钱锺书先生曾经把中国固有的文论与批评的特点归结为"人化或生命化"，特别强调"我们的文评直接认为文笔自身就有气骨神脉种种生命机能和构造"，指出"《孟子·尽心章》云：'仁义礼智根于心，其生色也,睟然见于面,盎于背,施于四体,四体不言而喻';《离娄章》云:'存乎人者,莫良于眸子;眸子不能掩其恶。胸中正,则眸子瞭焉,胸中不正,则眸子眊焉;听其言也,观其眸子,人焉廋哉!'这是相面的天经地义,也是我们人化文评的原则。我们把论文当作看人,便无须像西洋人把文章割裂成内容外表。我们论人论文所谓气息凡俗,神清韵淡,都是从风度或风格上看出来"。①

无疑,我们完全可以把"放浪形骸之外"看作是中国文论"人化或生命化"的一种表达,其作为一种被压抑和束缚的生命诉求,获得了自己通向美学终极价值的通行证,也为我们理解中国文化空间及其话语的独特性提供了钥匙,由是,无论是老子心目中的"大音希声,大象无形",还是庄子想象中的鲲鹏一飞冲天,"抟扶摇直上九万里";无论是曹操"山不厌高,海不厌深;周公吐哺,天下归心"的壮怀,还是陶渊明"逸想不可淹,猖狂独长悲""久在樊笼里,复得返自然"的咏叹,都表达了一种对于生命极致状态的渴望、期待和追求。

"放浪形骸之外"所追求的正是性情的终极呈现,其以一种原发性的身心高度合一、极度兴奋和随身心所欲的生命状态,诠释了艺术所拥有的终极人生价值。

---

① 钱锺书:《中国固有文学批评的一个特点》,《钱锺书散文》,浙江文艺出版社,1997年版,第407—408页。

64.《中山狼传》：伦理与生态的对峙

尽管汉语典籍中有不少动物的神话传说，但有关狼的，尤其是把狼作为正面形象的神话传说寥寥无几。在《山海经》中，记录了许多人兽合体的形象，有的是人头鸟或人头龙形，有的是蛇身人首或者虎脑人身，还有的兽身虎皮或者人身狗脑，等等。除此之外，还记叙了一些奇形怪状的动物野兽，例如形状如虎但有翅膀的犬类，四足九尾的狐狸，赤首白头、其声如牛的大蛇，身长类虎、五采毕具的驺吾，等等。但"没有狼"本身就是一个问题，尤其在林林总总的神话传说中，各种动物活蹦乱跳，偏偏就不见狼的踪影，那就更值得怀疑了。从中我们至少可以进一步思考以下若干问题：一是不同历史文化发展过程中可能失落的意识环节，包括民族意识形态对历史文化有意的筛选；二是在比较研究中了解狼在人类早期文化中的特殊意义；三是确认狼的意象在不同的文化系统和不同历史发展阶段中的意义是不同的；四是探讨在跨文化的条件下，一种特殊的文化原形的重现和变异过程。同样是狼，作为一种英雄原型，和作为一种被排斥的对象或者一种毫不起眼的陪衬，其意义是绝对不同的。

正因为如此，对《中山狼传》的文本解释，也就具有了特殊的文化意义。中国汉族神话传说中出现完整的狼的意象，是很晚的事情。有文字可查证，流传最广的就是明代的马中锡（1446—1512）所作《中山狼传》①。不过，值得注意的是，寓言故事的内容发生在公元前的春秋时代，并且直接讽刺了当时墨子的"兼爱"思想，所以包含着不同时代的意识叠影。从作品格调来看，《中山狼传》不是某作家虚构杜撰的，而是带有强烈的民间传说色彩，所以在文人撰写之前，相信已在民间流传甚久。

在这个寓言故事中，狼是一个忘恩负义的反面角色。这无疑与我们的文化渊源有关。根据马中锡《东田集》卷三的文本分析，这个故事在很多方面凝结着历史意识中的矛盾情结。例如，作品一开始就充满战争气氛，本身就是一个以暴力场面开始（赵简子山中猎狼）并以暴力结束（丈人与东郭先生共同用刀杀了狼）的故事。赵简子虽是打猎，但情景和打仗差不多，"虞人道前，鹰犬罗后。捷禽鸷兽，应弦而倒者不可胜数"。再看追击受伤的狼的气势："惊尘蔽天，足音鸣雷，十步之外，不辨人马"，真是一片战争景象。再比如狼向东郭先生求救时所陈述的理由和故事无不证明动物比人更善良，更通"人性"，绝对懂得知恩图报。一是中国古代传说"毛宝放龟而得渡"的故事，二是"隋侯救蛇而获珠"的传说。前者在《晋书·毛宝传》中有记载，说的是有个叫毛宝的人，钓鱼时钓到一只毛龟，心发慈悲就放了它，后来毛宝战败投江，就有一只毛龟来相救，使他站在龟背上过了江。后者在干宝《搜神记》中可见，隋侯看见一条蛇受伤，就为它医治敷药，后来这条蛇以一颗大珍珠作为报答。狼虽然引用了这两个故事，但是它自己的行动却完全背信弃义，与龟和蛇截然不同。这说明在当时人们的心目中，狼与龟、蛇根本不同，它们已经被人划分为不同的世界。

---

① 马中锡的《东田集》卷三收有《中山狼传》，今人所引多出于此。另外还有两种不同的说法。一说是宋朝谢良所作。明陆楫《古今说海》，近代董康编的《曲海总目提要》，清宋定国、谢星缠《国史经籍志补》等收录此文时，就如此认为。清纽琇之《觚剩》续编卷一也持同样的看法。二是认为唐姚合所作。姚合，唐代陕州陕石人，著有《姚少监诗集》。明末清初刻冰华居士辑《合刻三志·志寓类》收录此文，署唐姚合撰，程羽文校阅。另有详文可参见《寓言辞典》，山东明天出版社，1987年版。

但是，这似乎还不能为"人贵狼贱"提供完全合理的解释。从文本内容分析中可以看出，这个传说的主旨在于：一是说明忘恩负义者是狼而不是人；二是人和禽兽是截然不同的"有知"和"无知"的两个世界。就第一点来说，故事确实表明了狼是忘恩负义者，但这只是从故事层面而言的。如果超出这个故事的层面，从自然和人类起源角度来判断，那么事情就不那么简单了。再说，人类为什么要在这个问题上做文章，本身就是一个值得探讨的问题。从人类起源的神话传说资料来看，狼一度也是人类的崇拜对象，而人类则在自己逐渐壮大过程中抛弃了狼，所以自然意义上真正"忘恩负义"者应该是人类。[①] 大自然养育了人类，是人类的母亲，但是曾几何时，人类却自大妄为起来，疯狂地掠夺、破坏和亵渎大自然，从这个意义上说，人类是真正的忘恩负义者。所以，我们完全可以如此分析，人们之所以要通过虚构的方式证明狼的忘恩负义，恰恰是为了掩饰自己潜意识中的罪恶感，企图在现实中永远摆脱历史文化的阴影。

从第二个方面来说，人类就更处于不利的地位了。实际上，从故事中就可以看出，人和自然分庭抗礼，已经构成了两个不同的世界：狼并不孤独，它实际上和老杏树（植物）、老牛（动物）组成了一个世界，而赵简子（大规模杀害动物的武夫）、老丈（禽兽负恩论的代言人）、东郭先生则属于另一个世界。前一个世界之所以站在一起，是因为皆深受人类之害。狼被人类的大规模猎杀逼得无路可逃姑且不论，就从老杏树和老牛的回答中就可看出它们的共同态度。从自然生命的观念来看，这分明是来自另一个世界的血泪控诉！老杏树和老牛分别从植物和动物的角度生动具体地述说了人类对它们的压迫、压榨和忘恩负义。从某种意义上说，在这个故事中进行着一场谁审判谁的争夺战，人类和大自然各站一方，针锋相对，而面对老树和老牛这种有理有据的驳斥，东郭先生几乎无以应对，只能以"草木无知，更况禽兽"之类的观念来搪塞。

事实上，所谓"草木无知，更况禽兽"之类正是这篇传说寓意的观念

---

① 见《西方狼》，殷国明著，上海文化出版社，2004年版。

基础，如果抽掉了它，整个故事的道德说教基础就倒塌了。只要认真思考一下，就会意识到，这只是人类的道德，并不是自然的道德，是人类为自己的利益而设定的。正因为人类有如此的理念，所以才能够安心理得地忽视和贬低其他自然生命种类，人类才能如此肆无忌惮，在自然界称王称霸，奴役一切。

难道大自然的草木和动物真的就无知无情吗？即便这一点在科学上还可以讨论，但是完全忽视其他生命存在的意志和欲望，恐怕连人类自己也难以接受。老树和老牛的亲身体验及其陈述，不就是它们有知有情的证明吗？问题在于人类是否敢于承认所面对的事实，是否能够真正明白和理解它们的有知有情！显然，在这方面，作为人的东郭先生根本无法和狼相比。他一见到植物和动物就心存偏见，认为它们无知无情，根本找不到交流的方法，而中山狼截然不同，它明白和理解自然界的感受，并且知道如何和动物植物交谈。这也在某种程度上说明人类自我发展中的失落和虚伪。所谓失落，是指人类为了给自己践踏自然、毫无羞耻感地掠夺自然的行为制造合理依据，竟然断然否认植物动物的有知有情。这一点正像东郭先生的表现一样，刚刚说完"草木无知"，回头就又向老树作揖求情，期望得到无知草木的支持。

但是，从此中山狼却成了汉民族文化意识中的一个特殊的"媒介"，专门传达人们对阴毒险恶人物的情感，在明杂剧中就有康海《中山狼》，王九思《中山狼院本》，而最有名的就是曹雪芹《红楼梦》中"子系中山狼，得志便猖狂"的孙绍祖。孙家祖上是军官出身，与宁荣两府原有世交之谊，孙绍祖虽为一个武夫，但是善于应酬权变，穷奢极欲，自娶得贾家的迎春之后，更是变本加厉，劣性不改，沉溺酒色，把家中的丫鬟女仆几乎淫遍，极度挥霍家里的钱财，迎春被他百般虐待，最后致死。他已成为中国人人皆知的最无耻的人物原型。

由此我们可以看到，由于人的特定文化价值观和情感的介入，动物世界开始分裂了，一部分成为善的、吉祥的象征，而另一部分被判定为恶的、不友好的替身。不幸的是，狼很早就被归入后一世界。就中国而言，这种敌我亲仇意识不仅来自反面的事实（中山狼的忘恩负义），而且来自正面的对比（龟与蛇的知恩图报）。对此，如果联系到汉民族对龙的崇拜意识，我们会有更深的感触。龙基本上是一个综合性意象，具有很多动物的特征，比如蛇身、鱼皮、鹿角、凤爪等等，说明龙图腾在形成过程中融合多种动物图腾因素，组成了一个动物图腾联合的统一战线。但是，在这个过程中，狼被排除在吉祥动物之外，而且成为一种相悖于人性的意象。

　　由此可见，作为一种伦理文化的对立面，尽管中山狼得到自然生态因素的支撑，但是最终依然摆脱不了被文明世界摒弃的命运——因为中国文化背景是以人伦伦理为基础的。

65. 王国维：理论的生命意味

　　如何理解和把握一个文学理论家的价值和意义？这是一个很重要的问题。过去我们总是关注于思想的层面（这当然是非常重要的），而忽视了他们对自己生命的理解和把握，尤其忽视了他们把自己的理论追求贯通于生命活动中的过程和意义。很多理论家及其理论的价值和魅力就在于，他们不仅是在发明言辞和话语，不仅是在理论观念上进行选择和判断，而且还是把理论创造和生命追求紧紧结合在一起，把自己对生命的感悟和体验融会到了理论话语之中。理论，从某种意义上，也是一种生命现象。

　　我们可以看到两种理论和理论家：一种使用知识和话语建造理论大厦，但他们本人的生活和生命可能游离于理论之外，理论只是他们的一种生存手段，一种生存智慧和技巧；另一种却是"死心眼儿"，是用自己生命来建造理论的，艺术追求不仅是他们的专业，也是他们的生命方式和精神家园，他们用自己的心力建造理论大厦，用自己的鲜血浇灌思想花朵，用自己的生命和阐释、说明、演绎、维护和实现理论的价值和意义。

　　王国维就属于后一种文艺理论家。他在中国文论史上的意义，不仅表现在他在具体的文艺理论问题上的发现和开拓，更表现在他开创了一种新的理论境界。这种境界就是一种生命的境界，它使中国文论从长期（我们甚至可以追溯到唐宋以降）的僵化和庸俗的思维状态中解脱出来，再次获得了生命活力。所谓僵化，是指长期在意识形态权利话语统制下，文艺理论和观念的教条化和程式化，所以理论是从观念到观念，从说教到说教，失去了生命意韵；所谓庸俗，是指在这种情况下文人对文学所采取的世俗策略，把它看作是获取生存资源和利益的方式方法，文人学者似乎都变得

301

越来越"聪明"和"灵活",而文学理论却失去了灵气,这种没有了生命活力和灵气的理论必然是灰色的。但并不是所有理论都是灰色的。从"独上高楼,望尽天涯路"到"蓦然回首,那人却在灯火阑珊处",王国维最推崇的就是一种生命境界,他一再强调的"美术之神圣之位置和独立之价值",其核心因素就是个人意志和思想的坚持和追求。因此,王国维及其理论追求必然不同于那种僵化的经院哲学,必然会远离工具化的思维逻辑,追求理论的生命价值。

这在当时是一种理论的绝唱。从王国维的理论文辞中,我们不仅看到他对东西方文化和文学的深刻研究和洞察,而且能够感受到其中生命欲望的涌动和追求。他自己在理论中也确实非常看重生命本身的意义。对此,最明显的就是他对叔本华理论的认同。生命不可遏止的欲望及其不得满足的痛苦,实际上构成了他们理解文学的基本理念。在对中国传统思想的回望中,王国维同样关注于人性的因素,他的"释性""释命"等文章非常值得研究。王国维欣赏中国古代"择善而固执之"的说法,但是什么是善?是否就是我们经常所说的时代潮流或社会标准?王国维显然有着自己独特的理解,这就是他一生坚持的个人追求和独立精神,他把善落实到了自己的生命追求之中。这甚至表现在了他对生命的最后处置中。自杀确实是为了"明志",但是这个"志"并不仅仅是"殉清",而是他"殉"他的独立人格和自由意志,这正像他活着的时候坚持头上留个小辫子一样。这在某种意义上来说是一种美学行为,是他自由意志的象征。他明白清朝的灭亡不可逆转,但是这并不是说一个人就应该随时代而改变自己的信仰和意志。所以,王国维的"择清"实际上延续了他对叔本华思想的认同和崇拜,"自由意志"往往就是和时代潮流、世俗的选择向背的。所以,仅仅用保守或现代来评判王国维是有缺失的,因为独立人格是不能简单地用政治观念和时代标准来衡量的,站在保守或激进的一面,都不能说明一个人是否是现代人,是否有自己的独立人格。

王国维与西方哲学家叔本华结缘不是偶然的,因为他从叔本华那里感受到一种生命的冲动,试图冲破西方哲学传统的理性和逻辑框架,为生命本身的欲望打开一条新的道路。亚瑟·叔本华（1788—1860），德国著名哲学家，意志主义的创始人和主要代表之一，代表作有《作为意志和表象的世界》等，一反黑格尔等人崇尚绝对理念的思维逻辑，开始直面生命本身的欲望及其痛苦。

由此，我们也不得不说，王国维的追求和当时西方很多理论家有共同之处，他们都不约而同地触及了一个问题，这就是个人的生命及其存在价值何在。叔本华和尼采的富有独创性的个体探讨曾给王国维以很大的影响。叔本华清楚意识到了个人的自由意志和世界表象的虚假关系，一个人如果不能从欲望之网中解脱而出，就不可能获得个人的自由意志的存在。尼采则对德国的庸人市侩哲学进行了无情的批判。而王国维则期望获得一个无边际（无中西之分、无有用无用之分、无新旧之分）的文化天空，让自己的灵魂能够自由飞翔。

值得注意的是，在对个人及其存在意义的追求中，王国维后来很注意"天"与"人"的关系。对此，中国历来有儒家与道家的不同。前者强调"事在人为"，所以形成了以伦理学为主体的思想体系；后者则认为"道法自然"，主张人与自然和谐一致、相互融合在一起。儒家把对"天"的追问转化成了对人自身的追问，把虚无缥缈的自然之道具体还原为人的德行，一个人生命的意义就在于立言、立功、立德。而道家则把对人的追问自然化了，转化为一种个人状态的修炼。"天"与"人"都溶解到了不同的人生理念之中。这些都给予王国维很大的启示。尤其是孔子的思想，使王国维一度认为自己找到了理想人格的范式，这就是把自己感性生命与理性的追求结合起来。他非常欣赏《论语·先进》中所写到的这种境界："莫春者，春服既成，冠者五六人，童子六七人，浴乎沂，风乎舞雩，咏而归。"王国维认为这才是"仁"的最高境界，因为这"顺应自然之理法，笃信天命，不为利害所乱，无窒无碍，绰绰裕裕，浑然圆满，其言如春风和气"。

我认为王国维的《人间词话》就显示这种追求，当然我们也可以把它理解为中国式的感悟思维与西方式的理性思维的某种结合。从某种意义上可以认定，叔本华和尼采的理论都充满了感性力量，由此冲击了西方传统的经院式的理论表达方式，特别是尼采，文字很美，充满生命的感悟和冲动，能够打动人和感染人。王国维在这方面也有感触。从他早期写的《〈红楼梦〉研究》和后来写的《人间词话》的比较中可以看出，王国维在文体追求上有很大的变化。他的《人间词话》独具特色。从行文上看，它类似于《论语》的写法，没有整体上的长篇大论，但是却有内在的思想逻辑，只言片语间透出对文学的真知灼见；而这些理论见解又都不是成系统的，不是从理论观念的分析、推导中得出来的，而是从具体的艺术感悟中生发出来的。实际上，如今文艺理论和批评的一大难题就是如何把感性与理性融合在一起，使理论和批评有见解，同时又有艺术感染力，能够把美传达给读者。

66.《尝试集》：所有创新始于"尝试"

《尝试集》是新文学史上出版的第一本个人白话诗集，对于其中的诗，我并没有特别的感觉，但是其"尝试"二字却一直使我浮想联翩。我想，胡适本人当年最看重的也就是这两个字，所以专门作了"尝试篇"作为诗集的"代序二"，其中写道："我生求师二十年，今得'尝试'两个字。作诗做事要如此，虽未能到颇有志。作'尝试歌'颂吾师，愿大家都来尝试！"

这是 20 世纪初的文字。无论对胡适个人，还是对一个时代来说，"尝试"都是一个激动人心的开始，标志着一种突破，一种风气之先。因为经历了几千年封建专制统治的中国，实在太缺乏"尝试"，太需要"尝试"了。拿鲁迅的话来说，这是一个"搬动一张桌子"也要付出血的代价的社会，非礼勿听，非礼勿视，人们不敢想，不敢说，不敢做，不敢越雷池一步，所以可以"天不变，道亦不变"，吃人的礼教可以永世长存。

由此，我从"尝试"想到了"冒险"。在危险的情况下进行"尝试"，或者去做某种不可能成功的事情，就是"冒险"。很多艺术家都用不同的语言表达了相同的理念。鲁迅一直呼唤着敢发新声的"精神界战士"和敢于冲破一切束缚的文坛闯将，郁达夫曾写过如此的文字："艺术家是灵魂的冒险者，是偶像的破坏者，是开路的先驱者。"

徐志摩也不例外，他是一个提倡"灵魂的冒险"的诗人，他要在"沙滩上种花"，即使根本无望成功，也要死命一搏。对此，"新月派"诗人办的《诗刊》第 2 号上的《序言》上的一段文字给我留下了深刻印象："……我们是要在危险中求更大更真的生活，我们要追随这潮流的推动，即使肢体碎成粉，我们的愿望永远是光明的彼岸。能到与否乃至有否那一个想象中的彼岸完全是另一个问题，我们的意识守住的只是一点志愿的勇往，同时我们的身体与灵魂在这骇浪的击撞中争一个刹那的生存，谁说这不是无上的快感？"

从某种意义上说，"尝试"和"冒险"对真正的艺术家来说，不但会带来一种"无上的快感"，而且本身就是一种美，一种价值。

于是，我又想到了"实验"。在1980年代，"实验"二字有如世纪初的"尝试"，在文学创作和批评领域突破了一种又一种禁锢，开拓了一片又一片新的艺术疆界。实验小说，实验话剧，实验诗歌，理论探索，等等，标志着一个新文学创新和繁荣时期的到来。当人们怀着各种各样激动的心情评论王蒙的"意识流"，讨论袁可嘉的"现代派"说法的时候，很多小说评论家所争相提及和引用的是福斯特的《小说面面观》。"实验"，不但是一种令人激动和关注的事情，而且也是一种冒险，会带来刺激，也会遭到批判。有人却乐此不疲。他们在创作方面大胆探索，引起广泛注意和争议，每一次都能给人以新颖的艺术感受。

戏剧的艺术突破更难。因为戏剧艺术本身需要更高的艺术才能，所以别林斯基才把戏剧类的诗称为"最高一类的诗"，戏剧是"艺术的冠冕"。很多从1980年代走过的人，都从"实验"中感受到了超越作品的意义。而这种意义正是构成一个新的具有创造性的文学时代的最重要的基础和动力。

尝试，冒险和实验，这是中国现代文学的基本精神之一，也是现代艺术发展的主要特点。尽管它们在不同的历史时期有不同的说法，不同的内容，但是却表现了同一种时代精神和美学追求，冲破传统，蔑视常规，突出个性，注重创意。在美学观念上，它颠覆了传统的艺术的"模仿说"和"反映论"，不断突破现实权力和意识形态的规训，不断催生新的艺术意识。尽管它们的价值并不是一下子就能被人们所认识、所理解和所接受，但是毕竟在不断开拓着新的历史时空和境界。如果说中国的现代化过程充满艰难、曲折和凶险的话，那么艺术上的尝试、冒险和实验同样承担着这种历史的重负，必然也会遭到各种各样的排斥、误解和反对。

其实，即便在今天的学术界，也未必真正认同和意识到了创新的真正意义和价值。例如以往出版的种种文学史中，往往对于尝试、冒险和实验性的文学创作和理论注意不够，甚至忽略了它们的历史价值和艺术功绩。

我想，应该有一本记录中国现代作家大胆突破、勇于尝试、敢于"第一个吃螃蟹"的文学史。

确实，无论是尝试，冒险，还是实验，都得做好让人家挑剔和批评的准备，因为"第一次"很难成就成熟、完美的作品。所以，胡适在"尝试"新诗之时就已经意识到："莫想小试便成功，那有这样容易事！有时试到千百回，始知前功尽抛弃。即使如此已无悔，即此失败便足记。告人此路不通行，可使脚力莫浪费。"

这似乎是一种很到位的想法。但这同胡适当年作的新诗一样，"很像一个缠过脚后来放大了的妇人"，难免有很多顾虑和保留。

就艺术作品来说，由什么来评定它的成熟和完美呢？反观中国文学史，那些流传下来的、有价值的作品，有哪些能够符合这些条件呢？鲁迅的《狂人日记》、郭沫若的《女神》、郁达夫的《沉沦》、曹禺的《雷雨》，岂不都是带有"第一次"性质的创作？也许正因为它们的尝试、冒险、实验和创新，使它们拥有了自己独特的价值，给文学史增添了亮色和光彩。

还是胡适在《尝试篇》的开首写得好："'尝试成功自古无'，放翁这话未必是。我今为下一转语：自古成功在尝试！"

所以，尝试、冒险、实验、创新，这是20世纪现代中国文学发展的一种自然趋势和历史逻辑，现代中国文学也就是一系列不断尝试、冒险、实验和创新的过程。文体的尝试、灵魂的冒险、创作的实验、艺术的创新，构成现代中国文学演进的四个乐章。

创新是可贵的，但是首先得有尝试、冒险和实验，否则就是空中楼阁。

也许过了100年之后，人们会把我们这个时代简单地称为一个"尝试的时代"。

67.《人的文学》：新文学的关键词

中国五四新文化运动就是以"人的发现"为起点的。从鲁迅早年提出的"立人"思想到周作人提出"人的文学"，从陈独秀的"平民文学"到文学研究会的"为人生"，都围绕人的觉醒和解放做文章，所以胡适把五四新文学运动称之为中国的"Renaissance"（文艺复兴），也有同样意思，就是以个人主义和个性解放为中心的。用鲁迅的话说，就是"排众数，任个人"；用郁达夫的话说，五四运动的最大成功，就是"个人的发现"，这个"个人"就是一种独立的、不依附于君主和家族的现代人。

而1919年周作人《人的文学》的发表，则从理论和观念层面上对这个问题进行了深入论述，使"人"成为建构五四新文学文艺美学的关键话语。在周作人的论述中，并非没有传统的文化因素，但主要是有感并借助了西方文艺复兴和启蒙主义思想，重新建构了"人的文学"观念。他在文章中回顾了西方文化史上关于"人"的学说："欧洲关于这'人'的真理的发见，第一次是在十五世纪，于是出了宗教改革与文艺复兴两个结果。第二次成了法国大革命，第三次大约便是欧战以后将来的未知事件了。女人与小儿的发见，却迟至十九世纪，才有萌芽。古代女人的位置，不过是男人的器具与奴隶。中古时代，教会里还曾讨论女子有无灵魂，算不算得一个人呢。小儿也只是父母的所有品，又不认他是一个未长成的人，却当他作具体而微的成人，因此又不知演了多少家庭的与教育的悲剧。自弗罗培尔（Frobel）与戈特文（Godwin）夫人以后，才有光明出现。到了现在，造成儿童学与女子问题这两个大研究，可望长出极好的结果来。"由此转向了在中国讲"人"的必要性和迫切性：

中国讲到这类问题,却须从头做起,人的问题,从来未经解决,女人小儿更不必说了。如今,第一步先从人说起,生了四千余年,现在却还讲人的意义,从新要发见"人",去"辟人荒",也是可笑的事。

显然,五四时期人道主义的基调主要是个人主义和个性解放。朱自清先生后来总结说,五四时期周作人等人提倡的人道主义,主要是指"个人主义的人间本位主义"。这一点其实在周作人的《人的文学》不难找到根据,周作人写道:"我所说的人道主义,并非世间所谓'悲天悯人'或'博施济众'的慈悲主义,乃是一种个人主义的人间本位主义。这理由是,第一,人在人类中,正如森林中的一株树木。森林盛了,各树也都茂盛。但要森林盛,却仍非靠各树各自茂盛不可。第二,个人爱人类,就只为人类中有了我,与我相关的缘故。墨子说'爱人不外己,己在所爱之中',便是最透彻的话……所以我说的人道主义,是从个人做起。要讲人道,爱人类,便须先使自己有人的资格,占得人的位置。"胡适在其长篇论文《易卜生主义》对此也有回应:"社会最大的罪恶莫过于摧折个人的天性,不使他自由发展。""社会是个人组成的,多出一个人,便是多备下一个再造新社会的分子。""社会国家没有自由独立的人格,如同酒里少了酒曲,面包里少了酵,人身上少了脑筋。""那种社会国家决没有改良进步的希望。"

周作人后来在自己文章中还不断强化这种观念,例如,他还如此强调过个人主义在中国的重要性:"歌谣是民族的文学,这是一民族之意识,是全心的表现,但是非到个人意识与民族意识同样发达的时代不能得着完全的理解与尊重,中国现在是这个时候么?或者是的,或者不是。中国的革命尚未成功,至今还在进行,论理应该是民族自觉的时代;但是中国所缺少的,是彻底的个人主义,……"[①] 这是因为"假的,模仿的,不自然

---

① 周作人:《〈潮州畲歌集〉序》,《谈龙集》,河北教育出版社,2002年版,第46页。

的著作，无论他是旧是新，都是一样的无价值；这便因为他没有真实的个性"。于是他对于"人的文学"之认定做了如此补充："因此我们可以得到结论：（1）创作不宜完全没煞自己去模仿别人，（2）个性的表现是自然的，（3）个性是个人唯一的所有，而又与人类有根本上的共通点，（4）个性就是在可以保存范围内的国粹，有个性的新文学便是这国民所有的真的国粹的文学。"

这种观点无疑与胡适相一致，因为胡适后来在《〈中国新文学大系·建设理论集〉导言》对此进行了很高的评价，认为它与"活的文学"的主张一起构成了五四新文学革命的两大"中心思想"，如果说"活的文学"口号体现了文字工具的革新，那么"人的文学"则体现了文学内容的革新。胡适还说："周先生把我们那个时代所要提倡的种种文学内容，都包括在一个中心观念里，这个观念他叫'人的文学'。他要用这一观念来排斥中国一切'非人的文学'，来提倡'人的文学'。"[①]

所以，"人的文学"是新文学最重要的关键词。

[①] 胡适：《〈中国新文学大系·建设理论集〉导言》，上海良友图书印刷公司，1935版。

68. 施蛰存：标新路与继绝学

就在应邀去参加第五届澳门文学奖的前一天，我听到了施蛰存先生去世的消息，尽管早一天我已经从钱谷融先生处得知施蛰存先生又告病危；尽管早就知道施先生身体一直不好，多次住院并多次告病危；但还是内心感到了震动，痛惜施先生离开了我们，同时也带走一种难以言传的内心的寄托与慰藉，就像眼看着蓝天上一只传达着永恒信息的鸿雁，竟然就是那般从容，但是也那么急速地消失在云际天外。而从澳门回来，我甚至感到熟悉的校园变了，仿佛缺了一点什么诗意的东西，当我早晨穿过熟悉的校园去上课的时候，风好像特别阴冷，还故意把一些残落的树叶刮到我脸上。

这是从来没有过的。

其实，我和施先生并没有多少交往，甚至没有机会认真注视过他。几次见面也都是近20年前的事了，而且都是在人很多的地方；其实，就在我进入华东师大读研究生之后不久——也就是1983年，施先生就被确诊为直肠癌，并且动了一次大手术，从此就很少外出——换句话说，施先生的声名越来越大，日子也真正逐渐好起来，当是他患癌症动手术之后。所以施先生的家我也只去过一次，而且呆的时间很短，没有过认真的长谈。当然，这并不妨害我研读施蛰存先生的作品，听施先生的故事，对施先生的人品文品心向往之。因此，我就和施先生门下的宫晓卫等弟子关系很好，心有所通，直到最近一次在中文系举行的先生百岁华诞庆祝会上见面，还是感到非常亲切，言谈说笑一如当年一样随便自然。不想盛宴刚过，弟子刚别，先生就乘鹤仙去，给人们留下了无限惆怅。有人说，施蛰存先生几乎一生磨难，消受不起如此隆重的祝寿；也有人说，先生一生受冤枉的时候多，如此结局也是一个辉煌的句号，当以能够含笑九泉了；也还有人觉得祝寿还不够隆重，追悼会规格还不够高；等等。当然，这都是后人的意愿和设想，也许谁也不知道这位世纪老人最后心中在想些什么。

人是奇特的，人的生命的价值难以估量，人生更有些不可思议。想一想施先生一生承受的那么长时间的不公正待遇，曾经面对过那么多的怀疑、冷遇、鄙视甚至敌视的目光——而这些又恰恰来自于他周围的。有的至今才意识到这个人的价值，并抓紧最后的机会在遗像前来表达自己的心意的人，施蛰存先生可谓是历经沧桑，大喜大悲，早就不在乎后人如何评价自己的人了。照理说，像施先生这样才情卓著、贡献突出的作家和学问家，应该在生活和工作上得到更多的关心、关注和帮助，但是实际上，施先生从来就得到很少，而他自己甚至从来没有过这份奢望。直到他的成就蜚声海外，已经成为社会、学校人文学术的楷模和标志，人们才不断献上自己的关心和爱心，在最后的日子里留下他的影像。这当然是使人感到欣慰的，因为如今我们每个人对施先生的这份心情，都不仅是个人的，而且体现了社会和时代对这位辛勤耕种的世纪老人的某种忏悔和补偿。

可惜，很多东西已经无法补偿了，而我们又不能不心怀愧疚地继续享受其用生命创造的文化遗产。从某种意义上可以说，施先生的创作与著述堪称现代中国文学的标志性成果，它们本身不仅记录了历史的进程与变迁，而且诉说着艺术与人格在这段不平凡的历史时期内的独特体验与记忆，通过忍耐、挫折、挣扎和持续不断的追求显示着文学艺术永恒的生命活力。

施先生的创作与著述博大精深，涉猎很广，总体来说，大致可以分为两大方面或者两个阶段：一个方面是"标新路"，主要以最初十年的文学创作和创办《现代》杂志为主，但是其气质、其倾向、其特点一直延续到了1949年；另一个方面，就是"继绝学"——台湾学者何怀硕曾专门著文谈到这一点，主要以文史古籍和金石碑版的研究与考证为代表，是新中国成立后一直从事的事业。这两个方面或两个阶段，不但体现了不同的时代背景与选择，而且表现了施先生不同的心境与心血，展现了不同的生命状态与艺术光华。"标新路"不仅显示了施先生艺术创作的才情、才能与深厚潜力，而且在现代中国文学史上点起了一把火，开辟了现代文学创作的一条新路。同样这也展示了当时中国文坛难得的自由气氛与环境，使得年轻的作家生命能够有自由表现的机会与空间，能够在艺术创造中扩展自己的生命感觉，不断寻求新的表现方式与境界，满足自我不断更新、扩展与创新的精神欲望。这时候，施先生的生命是不断开放的，不仅写象征诗，创作"新感觉派小说"，尝试"意识流"，运用"精神分析"，而且也研究老庄，追求灵性，解读神秘，等等，可以说，各种艺术的奥秘及其追寻的乐趣，使他乐此不疲，灵感不断。如果不是意外触怒了鲁迅，他会在这条自由选择与创造的路上走得更远更深，也能够走出更大的名堂。

但是，一方面由于时代的关系，同时也不能说没有自我生命轨迹的变化，施先生转向了"继绝学"的道路。在这个过程中，翻译外国文学作品也许是一种缓冲与过渡，他不仅稳住了心境，而且心灵逐渐深潜，精神趋于沉静，开始在历史和生活深处寻求艺术奥秘与快乐。可以说，"继绝学"是一种自我逐渐回归的过程，向外扩展的心灵开始收敛——或许一半是由于时代环境，一半由于内心寻求，而超越时代、深不可测的胸襟开始形成，让生命遨游于很少人甚至无人能及的无垠无际的文化深海之中。也许只有这样，外面的时代风潮才无法伤害到他那颗始终敏感、柔弱和爱美的心灵，甚至根本不能阻止与扰乱他在这种自由遨游和探寻中的快乐。由此，我常常想，施先生之所以长寿，正是与这种在自我艺术世界中的遨游、从容和快乐分不开的，这是任何外在的压迫、磨难与打击都奈何不得的，也正是老子所说的"致虚极，守静笃，万物并作"的境界——而这里的"作"或许也是可以理解为"乐"，因为人们能够从这种内在生命与视像中获得极大的快感。

正是从这里，我们至少从内外两个方面来理解艺术创造的奥秘，并由此对整个现代中国文学的发展历程有所感悟和理解。一是艺术创新首先需要一种自由创作的环境与气氛，这样艺术家的创新欲望与潜能才能充分调动和发挥出来；自由永远是创新的母体与酵母，任何给创作者带来限制与恐惧的做法与气氛，都会毁损、打压甚至破坏艺术创新的欲望和能力，造成艺术创作力的转移、搁置和衰退。二是艺术创作需要深潜归根的心境，正如老子说的，有时候就是要能够"挫其锐，解其纷，和其光，同其尘，湛兮似若存"，沉浸在自我的艺术世界之中，坐得住，沉下心，不走气，不受外界干扰。如果是这样，即便外在条件不尽如人意，甚至严酷恶劣，也难以完全阻止和消灭你对艺术、对美的追求。施先生就做到了这一点。而遗憾的是，在中国现代文学进程中，我们很难看到内外这两方面兼有并具的状态，否则，现代中国文学必然会取得更辉煌的成就。

因此，施先生作为现代中国文学的一个标志性人物，具有艺术创新与人格品位两方面的意义。前者的意义显而易见，已经写在了各种各样的文学史中，但是后者的意义恐怕还需要后人继续感悟和认定。施先生是一个重视和追求生命品位与格调的艺术家，并把这种品位和格调熔铸到了自己的文学活动之中，形成了自己新颖、内秀、高格、婉转、精致、谐趣的风格，其中包含着中国古典温雅气息与西方文化的绅士情调。

这是一种奇妙的混合，却是一种长久的执着与追求。因此，尽管经过无数次的改造和消毒，无论是被迫每天打扫厕所或是搬运图书，施先生始终没有放弃这种内心的品位和格调，而且能够不断从生活中，特别是书籍中获得心灵的快意与慰藉。这在那个注重和崇尚"无产""泥腿子"，甚至以粗鲁、强暴、高声喧哗为荣的时代，实在是难能可贵的。同时，这也是施先生能够避免很多现代作家的悲剧的重要内在原因之一。也许正因为缺乏这种对品位和格调的执着和追求，"四人帮"横行的特殊年代很多作家动摇和放弃了过去内心对于美的追求，甚至开始唱高调、说假话，以粗、愚、不学无术为美，不由自主地充当了体制与权力话语的牺牲品或传声筒，造成了终身的遗憾和悔恨。

这是一种品位和格调，更是一种美的品质和源泉。所以钱谷融先生在谈到施先生的时候，感触最深的就是"他重性情，讲趣味，热爱和追求一切美的东西"；而徐震堮先生说他"完全是一个飘飘荡荡的大少爷"；徐中玉回忆他如何"缩住在一间原作晒台，改成'厕所'，而抽水马桶尚存，同时并用的冬冷夏热的斗室里"坚持研读的情景，都从不同方面道出了施先生内在高洁的追求。这也是他所以能够忍辱负重而不自贱，默默无闻而不自轻，屡遭横逆而能自得其乐的原因。因为施先生已经把自己的所求与所为融为一体，把生命交给了自己钟爱的事业，读书，教书，写书，从一个领域到另一个领域，从一种境界到另一种境界。由此我们也能真切体会到，美与艺术有一种不能诋毁的力量，能够在最艰难的状态中赋予人们以尊严、以信心、以快乐、以魅力。

如今，施先生确实离开了我们，离开了华东师大校园。施先生的追悼会将在殡仪馆举行。我没有去参加，而是把自己关在屋子里写这篇怀念文字。因为我过去、现在都在读他的书，并不断从他那里得到滋养，我并不想那么快地和他告别。

我不知道追悼会情况如何，但是我相信去的人很多，而且是各种各样的人；而且在大家向施先生遗像一起三鞠躬的时候，心境差不多是一样的。我还相信，施先生在天国也一定能够发现更多美和更多乐趣的——至少，天国的书籍是免费的。

69. 萧红:"力透纸背"的笔致

在20世纪的中国,一直在生与死之间挣扎和创作,一直承担着民族和个人双重悲剧的作家,必然要提到萧红。她的大部分写作生涯都是在流亡中进行的,遗憾的是一直到她逝世(1942)都没能够看到故乡的复兴。许多熟悉萧红创作和生平的人,对此都曾情不自禁地发出连连感叹,"她是一个怎样薄命的女人啊!"

萧红很早就尝到了流浪的滋味。在1934年和萧军双双逃出哈尔滨之前,萧军第一次看见她时,她被关在一个不知名的小旅馆冰冷的房间里,遭受着肉体和精神上的折磨。此后,她的生活一直随着战火流动,经历了抗日战争中一次又一次悲剧的时刻。"九·一八"事变时,萧红正在哈尔滨,在那里度过了几年艰苦的斗争生活;"七七"事变和"八·一三"战争发生时,萧红正在上海,亲睹日本军队的侵略,撤退到内地;紧接着日军进攻华北,萧红正好在山西临汾,不得不回到武汉;日军进攻武汉,萧红等又逃到大后方重庆;接着1939年初,日军开始轰炸重庆,萧红又飞往香港,1941年日军攻占香港,萧红不久含恨而亡。在这种流亡生活中,每一次迁徙都意味着距离自己的家乡更远一步,都意味着心灵上一次重创。

萧红的创作风格就是在这种流亡生活中形成的。她经常处于一种绝处逢生的境地,连续不断的生活波折使她难以在心理上建立一种稳定的安全感。在流浪和流亡中,她学会了抽烟喝酒,过自由奔放的生活,朋友的义气和友情始终是她生活的重要支柱,她也学会了用男性的刚强对待生活的磨难,用自己的力量来求生存,挣尊严。

萧红是中国现代文学史上少有的有性情、有风采、敢爱敢恨的女作家，在颠沛流离的生活中，她经历了多次情感冲击和磨难，但是始终保持着对人、对生活和自然山水的无比情深，并通过自己的作品写了出来。

《生死场》就是萧红在流亡中写成的。它携裹着浓重的悲剧气氛，掠过荒凉、沾满血迹的土地，来到了人们中间。在这篇作品中，诉诸人们感官的是死了的小孩躺在旷野的小庙前，是竿头晒着在蒸气里的肠索，是腥气、是血污构成的意象。当作品写到王婆把自己的老马不得已送进屠场的时候，悲剧的灵魂已经穿透了一切物质的界限，浸透于客观生活的每一个缝隙之内。且看作者的描写：

  这是一条短短的街。就在短街的尽头，张开两张黑色的门扇。再走近一点，可以发见门扇斑斑点点的血印，被血痕所恐吓的老太婆好像自己踏在刑场了！她努力镇压着自己，不让一些年青时所见到刑场上的回忆翻动。但，那回忆却连续的开始织张：——一个小伙子倒下来了，一个老头也倒下来了！挥刀的人又向第三个人作着式子。

  仿佛是箭，又像火刺烧着王婆，她看不见那一群孩子在打马，她忘记怎样去骂那一群顽皮的孩子。走着，走着，立在院心了。四面板墙钉住无数张毛皮。靠近房檐立了两条高杆，高杆中央横着横梁；马蹄或是牛蹄折下来用麻绳把两只蹄端扎连在一起，做一个叉形挂在上面，一团一团的肠子也搅在上面；肠子因为日子久了，干成黑色不动而僵直的片状的绳索。并且那些折断的腿骨，有的从折断处涔滴着血。

作者把读者带入的不单是牲畜的屠场，而是人的屠场。这已不是简单的比喻，而是孕育着人生悲剧的恶梦留下的痕迹。在这种沉重的悲剧之中，我们能够感受到一种日积月累的、压抑着的反抗力量。这种力量来自现实，也来自作者身心，谁都很难想象这一切都出自一位柔弱的女性之手，一个同样柔弱的女性心灵能够承担起如此沉重的悲哀，直面如此惨痛的现实。苦难和挫折，血光和剑影，荒漠和风雪，赋予萧红一副男子汉的气概与笔触，赋予她的作品一种悲壮的阳刚之美。在苍苍然欲堕的蓝天下，读者还能够感受到粗犷的灵魂在沉默后的大飞扬：

浓重不可分解的悲酸，使树叶垂头。赵三在红蜡烛前用力鼓了桌子两下，人们一起哭向苍天了！人们一起向苍天哭泣。大群的人起着号啕！

就是这样把一支匣枪装好子弹摆在众人前面。每人走到那枪口就跪倒下去"盟誓"："若是心不诚，天杀我，枪杀我，枪子是有灵有圣有眼睛的啊！"

萧红就是在这种悲壮气氛中塑造了自己。还是胡风先生说得好："这是用钢戳向晴空一挥似的笔触，发着颤响，飘着光带，在女性作家里面不能不说是创见了。"就是因为在最后的悲剧面前，萧红意识到，人们经过了乞求已不再需要乞求，经过呻吟已不能继续呻吟，经过忍耐已无法再忍耐，但是，要站立在世界上更需要原始和雄强的力量，需要男子汉的热血和气概。这种粗犷的雄性的气质似乎也贯穿于整个东北作家群的创作之中，他们的作品为人们构筑了一个真正生死搏斗的"生死场"，一群群苦难的人在这里和敌人进行着生死搏斗，其中很多人衣着破旧褴褛，甚至夹带着粗野的叫骂声，向敌人扑去。

在流亡生活中，萧红和萧军的作品在文坛上迅速发生影响，以及东北作家群迅速在文坛立脚，首先应该感谢鲁迅先生。就对萧红来说，如果说在哈尔滨流浪期间最幸运的一件事就是遇见萧军，那么在流亡中她最幸运的是见到了鲁迅。是鲁迅把她和萧军推上了文坛。当二萧1934年带着《生死场》和《八月的乡村》到上海之时，是鲁迅先生热情地帮助了他们，并为这两本小说分别写了序，热情加以推荐，编入自己主编的《奴隶丛书》予以出版。

鲁迅还高度评价了萧红《生死场》对于生的坚强，对于死的挣扎表现出的"力透纸背"的力量，非常赞赏这位"女性作者的细致的观察和越轨的笔致"。鲁迅这样表达了自己重读《生死场》的感受：

现在是一九三五年十一月十四的夜里，我在灯下再看完了《生死场》。周围像死一般寂静，听惯的邻人的谈话声没有了，食物的叫卖声也没有了，不过偶有远远的几声犬吠。想起来，英法租界当不是这情形，哈尔滨也不是这情形；我和那里的居人，彼此都怀着不同的心情，住在不同的世界。然而我的心现在却好像古井中水，不生微波，麻木地写了以上那些字。这正是奴隶的心！——但是，如果还是扰乱了读者的心呢？那么，我们还决不是奴才。

70. 无名氏：浪漫风情与沉思玄想

无名氏在1940年代文坛上和徐訏齐名。无名氏（1917—2002）原名卜宝南，又名卜宁、卜乃夫。无名氏出生于南京市，曾经到北京大学旁听。他的创作大约是抗战后开始的，短篇小说有《古城篇》（1939）、《海边的故事》（1940）、《日耳曼的忧郁》（1940）、《鞭尸》（1943）等，长篇小说有《北极风情画》（1943）、《塔里的女人》（1944）、《野兽、野兽、野兽》（1946）、《海艳》（1949）、《金色的蛇夜》（1949）等。如果说徐訏作品的浪漫情调主要表现在故事情节的构思中，那么无名氏的小说则突出地表现在描叙过程中，作者的激情仿佛就燃烧在语言描写中，把各种强烈的色调涂抹在艺术画面上，情感飞扬、思绪绚烂，有时则会显得奢侈无章，不满自溢。总之，他的小说时时处处会表现出对一般写实方法的违抗，在敏感甚至癫狂中表现人生，喜欢把人的热情和理智同时推向极致，在燃烧中突然冷却，在冷却中突然爆发，有时像大海任意展现着自己的浪潮漩涡，有时像瀑布突然向深渊里喷射。

然而，在这浪漫风情之后，无名氏却是一个喜欢陷入沉思玄想的人，他创作的许多快乐都来自一种哲理的思考。借助于幻想，有时他会进入一种抽象的、玄学的境界，把自己锁闭在离生活现实很远的空间里，在那里领悟人生和生命的奥秘及本原过程。《冥想偶拾》就是记录无名氏一些玄思禅悟的小书。他对生命、死亡、自然、文化的抽象遐想，是无名氏的另一层自我，这些空洞的、格言式的语言，有时也会给人带来一种享受。例如：

艺术创造情感，哲学净化情感，宗教安全情感。这三者河水不犯井水。换言之，艺术创造生命力，哲学澄化且明净生命力，宗教稳定且巩固生命力，生命本是一大和谐。

对神及上帝的信仰，是情绪发展到某种程度的一种境界，即使理智上明明知道，实际上没有上帝，但感情却仍然相信它，因为非相信不可。这种境界，大抵发于最痛苦，最孤独而无任何安慰时。

再如：

我们所最应崇拜的，既不是上帝，也不是人，也不是静的自然，而是那大海般川流不息的生命本体。这生命本体包括宇宙自然，以及上帝与人，这是一种永恒不变的流转。星球和太阳也得服从这流转的定律。这生命的大流自有其一定轨迹。盲目的或不盲目的，这都无关紧要。重要的是：它在流转，而流转本身即可造成轨迹，而人类所有智慧，都用来研究这轨迹。

生命的大流转是一种可惊可奇的伟大景象。除了沉醉于这景象中，世界上再没有更高的沉醉。我们应该崇拜这景象，因为我们可以从它的启示中得到生活观念：流动的观念。我们必须使自己信仰这种流动，不以一切为静止的，而是动的。我们永远是伟大的旅客，走了一站又一站，走了一程又一程。我们不会太珍贵休息，因为休息是生命停滞的表现，前进和动才是活着的证明。我们要追求大流动，大波浪，动的概念是主体，静的观照只是动与动之间的衔接物。

群体和大生命的流变决定了一切。在这中间，个人只有受群体决定。客观的要求永远在决定主观的个人要求。

这些冥思沉想是无名氏艺术创作的重要元素，他就是在幻想之中表现出对生命流变的崇拜和惊叹的，或者说，作者就在艺术中实现着生命的沉醉。在这种沉醉中，他享受着生命的恩赐，进行着文学创作。

这种创作是以一种奇异的方式实现的，其魅力正是来自一种浪漫风情和入魔的抽象沉思的结合，作者是在生命流转之中体验着生命，也思考着生命，对生命的神秘之境进行着探索。长篇小说《北极风情画》是无名氏1940年代的重要代表作品，就明显地展示了这种结合。作品描述了一个异国风情故事。"我"是一个对华山发生狂恋的人,在元旦之日遇见一个"怪客",他在雪夜独自一人在华山之巅向长天祈祷,使"我"感到了一种从未有过的恐怖、绝望和神秘的气氛。在再三追问下,这个"怪客"向"我"讲述了一个悲哀、凄艳的爱情故事。原来,他曾是东北抗日部队的一个军官,由于战事暂时侨居于西伯利亚一个偏僻小镇——托木斯克。在这里他遇到了一位纯情的美艳惊人的俄国少女奥雷莉亚。他虽然军务在身,预感到未来的不幸,但还是坠入了情网,不久,两人发生了如痴如狂的爱情,在梦幻般的境界里尽情享受着生命的欢愉。但是,就在这时,他随同队伍奉命回国,不得不在最痛苦的状态中分开。途中,他接到了奥雷利亚母亲的来信,得知奥雷利亚已自杀身死,留下47根白发和一封燃烧着痛苦绝望的信。这在他心灵上刻下了永远无法摆脱的绝望和痛苦。

在这故事的结束之时,读者似乎可以听到类似徐訏《鬼恋》中女主人公的话语:"她是不愿意再演戏了,戏演够了。我呢,自然也演够戏了;但我却还有一个欲望,就是:自己既然不想演了,不妨看看别人演戏。这也是我还活着的一个理由。"

怪客第二天神秘地离开了,却引发了"我"对于生命的新的沉思。面对着华山冰雪的景观,作品写道:

我望着,望着,脑海里出现了一片朦胧,迷离,恍惚。

我想:我该怎么办?我们该怎么办?我们该怎样,才能安慰这个怪客,酬谢他这个故事?我又想:他究竟是个真人?还是个魅影?他的故事,是真实事迹,还是一个海市蜃楼?我再想,此时此刻的我:我自己,究竟是一个真我?还是一个幻形?

作者并没有把答案交给我们,但是我们在作品中时时可感到一种生命的思考。这种思考源于一种对现实生活、对人生无法把握的幻灭和恐惧感。这一点和徐訏的小说一样,在表面的浪漫风情之下,流动着痛苦而又深刻的悲观主义河流。这也许是20世纪动荡不安的生活给一些文人作家心灵上投下的深深的阴影。

由此可见,无名氏的创作虽然当时远离现代中国文学主潮,但是仍然摆脱不了时代生活的影响，只是表达了时代生活另外一面的阴影部分。他用自己色彩斑斓的笔调把它们摊开在读者面前，在黑夜、鬼蜮、舞厅、幻境、异国风情、吉卜赛女郎的幻术中表达人生，具有独特的魅力。从艺术风格来看，无名氏的创作多少揉进了一些现代主义情愫，揉进了现代知识分子对现实生活的真实感受，表现为一种痛苦和绝望的浪漫风情。而这一切，又都与中国社会主流意识形态和传统价值观相抵触和矛盾，让自己处于进退两难的困境之中。赛珍珠给林语堂《吾国与吾民》写的序中的一段话，也许能够帮助我们了解无名氏的思想："现代的中国知识青年，就生长于这个大变革的社会环境里头，那时父兄们吸收了孔教的学说，习诵着孔教经书而却举叛旗以反抗之。于是新时代各种学说乘时而兴，纷纭杂糅，几乎扯碎了青年们底脆弱的心灵。他们被灌输一些科学智识，又被灌输一些耶稣教义，又被灌输一些无神论，又被灌输一些自由恋爱，又来一些西洋哲学，又来一些现代军国主义，实实在在什么都灌输一些。置身于顽固而守旧的大众之间，青年知识分子都受了各种极端的教育。精神上和物质上一样，中国乃被动地铸下了一个大漏洞，做一个譬喻来说，他们乃从旧式的公路阶段一跃而到了航空时代。这个漏洞未免太大了，心智之力不足以补之苴之。他们的灵魂乃迷惘而错失于这种矛盾里面了。"

从无名氏创作中，我们也能看到这种心灵的漏洞和灵魂的"迷惘"。

71. 陈若曦：穿越在中西文化之间的小说家

如果说每一种文化都具有自己独特的色彩，那么，一种文化在与其他文化对比中必定更能显出自己的特色。对一个作家来说，真实感受和体验不同的文化，会在不知不觉之间构建一种新的文化触角和艺术风格。

陈若曦就是这样。她的履历并不复杂，生于台湾，毕业于台湾大学外文系，然后去美留学，1966年回到中国内地工作，1973年离开中国去加拿大居住至今。作为一种文化体验的心灵生活，这段经历无疑是极其丰富的，她在穿越东西方不同的文化氛围，不断地冲突和突围，也在不断地寻求和积累，面对空阔和多样的世界与人类生活，又在不断发出自己独特和真实的声音。

我相信，这种心灵的历程在陈若曦离开台湾之前就开始了。因为在她思想和文学成长的初期，就陷身于中西方两种文化在台湾这块土地上不断冲突、交融的氛围之中。中国传统文化在西方文化的冲击下，日益受到严重的挑战，人心在多种文化碰撞中所产生的紊乱和迷惑朦胧的向往，也深深地在陈若曦小说中留下了痕迹。她早期写的《钦之舅舅》就表现了一种迷蒙的向往和想象力，仿佛是一种传统少女的纯情和西方文学中浪漫情景的奇妙结合。钦之舅舅的拜月和祈祷是一种无法理喻的语言，构筑着一种真实的期待，等候着彼岸世界的应答。这里可以理解为作家一种情绪的寄托，同时也能感觉到一种潜在的理性的冲突。对此作者在作品中做了这样的描述："我的脑子昏沉沉的堆满了问号。以前我读过莫里哀的爱娜，那里面有一群拜月的女人，我当时只觉得是作家笔底上虚构的事物，然而现在我不正亲眼目睹了相似的事吗？我的上意识告诉我，这是不可能的。可是我的潜意识响亮地反驳着：这是事实。"

当然，这个神秘的故事完全是由作者虚构的，但是，以西方文学中所描写的情景进行虚构这个事实本身，说明了陈若曦有意识或无意识地运用着另外一种思维观点来设想生活。西方文化中一些思想意识已悄悄进入陈若曦的心灵世界，尽管当时还是异常表面的，但也使她能够对生活产生一种新的感受和理解，加强了她对生活中各种冲突的感应能力。

《收魂》是陈若曦早期作品中现实性较强的作品。作品描述了一个家庭为生病的儿子求巫问神的故事，情节并不复杂，但作品展现了一个各种文化因素相互作用的奇特空间。作品中的女儿——一个女大学生，以一种特殊的文化因素的介入，使这场家庭悲剧产生的内在冲突更为表面化、明朗化了。穿着笔挺的西装裤的道士在弄鬼装神，挂着"仁心诊所"行医的父亲却迷醉于迷信之中，最终在迷信活动中得了定心丸。对道士和医生来说，这是一种奇妙的结合，而对一个大学生来说，这又构成了一种奇妙的冲突。这一切都溶解在人物的心理情绪之中。在现代意识与传统生活的交叉之中，陈若曦开始萌生出感受和表现生活的独特的个人情致。当她对西方文化感受和理解愈深、愈多，她就愈是不知不觉地把西方现代文化作为自己认识自己民族和国家人情世态的参照物，也使得自己的艺术感应的触角愈加尖锐，捕捉生活的能力也愈加增强。

她写的《尹县长》等一批反映中国"文革"时期生活的小说，更显著地表现了这种感应与捕捉生活的优势。这一方面固然是由于美国与中国文化所构成巨大的反差，使现实特征更为突出；更重要的则是作者亲身经历了多种文化生活，视野更为开阔，眼光更为敏锐了。她能够以整个人类进步和现代文明进程为台基来观察生活，能够更明显地感觉到在那个时代本末倒置的特征，以及人性所面临的悲剧。对她来说，生活中发生的一切事实都在拨动着她的神经，挑动着她的冲动，激起她的忧愁、悲哀、激动和思考，她的小说就好像在如实地搬来一个生活横断面。而这些事实，也许，对长期生活在这种封闭的生活环境中的人来说，并不惊奇，而是早已熟视无睹和司空见惯了。

因此，在陈若曦的小说中，往往一些日常的、表面的生活小事，就能勾起一种感觉，甚至激起作者感情的波涛。《晶晶的生日》中千篇一律的连环画，《值夜》中迫人就范之嫌的高音喇叭，《查户口》中讨论捉奸的居委会，《任秀兰》中印象犹深的批判会，等等，都深深触动着作者的心灵。确实，十年动乱中的生活，很多当时人们习以为常的事，在整个人类历史上是不可思议的。尽管陈若曦在某种意义上属于一个"外来人"，但是，所感受到的不可思议、不知所措、不可接受的事实在是太多太多了，于是，形成了她小说中与生活发生的一个接一个的冲撞，不断地冲撞，有时，她刚刚结束一个冲撞，还未弄清楚这种冲撞来自何方，新的冲撞就已经劈头盖脸而来，而这种冲撞所引申出的社会问题正是我们经过十年动乱后，所意识到或者正在意识到的问题。

这是一个小说家的远见卓识，因为陈若曦敏锐的感受和识别能力，已经远远超出了当时中国本土文化的语境和空间，能够从个别事物范畴中跳开，直接涉及国家体制、政治民主、人身自由等一系列当时被视为"禁区"的思想领域。而这些"禁区"，对陈若曦来说，显然不是一种抽象的推论或设想，而是代表着一种独特的文化素质，成为她感受和理解生活灵魂的一部分。

陈若曦这部分小说真实、可感小说所描写的内容，不是幻化的抽象，而是一个个具体的事实。衣食住行，这些最平凡的日常生活现象，构成了作家思想和感情停留的场所。这种敏感性表现在生活的一切方面，旅行住店，上街买菜，幼儿谈话，读书看报，洗衣晒衣，都留下了陈若曦一副不安、不适、惊讶、恐惑的面孔。虽然我并不了解作者在国内七年生活是如何度过的，但是从她小说中能够感觉到她生活得多么紧张和忙乱，但这种紧张和忙乱又多半是纠缠在她的思绪之中，她几乎每时每刻都在接受着大量的她不能完全接受和理解的事实，并伴随着自己无法平复的感情活动。

一个艺术家，要充分利用文化资源和财富，同时又不受这种文化间隔的限制，就必须从一种单一的文化空间中突围出去，以一种博大的文学胸怀来观照人生。陈若曦的小说创作就是在这种不断突围中进步的，她不仅从传统文化氛围中突围出来,也不断突破西方文化意识氛围,在不同的文化空间中搭起一座心灵相通的桥梁。

陈若曦就是这样一位在中西文化之间搭桥的作家。

72. 巴金：我们从哪里来？我们到哪里去？

巴金，原名李尧棠，字芾甘，1904年生，四川成都人。主要作品有中短篇小说《灭亡》《新生》《激流三部曲》《爱情三部曲》《寒夜》等。《家》是巴金的代表作，和《春》《秋》合称为《激流三部曲》，也是其中思想艺术上最精致、最成熟的一部长篇小说。这部小说自1931年问世以来，产生了广泛而积极的社会影响，享有很高的国际声誉。1982年4月，巴金荣获意大利"但丁文学奖"。从现代中国文学史的意义上来说，巴金是最早挣脱旧家庭束缚的作家之一，也是一生都在艰难找寻新的精神家园的作家。

这首先体现在情感方面。

艺术创作是一种情感思维，文学作品之所以能够打动人、感染人和影响人，与其所蕴涵和显示出来的独特的感情内容有着密切的联系。列夫·托尔斯泰在《艺术论》中特别强调情感在艺术活动中的作用，他认为："艺术起源于一个人为了要把自己体验过的感情传达给别人，于是在自己心里重新唤起这种感情，并用某种外在的标志表达出来。"他还举了一个生动的例子来说明这个问题："比方说，一个遇见狼而受到惊吓的男孩子把遇狼的事叙述出来，他为了要在其他人心里引起他所体验过的某种感情，于是描写他自己、他在遇见狼之前的情况、所处的环境、森林、他的轻松愉快的心情，然后描写狼的形象、狼的动作、他和狼之间的距离等等。所有这一切——如果男孩子叙述时再度体验到他所体验过的感情，以致感染了听众，使他们也体验到他所体验到的一切——这就是艺术。"

托尔斯泰认为情感性是区别艺术品与艺术赝品的核心，它从三个方面决定了一部作品艺术价值的高低：一是所传达的感情具有多大的独特性；

二是传达这种感情的清晰程度如何；三是艺术家的感情的真诚程度。

对于这种深刻的情感体验和表现过程，很多作家都有深刻的体会。当代作家王蒙就认为："创作是一种燃烧"；苏联著名表现艺术家斯坦尼斯拉夫斯基也认为："在艺术中从事创作的是感情，而不是智慧；在创作中主要角色和首创作用属于情感。"因此可以说，任何一种经得起历史考验的优秀艺术作品，都是作家的呕心沥血之作，都凝结着作家深刻的情感体验，都具有以情动人的特点。很多艺术家都有类似的创作经历，他们在情感的推动下，精神抖擞地投入创作，但是大作完成之后，就像得了一场大病，自己的整个身心在感情波涛中漂游沉浮，以至于精疲力尽，感到极度疲劳。郭沫若谈到，他写作《凤凰涅槃》的时候，就"全身都有点作寒作冷，连牙关都在打战"。据说法国作家福楼拜在写《包法利夫人》时，整天抱头凝思，如醉如痴。有一次，朋友去看他，他正在伏案悲恸，问他为什么，他泣不成声地回答："包法利夫人死了！"

由此我们联想到巴金最初投入文学创作的情景。他曾经如此谈到过自己写作《灭亡》时的心情：

> ……我刚刚在巴黎的小旅馆里住下，白天翻看几本破书，晚上到夜校去补习法文，我的年轻的心反抗起来了：它受不了这种隐士的生活。在这人地生疏的巴黎，在这忧郁、寂寞的环境，过去的回忆折磨我，我想念我的祖国，我想念我的两个哥哥，我想念国内的朋友，我想到过去的爱和恨，悲哀与欢乐，受苦与同情，斗争与希望，我的心就像刀子割着一样，那股不能扑灭的火又在我的心里燃烧起来……我有感情必须发泄，有爱憎必须倾吐，否则我这颗年轻的心就会枯死。所以我拿起笔，在一个练习本上写下一些东西来复写我的感情，倾吐我的爱憎。每天晚上我感到寂寞时，就摊开练习本，一面听巴黎圣母院的钟声，一面挥笔，一直写到我觉得脑筋迟钝，才上床睡去。我写的不能说是小说，它们只是一些场面或者心理描写……我下笔的时候，并没有想到要写出这样的东西，但是它们却适合我当时的心情。

——《谈〈灭亡〉》，1958年3月

可见，巴金是在一种强烈的感情驱动下投入文学创作的，这种情景和托尔斯泰、鲁迅等人的创作体验有相通的地方。尽管后来的创作有所变化，但是巴金在长期的文学道路上，始终坚守了对于艺术情感性和真诚性的信仰。他的创作体现着一种生命的欲望和追求，伴随着激烈的情感活动，表达和表现着他对于人性、自由和人类最美好的感情的向往和留恋。

《家》的创作就突出地表现出了这一点。可以说，这是巴金内心长期积聚的感情的一次喷发，也是对于自己生活经历和经验的一次深入开掘、开发和重新发现，这种源于情感、基于情感、发之于情感的特点，在巴金自己的创作回忆录中就能体会到。他曾如此谈到过《家》的创作："在每一页、每一字句上我都看见一对眼睛。这是我的眼睛。我的眼睛把那些人物，那些事情连接起来成了一本历史。我的眼光笼罩着全书。我监视着每一个人，我不放松任何一件事情。好像连一件细小的事儿也有我在旁做见证。我仿佛跟着每一个人在魔爪下面挣扎。"（《关于〈家〉——给我的一个表哥》）"我陪着那些可爱的年轻生命欢笑，也陪着他们哀哭。我一个字一个字地写下去，我好像在挖开我的记忆的坟墓，我又看见了曾经使我的心灵激动过的一切……我有过觉慧在他死去的表姐（梅）的灵前倾吐的那种感情，我甚至说过觉慧在他哥哥面前说的话：'让他们来做一次牺牲品罢。'一直到我1931年年底写完了《家》，我对于封建大家庭的愤恨才有机会倾吐出来。"（《谈〈家〉》）

世上人人皆有家。"家"是人类情感生活最初也最重要的寄托，对于所有人来说，都最富有情感感召力。"家"对于巴金来说，意味着一种复杂的心理情结，既是他从小就期望逃离、逃离后又不断加以批判和诅咒的对象，又是他一生无法放弃、无法逃离并时时留恋和反顾的地方。巴金曾回忆道："我出身于四川成都一个官僚地主的大家庭，在二三十个所谓'上等人'和二三十个所谓'下等人'中间度过了我的童年，在富裕的环境里我接触了听差、轿夫们的悲惨生活，在伪善、自私的长辈们的压力下，我听到年轻生命的痛苦呻吟。我感觉到我们的社会出了毛病，我却说不清楚病在什么地方，又怎样医治，我把这个大家庭当作专制的王国，我坐在旧礼教的监牢里，眼看着许多亲近的人在那里挣扎，受苦，没有青春，没有幸福，终于惨痛地死亡。他们都是被腐朽的封建道德、传统观念和两三个人一时的任性杀死的。我离开旧家庭就像甩掉一个可怕的黑影。"

正像一般心理学所发现的那样，深恶痛绝的逃离并不意味着心理联系的中断，尤其是一个人的早期心理体验经验，往往会对一个人的一生产生重大影响；而刻骨铭心的恨，往往与某种潜意识中爱，至少是爱的渴求紧密相连。况且，家是巴金出生和成长的摇篮，也是唯一给予他亲情的所在。这种血缘亲情是人类最本能的情感来源之一，也是其他任何情感所难以替代的。这就是人们可以在行动上完全和家庭决裂，但是在感情上具有永远不可能割裂联系的原因所在。所谓"大爱若恨"往往就在这种情景下产生。巴金对于自己家庭根深蒂固的怨恨，从另一方面也表现了这个家庭对于他和给予他的深刻的情感记忆，和他对于自己故乡、对于家庭的深情厚意。

这一切最终都集中到了他对于文学的选择、投入和追求方面。巴金曾经说过："我的生活充满着矛盾，我的作品里也是这样。爱与憎的冲突、思想与行为的冲突、理智与感情的冲突、理想与现实的冲突……这一切织成了一个网，掩盖了我全部生活，全部作品。我的每一篇作品都是我追求光明的呼声。"（《文学生活五十年》）——这段话真实地反映了巴金创作的一个特点：没有爱憎，就没有矛盾，就没有探索，就没有创作。这种复杂的情感状态，难解难分的心理情结，实际上构成了巴金文学创作的持久的推动力。

73. 吴亮：从"批评"到"逍遥"

用"风景"来形容文化现象可能是近年来的发明。我喜欢这个用法，因为"风景"给人一种赏心悦目的感觉。

若说风景，不论左看右看，远看近看，吴亮算是上海文化界一处"风景"，而且是一处流动的风景。不久前听说他退出批评界了，而且有他自己的白纸黑字为证，不由得心里有所惋惜。我总认为吴亮的批评搞得很好，算是上海批评界一处独特风景。何苦一定要退出呢？即使有点难言之隐，也未必一定要退出，因为从"大局"着想，吴亮自己退出不要紧，上海批评界可是少了一处风景呵，不管是少了一棵树还是少了一块绿地，虽然少了也不要紧，风照样吹，地球照样转，姑娘照样要找对象，但是毕竟让一些喜爱"大头吴亮"批评文字的人有一种若有所失的味道。当然，就这一点对一个批评文人来说，就足够成功的了。批评如今已不是什么"不朽之盛事""经国之大业"，能够让人记起，让人怀念已非常不容易了。

但是，退出批评界，吴亮又能到什么地方去呢？为此我一直在百感交集。翻遍古书，只有"逍遥"二字十分抢眼，莫非吴亮真的逍遥去了？直到最近听说浙江文艺出版社一次推出一套《吴亮话语》，才有所相信。这套书共有四本，分别是《逍遥者说》《独行者说》《观察者说》和《批评者说》，《逍遥者说》可能是他心向往之的境界。其心境可见于日前写给我的一段言语："你我退出江湖已有年，懒惰成习，只求性情而不求功名。偶尔相遇，一杯茶或一杯酒，笑谈妄语也足以大快人心。虽有牢骚不过放肆于片刻，并不去与势利者争高低，是非存于心中，却又散谈无为，日子倒可以混过去，间或写点小文，偶露峥嵘，顺手撂倒几个冒牌武师，只图出口鸟气，并不能挽狂澜于……"（对不起，最后两个字看不清，私引私信，总有点报应。）

这下可是该我笑了。虽是逍遥，却有四大本《吴亮话语》，远远超过了"大美不言"的老子五千言。看来"逍遥"历来和说话并不矛盾，因此才有"行万里路，读万卷书"之说，才有"边走边唱"或"边走边写"的乐趣。

74. 韩寒：从《三重门》到《他的国》

如果没有韩寒，新世纪的文坛会寂寞不少。

记得白先勇曾写过小说《寂寞的十七岁》，但是17岁的韩寒并不寂寞，2000年，上高一的他退学出版了第一部长篇小说《三重门》，此后，又先后出版了《像少年啦飞驰》《零下一度》《毒》《通稿2003》《长安乱》等作品集和小说，从此走红文坛，成为人们关注的对象，受到不少读者的拥戴，尤其是2005年开通博客以后，韩寒更迎来了自己的黄金时代，点击量过亿，成为当今文坛少有的风云人物。

《他的国》是2009年出版的长篇小说。

从《三重门》开始，韩寒的光彩就令文坛措手不及，尤其令批评界方寸大乱，因为他们实在不明白，一部以中学生为主人公的小说，为何受到如此众多的读者，尤其是青年读者的热捧，甚至形成了"韩寒热"？不是"文学死亡了吗"？不是很多名家名著都没有销路了吗？

平心而论，《三重门》尽管写得很精彩，很有才情和见地，但是不能算一部上好的、能够经得起时间考验的作品。原因很简单，这是一部充满青春激情但是并未经历打磨，触及社会敏感区域但是并未深思熟虑的作品，它打开了人们尤其是青年人的生命和心灵之窗，激发了他们走出蒙蔽和压抑世界的渴望，表达了他们内心深处的冲动和欲望。在这方面，当时的文坛及其创作是一片真空。作品和出版物很多很多，但是充满着平庸和犬儒主义，拿不出货色，也没法拿出货色。所以，与其说韩寒的作品有多好，不如说当时的文坛有多糟。这一点，韩寒早就看透，所以年少无畏，口吐真言，赢得青年一代的真心回应。

韩寒，就是从这"三重门"中冲出来的，虽然我不能确切说出这"三重门"的具体所指，但是我愿意把它理解为一种文化隐喻，意味着一个人生命和心灵的层层关口、遮蔽和阻隔，可能是家门、校门和社会门，也可能是课堂、考试和教育制度，更或是观念、知识和感情上的禁忌和束缚，等等，总之，韩寒不仅体验，而且在一定程度上意识到如今青年一代所面临的心灵困境和文化牢笼，并透过自己的创作表达了冲出这种困境和牢笼的心声。

这是一种独特的风景，韩寒酷爱赛车，也许这代表了80后一代的心理状态，在冒险中感受生命的速度和激情。人们习惯于将80后定义为自私和缺乏责任感的独生一代，但是他们的内心世界其实并不为人们所完全了解，虽然他们在物质上比上一代人要幸福得多。从小在"不能输在起跑线上"的旗帜下成长，背上书包就开始失去了一些童真、自由的东西，他们内心的压抑和苦闷在残酷的竞争环境中找不到出路，从而变得冷漠、叛逆。某种程度上正是这个给予他们丰厚物质生活的社会却为他们设置了精神生活的障碍。韩寒的体制外成名、成长、成熟，他的青春，他的真实，他的骄傲，则作为突破此种困境的一个符号，成为最佳的80后代言人。

其实，韩寒自己也一直在冲。冲出了"三重门"，他看到了更多的门，更多的关和卡，好在他凭着年轻气盛、气势如虹，再加上"韩寒迷"和"粉丝"的助威呐喊，一路不断破关越堑，不仅为自己的人生开辟了道路，也激励和激发了无数年轻人追求自己的人生。而在这个过程中，韩寒也在走向更广阔和高远的世界。

这就是《他的国》。这部小说的主人公左小龙，是一位酷爱摩托车的小镇青年，过着并不为人羡慕的生活，却有着自己的个性、意志和追求，所以他不仅有自己的"国"，而且自己就是"国王"。这时候，出了"三重门"的韩寒，已经在注视着"国道"，渴望在更大的空间中体验和展演自己的生命。令人十分耐读的是，这里没有一点夸张和臆想的渲染，而是一种写实的、实事求是的陈述，平凡的依然平凡，荒唐的依旧荒唐，但是毋庸置疑的是人生的尊严和坚持，是生命的尝试和冒险，是不断扩展的心灵世界。与所有的文学作品一样，这部小说中也有韩寒自己的影子，才情依旧，敏感依旧，睿智依旧，但是多了一种宽广、坦然和深思熟虑。

我相信这是一个新的韩寒，除了这部小说结尾处有这样一段文字还令我感到在《三重门》中外，一切可能会重新来过：

> 天色已经完全黑了。左小龙去往泥巴留下的地址。前路不知道有多漫长曲折，但只要摩托车有灯光，就无所畏惧，穿过工业区。

但是，《他的国》依然是不够成熟的作品，可能韩寒很忙，作品写得太快。因为紧接着，左小龙发现后面有一个光点，另外一辆摩托车在逐渐追近，于是：

> 左小龙想，不能吧，是在雾里开摩托车最快的。难道还能有人更加不要命，左小龙又加快了速度。

很多人把韩寒热衷赛车看作是一种时尚，但是我却读出了一种绝望，一种在绝望中玩命的人生。

从《三重门》到《他的国》不仅表现了韩寒的心路，而且隐含着一种时代转折的信息，至少表达了一代人试图摆脱传统设置好的人生路径，建立属于自己精神家园的心声和尝试。所谓"他的国"，其实就是主人公、在某种程度上也是韩寒所追寻的属于自己的世界。

也许这才是80后文学的真正内涵。

75. 残雪:"无脸"的写作

"残雪"这个名字我很喜欢,大概是受中国传统文人情调的影响。

在中国当代作家中,我非常喜欢残雪,一直盼望她能够获得诺贝尔文学奖,她也有资格获得这个奖项。不过,她最好不要住到北京去,因为长沙岳麓山的灵气更有利于写作。残雪小说之美当然有许多方面,但是曾引起我很大兴趣的却是"无脸"。残雪在小说中写过许多人物,但是你如果想找出一个"有脸"的人却不容易。我曾经为此花过一些时间和心思,结果基本上是"无"。他们各个有身体,有声音,有气质,有性格,但是就是"无脸",完全不像巴尔扎克笔下的人物,一出场,就和你打个照面,无论美丑,皆有眉有眼,给你一种活灵活现的感觉。

而残雪偏不。她的小说,你从头读到尾,其中的人物话也说了,屁也放了,甚至婚也结了又离了,人死了又活了,都要说拜拜了,就是不露出真面目来。但是,你好像还不能怨残雪,因为她也许知道你急,所以经常作品一开始就告诉你:她也不清楚。例如在《辉煌的日子中》,作者开头就写道:"我的这位朋友住在北方的一个大城市里。尽管我和他已交了十来年的朋友,我对他的印象总是模糊不清的,各方面都模糊不清:外貌、年龄、个性、背景等等。这世间有那么些人,别人从来对他们没有一个哪怕稍微清晰的印象,因为他们身上的一切,包括外表长相,都太没有定准了………"——哇,人家交了十来年,都搞不清楚长相,咱们算是初次见面,怎么能苛求呢?

为什么"无脸"呢?这是个问题。

当然,读者也有理由要求人物应该"有脸",但是你如果搬出 19 世纪的大家巴尔扎克、托尔斯泰的话,残雪一定会搬出20世纪的卡夫卡和博尔赫斯,她喜欢后者的作品,还写了长长的心得。正像卡夫卡《城堡》里那位神秘的土地测量员一样,残雪笔下的人物也把自己的长相藏起来,由此聪明的读者会从这里感觉到小说艺术在20世纪以来发生的重大变化。不过,有些读者还是有理由向残雪"要脸",因为在中国民间传说中,只有"鬼"是没有头脸的,所以看到"无脸"的人物,难免有"遇鬼"的感觉。但是,我觉得残雪的"无脸"写作是有意的,但是给人一种"遇鬼"的感觉是无意的。因为任何一个读者读了这些"无脸"的作品后,都会对背后那个"有脸"的作家感兴趣。

读现代小说,关键要在无数个"无脸"的背后,找到并认出作家那张真实的"脸"。

说到"脸",我想起欧洲曾盛行骨相学,很多人相信人的骨相决定人的个性。很多作家也对此表现出极大的兴趣。但是,由于缺乏确切和足够的科学根据,再加上一些疯狂炒作,这门兴盛一时的学问逐渐陷入了困境。尤其是后来有些别有用心的人借此来证明和宣扬所谓的"种族优越论",把骨相学推向了一种绝对同时也是荒谬的地步,更使人不能不对它避而远之。

我不信骨相学,但是也不敢说研究骨相全无意义,因为骨相学兴起与人类学发现有一定的关系,只要比较一下原始类人猿与现代人的头骨就会发现,骨相的变化及其差别确实是人类进化过程的某种证明。尽管如今已经进入基因时代,但是还有许多骨头里面的秘密等待人们去发现。我曾浏览过一本骨相学的书,其对人头骨分析的详细程度令人咋舌,其形状、其纹理、其平滑度和倾斜度,似乎都隐藏着人性、人种和人的性格的秘密,而且也不乏一定的"科学"说明。由此,我对一些作家迷醉骨相学也并不感到意外,因为这起码为他们去观察人、了解人和表现人提供了一个新的通道和想象空间。例如巴尔扎克就关注过骨相学,在他的小说中多次多处提到过这门学问。

不过,话说回来,骨相学并不是西方的专利,中国人也讲。例如,在一些民间传说里，诸葛亮不仅上懂天文，下知地理，而且很会看骨相。当年魏延是蜀汉大将，但诸葛亮早就看出他有反骨，于是临终前对马岱交代，警惕魏延日后谋反称王。果然不出诸葛所料，当蜀汉英雄豪杰都已死去，魏延日渐坐大，野心也膨胀起来。一日忘形得意，在城楼上大叫一声："如今谁能斩魏延?!"但话音未落，就听到身后一声巨响："此有马岱斩魏延!"只见刀起头落，可怜一代英雄最终不能战死沙场，反而送命于逞一时之勇。

通常说到这里，说书人总会把书板一拍，一声感叹，且听下回分解。我小时候，也常常为此唏嘘不已，但是始终不明白诸葛亮何时摸过魏延的头，怎么发现他的反骨的。后来，听说当年批判胡风，有人就说胡风有"反骨"，而且非常郑重其事，方才知道"摸过没摸过"并不重要。

如果创作离不开形象的话，那么人物的长相就具有非常重要的意义。尽管在现代小说创作中，人物的外在面貌似乎并没有那么重要，但是我始终相信长相对于一个敏感的艺术家具有特殊的意义。这种意义在19世纪一些艺术大师那里得到过突出的印证。

例如，巴尔扎克确实是一个真正的"观相"大师。在创作中，他从不放过对于人物长相和面部表情的观察和分析。在他的笔下，人物的面相不仅仅是面相，而且还是隐藏和显现人物性格特征及命运历史的密码，他能够从人物的形状色相和一颦一笑中捕捉到人物的内在秘密，并把它们生动地表现出来。所以，巴尔扎克特别擅长肖像描写，往往是人物一露面，就难免被他解剖一番，从脸相到内心。如《驴皮记》中人物一出场，作家就在那张脸上做起了文章：

> 一眼看去，赌客们就从这位初次涉足赌场的青年脸上看出了他心中埋藏着某种可怕的秘密；他青春的脸部轮廓，优雅中带有忧愁的阴影，从他的眼神中，可以看出他为之奋斗的目标并未实现，他的无数希望都已落空！决心自杀的人那种充满忧郁的麻木神情，给他的前额蒙上一层病态的惨白色，痛苦的微笑使他的嘴角泛起了两道浅浅的皱纹，而他脸部流露出的那种无可奈何的神情，更使人看了难受。在他

眼睛深处闪烁的某种隐秘的天才的光芒，也许已被情欲的疲劳掩盖。是不是放荡生活已在这一副从前是那么光彩，如今却这样颓唐的高贵脸孔上打上了肮脏的烙印？医生们无疑会把眼睛周围的黄圈和面颊上的红晕归咎于心脏病和肺病，至于诗人们也许更愿意把这种征兆看作是刻苦钻研学问造成的损伤、熬夜勤学所留下的痕迹。……

这一段实在太长，下面还有许多。它们充分显示了巴尔扎克对人细致、充分和生动的观察和想象。王安忆说："我认为对一个作家来说，通过一个人的长相可以发现和透视到其全部的人生奥秘。"当然，"长相"不会自动地把这些奥秘交出来，显露出来，这需要作家无穷的探索和神奇的艺术想象。

76. 张洁：从长相说起

张洁越长越漂亮了。

当然，作家不同于演艺明星，一般不太注意自己的长相。但是，如果说作家的创作与长相毫无关系，那恐怕也大错特错了。比如，老托尔斯泰就曾为自己的长相痛苦过，他觉得自己长得"像大猩猩一样丑陋——小眼睛，圆鼻子，低额头，厚嘴唇，还有两个大耳朵"。为此，他甚至心灰意懒到了绝望自杀的程度，他认为如此长相不可能有幸福可言。他还在《童年》中写道："我祈求上帝完成一个奇迹，把我变为美男子，我愿为了一副漂亮的面孔付出我的一切。"据此有人对托尔斯泰创作进行了细致分析，认为其特殊的长相在相当程度上影响了作家的审美选择。

不能夸大作家的长相对于其创作的影响，但是加上"长相"确实能够帮助我们理解作家。最近见到莫言在苏州大学的一篇演讲，开头便谈到自己的长相，确实很有意思。我也算见过莫言的，不过从来没有把他的长相与作品联系起来读。虽然你也可以说莫言"小眼睛，圆鼻子，低额头，厚嘴唇，还有两个大耳朵"，但是他笑起来特别有味道。我见过托尔斯泰的画像，很是欣赏他那藏在大胡子、长睫毛（小时候，托尔斯泰居然曾经用剪短眉毛的方式美容，结果不成功！）里的闪闪发亮的小眼睛；而莫言的"小眼睛"虽然藏得并不那么深，但能透出一种特别的鉴赏力，透过暗夜、腐朽甚至丑恶发现人世间的美。从《红高粱》出发，莫言就像纠正世上某种"小白脸"的尺度，把自己的"长相"摆了进去，让人们看到或者感受到一种"长相不咋地"也有"翻身解放"的一天。

如今世道变了，作家也讲长相了，否则就没有那么多"美女作家"出炉了。因为成名的作家"曝光"多了，上电视登照片成了家常事，不讲长相不中了。而从文学史上看,自以为是"丑男作家"似乎一直占据着重要地位。托尔斯泰、鲁迅不说,莫言也算一位。

其实,作家的长相也有神秘之处。

作家是通过作品与读者交流的,而读者自然是通过作品来认识作家的,但是,这却并不意味着读者毫不在意作者的长相。当年,张洁发表了《爱,是不能忘记的》,在社会上引起了广泛反响。我当时在大学读书,班上就有很多"张迷",尤其是女同学,张口"不能忘",闭口"拣麦穗",确实深深影响了一代人的情感状态。王安忆最近还说:"我是在读了《拾麦穗》之后,才决定做一位作家,于我来说是有可能的。"看来王安忆也是一位从"爱"出发的作家。其实,当时大家都没见过张洁,但是想象中的张洁无疑是一位非常美丽的女性。但是,当某出版物登出了张洁的一张相片——我记得是一张非常正面的标准照——之后,情况就不那么平静了。因为从照片上看,张洁至少算不上一个美女,眼睛也不算大。这显然在读者心中引起了某种波动。虽然大家嘴上不说,但是不难从一些"张迷"的沉默寡言之中,体会到一些失落和失望。虽然,这并没有影响张洁作品的影响力,尽管我没见过张洁,但是那张照片给我留下了深刻的影响。

意外的是,一次偶然机会,我在电视上看到对张洁的一次采访,算是看到了比照片更真切的张洁。照理说,一晃20年过去了,岁月会给一个女作家的长相留下什么痕迹无须赘言,但是令我惊奇的是,出现在我眼前的张洁不仅气质超群,谈吐优雅,而且整个面相透露出一种和谐圆润的美来,完全不同于我20年前留下的印象。惊奇之余,我把这种感受告诉了我的同事,还有一些旧时的"张迷",没想到很多人都很有同感,说"张洁越长越好看了",由此还在我那个小小的文友圈子里引起了一场有关作家"长相与创作"的讨论。

讨论的焦点很简单,对张洁,到底是我的感觉有问题,还是张洁自己确实变了。一种可能性是,张洁还是过去的张洁,长相还是过去的长相,只是由于对张洁的作品读得多了,加上自己的生活体验,能够比过去更加深刻体会到张洁灌注到作品中的内在之美,心灵之美,由此再次看到张洁自然在观感上有先入之见，所以才感觉到张洁长得很美。说白了，这不过是一种审美过程中的"移情"现象。

但是，有些人明显不同意这种解释。

说到张洁面相的变化，就不能不牵扯中国古人对于面相与心灵关系的敏感。中国人向来重视人的面相，不仅从上面观察人的身体状态和人生遭际，而且把它作为人心的一个窗口，透视人的内在追求。比如《红楼梦》中对于人心的透视，就离不开对人物面相的揣摩和描绘。

所以，面相不仅仅是面相，更不是固定的一张脸，而是记录、体现和表现一个人内心旅程的一个标记。按照佛家的观念，一个人的面相有千种模样，但是都能够修成正果。所谓"佛相"，固然有其天生的一面，但是最终是修行的成果。一个人只要一心向佛，终生行善，其面相也会留下痕迹，逐渐生辉，终成佛相。关于这一点，你如果愿意和我一起去拜谒一下八百罗汉，看看他们种种不同的面目和表情，听一听他们修行成佛的不同的故事，就会深信佛相实际上是一种内心追求的结果。

我不仅相信这一点，而且愿意用许多生活中的事实来证明它。追求善是这样，追求一切美好的东西都是这样。其实，人的所谓丑陋和美几乎都是"人为"的。丑陋的人多半是由于自己内心中涌动的丑恶太多，而且作恶多端，最后渐渐涌到了颜面上，形成了一种印记；而认为其"丑陋"，也多半是由于接触到了其内在的丑恶，才格外有这种感觉的。

可以这么说，面相的变化凝结着人心的变化，尤其表现了一个人内在追求和修炼的过程。我们感到张洁"长得越来越美了"，也不是什么错觉。因为从张洁20多年的文学创作中可以看出，尽管其题材和写法都不断有所变化，但是其中对于爱、对于美和对于真诚的追求一直没有变。我们甚至可以把张洁的文学活动归结为一种"爱的修行"，不断通过自己的创作去接近它和体验它，由此在自己的面相上留下了永远的光彩。

因此，我以为，面相的美与丑在很大程度上是后天"修"来的。尤其在今天一个如此盛行美容的时代，万不可忘记内心对于美、善和真诚的追求，"心理美容"才是一种最根本的方法。

77. 顾彬：关于《二十世纪中国文学史》的对话

20世纪90年代，关于"20世纪中国文学"曾经是一个文学研究界热议的话题，引起过不少议论，随之，冠以"20世纪"的中国现当代文学史也陆续出现，可惜都没有引起较大反响，原因可能是多种多样的。一是准备不足，尤其在文学史观念上的讨论并不充分，尚缺乏对于20世纪中国文学的整体性认识和把握；二是资料还有待挖掘和整理，如果仅仅依靠过去用既定观念标准选择和积累起来的文学史资料，显然不足以完成一部好的文学史；等等。不过，我在这里所说的另一个原因（也许是一个并不重要的原因），则是中外文学的对话和沟通并不充分，尚没有创造一种更为开阔的思维空间和语境，能够使我们以一种更博大的胸怀、更广阔的视野更为清晰也更为宏观地了解、梳理和描述20世纪中国文学。因为20世纪中国文学的发生及变迁本身就是在世界文学怀抱中进行的，它不仅是一个地域文学的例证，而且是一种独特的世界文学现象，我相信它展现的特点和魅力将会越来越被人们所认识。

正因为如此，德国学者顾彬的《二十世纪中国文学史》在中国的翻译出版是一件十分有意义的事，而翻译者范劲等学者的态度，更是把这本专著的出版推向了一次历史性的文学对话，表达了一种开放、多极的文化语境和维度，使20世纪中国文学研究也成为一种中外学者的共同经验和探索，为更多的人所分享。在这个过程中，所有的对抗与调和、误读与欣赏、不满与庆喜、挑剔与宽容，都将成为翻阅历史的方式和途径，都将成为文学对话的标点和记号。

顾彬破除了中西文化的壁垒，并不像很多外国学者那样隔岸观火式地研究中国文学，而是以一种休戚相关的姿态加入到当下的讨论之中，在追寻甚至实践着一种超越不同文化界限的文化认同——这不能不说是博大的胸怀，也不可能不引起中国学界同仁的关注。这一点从这本著作的基本框架、史料和参考书索引中就能看出，顾彬先生基本把握了近年来中国国内在现当代文学研究方面的思路和动向，并巧妙地设置了自己的叙述框架与思路。在众多的叙述与评价中，顾彬先生不仅很好地借鉴甚至借用了中国国内学者的研究成果，而且有所引展和发挥，凸显了自己在文化与文学比较方面更宽广的知识视野。

也许这正是顾彬的著作受到很多赞扬的原因，同时也构成了其难以自拔的困境。换句话说，顾彬先生在追寻这种认同感的过程中，不能不面对来自历史与现实、全球化与本土化的双重挑战，一不小心就会顾此失彼陷入集体设置好的思维与话语怪圈。但是，也许就连顾彬先生也没有想到的是，20世纪90年代以来，中国的现当代文学研究就逐渐陷入了这样一种思维与话语怪圈，即沿着西方学界设置好的思想预期与话语逻辑，把20世纪中国文学研究纳入了由西方主导的现代性体系之中，逐渐消解了中国文学主体的原生性与原创性。而在这个过程中，不论是对西方的认同还是对峙，都无法超越既定的话语系统去真实呈现中国文学的意愿与面貌，甚至，中国20世纪文学史有可能成为西方现代性话语系统的注脚与影子。

西方文学由此会不会成为中国文学的范本，如何评价和叙述这种"范本"（model for write）意识，成了顾彬先生时刻必须面对的问题。例如，在对白话文文学的评述中，顾彬先生就发现："一种以'民众'的语言和形式写出的现代文学几乎无望获得普遍认可。因此'白话'急需一种可倚重的平衡砝码，这个砝码就是西方范本。"——就当时现代文人来说，这种认识不仅是有意义的，而且相当普遍，但是深入具体文学实践中就会发现，受欢迎的作品并不都是依照"范本"创作的，而白话文创作的失落在很大程度上就是过度依赖西方范本——这种情形到了20世纪30年代逐渐被人们所认识，于是出现了一波大众化、民族化、通俗化讨论的热潮。

不幸的是，由于种种原因，讨论的结果，"西方化"最终成了失落的替罪羊，而艺术原创性并没有得到积极的肯定和倡扬；相反，政治和意识形态话语的介入，为文学创作设置了绝对皈依的范本，使得中国文学主体性的失落有了新的语境——从此文学创作中的"我"在很长一段时期销声匿迹。

文学是语言文字的艺术，所以很难在另一种不同的语言文字中找到所谓的"范本"，这种说法本身就不成立。在接受和吸取西方文化影响方面，存在着不同选择，尤其在视之为"创造的资源"与"范本"之间，存在着深刻的精神差异。中国新文学第一批作家不论从知识储备还是创作意识来说，都比后来的作家充足和开放得多，他们几乎都是以一种创造主体的姿态走出国门，继而投身文学创作的，目的就是要冲破国内传统的桎梏，创造一种属于未来的文学。即便他们中的一些人，包括鲁迅，对中国传统文化采取了一种激进的批判态度，但是始终强调艺术的原创性，他大力提倡主动"拿来主义"，但是并非是西方范本和话语的追随者。

李金发也是如此。他的诗作固然深受法国象征派诸诗人的影响，但是并非为了模仿某种范本，而是根植于自己的生活体验，为了表达和缓解自己的切身感受。文白夹杂的语言形式并没有影响到其诗情的表达，更没有影响他对中西文化中共通的诗意的理解。对于后一点，李金发后来有过如此的感慨：

> 余每怪异何以数年来，关于中国古代诗人之作品，既无人过问，而一意向外采辑，一唱百和，以为文学革命后，他们是荒唐极了的，但从无人着实批评过，其实东西作家随处有同一之思想、气息、眼光和取材，稍有留意，便不敢否认。余于他们的根本处，都不敢有所轻重，惟每欲把两家所有，试为沟通，或即调和之意。

——李金发《食客与凶年》

这里显示了一种跨文化的原创意识，也表达了对当时文学批评界的担忧。其实，被顾彬先生奉为"中国现代主义的中心文本"的《雨巷》，也不能仅仅作为"西方范本"加以诠释和赞赏，相反，这首诗所拥有的中国意蕴和色彩要比诗人后来写的任何一首诗都浓厚得多,甚至"太中国了"①,就连戴望舒自己也觉得《雨巷》不够现代,不久就改变了自己的诗风。②

至于顾彬先生在书中所提到德国诗人施笃姆的四行诗《有遇》,只能说明人类诗意的凝聚可能有很多共通的交叉点,会在很多情境中有所共鸣;实际上,在中国古代诗词中,相似的"偶遇""有遇""邂逅"的主题并不缺乏。③ 因此这应该是中外文学中一个共通主题,而不好说戴望舒在此就"拾取了西方现代派的一个惯用主题"。若依此推论,戴望舒至多是法国象征派的一个边缘诗人,而中国的现代主义不过是西方的一个分支而已。显然,顾彬先生并无此意——这里只是一种理解的忧虑罢了。顾彬先生只不过过多地把20世纪中国文学史呈现为接受西方影响的历史而已,相对忽视了其作为主体的主动参与和创造历史的一面。而中国20世纪的现代

---

① 与顾彬先生的解读不同,很多读者都很容易从中感受到与中国传统诗歌中意象的关系,因为中国古代诗词中就有很多作品用丁香结,即丁香的花蕾,来象征人们的愁心。如李商隐的《代赠》诗中就有过"芭蕉不展丁香结,同向春风各自愁"的诗句。南唐李璟更是把丁香结和雨中愁怅联在一起了。他有一首《摊破浣溪沙》:"手卷真珠上玉钩,依前春恨锁重楼。风里落花谁是主?思悠悠! 青鸟不传云外信,丁香空结雨中愁。回首绿波三楚暮,接天流。"这首词里就是用雨中丁香结作为人们愁心象征的。显然,戴望舒从这些诗词中吸取了描写愁情的意境和方法,用来构成《雨巷》的意境和形象。这种吸收和借鉴是很明显的。

② 对此,杜衡在《〈望舒草〉序》就谈道:"望舒自己不喜欢《雨巷》的原因比较简单,就是他在写成《雨巷》的时候,已经开始对诗歌底他所谓'音乐底成分'勇敢地反叛了。"较为详细的论述请参见拙作《中国现代文学流派发展史》,广东高等教育出版社,1989年3月出版,第314—316页。

③ 如此邂逅的遗憾在中国古代诗词中不乏其例,例如,《诗经》《蒹葭》中就有"蒹葭苍苍,白露为霜;所谓伊人,在水一方"的幽怨。苏轼的《蝶恋花》写得更有情趣:"墙里秋千墙外道。墙外行人,墙里佳人笑。笑渐不闻声渐悄,多情却被无情恼。"而辛弃疾《青玉案·元夕》写出了巧遇的情景:"东风夜放花千树,更吹落、星如雨。宝马雕车香满路。凤箫声动,玉壶光转,一夜鱼龙舞。蛾儿雪柳黄金缕,笑语盈盈暗香去。众里寻他千百度,蓦然回首,那人却在、灯火阑珊处。"至于秦观的《南乡子》则难免有点伤感了:"妙手写徽真,水剪双眸点绛唇,疑是昔年窥宋玉,东邻。只露墙头一半身。往事已酸辛,谁记当年翠黛颦,尽道有些堪恨处,无情。任是无情也动人。"

主义的发生与发展同样呈现出一种主动性态势——它不是一种守候在"家中"、被动接受外来影响的文学现象，而是一种主动走出去，开创自己更开阔精神空间的文化行为。

由此，对于作家的创作渊源，我更喜欢用"资源"或者"源流"来讨论，尽量少用"范本"这个概念。所以，我的讨论也宁愿"在路上"，不管是在异乡的火车上还是轮船上。

但是，这种主动性姿态从一开始就受到了阻碍和误解，尤其在文学研究和观念方面，一方面受到意识形态功利化的牵制，另一方面则来自文化视野与尺度的限制。尽管在 20 世纪初王国维就提出"学无中西、新旧与有用无用之分"的观念，但想真正超越地域文化界限去解析和把握文学及文学史，至少还待时日。

因为这也是中国学者的难度。对中国学者而言，真正走进西方文化并不容易，而从西方文化中走出来更不易，所面对的最大挑战便是——或者沉沦或者回来——丧失主体的创造性。这对外国学者进入中国文化也同样如此，走进来就实属不易——而顾彬先生确实做到了，而再走出去，自然面临着更大的考验。

至于"走出去"应该到哪里去，如何确定自己的视野与立足点，我当然无法告诉顾彬先生，因为也没有人告诉我；我只知道，"走出去"不是"回去"，欧洲学者不是再回到欧洲文化乃至西方文化中去，或者像很多中国学者一样，费了很大气力走进西方文化，最后还是回到自己出发的地方——由此我经常想起鲁迅小说《在酒楼上》中一段对白："我在少年时，看见蜂子或蝇子停在一个地方。给什么来一下，即刻飞去了，但是飞了一个小圈子，便又回来停在原地点，便以为这实在很可笑，也可怜。可不料现在我自己也飞回来了，不过绕了一点小圈子。"

没有人愿意如此兜圈子，把自己的判断力限制在某种既定的文化圈层之内。但是，我们能否不再"飞回去"，而是能够真正冲破文化隔阂及其长期造就的局限，飞到一个新的境界中去——这无论对于中国文学还是中外研究者，都是一种新的挑战和课题。

78. 林贤治：关于"流亡者译丛"

"流亡者译丛"是花城出版社新近推出的一套苏联作家的作品，包括帕斯捷尔纳克的《追寻》，叶夫图申科的《提前撰写的自传》，爱伦堡的《人·岁月·生活》，肖斯塔科维奇的《见证》等四种，是属于那种能够激发人深刻思考历史命运和文化状况的书籍。对我来说，在阅读这套书籍的同时，也在阅读这套丛书的主编林贤治。因为后者并不，也从来没有隐藏在这些作品的背后，而是和这些作品的俄国作者一起走来，而且分明是走在他们前头，这就使得这一来自城外的书的行列散发着一种特殊的中国精神，活跃着一个精神魂灵。

很多年前，我初到广州，在一次鲁迅研讨会上认识了林贤治，我相信这是我生命中的一次幸运。当他那激昂甚至尖刻的话语回荡在会场的时候，几乎所有人都感到了一种难堪——这是一种内心的贫乏和怯懦被指证，所谓理想的面具被揭开的难堪。而我同时感到一种欢欣雀跃。这是一种在寂寞的山谷中发现了一簇持续燃烧着的火苗的兴奋，荒凉和寒冷使你不能不去靠近它，把自己的手伸向它。在广州的十几年间，由于有了林贤治，我一直感觉到文人精神有不死的可能性。尤其是在消沉悲观的年代，很多高歌奋进的朋友如此快就改换门庭，变得精明练达、世事洞明起来，但是林贤治的激情却从未被消解过。而且就在这种情况下，他写出了鲁迅传记《人间鲁迅》，持续着自己对世俗和权力的批判热情。从此我相信当代中国文化精神中最可贵，也是最难得的就是个人信念和执着，特别是在世俗滚滚的时候，面对险象环生的人生，甘于放弃实惠实利实际的恩宠。

我曾经在尽可能的情况下把林贤治请进大学的讲堂，希望这种人格精神能够进入我们的教育，在这里留下生命的火种，但是我发现他对高等学府及所谓学者教授怀抱着一种难以解释的怀疑和戒心。这种怀疑和戒心使我对中国的人文教育不能不进行反思。他对学院里一些学者和学问所持的激烈批判态度震撼了我，并且把我和他拉得更近，同时又使我绝望，感到教授的身份受到了挑战。尽管我这身份始终和一种虚荣软弱捆在一起，但是我还没有做好准备，或者说缺乏能力和勇气逃脱而出，就像林贤治义无反顾。我想，如何有勇气有信念地面对自己的内心，除去一切表演性的不真实的花环，是我们的人格灵魂得以自见，得以有生命活力的基础，也是我们文化精神延续的命脉所在。在一个知识和信息的时代，人类同时面临着灵魂和良心更严峻的考验，没有或知识不够是可悲的，但是知识若失去了灵魂和良心的支撑，不仅本身是贫乏生硬的，而且会滋长出罪恶和文化异化物，和人类本性作对。

当然，林贤治不是一个文化英雄，相反，他是一个地道的"人间林贤治"。他甚至没有受到过正规的高等教育，他的全部文化信念都来源于他穿越底层的生活磨难，很少文化人像他那样横闯世界，表现出那么强烈的求生存、爱和恨的本能。在很多情况下，他甚至还是一个孩子，特别是站在讲台上面对大学生的时候，他对于赞誉之词的推托和不好意思的神色使我难忘。他也许永远不习惯学者和教授的姿态，而一旦使他处于这种位置——哪怕是短暂的——的时候，就会显得无所适从和不习惯，因为他天生就不是布道者，而只是一个出于天性和本能的对抗者，只要有可能，他愿意冲破一切本不该有的束缚而成为一个自由行走者。我怀疑他对我的生活抱有一种无可奈何的指责，当我决定离开广州调往上海的时候，他一见面就对我说："哎呀，你怎么做出这样一个毫无意义的选择呢？难道在广州就不能搞文化了吗？"

我当时在广州活得并不很痛快。但是我明白林贤治这话背后深长的旨意。难道我们对现在和未来的黄金世界还有幻想吗？难道我们不是同样经受着磨难同时又生命依然挺立吗？难道我们的痛快不痛快还要依赖于周围环绕的人和事吗？也许这才是一种文化人格的成熟，激情和定力，永远不妥协不止息的追求,同时也是一种永不动摇的坚持和支撑。你站在那里,而且在独立地行走,这就是最重要的。

林贤治是对的。他就站在那里,在人间。

79. 马旷源：关于《雁峰书话》

马旷源和我同龄。

初识马旷源，是在 1996 年，他追随钱谷融先生从云南楚雄到上海读书，同师同门，自然有一种亲近感。而他给我最突出的印象则是一种回族人特有的那种智者情怀——这是我从小在新疆生活有深刻感触的，那时候，我不仅特别喜欢回族风味的饮食，也迷恋于他们那种智慧的机智和幽默。

很多人说马旷源好酒，其实他更好学，好学术。所以马旷源更是一个学者，而且很珍爱自己的文字，他除了在为人处世方面的可爱可敬可信之外，他的智慧也表现在他在学问的求知、探讨和发现方面。他出版过多种有质量的学术专著，例如《新文学味羹录》《〈西游记〉考证》《回族文化论集》等等，对一些文化及文学的"边缘"问题进行了探讨，提出了自己的见解，读后回味无穷，良多感想和收益。最近我又有幸读到了云南教育出版社出版的《雁峰书话》（1999 年 5 月出版），阅读期间几次想抽读取笔，写下点什么，但是几乎又都拈笔纸上，难以下笔。

为什么呢？因为这本书确实有难以评说之处。如果用一般书评的套路扬长避短，概括二三，倒是容易，但是这样又实在无法传达出此书的意味和价值。据我看来，如今写书评有三种主要类型：一是以观念观点新颖独特领长，前有话语发明权和优先权，后有宏伟框架或宏伟叙事；二是追求感性的随感随笔型，这一类在理论上不求高深宏伟，只追求表现自我及观点，在感性上可能处处见真情见灵性；三是如马旷源先生的《雁峰书话》，重在于对文化及文学中的一些具体问题进行解读和探讨，虽思想立意不如第一类引人注目，感情色彩不如第二类自由强烈，但是笔墨所到，必有自己"独到的眼光和识力"（钱谷融语），对所探讨的对象必须具有"穷理析义""极深而研几"（钱锺书语）的兴趣与功力。而就我而言，前两种的书评似乎易诉于笔端，但是面对第三种就有点难度了，虽获益良多，但是评论乏术。

这就是我几经拈笔手上但终难以下笔的原因。其中一些篇章，如《鲁迅的鬼魂观》《"禹是一条虫"——读顾颉刚的〈古史论文集〉》《曹聚仁与他的"乌鸦主义"》《呦呦鹿鸣——南国才女陆晶清》《评杨知勇的三本书》《漫评〈东巴文化揭秘〉》《闲话〈天方夜谭〉》《"柔巴依"》《唐伯虎故实考略》等，都是我非常喜欢的，从中不但获知了许多自己过去不知的史实和资料，而且更加感受到了探求学问的志趣和情趣。所谓"探幽发微"或许就是在这种孜孜不倦的具体的探索中实现的。就其魅力，正如钱谷融先生在其序中所言："而他的文笔也舒展自如，庄谐杂出，娓娓道来，妙趣横生，不但能使人增长见闻，而且当你于繁忙的工作之余，随意浏览，亦必立即为它所吸引，使你乐而忘倦，爱不释手。"

这也更使我感到了写书评的不易。如果你不对有关具体细微问题有所钻研，如果你涉猎不广且不能博闻强记，那么阅读此书，你除了记一些笔记之外，恐怕很难发表什么评论。由此我也稍微明白了为什么一些对具体问题有所研究和探讨的著作反而书评很少的原因。而就马旷源先生而言，我想，这也显示作为一个回族智者的追求，他要把自己的文化旨趣种在别人的心灵的理解中，而不是人们言辞的誉美之中。对此，马旷源先生在书中所写的一句话，或许印证了自己的心迹："以我真心，换他真性，人生道路何处不广阔，何处不通达。"

80. 赵园:"随意书写"的感觉

最近赵园又出了一本散文集《红之羽》,我在报纸上看到她写的跋《随意书写的快乐》,其中写道:"做学术之余写一点类似'散文'的东西,无疑有助于心理的调节,也使得不便纳入学术文体的感触有所安顿。摆弄文字,竟也会是快感之源。尽管每为'文字工作'所苦,其间所得快乐,通常在这样的随意书写中。只不过学术可以勉力而为,散文则赖有状态。'状态'不可期必,也难以保有。所幸写作散文原非功课,用不着勉强。"(见《中华读书报》2001年10月17日)

为此我不仅为赵园感到高兴,而且也为自己能够分享这份"随意书写的快乐"感到荣幸。因为赵园算是我的"师姐",曾经跟她在北京大街上有一次长长的散步——尽管距今已经有16年了,但是那街头的清风暖意随时都会回来。至于赵园的评论文字,用一位女研究生的话来说,那绝对是"难得的抒情和明晰",虽然不用大话语鸣锣开道,但是那具体贴切的分析自然会钻进读者的心灵,留下一份记忆和感怀。更可贵的是,赵园不仅还珍藏着一种"不便纳入学术文体的感触",更是扎扎实实地沿文学之河探索,感受和触及了其"快感之源",真有一种炉火纯青、返璞归真的感觉。

我以为这种"随意书写"的快乐,就是一种真正的艺术感觉,是文学的本原和本质。它体现了一种人对于文学的根本寻求和渴望,是艺术之所以能够历经千劫万难而不绝的内在原因和根据。这种快乐是内在的、发自心灵深处的,不仅不受外在的物质状态的控制和支配,而且连作家自己也无法期待和设置。但是,何时何地我们这些搞文学的,尤其是探索文学艺术奥秘的人失去了这种"随意书写"的快乐了呢?又是何时何地我们规定了一套不能不遵守的"学术文体",让我们长期离开文学的"快乐之源"的呢?

20世纪80年代,人们经常用"苦"或"写得很苦"来评价和感叹一批学者的工作。他们面对当时的商品化大潮,身居陋室,两袖清风,依然坚守着自己那份对学问、对艺术的真诚和追求,苦中作乐,以苦作乐,写下了中国学术史上精彩的一笔。赵圆的《艰难的选择》就是其中之一,它不仅记录了赵圆对现代中国文学的思考,同时也表达了她在学术道路上独特的生命体验,也就是说,她对中国现代文学的理解,也包含着对自己的生命意义的认定。我认为,这是中国20世纪文学研究与批评留给我们最重要的财富。如果我们忽略了这一点,就很难充分估计中国1980年代文学研究和批评的意义,他们留下的不仅是观点和著作,更重要的是体现在研究和批评中的生命意识和诗意追寻。事实上,如果我们把这一批中国学者与海外学者进行比较就会发现,前者在一次次用某种或许是"拙笨"的方式显示,他们还远远没有被现代的"工具理性"(当香港财政司前司长曾荫权对记者说"香港是一个'工具理性'社会"时,我暗暗庆幸内地还没有达到如此程度)所征服,当西方的"实用主义"及其衍生的思潮大举进入中国之时,他们还在持续地坚守着学术的生命和诗意追求,还在不断地对抗学术和文学"工具化"的潮流,因此,中国的学术尽管还不完善,还有许多偏颇,但是它仍然有"血气"和灵性,其中渗透和体现着中国人的生命气息和追求。

这里面当然还包含着艰难和困惑,但是主要不是来自外在的诱惑和压力,而是来自内在的一种持续追求,它们受到了长期以来形成的学术规范及其文体的限制,以至于作者不能够完全表达自己,实现自己对艺术、对美本能的期待和理想。这就是赵圆所获得的"快乐"的底蕴和本源,因为她通过"随意书写"更加贴近了自己的生命,不仅体验到了它,而且表达了它,如果我们从赵圆以往的文字中读到她对历史的思考和见解的话,那么在她的这种"随意书写"中能够见到她的性情和思绪,进而能够感受到她生命不断变化、跳跃的律动。

81. 朴明爱：关于疯癫与理性的博弈

经上海师大杨剑龙教授的介绍，我认识了朴明爱女士，并有幸听过她几次富有激情和挑战性的发言，由此感到她不仅是一个出色的翻译家，还是一个富有个性风采的批评家。但是，当收到她发来长篇小说《狂人的爱情》请我写序的时候，我依然颇感惊奇和意外，没想到她竟然还是一位优秀的小说家。

不能不说这是一部独特的小说，是一部不断挑战我们思维极限的作品。在整个阅读过程中，我不得不进入一种极端状态，一方面追随着作品中人物的思绪，另一方面得时刻警惕自己失去对思维的控制，被一种疯狂的想象所诱惑和诱导，陷入某种紊乱、妄想和痴狂状态。于是，阅读不能不进入一种对峙状态——在疯癫和理性之间挣扎和思考。也许，这就是我们可以称之为艺术"张力"的东西，其由作品中的女主人公李绚烂和男主人公姜秀植的关系构成。前者是一个执着于文学翻译的精神病患者，后者则是忠于职守的精神科医生。他们的关系，不仅体现了人类精神状态的两极，更凸显了现代生活极端、畸形和极致的文化状态。对李绚烂来说，跨越语言的尝试不仅是一种挑战，也是一种诱惑，她不仅要穿越在不同的时空之间，心灵随着激烈的震荡而漂流和飘浮，而且需要穿越文化的隔阂，不断接受不同文化的质疑和挑战，正是在这个过程中，她的生活和心灵被撕裂了，陷入了疯狂和理性的对峙与冲突之中，开始向人类思维的极限挺进，在不同文化的边缘地带体验和理解生命的极致，寻求有关爱情、亲情和友情的终极答案。也正是在这种体验和寻求中，作为现代文明与理性的守护者，心理医生姜秀植出现了，其意义和价值不仅依赖不断发展和扩大的心理学和精神病理学理论与学科，更依赖于这样一种人类状态：

> ……对现代人来说，精神异常就像感冒一样，谁都会有，只不过程度不同而已。如果周围有人说"我精神上从没出现过问题，是个完全健康的人"，那他才是精神世界一片空虚或是患有严重精神病的人。那样的人如果遇到自己无法掌控的问题，就会采取伪装战术，好似大多数人都不正常，只有自己是健康人，他们口中念念有词地说自己多么健康，只是试图用伪善的语言全副武装自己。姜秀植觉得治疗那种人与其用药，不如采取心理咨询疗法，也许更可取、更有效。

毋庸讳言，这不仅是一种悖论，而且是一种"合谋"——疯癫和理性不仅共同造就了文化心理的分裂与对峙，而且造就了一个庞大的"市场"，把每个人的内心隐秘也纳入到了消费领域。

也许这就是在现代社会中精神病人与病症越治越多的原因，换句话说，作为人类理性（也就是所谓"心理健康状态"的基础）精神的极致，心理分析与诊治理论越发达、越精细，人类心理不正常的概率就越高，社会所需要的心理诊所就越多，心理医生的生意就越兴隆。

就此来说，疯癫和理性已经不再是一种生理学、心理学和病理学的职业判断了，而成为当下人类社会的一种独特的文化生态。就这个意义上来说，不仅疯癫和理性是合一的，精神病人和心理医生也是合一的——正像小说中的李绚烂和姜秀植是"精神共同体"一样，他们是相互对峙和依存的，不仅彼此成为对方的参照物，而且是在共同体验和面对人类心理极限的考验。

于是，在这部小说中，读者不能不同样体验着一种巨大的、在疯癫和理性边缘的心理张力，承受某种极致和极端的心理挑战，在"即将疯癫"和"最后坚守"之间挣扎。

也许正因为如此，我想起了鲁迅的《狂人日记》。这部同样描写疯癫状态的作品，写于20世纪初，表达了一个文化古国进入一种翻天覆地变革时代的极致心理状态——无与伦比的荒诞与无法言说的深刻天衣无缝地融合在一起。读者甚至无法判断这是理性的极致还是疯狂的巅峰，是世纪灾难的凶兆还是幸福之门的开启，而毋庸置疑的是，在此后的近百年中，中国社会一直在极度清醒和极度疯狂中颠簸和震荡，狂飙突进与寂寞沉闷交替出现，极度亢奋与极度消沉此起彼伏，大起大落互为因果，人们的生态和心态都处于一种极度变化之中。

我没有去过韩国，对韩国社会文化状态所知甚少，但是从一些零散的特别是从一些文学作品中，能够明显感受到相类似的社会震荡与文化颠簸，其在人们心理上留下的痕迹，不仅是极端深刻的，而且是变化无常的，或者说难以评估和判断的。在《狂人的爱情》中，几乎所有人物都处于一种"临界"状态，即其心理都在疯癫与理性的边缘挣扎，都在寻求和探求何处才是真正合理的"边界线"（也许这就是作品第一部题名为"边界线"的意味所在），而且最终都毫无例外地沉落在虚拟的空间之中，借助自言自语继续生存下去。

这难道也是鲁迅笔下狂人的最后归宿吗？

显然，同朴明爱笔下的任何人物相比，鲁迅笔下狂人的处境都更加孤独。从某种角度来说，狂人就是一种绝对孤独的象征，疯狂只是孤独极致的一种符号，由此，疯狂的认定具有一种外在环境的强迫性，是无处申辩也无法申辩的。在这种情况下，狂人除了自言自语别无他途，不可能有任何倾诉对象和场合的。这是一种个人和群体的绝对对峙，也是理性与疯癫根本无法交流的鸿沟，最清醒的精神界斗士（他宣布中国文化是"吃人"文化）与最不可思议的疯子（他完全失去了生活的理智），被奇妙地叠加在一起，到了天衣无缝的地步，被隔离和囚禁在鲁迅所定义的"铁屋子"之内。

绝对的孤独造就绝对的疯癫，但是在《狂人的爱情》中却有不同。毕竟时代不同了，李绚烂不仅在很多情况下被认定为一个正常人，而且在濒于疯癫的边缘去寻求心理救助，能够获得与外界交流的机会和场所，无论在现实的心理诊所还是在虚拟的网络空间。在这种情况下，不仅绝对孤独的语境被消解了，而且疯癫和理性的边界线也变得模糊不清。在李绚烂与姜秀植的交往和交流中，彼此都在向对方的世界进发，想通过征服对方来肯定自己，于是，不仅疯癫被合理与合法化了，理性同样显露出了疯癫化的趋势，以至于读者最后难以确定，到底是疯癫推动着理性还是理性最终造就了疯癫。

也许这是当下人类所探寻的一个终极问题，体现了人之存在与文化语境之间的矛盾与冲突。在作品中，作为精神病患者的李绚烂并非没有自己的文化理念与专业追求，相反，作为一个执着的翻译家，她一直在无边的语言大海中探寻，企图穿越种种文化与语言的隔阂，去把握作者原文的真谛和生命的足迹。这种追求让她疯狂，她不间断地奔波于不同国度、不同语言之间，在虚拟的、臆想的和疯狂的语境中获得满足，获得安置生命的场所。

但是，她最终能得到吗？

也许能得到，是在疯人院。

毫无疑问，这并不是最终的归宿，也不是作者最终的答案。

在当今世界，神经病患者越来越多，疯人院人满为患，或许就是因为语言太多，文化追求太多，文明理念太多，理性判断太多，专业规则太多，而人的温情太少。

爱太少，替代太多，所以人不能不疯癫。

绝对的无爱导致绝对的孤独，而绝对的孤独造就各种各样的疯狂，包括理性的疯狂和疯狂的理性。

鲁迅的《狂人日记》与朴明爱的《狂人的爱情》都在揭示相通的人生悲剧：缺爱导致人性及其文化心理的崩溃。无论是鲁迅笔下的狂人还是朴明爱作品中的众生相，都生活在一种"缺爱"甚至"无爱"的语境中，他们共同的结局就是疯癫——有人被社会认定为疯子，有人则是自己走进疯人院。

这是鲁迅作品的精彩深刻之处，也是其不忍卒读之处。如果你对中国社会和文化状态没有切身体验，是难以理解鲁迅小说的意蕴的。难道对朴明爱的作品也要这样解读吗？

也许我们一直站在疯癫与理性的分界线上，包括20世纪初中国的鲁迅，21世纪初韩国的朴明爱，还有我，伴随着他们的作品，从20世纪向21世纪走来，从中国向韩国走去。

也许是在同一个亚洲，尽管国情社会文化等种种不同，但是都经历了一种翻天覆地的变革，其速度、深度和广度都是前所未有的，不仅拉开了时空的巨大差异，而且撕裂了我们的人性、人心和人情的原有结构，我们不能不活在一个动荡的、不稳定的、日新月异的环境之中，不得不面对不断加剧的灵与肉、感性与理性、传统与现代的冲突之中，不能不接受种种不适应的现实，不能不随时割舍种种与我们血肉相连的情感，不能不忍受一个"缺爱"甚至"无爱"的世界。

这是我们在走向现代化过程中付出的最大代价。在中国，我们可以在从鲁迅到张爱玲的作品中深刻感受到这一点；而在韩国，我们在朴明爱的《狂人的爱情》中同样能够感受到。

变化太快了，我们经常生活在一种极限状态，在一种超乎常规的状态中拼搏，体验某种不可思议的人生境界，于是，也就有了在世界范围内独一无二的极限写作，拥有出奇制胜的文学极品。

如今，韩国已经是现代化的亚洲强国，中国也不再是一穷二白的东方古国。但是，我们有了现代文明的很多东西，也缺失了很多东西，包括情诗、情调、情韵、情思，其最核心的价值就是爱。

包括狂人的爱情。

不过，我至今没见到这部小说的正式出版。

82. 荣格：从历史文化中发现人

弗洛伊德（S. Freud，1856—1939）被公认为现代文艺美学的创始人，其实他的影响远远不止于文艺学方面，而是渗透到了现代文化的各个领域。但是，令人关注的是，弗洛伊德之所以产生如此深刻广泛的影响，不仅在于其理论本身具有真知灼见，而且在于后人对它们不断的质疑、引展、修正和发展。

而荣格（C. G. Jung，1875—1961）不仅是这个环节中的重要一环，而且引导人们走出了弗洛伊德，踏上心理分析的新的征途。

弗洛伊德和荣格都是从病理学和心理学起家的，但是他们两人后来都不约而同地转向了文学，这本身就是一个值得探讨的现象。类似的现象在中国也发生过。鲁迅和郭沫若就是有名的例子。这一方面说明人们对于人本身状态越来越关注，另一方面说明人学和文学的紧密关系。他们在探索人的心理过程中发现或者感到，人的内在秘密无法仅仅依靠病理学、心理学、哲学、伦理学、历史学等理论来揭示，还需要对人的感情活动有深刻的了解。而文学则给他们提供了一种能够揭示人心内在秘密的资源和通道。

荣格是在1907年认识弗洛伊德的，那时他的主要研究对象是人的病态现象。在这方面，他受到了弗洛伊德的"潜意识"理论的影响。按照弗洛伊德的学说，人的欲望受到压抑而又无法得到某种方式的宣泄时，就会产生某种心理病态现象。这给荣格很大的启发，使他有可能找到人的病态心理的根源。但是，这种理论是很难得到验证的。因为在理性的范围内很难找到和确定"完整的人"。这本身就是对西方文化传统中一向尊崇的"理性的人"的一种挑战。他们的研究都发现，一个正常的人在日常生活中，表现的只是部分的自我，而不是全体的自我；但是人的日常行为确实受到了那部分隐藏的自我的巨大影响甚至支配。有时，人无法了解自己的全部，就如同手臂和整个身体的关系；只看到了手在活动，却不知道或不能真正理解它为什么如此活动的动因。弗洛伊德还发现，人的悲剧就在于，自己创造了自己的对立面，人的一生就是本能与意识不断搏斗的过程。而所谓本能或者潜意识的中心就是性，一切都根源于性的冲动，受人类本身生命延续和传宗接代欲望的支配。荣格不赞成这种根据人的生物本能和生理机能的解释，进入了人的社会化领域，认为"个人无意识"和"集体无意识"更能说明问题。前者是指个人曾经意识到遗忘，但是始终留存的意识；后者则指个人无法了解的存在的意识。荣格试图用原型、象征、意象来揭示和掌握无意识，认为人的集体无意识是通过神话传说等文学作品来显现自己的。

　　荣格是否完全把握了人类的集体无意识，这是另外一个问题，但却为人们理解文学开拓了一个新境。尤其对中国批评界来说，过去一直恪守着"存在决定意识""文学是生活的反映"观念，而忽视了人的心理意识的重要作用。荣格则认为，文学创作的资源一方面来自个人生活，另一方面是人的心理意识；而后者主要根源于人类的心理意识和历史感情。由此我们可能部分地理解普鲁斯特何以能够坐在床上写出洋洋巨著。更重要的事，荣格强调了文学对于人本身的意义，即人们通过文学把握自己和理解自己。弗洛伊德曾经主张通过梦来了解人，比如记下人的梦境，然后进行分析，来了解人的潜意识。后来才找到了更好的途径——文学作品，因此文学作品有了新的意义，它不仅是认识世界的方式之一，也是人类认识自己，尤其是认识和探索自我潜意识的重要途径。而确实我们每一个人——凡是接触过文学的——都不同程度从中懂得了恐惧、喜悦和痛苦。

　　所以说，文学帮助了弗洛伊德，更开拓了荣格的眼界，他从中获得了当时哲学和心理学不能给与他的启发。于是，他还认为，文学的真正意义在知识、日常生活和时代精神之外，而在人的历史意识之中。文学永远不是知识，不能用知识的尺度来衡量——这就突破了过去理解文学的理性模式，为对文学的新的理解开辟了天地。当然，荣格并不否认知识的意义和作用，文学从不拒绝知识，但是只有将它们视为心灵世界的表象才是有文学意义的。文学不拒绝知识和理性，但是那不是文学的根本，文学的根本是知识和理性之外的东西。在文学创作中，人的心理不仅是动力，而且是资源；要创造出好的文学作品，就要努力开发这种潜在的资源，包括理性的和非理性的，个人的和传统的。也就是说，文学要告诉人们知识和理性之外的东西。马克思评价巴尔扎克时就指出，巴尔扎克的功绩就在于，他告诉了我们很多历史学家、哲学家和经济学家不能告诉我们的东西。或许这就是那个时代人性在金钱腐蚀下的异化，糜烂，及其渴望得到拯救的努力。

另外，荣格注意到了文学的时代精神的意义，但是采取了仔细分析的态度。因为"时代精神"对文学审美来说，是一个很抽象，甚至有杀伤力的概念。它在一定程度上会对个性造成伤害。所以不能简单地用时代精神来要求文学家和评价文学作品。尽管荣格还未注意到文化本身可能产生一种毁灭人类自我的力量，但是他提醒人类要注意反思人类的文化现状和传统。在这个过程中，荣格还注意到了中国文化的重要意义，曾一度沉迷于中国文化，这在中西文化交流史上留下了一个值得探讨的话题。孔子说"三十而立"，而荣格认为，一个人的个性只有四十岁以后才能形成，这时人才能真正回到内心，实现人格的完整。这也可见，荣格对世俗的外在束缚是很反感的。其实，荣格始终关注的就是人和人的精神状态，这也许是他和中国文化中的某些方面发生共鸣的原因。中国古代历来讲究"性情文学"，人就是最高的艺术品，艺术的最大魅力根源在于人的性情，在于表现和塑造人的个体性情，所以才有文学创作中"不着一字，尽得风流"的说法。

83. 叔本华：关于"美的预期"

在西方思想史上，叔本华是德国古典哲学的叛逆者，直接向黑格尔发起了挑战，也是对西方根深蒂固的逻辑话语提出质疑的先锋之一。

美学是西方19世纪思想拓展的重要学科之一，也是把哲学和艺术连接在一起的桥梁。不过，美学作为一个学科的诞生，或许就蕴含着一种错误，即把作为一种艺术和自然现象存在的美，纳入了哲学或者说思辨与理性的统治之下，成为绝对理念和观念的奴隶。接下来发生的事，看似上了档次，道貌岸然，却把活生生的艺术和美拖入了毫无美感的、无休止的观念和话语之争。例如，几乎所有的美学家都为回答和争论"美是什么"这样一个问题而疲于奔命，在形而上的概念泥沼中精疲力尽，根本无暇去领略自然和生活中无处不在的美，久而久之，所谓美学家成了为争夺话语权和学术地位的道学先生。

或许叔本华在那个时代就有预感，所以在谈到美、谈到艺术的时候，总是试图逃避传统的理念和思辨逻辑的圈套，回到人之主体寻找答案。

例如，对于自然与美的关系，叔本华有一种独特的感悟。不同于柏拉图的认知，叔本华认为，艺术家所表达的美不是"影子的影子"，不是"洞穴"中的光亮，而是一种超过了自然的发现，以至于其表现出来的美是艺术家本人从未观看到的美；因为只有艺术家"才能对于自然（自然也就是构成我们自己的本质的意志）努力要表现出的东西有一种预期"，他指出：

  在真正的天才那里，这种预期和高度的观照力相伴，即是说当他在个别事物中认识到该事物的理念时，就好像是大自然的一句话还只说出一半，他就已经体会了，并把自然结结巴巴未说清的话爽朗地说了出来。他把形式的美，在大自然尝试过千百次而失败之后，雕刻在坚硬的大理石上。把它放在大自然面前好像是在感应大自然："这就是你本来想要说的！"而从内行的鉴赏家那边来的回声是："是，这就是了！"①

艺术家之所以有这种美的预期，根源于人在大自然中的独特地位——我们可以称之为"崇高"，其本身就是完美的客体化，具有最高级别的意志。如果借用邵雍的话来说，就是"人为万物之灵"，"人之类备乎万物之性"，"人之贵兼乎万类，自重而得其贵，所以能用万类"。人类正因为有如此卓越超群的先天的本质，才可能有如此独特的美的预期，才可能在大自然中成功地认识美和发现美。

可见，叔本华对于艺术与自然之间的美的关系的认识，是怀抱一种相通观念的。他在说"这个预期就是理想的典型"与"理念也就是理想的典型"时，最终都不能不还原于一种大自然的崇高本质。他这样写道：

> 艺术家对于美所以有这种先验的预期以及鉴赏者对于美有后验的赞赏，这种可能性就在于艺术家和鉴赏家他们自己就是大自然自在的本身，就是把自己客体化的意志。

无疑，自然再次为叔本华在美学上的突破提供了阶梯。我们也可以把这种美的诠释解释为一种"以物观物"的体验。大自然就是物本身，而人只有把自己客观化为物，成为自然中的一部分，才能探究和沟通大自然最高形式的美，才能最终真正理解自己。叔本华的这种看法不仅超越了西方传统的模仿说，而且也走出了概念和逻辑推理的理念模式，把艺术和美重新还给了自然生态。

同时，这也是西方哲学的眼光开始投向东方思想的滥觞。

当然，对于艺术和美的理解，叔本华并没有走向"大美无言""道法

---

① 叔本华：《作为意志和表象的世界》，石冲白译，商务印书馆1982年版，第309页。此文的引文皆出自此书。

自然"的极致，但是已经对于过分依赖概念、过度讲究装饰表示了反感，因为这些东西不能真正展示美反而遮蔽了美，因为它们越来越远离了自然的灵性。对此，他还以希腊人的雕塑少穿或不穿衣服为例，说明美是多么青睐敞露。他说：

> 与此相同，每一个心灵优美和思想丰富的人，在他一有任何可能就争取把自己的思想传达与别人，以便由此而减轻他在尘世中必然要感到的寂寞时，也会经常只用最自然的、最不兜圈子、最简易的方式来表达自己（的思想）。反过来，思想贫乏，心智混乱，怪癖成性的人就会拿些牵强附会的词句，晦涩难解的成语来装饰自己，以使用艰难而华丽的词藻为（他自己）细微渺小的、庸碌通俗的思想藏拙。

这段话不仅对艺术创作，也对当时的哲学理论研究而言。西方哲学和美学理论博大精深，名家辈出，但是也一直受到来自理念和形式本身的困扰，以至于任何理论创造最终不能不在概念和逻辑中兜圈子；这也使得理论本身变得越来越晦涩难懂，远离自然和生命的生动体验和感悟。就这一点来说，叔本华本身就是一个很好的例子，他的理论充满怀疑和矛盾，最终难以理出清晰的思路。他对很多传统的既定的概念与观念提出了质疑，但是又不能在自己的理论论述和构建中抛开它们，只好陷入表达与被表达的反复质询和解释之中。

也许叔本华本身就体现了一种预期，一种不仅对于自然中的美，而且对于即将来临的哲学美学思想变革的预期。

84. 尼采：生气灌注的理论追求

如何理解西方现代文艺美学的历史发展过程？怎样才能更好地汲取西方的理论精华？这对于中国现代文艺美学理论研究和建设，无疑具有重要意义。

在西方文艺美学发展中，一般公认弗洛伊德和尼采（Nietzsche，1844—1900）属于跨时代的人物，他们在西方文化的一些重要关节点上，冲破了传统的观念，取得了具有开拓性的成果，把西方文艺美学思想和研究推向了一个新的时代。概括地说，弗洛伊德从"身体"入手，重新解释了人类文明的起源，为人类开启思想宝库，探索艺术奥秘提供了新的钥匙；而尼采则从"心灵"开始，打破了一切传统的世俗偏见，为人类理性向更高层次进发拓宽了思路。

但是，这并不意味着西方文艺美学达到或实现了某种终极目标；相反，现代文艺美学之路似乎是一条比传统之路更加艰难、更加充满困惑的道路。从尼采出发，一路我们在阅览人类思想创造的千姿百态之时，更能感受到思想与艺术追求的未有穷期，而其中显露出的更多的惶惑、艰难与危机，将促使我们在新的世纪奋发勇往，在文艺美学领域中吸取百川，不断突破，不断创新。

在西方文化史上，尼采是一个破坏者，叛逆者。尼采的价值，在于开辟了一个新的理论时代。他把人们从传统的古典主义思维境地带向了现代主义，彻底打破了人们对终极话语权力的迷信。他不仅对当时流行的思想观念提出了质疑，而且显示了在理论追求中的独特的个人意向。就前者来说，一切思想偏激的思维状态都可能提出一时令人震惊的理论，但是并不一定具有长远的意义，而后者则需要充实的生命投入，用自我的存在状态来印证追求。尼采对传统的背叛就是和他个人的生命体验和追求紧紧相连的。尼采的理论都充满了感性力量，由此冲击了西方传统的经院式的理论表达方式，他的文字很美，充满生命的感悟和冲动，能够打动人和感染人；他所追求的不是理论的完美性，而是生命本身的完美性；他是通过追问理论来完成生命，通过对传统境界的质疑和突破来充实和丰满自己的生命状态。尼采学说的最显著的意义，就是为历史提供了一种有生命感的理论境界。

对此，我们还可以从卡夫卡那里得到一种"反证"。卡夫卡的作品，我们看不到尼采式的强力意志和光明的激情，甚至沉醉的状态。这从某种程度来说，印证了尼采的一些看法及其价值。因为尼采当年所面对和反抗的就是一个失去激情和活力的庸庸社会。进入20世纪以来，艺术，甚至整个人类文化精神的各个方面，在实用、实利与实惠思想的冲击下，一步一步从理想主义高台上走下来，逐渐失去了往日的风采和青春活力，再也见不到尼采的那种如日中天的艺术精神了。卡夫卡就是很明显的例子。他表现了一种"地洞人生"，连见阳光都是一种忌讳。《城堡》突出了这种灰暗的人类感觉：个人在一种无法言传的被围困氛围中，显得多么软弱和无助，而颓废是一种自然而然的情绪，一个人很难摆脱。这已成为文学对现代人自我生存和精神处境的一种经典描述。

当然，同传统的文学作品相比，卡夫卡拓宽了文学表现的空间。一种有魅力的文学不一定是理想主义的，关键在于它对人类生存和心理状态的体认，而尼采作为跨世纪的思想家，从一开始就是以西方文化"叛徒"身份出现，向西方传统的价值体系提出了全面质疑。传统的西方文化思想体系有两大支柱，这就是对真理的追求和对上帝的信仰，由此也形成了西方文化延展的两大终极的源头和价值体系。这两者时常矛盾和对抗，但是有时又会相互结合，使真理和上帝能够互相认同。人们可以通过理性的认知来认识"真理"，而所有对"真理"的认知又只有上帝才能解释。尼采的背叛是双重的，一方面是对西方理性主义价值观的怀疑，另一方面，则是对西方基督教神学体系的冲击。就这一点来说，后来的海德格尔也不如尼采彻底，海德格尔对西方理性主义有所质疑，试图重新界定"真"的含义，但是最后又不能不回到神学的理念之中。

真正的理论理应是有生命的，但是这就涉及了理论追求的境界和状态问题。理论追求可能有多种状态，但是一种有生命力的理论一定诞生于理论家的生命追求之中。这种就是像尼采、叔本华、王国维那样，把理论追求和自己生命追求连在一起，把自己的生命投入理论创造之中。尼采说过，他最爱看的书是用"鲜血"写成的。这里的血就是生命。这或许是一切大理论家和大艺术家的共同品质，好的作品是用生命和鲜血培育和浇灌的。最近我读到王元化的文章也谈到这一点，他最终所追求的是一种人生境界，是对真理和自由的向往，并愿意为此付出感情和生命。所以，一些伟大的理论家并不仅仅是理性的追求者，也并不排除在追求真理道路上投入和付出感情。当然，对于理性的过度否定也是不明智的。因为理性是人生命和思维中的重要因素，但它是一把双刃刀，当用来追求真理，追求人生完美和完整状态时非常宝贵，但是当它用来限制人的生命和思维的时候，就会制造和设计出许多障碍来。

不仅如此，阅读尼采，我们不能不面对这样一个问题：到底什么是真理，什么是善？它们是人生道路上的终极答案吗？尼采没有也不可能给予人类一个完整的答案，事实上，追寻原本就是没有终极的。

王国维讲过，做学问的三境界，第一就是"独上高楼，望尽天涯路"，什么是"独上"？就是一个人上，独自探索，个人追求。这和尼采是相通的。尼采所提倡的就是个人道德和个人追求，他反对基督教的群体道德，因为后者限制了个人的创造力和个体生命的发展。

而王国维所讲的第三个境界是"蓦然回首，那人却在灯火阑珊处"，这说明追求的终极价值其实一直存在于追求过程之中，只不过人们没有觉悟罢了。所谓终极答案就是追求过程本身。这就破除了人们对所谓未来的和终极的理论的极致幻想，唤醒了人们对当下，对自我生命的体验和追求。实际上，人类从诞生之日，就一直走在牺牲途中，一代一代为所谓终极和理想牺牲，以换取达到一天能够到达一个个绝佳的境界，从此过上"幸福美满的生活"。或许人类今天已经意识到这种错误。人类需要艺术，但是决不是让当下的人永远做牺牲品，而是使他们拥有更饱满的生命力，更完整地拥有自己。

所以，尼采并不能用"超人"的演说来拯救人类及其艺术。这只是人类精神狂想曲中的一个篇章。尼采只是一个悲剧的预言家，他的《悲剧的诞生》并非仅仅是对古典悲剧理论的重新阐释，更是对20世纪文学主题的预见。尼采企图用自己的生命在灰暗的生活氛围中点燃火炬，让思想的火苗跳跃，驱散人类所面临的悲剧前景，但是他对于一个平庸的世俗时代的来临无能为力。而他自己的生命和理论价值，也正是在灰暗和悲剧的背景中凸现出来的；他自己挣扎在理性的边缘，虽然不甘于做悲剧的牺牲品，但是却不能不走向疯狂。所以他是预言家，但不是胜利者。

尽管尼采预言20世纪不再是一个"英雄主题"的文学时代，然而他自己却称得上是19世纪文学的最后一个英雄。如果说，他的"超人"日后成了西方卡通片中幻想的英雄，那么，在中国则一度演化成了"高大全"的英雄模式，在历史转换中继续扮演了激动人心却昙花一现的角色。可惜，他们都不再是真实的、充满生命活力的、现实中的人的形象。

85. 波德莱尔：敞开的墓地

接触波德莱尔（Charles Pierre Baudelaire，1821—1867），是 20 世纪 80 年代的事。那是一个禁忌和突破的时代，波德莱尔打开了我的文学情怀和视野，把我带入一个从未进入过的，充满神秘和争议、恐惧和敬畏的世界。

打开《恶之花》，好像到了一个宽敞的墓地，各种各样的诗人汇聚在这里，不是在讴歌爱情，享受阳光和沉醉于艺术的享乐，而是在失望中张望，在悲哀中自语，在孤独中徘徊，在阴暗中自赏，于是，一个"患病的女神"出现了：

> 我可怜的诗神，今朝你怎么啦？
> 你深陷的眼神充满黑夜幻象，
> 我看你的脸色也在交替地变化，
> 映出冷淡沉默的畏惧和癫狂。[1]

难道这是我们赞颂已久、向往已久的诗神吗？

接着，一个"为钱而干的诗人"又出现了：

> 我内心的诗神，你，喜爱宫殿者，
> 当正月放出北风，在夜雪纷飞、
> 阴郁无聊的期间，你可曾准备
> 温暖你那发紫的双脚的木柴？

——第 30 页

难道诗神就如此不堪，如此可怜地被世界抛弃？难道诗人竟然就是为

---

[1] 波德莱尔：《恶之花》，钱春绮译，人民文学出版社，1986 年版，第 28 页。此文的引文皆出自此书。

了一点充饥的面包、一点取暖的木柴，就会"去唱你不太相信的赞美诗篇"，去"象枵腹的卖艺者去献媚/强作笑颜，却在暗中偷弹眼泪，/为了博取庸俗观众的一粲"？

怪不得经常在夜色和墓地徘徊，经常在诗中与噩运、地狱、死亡、惩罚和骷髅、吸血鬼相遇和周旋，因为他不仅感受到了人性和人生无穷尽的悲哀和悲剧，而且充分意识到了艺术本身的失落和没落。正是在这种情境中，波德莱尔重新定义了"美"：

世人啊，我很美，象石头的梦一样，
我这使人人相继碰伤的胸心，
生来是要给诗人激发一种爱情，
就象物质一样永恒而闷声不响。

——第 46 页

不要以为美是冷酷冰凉的、全然无声的，波德莱尔诗中所激荡的生命，所包含的矛盾冲突，所表现出的艺术张力，不仅在他所生活的那个时代，就是在今天，也是难以遏制和无与伦比的。这是由于他完全冲破了美与诗的传统规范，使之重新回到了生命的真实存在之中，回到了那个时代艺术与现实的搏斗和博弈之中。

很多人把波德莱尔看作是一个"忧郁诗人"，因为他的人生和诗都似乎笼罩在忧郁之中，他也写了很多题为"忧郁"的诗；这些诗几乎无一例外地在诉说诗人在现实生活中的失落，也无一例外地坚守和寻找自己的信仰和精神家园，为此，他走遍了整个城市，到酒吧，到市郊，到森林，到金字塔，到生活的角角落落，甚至"一只在抽屉里塞满了账单、诗词/情书、诉状、抒情歌曲以及用收据/包裹着一些浓密的头发的大橱"里，不断怀疑也在不断确认，最后，他来到墓地，似乎真正找到自己：

——我是一块连月亮也厌恶的墓地，
那儿，爬行着长蚯蚓，象悔恨一样，
老是缠住我最亲爱的死者不放。

——第 182 页

墓地为什么如此吸引诗人呢？"墓地"对诗人来说，甚至对诗歌创作来说，又意味着什么呢？任何读者透过波德莱尔的诗都会有自己的感受和感悟。就我来说，这里的墓地当然是距离悲伤、死尸和死亡最近的地方，甚至就是它们的象征，但是，这绝对不是能够使诗人如此沉迷，并不断光顾的最后原因；其真正原因在于，"墓地"是一个敞开的、拥有千年记忆的精神空间，可以为包括波德莱尔在内的无数无家可归的灵魂提供精神庇护和想象的场所。这些灵魂心怀恐惧，精神上无所凭依，经常陷入有罪、悔恨、自责和自我厌倦的心灵危机之中，但是他们的灵魂依然渴望舞蹈和飞翔，希望有知己和知心的同类和同伴，所以不能不夜以继日地找寻……最后，波德莱尔发现了墓地，这个人类最不愿去的地方，这个充满暗夜和恐惧的地方，向所有忧伤者、忧郁者、流离者、悲观者、失眠者，甚至精神分裂症患者和变态者，敞开了自己的大门，让他们感受到自己依然像一个王者，在夜色中，在无垠的时空中尽情舞蹈。

在人类诗歌史上，波德莱尔似乎发现了墓地作为诗人终极家园的意义；他可能比但丁更决绝和勇敢：但丁敢于穿越地狱，但是始终在急不可待地逃离地狱，而波德莱尔则视之为家，视之为诗人最后也是最好的归宿。

为此，波德莱尔还专门写了一首题为《一个被诅咒的诗人之墓》的诗，为自己，也为自己心爱的人送葬：

在沉闷黑暗的夜间，
如有慈悲的基督徒，
在某处古墟的后面，
埋你可夸耀的身躯，
……

——第 172 页

波德莱尔是明智的，他生前就为自己建造了墓地，使后人依然能够牢记和祭拜一个诗人，因为 20 世纪以来，诗和诗人的身价早已经一落千丈，几乎已经没有人去为一个诗人建造坟墓了。

86. 德里达：不断破解与不断建构

1992年我在香港中文大学英文系做访问学者，曾和郑敏先生一起讨论过德里达。郑敏先生是我接触过的最为敏感，思维最有活力的女学者之一，诗人的激情和理论家的敏锐交织在一起，使她的举止谈吐神采奕奕，富有吸引力。当时她虽已年过七十，但是交谈起来仍让人感到一种青春活力。当时她所钻研的就是德里达的学问。她在报告中提出了这样一个问题，也是困扰很多学者的问题：既然德里达把一切意义的结构都解构了，那么世界还剩下什么？人类认识和理论的意义到底何在？换句话说，德里达在追求什么？他为什么追寻没有意义的问题，或者说是问题最后的无意义？

这不仅是一个文学问题，也是一个文化和意识形态问题，需要我们对其所依赖的整个知识理念和系统进行检索和重新认定，进行一次思维方式的解脱和解放。在人类文化史上，实际上一直存在着不断突破旧的话语系统的过程，其推动和标志着人类文明的进程。

德里达无疑在这方面把问题推向了极致。他所解构的是西方传统的"白色神话"（文字记载下来的理论神话），从古希腊哲学的逻各斯中心主义到黑格尔的绝对理念，从文字的意义到语言的神话。但是，这一切是否就意味着无意义呢？对德里达来说，这也许是自己思维欲望的一种实现；他通过证明理论意义的"无"显示自己理论价值之"有"。由此，我们似乎有必要强调贯穿于人类思想追求中的另一个潜在动因——思维的欲望。

其实，至今为止的人类所创造的一切理论、学说、范畴和概念，都不仅仅是在表达某种思想和见解，认识和发现某种未知的世界及其联系，而且本身就是一种欲望的表征，表达一种人类固有的内在的追求真理的不可摆脱的欲望。在这种欲望驱动下，人类是不惜打破所有辛辛苦苦建立起来的思想理论体系的。德里达就是如此，他似乎把一切都颠覆了，但是他颠覆不了他自己，他对于最后真理的追问。因为人类文明的力量最终并非来自既定的理论和思想，而是来自人类自己永不间断的怀疑和追求。就这一点来说，我同意郑敏的看法，德里达所向往、所追求的是一种自由境界，为此他不惜毁坏所有语言和逻辑的圈套，从所有"有"的束缚中摆脱出来。所以，德里达在《文字与差异》中首先就对追求历史规则的结构主义提出了质疑：

  如果有一天，人类的著作和符号遗留在了我们文明的海滩上，那关于结构主义者对文明的介入或许会成为一种历史意识的疑问，甚至是一种成见。但是如果它如此获得理解，那么历史学家就有可能被蒙蔽：由于一种积极的理解，结构主义成为一种认识的成见，或许会忘记它的意义，以及在关节点上它首先作为一种认识的先导和一种对摆在我们面前的任何事物提出历史问题的具体的转换方式——尤其就其自身来说。因为，在这里，文字因素将是不曾预期的问题。

德里达之所以要突破结构主义圈套，就是为了追求一种精神自由漫游的境界。这种漫游如同庄子所说的进入一种神与物游，以应无穷的境界，不受任何权力意志和意识形态的制约和束缚，大象无形，大音希声；这是一种无中心的状态，同时又是一种"处处是中心，人人是中心"的状态，每个人都是追求真理过程中的一个环节，而每一个认定的"真理"都不过是这个过程延续的印记。这也许是人类文化发展至今又一次敲响的自我解放的晨钟。人类必须再一次清卸传统的历史重负，以及长期养成的对既定的中心意识和权力意识的依赖和迷恋。

也许这就是德里达的意义所在。其实，在德里达之前，人们已经发现了既定的语言及其思维方式对人及其人性状态的制约，人们的精神困惑往往来自语言系统为基准的种种清规戒律，人性及其创造能力就像困在笼子里的雄狮只能辗转反侧，痛苦呻吟。但是，这种情景是如何形成的，语言又是如何代表了现实（什么样的现实）同时又如何囚禁了我们（它是如何囚禁的），等等，这一系列的问题并没有得到真正认真的思考和解答。黏德里达是试图打开这个人类有史以来自己为自己所编织的文化迷宫的思想家，他显然不同于博尔赫斯那样走进十字交叉的迷宫不能自拔，而是小心翼翼地找到历史最初的线索，一路追索下来。从那里人们逐渐发现，语言和人类自我意识的存在是互相粘连的，口语与文字的差别不仅在于它们的应用范围和价值上，更在于其所包含的人类自我认定意义上面，而后者的决定意义就在于它是经过人类意识认定的，已经形成了固定的规范和知识系统的合法性，所以人类日后不得不以这种规范和知识系统来确定自己的存在和言语。由此，作为口语的言语已经成为"不合法"的存在，人们只能存活在语言先于言语的世界中——因为现存的语言不仅仅是文字，而且意味着一整套书写规则、语法系统和思维方式，及其在此基础上建立的国家法规和社会价值标准。当文化边缘的自由言语被排除在知识系统之外时，人类就不得不囚禁在自己所创造和编织的文化之中和语言之中。

由此，我们或许会意识到人类生存状态的另一重悲剧：人类期望活在一种自然和自由发挥状态的可能性，不仅不存在，而且早就是一种欺人的幻想，因为人类一旦进入文明时代（以文字出现为标志？），就不能不首先接受一种文化系统的格式化和规范化过程，而语言则是人类自我规范和格式化的不可或缺的一套程序。尤其是人类进入科学和知识的时代之后，这种情景就更具有了压抑和压迫人的力量，迫使人们面对它和摆脱它。在很久以前，索绪尔就发现了语言和言语的区别，并且指出了人类语言关系中的转换关系。实际上，人类的文化存在就取决于一种整体结构中的转换和交换，而这种转换和交换同时又是一种文化意识的限制和囚禁。因为交流只能在意义的转换中进行，而转换就需要有一定的规则和程序。

但是，只要有规则和程序，就会产生由谁来制定它们的问题。于是权力意识及其对权力的争夺就出现了，只不过人们一直未从文化层面上追究这个问题罢了。德里达的敏感就在于此。他打破了人为的结构和逻辑，发现人自以为把握了世界的虚妄；因为除了获得意义的踪迹以及自由创造这种踪迹之外，人们似乎经常不由自主地被自己所认定的"真理"和"规律"束缚。这确实是一个人类精神存在的重大问题。如果说德里达理论的核心就是解构和颠覆，那么它最终就不能不导向对所谓真理和规律客观存在问题的质疑：认识论意义上的真理和规律是否就是客观意义上的真理和规律？是否人们就有权有理由宣布自己掌握了它们？

  我记得王元化先生就曾对"以论代史"提出过批评，而之所以很多人难以摆脱这种思维方式，主要就在于他自以为"论"就是一种真理和规律，可以"放之四海而皆准"。而德里达则是从更深的历史文化层面上揭示了其中的秘密。人们所能认定的只是一种知识，而不是真理；而人们之所以经常陷入自己所臆造的"真理"和"规律"的圈套之中，除了人们依赖的本能之外，主要来自一种把握真理的欲望的满足。所以，这种欲望不仅可能左右人们的日常意识，而且可能左右人们的理论思维，使人们陷入某种绝对真理的迷幻之中。从这个意义上说，德里达所完成的是一种残酷的推论，告诉了人们某种文化的真相。当然，他揭示的主要是一种有形文化（由文字和语言为本体的）的秘密。它是由人类自己创造的，但是反过来囚禁人类自己，人类必须冲出这个囚牢，进一步解放人类的身心。

87. 波伏娃:"第二性"的价值

波伏娃(1908—1986)的《第二性》(The Second Sex,1949)出版已半个多世纪了,这本书已经成为了解当今时代文化不能不读的一本书,而女性主义早已成为当代最重要的文化思潮之一,自然对文学的影响很大。我们说"文学是人学",也就是说,文学应该与人的存在及其状态密切相关。正如胡适先生所说:"大凡文学有两个主要分子:一是'要有我',二是'要有人'。有我就是要表现著作人的性情见解,有人就是要与一般的人发生交涉"。(《五十年来中国之文学》)而这个"人"应该是活生生的、具体的人,这就是男人和女人。应该说,男女两性及其差异是人类最基本的构成和区别,也是构成人类感情世界丰富多彩的矛盾冲突的根源。但是,值得思考的是,几千年来,人们并没有认真思考过这个问题,尤其在社会科学领域,人们似乎完全忽视了男女之间的差别,避而不谈男女在社会生活中的不同需求和不同的社会定位。而所有的哲学、伦理学、政治学,以及种种理论学说都似乎是人类的共同真理。根本没有考虑到男人的道理并不一定是女人的道理,男人在一定程度上也不能为女人设计道理和规则。历史掩盖了某种真实,在人类意识形态中制造了某种谎言和虚假的真理。以往的所有道德真理和意识形态,都建立在这样一个基点上:人类另一半——女性的缺席,或者她们只是作为被分配的资源而不是人类的主体出现的。

这也为社会和意识形态中的权力分配提供了合理的依据。男人可以根据自己在社会结构中的地位来分享这种资源。女性主义就是在这种情况下产生的。它原本不是一种文学或者哲学,而是一种要求分享权力的呼声。

应该说，这也是人类理性启蒙的成果之一。人类既然提供了"天赋人权"概念，人人都要平等，那么女人就应该和男人一样平等地分享一切，应该有自己作为女人的天赋人权。但是，天赋人权并非是老天送来的，它仍需要女人自己去争取。而也许只有自己才是真正属于自己的。

波伏娃揭示了一个可悲的事实，在男权统治的世界，女性一直处于"被女性化"的状态。女性主义对社会是一种新的推动力。人类长期受制于传统观念和生产方式，无法摆脱生存恐惧感，所以不能不建立和维护一种受制于暴力的两性关系。男性在这种关系中获得了某种权利和满足感，但是也不得不付出很大的代价。有个美国人就写过一本书叫《男性力量的神话》，抱怨女性太不体谅男人的处境了，因为男人为了养家报国一直在付出牺牲，几乎所有危险的工作都是男人承担的，所谓男人的权利和优先权不过是一种让男人心甘情愿承担牺牲的神话而已。这种说法未必能够站得住脚，但是说明了一个道理，如果女性不解放，男性也未必活得幸福愉快。男性束缚了女性，也等于捆住了自己。

更可悲的是，男性在统治和剥夺女性过程中，也处心积虑按照自己的理想塑造女性，但是，除了遭到女性的反抗之外，很少给自己带来满意的效果。相反，造就了越来越多的复仇女神来惩罚自己。即使在今天流行的小说中，仍有许多这样的形象。神话中的"蛇"，代表着欲望和诱惑，几乎是女性的代名词。因为一个人的自由感和责任感是相互联系的，一个没有自由的人也没有什么责任感。被剥夺自由的人只能产生两种心理状态：一种是感恩心态，基于给他的某种满意的状态；一种是怨恨，因为它得到的是与预期的相反。她不可能自己承担后果。她们也从来没有这种选择和机会。鲁迅说过，中国的历史有两个时代，一个是奴隶做稳了的时代，一个是想做奴隶而不可得的时代。而对女人来说，也是两个时代，一个是做贤妻良母地时代，一个是想做贤妻良母而不可得的时代。同时，感恩就会无条件地顺从，导致志趣和创造活力的下降；而怨恨则产生背叛和报复。这都不是人类所期望的人生状态。波伏娃所写的《第二性》，不仅是在写女人，也是在写人类的某种悲剧状态，只不过女性承担得更多而已。就此来说，波伏娃所唤醒的不仅是女人的自觉，也在唤醒男人的自觉。

为什么进入父权社会以后女性沦落到这个地步呢？这确实是个问题。波伏娃的贡献就在于，她从人类编织的神话开始追问这个问题，进行了追根探源式的分析，不仅揭开了女性受歧视和压迫的历史秘密，而且解构了人类整个仪式形态的荒谬性。人们由此意识到，过去人类所认可的一切真理都是建立在男女不平等的基础上的，因而必须得到修正。这也说明人类并没有完全摆脱互相残杀的状态和心态。因为人类与动物世界的区别就在于是理性还是暴力占主导。而在当今社会，无论是对异性资源的分配还是女性所拥有的择优权利和过程，都带有很大的偏见和局限性。它们仍然是引起社会竞争的最基本因素。萨特在和波伏娃谈话中谈到，男人事实上并不一定在乎社会所有人对他的尊重，但是非常在乎女人对他的尊重。在西方神话传说中，影响最大的战争就是女人引起的。而女性在被剥夺情况下如何得到补偿，则是了解当今女性心态的一个重要窗口。例如张爱玲的《金锁记》就揭示了这种女性的悲剧，一个曾经被剥夺自由和幸福的女性一旦有条件和机会时，就会以百倍的疯狂来获取补偿。这就是女妖或荡妇的产生。她们与男性所期望的圣女贞女神话恰恰相反。正如波伏娃所说，现存的神话是男性社会所创造的，或者说，至少是经过男性社会选择和加工过的，巾帼英雄多半也是男性的幻象。这也就又提出了一个问题：在此之前，是不是还有不同的神话？如果有，是什么样的神话？为什么没有留下？被遗忘了还是被删改了？所以，对女性主义的研究不仅是一个现实课题，而且是一个历史课题，它意味着对人类自身及其历史的更深入的探讨。认识女性也是认识人类自身。以往对女性的定位，是一个文化和意识形态过程，从家族定位、阶级定位，到知识定位，无不以某种社会需要和权力意志为旨归，无不掩盖和忽略了女性的某种真实状态和自然本性。换句话说，人类还没有找到自己真正的母亲，以往的人类历史在某种意义上说是"只有其父没有其母"的历史。人类并没有真正找到"母亲"的感觉，并没有真正理解女性。波伏娃《第二性》的意义就在于对以往的历史理念提出了质疑，开始重新思考文化和意识形态。

这是至关重要的。因为这代表了一种人类思维方式的变革。过去一直是男性的思维方式主宰世界，人们习惯于用男性的眼光和方式来看待世界和解决问题。这也是一个以暴力、强权、规则为中心的世界得以建立，并拥有合法性的基本要素之一。这样的世界历史够长了，该结束了，取而代之的应该是一个更女性化的、平和的、随意的、自由的世界和生活方式。毕竟用女人的"叽叽喳喳"比用男人的棍棒枪炮来解决问题要好得多。如果是这样的话，男人也不必再在不得已情况下逞英雄，付出不情愿的牺牲，而女性主义及其思维方式的张扬，将有助改进和完善人类的价值标准和生存状态。

88. 茨威格：爱情在永恒的瞬间走过

人，作为一个理想的、完美的整体存在，总是希望心灵和肉体有一个完美的结合，获得人作为人的整体满足感。但是，这在现实生活中，往往是可遇而不可得的。在中世纪社会，人的道德规范很严厉，人在肉体方面的压抑感特别严重，产生了许多人性的悲剧；而在较开放的现代社会，肉体的自由度较大，但是人们又特别敏感于感情的需要，所以经常处于灵与肉两难的选择之中。

比如，美国作家亨利·米勒写的是在性开放情况下的纵情欢乐，但是并没有感到多少精神的自由。他在小说《北回归线》结尾处写道："人类是古怪的生物，远看没关系，但是一旦走近他们，他们就会显示出那种丑恶和绝情。他们太需要足够的空间来进行选择了，而并不太在乎时间的长短。"这正表现了人类在现代社会中灵与肉关系的新的困惑。

这使我们怀念茨威格和他的小说。在对爱情的描述中，它对于时间的敏感和一往情深，似乎在暗示一个多选择的空间时代的到来，《一个女人一生中的24小时》就是一个例子。24小时，多么短暂而又多么漫长的时间，而茨威格则想给予这短暂又漫长以永恒的意义，对一个女人来说，心灵会使它永远具有意义，而并不在乎肉体欢娱时间的短暂。在沈从文的小说中，我们能够读到相通的意蕴。在《柏子》中，痴情的妓女在与相好一夜的欢娱之后，可以忍受十天半月的寂寞，静等爱人的再次归来。

而茨威格似乎更激情一些，他是在战争间隙中写作的。战争是另一种肉体的表演，同时它又是摧残肉体的，这和性爱恰巧形成了一个对照。因为在人类历史上，性缺乏和性压抑一向是战争和暴力行为的缘由之一。所以茨威格对人的生命的短暂很有感触，对在这种短暂中的情感体验也就更为重视。他希望人的肉体和心灵得到一种极致的快乐，哪怕它并不长久。这与郁达夫的小说就有不同。同样是描述性爱，郁达夫那种在肉体上的压抑感实在太强烈了，而且为了在意识上"合法"地表现它，作者不能不把它与一种同样强烈的社会道德感结合起来，把个人的性苦闷归于社会的黑暗。这说明性爱的文学意义，在不同国家、不同文化背景中的不同作家的笔下是不同的，比如上面提到的三个作家，米勒、郁达夫、茨威格，就很值得进行对比分析，从中看到性爱在不同国度、不同文化状态下的文学表现和命运。

爱情是人类黄金时代的梦想。在文学中，性爱是无法回避的。茨威格就毫不回避，直面战争的残酷和人性的悲哀，但是仍然不放弃对爱情永恒价值的认定。就此来说，他还是颇带古典理想主义色彩的一个诗人，所以他最后自杀了，因为他不能容忍活在一种卑微、毫无人性尊严的状态中。这本身就是一种精神价值，因为经过两次世界大战的磨难之后，人们对于人本身的价值和尊严有所动摇，企求用另一种调侃和逃避的方式来原谅自己的屈辱和无可奈何。这时候，文学回到了普通的、一般的人，也接受、容忍甚至欣赏卑微以及人性中的弱点。王朔所写过的"我是流氓我怕谁"就是很好的例子。这是人性的另一种解放，我承认并且认同了我所有的缺点和弱点，所以我可以毫无精神负担地去做任何我想做的事；我没有犯罪感，我心安理得，高高兴兴。可惜，王朔还得用"流氓"这个不好听的词。可见，尽管谁也不怕，但是心里并不踏实。

茨威格值得重读。他的作品不仅使我们重新体验和认定人性中对爱情的追求和向往，体验到某种固有的，但是连自己都不敢承认和面对，甚至早已失落的情感过程，而且能够唤醒我们对于自身状态的历史性思考。实际上，现代人的悲剧并非是对感情的放纵，而是对它的逃避。只不过这种逃避往往是掩盖在肉体的放纵之下的。可惜，人们永远无法把感情和肉体完全分开，不可能用肉体的挥霍无度来代替感情上的心心相印。这就是现代人性困惑产生的缘由之一。表面上的轰轰烈烈，热热闹闹，实际上是做给别人看的广告。而茨威格的作品告诉人们，感情总归是无法逃避的，它表现了人类人性中的一种不可遏制的力量，它是如此细腻和特殊，是无法用条条框框来限制和规定的。

　　这会引起我们对人性存在的整体性的思考。原本在中国传统意识中，人性就是一个重要话题。按老庄"道法自然"的思想，人活着就是随性而乐，这个"性"就是自己的内心、本性，符合它顺应它人才能乐起来。再说"性"这个字本身就是精神和肉体的统一，"心"（精神生活）和"生"（物质生活）是不可分割的，谁离开谁也不行，合在一起才是性。人若是老是和自己的内心和本性作对，就不可能感到人生有什么幸福可言。而一些不合理的社会制度和体制，之所以被认为是不合理甚至反动的，就因为它在根本上总是抹煞和违背人的本性发展的自然要求，成了人性的桎梏和束缚。也就是说，它所维护的那套话语系统总是引导人们和自己的本性作对，或者以互相约束和监控的方式，或者以自我压抑和控制自己的方式。显然，这种社会的不合理存在所遇到的最大天敌就是人性本身，而这个天敌最自然的表现就是文学艺术，尤其是表达和描述爱情的作品。因为它们很美丽，很动人，能很自然地唤起人性中最基本的感情，无形中解构了那套束缚人、压抑人的话语体系，使人们复归自然——这或许也是茨威格文学创作的长久意义所在。

89. 海德格尔：人归何处？

人之存在及其意义到底是什么，由什么来确定，这是人类有史以来一直苦苦探索的问题。就是这个问题，再次把海德格尔推到了绝境——也推到了对终极意义的追问。

海德格尔是传统哲学向现代哲学转变的重要人物。他的很多见解代表了人类思维方式的变革。

我们不能仅仅从社会意义上来理解这种变革。只要我们阅读19世纪伟大现实主义作家巴尔扎克的作品就能感到，资本主义所创造的一个完全物质化、金钱化的社会，如何给人类精神带来了困惑。一部宏大的《人间喜剧》无不纠缠在一个问题上，人如何被金钱所异化，如何失落了自己的精神家园，人与人之间基本的互相信任和爱，如何在"资本主义"这样一个物质化时代潮流面前不堪一击。巴尔扎克无法阻挡这个潮流，只能表示惋惜。而他的作品则为马克思、恩格斯批判资本主义社会制度提供了很好的资料。他们从人性化的角度，对资本主义带来的人性异化现象进行了深刻的揭示。这是马克思学说中最有价值的一部分，但是被我们在一段时间内忽视了。特别是在《1844年经济学哲学手稿》中，马克思并不拘泥于对社会问题的分析，而是切入了对人的本真存在问题的探讨。

马克思提出的问题理应得到重视。人类精神面对被物化和金钱化的现实，做出如何的文化选择，这是20世纪思想学术的重要课题。而在这方面，确实产生了许多随波逐流的媚俗的文人，他们是实权、实力、实惠的精神奴隶。海德格尔却显示了自己非凡的反潮流、反世俗的精神。海德格尔在自己的著作中，虽然用了大量的新名词，新术语，但是所讨论的问题仍然是困扰人类的基本问题：灵与肉，精神与世俗生活的矛盾与冲突。所谓"非本真"就是人的生存状态和精神状态的物质化、规范化、世俗化，失去了对自我意义和信仰的确认。所谓"本真"就是人的精神信仰、追求、价值和精神家园。这在一个普遍的以物质追求为旨归的时代是很有意义的。

从本世纪开始，美国的崛起显示了实用主义的全面胜利，它推动了世界性的文化和生活变革。这一方面大大解放了生产力，满足了人们在物质生活上的极大需要；另一方面，助长了物质主义，科学唯一主义的盛行，而生存竞争的加剧又迫使人们拼命追求实力、实惠和实际。人们获得了"有"的物质满足，却失去了"无"的精神价值。

海德格尔并没有试图改变这种社会状态，而只是想给人的精神寻求一种解脱的境界。这就是他在思想姿态和思维方式方面的脱尘拔俗。以往的哲学家之观念，都表现在如何揭示世界和认识世界方面，或者去解释和传播某种真理，都带着某种物化的性质。也就是说，人们的思维方式是由存在决定的，物质生活决定人们的想法。但是海德格尔却想证明一个不确实的真理，人的生存状态取决于人对自我的认定，在于自我本真状态的体认和敞开。这也就是说，人的存在是可以由人自己的意识和理性所把握的，并不完全由客观现实和物质世界所决定。而这一切都取决于人们的意识选择和修炼。

这也就意味着，哲学的任务并非是认识和揭示已在的世界，而是要超越这个世界，创造一种认识和超越这个世界的思维方式，赋予人自身一种心灵的存在方式。也就是说，人们之所以要进行思想研究和创造，就在于人类需要为自己创造某种精神家园和存在意义，创造符合人类自身的思维方式。也许人类自身的思维方式越发展，越多样，人类所面对的世界就会越丰富，越多样，而人的选择就会越自由，越从容。存在原本是由自己决定的。这是哲学历史上的一大变革，存在问题不再是一个外在问题，而成为一个内在问题，甚至是一个本体论问题。所以，海德格尔非常重视"此在"这一问题。

传统哲学及其形而上学的最大局限性，就是试图把所有一切重要的世界性质和发展规律都揭示出来，并教给人们，一劳永逸地解决人的认识问题，并要求人们按照这些理论去认识世界。假如是这样的话，这个世界就会变得越来越简单，越来越僵化，越来越保守，越来越无生气。人们只要按照某种哲学教条或原理思考和行事，就能达到某种最正确、最理想的境界了。这当然是无稽之谈。海德格尔的创新意义就在这里。他并不按照日常规则思考问题。因为按照日常规则来看，人的"存在"并不是一个问题，每个人都存在，这是天经地义的自然属性。也就是说，这个问题被长期"遮蔽"了，没有被敞开；一旦被敞开，就成了问题，就会让人感到困扰和痛苦——这就是人们开始意识到自己并追求自我存在意义的觉醒。

　　而有一点值得注意，这就是海德格尔探讨问题的切入点。他非常重视从语言存在中发现问题。"存在"对他来说，不仅仅是一个名词，表现一种性质，更是一个动词，在揭示一种状态。这当然也是现代哲学思维方式的一大变化。在认识世界过程中，定性当然重要，但是如果忽视了事物千变万化的动态过程，忽视了动词在人类认识中的重要意义，就会趋向僵化的认识。老子讲："道可道，非常道"，就是说认识道的最难之处就在于确定它的存在，在于说清楚它"是"什么。因为"是"表现一种状态，不能简单理解为一种等同。例如，白马非马，是因为马不能等同于所有的马。所以中国古代经常不用"是"这个判断词。俄语中也不用这个词。其实，"是"不仅仅是一种判断，更是一种阐释过程。阐释得越多，越精确，也许就意味着结论距离本原越远。所以，阐释过程并不一定能引导我们获得事物的本真。这也许就是德理达所说的"播撒"过程。它的意义就在于，打破了历史的思维习惯，认为文化就是一个阐释过程，或者就是一个积淀过程。

　　实际上，历史不仅是一个积淀过程，而且是一个拆解过程。它在不断积淀，积累和折叠，同时又需要不断拆解，简化和提纯，否则人类就会被传统的重负压死，拖死，浮游不出历史的水面，人类也就失去了创新的勇气和力量。尤其是历史发展到了一定的时期，拆解过程就会显得特别重要，否则历史的生命就会失去活力。所以，对历史遗产和文化传统进行拆解，通过压缩时间来获得空间的广度，对人类发展自己，尤其对发展相对落后的国家和人民发展自己，就显得非常重要。我们如果对历史文化只注意积淀和积累而不注意拆解，只迷恋时间的悠久而不追究空间的广度，就会失去创新的能力和活力，就会失去历史和传统。因为人的生命是有限的。而在这方面，海德格尔注意到了这个问题，德理达继而提出了新的思维方向。

90. 昆德拉：关于作家的良知与人格

　　读经典作品，能够使我们抓住时代的敏感脉搏，这也是文学作品能够抓住人心的关节点。所以，郭沫若在《女神·序诗》中就唱道："女神哟！/你去，去寻那与我的振动数相同的人；/你去，去寻那与我的燃烧点相等的人。"因为这振动点、燃烧点，就是作品引起作者共鸣的地方。昆德拉的作品之所以能够如此持久地引起中国读者的欢迎，也在于它在中国找到了共同的振动点和燃烧点。

　　昆德拉的作品揭示了知识文人在专制状态中的人生困境。知识分子拥有知识的眼光，却没有使用知识话语的权利，他们的精神处于不断被戕杀、围攻与监视之中，只能自我扭曲和自我虐待。这对经过十年"文革"、苏联解体、自我意识正在不断增强的中国读者来说，无疑有着相通的感受和体验。通过阅读昆德拉，每个中国读者会扪心自问：我是谁？我从哪里来？我将要到哪里去？

　　昆德拉作品的意义，具有世界性。他面对的是某种具体的专制体制，揭示的却是心灵在物质、权利和意识形态网络中的异化过程。这种情景不仅发生在波兰，而且发生在所有现代国家。他的作品实际上戳穿了现代国家的神话，对现存的整个世界的权力机制提出了质疑。阅读他的作品，人们能够意识到，即使在整个世界连成一片、各个国家互通有无的情况下，知识文人的状态也未必能够改善，个人的话语权也未必得到保障。官僚体制中的官官相护，国家之间经济的强强联合，都是在利益驱动下进行的。这将形成一个更加广阔的权力控制网络，独立的知识文人将无处可逃，也许在不久的将来，所有的政府都会不欢迎流亡者，因为它们不会为接受、庇护和支持一个毫无力量的个体，去损害国家关系，牺牲更大的国家利益；即使流亡到了别国，也丝毫不能改变自己的处境，因为这里已经没有正义与道义，只有政治与经济的交易。就此来说，昆德拉独特的生活体验，确实比一般作家深刻，眼光也更加开阔。

昆德拉作品的深度，不仅来自知识的力量，更来自良知。这是昆德拉高于一般流亡作家的地方。他经历过磨难，但是他并不把这种个人磨难的结束，作为艺术探求的终点，而是继续探究其产生的根由，并把它扩大到整个人类的境遇之中。个人处境的改善，物质生活的升级，并不能磨灭他的悲剧感和独立性，使他放弃自己的良知与判断。

由此，我们引申出一个问题，即作家境遇的改变对其社会态度及其艺术追求的影响。有些作家，他们对于社会专制体制的体验不会不比昆德拉深刻、尖锐，也曾在创作和批评中表现出一定的社会批判态度和对于人性的洞察力。但是，这种批判往往是十分有限度，并且往往以自身处境的改变而改变。一旦自己处境改变了，得到了好处或优厚待遇，那么对社会的批判也就成了"过去时"，一切悲剧都发生在过去（因为发生在自己身上），而现在和将来似乎已经是"黄金时代"（因为自己处境已经得到改善）。于是，解放后的作家揭露和批判解放前（旧社会、旧政府的黑暗与罪恶），"文革"中的作家揭露和批判"文革"前（资产阶级反动路线的罪恶），"文革"后揭露和批判"文革"中（极左路线的反动与罪恶），等等，很少出现能够穿越时代的，具有一定历史意味的文学作品。因为他们对人性悲剧的批判与探求，实际上随着他们境遇的改变已经终止了；这种终止不仅是一种时间的终止（其前与其后是两个时代），而且也是一种精神上的终止，他们关心的命运不再是整个世界和人类的命运，而是个人的机遇和得失。他们的作品带一定的"时尚"性，引起轰动只是因为当时时代的风潮所致——大家纷纷谴责"旧社会"，欢迎新社会。

我并不是说作家应该永远和社会对立，我想说的是，一个作家对于人性悲剧与社会黑暗的认识，决不能停留在个人遭遇的时间范围内，更不能以个人得失成败为标准。个人的人生沉浮，甚至一代人的沉浮人生，都是有特殊历史机缘的，它当然能够在一定程度上反映历史的进退，但是，并不能一下子就改写历史，改变社会的整体结构与面貌。作为一个作家来说，应该有更深远的历史眼光，把自己的社会批判延伸下去，深入下去，从历史的线索中洞察现实中的悲剧，在个人悲剧体验中找寻拯救整个社会的力量。否则，历史的变幻，翻手为雨，覆手为云，很容易断送一些天才的艺术生命，磨难可能摧毁一些人，平反和重用又会磨灭一些人，能够穿越地狱与天堂的真正的艺术家寥寥可数。

谈到人格的独立，常常会使当代文艺理论与批评遭遇尴尬，似乎这已经成为中国文学一时无法解开的死结。其实，这是作家在现代社会中遭遇的普遍问题。比如昆德拉与鲁迅，他们活在不同国家、不同历史时期，但是都面对着社会对于作家人格的考验，他们的作品都从不同方面揭示了人格丧失或放弃的悲剧。因为人格，尽管有其社会性，但是最终是属于个人的，坚持与放弃，最终是一种内在的心理行为。换句话说，一个人的轻与重，尽管有社会认定的标准，但是最终不是由社会判定的，而是来自一种自我认定：尽管这可能出现堂吉诃德或"超人"式疯子，但是谁也无法完全否定这种认定。

这就出现了自我认定与社会认同之间的矛盾。如果两者一致，那当然就是平衡；但是如果社会根本不认同你的自我认定，那么就会出现倾斜。鲁迅和昆德拉都在与这种倾斜作战，而且永远无法获得那种心理上的平衡。比如《独孤者》中魏连殳就是如此。当社会不认同他并压迫他时，穷途潦倒，他无法承受；但是当他趋同于社会，社会认同他时，飞黄腾达，他更感到痛苦。昆德拉同样如此。他笔下的每一个人物，都在和社会作战的同时，也在和自己作战。比如，"笑忘"，就是阿Q心理的某种同构，企图用主观努力把悲剧转化为一种喜剧。我们几乎都生活在这种喜剧与悲剧的交织之中，都在力所能及的范围内把人性的悲剧转化为喜剧。昆德拉无非更明确地告诉我们，我们最终是悲剧，而我们最终能够做到的无非是如何把它演绎成一种喜剧，一种笑声。

但是，如果再深入探讨呢？假如你演绎成功了，原本以为自己已经战胜了社会，但是你突然又会发现，你的成功恰巧又是你的丧失，无论你的"笑忘"还是你的逃亡，都是社会的胜利，作家的自我认定最终无法超越社会认同的帷幕。当然，对于中国读者来说，昆德拉的作品会给予一种新的启示，这就是用一种新的角度来思考知识与权力。在一个知识就是力量、就是权力的社会里，对知识的信念成为一个决定因素。权力的力量、范围和效用，实际上是由于人们的思维状态决定的，人在多大程度上迷信它、依赖它、信奉它，它就有多大的力量，就能在多大程度上控制人。知识也同样如此。如此如果成为惯性，就会成为作家内在的精神禁锢。

91. 弗洛伊德：关于"身体"的文化战争

弗洛伊德在研究人类文明起源问题时，注意到禁忌的文化意味，而这种禁忌的主要根源就是对身体——首先是对性本能的崇拜与困惑。实际上，人类文明的起源离不开人类对自己身体的体验与反思，我们甚至可以说，当身体不再仅仅作为一种肉体，而是作为一种特殊文化意象的时候，人类文明才开始露出曙光。人类对身体的自觉，并赋予身体不同的文化意味，以人伦的形式制约身体，在某种程度上反映了人类脱离野蛮世界的转变过程。但是，这并不意味着人类对身体的文化探讨能够一劳永逸，相反，在这个过程中，身体作为文明演进的文化象征，一直是从古到今各种学说学派争夺、争论的焦点。

如果说，基督教教义蔑视身体，是为了引导人类向上、向天国的文明靠近；那么，文艺复兴以来的所有人性解放的思潮，都是在为"身体"伸冤、正名。一些西方学者往往把文艺复兴看作是人类情爱与性觉醒的时代，从此人类步上了一个人性不断解放的时代。宗教和教会再也不能阻挡人们尽情享受自己的身体了。但这仍然是一种大胆的叛逆，不能不在心理上经受地狱的考验。而身体到底意味着什么，依然是文明的一个难题。如果把文明比作身体的外衣、把身体看作是文明的内核的话，那么，经过人类文明长期的层层包裹，身体在某种程度上不仅不见得清晰可辨，而且越来越显得神秘莫测了。各种各样文化的套装、时装、制服以及化妆术、整容术，已经把人的身体遮蔽得严严实实，而春光乍泄也已经成为一种商品。在这种情况下，身体是什么，身体在哪里，身体与衣服的关系，已经成为现代文明的万花筒之一，在万千镜像之中闪烁不定。例如，卡尔维诺

(Calvino)在自己小说中,就曾经想剥掉人的层层外衣,使其露出身体的真相,但是他竟然失败了。在《寒冬夜行人》中,"你"不顾一切剥下了一个具有多个姓名、多重身份女子的多层制服,直到她赤裸裸站在面前之后,却遇到了这样一种情景:

"这呢,这也是一身军服?"希拉大声嚷道。

你不知所措,喃喃说道:"不,这不是……"

"是!"希拉怒吼道。"身体是军服!是武器!是暴力!是对权力的要求!是战争!身体可以像东西一样握在手里,但它是目的,不是手段。身体具有含义,能进行交流!它怒吼、反抗、颠覆!"[1]

你是否可以把这看作是现代社会新的"身体宣言"呢?但是,如果你注意倾听的话,一定能够听到西方古老神话中的声音。罗马的母狼传说,就充满着身体的欲望与叛逆。同诸神的神话传说不同,母狼不仅拯救了人类,具有英雄色彩,同时又充满了乱伦和欲望的内容。据罗马历史学家李维记载,母狼故事中的双胞胎就是处女神西尔维亚被战神马斯强奸所生,也就是说,他们原本就是不洁的产物。后来,他们被抛到台伯河中,是有理由的,而他们一直飘到了狼山谷才被母狼救起,也是一种缘分,具有象征意义。建立罗马城后,亲兄弟自相残杀也正是他们原始本性的表现,再一次体现了原始欲望的诱惑。当罗蒙路斯杀死兄弟,巩固了自己的地位后,紧接着在欢庆胜利的宴会上就发生了著名的罗马城大强奸,精力旺盛的罗马士兵大肆强奸了邻近的撒宾斯妇女,结果引发了罗马人与撒宾斯人(Sabines)的战争。这场战争最终由被诱拐的妇女从中调解而告终,但是由此引起的相互仇视却延续了很长时间。

在这里,身体意味着暴力与罪恶,不能不给它套上宗教的枷锁。由此来说,后人对罗马母狼传说采取了低调态度并不奇怪,因为这几位建造罗马城的文化英雄充满着身体的欲望,一生贯穿着强奸、乱伦和残杀。这和后起的基督教文明产生了直接的冲突。在基督教教义中,兄弟相互残杀和

---

[1] 《卡尔维诺文集》,第五卷,萧天佑译,译林出版社,2001年版,第191页。

强奸都是上帝绝对不容许的，是不可饶恕的大罪。在《旧约》中，人类第一对兄弟该隐（Cain）和亚伯（Abel）就是例子。该隐务农，亚伯放牧，分别给上帝敬献自己的礼物，结果因为上帝喜欢亚伯献的羊，该隐就嫉妒自己的兄弟，并且杀了亚伯。该隐因此触怒了上帝，遭到严厉的惩罚，永远在大地上徘徊。可见，避免兄弟相残杀是人类从野蛮进入文明时代的重要标志，它因为一种野兽的行径而成为人类的禁忌。同样的禁忌还表现在雅克布（Jacob）故事中。雅克布有12个儿子，最爱的是约瑟（Joseph），就送了一件衣服给他，结果引起了兄弟们的嫉妒。他们杀死了约瑟，把他投进井里，然后把蘸了羊血的衣服给父亲看，使雅克布误认为儿子是野兽咬死的。上帝因此帮助约瑟，让他后来当了埃及王。

至于强奸，更是人类文明最大的禁忌之一，在基督教中，这是恶魔诱惑的结果——而这魔鬼，就存在于人的身体之中。强奸所生的孩子被认为是恶魔下凡，是罪孽的产物，是会给社会带来祸患的。这种意识至今还深深扎在人们心理中。在西方一些国家，堕胎是违法的，但是强奸怀孕却是例外，因为这不但不是上帝的馈赠，而且很可能是恶魔的投胎。在如今西方的很多文艺作品中，罪犯的身世往往就与强奸有关。尽管并没有科学证据表明，强奸所生的孩子会有先天的心理问题，但是人们还是心存这方面的禁忌。

在西方，从最早的原始神话传说开始，身体代表了一种生命的欲望和诱惑。虽然随着文化的演进，人类逐渐远离了动物性的生活方式，但是依然不能摆脱身体自身的困惑。一方面，人类努力抗拒着原始野性的诱惑，包括用各种各样禁欲的方式，寻求着各种超越肉体的生活理想；但是，另一方面，人的本性却不可能消除身体欲望的存在，不能漠视身体作为人存在之基本的要求。这种诱惑和拒绝的斗争一直贯穿于人类的文明进程之中，而身体恰巧充当了这场战争的焦点，所以人们不能不在身体与心灵、野蛮与文明之间辗转反侧。例如歌德的创作就无法与身体的诱惑隔离，他一边在诱惑中挣扎，一边写下了如此的《酒保之歌》：

你知道，肉体乃是一座监狱，

灵魂被哄骗进了那里，

它就没有自由活动的寸地。

它要是想从各处逃命，

牢狱本身也会被锁紧，

爱心陷入双重的险地，

所以灵魂常常表现得怪异。

既然肉体是一座监狱，

监狱这样渴，又是何故？

灵魂在里面很是健康，

总想保持精神正常；

可是肉体却总想痛饮，

取来美酒一瓶又一瓶。

灵魂再也不能忍受，要把酒瓶打碎在门口。①

歌德1781年还写给一位夫人一首诗《诱惑》，其中写道："母祖夏娃曾把毒果授给她丈夫，/唉！他愚蠢的一咬害苦了世世代代。/如今，莉达啊，可爱的忏悔的人，/你要/虔诚地领受那怡养、救济灵魂的圣体！/因此我急忙送上凡间美味的佳果，/让上天不会把你从爱人手里夺去。"② 如果《圣经》真能消除诱惑，那么人类就不会有"原罪"，歌德也就不会同魔鬼打交道，定契约，写下那么多作品了。因为"原罪"就源于人的肉体，而人的存在就是肉体的存在，诱惑也就自然意味着无数的肯定与否定。歌德一生关注人性，并企图把它提升到神性境界，由此他也就不能不关注身体，关注诱惑，并一生与之纠缠，与之交战。

这是因为身体无法回避，无论是天堂之路还是地狱之门，都必须依赖身体，通过身体这个交叉点。这一点，就连神学大师奥古斯丁也不能回

---

① 歌德：《歌德诗集》（下），钱春绮译，上海译文出版社，1982年版，第506页。

② 同上书，第165页。

避。他在《忏悔录》中，就把"罪恶"与"恋爱"连起来用，视恋爱的渴求为"欲火"，为"淫秽"，但是他还是无法逃避身体的魅力。他写道："爱与被爱，如果进一步能享用所爱者的肉体，那为我更是甜蜜了。我把肉欲的垢秽玷污了友谊的清泉，把肉情的阴霾掩盖了友谊的光辉；我虽如此丑陋，放荡，但由于满腹蕴藏着浮华的意念，还竭力装点出温柔尔雅的态度。我冲向爱，甘愿成为爱的俘虏。我的主，我的慈爱，你的慈祥在我所认为甜蜜的滋味中撒上了多少苦胆。我得到了爱，我神秘地戴上了享受的桎梏，高兴地戴上了苦难的枷锁，为了承担猜忌、怀疑、忧惧、愤恨、争吵等烧红的铁鞭的鞭打。"①

一方面是身体的存在，另一方面是与身体欲望的抗争，由此构成了人类文明不断演进的永恒的动力和张力，也成为西方文学中不可化解的冲突。而后者一直贯穿于人们对宗教的认识和求助之中，也成为人类自我意识中的重要一环。例如，希腊作家尼可斯·卡赞扎斯基（Nikos Kazantzakis）就是以表现这一传统命题闻名于世的，他的小说《基督的最后诱惑》就试图以新的理解和思路来演绎人类对于自己精神家园的向往和追求，并且凸显了20世纪的人类文化特色，这就是欲望的真实、生动和难以摆脱的含义。正如一位中国读者所理解的，卡赞扎斯基不是一开始就把他作为上帝来写的，而是作为一个人，他如何怀着成为上帝的渴望，如何战胜人间点缀着各种鲜花的陷阱，如何克服欲望，牺牲人生的各种欢乐，如何一次次为了精神的目标一次次放弃肉体，步上了殉道者的顶峰——十字架的。显然，在这个过程中，欲望和诱惑一直追随着他，在和其精神与灵魂争夺着选择权和决定权。这就使得基督之路显得格外痛苦和难熬。因为肉体是一种本能的资源，它就是需要世俗的诱惑和满足，靠欲望和欢乐来滋养自己。这种情景在基督与妓女抹大拉的交往中表现得惊心动魄。基督为了抑制自己的欲望，摆脱梦中的诱惑，用皮带狠命抽打自己，直到鲜血

---

① ［古罗马］奥古斯丁：《忏悔录》，周士良译，商务印书馆，1963年版，第36页。

迸流，遍体鳞伤。但是欲望还是那么顽强，使得他无法控制自己的双腿，一直走到了抹大拉的住所，走进她的屋子，这才在某种程度上缓解了自己欲望的冲动。

从这个意义上说，基督教的产生是一部受难史，特别是人的肉体受难史，人通过戴荆棘冠、背十字架、忍受苦刑折磨的殉道过程，经历肉体死亡到精神复活的过程，最后进入永恒的境界。这个过程既是一种纯粹忘我、舍我、脱离俗尘的过程，也是一部心灵的赎罪史。正如希腊传说中潘多拉（Pandora）故事所说的，打开了欲望的盒子，就意味着让魔鬼在这个世界到处出没。身体的意味相同。

如此，战争一旦开始，就会一直持续下去。

92. 渡边淳一：文学是人性的纽带

文学的魅力表现在对人性的细腻体验、洞察和表现，它是人性的纽带，能够从人的内心深处唤起最细致、敏感的知觉，把不同生存状态中的人沟通和联结起来，获得一种精神的慰藉。

渡边淳一（1933—2014），是日本一位久负盛名的作家，已经为不少中国读者所熟知和喜爱。在他的作品中，我们能感到一种对于当下人性状态的深切关注，特别是对于男女情爱关系，他的笔触总是能够深入人性的最隐秘之处，捕捉到人的感情最敏感、最细微的波动，揭示出人与人，特别是男女情爱关系中的微妙间隙，令人震撼，使人反思。这次由上海文汇出版社最新推出、王智新先生翻译的《紫阳花日记》，不仅能够使我们更深切感受到渡边淳一对于人性深切、细腻的观察和表现，而且能够使我们更加靠近文学，更加珍惜把我们真正连接起来的纽带——人性。

沟通从内心私密开始。

俗话说，了解世界最好从邻居开始，而了解邻居得从人心开始。我想，了解一个国家和民族的精神文化也是如此。日本是我们的近邻，历史上有着源远流长的文化交往，但是，近代以来所发生的一切使我们感到，中日两国之间，尤其是人心之间，要达到真正了解和理解实在还有很长的路要走。作为一个关注人性的作家，渡边淳一也深深感受到了这一点，所以他希望能够通过他的小说，"增进两国人民的互相理解，促进中日友好"。

这是一个很大的愿景，却是从揭示一对日本中年夫妇的内心生活开始的。这似乎距离目标很遥远，实际上特别贴近人性和文学，因为《紫阳花日记》所展示的就是一对身体贴得最近、却各有心曲的夫妇的生存和心理状态——由此可见人性是多么复杂和丰富，真正的沟通又是多么难得和稀缺，从中我们也不难领略到，这位弃医从文的作家是如何用艺术的"手术刀"，小心翼翼地伸向人物的心灵深处，如何精确、细腻地揭示出人性的病灶的。到了这个地步，浮现在生活表面的文化隔阂和差异逐一被消解了，读者如同在阅读自己的内心，重温我们共同的私语，品尝我们在同一世界的悲欢离合。

我们最好还是记住女主人公在日记中最后的话语吧：

丈夫有丈夫的世界，我有我的世界。

双方如何以宽容的态度来理解对方的立场，并且相互谅解，这将关系夫妻以及家庭的幸福与否。

93. 福克纳：对人性纯朴情怀的怀念

福克纳（1897—1962），是美国著名作家，在我看来，他是一位真正给予美国文学以历史感觉的作家，这并不是说美国文学以前没有感觉，而是说没有那种真正的对于自己生存状态和心理历史纠缠不休的感觉，一种细腻的体验和孜孜不倦的探求。他特别能够从生活细节中发现人性和人心的基本需要。从他的作品中甚至可以读出，他是一个倍求感情呵护，同时又用这种心境去写作的人。

福克纳的写作方式似乎是一个孩子，一个不长大的、生性敏感的孩子，他的笔触纯熟却保留着一种只有小孩子才有的幼稚的感觉，显示出他所需要的正是那种看来不起眼，容易被人们忽略的一种细腻的保护，如一个无助的胆小的小孩子晚上出门，特别希望大人的牵手一样。所以，对母性和女性的描写，他往往显示出特别的感觉。比如像爱米莉这样的女性，他就写得很独特。

当然，人们最多谈及的还是他作品中的"南方情结"，这是活在他的感觉氛围中的一种特殊情愫。《喧哗与骚动》中的白痴形象最能显现出他的这种特殊情怀，如此写出一个白痴不是件容易的事，这对福克纳的艺术才华是一种考验。因为这意味着要把一个"无意义"的对象变成一个有意义的艺术存在。他做到了。这也说明，福克纳的感情体验有非常敏感的一面，而情感的驱动使他对人的理解并不拘泥于一般的行为和心理，而是在向边缘和深处延伸和探索。

福克纳对人类在竞争中高度发达的理智和在尔虞我诈中的过度聪明是反感的。这也许是他无法摆脱"南方情结"的重要原由之一。他喜欢纯朴的、返璞归真的生活情调，南方生活的这种情愫就活在他的感觉之中。如其作品中的"白痴"，永远长不大，永远有一颗童心。这和老子所说的"婴孩"是一样的，虽然傻乎乎的，但是内心不但是最真实，而且也是最清楚、最敏感的。由此说来，怀念和崇拜纯朴是很多古今中外艺术家的共同情愫和品质。当然，这是一种有关内在精神和感情状态的品质，不能把它和对物质生活需求混为一谈。艺术家和常人一样喜欢富裕和舒服的生活，他们甚至更喜欢人生享受，并不天生就喜欢住山洞，吃糠咽菜，穿粗布衣服，只不过他们并不仅仅以物质生活为标准为满足而已，他们对心灵，对精神，对感情，对完整的作为人的生命追求有更敏感的渴求，不愿意以精神和人格的丧失作为代价，来换取貌似堂皇的丰富的物质生活。就此而言，在福克纳和鲁迅、沈从文的作品中可以感受到相通的情愫，他们对于未被现代物质生活污染的乡村纯朴人生的迷恋，实际上是对健康的完整人性和生命状态的坚持和追求。

大凡艺术家都有一种共同的心灵倾向，这就是对纯朴的崇拜和向往，他们可能在现实生活中不会"做人"，但是对人际关系却心存天真无邪的幻想，渴望人与人之间的真诚相待和互相信任。福克纳笔下就流淌着对纯朴的人性及人际关系的留念和向往。这一点似乎和沈从文很相似。现代生活冲击着古老的乡村，给人类带来了一些好的东西，但是也带走了更珍贵的东西。人们似乎更聪明了，以为能够骗过"白痴"的眼睛，似乎自己不再是白痴，其实在心灵方面，在良心的直觉方面，已经丧失了自己的本真。

94. 柏格森：用艺术直觉与科学功利对抗

柏格森（1859—1941）的哲学及其意义发生在人类思维方式转变的时代，并且实实在在参与了这个转变，作出了独特的贡献。这是一个科学理性和功利主义开始风行全球的时代，人们迷信进化、工具和机器的力量，但是忽视了人类本身存在的意义，尤其是人的生命的本原状态。这时，只有少数思想家、哲学家意识到并思考着这个问题。于是，科学与艺术关系的话题，它们之间的矛盾和一致、冲突与磨合，就构成了这个时代的主要人文景观。

柏格森就是这少数反潮流的哲学家之一。

柏格森并不反对科学及其思维方式，并没有一概地否定它们；相反，他认为科学与直觉、理性与非理性、知识与情感、已知与神秘等意识因素是互补同构的——显然，这一系列关系也是20世纪以来文艺理论的重要话题。对此，人们总想得到完美的答案。对于这种互补同构关系，中国传统的阴阳互补观念也许是最好的注释。《易经》中的阴和阳，我们可以引申为现代社会中的艺术和科学，它们是人类社会发展的两只翅膀，历史前进的两个车轮，缺一不可。而人的生命本身也是这样一种关系，所谓直觉和理性是不可分的；分开了就会出现不平衡，就会紊乱。但是，每当人类社会生产和生活发生重大变革时，这种情形总会发生。近代社会，人们从生产力的发展中得到巨大实惠实利，精神却失去了艺术的支撑。人们太重视功利，忽视了自身的另一种滋养和需求。所以柏格森认为人与世界之间存在着一道帷幕，这就是思维的功利性。他在这时候提出直觉论是有独特含义的，他注重从内部整体性地把握世界，尊重生命整体的原生状态，其实这也就是一种艺术地把握世界的方法。因为科学只承认具体的真理，并通过具体的实验的方法去证实它们；而艺术则追求完整的生命状态，不仅表现具体可知的世界，而且包括对科学尚未可及的、神秘的未知领域的感悟，如果说，科学是通向大地的，最后要落实在具体的山川河流之上，那么艺术则凭借直觉通向广袤无垠的世界，它充满想象和包容未知。所谓互补同构就是这样一种结构，它是包含判断与预测、已知与未知、明确与神秘的共同存在。

为什么柏格森如此看重直觉？其中一个重要原因是，直觉来自人本身的生命状态，属于生命本身所有，同时也是能进入事物内部的认识方法，不依赖于外在的因素而存在。柏格森之所以要强调它，是由于人们生活在功利化社会中，生命内在的资源被遮蔽，思想越来越机械，越来越依靠科学模式和定理来了解世界，直觉也就越来越迟钝了。

从这个意义上讲，现代人相对于古代人丧失了许多东西，其中最珍贵的就是直觉力。柏格森认为，人的直觉力，是人性中最富有潜在能量的一部分，它是一种内在的、整体性感悟世界，并能迅速作出反应和判断的能力。这种能力与艺术直接相关联，艺术的根本要素就是直觉，人的情感的敏感性，就表现在一种整体的和内在的与外在世界相互沟通和理解的能力。人的直觉只有在一种艺术氛围中，不为外在事物所制约所遮蔽，才可能得以保持和敏锐。失去直觉力的人类，就会缺乏之间相互沟通、心心相印的能力，就会相互猜疑和提防，各自都把自己缩进虚假包装的硬壳里——这正是现代人当下的悲剧。

为了从外在的束缚中解脱出来，柏格森从主体时间的角度来审视自由意志的意义，并由此赋予自由以独立的空间。在他看来，时间和自由是紧密相连的；狱中的犯人没有自由，也就没有"时间"。因为生命的存在及意义不在于结局，而主要在于过程。这是一个人的内在记忆绵延不断的过程。所以后来的"意识流"创造者从柏格森这里获得了灵感，在心理学和文学创作方面实现了新的突破。当然，这也唤起了后人对人的生命及艺术创造过程更多的注意，用一种动态的眼光考察人类及艺术现象。

值得继续探讨的是,时间被打通之后,空间的意义在何处?柏格森实际上在西方世界掀起了一个"时间哲学"的热潮,时间和过程成了哲学中的首要问题,而空间问题则在一段很长的时期内被忽略了。这样,人类的思维又被重新推到了一个狭窄的时间隧道之中,在科学文明的催促之下,再次感到了困惑不安。内在的紧张感和紧迫感使人们失去了生命的从容不迫。时间像一条鞭子不断抽打着人们,人都活得很累。这时候,我们不能不怀念东方艺术的境界。比如中国的绘画和书法,就显示了一种超越时间观念的特点,表现为一种从容不迫的空间意识。

我相信,对时间意义的怀疑和突破,将是21世纪的主要命题。时间到底是什么?说穿了,就是人所认同的一种对自己生命过程的体认。它是一种观念。人生是有限的,时间观念的力量越大,对人自身的压力就越大,而且对空间的把握就越狭窄。就艺术来说,过去过于重视追求历史感,似乎这就是"永恒"的价值所在,反而忽视了艺术沟通和跨越不同文化障碍的能力。艺术在长长的时间概念所规定的渠道里拼命前行,却找不到人类艺术大海在哪里;艺术创作缺乏沟通不同文化环境中人心和人性的能力和魅力。从柏格森到海德格尔、萨特,都在探讨时间问题,而最后的终极就是探讨死亡——因为这就是人的时间的归宿。而时间对人的压力越大,人们就会感到离死亡越逼近,悲剧感就越强,就越活得痛苦。所以,我有时会说,"时间"是现代人的"第一杀手",人被它逼得太紧了,也太苦了。西方的这种时间观念现在甚至侵蚀到了东方艺术之中。气功和瑜伽等原本是与大自然交汇的方式,现在却被理解为永恒的秘诀,用来长寿和美容,与时间相对抗。所以,尽管时间和空间仍将是人类思想的两大支柱,但是我仍主张我们的艺术及其理论应该从"时间"束缚中解脱出来,多思考一些空间问题,努力开拓我们创造的空间。

95. 萨特：一种行动着的美学

作为一个作家，萨特（1905—1980）的一生体现了一种行动和实践的力量，这也是他的文艺美学理论最显著的特点和锋芒。他的存在主义在文学上就表现为一种实践的、不断探索和进取的美学观。他的一句名言是"存在先于本质"，就是强调人的自我认识的行动性和实践性，也就是说，一个人只有生活过了，爱过了，实践过了，才能真正意识到人的真实意义。换句话说，什么是人？只有像人一样生活过，实践过，哭过，笑过，行动过，体验过，才能真正感觉到他，意识到他的存在。

萨特的这个观念显然是针对西方传统的人的观念而言的，因为传统的人的观念都是由既定的理论体系所确定的，所谓人的本质就是一系列先验的观念、摹本、形象和理论，是建立在形而上的理念逻辑基础之上的。但是在萨特看来，这种先验的形而上的摹本和观念是不存在的和靠不住的。而存在的和靠得住的只有人本身及其实践。

这是一种振奋人心的理论，它突破了以往的关于人的观念。按照西方基督教观念来说，神按照其形体创造了人，人也就自然而然地按神的意志行事。人们在一段很长的时间内也用类似的观念来认识自己，总以为所谓"真理""本质"之类的东西是先天的客观的存在，人们只是不断通过学习和实践在接近它们，认识它们。这显然是一个误区，而且是以往的唯物主义和唯心主义共同的误区，但是至今没有在哲学上给予真正的探讨和辨识。而当萨特提出了自己的看法以后，又被很多人所误解和歪曲，他们只看到了其"先于本质"的一面，并没有意识到其突破以往本质观念的另一面。

世界上有没有本质和真理？当然是有的。但是并没有脱离了人本身及其存在的真理和本质，它们也并不是先天的，纯客观地摆在天涯海角，等待着人们一步一步地去接近它们，它们其实是人的生命和实践活动的一部分，是人通过实践创造出来的。用萨特的话来说，存在的意义在于人们自己的自由选择和创造。但是，人类以往的思维模式总是过分依赖某种先天的真理和本质，他们总是设想在人类及其实践之外存在着某种可以摹拟的理念的本质或真理，最后不能不把终极真理归结于各种各样的神。所以一旦失去了这种先天的真理或本质的理念，人们就会担心人的精神失去支柱，思维陷入混乱。这也是西方哲学及美学始终离不开神学的原因之一。从康德到海德格尔都是如此，他们能够把人的存在具体化，但是不能把上帝具体化，却又因为上帝创造了人，所以人最终不能自己认定自己。这就造成了无法解决的终极问题，以及人不能摆脱的悲剧意识。

萨特从某种程度上说避开了"终极"的陷阱。方法很简单，他在过程（存在与选择）和终极（本质与命运）之间选择了前者。也就是说，人所追求的人的本质和真理，包括人对自身所怀抱的理想和期待，并不是预先设定的，而是取决于人自我的选择和行动；人也只有在自身的选择和行动中才能感受到它们的存在和意义。换句话说，如果人能够预先设定一种人的理想存在或本质，人也就不需要创造性了，也不再是富有创造性的人了，而只是一种模仿的动物而已。

这是一种合乎逻辑同时具有独创性的发现，在理论上也是说得通的。我们知道，包括尼采在内的许多西方思想家都对先验的终极的"真理"观念有所解构和颠覆，但是在如何给它们重新定位却依然是一个问题。而萨特则独辟蹊径，赋予它们新的含义。为此他理所当然地把人的自由提到了一个很重要的层面。因为自由是人的创造力得以解放和发挥的先决条件；没有自由，就没有创造，而没有创造就没有人的真正的存在与本质。但是在人们传统的观念中，自由是被禁锢和限定的一个观念，它不是自主的，而是被动的，受到种种条件限制，它只是一种理想、想象和向往，永远不可能实现。为了冲破这种意识的障碍，萨特不得不把自由从种种禁锢中解放出来，把它还给人本身，也就是说，自由才是人的本质存在。他有一句著名的话就是："自由就在人体之内。"人生性自由，但是并非人人能意识到它；而只有自由的人才是真正的人，才是有责任的人。在他看来，是自由赋予了人的责任感；没有自由的人不可能有真正的责任心。

当然，萨特还得面对悲剧和痛苦。在现代社会中，自由对个体的人来说，不仅是一种幸福和责任，而且是一种挑战和要求，有时甚至是一种精神上的"酷刑"。自由选择就是一种风险，就得承担责任，灵魂就会出现犹豫不决，就会体验痛苦和失败。这正如萨特在自己小说中所经常表现的那样，人的痛苦往往就来自自由和选择。他试图通过文学来显示人对于工具化人生的厌恶和抗拒，唤醒人们的自由意识和独立意识。这也是萨特对现代人生存处境的深刻考察和透析的结果。也许一个意识到自由选择的人比一个没有选择的人更痛苦。但是没有自由和创造的人生又是无法容忍的。这是一对深刻的矛盾。自由已经成为现代人必须面对和承担的问题，类似于哈姆雷特的自我抉择"to be or not to be"。这句著名的台词也可以翻译为"存在还是不存在"。于是，萨特把自由从过去的某种理想化和抽象化的境界还原到了一种人的本真状态，成为人的一种真实选择和处境，成为每一个人日日要面对的问题。这就为自由提供了一种新的阐释和境界，为人们理解和走向自由开辟了新的精神空间。人，尤其是现代人，更向往和需要自由，但是自由有时不但是一种责任，而且是一种痛苦和风险。萨特自己的人生过程和文学创作，就是对自己美学观念的最好展现。这也正是萨特的魅力之所在。

这也许是人类的一次新的觉醒和解放。从人类追求自由的自身发展历程来看，我以为已经历了四个大的阶段：第一是从自然约束和恐惧中解放出来；第二是从人身依附关系中解放出来；第三是从经济短缺和压迫中解脱出来；第四则是从各种人为的文化和精神束缚中获得自由和解放，进入精神和思维的自由创造之境。我想，这也是当今人们为何关注语言和文化问题的原因之一，因为语言是构成人类理性和知识大厦的基础，对语言的探究实际上就是为了弄清楚人类精神存在的基本状况。萨特一直对于红色中国感兴趣，20世纪50年代，萨特和恋人波伏娃曾一起来到中国，目睹了革命胜利后中国的生活情境，其对于萨特日后的思想演变发生了影响。

可是，福柯似乎不喜欢萨特的某些观点。福柯认为社会与文化最本质的东西是意识形态中的权利因素，首先是政治，文学不过是人生歇息的一种方式，不必用它来介入社会。这样一来，萨特以文学介入社会的方式似乎太自不量力了。也许从某种意义上说，福柯说得不无道理，但是这并不意味着萨特的怯懦。萨特始终是一个重实践、重行动的作家，不管他用什么介入生活，现代的大炮还是原始的投枪，他都没有回避和退缩；他的存在主义美学根本上就是一种人学，人的美学。他说："文学将你投入战斗。"也就是说，介入是一种必然，不管你是否声称，是否愿意，都是在介入，在这个世界上不存在"不介入"的文学。而"介入"就是一种交流，文学的生命和存在意义也只有在交流过程中显现出来。所以，萨特在接受美学方面也有开山之功。

96. 卡夫卡：人与狗的亲密关系

狗是人类最早蓄养的动物之一，在人类生活及文学创作中一直扮演着重要角色。尤其在西方文学中，狗一方面是人与动物世界之间特殊的"灵媒"，另一方面则充当了人性的象征。而随着狼的绝迹，狗也越来越被"人化"了，更加深刻地表现出人类所面临的悲剧处境。

叔本华（1788—1860）在《论充足根据律的四重根》中就提出过如此问题："当一个人想到狗时，他是否意识到一个介于狗与狼之间的动物；或者，他是否如我们已经讲过的：或者通过理性思考一个抽象的概念，或者通过他的想象展示为一幅明净的图画。"① 如果不理解狼与狗的文化，那么这里"介于狗与狼之间的动物"与"理性""想象"的关系就会令我们困惑。应该说，尽管寓言中这条肥胖的狗已经伴随人类至少好几万年了，但是它至今仍然在引起人们不断的争论。

在这方面，卡夫卡特别值得一提。卡夫卡不仅有"遇狼"的心理体验，而且经常与狗同在，在作品中表达自己的生命体验。就狼与狗的关系来说，前者是从"强"的方面来理解世界，后者则是从"弱"的方面来体验人生。卡夫卡曾谈到，他曾经有一段把所有时间都花在一只叫"绝不"

---

① 《叔本华文集·悲观论集》，王成译，红旗出版社，1998年版，第413页。

的吉普赛种的小狗上,并且真切感受到这条小狗与他有同样的困惑。① 这绝不是偶然的,因为在卡夫卡看来,他的生命意识从童年起就与狗相连:

> [一个生命]。一只发臭的母狗,众多狗崽子之母,有些部位已经发烂,可是在我的童年它曾是我的一切。它忠实地形影不离地跟着我,我总是舍不得打它,在它的面前,我一步步地后退,躲着它,如果我没能够做出别的决定,它最终会把我逼到已经在望的墙角,会在那儿在我身上,同我一起完全腐烂,直到最终——我感到光彩吗?它那满足虚荣的虫一般的舌头舔着我的手。②

不管如何解读这段寓言般的回忆,都不能否认狗在卡夫卡意识中占据着重要作用。因为他确实有一种"做狗"的感觉和体验。在《一只狗的研究》中,他就这样写道:

> 我的生活发生了怎样的变化啊,可从根本上看也没什么改变!当初我也生活在狗类当中,狗类所有的忧虑我也有,我只是狗类中的一条狗,当我现在将那些岁月重新唤到自己面前,当我回想起那些岁月并进一步观察时,我发现,在这里自古以来就有什么东西不对头,在这里有个小小的断裂处,在最令人起敬的民众集会中我会稍稍感到不适,甚至有时在最亲密的狗当中也是如此,不,不是有时,而是很频繁,只要看到一只我所喜欢的狗伙伴,只要看到以某种方式新见到的伙伴,就使我感到难堪,感到惊慌,感到束手无策,感到失望。我尽

---

① 他写道:"我所有的业余时间(本来是很多的,可是为了抵抗饥饿,很多时间我都得强迫自己以睡眠度过)都用于'绝不'了。在一张雷卡米叶夫人床上。这件家具是怎么跑到我这个阁楼上来的,我就不知道了。也许它本来是要搬到一个废物室去的,却偶然地(这已是司空见惯了的)留在了我房间里。'绝不'认为,不能再这样下去了。必须找到一条出路。我实际上也是这么想的,可是在它面前我却装出另一副样子。它在房间里东奔西跑,有时窜到椅子上,用牙撕扯我给它的香肠块,最后用爪子把肠子向我弹来,然后又开始它的东奔西跑。"——[奥]弗兰茨·卡夫卡:《卡夫卡全集》,第5卷,黎奇、赵登荣译,河北教育出版社,第90页。

② [奥]弗兰茨·卡夫卡:《卡夫卡全集》,第5卷,黎奇、赵登荣译,河北教育出版社,第34页。文中此书引文均为此版本。

力安慰自己，凡是我告以实情的朋友们都帮助我，这样随后的一段时间就比较平静了，在这段时间里，虽然不乏那种意外，但我却能比较沉着冷静地对待它们，能比较沉着冷静地将它们接纳进生活。这段时间也许会使我悲伤疲倦，但它却使我从整体上来说真正在做狗，虽然我这条狗有些冷漠，拘谨，胆怯，精打细算。

正如写大甲虫一样，卡夫卡对狗的研究其实就是对人，尤其是对自我存在状况的研究。就此来说，狗其实就是人类的一面镜子，卡夫卡能够从狗那里获得人类生存和心理状态的信息。卡夫卡认为狗的出现有一种"神谕"作用，至少对他来说是如此。

从狼与狗的关系之中，卡夫卡悟出了自己对自由的理解。他不止一次地表达过如此的见解："自由和束缚在其根本意义上是一个东西。"（第68页）他还这样表达自己对于自由的理解："你可以避开这世界的苦难，你完全有这样做的自由，这也符合你的天性，但也许正是这种回避是你可以避免的唯一的苦难。""你的意志是自由的，这就是说：当你想要穿越沙漠时，它是自由的，因为它可以选择穿越的道路，所以它是自由的，由于它可以选择走路的方式，所以它是自由的，可是它也是不自由的，因为你必须超越这片沙漠，不自由，因为无论哪条路，由于其迷宫般的特点，必然令你触及这片沙漠的每一寸土地。"（第72页）

我们也许可以把这种理念称为"狼与狗的统一"。事实上，古罗马思想家马嘉维利就曾经说过，每一个统治者都面临着做人或做兽两种选择；而对于一个普通人来说，或许更现实的选择是做狼还是做狗。如果说，人性在西方文化意识中占据着核心地位；那么，在这种人性中，狗性和狼性就成了其中最重要的两极，既难解难分又经常发生激烈的冲突。也许这也是人们最难进行选择的地方，正如中国人所谓"鱼翅与熊掌"不可兼得，狼性与狗性也是难以取舍的。所以，在西方文学中，赞美狗的言辞不计其数，但是说你"简直是一条狗"，仍然是一句极其蔑视的骂人话，因为这意味着你失去了人格，取媚于权贵；对于狼同样如此，尽管仇狼的话语层出不穷，甚至有一段时间把狼赶尽杀绝，但是内心深处永远保留着一种敬佩和羡慕——因为它们为了自由决不屈服，决不在自己脖子上套上皮套。

卡夫卡这里所体验的"做狗"，已经是被人类文化所驯服和改造的了，早已经失去了其祖先的性情和威风；它已经是宠物，而不是野兽。而这是一个有趣的文化过程。狗之所以一直成为人类的朋友，是因为它们是接受了人类"自己的尺度"的狼，它们接受了人类的"再教育"，甘愿放弃自己的原来自然的、野性的生活习性，所以人们给它们一定的回报；而狼则坚持自己的原始立场，所以必然遭到人类的驱逐和猎杀。但是，人类文明固然使人与动物的关系变得更优雅，并且改变了一些动物的品质，但是也改变了人类自己，使自己的某种本性和天赋逐渐失落。人类虽然把从狼那里学来的本领发扬光大，并逐渐脱离了"与狼为伍"的时代，但是自己却步上了奴役动物的时代，不但把一切动物作为自己奴役的对象，而且同类互相奴役、相残、相食。当人类把众多的动物关进动物园的时候，也把自己束缚在了人性异化的樊笼之中。人类固然脱离了野性的狼，但是变成了文明的狗未必是人性的喜剧。

也许这正是卡夫卡悲剧感的来源之一，他对于狗的生存状态及其命运的关注，其实就是对于人类自身状态的悲鸣。在莎士比亚戏剧《裘力斯·恺撒》中，安东尼可以如此咒骂恺撒的背叛者："像狗子一样摇尾乞怜，像奴隶一样卑躬屈节，吻着恺撒的脚；该死的凯斯卡[①]却像一条恶狗似的躲在背后，向恺撒的脖子上挥动他的凶器。"而在卡夫卡的笔下，竟连如此咒骂的气势都没有了，因为人与狗生活在一个地平线上，已经失去了英雄时代的想象。

所以，尽管卡夫卡认为"自由和束缚是一回事"，但是狼和狗绝对不是一回事。从历史进化的角度来看，狗确实是人驯服的第一种动物，可以说是人化的狼；或者说，狼是未被人类驯化的狗，而狗就是人类驯化的狼。在很多情况下，狼与狗代表着人性的两极，人类经常在这两极中选择和摇摆，一方面体验着"做狗"的懦弱，另一方面不断显露出"似狼"的

---

① 凯斯卡：剧中的人物，秘密杀害恺撒的叛党之一。

野心和贪婪。而在现实生活中，人类所喜欢的永远不可能是自己选择，而自己所选择的又总是自己并不十分喜欢的；因为人们很难甚至永远不可能让狼性和狗性和睦相处。这在人的普遍意识中，也自然形成了对狗的双重态度——诅咒与赞美并存。尽管中西文化形成、发展和演变的轨迹不同，对狗的文化想象和艺术演绎有所不同，但是同样体现出了对狗不同的态度，有时候，它被描绘成是一种相当文明的动物。

也许可以作为比较，昆德拉对狗也很在意。在《生命不可承受之轻》中，作者就试图通过人与狗的关系，来表现一种尴尬的人生或艺术景况。其中对那只小狗命名的描写，就十分有趣。在作品中，托马斯在特丽莎特别痛苦的时刻，不但娶了她，而且送给它一条德国牧羊犬与一条圣·伯纳德种狗生的杂种母狗。托马斯开始时让狗名叫"托尔斯泰"，但特丽莎却觉得"安娜·卡列尼娜"更合适（因为是母狗），后来决定叫"卡列宁"，因为它长得实在太滑稽了，太没有"母"相了。粗看，这好像是很不经意的一笔，但是越到后来就越发显得并非如此。到了第七章"卡列宁的微笑"，作品开始真正触及"人与狗"的息息相关的命运。当卡列宁得了癌症之时，痛苦的特丽莎回忆起很多年以前读到的一则短新闻，"仅仅两行字，谈的是俄国某个确切的城市，所有的狗怎样统统被射杀"，结果导致了人的丧心病狂的报仇泄愤的行动，最后到了人，"人们开始从工作岗位被赶走，被逮捕，被投入审判"[①]。正是从这里，作者引申出了对人类美德的思考，引申出了尼采1889年看到一个马夫鞭打一匹马而跑上去抱住马头放声大哭的情景。可以说，这只小狗虽然叫卡列宁，但是它始终连带着托尔斯泰的仁爱胸怀和安娜·卡列尼娜敏感的心灵，并且预示着小说的结局。

可惜，这只小狗得了绝症（这是否象征着人类无可救药的"根本性的溃裂"呢？）。如果对此我们不便妄加猜测的话，那么，作者从这条杂种狗

[①] 米兰·昆德拉：《生命中不可承受之轻》，韩少功译，敦煌文艺出版社，2000年12月第一版，第241—242页。

那里所获得的人性的启示却是非常显而易见的。例如特丽莎就有如此感悟:

> 她还是孩子的时候,无论何时走过母亲带有经血污痕的卫生纸,就感到作呕,恨母亲竟然寡廉鲜耻不知把它们藏起来。然而卡列宁毕竟也是雌性,也有它的生理周期。它每六个月来一次,一次长达两个星期。为了不让它弄脏房子,特丽莎在它的两腿之间塞上一叠脱脂棉,用一条旧短裤包住,再用一条长丝线很巧妙地把它们紧紧系在身上,她看着这个能对付每次整整两个星期的装备,笑了又笑。
>
> 为什么狗的行经使她开心和欢心,而自己行经却使她恶心呢?对我来说答案似乎是简单的:狗类不是从天堂放逐出来的。卡列宁绝对不知道肉体和灵魂的两重性,也没有恶心的概念。这就是特丽莎与它在一起时如此轻松自如的原因。也正因为如此,把一个动物变成一个活动的机器,一头牛变成生产牛奶的自动机,是相当危险的。人这样做,就切断了把自己与天堂连接起来的线,在飞跃时间的虚空时,他将无所攀依和无所慰藉。[①]

在西方文化意识中,狗与狼不同,它不是从天堂放逐出来的,因此,它拥有了一份特殊的神性。对于昆德拉来说,狗的这份神性更接近人性,使他能够真正超越灵与肉之间的冲突和矛盾。所以,卡列宁从一开始出现,就承担着一种"拯救"人类的意义。

在小说中,"卡列宁的微笑"是最后一章,小狗最后的命运不仅和作品中人物紧密相连,而且表达了作者对小说艺术的深入思考。昆德拉在1985年获得耶路撒冷文学奖的典礼上发表演讲,曾特别提到一句犹太谚语"人们一思索,上帝就发笑",并且说:"这句谚语带给我灵感,我常想象拉伯雷(Francois Rabelais)有一天突然听到上帝的笑声,欧洲第一部伟

[①] 米兰·昆德拉:《生命中不可承受之轻》,韩少功译,敦煌文艺出版社,2000年12月第一版,第249页。

大的小说就呱呱坠地了。小说艺术就是上帝笑声的回响。"[1] 显然，昆德拉作为一个爱思索的小说家，他在小说中从来没有停止过思索；但是让人感到太重又太轻的是，这个"上帝的笑声"竟然最后是由一只叫卡列宁的杂种狗发出的。

---

[1] 米兰·昆德拉：《生命中不能承受之轻》，韩少功译，敦煌文艺出版社，2000年12月第一版，第268页。

97. 福柯：知识话语批判

福柯和德里达在话语上显然不属于一个系统，但是他们都涉及 20 世纪的一个重要问题，即对于人类所建立的知识体系的理解和批判，这显然不同于以往把焦点放在对哲学体系的了解和批判上面。这也就是我在一篇文章中所提到的建立什么样的知识观问题。福柯对现代文化的质疑及其理论就是在这种特殊知识背景下产生的，有其顺应人类文化发展要求的一面。

认识这种背景非常必要。简单地说，人类对自然和自我的认识，总是不断寻求最佳角度，这也就构成了人类思想文化的不断演进。比如，人类最初是从自然和神的角度认识世界的，慢慢扩展到了宗教、政治、经济、文化等各个方面的关系。文艺复兴以来，人们愈来愈意识到了知识系统的重要性。一个国家、民族的处境和地位最终取决于其所达到的知识层次和文化水平。这也就为我们观察和了解世界提供了一个新的角度和起点，即要考察和研究其所拥有的知识系统及其人们对知识的态度。现代社会正在创造一个"知识万能"的神话，知识不仅是权利和财富的源泉和基础，而且支配着人们对于世界的态度。知识在社会意识形态的地位也愈来愈高，人们把它转化成为某种标准和规律，用来支配一切。但是在这个过程中，人们忽略了一个问题，这就是对知识本身的追问，即，知识本身到底意味着什么？于是，伪知识出现了，用权力制造的"知识"出现了，非人性化的知识出现了，紧接着，在"知识"和"文化"旗号下的人类悲剧出现了。如果没有福柯，人们也许至今还没有意识到问题的症结所在。

显然，福柯比海德格尔更有前瞻性。海德格尔的思想最终并没有摆脱神学的逻辑，但是福柯却发现了在现代社会中，即便是神学也往往打着知识和科学的旗号。甚至可以这么说，在今天的世界上，知识已经成为一种广告词，几乎没有一种经验和论说，包括气功，特异功能，东方神秘主义，不以知识的面目出现。但是人们并不一定知道知识是什么和怎么来的。这里也许隐藏着一个秘密：按照传统的观念，知识就是对客观真理的认识，而人们恰恰就是由此产生了对知识的迷信，从而误认为任何被称为"知识"的东西就是真理。其实，正如福柯所意识到的，人类的任何知识都是人为创造出来的，它们是人们经过一系列观察、定性、检验、认证、描述和阐释而形成的体系，所以真实的现存的知识体系并不是绝对真理，而只是一种符合特定社会需要和平衡规则的、能够介入社会实践的话语体系。因此，知识的存在并非一定与真理相关，而是依存于某种特殊的话语体系。

福柯实际上把知识和真理分离开来了，显露出它们之间的一个非常复杂和广阔的地带——话语。话语和真理并不是一回事，决定一个社会话语体系的最根本的因素既不是上帝和诸神，也不是真理，而是决定人类社会状况的更强大、更实在的力量——权力。由此我们也可以如此理解，一个国家和社会的知识状态其实不是孤立的，它不仅取决于这个国家和社会的教育状态，更是由这个国家和社会的权力状态所决定的；知识状态和权力体系及其状态是密不可分的。例如，在专制政治体制统治下，其知识状态也必然受到极大的限制，不可能是真正意义上的现代知识状态。

所有人都知道，知识改变命运，殊不知知识也是人类有目的的一种建构，更很少人去探索知识生产过程中的秘密，因而更不知道在现存的知识结构中可能存在的危机、局限和险恶用心。

幸亏有了福柯。

所以，所谓"知识权力时代"的来临，实际上是人们对于历史的一次重新检索和认识，它首先表现在从根本意义上对知识本身的重新认定和反思。其理论意义表现在两个方面。一是时代的演进凸显了知识的价值和地位。在过去漫长的历史发展中，社会权力的决定力量似乎是暴力而不是知识，知识是被决定和认定者。随着社会的发展，经济实力和金钱似乎起到了更明显的作用，任何权力都必须有金钱的支撑。到了信息化的后工业化社会，金钱可以在一夜之间化为乌有，而知识和信息则成为名副其实的第一生产力。福柯意识到了这一点，同时他又敏锐感觉到了知识和权力结盟所可能产生的结果，人类正面临一个权力知识化和知识权力化的局面。在很多情况下，权力正在成为知识的腐蚀剂，使社会的知识殿堂成为权力的附庸，并制造出体系化的、为权力者所用的所谓"知识"，知识和教育正愈来愈成为支撑权力合理性的工具。所以，要建设一个合乎人性发展的社会，当务之急就是重新检讨我们的知识结构、体系、框架和观念。

奥修（Osho）是一个宣扬东方文化的知识者，他特别注重内心的修炼。但是他的理论也有外向性的一面。他曾说过，人在什么情况下才能成为奴隶？只有一个办法，这就是让他感到自己有罪；而且这种罪最好是自己无法克服的。于是基督教就在人体中建立了两个自我，一个是永远无法摆脱的原罪的自我，另一个是不断克服和监视这个"有罪自我"的自我。所以，真正的权力和统治力量不仅仅是从监狱和枪杆子中来的，而且还是一种文化及"知识"的力量，是它们建造和维持着一种人们自我约束和自我监视的机制；也正是有了这套机制，监狱和枪杆子才能合法地存在。比如基督教的原罪来源于人的性欲，就是一种人之为人无法摆脱的罪孽，所以需要在一种更强大的力量——上帝——面前服罪。而有些原罪则是文化和意识形态在权力支配下策划出来的。

显然，怎样使文化和知识具有如此魔力，这是人们需要探讨的问题。福柯之所以热衷于"知识考古学"就包含着对这个问题的探讨。毫无疑问，知识和权力的联姻早就是一种事实，只不过人们没有充分给予注意罢了。也许在这里一直隐藏着某种历史的"禁忌"，权力者总是试图把自己的权力说成是天经地义的，所以也不容许别人怀疑或揭穿所依赖的那套知识和话语体系，所以就制造了种种不容改变和质疑的"从来如此"的观念和理论。而福柯对人类知识系统的质疑正是从这一点开始的。他看到了在创造知识的人为过程中，权力及意识形态因素的介入和作用，把知识放在了一个历史文化各种因素交互作用的情境中进行考察，深刻揭示了知识体系形成的"官僚化""权力化""意识形态化"特征。

于是，我们不得不面对一个问题：在崇尚知识和科学的今天，是否需要进一步使知识纯洁化？使知识不至于过分权力化、官僚化和意识形态化？我相信，在今天知识和科学竞争的时代，发展不再仅仅取决于对知识和科学的态度（因为意识到知识和科学的巨大作用已成为共识），而在于其知识状态的纯洁性。所以，我们有必要对知识进行重新审视和定位。知识或许有两种意味：一种是经过人类实践的某种检验和认定，被人们现实的思想状态和文化心理所认可的知识状态；而另一种则是对人类理想状态的终极追求和认定。这两者之间经常出现矛盾和冲突，新的知识和话语系统总是试图挑战和取代旧的，并且动摇这个社会的既定的价值体系和标准。所以知识始终处在人类自己的考察和质疑之中，而只有这种知识状态才是人类正常的有活力的状态。尤其在今天，世界处于"知识爆炸"时代，几乎所有的欲望、话语和理念都以知识的面目出现，人们更有必要对知识进行检索和辨别，看它们是否是真正意义上的知识，是否真正有利于人性的健康生存和发展。所以建立健康的知识观和知识状态是非常重要的。

也许正是在这个意义上，"话语"（discourse）显示出了其独特意义——尽管它还是一个颇多歧义的概念，但是就福柯来说，他所强调的是观念产生的实践性及其文化意义，他是从人类文化生存、发展的整个过程来认定它的意义的。话语实际上是介于知识和权力之间的一种文化存在，它一方面需要必要的知识体系的支撑和说明，另一方面则必须合乎某种社会权力和意识形态的制约和要求，所以它不是纯粹的知识的产物，而是一种颇具文化和时代意味的存在，具有社会的可操作性。在福柯看来，人类的自由发展就是不断从既定的话语系统奴役中解脱出来，是一个不断突破权力话语所规定"禁区"和"领地"的过程。例如，所谓癫狂就不是一种纯粹的自然病理现象，而是社会权力与知识理念相互交接而限定的某种观念，不同社会的癫狂现象是不同的，过去的癫狂在今天也许就是正常。再如社会对于合法和非法的界定同样如此。福柯本人是同性恋者，而同性恋过去在一些国家一直是非法的，但是没有谁去认真追究过这种"非法"是如何确定的，又是如何把它从"非法""癫狂"领地中解救出来，变成了正常和合法。所以他对这个问题非常敏感。他认为，在人类生存环境中，知识和话语状态越专制，人癫狂、非法和犯罪的领地和可能性就越大，人的自由创造天地就越小；人类只有不断对既定的话语提出质疑，不断突破它们的局限，才能不断获得新的自由空间。

98. 博尔赫斯：写作的秘密

博尔赫斯曾经说："在我撰写生平第一行文字之前，我就有一种神秘的感觉。"而对我来说，博尔赫斯就是一个神秘的作家。这一方面由于其作品的独特魅力，使我百读不厌；另一方面则是从评论和研究角度来说，他是一个难对付的作家，使我往往感到无从落笔评价。尤其是他的作品，似乎每一篇作品都包含着一种秘密，每一次阅读都不可能把它们完全揭开，而每一次又都会有一种新的感受和发现。这当然又在某种程度上促使我进一步走进博尔赫斯，探知博尔赫斯的秘密。

最近的一次阅读，我对于这个秘密似乎获得了一点眉目和线索。博尔赫斯在1935年出版了一部独特的散文叙事作品集《恶棍列传》，他用这样一段话结束了自己简短的初版序言："阅读总是后于写作的活动：比写作更耐心、更宽容、更理智。"

我很喜欢这本《恶棍列传》，尽管它算不上这位大师成熟的作品。可惜，过去我一直未注意过这个序言，更何况序最后的这段话。其实，这个序的中文译文总共才300字左右，但是有两处强调了读者和阅读的重要性，除了最后那句外，博尔赫斯还在文中有这么一段话："我认为好读者比好作者是更隐秘、更独特的诗人。"由此，我似乎意识到了一点，博尔赫斯之所以能够成为一个伟大作家，他的作品之所以能够有如此的魅力，是因为他首先是一个好读者，他比一般的作家更耐心、更宽容、更理智，也具有了比一般作家更隐秘、更独特的诗人品质和素质。

这似乎在说，阅读是写作之母，一个好的作家首先是一个好的读者。

于是，我又重新细心阅读这篇简短的序，我发现这绝不是一句空话。

《恶棍列传》是博尔赫斯早期作品，算不上博大精深，但是从序文中可以发现，博尔赫斯是在大量细致阅读的基础上写作此书的。他在短短的序中就提到了下列作家及其作品，英国作家斯蒂文森、切斯特顿，美国的冯·斯登堡的电影和传记，法国作家瓦莱里的作品等。显然，阅读对于这位作家来说，不仅意味着一种写作能量和灵感的源泉，包含着一种对于神秘的探索和对于独特的塑造，而且也是一种幸运和幸福。由此我也明白了博尔赫斯为什么写下了"天堂应该是图书馆的模样"的诗句，为什么说"被图书重重包围是一种非常美好的感觉"。

这也许也是揭开博尔赫斯创作之谜的唯一方法和途径。要读透博尔赫斯的作品，首先要成为一个好读者，读书和博尔赫斯一样广博、细致和有耐心。应该说，与博尔赫斯的创作一样，阅读往往也是中国当代很多作家的创作源泉之一，在很多作家的创作中能够明显感受到某一个或某一派作家的影响，所以评论起来并不难。而这一点又绝对不同于阅读博尔赫斯的感觉。原因无非是，很多中国作家阅读得太匆忙，借鉴得太急切了，有时候甚至一本书、一个作家还没有真正读完，自己的灵感早已压抑不住，自己的作品就已经出来了。好在中国的书籍出版，尤其是外国文学作品，时间差特别强，层次性也特别明显，不仅先睹者为快，而且先模仿者为新奇，为"独创"，名利双收。创作就像赶火车似的，仿佛晚一步就赶不上趟了。

博尔赫斯把自己创作的秘密存放于书籍和阅读之中，而一个好的作家和好的批评家也应该在那里真正找到自己。

后记：阅读的危机与新生

在一个多媒体时代，我们理应从新的角度看待阅读现象。换句话说，"阅读"本身正在发生巨变。从广义方面说，我们正在进入一个"大阅读"时代，信息爆炸与媒体多样化，正在改变着人们的阅读方式与阅读习惯，人们不再仅仅局限于读书或文字阅读，而是把阅读扩展到了更多的方面，更大的空间。我们应该对这种阅读方式的转变予以更多的关注与宽容，并由此建设一个新的时代阅读空间。而从另一个角度来说，"阅读"，也就是我们习惯意义上的读书，确实受到了冲击；不仅仅是"冲击"，甚至是在某种意义上的"取代"——因为就获取信息、增进知识、展扩视野等方面，传统的阅读方式无疑大大"落后"，不仅速度慢、效率低，而且受到很多方面的局限，远没有互联网等多媒体方式来得快捷和方便。过去在知识文化领域，阅读几乎就意味着一切，学习就是读书，文化人就是读书人。这不仅表现在知识与信息方面，同样表现在娱乐消闲方面，通过读书获得美感和艺术享受。而今，电影电视以及多媒体互动方式正在蚕食着人们的读书时间。传统的阅读已经不再承担过去的多种文化重任了，在文化生活中不再是"主角"，而变得越来越无足轻重了。一次我和几个大学生谈到读书问题，有一个学生就说，现在已经不是你来问"为什么不读书"的时候，而是要回答"你为什么要读书"的问题，因为不读书你照样什么东西都能得到，而读书未必。

但是，这不意味着阅读正在变得越来越不重要，可有可无，相反，阅读的价值与意义正在发生蜕变。它正在从显形的文化生活中退出，但是在人们隐形的、内在的精神世界中获得自己的新的意味。人们暂时远离阅读，放弃阅读，往往是由于能够通过其他"阅读"方式得到弥补，甚至获得更好、更快捷的效果。这也就意味着"阅读"正在经历一个"被剥离"的过程，它的一些外在的、过去属于自己不得不承担的意义正在被消解，正在一步步回到自己的内核。阅读正在成为它自己，回到它本身，这就是人们的某种内在的宁静状态的精神需求，在几乎与外界隔绝状态的自我寻觅与对话。

因此，阅读减少不等于拒绝阅读，关键在于没法阅读，在于坐不下来，静不下心，读不下去。因为就目前现实文化环境来说，大家似乎都在跑步，真正能够坐下来、静下来、不受干扰地读一本书，如果不是一种奢侈，那么也得有一种"物我两忘"的精神状态。换句话说，在如今信息爆炸的文化时代，阅读已经成了一种"内在修炼"，一种具备"心理疗救功能"的文化方式，或许，它最终会像过去人们阅读圣经与佛经一样，在寂静的个人"小世界"中获得某种宗教性的内在启示和愉悦。

这就是阅读。它可以让人把心静下来，在阅读中反省自己，观照自己，进行一种个人化的精神游历，而不是永远奔忙于一个互动的公共媒体世界中，不断接受，不断回应，直到筋疲力尽而死。所以，无论从人的生命需求还是从人类精神文化环境而言，阅读几乎是不可取代的。因为人需要动，同样需要静；需要广阔的公众文化平台，也需要私密的、个人化的艺术体验；需要互动，也需要自省；需要直接火爆的感官刺激，也需要静心的内在体悟与怀想。于是，回到自己的小小世界，不论你独坐在公园的长椅上，还是卧室的孤灯下，让文字筑成一道墙，使自己远离那个世俗的世界，成为另一个世界的自由公民，享受另外一种心灵的快乐。

这时候，阅读本身就包含着、实现着一种价值，我们又何必去指责什么"浅层次""幼稚化""格调不高"呢？现在的问题是阅读还是不阅读的问题，并不是阅读"高低"的问题。在中国这样一个幅员广阔、经济文化状态差异很大的社会，阅读并不是一个一概而论的问题。有很多地方至今仍存在"无书可读"的情况，很多人买不到书，或者买不起书，想读买不到，读不起；但是在少数大城市，甚至大学校园，却出现了"有书不读书"的情况，形成了一种颇具讽刺意味的现象。所以，阅读是一种精神生态现象，它需要一种心态，同时也是反映我们社会精神文化状态的一种镜像。由此可以照出我们时代的变迁，也可以透视我们内心的状态。

这本《文学百读》是我多年来读书感想所集，有些篇目已经在报刊上发表过，有些没有。这次集成一册，自己看看蛮舒服，于是就有了与爱书者、读书者交流和分享的欲望，希望有人喜欢。

也许这也是一次在阅读的危机中体验阅读新生的机会。